Audrey Coulthurst

EINE KRONE AUS FEUER UND STERNEN

Foto: © Evrim Icos Photography

DIE AUTORIN

Audrey Coulthurst studierte an der Portland State University Literarisches Schreiben und schreibt Jugendromane, in denen es manchmal um Magie und Pferde geht und darum, manchmal die Falschen zu küssen. »Eine Krone aus Feuer und Sternen« war ihr Debüt. Wenn sie sich nicht gerade neue Stoffe ausdenkt, malt sie, singt oder befindet sich auf dem Rücken eines Pferdes. Sie lebt in Santa Monica in Kalifornien.

AUDREY COULTHURST

Eine Krone aus Feuer und Sternen

Aus dem amerikanischen Englisch
von Katja Hald

cbt

Dieses Buch ist auch als E-Book erhältlich.

FSC
www.fsc.org
MIX
Papier aus verantwortungsvollen Quellen
FSC® C083411

Verlagsgruppe Random House FSC® N001967

1. Auflage 2018
Erstmals als cbt Taschenbuch September 2018

Die Originalausgabe erschien unter dem Titel
»Of Fire and Stars« bei Balzer & Bray,
einem Imprint von HarperCollins Publishers L.L.C.

Aus dem Englischen von Katja Hald
Lektorat: Kerstin Kubitz
Umschlaggestaltung: Carolin Liepins
Umschlagmotive © Shutterstock (Elina Leonova, Avesun, Lukas Gojda)
Karte © 2016 Jordan Saia
TP · Herstellung: eR
Satz: KompetenzCenter Mönchengladbach
Druck: CPI books GmbH, Leck
ISBN 978-3-570-31187-5
Printed in the Czech Republic

www.cbj-verlag.de

Für die Mitglieder der *Austin Java Writing Company*.
Ihr habt mir Feuer unter dem Hintern gemacht,
was dieses Buch überhaupt erst ermöglichte,
und werdet stets zu den hellsten Sternen meines Universums zählen.

DIE VIER NÖRDLICHEN KÖNIGREICHE
HAVEMONT
OSMA
MT. VERITY
SPIRE CITY
Provinz Northpark
ZIR-SCHLUCHT
CIRALIS
COROVJA
Provinz Nax
ALMENDORN
VIERI SEE
MYNARIA
LYRRA
PORT OF KINGS
Provinz Queenswood
ZUMORDA
TAMERS FOREST
Provinz Tindor
KARTASHA
PORT JIRAE
TRINDOR-KANAL
KRIANZ'-LÄNDEREIEN
SONNENBORN

Prolog

Dennaleia

Ich zählte sieben Winter, als meine Mutter mich dabei ertappte, wie ich mit bloßen Händen rot glühende Kohlen in der Feuerstelle aufschichtete.

Ganz Spire City war an diesem Abend durchgefroren bis auf die Knochen, und es herrschte eine Kälte, wie man sie nur in Havemont kannte, an Tagen, an denen die frühen Sonnenuntergänge die Nachmittage in nächtliches Dunkel tauchten und unerbittliche Schneegestöber den Himmel aufwühlten. Meine Schwester Alisendi und ich waren im Großen Adyton, dem heiligsten Tempel der vier Nördlichen Königreiche, und knieten klein und verloren in der hoch aufragenden Apsis, die dem Feuergott geweiht war. Die tanzenden Flammen der Feuerstelle erweckten die Darstellungen an den Wänden zum Leben: von den flackernden Schmiede- und Kochfeuern am Boden bis hinauf zu den Sonnenstrahlen an der Decke, die in einen dunklen, von Sternschnuppen übersäten Himmel übergingen. Wir waren dazu angehalten, uns nach dem Unterricht noch ein paar Minuten dem Gebet zu widmen, bis unsere Mutter, die Königin, kam, um uns abzuholen.

Anstatt zu beten, schnippten wir jedoch hölzerne Opfermünzen, so weit wir konnten, über den warmen Steinfußboden und kicherten, wenn die Tempelkatze den hüpfenden Holzplättchen hinterherjagte. Mit einem Mal setzte sich die Glut und aus der Feuerstelle purzelte in einem Funkenregen ein brennendes Holzscheit. Alisendi wich kreischend zurück. Ich hingegen rührte mich nicht vom Fleck und ein Kribbeln in den Fingerspitzen ließ mich nach dem Holzscheit greifen. Als ich es zurück ins Feuer schob, empfand ich die Flammen auf meiner Haut nur als sanftes Streicheln, obwohl die Enden meiner wollenen Ärmel anfingen zu glimmen.

»Schau mal, Ali«, rief ich und hob eine der Glutkohlen auf. In meiner kribbelnden Handfläche flammte das Kohlestück erneut auf, heller als das Feuer. Während ich zusah, wie es brannte, durchströmte mich ein erregendes Glücksgefühl. Ich hatte nicht gewusst, dass man Feuer in der Hand halten konnte, aber in diesem Moment beantwortete sich mir eine Frage, die ich nie in Worte hatte fassen können.

»Das darfst du nicht«, schimpfte Alisendi und schlug das Zeichen des Feuergottes vor ihrer Brust.

»Aber es ist wie in den Geschichten über die großen Zauberer«, sagte ich. »Vielleicht gibt es ja immer noch Menschen, die magische Kräfte besitzen. Vielleicht sind auch die anderen Geschichten wahr, die über Drachen und Feen. Oder die über Menschen, die die Gestalt von Tieren annehmen können.« Bei der Vorstellung, dass die Welt voll sein könnte von diesen unglaublichen Dingen, wurde mir schwindelig. Und die Ahnung, dass ich womöglich irgendwie dazugehörte, versetzte mich in helle Aufregung.

»Diese Geschichten hat man sich nur ausgedacht, damit wir schneller einschlafen«, sagte Alisendi. »Eigentlich sind wir schon zu alt für diesen Unsinn.«

Schmollend hielt ich ihr die Hand mit der Glut unter die Nase. »Dann ist das also ausgedacht?«

»Ich weiß es nicht.« Sie wich einen Schritt zurück. Ihre Unsicherheit kam mir merkwürdig vor. Alisendi würde eines Tages Königin von Havemont sein, und schon jetzt tat sie so, als gebe es nichts, was sie nicht konnte oder wusste. Von klein auf wollte ich sein wie meine perfekte ältere Schwester, konnte ihr aber nie das Wasser reichen. Für eine wahre Herrscherin war ich zu schüchtern, zu lebensfremd, zu impulsiv. Doch nun gab es endlich etwas, das meine Schwester nicht beherrschte.

»Schau doch! Es ist echt«, beharrte ich und streckte zum Beweis, dass mir die Flammen nichts anhaben konnten, beide Hände ins Feuer. Dann schob ich ein Holzscheit zur Seite, baute einen Turm aus glühenden Kohlen und zeichnete mit dem Finger das Wappen unseres Königreichs daneben in die Asche.

In diesem Moment kam meine Mutter.

Sie schrie, zerrte mich aus den Flammen und wischte die Glutstückchen von mir ab. Als sie unter dem Ruß jedoch nichts als unversehrte Haut fand, verwandelte sich ihre Panik in nackte Angst.

»Prinzessinnen spielen nicht mit Feuer«, schalt sie mich.

Die Tränen in ihren Augen machten mir solche Angst, dass ich versprach, es nie wieder zu tun – ein Versprechen, das ich nicht würde halten können, wie sich noch herausstellen sollte.

Später an diesem Abend erklärte mir meine Mutter dann, der Feuergott habe mich wohl mit einer besonderen Gabe gesegnet, weil die Menschen unseres Königreichs ihn am meisten verehrten. Vielleicht, so sagte sie, habe er meine Gebete im Großen Adyton mit magischen Fähigkeiten belohnt. Der Tempel liege so hoch in den Bergen, dass die Sechs Götter nicht einmal den Kopf zu neigen brauchten, um uns zu hören. Um meine Verlobung mit dem Prinzen von Mynaria zu lösen, war es zu diesem Zeitpunkt allerdings schon zu spät, obwohl die Menschen in seinem Reich Magie als Ketzerei ansahen. Also redete meine Mutter uns ein, meine Gabe, das Feuer zu beherrschen, würde – wie die meisten menschlichen Talente – von ganz allein verkümmern. Anstatt sie zu fördern, müsse man sie einfach nur ignorieren. Sie befahl Alisendi und mir, mit keiner Menschenseele darüber zu sprechen.

In den darauffolgenden Jahren bemühte ich mich redlich, der Anziehungskraft der Flammen zu widerstehen. Doch die Versuchung, dem aufregenden Kribbeln in meinen Händen und meinen Wangen nachzugeben, war sehr viel größer als die eines harmlosen Juckreizes. Und so machte ich, wenn ich zwischen meinen Unterrichtsstunden in Geschichte, Etikette und Politik allein war, immer wieder heimlich von meinen magischen Kräften Gebrauch, wobei ich so tat, als wären es nur gewöhnliche Zaubertricks. Mit zehn konnte ich ein Feuer aufflackern oder Funken über den Boden tanzen lassen. Aber noch waren meine Kräfte, so wie ich selbst, klein und schwach und daher leicht zu verstecken.

Mein Leben war damals nur auf das eine Ziel ausgerichtet, eines Tages meinem Verlobten zugeführt zu werden. Und so erschien mir mein kleines Geheimnis völlig unbedeutend. Ich glaubte, solange ich brav den Pflichten meiner Erziehung nachkam, könne nichts passieren.

Doch es gibt Dinge, gegen die kann auch jahrelanger Unterricht nichts ausrichten.

Die Anziehungskraft des Feuers.

Die Sehnsucht nach Freiheit.

Oder ein Mädchen auf einem roten Pferd.

1

Dennaleia

An dem Tag, an dem ich nach Mynaria kam, um meinen zukünftigen Gemahl kennenzulernen, lastete die Hitze des Sommers schwer auf dem Königreich. Meine Kutsche holperte über Pflastersteine auf die im Westen der Stadt gelegene Burg zu, und ich hätte nicht sagen können, was mir das Atmen mehr erschwerte, meine Nervosität oder das enge Korsett meines Kleides. Die Straßen waren gesäumt von jubelnden Bürgern, die bunte Stoffstücke schwenkten. Ihr Geschrei dröhnte mir noch in den Ohren, lange nachdem meine Zofe und mein Gefolge sich am Tor von mir getrennt hatten und meine einsame Kutsche im innersten Burghof zum Stehen kam.

»Mögen die Sechs mir beistehen«, sprach ich mir im Flüsterton Mut zu, während ein Diener die mit Samt ausgekleidete Tür öffnete.

Ich trat auf die hellen Steinplatten und wurde von einem Reiterspalier in vollem Harnisch begrüßt. Die Rüstungen der Pferde glänzten in der Sonne und an den Zügeln flatterten kunstvoll bestickte Seidenbänder. Über ihnen wehten farbenfrohe Banner an den Zinnen, pflaumenblaue für meine Heimat im Wechsel mit dunkelblauen für Mynaria. Hinter dem Torhaus ragte die Burg empor, ein wuchtiges Gebäude mit quadratischen, dem Himmel zustrebenden Türmen. Ohne die gewundenen Turmspitzen, die den Palast, in dem ich aufgewachsen war, krönten, sahen sie so kahl und fremd aus, dass mir vor Heimweh ein dicker Kloß im Hals schwoll.

Ich wollte gerade einen Schritt vortreten, als eine rotbraune Stute ihren Kopf zur Seite warf und mit den Hinterbeinen nach dem Pferd neben ihr ausschlug. Eine Wellenbewegung von gespitzten Ohren und unruhig scharrenden Hufen ging durch die Reihe. Auf der Stute saß mit einem strahlenden Willkommenslächeln der Prinz. Mein Magen flatterte vor Aufregung.

»Ruhig!«, raunte die Person auf dem Fuchs neben ihm.

Ich unterdrückte den Reflex, vor den Pferden zurückzuweichen, und setzte stattdessen ein selbstbewusstes Lächeln auf. Dann straffte ich die Schultern, um trotz meiner bescheidenen Körpergröße möglichst imponierend zu wirken. Der erste Eindruck, den sie von mir gewannen, sollte selbstsicher und würdevoll sein, nicht ängstlich und unterwürfig. Alisendi hätte an meiner Stelle schon längst die Burg erobert und den halben Hofstaat für sich eingenommen. Im Vergleich zu ihr war ich eine eher bescheidene Partie.

»Ihre Königliche Hoheit, Prinzessin Dennaleia von Havemont!«, verkündete ein Herold. Die Reiter saßen gleichzeitig ab und verbeugten sich. Ich antwortete mit einem Knicks. Dann übergab der Prinz seine Zügel dem Reiter des Fuchses und trat vor. Die Porträts, die ich zu Hause von ihm gesehen hatte, wurden ihm nicht gerecht. Jede einzelne Naht seines Wamses war seiner stattlichen Figur perfekt angepasst. Das blonde Haar, das gerade so lang war, dass es sich hinter den Ohren lockte, glänzte in der Sonne, und seine Augen leuchteten im Blau des wolkenlosen Himmels.

Ich wartete darauf, etwas zu fühlen, auf einen Funken, der

sich beim Anblick seiner breiten Schultern und markanten Gesichtszüge in meiner Brust entzündete. Unsere Vermählung stand schon seit Jahren unwiderruflich fest, aber im tiefsten Innern hoffte ich dennoch, wir könnten uns ineinander verlieben.

Nichts geschah und meine Zuversicht geriet ins Wanken.

»Willkommen in Lyrra, der Residenz von Mynaria, Eure Hoheit«, sagte der Prinz und verbeugte sich erneut. »Ich bin Prinz Thandilimon, im Dienste der Krone und der Sechs.«

Ich knickste förmlich. Ein Mann in der Robe eines Hofmeisters trat neben ihn. Die beiden hatten dieselbe gerade Nase und dieselbe helle Haut. Das Haar des Hofmeisters war allerdings mehr silbergrau als blond. Er musste der Bruder des Königs sein.

»Lord Casmiel, Hofmeister der Krone«, stellte er sich mit einem breiten Lächeln vor. Er nahm meine Hand und küsste sie auf die altmodische Weise, so wie mein Vater es manchmal tat. Die vertraute Geste tröstete mich. Ich hatte meinen Knicks noch nicht beendet, da schnappte die Stute des Prinzen plötzlich nach dem Ärmel des Mädchens, das sie an den Zügeln hielt.

»Ganz ruhig!«, rief das Mädchen und stieß die Nase des Pferdes mit dem Ellbogen zur Seite. Die Stute legte die Ohren an, schlug mit den Hinterbeinen aus und traf den Fuchs mit einem kräftigen Tritt.

Chaos brach aus. Der große Fuchs scheute, wich vor den anderen Pferden zurück und kam über die Steinplatten direkt auf mich zugaloppiert. Unter den eisenbeschlagenen Hufen sprühten die Funken. Die Panik weckte meine magischen Kräfte und ich fürchtete wie nie zuvor in meinem Leben um meine Selbstkontrolle. Trotz meines Versuchs, dem Pferd auszuweichen, rammte es mich an der Schulter. Ich schlug der Länge nach auf den Rücken und es presste mir sämtliche Luft aus den Lungen.

»Fangt ihn!«, rief eine Stimme.

Stiefel trampelten an mir vorüber, Zügel baumelten in der Luft, und während ich am Boden lag und nach Luft rang, waren alle damit beschäftigt, ihre Pferde zu beruhigen oder das Durcheinander wieder in den Griff zu bekommen.

Jemand kniete sich neben mich und schob mir sanft die Hand unter die Rippen. Ich hob den Kopf und sah in ein graues Augenpaar mit langen Wimpern. Zu meiner Überraschung gehörte es dem Mädchen, das das Pferd gehalten hatte, welches mich umgerannt hatte. Auf seiner Nase waren ein paar feine Sommersprossen zu erkennen und das kastanienbraune Haar bildete einen starken Kontrast zu seiner dunkelblauen Livree.

»Es ist alles in Ordnung«, sagte sie. »Versucht Euch zu entspannen. Benutzt diesen Muskel hier, um Luft zu holen.«

Der Klang ihrer Stimme beruhigte mich. Langsam lösten sich meine verkrampften Bauchmuskeln, und ich holte ein paarmal stockend Luft, wobei mir jeder Atemzug leichter fiel als der vorherige. Vorsichtig half sie mir auf die Beine und hielt meine Hand, bis ich wieder sicher stand. Als sie mich losließ und davonging, spürte ich die unterdrückte Magie wie feine Nadelstiche in meinen Fingern. Meine Gabe hatte sich schon früher manchmal bemerkbar gemacht, wenn ich aufgewühlt oder ängstlich war, aber noch nie so stark wie in diesem Moment. Andererseits war ich auch noch nie in einer Situation gewesen, in der sich ein so wichtiges Ereignis wie das heutige so schnell in eine Katastrophe verwandelt hatte. Ich musste Ruhe bewahren.

Das Mädchen nahm einem erschöpften Diener, der den Fuchs auf Armeslänge von sich hielt, die Zügel aus der Hand. Das Pferd gähnte, als wäre es zu Tode gelangweilt.

Plötzlich stürmte der Prinz an mir vorbei und blieb unmittelbar vor dem Mädchen stehen.

»Bring dieses dreckige Merzvieh sofort von hier weg«, fuhr er sie an. Hinter seinem Rücken warfen sich seine Gefolgsleute ängstliche Blicke zu. Casmiel eilte zu ihnen und scheuchte sie zurück in die Reihe.

»Hättest du dir die Mühe gemacht, dein Pferd in die Schranken zu weisen, als es ausschlug, wäre das sicher nicht passiert«, gab das Mädchen zurück. Ihr belustigter Tonfall und der Mangel an Hochachtung erstaunten mich.

»Es ist mir egal, wessen Pferd was getan hat. Der Auftritt der Pferde bei Prinzessin Dennaleias Ankunft lag in deiner Verantwortung. Bei allen Sechs Göttern, da bittet man dich einmal um einen Gefallen und dann ...«

»Ja, ja. Immer geht es nur um dich«, schnaubte sie. Sie legte ein Gebaren an den Tag, das besser zu ihrem Pferd gepasst hätte.

Das Gesicht des Prinzen lief rot an. »Du gehst ja wohl nicht davon aus, dass dein Pferd einen Ehrengast – ein künftiges Mitglied der königlichen Familie – über den Haufen rennen kann, ohne dass das Ganze ein Nachspiel hat.«

Ich legte die Hand auf die Stelle, an der mich das Mädchen berührt hatte. Sie war so schnell da gewesen, um mir zu helfen. Meine Mutter hatte immer gesagt, im Umgang mit Bediensteten bewirken freundliche Worte oft mehr als barsche. Als der Prinz den Mund öffnete, um sie erneut zurechtzuweisen, ging ich dazwischen.

»Lasst uns die Sache nicht unnötig aufbauschen«, sagte ich.

»Es war nur ein kleiner Unfall.« Meine Stimme klang fest, dennoch spürte ich meine Magie in mir aufwallen. Erklären konnte ich mir das nicht. Ich schluckte schwer und sah auf den Saum meines Kleides hinunter. Ich musste mich wieder unter Kontrolle bekommen.

»Geht es Euch gut, Mylady?«, wollte Prinz Thandilimon wissen.

Doch bevor ich antworten konnte, brach die Magie unkontrolliert aus mir hervor, und eine Flamme schlug aus meinem Rocksaum.

»Eure Hoheit!«, schrie ein Diener und fiel vor meinen Füßen auf die Knie, bemüht, mit seinen behandschuhten Händen das Feuer auszuschlagen.

Ich sah ihm entsetzt zu, unfähig zu sprechen oder mich zu bewegen.

»Ich glaube, es ist aus, Eure Hoheit«, keuchte er, während er sich wieder erhob. Seine weißen Handschuhe waren schmutzig und übersät mit Brandspuren.

»Ich weiß nicht, wie das passieren konnte«, log ich, obwohl ich natürlich die Gefühle, die seit meiner Ankunft in mir tobten, dafür verantwortlich machte. Aber das tat nichts zur Sache. Ich musste in jedem Fall dafür sorgen, dass niemand die Wahrheit auch nur erahnte.

»Es war ein trockener Sommer«, bemerkte Thandilimon. »Der Funkenschlag der Hufe muss das Kleid in Brand gesetzt haben.« Er kam näher und betrachtete besorgt den verkohlten Saum.

»Nun, dieser Empfang war durchaus bewegend«, sagte ich. »Gestattet Ihr, dass mir meine Zofe beim Umkleiden hilft?«

»Selbstverständlich«, sagte er; er schien sich plötzlich wieder an sein Benehmen zu erinnern. Mit einer schnellen Handbewegung bedeutete er dem Mädchen mit dem Pferd zu gehen.

Gemessen an den Umständen wirkte sie erstaunlich ruhig. Über die Schulter des Prinzen hinweg warf sie mir einen Blick zu, wobei ein kaum merkliches Lächeln über ihr Gesicht huschte. Dann machte sie auf dem Absatz kehrt und schlenderte über den Hof davon. Das Pferd folgte ihr friedlich.

»An Tagen wie diesen würde ich sie samt ihrem hässlichen Gaul am liebsten in den Süden verfrachten lassen, an einen Ort, der so weit entfernt ist, dass die Jahreszeiten entgegengesetzt auftreten«, brummte der Prinz, während die beiden vom Hof verschwanden. Er bot mir seinen Arm und ich nahm ihn. Unter seinem Jackenärmel lugten vier dünne Bänder hervor, die aus dem Schweifhaar der Pferde geflochten waren, die er zugeritten hatte. Wie alle Mynarianer trug auch er diese Armbänder als eine Art Abzeichen.

Nachdem Casmiel wieder Ordnung in das Begrüßungsspalier gebracht hatte, trat er neben den Prinzen. »Ich entschuldige mich für diesen verunglückten Empfang in unserem Königreich, Mylady. Gestattet uns, Euch in Euer neues Zuhause zu begleiten.«

»Kein Grund, sich zu entschuldigen«, entgegnete ich höflich, während wir die eigentliche Burg betraten. Den Durchgang zur gewölbten Eingangshalle, die aus demselben Sandstein erbaut war wie die Außenwände, säumten erloschene Wandleuchten in Form von Pferdeköpfen. Das polierte Messing glänzte in der Sonne.

»Verzeiht mir die Frage, Mylords, aber weshalb behaltet Ihr das Mädchen, dessen Pferd durchgegangen ist, in Euren Diensten, wenn es so unfähig ist?« Mein Vater hätte sie auf der Stelle entlassen.

Der Prinz seufzte, und ich hätte schwören können, dass auf Casmiels Gesicht ein flüchtiges Grinsen zu erkennen war.

»Mir bleibt keine Wahl«, sagte der Prinz. »Da Mara derzeit außerstande ist, andere Aufgaben zu erfüllen, lässt mein Vater sie die Pferde ausbilden. Sie macht das sehr gut, und zudem ist es die einzige sinnvolle Aufgabe, die sie bereit ist zu übernehmen.«

»Gehört sie zu Euren Gefolgsleuten?«, fragte ich voller Verwunderung.

»Ich muss mich entschuldigen. Man hätte sie Euch vorstellen müssen«, sagte Casmiel und warf Thandilimon einen vielsagenden Blick zu.

Der Prinz seufzte. »Mara ist meine ältere Schwester – Amaranthine, Prinzessin von Mynaria. Aber ich kann Euch versichern, sie zählt nicht zu den typischen Vertretern unseres Volkes oder der königlichen Familie.«

Meine Gedanken überschlugen sich. Prinzessin Amaranthine hatte in meiner Erziehung so selten Erwähnung gefunden, dass ich davon ausgegangen war, man habe sie schon vermählt. Sie war achtzehn, zwei Jahre älter als ich, und in diesem Alter war man eigentlich verheiratet. Das meiste, was ich über die Mitglieder der königlichen Familie – einmal abgesehen von Prinz Thandilimon und König Aturnicus – gelernt hatte, betraf deren Verhältnis zum Hohen Rat, einer Gruppe von Repräsentanten, die bei den Regierungsgeschäften half. Doch selbst wenn Amaranthine weder verheiratet noch am politischen Geschehen beteiligt war, die Pferdeausbilderin zu spielen, ziemte sich für eine Prinzessin wohl am allerwenigsten. Ich war irritiert – und neugierig.

»Sollte sie nicht die Pflichten der Hausherrin wahrnehmen, wo Königin Mirianna doch gestorben ist?«, fragte ich.

»Mara ist in manchem nur schwer zu überzeugen …«, begann Casmiel.

»Stur wie ein Esel trifft es wohl eher«, unterbrach ihn Thandilimon. Casmiel warf ihm einen warnenden Blick zu, aber der Prinz redete weiter. »Sie hat keine Vorstellung davon, was es bedeutet, der Krone zu dienen. Wenn sie auch nur ein bisschen Verstand hätte, würde sie sich einen Gemahl wählen und es hinter sich bringen, bevor mein Vater für sie die Entscheidung trifft. Im Moment hat sie zumindest noch die Wahl.«

»Es ist schön, eine Wahl zu haben«, entgegnete ich leise. Seine Worte schmerzten. Er und ich hatten nie eine Wahl gehabt, und falls er mich deswegen hasste, wusste ich nicht, wie wir unsere Ehe überstehen sollten. Ich hoffte sehr, dass wir etwas Verbindendes finden würden, etwas, das über unsere Pflichten hinausging, Bücher vielleicht oder eine bestimmte Art von Musik oder etwas so Schlichtes wie die sauren Fruchtbonbons, die im Winter aus Sonnenborn geliefert wurden.

»In der Tat«, sagte er mit fester Stimme. »Immerhin wird unsere Verbindung Mara dazu zwingen, auch eine Entscheidung für sich selbst zu treffen. Ich habe nicht die Absicht, ihr weiterhin ihren Willen zu lassen, wenn ich erst einmal das Sagen habe.«

Nachdem wir eine Treppe hinaufgestiegen waren, gelangten wir zu den Gemächern, die man für mich vorbereitet hatte. Zwei Diener traten zur Seite und ließen uns ein. Wir standen in einem Empfangsraum mit offenem Kamin und großzügiger Sitzecke, von dem aus eine zweite Tür ins Schlafzimmer führte. Durch die breiten Fenster sah man weit über das Burggelände und die dahinterliegenden Felder, sodass ich mir einbildete, in der Ferne die hohen, wolkenumhüllten Berge meiner Heimat zu erkennen. Dabei wusste ich natürlich, dass sie eine halbe Mondreise entfernt im Nordosten lagen.

Neben einem Plüschsessel im Empfangsraum stand meine Zofe Auna und begrüßte mich mit einem Knicks. Dank ihrem vertrauten Gesicht fühlte ich mich gleich ein bisschen mehr zu Hause.

Ein Page hämmerte an die Tür und übermittelte dem Prinzen eine geflüsterte Nachricht.

»Ich muss mich entschuldigen. Die Geschäfte rufen«, sagte Thandilimon, nachdem der Page wieder davongeeilt war. »Casmiel wird Euch über das Burggelände führen und mich werdet Ihr bei den Begrüßungsfeierlichkeiten heute Abend wiedersehen. Morgen werdet Ihr dann bei einem Frühstück die Gelegenheit haben, in einer kleineren Runde einige der wichtigsten Berater meines Vaters kennenzulernen.«

»Es wird mir ein Vergnügen sein, Eure Hoheit.« Ich knickste.

»Ganz meinerseits, Mylady.« Mit einer Verbeugung verließ er den Raum und die Diener schlossen leise die Tür hinter ihm.

Dafür, dass ich mich ein Leben lang auf dieses erste Treffen mit ihm vorbereitet hatte, war es viel zu kurz und chaotisch gewesen. Ich wusste überhaupt nicht, was ich davon halten sollte, und wäre am liebsten wieder nach Hause gefahren.

Ich entschuldigte mich bei Casmiel, um mir von Auna in ein frisches Kleid ohne Brandspuren helfen zu lassen. Während des Umkleidens war ich mir sehr bewusst, dass er vor der Tür auf mich wartete. Die Anwesenheit Amaranthines hatte mich völlig unvorbereitet getroffen, und nun machte ich mir Sorgen, welche Lücken in meinem Wissen über Mynaria wohl noch klafften. Zugleich faszinierte mich die unkonventionelle Rolle der Prinzessin. Schon allein der Anstand verlangte es, dass ich sie aufsuchte und mich dafür bedankte, dass sie mir zu Hilfe geeilt war. Nach allem, was ich gehört hatte, gab es nur einen Ort, an dem sie sein konnte. Ich sah aus dem Fenster zu den am Hang gelegenen königlichen Stallungen. Dorthin würde Casmiel mich als Erstes begleiten müssen.

2

Mara

Ich kratzte den festsitzenden Dreck aus Flickers Vorderhuf und summte dabei ein unzüchtiges Kneipenlied vor mich hin. Nach der desaströsen Ankunft von Prinzessin Dennaleia war ich froh, wieder meinen gewohnten Aufgaben nachgehen zu können. Obwohl eigentlich die verdammte Stute meines Bruders schuld an allem war, störte es mich nicht weiter, für das Ganze verantwortlich gemacht zu werden. Es bedeutete nur, dass mein Vater und Thandi für eine ganze Weile auf meine Hilfe bei anderen Dingen verzichten würden. Und das wiederum bedeutete mehr Freiheit, was mir nur recht war. Gerade hatte ich das letzte bisschen Schmutz von Flickers Hufeisen geschabt, da tönte ein so greller Schrei durch die Ställe, dass mir fast das Herz stehen blieb. Flicker scheute, schlug aus und hätte, als er mit dem Huf auf dem Boden aufstampfte, um ein Haar meinen Fuß getroffen.

»Ganz ruhig, Junge«, sagte ich und legte ihm die Hand auf die Flanke. Sollte hierfür mal wieder einer der Stallburschen verantwortlich sein, der gerade einer Küchenmagd demonstrierte, wie unbequem ein Stelldichein im Heu war, würden die beiden sich meine Stiefel aus dem Hintern ziehen müssen. Mit finsterer Miene wischte ich mir die Hände am groben Stoff meiner Reithosen ab und marschierte aus der Box.

Am Ende des Gangs stand mit aschfahlem Gesicht Prinzessin Dennaleia und umklammerte mit einer Hand die andere. Na großartig. Egal was passiert war, als Sündenbock der Familie würde man mit Sicherheit wieder mir die Schuld daran geben, obwohl mein Onkel Cas direkt neben ihr stand.

»Was ist hier los?«, fragte ich.

»Es hat mich gebissen«, sagte sie mit zitternder Stimme.

Dennaleia war einen halben Kopf kleiner als ich und zählte zu jenen zarten Geschöpfen, neben denen ich mir immer wie ein plumpes, dreckiges Trampeltier vorkam. Das gelbe Seidenkleid, das sie zuvor noch getragen hatte, hatte sie gegen einen Traum aus Rüschen in Lavendelblau getauscht. Sie hätte sehr viel besser auf eine Sahnetorte als hierher in meinen Stall gepasst.

»Bringen wir sie in die Sattelkammer«, forderte ich Cas auf. Jeder von uns nahm einen Arm der Prinzessin. Wir schoben sie aus dem Boxengang und setzten sie auf eine Truhe. Sie wimmerte ein bisschen, als ich die Bisswunde untersuchte, aber es war nur ein Kratzer, der sich wahrscheinlich bald in einen Bluterguss verwandeln würde. Ich hatte schon sehr viel schlimmere Verletzungen gesehen. Sie am eigenen Leib erfahren, um genau zu sein. In weniger als einer Woche würde die Wunde verheilt sein.

»Mara wird Euch verarzten«, versprach Cas. »Alles wird wieder gut.« Er reichte ihr ein Taschentuch, damit sie sich die Augen trocken tupfen konnte.

Seufzend nahm ich ein Reinigungsmittel und Mullbinden aus dem Verbandskasten. Unter dem Blut kam die weiche weiße Haut ihrer Hand zum Vorschein, deren Reinheit nur der Pferdebiss und ein verblasster Tintenfleck am Mittelfinger störten. Dann war sie also eine fleißige Schülerin. Kein Wunder, dass sie in den Ställen so fehl am Platz wirkte wie Spitze an einem Pferdeharnisch. Vorsichtig legte ich einen Kräuterwickel auf und verband die Wunde mit einem sauberen Streifen Baumwollstoff.

»Fertig«, sagte ich und hoffte, dass sie und Cas nun wieder verschwinden würden.

Sie sah zu Boden. Ihr braunes Haar war so dunkel, dass es das Licht schluckte.

»Es tut mir so leid, Eure Hoheit«, sagte die Prinzessin, den Kopf noch immer gesenkt. »Ich hätte nicht herkommen dürfen. Aber ich habe schon so viel über die Streitrösser von Mynaria und ihre Bedeutung für die Entstehung des Königreichs gelesen. Und die Stallungen sind eines der wenigen noch existierenden Beispiele für frühzeitliche Steinarchitektur …«

Meine Gedanken schweiften ab, kaum dass sie den Mund geöffnet hatte. Dieses Mädchen hatte dazu angesetzt, den Inhalt eines kompletten Geschichtsbuchs zum Besten zu geben, was mich nicht im Mindesten interessierte.

»Schon gut«, unterbrach ich sie. »Ihr müsst Euch nicht entschuldigen. Aber bei allen Sechs Göttern, sprecht mich nicht mit Eure Hoheit an. Ich heiße Mara.«

»Prinzessin Dennaleia von Havemont, im Dienste der Krone und der Sechs.« Sie benutzte ihre unverletzte Hand, um einen erstaunlich eleganten und tiefen Hofknicks zu machen.

Ich verdrehte die Augen. Von diesen Höflichkeitsfloskeln bekam ich Kopfschmerzen und außerdem kannte ich ihren Namen schon.

»Es war nicht ihre Schuld, dass sie gebissen wurde«, sagte Cas.

»Ach ja? Und wie ist dann ihre Hand in Shadows Maul geraten?« Ich starrte ihn böse an.

»Als ich Prinzessin Dennaleia herumführte, bat sie mich, ihr die Ställe zu zeigen. Ich dachte, Shadow sei ein sehr zahmes Tier.«

Ich seufzte. Wenn man sie ritt, war Shadow tatsächlich sehr folgsam. Aber jeder kannte ihre Neigung zum Beißen. Sie hatte diese Angewohnheit den Stallburschen zu verdanken, die sie immer aus der Hand mit Leckereien fütterten. Cas hätte das wissen müssen. Er verbrachte genug Zeit bei den Pferden.

»Ich war davon ausgegangen, dass man der Prinzessin Shadow für den Pferdetrieb und die Trauzeremonie geben würde«, fuhr er fort. »Deshalb wollte ich die beiden miteinander bekannt machen. Aber Dennaleia hat keine Erfahrung mit Pferden und da …«

»Wie zur Hölle der Sechs kann das sein?«, unterbrach ich ihn. Eine Adelige, die nicht reiten konnte, war in etwa so lächerlich wie ein Stallbursche, der keine Schubkarre schieben konnte.

Cas rieb sich die Schläfen. »Ich habe Havemont vor ungefähr zehn Jahren besucht. Der Weg hinauf nach Spire City kann kaum mit Ziegen passiert werden, geschweige denn mit Pferden. Um reiten zu lernen, hätte sie halb bis nach Mynaria reisen müssen. Auch die Kutsche, die sie hierherbrachte, konnte erst in einer Stadt im Vorgebirge mit ihrem Gefolge zusammentreffen. Vielleicht wäre es besser gewesen, noch etwas zu warten, aber für die Hochzeit muss sie den Umgang mit Pferden beizeiten lernen.«

Endlich hob das Mädchen den Blick. Ihre Augen waren von einem überraschend hellen Grün.

»Ich möchte so schnell wie möglich eine Grundausbildung erhalten.« Dafür, dass sie offenbar vom Pech verfolgt war, was Pferde anging, klang sie erstaunlich entschlossen.

»Ein ausgezeichneter Gedanke«, sagte Cas und lächelte ihr zu. Dann sah er mich scharf an.

Ich schüttelte den Kopf und kniff die Lippen zusammen. Das Letzte, was ich wollte, war eine blutige Anfängerin unterrichten, die auch noch unter der ständigen Beobachtung meines Vaters und Bruders stand.

»Warum gibst du sie nicht in die Obhut von Theeds. Er kann sie zusammen mit den Gefolgsleuten ausbilden«, sagte ich.

»Das ist unmöglich. Bis zur Vermählung sind es nur noch wenige Monde, und du weißt verdammt gut, dass sie in einer gemischten Klasse, in der alle deutlich fortgeschrittener sind als sie, nichts lernen wird. Zudem gibt es keine bessere Reitlehrerin als dich.«

Ich überhörte Cas' Schmeicheleien, und auch der strenge Ton, den er normalerweise gegenüber aufmüpfigen Mitgliedern des Hohen Rats anschlug, konnte bei mir nichts bewirken. »Auf gar keinen Fall.«

»Reitstunden mit den Gefolgsleuten werden bestimmt ausreichen«, lenkte Dennaleia ein. Ganz offensichtlich war sie von der Vorstellung, reiten zu lernen, genauso begeistert wie ich von der Aussicht, mich die nächsten Wochen mit ihr abgeben zu müssen. »Ihr wisst sicher am besten, was in meinem Fall das Richtige ist …«

Ich ignorierte ihre diplomatischen Bemühungen und wandte mich direkt an Cas. »Kümmere du dich darum.«

Ich stampfte aus der Sattelkammer, aber vor der Tür packte Cas mich am Ärmel.

»Tut mir leid, Mara, aber du wirst nicht darum herumkommen«, sagte er leise.

Ich riss meinen Arm los.

»Dein Vater wird es mit großem Wohlgefallen sehen, wenn du der Prinzessin hilfst.«

»Ich habe nicht die Zeit, jede Mimose zu verarzten, die in Begleitung eines Idioten durch meinen Stall spaziert«, fauchte ich ihn an.

Meine Beleidigung perlte an Cas ab wie Wasser an gewachstem Leder. Mit ernster Miene sah er mich an. »Bis der Bund endgültig geschlossen ist, wirst du deine Nachmittage ohnehin anders verbringen müssen.«

Ich zuckte zusammen. Damit brach er unsere Abmachung. An Nachmittagen, an denen ich nicht mit den Pferden beschäftigt war, schlich ich mich oft aus der Burg. Manchmal brachte ich Cas von diesen Ausflügen wertvolle Informationen mit und im Gegenzug drückte er beide Augen zu und verriet mich nicht an meinen Vater.

»Es werden Menschen aus allen Nördlichen Königreichen anreisen, um Zeuge der Vermählung deines Bruders zu sein. Aber nicht jeder ist glücklich darüber«, sagte Cas. »Die Stadt wird bald nicht mehr so sicher sein, wie sie es einmal war.«

Offenbar wusste er, dass ich mich nicht immer in den besten Vierteln der Stadt aufhielt, und meine Quellen fanden bestimmt auch nicht ausnahmslos seine Zustimmung. Verflucht sollten sie sein. Er und seine Spione.

»Dennaleia das Reiten beizubringen, ist von größter Wichtigkeit«, fuhr er fort. »Sie muss so schnell wie möglich eine der Unseren werden. Ihr Volk glaubt vielleicht an dieselben Götter wie wir, doch das ändert nichts an der Tatsache, dass es jahrelang zugelassen hat, dass die Zumorder Havemont als Zugang zu unserem Reich benutzen.«

»Damit habe ich nichts zu schaffen«, sagte ich.

»Nun schon. Gib mir bitte keinen Grund, deinen Vater darüber in Kenntnis zu setzen, was du so treibst.«

»Also gut«, willigte ich zornig ein. Er ließ mir keine Wahl. »Aber du sorgst dafür, dass sie nicht mehr hier auftaucht, bevor ich ihr nicht beigebracht habe, welches Ende vom Pferd Zähne hat.« Schäumend vor Wut stampfte ich zurück zu Flickers Box.

»Mara …«, rief Cas mir hinterher, aber da gab es nichts mehr zu besprechen. Mein ungehobeltes Benehmen hätte mir ein schlechtes Gewissen bereiten müssen. Schließlich brachte er sehr viel mehr Verständnis für mich auf als mein Vater oder mein Bruder. Von Zeit zu Zeit setzte er sich sogar für mich ein. Dennoch hatte er keine Vorstellung davon, was es für mich bedeutete, wenn man mir das bisschen Freiheit, das ich hatte, auch noch nahm. Nun, da mein Bruder sich mit seiner Prinzessin schmückte wie mit einem weiteren Armband, hätte der Druck auf mich, die Pflichten der Burgherrin zu übernehmen, eigentlich weniger werden müssen. Davon war ich zumindest ausgegangen.

Ich machte mich daran, Flickers letzten Huf zu reinigen. Ich entfernte einen neben der Strahlfurche eingeklemmten Kieselstein, bürstete den Huf und setzte ihn behutsam auf den Boden. Flicker drehte den Kopf, um mich zwischen zwei Portionen Heu treuherzig anzusehen.

»Tut mir leid, Junge. Du bist fertig.« Ich tätschelte seinen Hals. Selbst im schummrigen Licht des Stalls glänzte sein Sommerfell wie Kupfer. Normalerweise wäre ich noch ein wenig geblieben, aber die Sonne stand schon knapp über den Hügeln und übermalte den Himmel mit einem Hauch von Rosa. Bis zum Abend würde ich mich für Prinzessin Dennaleias Begrüßungsfeier in Kleider zwängen müssen, die ich seit Jahren nicht mehr getragen hatte. Und mit meinen verfilzten Haaren würden meine Zofen ebenfalls alle Hände voll zu tun haben.

Ich verließ den Stall und nahm den am wenigsten frequentierten Weg von den Stallungen zur Burg. Unterwegs hatte ich das Gefühl, die Mauern des Burggartens zögen sich um mich zusammen. Die Vorstellung, dank Dennaleias dummer Reitstunden für den Rest des Sommers hier gefangen zu sein, weckte Fluchtgedanken in mir. Ich wollte mich unters Volk mischen, meinen Quellen wertvolle Informationen entlocken oder auf dem Kataphrakt-Platz mit den Marktverkäufern feilschen. Für die Straßenkünstler und Wirtshausmusikanten war ich eine Zuschauerin wie jede andere, der man eine Münze für einen Apfel oder einen Kanten Brot abluchsen konnte. Die Anonymität eröffnete mir Möglichkeiten, die mir mein Titel verwehrte. Sie erlaubte mir – wenn auch nur für kurze Zeit –, so zu tun, als könnte ich eines Tages als einfache Pferdeausbilderin in einer kleinen Stadt einer Beschäftigung nachgehen, die mir wirklich am Herzen lag.

Immerhin würde ich auf der Feier die Gelegenheit haben, meinen Kummer loszuwerden – und zwar am Boden eines Weinkrugs.

Einige Schattenlängen später betrachtete ich mit düsterer Miene die silbernen Pferde, die mir von den Enden meines Bestecks entgegenstarrten. Über meinen Kopf hinweg wurde munter geplaudert und der Tisch war übersät mit den Resten eines üppigen Sommermahls: in sich zusammengestürzte Berge von frischen Beeren, Lachen aus verlaufener Schlagsahne, Knochen von dem zarten, mit Honig glasierten Kalbfleisch, abgenagte Maiskolben und dazwischen überall verstreut Krumen von Haferbrot. Bei dem Gedanken an noch mehr Essen, insbesondere an die schwere, dunkle Schokoladentorte mit den gebackenen Baiserspitzen, die der Koch zu Ehren von Prinzessin Dennaleias gebirgiger Heimat kreiert hatte, verkrampfte sich mein Magen. Ich drehte an meinen Armbändern und zählte die Minuten, bis ich endlich verschwinden konnte – egal wohin.

Mein Vater hob sein Glas und schlug sechsmal klirrend die Gabel dagegen.

»Ich möchte den Sechs Göttern unseren Dank bekunden für die sichere Ankunft unseres Gastes, Prinzessin Dennaleia von Havemont, und für die Fülle des Mahls, das wir ihr zu Ehren genossen haben. Wir heißen sie in unserem Reich herzlich willkommen und sind glücklich, dass sie an unserer Seite reiten wird. Möge der Segen der Sechs mit der Krone und ihren Dienern sein.«

Der Saal hallte wider von gemurmelten Segenswünschen. Ich erhob ebenfalls mein Glas und beobachtete, während ich einen kleinen Schluck Wein nahm, die Prinzessin. Das Glas in der Hand, saß sie erhobenen Hauptes am Tisch. Offenbar hatten die Schrecken des Tages keinerlei Spuren hinterlassen. Das flackernde Licht einer Wandleuchte gab ihrer blassen Haut einen warmen Ton. Die langen, dunklen Locken fielen ihr offen über den Rücken. Auf dem weinroten Abendkleid, das ihre Schulterblätter frei ließ, wirkten sie fast schwarz. Für einen Moment dachte ich darüber nach, was wohl mit dem Saum eines solchen Kleides passieren würde, wenn ich sie die Ställe ausmisten ließ.

Ihre Unkenntnis, was Pferde anbelangte, hätte ja ganz amüsant sein können, wäre sie nicht inzwischen zu meiner Aufgabe geworden. Ich leerte meinen Becher und schenkte mir nach.

»Wie schmeckt Euch der Wein heute Abend?«, wollte der Mann neben mir wissen. Sein weißes Wams war ungewöhnlich geschnitten und am kleinen Finger der linken Hand trug er einen goldenen Ring. Er musste der Botschafter von Sonnenborn sein. Seit es ihm gelungen war, mehrere Nomadenstämme unter seinem Banner zu einigen, kam seine Position der eines Herrschers über ein Reich sehr nahe. Er war schon vor einem oder zwei Monden in Mynaria eingetroffen, aber ich hatte bisher noch nicht mit ihm gesprochen.

»Sehr gut«, erwiderte ich und nahm noch einen kräftigen Schluck. Er wusste nicht, dass man mir das Trinken in einer gewöhnlichen Bierschenke in der Stadt beigebracht hatte. Auch unter dem Einfluss von Alkohol lief ich nicht Gefahr, mich von seinem Charme einlullen zu lassen.

»Die neue Prinzessin ist wundervoll, nicht wahr?«

»Da habt Ihr recht.« Ich grinste. »Eine Prinzessin, wie ich es niemals sein werde.«

»Ihr wisst, dass das nicht zutrifft, Prinzessin Amaranthine«, entgegnete er freundlich, ohne zu wissen, wie sehr er mich damit ärgerte.

»Dieser schreckliche Name – muss das sein«, murmelte ich.

»Wie bitte?«

»Ich sagte, ich nehme noch etwas Wein.« Ich hielt mein halb leeres Glas in die Höhe.

»Baron Endalan Kriantz von Sonnenborn, zu Euren Diensten«, sagte er und schenkte meinen Becher voll. »Mir ist zu Ohren gekommen, in Pferdefragen sollte man sich an Euch wenden.«

»Oh.« Ich setzte mich aufrecht hin. Zur Abwechslung wollte endlich mal jemand über ein kurzweiliges Thema mit mir sprechen.

»Ein Mann, mit dem man mich in den Ställen bekannt machte, hat Euch erwähnt. Er sagte, nur wenige wüssten so viel über die Blutlinien von Streitrössern wie Ihr.« Er schwenkte gemächlich sein Weinglas und sah zu, wie sich in der Flüssigkeit ein Wirbel bildete. »Verratet Ihr mir Eure Meinung zur Blutlinie der Flann-Pferde? Ich frage mich, ob sie sich wohl gut mit meinen Wüstenpferden kreuzen lassen.« Er lächelte, wobei seine Mundwinkel in einem kurz geschorenen schwarzen Bart verschwanden.

»Flann-Pferde sind sehr ausdauernd und insofern für ein Wüstenpferd eine gute Ergänzung. Aber sie sind von hohem Wuchs, und da Eure Pferde sehr viel kleiner sind als unsere, könnte man keine einheitliche Größe oder Statur garantieren. Ich würde eine Blutlinie mit etwas weniger Ausdauer, dafür aber einer verlässlicheren Größe wählen. Azura vielleicht?«

»Ich bin beeindruckt«, sagte er und nahm noch einen Schluck aus seinem Glas.

Bei seinem Lob wurde mir warm. »Wofür genau braucht Ihr die Pferde?«

»Da mein Volk das Nomadentum nach und nach aufgibt, müssen wir uns mehr auf die Verteidigung konzentrieren«, sagte er. »Unsere Wüstenzüchtungen sind schnell und sehr ausdauernd, aber nicht so robust wie Eure Schlachtrösser. Sehr gut geeignet, um den Feind zu jagen oder zu fliehen, aber schlecht, um die Stellung zu halten.«

»Wenn es Euch ums Kämpfen geht, solltet Ihr Eure Pferde auf jeden Fall klein halten«, riet ich ihm. »Es ist durchaus möglich, die Muskelmasse zu steigern, ohne dafür die Geschwindigkeit über kurze Distanzen zu opfern.«

»Das hatte ich gehofft, Eure Hoheit.«

»Ich kann diesen Eure-Hoheit-Unsinn nicht ausstehen. Spart

Euch das für diejenigen, die Wert darauf legen.« Ich deutete mit dem Kinn ans Tischende, wo Dennaleia stumpfsinnig meinem idiotischen Bruder zulächelte.

»Dann nenne ich Euch …?«

»Mara«, sagte ich mit hocherhobenem Kopf und sah ihn dabei herausfordernd an.

»Wie Ihr wünscht, Mara.« Er lächelte. In seinem Gesicht war nicht die geringste Spur von Spott zu erkennen.

»Danke«, sagte ich und war gegen meinen Willen recht angetan von ihm. Offenbar hatten die Sonnenborner für einen weitgehend gesetzlosen Haufen von Stammesbrüdern erstaunlich gute Manieren.

»Habt Ihr Lust zu tanzen?«

»Warum nicht«, willigte ich zu meiner eigenen Überraschung ein. Normalerweise würde der Wein des gesamten Königreichs nicht genügen, um mich auf die Tanzfläche zu bekommen. Da ich die meisten meiner Tanzstunden geschwänzt hatte, besaß ich ungefähr so viel Anmut wie eine verkrüppelte Antilope.

Lord Kriantz erhob sich geschmeidig aus seinem Stuhl und bot mir seinen Arm. Ich stand auf und geriet auf meinen hohen Absätzen derart ins Schwanken, dass ich mich an einer Stuhllehne festhalten musste, um mein Gleichgewicht wiederzufinden. Ich fluchte leise und schwor mir, das nächste Mal auf flachen Schuhen zu bestehen. Es verblüffte mich immer wieder, wie Frauen den ganzen Tag in solchen teuflisch spitzen Tretern herumlaufen konnten, geschweige denn darin tanzen. Es war einfach lächerlich.

Begleitet von einem kleinen Kammerorchester, das in einer Ecke des Saals spielte, drehten sich in hypnotischen Mustern Röcke in allen Edelsteinfarben über das Parkett. Wir gesellten uns zu den Tanzenden und wirbelten durch die Menge. Der Baron führte, ich folgte unbeholfen. Wir stießen gegen ein tanzendes Männerpaar, das uns mit einem bösen Blick bedachte, was mir aber egal war. Entgegen all meinen Erwartungen genoss ich die Leichtigkeit, mit der Lord Kriantz sich mit mir im Kreis drehte. Außerdem konnte ich es vielleicht so deichseln, dass wir zum Ende des Musikstücks an der Tür wären und ich mich davonmachen konnte.

Lächelnd und außer Atem gelangten wir mit den letzten Tanzschritten in die Nähe des Ausgangs.

»Vielen Dank«, sagte ich in einem Tonfall, der eine zweite Runde auf dem Parkett ausschloss.

»Ich hoffe, wir sehen uns wieder. Vielleicht zu einem gemeinsamen Ausritt?« Lord Kriantz verbeugte sich höflich und verschwand in der Menge.

Ich war schon fast aus der Tür, als das Orchester langsamer wurde und dazu ansetzte, eines meiner Lieblingsstücke zu spielen. Ein Raunen ging durch den Saal, als Prinzessin Dennaleia mit Cas an der Seite zu ihrem ersten Tanz des Abends schritt. Sie neigte den Kopf in meine Richtung, dann folgte ihr Blick der Geste ihres Arms, und während sie den Kopf hob, sah sie mich durch ihre langen Wimpern hindurch direkt an. Die Intensität dieses Blicks jagte mir einen Schauer über den Rücken. Falls ihre Hand von dem Pferdebiss noch schmerzte, ließ sich das an ihren anmutigen Bewegungen nicht erkennen. In meinen Ohren pochte das Blut. Dann fingen die beiden an, sich von mir weg über das Parkett zu drehen. Jedes Mal, wenn Dennaleia an einer der Wandleuchten vorbeischwebte, schienen die Flammen zu flackern und zu hüpfen. Wäre sie nicht ein solches Problem für mich gewesen, hätte ich sie wahrscheinlich anziehend gefunden.

Die Musik ging zu Ende und die Prinzessin verneigte sich unter tosendem Applaus vor Cas mit einem Knicks.

Das Ganze war zweifellos eine Zurschaustellung ihrer Tanzkünste gewesen. Cas war einer der besten Tänzer bei Hofe. Als Nächster bot er seiner Frau Ryka den Arm. Sie war Hauptmann der Wache, und mir war schleierhaft, was er an ihrem furchteinflößenden Auftreten und der strengen Uniform fand. Aber er war der Einzige, der sie zum Lachen brachte. Trotz der Wut auf meinen Onkel spürte ich wieder die tiefe Zuneigung, die ich für ihn hegte.

Die Musiker spielten eine fröhliche Bauernweise und vertrieben damit die tanzende Prinzessin aus meinem Kopf. Wenn ein einzelnes schönes Musikstück schon genügte, dass ich sie plötzlich attraktiv fand, war es höchste Zeit zu verschwinden. Ich huschte durch die Tür, kickte draußen die scheußlichen Schuhe hinter einen Busch und schlich zu meinen Gemächern. Für heute hatte ich entschieden genug von meiner Rolle als Prinzessin.

3

Dennaleia

An meinem zweiten Tag in Mynaria machte ich mich mit nur einem Ziel auf den Weg zum Frühstück: Ich wollte das Desaster des ersten Tages wiedergutmachen. Entlang der Ostseite eines hohen Balkons waren zum Schutz vor der Sonne transparente weiße Vorhänge aufgehängt, die im weichen Licht des Morgens schimmerten wie vorüberziehende Wolken. Jenseits der Arkaden breitete sich die Stadt Lyrra unter uns aus, ein Meer aus bunten Dächern, das sich den Hang hinunter in die Ebene ergoss. Sobald ich den Balkon betrat, kam Prinz Thandilimon auf mich zu, um mich zu begrüßen.

»Guten Morgen, Mylady«, sagte er. »Ich hoffe, Ihr habt gut geschlafen?«

Hatte ich nicht. Meine Gedanken waren die ganze Nacht um die Missgeschicke des Vortages gekreist und die anhaltende Hitze hatte es nicht besser gemacht. Glücklicherweise erwartete Thandilimon keine Antwort von mir, bevor er weitersprach.

»Einige der zuverlässigsten Berater meines Vaters haben sich heute zu uns gesellt«, sagte er und zeigte auf eine Gruppe von Würdenträgern, die in ein Gespräch über das Bogenschießen vertieft waren.

König Aturnicus stand am Kopfende der Tafel und führte

eine etwas ernsthaftere Diskussion mit einer dunkelhäutigen Frau. Sie fixierte mich mit einem Blick, der Glas zum Schmelzen gebracht hätte. Sofort erkannte ich in ihr Hilara, die Hohe Rätin für Auslandsbeziehungen. Meine Mutter hatte mich vor ihr gewarnt. Hilaras Votum für eine Allianz mit Zumorda hatte man zugunsten der Allianz mit Havemont verworfen und ihr Zorn darüber war offenkundig noch nicht abgeklungen. Ihre gertenschlanke Gestalt steckte in einem dunkelblauen Kleid, das fast ebenso durchsichtig war wie die Vorhänge, und obwohl sie recht jung aussah, ließ ihre lange Mitgliedschaft im Hohen Rat darauf schließen, dass sie mindestens das Alter meiner Mutter hatte.

Ich begegnete ihrem finsteren Blick mit einem freundlichen Lächeln, auch wenn mein Herz vor Angst schneller schlug und die Magie mir in den Fingerspitzen kribbelte. Seit ich Havemont verlassen hatte, schien meine magische Gabe sehr viel näher an der Oberfläche zu liegen. Sobald meine Gefühle auch nur ein bisschen in Aufruhr gerieten, machte sie sich sofort bemerkbar.

»Gehen wir hinüber und sprechen mit meinem Vater«, forderte der Prinz mich auf.

Zu meiner Erleichterung ließ der König Hilara stehen und kam uns entgegen, um uns zu begrüßen. Er hatte dasselbe helle Haar wie Thandilimon und Casmiel, seine Augen waren jedoch mehr grau als blau, wie Amaranthines. Das erinnerte mich daran, dass ich sie noch nicht gesehen hatte. Wo war sie?

»Es ist uns ein großes Vergnügen, Euch hier zu haben, Prinzessin«, sagte der König.

»Ich danke Euch, Eure Majestät«, entgegnete ich mit einem Knicks.

»Innerhalb der Familie muss es nicht ganz so förmlich sein«, meinte er fröhlich. »Ich verlasse mich darauf, dass Ihr meinen Sohn an die Zügel nehmt. Es ist lange her, dass dieser Ort die Hand einer Frau gespürt hat.«

Ich starrte ihn an, unschlüssig, welche Reaktion er von mir erwartete. Wie hatte er das gemeint? Immerhin waren viele der Hohen Räte Frauen. Hilfe suchend sah ich zu Thandilimon, doch der zuckte nur verlegen mit den Achseln.

»Setzen wir uns«, sagte der König und führte uns an den Tisch.

Es hatte noch keiner seinen Platz eingenommen, da schlugen die Vorhänge leichte Wellen, und mit gerötetem Gesicht rauschte Amaranthine auf den Balkon.

»Wie immer zu spät«, murmelte der Prinz, während er mich zu meinem Platz am Kopfende der Tafel zwischen dem König und Hilara geleitete.

Keiner schenkte Amaranthine weitere Beachtung, und ich war irritiert, dass niemand darauf bestand, dass sie sich für ihr Zuspätkommen entschuldigte. Immer wieder sah ich verstohlen zu ihr hinüber. Ihr grünes Kleid, das ihr genauso gut stand wie die Livree am Vortag, ließ ihr Haar leuchten wie Feuer.

Erst als Thandilimon mir gegenüber Platz nahm, riss ich mich endlich von ihr los. Er lächelte mir freundlich zu, und ich hoffte, das sei ein Zeichen dafür, dass wir den gestrigen Tag hinter uns gelassen hatten.

Die Diener flitzten um den Tisch und legten zusätzliches Besteck für den ersten Gang auf, eine Gabel, nicht größer als mein kleiner Finger. Ich betrachtete sie staunend und fragte mich, ob es wohl pochierte Fliegen oder irgendeine andere absurde Delikatesse geben würde. Stattdessen brachte man mir eine flache Schale mit Eisstückchen, auf denen in einer splitterigen Muschelschale etwas Graues lag, das aussah wie ein wabbeliges Stück alte Leber oder etwas, das eine der Burgkatzen gerade erbrochen hatte. Ich bemühte mich, nicht in Panik zu geraten.

»Casmiel berichtete mir, Ihr werdet Reitstunden von Mara erhalten, Eure Hoheit?«, sprach Hilara mich an.

Natürlich musste sie mich nach der einen Sache fragen, vor der ich mich noch mehr fürchtete als vor dem schrecklichen Ding auf meinem Teller.

»So ist es, Hohe Rätin.« Ich zwang mich zu einem wohlwollenden Lächeln. »Ich freue mich sehr darauf, mehr über die Schlachtrösser von Mynaria zu lernen.«

Das finstere Gesicht Amaranthines ließ vermuten, dass womöglich nicht ich es sein würde, die hier am Tisch als Erste etwas in Brand setzte.

Alle wandten sich der Speise auf ihrem Teller zu, und ein paar gaben noch etwas darüber, das nach Essig und Schalotten roch. Dann schluckten sie die Dinger direkt aus der Schale am Stück hinunter, samt Schleim und allem.

»Schmeckt wie ein perfekter Tag am Meer«, erklärte mir Hilara mit einem giftigen Lächeln, das wohl als Herausforderung zu verstehen war.

Ich setzte die Muschelschale an die Lippen und ließ das Ding die Kehle hinuntergleiten, so wie ich es bei den anderen gesehen hatte. In meinem Mund breitete sich der Geschmack von Meerwasser aus, salzig, kalt – und überraschend lecker. Lächelnd legte ich die leere Schale zurück auf den Teller.

»Recht schmackhaft«, bemerkte ich. »Wo bekommt man so etwas?«

»Das sind Königsbucht-Austern aus der Provinz Trindor«, klärte Thandilimon mich auf. »Normalerweise gibt es sie nur im Winter. Aber die Familie einer trindorischen Edelfrau, die derzeit zu Gast bei Hofe ist, hat die Austern als Geschenk an die Krone mitgeschickt. Es ist die einzige Sorte, die im Sommer geerntet wird, in sehr großer Tiefe, wo das Wasser besonders kalt ist. Man benutzt dazu spezielle Tauchausrüstungen, die …«

»Ich bezweifle, dass Prinzessin Dennaleia deine Begeisterung für Meeresforschung und Seefahrt teilt«, unterbrach ihn der König.

»Tut mir leid«, entschuldigte sich der Prinz verlegen. »Aber ich wollte schon immer das Meer sehen.«

»Das kann ich gut verstehen«, sagte ich. Sicher hatte Thandilimon, genau wie ich, ausreichend Unterricht genossen, um zu wissen, wie groß die Welt in Wirklichkeit war – und wie wenig Zeit ihm neben seinen zukünftigen Pflichten als König bleiben würde, um sie zu entdecken. »Auch ich war noch nie am Meer. Aber ich habe das Glück, in einem Königreich aufgewachsen zu sein und nun in einem anderen zu leben. Ich kann es kaum erwarten, mehr von Mynaria zu sehen.«

»Oh, aber bevor wir Euch gestatten können, in die Stadt zu gehen, muss etwas gegen die Aufständischen unternommen werden.« Hilara lehnte sich selbstgefällig in ihrem Stuhl zurück.

»Die Aufständischen?« Ich hatte noch nie von ihnen gehört. Und auch dass es problematisch war, mich dem Volk von Mynaria zu präsentieren, war mir neu.

»Nichts, worüber man sich allzu viele Sorgen machen müsste«, beschwichtigte Casmiel. »Die Aufständischen sind eine schwer fassbare Gruppe von Ketzern. Sie sind mit der Allianz unzufrieden, da sie die Magienutzer daran hindern wird, das Große Adyton in Havemont zu besuchen.«

Ich stöhnte. Niemand hatte mir gegenüber je erwähnt, dass dies Teil der Abmachung unserer Allianz war. Die meisten Magienutzer kamen aus dem östlichen Königreich Zumorda. Sie glaubten nicht an die Sechs Götter, nur an die Macht der Magie, und hatten demzufolge keine eigenen Tempel. Das Große Adyton war jedoch ein Pilgerort ihres Mittsommerrituals. Die Zumorder und auch andere Magienutzer waren stets in friedlicher Absicht nach Havemont gekommen und auch wieder gegangen.

»Wenn sie Gebäude mit ihren Symbolen verunstalten oder diese gleich ganz niederbrennen, gibt das meiner Ansicht nach durchaus Anlass zur Sorge«, sagte Hilara.

»Was kann man von einer Bande Magie verehrender Verräter auch anderes erwarten«, brummte der König und wischte sich ein paar Kaviarkrümel aus dem Schnauzbart. »Bald werden wir beide Königreiche von ihnen säubern.«

Die Gabel in meiner Hand wurde so heiß, dass ich sie auf den Tisch fallen ließ. Ich war schockiert. Niemand hatte mir gesagt, dass die Magienutzer durch meine Vermählung nicht mehr nur in Mynaria geächtet wären, sondern auch in meiner Heimat. Sollte sich eine offizielle Verbannung durchsetzen, hätte das zweifellos einen ernsten Konflikt zur Folge.

»Natürlich ist unser erstes Anliegen die Sicherheit unserer Bürger«, sagte Casmiel. »Aber wir müssen mit Bedacht und in Übereinstimmung mit dem Gesetz vorgehen, sonst wird das Volk unsere Herrschaft anzweifeln. Es wäre unklug, die Zuneigung, die das Volk für Euch hegt, aufs Spiel zu setzen, Eure Majestät.«

»Ihr habt recht«, ließ sich der König von Casmiels Argumenten beschwichtigen.

»Aber wenn die Aufständischen für die Gewalt in der Stadt

verantwortlich sind, sollten wir sie gleich jetzt zusammentreiben und bestrafen, bevor sie zu einem noch größeren Problem werden«, schaltete Thandilimon sich ein. »Wir dürfen nicht zulassen, dass sie die Sicherheit des Königreichs gefährden.«

»Für die meisten der offenen Übergriffe sind die fundamentalistischen Magiegegner verantwortlich«, sagte Hauptmann Ryka. Ihr Ton machte deutlich, dass für sie nur die Fakten zählten.

»Wäre die Allianz mit Zumorda zustande gekommen, hätte der Aufruhr vermieden werden können«, sagte Hilara, die den Streit, den sie entfacht hatte, sichtlich genoss.

»Wir können uns unmöglich mit einem Reich verbünden, über das wir so gut wie nichts wissen. Den Ketzern, die es regieren, ist nicht zu trauen.« Der König fuchtelte mit seinem Messer in der Luft herum, um seinen Worten Nachdruck zu verleihen.

»Es ist natürlich in jedem Fall das Beste, alles, was man nicht kennt, einfach anzugreifen«, meinte Amaranthine mit schneidendem Sarkasmus.

Verzweifelt umklammerte ich mit beiden Händen mein kühles Glas, um die Magie in Schach zu halten. Ich musste meine Wut und meine Angst um jeden Preis verbergen. Niemand hatte mich gewarnt, dass der König und der Hohe Rat Magienutzer nicht nur hassten, sondern sie, sobald die Allianz in Kraft getreten war, sogar verfolgen wollten. Ich musste unbedingt versuchen, die Wogen zu glätten, bis ich mehr in Erfahrung gebracht hatte.

»Vielleicht findet sich ja ein Weg, diese Aufständischen zu beruhigen und noch mehr Gewalt zu verhindern?«, schlug ich vor. »Nur wenige von ihnen schaffen es, einmal im Leben zum Großen Adyton zu pilgern. Vielleicht müsste man nur eine andere heilige Stätte für sie finden, eine, die näher an ihrer Heimat liegt.«

Casmiel nickte nachdenklich.

»Aber das sind Abtrünnige«, wandte Thandilimon ein. »Es darf nicht aussehen, als würde die Krone eine Gruppe von ketzerischen Magienutzern unterstützen.«

»Das versteht sich von selbst«, stimmte ich zu. »Es ist unumgänglich, eine Lösung zu finden, die beide Seiten zufriedenstellt und so auch die Gegenreaktionen der Fundamentalisten mindert. Vielleicht sollte man zunächst herausfinden, welche Ziele beide Gruppen genau verfolgen?«

»Ja«, sagte Thandilimon. »Sicher ist es kein Fehler, noch mehr Informationen einzuholen.«

Hilara stöhnte. Bestimmt ärgerte sie sich, dass an meiner Idee nichts auszusetzen war.

»Der Vorschlag von Prinzessin Dennaleia ist gut«, sagte Casmiel. »Allerdings war es bisher sehr schwierig, die Aufständischen aufzuspüren. Niemand ist scharf darauf, Informationen preiszugeben, die die Magie betreffen.«

Amaranthine warf Casmiel einen flehenden Blick zu. »Wenn ich meine Nachmittage zur freien Verfügung hätte, könnte ich helfen …«

»Du hast Reitunterricht zu geben«, schnitt der König ihr das Wort ab. »Und nun ist Schluss mit diesen jämmerlichen Versuchen, dich vor deinen Pflichten zu drücken.«

Amaranthine ließ sich so wütend in ihren Stuhl fallen, dass ich zusammenzuckte. Wir kannten uns kaum und schon hasste sie mich. Ich musste etwas dagegen tun. Wenn ich nicht einmal fähig war, eine andere Prinzessin für mich zu gewinnen, wäre es vermessen, mich einer Königinnenkrone für würdig zu erachten. Nach all dem Unterricht in Etikette, den ich genossen hatte, sollte ich eigentlich in der Lage sein, mit meinem Charme einem wolkenlosen Himmel Schnee zu entlocken.

»Eadric, welche Meinung habt Ihr zu diesem Thema?«, fragte der Prinz. »Da es hier um die richtige Anbetung der Sechs geht, sollte der Hohe Rat für Religion sich vielleicht auch einbringen.«

Alle wandten sich dem anderen Ende der Tafel zu, wo Eadric sich gerade dem Verzehr einer unendlich langen Nudel widmete, was ihm das Sprechen unmöglich machte. Sein Haar war fast weiß und verlieh ihm das würdige Aussehen eines verdienten älteren Höflings. Sein Blick allerdings wirkte müde und leer.

»Weist den Aufständischen den Weg zum Licht«, sagte er schließlich und zeichnete mit der Gabel, von der noch eine Nudel baumelte, gelangweilt das Symbol des Windgottes auf den Tisch.

Alle starrten ihn an. Nur der König war schon wieder dazu übergegangen, dem geräucherten Hühnerbein in seiner Hand das Fleisch vom Knochen zu lutschen. Nachdem ich von den Unruhen in der Stadt und den Änderungen in den Vereinbarungen der Allianz erst jetzt erfahren hatte, fragte ich mich, ob andere Informationen wohl ähnlich verwässert in Havemont angelangt waren.

Das Gespräch wurde wieder aufgenommen und ging zu allgemeineren Themen über. Aber die Sorge, was man mir wohl noch vorenthalten hatte, quälte mich weiterhin. Das Frühstücksmenü war beeindruckend – ein Gang malerischer und köstlicher als der andere –, aber ich konnte kaum etwas davon kosten. Schließlich erhoben wir uns von den Stühlen, um uns für den letzten Gang – ein an einen Edelstein erinnerndes Dessert mit Veilchengeschmack, serviert auf frischen Beeren und einer mit Schlagsahne durchzogenen Karamellcreme – neu zu platzieren. Amaranthine nutzte die Gelegenheit, um sich zu verdrücken, und gab der verbliebenen Frühstücksgesellschaft damit ein Thema, über das sie sich zwischen den Beratungen zu formellen Anlässen, an deren Planung sie hofften, mich zu beteiligen, echauffieren konnte. Als es zu Ende war, konnte ich nicht schnell genug in mein Zimmer kommen. Ich wollte etwas Sinnvolleres tun, als den Veranstaltungskalender der Edelleute von Lyrra zu füllen.

»Eure Hoheit.« Noch bevor ich nach einem Pagen rufen konnte, hatte Casmiel mich auf dem Gang eingeholt. »Darf ich Euch zu Euren Gemächern begleiten?«

»Es wäre mir eine Freude, Mylord.« Ich nahm seinen Arm.

»Ich möchte mich für Amaranthines Verhalten bezüglich Eures Reitunterrichts entschuldigen«, sagte Casmiel.

»Es ist verständlich«, entgegnete ich milde. »Sie ist so beschäftigt und ich halte sie nur ungern von ihren Pflichten ab. Vielleicht gibt es ja jemand anderen, der mich unterrichten könnte?« Diesen letzten Versuch, den Reitstunden zu entgehen, wollte ich auf jeden Fall noch unternehmen, insbesondere wenn ich mich dadurch in Amaranthines Gunst wieder etwas besserstellen konnte.

»Es gibt keine bessere Lehrerin als sie«, sagte Casmiel. »Glaubt mir. Sie ist vielleicht etwas ungehobelt, hat aber ein gutes Herz. Ihr müsst ihr eine Chance geben.«

»Natürlich. Ich bin sicher, sie ist sehr talentiert.« Ich zwang mich zu einem Lächeln, obwohl Amaranthines Fähigkeiten als Reitlehrerin hier gar nicht zur Debatte standen. Das Problem war vielmehr, dass *sie mir* keine Chance geben wollte. Es sah so aus, als wären meine Reitstunden wirklich das Letzte, wofür sie ihre Zeit opfern wollte.

»Sie ist die beste Reiterin innerhalb und außerhalb dieser Mauern. Und manchmal versorgt sie uns mit sehr nützlichen Informationen, auch wenn ihre Quellen, sagen wir mal, eher unkonventionell sind.«

»Ach ja?« Ich war neugierig, was er damit meinte.

Am Ende meines Flurs blieben wir stehen, noch außerhalb der Hörweite der Wachen, die vor meiner Tür patrouillierten.

»Ich würde Euch gerne noch für einen Moment sprechen«, hielt Casmiel mich zurück. »Ihr seid zwar erst angekommen, aber ich sehe in Euch schon jetzt all meine Hoffnungen erfüllt. Ihr seid eine gute Beobachterin und Zuhörerin. Ihr interessiert Euch für die Menschen und ihre Beziehungen, und Ihr versteht es, Leute mit gegenteiligen Ansichten zusammenzubringen. Das habt Ihr während der Diskussion um die Aufständischen heute Morgen bewiesen. Und gestern habt Ihr durch Euer beherztes Einschreiten sogar verhindert, dass Mara und Thandi sich an die Gurgel gingen – ein großes Kunststück.«

Sein Lob war Balsam für meine Seele. Seit meiner Ankunft schien ein Unglück auf das nächste zu folgen, und es war ermutigend, dass er trotz allem mehr in mir sah als nur diese Missgeschicke.

»Thandi hat viel von seinem Vater«, fuhr er fort. »Beide sind starke, charismatische Männer, die von Zeit zu Zeit ein wenig Mäßigung brauchen. Für sie ist es wichtig, zuverlässige Berater zu haben, die sie im Zaum halten. Für König Aturnicus bin ich ein solcher Berater, und ich hoffe, Ihr werdet es für Thandi sein.«

Ich nickte. Seine Augen bohrten sich so tief in mein Inneres, dass ich mich fast nackt fühlte. Casmiel besaß Amaranthines Stärke, war aber nicht so hart wie sie.

»Mein größter Wunsch ist es, dem Königreich mit Leib und Seele zu dienen«, sagte ich.

»Es freut mich, das zu hören«, sagte er. »Wenn Ihr zustimmt, will ich mir gerne die Zeit nehmen, um mit Euch jeden Tag nach der Reitstunde die politischen Angelegenheiten des Hohen Rats und des Reichs zu besprechen. Bei Euren ohnehin schon vollen Tagen wird das eine zusätzliche Belastung sein, aber ich kann sehen, dass Euch diese Themen wichtig sind. Ich wünsche mir sehr, Euch auf Eurem Weg zum Thron ein guter Freund und Mentor zu sein.«

In mir keimte neue Hoffnung auf. Es war mir egal, wenn die Treffen mit Casmiel mir die letzte freie Zeit nehmen würden, die mir noch blieb. Bald wären meine Tage ausgefüllt mit geselligen Frühstücken im Kreis der Höflinge, nachmittäglichem Reitunterricht bei Amaranthine und abendlichen Festessen oder Belustigungen mit der königlichen Familie. Aber nur er konnte mir dabei helfen, die Herrscherin zu werden, die ich gerne sein wollte.

»Nichts würde mir mehr Freude bereiten«, antwortete ich.

»Ausgezeichnet. Wir können gleich morgen anfangen.« In seinen Augenwinkeln bildeten sich Fältchen. Dann verabschiedete er sich mit einer Verbeugung.

Schwindelig von Casmiels Angebot, mein Mentor zu sein, betrat ich meine Gemächer. Ich war so aufgeregt, dass ich sogar vergaß, die Tür hinter mir zu schließen. Ein magisches Kribbeln schoss mir durch Arme und Finger. Meine Zofe Auna, die vor dem Fenster saß und stickte, sah von ihrer Arbeit auf und strahlte, als sie bemerkte, wie glücklich ich war.

In meiner Vorstellung wehte eine frische Brise durch die

Räume, die all meine Ängste und Zweifel wegblies. Genau in diesem Moment schlug die Tür hinter mir zu. Ich blieb wie angewurzelt stehen.

Das Kribbeln in meinen Armen war verschwunden, dafür drehte sich mir der Kopf.

»Mylady … ist die Tür zu Euren Räumen mit einem Gewicht versehen?«, fragte Auna unsicher.

»Ich weiß es nicht.« Anstelle der Magie, die ich noch vor Sekunden gespürt hatte, machte sich Angst breit.

»Eine Windbö muss sie zugeworfen haben.« Auna schlug das Zeichen des Windgottes.

»Ja, eine Windbö«, murmelte ich zustimmend.

Doch wie überall in der Burg regte sich an diesem Morgen auch in meinen Gemächern kein Lüftchen.

4

Mara

Nachdem ich infolge von Prinzessin Dennaleias Ankunft schon fast eine ganze Woche mit lästigen Veranstaltungen bei Hofe vergeudet hatte, wollte ich meinen letzten Morgen in Freiheit nicht auch noch innerhalb der Burgmauern verbringen. Gleich nach Sonnenaufgang verschaffte ich mir Zugang zu den Baracken der Gefolgsleute und riss meinem besten Freund Nils die Bettdecke herunter.

»Zeit, in die Stadt zu gehen!«, rief ich fröhlich.

Er stöhnte. »Bei allen Sechs, warum tust du mir das an?«

Ich boxte ihn ein paarmal kräftig in die Seite, bis er endlich die Beine über die Bettkante schwang und sich aufsetzte.

»Es ist viel zu früh, um eines deiner Mädchen in die Baracken zu holen«, beschwerte sich ein Bettnachbar, bevor er sich auf die andere Seite warf und sich ein Kissen auf die Ohren drückte.

Nils stand auf und wühlte in seiner Truhe nach einem Hemd. Er war so alt wie ich, übertraf mich aber seit ein paar Jahren deutlich an Größe und war mittlerweile zu einem breitschultrigen Gefolgsmann geworden. Sein Bizeps war nicht nur ein Hinweis auf seinen Beruf, sondern erregte auch die Aufmerksamkeit der meisten Frauen – und einiger Männer – in der Burg.

»Wir sehen uns in einer viertel Schattenlänge beim Frühstück«, sagte ich. »Komm nicht zu spät.«

Ich wusste, dass ich trotz der Flüche, die er hinter meinem Rücken grummelte, nicht lange auf ihn würde warten müssen.

Wir nahmen ein schnelles Frühstück zu uns und ritten los – Nils auf seinem grauen Wallach Holler, ich auf einer Allerweltsstute, die ich mir ohne Erlaubnis von der Koppel der Vierjährigen geholt hatte. Als wir nach Lyrra hineinritten, gingen das Hufgeklapper unserer Pferde und das metallische Quietschen meiner auf ihrer Trense kauenden Stute bald im Lärm des städtischen Treibens unter. Rechts und links von uns ragten in umzäunten Gärten die gewaltigen Steinhäuser der reichen Edelleute auf, deren Fußwege für den neuen Tag schon frisch gefegt waren.

»Also, was, zur Hölle der Sechs, war so wichtig, dass du mich noch vor dem ersten Vogelzwitschern aus dem Bett zerren musstest?«, fragte Nils.

»Ich will Cas beweisen, dass es ein Fehler war, mir den Sommer mit diesen blöden Reitstunden zu vermiesen«, sagte ich. Wenn ich neue Informationen über die Aufständischen bekommen konnte, würde er seine Entscheidung überdenken müssen.

»Reitstunden? Du brauchst doch keine Reitstunden.« Nils sah mich verständnislos an.

»Ich doch nicht, Holzkopf. Man hat mir befohlen, Prinzessin Dennaleia Unterricht zu geben. Heute Nachmittag soll ich anfangen. Bisher ist sie, was Pferde angeht, so gut zu gebrauchen wie Titten im Sattel.«

»Es gibt Schlimmeres. Ich für meinen Teil durfte feststellen, dass es durchaus seine Reize hat, Umgang mit den Damen bei

Hofe zu pflegen.« Er bedachte mich mit einem anzüglichen Grinsen.

»Für dich vielleicht«, schnaubte ich. »Und meinem Vater und Cas kommt mein Umgang mit Dennaleia sicher auch sehr entgegen. Bestimmt hoffen sie darauf, dass sie eine perfekte Prinzessin aus mir macht, die man noch vor dem Winter vermählen kann. Da fresse ich doch lieber Hufhornreste. Außerdem schätzt niemand von Adel, der auch nur halbwegs bei Verstand ist, meinen Umgang.«

»Ich schätze ihn sehr«, entgegnete er.

»Bei dir ist das etwas anderes.« Nils war kein Edelmann und hatte daher auch keinen Ruf bei Hofe zu verlieren. Während unserer gemeinsamen Reiterausbildung waren wir beide immer wieder in irgendwelche Schwierigkeiten geraten, und so war es unvermeidlich, dass wir Freunde wurden. Wie auch das, was danach kam, unvermeidlich gewesen war – wenn auch nicht von Dauer.

»Vielleicht fehlt mir aber auch nur jeglicher Selbsterhaltungstrieb«, scherzte er. »Also, wohin reiten wir?«

Am Ende der nächsten Straße brachte ich meine Stute zum Stehen. Über unseren Köpfen prangte ein weißer Kreis auf der Fassade eines Geschäfts und auf der anderen Straßenseite hatte man ein Gebäude bis fast auf die Grundmauern niedergebrannt. Mir sackte der Magen in die Knie.

»Aufständische«, meinte Nils grimmig.

»Fangen wir mit dem Tauben Hund an«, schlug ich vor. Da in ihrer dienstfreien Zeit vor allem Gefolgsleute des Königs dort verkehrten, war der Taube Hund eines der saubersten Wirtshäuser der Stadt. Zudem war er ein guter Platz, um gegen Bezahlung an Informationen zu gelangen. Eigentlich hatte ich vor, Nils ins Pelham zu schleppen, aber das abgebrannte Haus hielt mich dann doch davon ab, die heruntergekommenste Bierschenke in ganz Lyrra gleich als Erstes aufzusuchen.

Wir banden unsere Pferde an das Geländer vor dem Tauben Hund und suchten uns Plätze in der Nähe des Fensters. Die Menschen, die draußen vorbeigingen, lachten oder grölten, rannten oder trödelten. Sie konnten tun, was sie wollten. Nichts schränkte sie ein, weder Förmlichkeiten noch Benimmregeln. Allmählich ließ meine Anspannung nach. Außerhalb der Burgmauern musste ich mich nicht mit Leuten herumschlagen, die sich verbeugten, wenn ich vorüberging, und dann hinter meinem Rücken hämisch grinsten – was ich stets vorgab, nicht zu sehen.

»Wie wär's mit einem Kaffee, Freunde?«, fragte eine polternde Stimme.

Ich sah auf und lächelte. Der Bariton gehörte Graum, dem Wirt.

»Für mich einen doppelt starken«, sagte Nils.

»Zu Befehl, der Herr! Schön, euch zu sehen. Ist 'ne Weile her.« Graum klopfte mir mit seiner fleischigen Hand auf den Rücken, dass ich fast mit dem Kopf auf die Tischplatte geknallt wäre. »Schwarztee ohne Zucker?«

»Ja, genau. Danke«, antwortete ich mit einem Lächeln.

»Wie immer ausgesprochen höflich, der junge Mann.« Er grinste. »Deine Mutter hat dich gut erzogen.«

Bei der Erwähnung meiner Mutter verflog mein Lächeln. Graum schien es nicht zu bemerken und schlurfte davon.

Als er wiederkam, schien er die Münze, die ich mit der Kopfseite nach unten auf den Tisch gelegt hatte, kaum zu beachten. Dennoch verschwand sie irgendwie in seiner Hand, während er mir den Tee hinstellte und mich fragte, ob ich sonst noch etwas wolle.

Ich legte zwei Finger auf die Tischkante, das Zeichen für politische Informationen.

Daraufhin rückte er meine Teetasse links neben den Teller. Es gab also etwas Neues.

Ich nahm die Gabel vom Tisch, um ihm anzuzeigen, dass ich warten würde.

Er legte vier Finger auf die Tischkante und ich wechselte einen schnellen Blick mit Nils. Was ich wissen wollte, würde nicht billig werden.

Ich zögerte einen Moment, da ich nicht zu erkennen geben wollte, wie problemlos ich den geforderten Preis bezahlen konnte.

»Das Essen ist gut«, sagte ich schließlich und willigte damit in seine Forderung ein.

Er nickte und ging grinsend davon.

Wenige Minuten später rutschte uns gegenüber ein Mann in die Bank. Er hatte ein unauffälliges Gesicht und ordentlich geschnittenes pechschwarzes Haar. Seine Kleider waren fast schon zu einfach für einen echten Handwerker und definitiv zu sauber – alles dezente Hinweise auf einen Spion.

»Zwei Tassen?«, fragte er.

»Ja.« Als ich ihm unter dem Tisch eine Handvoll Münzen zuschob, spürte ich seine raue, warme Hand an meinen Fingern.

»Viele glauben, die vermeintliche Sicherheit durch eine Allianz mit Havemont habe die Krone geschwächt«, sagte er. Seine hohe, piepsige Stimme ging im Lärm des Wirtshauses fast unter. »Eine Gruppe von Ketzern, die man die Aufständischen nennt, ist entschieden gegen die Allianz. Ihre radikalsten Mitglieder wollen sogar das Große Adyton für die Magienutzer zurückgewinnen und es nicht mehr mit den Verehrern der

Sechs teilen. Diejenigen, die Magie für reine Ketzerei halten, sind hingegen der Ansicht, der König und der Hohe Rat würden nicht genug tun, um diese Unruheherde auszumerzen, und somit Mynarias Sicherheit und Reinheit gefährden.«

Ich kaute nervös auf meiner Unterlippe. Das alles war mir nicht neu. Ich war zwar ebenfalls der Ansicht, dass der Hohe Rat nur aus langweiligen alten Schwätzern bestand, die kaum etwas zustande brachten, aber die Allianz mit Havemont war von langer Hand geplant und inzwischen unumgänglich. Seit das Dekret vor Jahren unterzeichnet worden war, herrschte Frieden zwischen unseren Reichen. Das Große Adyton konnte also nicht das einzige Problem sein.

»Was noch?«, fragte ich.

»Für die Aufständischen war Havemont schon immer indirekt das Tor nach Zumorda. Und es heißt, auch Zumorda habe den Weg über Havemont für den Handel mit illegalen Waren genutzt. Da Havemont nicht ganz so entschieden gegen Magie eingestellt ist wie Mynaria, werden seine Grenzen weniger streng bewacht als die Grenze zwischen Mynaria und Zumorda.«

»Und was genau bedeutet das für die Krone?«, fragte Nils.

»Man vermutet, die Zumorder könnten sich mit den Aufständischen zusammenschließen«, sagte der Spion.

»Was?«, rief ich. Wenn ein ganzes Reich tatsächlich bereit war, sich zu erheben und für die Interessen einer kleinen Rebellengruppe zu kämpfen, hatten wir sehr viel größere Probleme als die, von denen Casmiel uns erzählt hatte. Niemand wusste genau, wie mächtig Zumorda in Wirklichkeit war. Aber da es das einzige Königreich war, das den Magienutzern Zuflucht gewährte, wäre es sicher nicht klug, es sich zum Feind zu machen.

Der Mann sah mich fest an, aber in seiner rechten Wange zuckte es.

»Magienutzer aus dem Osten …« Der Spion verstummte abrupt, als draußen auf der Straße Geschrei losbrach.

Nils setzte seine Tasse ab und streckte den Kopf aus dem Fenster. »Bei allen sechs Höllen!«

»Was ist los?«, fragte ich.

Andere Gäste waren ebenfalls aufgesprungen und stürzten zur Tür.

Ich wandte mich wieder dem Spion zu, aber der hatte sich schon davongemacht. Sicher wollte er nicht in einer Situation erwischt werden, die irgendwie mit dem Osten in Verbindung gebracht werden konnte. Als Zeichen, dass ich nicht alle versprochenen Informationen bekommen hatte, hatte er eine Münze auf dem Tisch liegen lassen. Ich fluchte leise.

Nils und ich rannten nach draußen und direkt in ein Handgemenge. Um uns flogen die Fäuste und die wogende Menschenmenge schien immer größer zu werden. Unsere Pferde, die noch am Geländer angebunden waren, scharrten, die Augen weit aufgerissen, nervös mit den Hufen.

»Nichts wie weg hier«, sagte Nils, während er schon Holler losband.

Doch dann entdeckte ich den Auslöser für die Schlägerei. Am Ende einer nahe gelegenen Gasse war auf einem Haus ein halber weißer Kreis zu sehen, von dem noch die Farbe tropfte. Mein Herz raste.

»Die Aufständischen sind der Grund für die Schlägerei«, sagte ich. Neben mir wurde ein Mann von einem Faustschlag getroffen und geriet ins Straucheln. Ich konnte ihm gerade noch ausweichen, sonst hätte er mich umgeworfen.

»Dann sollten wir erst recht verschwinden«, entgegnete Nils.

Wir schwangen uns in die Sättel und lenkten die Pferde weg von dem Tumult. Im selben Moment löste sich ein einzelner Mann aus der Menge, dicht gefolgt von drei weiteren. Beim zweiten Hinsehen bemerkte ich, dass sein Arm mit weißer Farbe verschmiert war. Er musste der Aufständische sein, der schuld war an dem Aufruhr. Auf der Flucht vor seinen Verfolgern lief er zwischen zwei hohen Gebäuden hindurch in eine enge Gasse. Ich schlug einen scharfen Bogen nach rechts, um ihnen zu folgen.

»Verdammt!«, schrie Nils mir hinterher, und ich betete zu den Sechs, dass auch er folgen würde.

In der Mitte der Gasse holten die drei Männer ihr Opfer ein und schleuderten es gegen eine Steinwand. Der Mann glitt zu Boden und landete in einem nach Abfall stinkenden Rinnsal.

»Na, wie findest du das, du dreckiges Stück Scheiße?«, schrie einer der Männer, während er heftig zutrat.

»Hey!«, rief ich.

Die Männer schauten zu mir, alle mit demselben hasserfüllten Gesicht.

»Bist du auch ein Freund der Magie?«, höhnte der größte von ihnen. Einer seiner Schneidezähne war abgebrochen, und seine Nase sah aus, als ob sie schon mehr als einmal Kontakt mit einer Faust hatte.

»Bei allen Sechs Göttern«, brummte Nils, der neben mich geritten war.

»Was hat der Mann euch getan?«, fragte ich und hoffte, dass ich mich überlegener anhörte, als ich mich fühlte.

Einer der Verfolger spuckte auf den Mann, der am Boden lag. »Die haben meinen jüngsten Sohn an die Zumorder verkauft.«

Dann gingen sie auf mich los. Einer der Männer versuchte, mich am Bein aus dem Sattel zu ziehen, ein anderer griff nach den Zügeln meiner Stute. Holler machte einen Satz vorwärts, und Nils schnappte sich von einem Abfallhaufen einen abgebrochenen Besenstiel, den er schwang wie eine Turnierlanze. Einer der Männer wollte ihn ihm abnehmen, aber Nils streckte ihn mit einem Bruststoß nieder. Dann befahl er Holler, mit den Hinterbeinen auszuschlagen. Er verfehlte den zweiten Mann nur knapp. Ich streckte die Hand aus und übernahm den Besenstiel von Nils. Hoffentlich würde sich die nervöse kleine Stute als Schlachtross bewähren. Ich ließ sie vorwärtspreschen, schlug dem Großen den Besenstiel auf den Kopf und warf ihn über die Schulter wieder zurück zu Nils. Als die Männer Holler erneut auf sich zugaloppieren sahen, flohen sie wie eine Meute Straßenköter.

Ich glitt aus dem Sattel, kniete mich neben den Mann am Boden und half ihm, sich aufzusetzen. Er war etwas besser gekleidet als die anderen und hatte die sehnige Figur eines Boten. Das dunkle, von grauen Strähnen durchzogene Haar hing ihm in die Augen und von seiner aufgeschlagenen Lippe tropfte Blut.

»Wenn du meine Fragen beantwortest, lassen wir dich vielleicht gehen«, sagte ich. »Zuerst will ich wissen, wie du heißt.«

Stöhnend tastete er seine Rippen ab und sah uns dabei misstrauisch an. Nils wechselte den Besenstiel von einer Hand in die andere, woraufhin der Mann die Hände hob. »Alen!«, sagte er. »Ich heiße Alen.«

»Stimmt es, dass du das Kind dieses Mannes nach Zumorda verkauft hast?« Ich wollte wissen, ob er unsere Hilfe verdient hatte oder ob wir ihn festnehmen lassen sollten.

»Wir verkaufen keine Kinder. Wir retten sie«, sagte Alen und versuchte, sich das festgetrocknete Blut vom Kinn zu wischen.

»Wovor rettet ihr sie?«, fragte ich scharf.

»Vor Eltern, die glauben, dass Läuterungsrituale sie von ihren Neigungen befreien«, entgegnete Alen verbittert. »Wir schicken Kinder mit einer Gabe nach Zumorda, damit man ihnen dort beibringt, niemanden aus Versehen zu verletzen. Wir wollen nur die Sicherheit aller.«

Falls Cas irgendetwas von alldem wusste, hatte er es nie erwähnt. Theoretisch taten Alen und seine Mitstreiter dem Reich einen großen Gefallen, auch wenn ihre Methoden fragwürdig waren.

»Wer ist *wir*?«, wollte ich wissen.

»Der Synkretische Zirkel«, sagte er.

Offensichtlich hatten die Aufständischen mehr als nur einen Namen. Ich setzte mich auf die Fersen und sah zu Nils auf. Er seufzte. Zweifellos fragte er sich gerade, wie tief der Misthaufen dieses Mal war, in den wir da geraten waren.

Über das Pflaster war das Getrampel von Schritten zu hören. Drei Männer und eine Frau erschienen am Ende der Gasse und Alen winkte schwach in ihre Richtung.

»Gehen wir. Jetzt sofort.« Nils warf mir einen Blick zu, der keine Widerrede duldete.

Widerwillig stieg ich auf mein Pferd. Ich wollte Alen weiter befragen, aber noch einmal konnten wir es nicht mit vier Gegnern aufnehmen, insbesondere wenn diese womöglich die Magie auf ihrer Seite hatten.

»Im Pelham werden wir mehr erfahren«, sagte ich, sobald wir außer Hörweite waren.

»Oh nein. Das glaube ich kaum«, sagte Nils. »Noch eine Schlägerei ist heute nicht drin. Du bist schon jetzt von oben bis unten mit Blut verschmiert. Und musst du heute Nachmittag nicht Reitstunden geben?«

»Das Pelham ist mir lieber«, maulte ich.

»Mara.« Nils sah mich bittend an.

»Na gut«, gab ich mürrisch nach.

Es dauerte eine Weile, bis er wieder sprach.

»Du weißt, ich würde alles für dich tun«, sagte er leise und runzelte die Stirn. »Aber als Gefolgsmann kann ich nicht herumrennen und den Ordnungshüter spielen. Ich hatte Glück, dass diese üblen Kerle alle Feiglinge waren. Ich bin zwar dazu ausgebildet, auch mit dreien fertigzuwerden – aber mit einem Schwert oder Speer bewaffnet, nicht mit einem abgebrochenen Besenstiel.«

»Tut mir leid«, sagte ich und griff nach seiner Hand. »Falls dir je etwas zustoßen sollte …« Ich konnte den Satz nicht zu Ende bringen.

Er machte weiterhin ein finsteres Gesicht, nahm aber meine Hand. Wir ließen unsere Pferde eine Weile nebeneinanderher gehen, bis ich spürte, dass die Anspannung des Kampfes langsam nachließ und sein Griff sich lockerte.

»Du würdest mich nie absichtlich in Gefahr bringen. Das weiß ich«, sagte er.

»Nein, niemals«, bestätigte ich mit fester Stimme. Ich hätte nicht so leichtsinnig sein dürfen. Obwohl wir nicht länger ein Paar waren, war er so viel mehr für mich als nur ein Leibwächter – und würde es immer sein. Ich hoffte nur, er wusste das auch.

Aber was mich anging, hatte ich vor, mich nach Dennaleias Reitstunde noch einmal allein davonzuschleichen, um ein zweites Treffen mit diesem Informanten auszuhandeln.

5

Dennaleia

Auf dem Weg zu meiner ersten Reitstunde zitterten mir die Hände vor Aufregung. Thandilimon, dem nicht aufzufallen schien, was für eine lächerliche Figur ich in diesen Reithosen abgab, begleitete mich. Die Nachmittagssonne brannte vom Himmel herab, und während wir durch den Burggarten zu den Ställen gingen, wurde meine Angst immer größer. Thandilimon legte ein straffes Tempo vor und erzählte mir dabei die Geschichte, wie er und Amaranthine einmal großen Ärger mit Hauptmann Ryka bekamen, weil sie völlig unbedarft den Parcours für berittene Bogenschützen ausprobiert hatten.

»Wir schafften es kaum, unsere Ponys geradeaus zu lenken, geschweige denn etwas mit einem Bogen zu treffen. Überall steckten Pfeile, nur nicht in den Zielscheiben. Wären wir die Kinder von irgendjemand anderem gewesen, hätte Ryka uns wahrscheinlich erschossen. Das Ganze war natürlich Maras Idee.« Er lachte.

»Amaranthine scheint nach ihren eigenen Regeln zu leben«, bemerkte ich. Beinahe wäre es ihm gelungen, mich mit seiner Geschichte abzulenken. Ich fühlte mich in meiner Reitkluft seltsam entblößt und fürchtete mich vor der Begegnung mit Amaranthine.

»Nach welchen Regeln Mara lebt, ist uns allen ein Rätsel.

Wird Eure Schwester auch solche Geschichten über Euch zu erzählen wissen, wenn sie uns ihre Aufwartung macht?«, fragte er scherzhaft.

»Das werdet Ihr wohl nie erfahren. Ali hütet meine Geheimnisse wie ihren Augapfel.« Ich versuchte mich an einem koketten Lächeln.

»Habt Ihr etwas im Auge?«, fragte er.

»Oh, nur die Sonne«, wehrte ich beschämt ab. Das Flirten war mir in meinem Benimmunterricht offensichtlich nicht ausführlich genug beigebracht worden. Schnell wechselte ich das Thema. »Konnte der Hohe Rat schon weitere Informationen über die Aufständischen einholen?«

»Nicht viele«, entgegnete Thandilimon. »Ein Großteil der Spuren, denen Casmiels Spione nachgegangen sind, hat offenbar in eine Sackgasse geführt. Die Fundamentalisten werfen mit haltlosen Anschuldigungen um sich, um die Aufständischen in Verruf zu bringen, wo immer sie können. Tag für Tag erreichen die Krone mehr Gesuche, etwas gegen sie zu unternehmen.«

»Das ist sehr bedauerlich.« Ich spürte, wie mir eine leise Angst den Rücken hinaufkroch. Wenn dieser Verfolgungswahn weiter zunahm, würden die Leute noch genauer auf alles achten, was auch nur im Entferntesten nach Magie roch.

Wir betraten die Ställe, und ich betete flüsternd zu den Sechs, sie mögen mir helfen, diese Reitstunde zu überstehen, ohne dass ich mich dabei wie eine tollpatschige Närrin anstellte. Wollte ich Amaranthine für mich gewinnen, musste ich sie mit meinem Können beeindrucken.

»Nun denn, ich werde einen Ausritt mit Zin unternehmen«, verkündete Thandilimon. »Viel Glück bei Eurer Reitstunde.«

Er verabschiedete sich mit einer Verbeugung und ließ mich

mitten im Stall stehen. Überall in den Boxen waren Pferde angebunden, die gesattelt, abgesattelt oder gewaschen wurden. Oder man führte einen der vielen anderen Handgriffe aus, die ich nicht beim Namen nennen konnte. Die Stallburschen waren entweder mit dem Reinigen der Ställe beschäftigt oder flitzten mit Schubkarren oder Besen an mir vorbei, dass das Stroh nur so durch die Luft flog. Ich hatte keine Ahnung, ob ich Amaranthine irgendwo hier im Gebäude oder draußen auf einem der vielen Übungsplätze suchen musste.

»Ich bitte um Verzeihung, Eure Hoheit, wollt Ihr zu Eurer Reitstunde?« Ein hochgewachsener Mann mit von der Sonne gegerbter Haut trat mir entgegen.

»Ja, herzlichen Dank.« Ich straffte die Schultern.

»Jamin Theeds«, stellte er sich mit einer Verbeugung vor. »Ich bin hier der Stall- und Reitmeister.«

»Es ist mir eine Freude, Euch kennenzulernen«, sagte ich.

»Hier entlang, bitte.« Theeds führte mich zügig bis ans andere Ende des Stalls und von dort wieder nach draußen. Inmitten eines kleinen runden Reitplatzes stand ein stämmiges Pferd, dessen Fell die Farbe von Met hatte. Als Amaranthine es am Kopf kraulte, ließ es beide Ohren auf die Seite fallen wie ein Maultier. Mein Mund wurde trocken. Reflexartig wollte ich in meine nicht vorhandenen Röcke greifen, während Theeds mich auf den Platz eskortierte. Von seinen Stiefelsohlen stiegen Staubwolken auf.

Amaranthine stand, eine Hand in die Hüfte gestemmt, da und sah uns entgegen. An ihr wirkten das schlichte Hemd und die Reithosen, die sie trug, wie das Gewand einer Königin. Sie war um einiges größer als ich, genau wie ihr Bruder, und ihren rechten Arm zierten schmale Armbänder in den unterschiedlichsten Farben, die den halben Unterarm bedeckten.

Trotz meiner maßgeschneiderten Reitkleidung fühlte ich mich neben ihr so klein und unscheinbar wie ein Spatz. Ihren Kiefer, den sie herausfordernd nach vorn geschoben hatte, umspielten mehrere kastanienbraune Haarsträhnen.

Unter ihrem ungnädigen Blick schrumpfte ich zusammen.

»Danke, Theeds.« Sie entließ ihn mit einem kurzen Nicken und zog sofort die Steigbügel herunter.

Mein Magen verkrampfte sich und das vertraute Kribbeln jagte durch meine Arme. Ich presste die Nägel in die Handflächen, bis sich die Magie in Schmerz verwandelte.

Amaranthine beendete ihre Vorbereitungen am Sattel und drehte sich wieder zu mir. Obwohl ihr Blick mir eindrücklich im Gedächtnis geblieben war, überraschten mich ihre Augen aufs Neue. Sie waren von einem wandelbaren Grau, das an Himmel und Erde gleichzeitig erinnerte.

Endlich fand ich die Sprache wieder. »Ich weiß es sehr zu schätzen, dass Ihr Euch meiner annehmt, Prinzessin Amaranthine.«

»Bei allen Sechs Göttern«, knurrte sie, »nennt mich bloß nicht so. Einfach nur Mara. Das entspricht zwar nicht der Etikette, ich weiß, aber ich kann meinen Namen nicht ausstehen. Was für eine lächerlich lange, hochtrabende Ansammlung von Silben.«

Ich brachte es nicht über mich, sie Mara zu nennen. In Havemont wäre es eine Beleidigung, jemanden, der nicht dem innersten Kreis der königlichen Familie angehörte, mit der Kurzform seines Namens anzusprechen.

»Wie dem auch sei. Wir vergeuden unsere Zeit. Dann wollen wir Euch mal auf dieses Pferd setzen. Stellt Euch mit dem Gesicht zum Sattel und winkelt das linke Knie an.«

Ich tat, wie mir geheißen, und fühlte mich dabei extrem

unwohl in meinen Hosen. Ob ich mich nach genügend Reitstunden wohl an sie gewöhnt haben würde?

»Das ist übrigens Louie«, sagte sie und deutete auf das Pferd. »Brrr ist seine Lieblingsgangart.« Das Tier schlug mit dem Schweif, als wüsste es, dass man von ihm redete.

Noch bevor ich fragen konnte, was ich als Nächstes tun sollte, legte sie die Hände unter meinem angewinkelten Knie ineinander und wuchtete mich in den Sattel, als wöge ich nicht mehr als ein Sack Mehl. Auf der Suche nach Halt tastete ich unbeholfen mit den Füßen nach den Lederriemen.

»Besten Dank für die Vorwarnung«, murmelte ich.

Amaranthine gab keine Antwort. Einer ihrer Mundwinkel wanderte jedoch etwas nach oben, wobei schwer zu sagen war, ob das ein Zeichen ihrer Belustigung oder ihrer Verachtung war.

Dankbar, dass Louie offenbar nicht die Absicht hatte, sich zu bewegen, rammte ich die Füße in die Steigbügel und bemühte mich um eine aufrechte Haltung.

»Tretet, wenn möglich, mit den Ballen in die Steigbügel. So.« Sie ruckelte den Bügel unter meinem Fußgewölbe hervor.

»Wie beim Tanzen.« Mir kam das Begrüßungsfest wieder in den Sinn und wie sich unsere Blicke begegnet waren, als ich mit Casmiel über das Parkett schwebte. In diesem Moment hatte ich mich ihr ebenbürtig gefühlt. Aber das Tanzen war ja auch eine meiner Stärken.

»Eure Tanzkünste können Euch beim Reiten hilfreich sein«, sagte sie. »Für beides braucht man Koordination und einen guten Gleichgewichtssinn.« Sie kam zu mir und legte mir leicht die Hand aufs Knie. Ihre Berührung verursachte ein Prickeln in meinem Bein, das allerdings weniger mit Magie als vielmehr mit meiner Aufregung zu tun hatte.

»Drückt ihm beide Knie fest in die Seiten«, sagte sie. »Ja, genau so. Spürt Ihr, wie sich Eure Unterschenkel von den Flanken lösen? In dieser Haltung habt Ihr nicht genug Kraft, um ihm zu zeigen, dass er umdrehen oder vorwärtsgehen soll. Und nun die Knie locker lassen. Gut. Entspannt Euch völlig. Benutzt Eure Oberschenkelmuskeln und Knöchel. Von dort kommt die Stabilität, wenn man im Sattel sitzt.«

Sie schob die Hand unter meinen Oberschenkel und ich musste kichern. Noch nie hatte mich jemand an dieser Stelle angefasst.

»Entschuldigt, ich wollte Euch nicht kitzeln. Genau hier«, sie packte fester zu, »müsst Ihr Muskeln aufbauen. Stellt Euch in die Steigbügel. Wann immer Ihr Probleme mit der Haltung bekommt, ist das eine gute Methode, um Euch daran zu erinnern, wo die Beine sein sollten. Beim Aufstehen seid Ihr gezwungen, die Unterschenkel in die richtige Position zu bringen, ansonsten würdet Ihr gar nicht erst aus dem Sattel kommen.«

Ich ließ mich zurück auf meinen Hintern plumpsen. Obwohl ich mich nur ein paar Sekunden stehend gehalten hatte, zitterten meine Schenkel vor Anstrengung. Das hier würde kein Vergnügen werden, so viel stand fest.

Amaranthine schnalzte mit der Zunge und ließ Louie an der langen Leine laufen.

»Versucht nun, seinen Gang zu erspüren. Achtet auf die Stellen, an denen Ihr den Druck seiner Rückenmuskeln spürt, und konzentriert Euch darauf, seiner Bewegung zu folgen. Sitzt aufrecht, aber mit entspannten Hüften.«

Ich errötete ein wenig und versuchte, ihren Anweisungen zu folgen. Dass sie über meine Hüften sprach, war mir peinlich. Tanzlehrer hatten das natürlich auch schon getan, aber nicht ganz so … unverblümt.

»Brust raus, Schultern zurück. Beide Laternen auf den Weg vor Euch gerichtet!«

Wäre ich nicht so konzentriert gewesen, wäre mir die Schamesröte ins Gesicht geschossen. Ihre Wortwahl entsprach eher der eines Wirts einer schäbigen Spelunke als der eines Mitglieds der königlichen Familie. Wo hatte sie nur gelernt, so zu reden?

Louie und ich trotteten weiter im Passgang um den Reitplatz, und Mara bombardierte mich mit so vielen Kommandos, dass ich sie gar nicht alle umsetzen konnte. Während ich mich bemühte, die richtige Haltung zu wahren, fiel mein Blick plötzlich auf etwas jenseits der Reitplätze. Gegen die Sommerfelder zeichneten sich die hellen Hemden dreier Reiter ab, die sich in einem schnellen Trab näherten. Die Hälse ihrer Pferde waren dunkel vom Schweiß. Das mittlere Tier warf unruhig den Kopf hin und her und das Weiße seiner weit aufgerissenen Augen hob sich scharf von dem rotbraunen Fell ab.

Anstatt in der Nähe der Stallungen langsamer zu werden, fiel das Pferd an der Spitze in einen Galopp und jagte seitlich über die Trampelpfade zwischen den Koppeln hindurch. Als die Reiter näher kamen, erkannte ich auf der unbändigen Stute, mit einem breiten Grinsen im Gesicht, Prinz Thandilimon. Bemüht, mich an alles zu erinnern, was Amaranthine mir beigebracht hatte, richtete ich mich auf. Es war gut, wenn er und die anderen Edelleute mich auf dem Pferd sahen.

Lächelnd hob ich die Hand, um ihm zuzuwinken, doch noch ehe Thandilimon meinen Gruß erwidern konnte, wurden wir von der Staubwolke der Reiter eingehüllt, und Louie musste kräftig niesen. Sein Kopf nickte dabei so heftig nach unten, dass ich im Sattel nach vorn kippte und über seine

Schulter in den Dreck purzelte. Ein brennender Schmerz fuhr mir in die Hüfte, und ich musste husten, während sich um mich langsam der Staub legte.

Louie blieb abrupt stehen, sah sich gewohnt ungerührt nach mir um und drehte dann mit einem Schnauben den Kopf wieder nach vorn.

»Nicht bewegen«, befahl Amaranthine, die mit schnellen Schritten auf mich zukam.

Angespannt wartete ich auf die Rüge, die nun gleich kommen würde.

Aber sie kniete sich nur neben mich und legte mir die Hand auf die Schulter. Ihre Berührung, sanft und fest zugleich, spendete mir unerwarteten Trost.

»Langsam«, sagte sie. »Versucht zuerst, ob Ihr noch alles bewegen könnt.«

»Es tut mir leid«, entschuldigte ich mich verlegen. Die Hosen waren wohl mein kleinstes Problem, wenn es darum ging, eine lächerliche Figur zu machen.

»Es war nicht Euer Fehler«, sagte sie und sah mit finsterer Miene zu den Ställen. »Irgendwann bringt dieser Idiot von einem Bruder noch jemanden um, wenn er sein Pferd so über die Trampelpfade jagt. Ich habe ihm schon hundert Mal gesagt, dass er das lassen soll.«

»Ich hätte trotzdem nicht herunterfallen dürfen«, sagte ich. »Louie hat nur geniest.«

»Hauptsache, Ihr seid unverletzt.« Sie zog mich auf die Füße. »Sollte Euch bei mir in der Reitstunde etwas zustoßen, werden mein Vater, mein Bruder und unsere beiden Königreiche zusammen mir an den Kragen gehen.«

»Ich fühle mich gut«, sagte ich und klopfte mir den Schmutz von den Reithosen. Ich hatte zwar Schmerzen in der Hüfte, aber das musste sie ja nicht wissen. »Hat der Prinz mich gesehen?«, fragte ich unsicher.

Amaranthine verdrehte die Augen. »Ich bezweifle es. Der Idiot war wahrscheinlich viel zu sehr damit beschäftigt, sich im Sattel seiner ungezogenen Stute zu halten.«

Ich sah zu den Ställen hinüber, aber die Männer waren schon nach drinnen verschwunden. Es war mir wichtig, was der Prinz von mir hielt, aber der Gedanke, Amaranthine enttäuscht zu haben, brachte mich in gewisser Weise noch viel mehr aus der Fassung.

»Sind Arme und Beine in Ordnung?«

»Ich denke schon.« Noch etwas zittrig vom Sturz bewegte ich probeweise meine Gliedmaßen.

»Dann steigt wieder in den Sattel.« Mara zeigte ungeduldig auf den linken Steigbügel.

Ich kämpfte meine Angst nieder, stellte mich neben Louie und ließ mich von ihr wieder auf seinen Rücken hieven.

Eine Schattenlänge später fühlten sich meine Beine an wie Pudding und ich stakste herum wie ein kleines Kätzchen. Mara zeigte mir, wie man Louie den Sattel und die Trense abnahm und wo ich die Sachen in der Sattelkammer korrekt verstaute. Sie ging so zielstrebig ihrer Arbeit nach, dass für ein ungezwungenes Gespräch keine Zeit blieb und ich in Ruhe über meinen missglückten Versuch nachgrübeln konnte, ihre Meinung von mir zu verbessern.

Als wir schließlich in den Boxengang traten und Casmiel auf uns zukam, war ich sehr erleichtert. Er begrüßte uns und küsste mir die Hand. Selbst Mara freute sich offenbar, ihn zu sehen. In seiner Anwesenheit schien alles leichter zu werden.

»Wir haben neue Berichte von den Grenzen erhalten, die Ihr vielleicht einsehen möchtet. Ich bin gekommen, um Euch zur Burg zu begleiten«, sagte er. Dann wandte er sich an Mara. »Kommst du mit uns zurück?«

Sie schüttelte den Kopf. »Du weißt doch, wie es hier im Stall ist. Irgendwelchen Mist gibt es immer wegzuräumen.«

»Dann sieh zu, dass du dir die Stiefel nicht schmutzig machst«, sagte er lachend und legte ihr liebevoll die Hand auf die Schulter.

Auf unserem Weg zurück zur Burg murmelte ich ein Gebet an den Windgott. Mehr über die Arbeit des Hohen Rats zu lernen, würde mich hoffentlich von meiner völligen Untauglichkeit im Sattel ablenken.

Casmiels Arbeitszimmer war noch schöner, als ich es mir vorgestellt hatte. Die Wände rechts und links des Schreibtischs waren zugestellt mit Regalen und die endlosen Reihen bunter Buchrücken wurden immer wieder von Grünpflanzen unterbrochen. In einem der Fenster hing ein Windgott-Klangspiel, unter dessen Klöppeln Kristalle befestigt waren, die im ganzen Raum Lichtflecken verstreuten.

»Setzt Euch«, sagte er und deutete auf einen Kreis aus schweren Ledersesseln. Sobald ich meinen Platz gewählt hatte, setzte er sich mir gegenüber und stellte damit klar, dass wir das anstehende Gespräch auf Augenhöhe führen würden. Casmiel war trotz seiner unbekümmerten Art nicht zu unterschätzen.

Er reichte mir ein hohes Glas mit einem auf Eis servierten hellen Tee, über dessen Rand ein Zweig Minze ragte. »Danke«, sagte ich. Das Getränk duftete nach Kräutern, frisch und grün wie der Frühling.

»Wie lassen sich die Dinge bisher für Euch an?«, fragte er.

»Ich habe keinen Grund zur Klage. Wenngleich die Reitstunden wohl eine Herausforderung sein werden.« Oder vielmehr meine Reitlehrerin. »Die geselligen Frühstücke waren sehr nett, wobei sich die Gespräche meist um Festivitäten oder Mode drehten und ich gerne etwas mehr über die Dinge erfahren würde, die für die Krone von Bedeutung sind.«

»Die Edelleute werden versuchen, Euch mit ihren Teegesellschaften und anderem Firlefanz von den wichtigen Themen abzulenken«, sagte Casmiel. »Ihr müsst Euch Euren Platz bei Hofe erst verdienen. Zeigt meinem Bruder, Thandi und dem Hohen Rat, dass Eure Stimme Gewicht hat. Königin Mirianna war mehr als nur eine Galionsfigur und gute Unterhalterin. Sie war das Gewissen des Königs. Sein Anker. Mögen die Sechs ihr Frieden geben.«

Er ballte die Hand zur Faust und legte sie sich aufs Herz.

»Möge sie Ruhe und ewigen Frieden finden«, murmelte ich und ahmte seine Geste nach.

Für einen kurzen Moment gaben wir uns schweigend unseren Gedanken hin und ich ließ den Blick über die Regale wandern. Die meisten Bände in Casmiels Arbeitszimmer waren keine Bücher, sondern Aufzeichnungen über das Königreich. Er hatte sie nach Inhalt und Jahreszahl geordnet und mit bunten Einbänden versehen, die ihm ein schnelles Nachschlagen ermöglichten. Dieser Mann hatte die Zügel des Reichs fest in der Hand.

»Ich hoffe sehr, dem Andenken Königin Miriannas gerecht zu werden«, sagte ich schließlich, »und mich dennoch als eigene Persönlichkeit behaupten zu können.«

»Dann lasst uns die Grenzberichte durchgehen und mich Eure Meinung dazu hören. Die Banditen werden offenbar immer dreister, insbesondere im Südosten.« Er schob das Tablett zur Seite, und dann verbrachten wir eine ganze Schattenlänge damit, die Berichte und Aufzeichnungen nach Informationen durchzusehen, die der Hohe Rat am Morgen zuvor womöglich übersehen hatte. Immer wieder wurden wir dabei von Boten unterbrochen, die Casmiel die letzten Neuigkeiten aus dem Hohen Rat überbrachten. Ich war tief beeindruckt von dem Geschick, mit dem er die unterschiedlichsten Ansprüche, die von allen Seiten an ihn gestellt wurden, erfüllte.

»Ihr seid eine eifrige Schülerin, Mylady«, lobte Casmiel am Ende unserer Sitzung. »Kaum ein Hoher Rat kann sich die östlichen Handelsrouten so gut merken wie Ihr.«

»Vielen Dank«, sagte ich erleichtert. Mein Kopf schwirrte von neuen Informationen. Ich würde wohl die halbe Nacht wach bleiben und mir Notizen machen, aber im Gegensatz zum Reiten war das etwas, was ich gut konnte.

Es klopfte erneut an der Tür und ein Page trat ein. »Das Haus eines Edelmannes wurde von Aufständischen beschmiert. Er fordert Vergeltung«, teilte er uns mit. »Der König hat ein Treffen des Hohen Rats binnen einer halben Schattenlänge angeordnet.«

Casmiel schickte ihn weg und seufzte. »Ich fürchte, unsere Zeit ist um.« Draußen ging der Nachmittag langsam in den Abend über. »Falls Ihr noch die Zeit fändet, diese auslaufenden Handelsabkommen für mich durchzusehen, wäre das eine große Entlastung.«

»Mit Vergnügen«, erwiderte ich, begeistert, dass er mir eine so wichtige Aufgabe anvertraute.

Er verabschiedete mich mit einem Handkuss, und mit einem Bündel Papiere unter dem Arm und neuem Selbstvertrauen verließ ich sein Arbeitszimmer. Nach dem langen Stillsitzen konnte ich mich auf meinen steifen, von der quälenden Reitstunde immer noch schmerzenden Beinen nur humpelnd den Gang entlangbewegen. Ich war noch keine zehn Schritte weit gekommen, als ein dumpfer Aufprall zu hören war. Ich und ein Page, der in diesem Moment vorbeieilte, blieben wie angewurzelt stehen. Vielleicht war Casmiel etwas aus den Regalen gefallen und er brauchte Hilfe beim Aufräumen.

Ich ging noch einmal zurück und klopfte zaghaft an die Tür. »Mylord?«

Keine Antwort. Ich bekam es mit der Angst zu tun. In meinen Ohren pochte das Blut und in den Fingerspitzen kribbelte die Magie.

Ich klopfte etwas lauter und drückte die Tür auf.

Durch das offene Fenster wehte eine Brise ins Zimmer und überall tanzten verstreute Papiere über den Boden. Inmitten der Blätter lag Casmiel auf dem Rücken, die Arme weit von sich gestreckt. Ein Auge starrte leblos in meine Richtung, aus dem anderen ragte ein weißer Pfeil, dessen Schaft in einem überirdischen Licht schimmerte.

6

Mara

Als ich mich zu Fuß noch einmal in die Stadt schlich, war die Dämmerung bereits fortgeschritten. Nach und nach gingen in den Fenstern und Straßen die Lampen an, und ich konnte es kaum erwarten, bis es endgültig Nacht wurde und die Lichter wie Glühwürmchen die ganze Stadt erleuchten würden. Plötzlich ertönte in der Ferne der klagende Ruf eines Jagdhorns.

Der Verkehr wurde langsamer und kam stockend zum Erliegen. Köpfe neigten sich, Hände legten sich auf Herzen.

Zitternd fanden auch meine Finger den Weg zur Brust, als wollten sie mein Herz daran hindern herauszuspringen. Durch die sich teilende Menge galoppierte, Staub und Funken stiebend, eine einzelne Reiterin die Straße hinunter. Ihr weißer Umhang, dessen hochgezogene Kapuze ihr Gesicht überschattete, wehte hinter ihr her. Noch einmal setzte sie das Horn, an dem blaue Quasten schwangen, an die Lippen. Flackernde Lichtreflexe tanzten über das Blech und es erklang ein eisiger Ton.

In meinem Inneren tat sich ein tiefer Abgrund auf. Die Weißen Reiter verkündeten den Tod eines Mitglieds der königlichen Familie. Aber wer zur Hölle der Sechs konnte gestorben sein?

Sobald der letzte Ton des Horns verklungen war, setzte das Getuschel ein.

»Der König kann es nicht sein.«

»Vielleicht die Prinzessin aus Havemont?«

»Nein. Die Weißen Reiter reiten nur für die Königsfamilie von Mynaria. Sie ist noch keine von uns. Und eine Fremde bleibt eine Fremde, egal wie lange …«

»Die Tochter! Die Tochter könnte tot sein«, mischte sich eine weitere Stimme aufgeregt ein.

»Sicher stecken die Magienutzer dahinter«, sagte wieder jemand anders.

Mit diesen Worten brach Chaos in der Menge aus.

Mir blieb keine Zeit mehr, meinen ursprünglichen Plan zu Ende zu bringen oder mich in eine Straßenschlägerei verwickeln zu lassen. Ich musste so schnell wie möglich zurück in die Burg, am besten noch bevor jemand meine Abwesenheit bemerkte. Ich kämpfte mich durch die Menschenmenge die Straße hinauf. In der Nähe der Burgmauern patrouillierten mit gezogenen Schwertern Gefolgsleute. Ich fluchte und unterdrückte die sorgenvolle Angst, die sich in mir breitmachte.

Ich ließ die Menge hinter mir und drückte mich in einen engen Spalt zwischen zwei Häusern. Die Schatten schienen mit dunklen Fingern nach mir zu greifen, und als ich an einem Haus vorüberkam, an dessen Wand ein im trüben Lampenlicht kaum erkennbarer weißer Kreis prangte, lief mir ein Schauder über den Rücken. Nachdem ich durch mehrere Hinterhöfe geschlichen war, fand ich endlich, wonach ich gesucht hatte – ein an einer Hauswand befestigtes, eisernes Ziergitter, das bis hinauf zum Dach reichte. Schnell, bevor mich der Mut wieder verließ, hängte ich mich an das Gitter und kletterte hinauf.

Das Metall schnitt mir in die Hände und der durchdringende Geruch nach Eisen und zerriebenen Zypressennadeln kitzelte mich in der Nase. Mit schmerzenden Armen erreichte ich das

Dach. Ich legte mich flach auf die Steinziegel und kroch vorsichtig auf den First, um besser sehen zu können.

Vor dem Haupttor der Burg stand in Habachtstellung eine Truppe von mindestens hundert Gefolgsleuten. Die Gaffer, die sich vor dem glänzenden Stahl in den Händen der Männer zu fürchten schienen, hatten sich in die Straßen der Stadt zurückgezogen. Im Dunkeln unter mir flackerten immer mehr kleine Lichter auf. Man entzündete Trauerkerzen und um jedes Nest aus sechs Kerzen versammelte sich eine kleine Menschenmenge. Dummköpfe. Außer wunden Knien brachten Mahnwachen niemandem etwas ein. Gebete an die Sechs machten die Toten auch nicht wieder lebendig. Seit ich meine Mutter verloren hatte, wusste ich, wovon ich redete.

Der große Abstand zwischen Stadtbewohnern und Gefolgsleuten erfüllte mich mit Sorge. Der Tod eines Mitglieds der königlichen Familie allein war kein Grund, die Trauernden so auf Distanz zu halten. Was immer in meiner Familie geschehen war, es musste sich dabei um ein Verbrechen handeln. Unbewaffnet und allein war ich außerhalb der Burgmauern ein leichtes zweites Opfer. Andererseits konnte der Versuch, mich an so vielen Gefolgsleuten vorbeizuschleichen, ebenfalls tödlich enden. Ich hatte die Wahl zwischen Pferdemist und Rossäpfeln.

Ich kletterte das Gitter hinunter und war froh, endlich wieder festen Boden unter den Stiefeln zu haben. Dann rannte ich, begleitet von den schrägen Tönen einer Trauerhymne, in Richtung eines Seiteneingangs in der Burgmauer. Wie nicht anders zu erwarten, war auch der versperrt. Vor dem einzigen Tor an dieser Stelle standen vier Gefolgsleute Wache und durch die Eisenstäbe hinter ihnen drang das Licht von Fackeln. Im Schatten der Häuser schlich ich mich näher an den Eingang heran.

Der Verkehr auf den Straßen war so dünn und lückenhaft geworden, dass er mir nicht als Deckung dienen konnte.

Vielleicht konnte ich mich mit einer Lieferung hineinschmuggeln. Oder wenn ich nahe genug herankäme, um …

»Heda!« Von hinten packten mich zwei Hände und zerrten mich ins Licht.

Ich wirbelte herum und schlug nach dem Angreifer, aber meine Fäuste trafen ins Leere.

»So nicht, Freundchen«, sagte er.

Ehe ich michs versah, schlug ich mit dem Rücken auf die Pflastersteine, und ein stämmiger Gefolgsmann baute sich über mir auf und drückte mir seine Schwertspitze an den Hals. Verdammt. Ich hatte die Mauerwache vergessen.

»Falls du geglaubt hast, du kommst da rein, hast du dich getäuscht.« Die Gaslampe hinter seinem Kopf ließ sein Gesicht im Dunkeln, aber seine Stimme verriet ein sadistisches Grinsen. »Auf Befehl des Königs darf keiner die Burg betreten oder verlassen.«

»Ich wollte gar nicht rein«, sagte ich und suchte verzweifelt nach einer guten Ausrede.

»Natürlich nicht. Und warum treibst du dich dann hier im Schatten der Mauer herum, Junge?« Er drückte mir das Schwert noch fester an den Hals, sodass die Klinge mir ins Fleisch schnitt und ein dünnes Rinnsal Blut auf die Straße lief.

»Ich bin auf der Suche nach einem Freund, Sir.« Meine Stimme zitterte.

»Du bist zwar ein bisschen dürr für einen Meuchelmörder, aber vielleicht gehörst du ja auch zu den Magiefreunden.« Er spuckte neben meinen Kopf. »Vielleicht sollte ich dich erst töten und dann Fragen stellen.«

Mein Herz raste. Es wäre dumm, so zu sterben. Ich würde

wohl meine Identität preisgeben müssen und mein Vater würde mich sodann keine Sekunde mehr aus den Augen lassen.

»Wen hast du da, Gammon?«, rief eine vertraute Stimme von der anderen Straßenseite herüber.

»Nils!«, quiekte ich.

»Du kennst die Kanalratte?« Gammon beobachtete mich scharf, während er mit Nils sprach.

»Ich kenne nicht viele Kanal…«, begann Nils und kam näher, »…ratten.« Er sah auf mich herab, und sein Gesicht verriet, dass er mich erkannt hatte.

Ich schluckte hörbar und starrte ihn an. Wie er da in seiner Uniform so über mir stand, das Schwert um die schlanke Taille gegurtet, war er ganz der gebieterische Gefolgsmann. Er hielt seinen Speer angriffsbereit in der Hand und die Muskeln seiner starken Arme traten unter den kurzen Hemdsärmeln deutlich hervor. Mit den Augen flehte ich ihn an, irgendeinen Ausweg aus der Situation zu finden, bei dem ich nicht die Prinzessinnenkarte ausspielen musste.

»Zurücktreten, Gammon. Ich kenne den Burschen.« Nils nahm seufzend seinen Speer zurück und setzte ihn ab.

Die Klinge an meinem Hals verschwand ebenfalls.

»Manchmal frage ich mich schon, wozu ich überhaupt hier bin«, brummte Gammon und steckte sein Schwert in die Scheide.

»Du hast gute Arbeit geleistet«, versicherte ihm Nils. »Keiner weiß, was sich hier heute Abend so alles rumtreibt.«

Nils zog mich auf die Beine. Als er das Blut an meinem Hals sah, verfinsterte sich sein Blick.

»Du hast die Burg ohne Erlaubnis verlassen. Und was hatte ich dir gesagt?« Er baute sich breitbeinig vor mir auf und sah mich böse an.

»Dass es unentschuldbar ist, Sir.« Ich spielte mit und ließ den Kopf hängen.

»Genau. Es ist mir gleichgültig, ob heute dein freier Abend ist. Stallburschen ist es nur an Feiertagen erlaubt, das Burggelände zu verlassen. Man hätte dich töten können.« Er durchbohrte mich mit seinen braunen Augen. Wäre ich tatsächlich ein Stallbursche gewesen, hätte ich in meinen Stiefeln gebebt vor Angst.

»Es tut mir leid, Sir«, sagte ich.

Er packte mich am Hemdrücken und stieß mich zum Tor. »Zurück auf deinen Posten, Soldat.« Er nickte Gammon zu, der noch einmal salutierte und dann, erstaunlich geschmeidig für einen Mann seiner Größe, wieder mit dem Schatten der Mauer verschmolz. Nils brachte mich zum Tor. Ich ließ Kopf und Arme hängen, sodass er mich wie eine Katze am Nacken packen und hinter sich herzerren musste. Der Schlüsselträger öffnete uns das Tor. Als wir hindurchgingen, musterte er mich misstrauisch. Sobald wir außer Sichtweite waren, beendete Nils das Schauspiel und nahm mich fest in die Arme. Ich drückte mich an ihn und sog den vertrauten Geruch seiner sauberen Uniform ein.

»Du hast dir für deinen kleinen Ausflug in die Stadt ja mal wieder den besten Abend ausgesucht, kleine Mara«, sagte er, als ich mich aus seiner Umarmung löste. »Die Weißen Reiter … ich dachte schon, das bist du.«

»Mir geht's gut«, versicherte ich sowohl ihm als auch mir.

»Du hattest großes Glück, dass ich gerade befördert worden bin und am Tor war.« Er blickte zurück zur Mauer.

Ich nickte. »Was zur Hölle der Sechs ist passiert? Wer ist tot?«

»Ich weiß es nicht. Nur die persönlichen Leibwächter wurden in den großen Saal zur Bekanntgabe gerufen. Wir Übrigen mussten umgehend Wache schieben. Der Befehl lautet: Bis morgen darf keiner die Burg betreten oder verlassen.«

Ich fluchte leise. »Ich kann's einfach nicht glauben. Ich muss herausfinden, was da los ist.« In meinen Augen brannten Tränen.

Nils legte mir tröstend die Hand auf die Schulter. »Vielleicht solltest du dich einer der Wachen an den Eingängen zu erkennen geben. Immerhin bist du schon innerhalb der Mauern. Da kann es nicht mehr ganz so schlimm werden, oder?«

»Das geht nicht. Wenn irgendjemand erfährt, dass ich heute Abend draußen war …« Ich musste den Satz nicht zu Ende bringen. Wir wussten beide, dass damit mein letztes bisschen Freiheit endgültig verloren wäre.

»Was wirst du jetzt tun? Ich würde dich ja gerne begleiten, aber ich muss zurück auf meinen Posten, bevor die anderen misstrauisch werden.«

»Mir wird schon etwas einfallen«, sagte ich. Ich ging auf ihn zu, um ihn zum Abschied noch einmal zu umarmen, und dieses Mal drückte er mich etwas sanfter. In den Fenstern der Burg hinter ihm leuchteten verstreute Totenlichter, und wie ein verlorenes Sternbild am Nachthimmel brannten weit entfernt von den übrigen noch sechs weitere Kerzen. Prinzessin Dennaleias Zimmer. Plötzlich wusste ich, wie ich hineinkommen würde.

7

Dennaleia

Noch immer erschüttert von den Ereignissen des Nachmittags schaffte ich es kaum, mich hinzusetzen und meiner Mutter einen Brief zu schreiben. Mein Stift zitterte über das Blatt, worunter die Lesbarkeit meiner Worte deutlich litt. Ich versicherte ihr, dass es mir gut ginge, obwohl ich viel lieber die Wahrheit geschrieben hätte. Casmiels Tod ängstigte mich. Wäre ich noch in seinem Arbeitszimmer gewesen, wäre ich womöglich ebenfalls tot. Wie konnte das überhaupt geschehen? Wo waren die Wachen? Und was noch viel wichtiger war: Warum wurde er umgebracht?

Auch Alisendi hätte ich gerne geschrieben, aber die befand sich wohl schon auf dem Weg zu meinem Hochzeitsbasar irgendwo zwischen Havemont und Mynaria. Ich wünschte mir nichts sehnlicher, als dass sie und meine Mutter jetzt bei mir wären, um mit mir gemeinsam im Allerheiligsten zu beten, so wie wir es zu Hause immer getan hatten. Sicher hätte mir das etwas Trost gespendet, aber meine Eltern waren übereingekommen, dass es für meine Eingewöhnung besser war, wenn ich allein nach Mynaria reiste. Alisendi kam nur deshalb zum Basar, weil es vernünftiger war, mich zu besuchen, bevor sie Aufgaben übernahm, die das Reisen schwierig machten. Und mein Vater verließ Havemont wegen seiner Pflichten ohnehin so gut wie nie. Nach meiner Vermählung würde im Norden rasch der Winter anbrechen, sodass auch meine Mutter kaum vor dem nächsten Sommer zu Besuch kommen würde.

Gerade griff ich nach dem pflaumenblauen Wachs, um meinen Brief zu versiegeln, als die Trauerkerzen in meinem Fenster zu flackern begannen. Es war die einzige Vorwarnung, bevor eine Gestalt in schmutzigen Kleidern über den Sims kletterte und sich auf den Boden plumpsen ließ.

Ich schrie auf, und ohne dass ich es hätte verhindern können, entwich mir Magie. Die Trauerkerzen loderten hell auf und versprühten Funken im Zimmer.

»Ich bin es nur!« Der Eindringling rappelte sich auf und hätte dabei um ein Haar meine Harfe umgestoßen.

Im Zurückweichen griff ich mir neben dem Kamin einen Schürhaken und fuchtelte wild damit herum, in der Hoffnung, bedrohlich zu wirken. Als ich den Mund öffnete, um noch einmal zu schreien, erkannte ich das dreckverschmierte Gesicht.

»Amaranthine?«, fragte ich ungläubig.

Ihre Kleider, die wie Bauernlumpen an ihr hingen, verbargen ihr Geschlecht besser, als ich es für möglich gehalten hätte.

Es klopfte kräftig an der Tür.

»Eure Hoheit?«, drang die gedämpfte Stimme eines Gefolgsmanns durch das dicke Holz.

Die Wache riss die Tür auf, während Amaranthine zeitgleich in meinem Schlafzimmer unter das Bett hechtete. Schnell versteckte ich den Schürhaken hinter meinem Rücken in der Hoffnung, meine Röcke würden ihn verbergen.

»Gibt es ein Problem?«, wollte der Wachmann wissen.

»Nein. Es tut mir leid. Ich bin nur so nervös seit heute Nachmittag. Ich dachte, ich hätte draußen ein Geräusch gehört.«

»Gut«, sagte er. »Lasst es uns wissen, wenn Ihr noch einmal

etwas hört.« Während ich stocksteif dastand und überall hinsah, nur nicht zum Schlafzimmer, ließ er den Blick durch den Raum schweifen. Dann schloss er die Tür endlich wieder hinter sich. Erleichtert atmete ich auf, dankbar, dass er sich nicht die Mühe gemacht hatte, genauer nachzusehen.

Ich ließ den Schürhaken fallen und ging in die Knie, um unter mein Bett zu schauen. »Was macht Ihr hier?«

Amaranthine kroch wieder hervor und stand auf. »Bitte ... könnt Ihr mir sagen, wer gestorben ist?«

Mir sank das Herz in die Magengrube. Ich dachte, sie hätte den Abend trauernd mit Thandilimon und dem König verbracht. Wie kam es, dass sie nicht wusste, was passiert war?

»Lord Casmiel«, sagte ich leise.

Sie sah mich an, ihre grauen Augen weiteten sich. »Nein!«

»Er wurde heute Nachmittag in seinem Arbeitszimmer erschossen.« Die Stimme versagte mir. »Ich war gerade gegangen.«

Ihre Augen füllten sich mit Tränen, die sie sofort mit den Fäusten wegwischte. Es tat weh, sie so leiden zu sehen. Ich ging ein paar Schritte auf sie zu und legte die Arme um sie, als wäre sie meine Schwester. Aber sie blieb völlig steif. Als mir klar wurde, dass sie meine Umarmung nicht erwidern würde, wich ich zurück. Aus ihrem Gesicht war jede Gefühlsregung verschwunden.

»Was ist geschehen?«, fragte sie mit matter Stimme.

Ich erzählte ihr, was ich gesehen hatte, und meine Hände zitterten, als ich alles noch einmal durchlebte.

»Ein weißer, schimmernder Pfeil? Das ist merkwürdig«, sagte sie stirnrunzelnd.

Ich nickte. »Es ist ungewöhnlich, Pfeile zu bemalen. Wäre der Pfeil für einen bestimmten Meisterschützen gefertigt worden oder für ein Turnier, wäre die Bemalung nachvollziehbar. Aber kein Mörder wäre so dumm, ein solches Erkennungszeichen bei seinem Opfer zurückzulassen. Der Pfeil kann aber ebenso wenig für die Truppen angefertigt worden sein. Es wäre viel zu aufwendig und teuer, die Pfeile für das Heer anzumalen. Zudem würde man eher eine dunkle Farbe benutzen, zur Tarnung. Es sei denn, man kämpft im Schnee.« Ich hatte den ganzen Abend über diese Frage nachgedacht, war aber zu keinem vernünftigen Schluss gekommen.

»Woher wisst Ihr das alles?«, fragte sie verblüfft.

»Ich habe viel gelesen«, sagte ich selbstbewusst.

»Und das Schimmern?«

»Ich weiß es nicht.« Mein Blick schweifte zum Fenstersims, wo immer noch die Trauerkerzen brannten. Von der Hitzewelle, die meine magischen Kräfte ausgelöst hatten, waren sie halb geschmolzen und in einem merkwürdigen Winkel in sich zusammengesackt.

»Ich muss gehen«, sagte sie. »Kann ich Euren Waschraum benutzen?«

»Warum tragt Ihr überhaupt solche Kleidung?«, wollte ich wissen.

»Das geht Euch nichts an«, entgegnete sie barsch.

»Ich denke schon. Immerhin ist es mein Fenster, das Ihr als Eingang zur Burg benutzt habt.« Es tat gut zurückzublaffen. Das hier war mein Terrain, nicht ihres, und ich konnte fragen, was ich wollte.

»Na gut. Ich halte mich nicht ausschließlich auf dem Burggelände auf, und diese Kleider helfen mir, unerkannt zu bleiben.«

Als Casmiel von *unkonventionellen* Informationsquellen sprach, hatte er offensichtlich gemeint, dass sie sich heimlich aus der Burg schlich.

Ich seufzte. »Ihr werdet etwas anderes zum Anziehen brauchen.« Ich hängte den Schürhaken wieder in seine Halterung und kramte in meinem Schrank. Bei ihrer Größe und Figur war es nicht einfach, etwas zu finden, das nicht zu klein war und dadurch vulgär wirkte. Meine Wahl fiel auf ein schlichtes Kleid in einem blassen Grünton, das ich in Mynaria noch nicht getragen hatte. Das sollte gehen.

»Danke«, sagte sie. Alle Aggressivität war aus ihrer Stimme verschwunden. Bevor sie in den Waschraum verschwand, fasste sie sich an eine rotbraune verschmierte Spur am Hals, und ihre Finger zitterten.

War das Blut? Was hatte sie in der Stadt nur gemacht?

Nach einer Weile tauchte Amaranthine wieder auf, das Gesicht sauber, die Miene beherrscht. Ihre Augen waren rot, aber ich wagte nicht, sie zu fragen, ob das vom heißen Wasser oder vom Weinen kam.

»Würdet Ihr mir mit den Bändern helfen?«, fragte sie und drehte sich um.

»Natürlich«, sagte ich.

Bei Auna sah es immer ganz leicht aus, aber als ich ihr das Kleid enger schnürte, erwiesen sich meine Finger als recht ungeschickt. Der Stoff legte sich um Amaranthines Taille und betonte die weichen Kurven ihrer Hüften. Plötzlich nahm die Hitze im Raum zu, und unter meiner Haut prickelte die Magie, was mich noch ungeschickter machte. Der Geruch der Stadt, der noch an ihr haftete, mischte sich mit dem Lavendel- und Rosenduft der Seife, die sie zum Waschen benutzt hatte. Obwohl sie mich schon während der Reitstunden angefasst hatte, war es etwas anderes, meine Hände auf ihrem Körper zu spüren. Als ich mit dem Schnüren endlich fertig war, glühten meine Wangen.

»Ich danke Euch«, sagte sie und drehte sich zu mir um. Die Blutspur an ihrem Hals war verschwunden und ich konnte die Ursache dafür sehen. Unterhalb ihres Kiefers verlief ein dünner Schnitt. Ich öffnete den Mund, um zu fragen, wo sie sich die Verletzung geholt hatte, besann mich aber eines Besseren. Es wäre netter, ihr die Möglichkeit zu geben, ihren Kummer bei mir loszuwerden.

»Ich bedaure Euren Verlust sehr«, sagte ich. »Casmiel hat immer wohlwollend von Euch gesprochen. Er sagte, Ihr hättet ein gutes Herz.«

Sie seufzte. »Wenn ich ein gutes Herz hätte, würde ich meinen Pflichten als Tochter des Königs nachkommen, wie mein Vater es immer nennt, und der Krone dienen, so wie Thandi.«

»War das vor Thandilimons Geburt anders? Wart damals Ihr die Thronfolgerin?«, fragte ich.

»Daran habe ich keine Erinnerung. Ich war ein knappes Jahr alt, als er geboren wurde, und mein Vater ist der Ansicht, Königreiche sollten vom Vater an den Sohn vererbt werden. Daher ging es schon immer nur um Thandi.«

»Ich verstehe«, sagte ich, obwohl mir nicht einleuchtete, weshalb man ein Geschlecht über das andere stellte. Als Erstgeborene war meine Schwester von Anfang an dazu bestimmt, Königin von Havemont zu werden, selbst wenn ich ein Junge wäre oder sie sich einen Gemahl nehmen würde.

»Ich hätte ohnehin nicht Thronfolgerin sein wollen«, fügte sie noch hinzu.

»Warum nicht?« Die Krone verlieh uns die Macht, den Menschen zu helfen und unsere Reiche zum Besseren zu verändern. Ich konnte mir nicht vorstellen, wie man diese Macht ausschlagen konnte.

»Ha!« Ein kurzes, bitteres Lachen. »Ein Leben lang vorzutäuschen, dass man weiß, was für ein Königreich voller Individuen das Beste ist? Einem Tagesplan folgen, der stets voll ist bis zum Anschlag? Entscheiden, wer für seine Verbrechen stirbt und wer am Leben bleibt? Jemanden heiraten, auf den man keine zwei Eimer Pferdemist gibt, nur weil es gut für das Reich ist?«

»Aber ja, wer wollte das nicht?«, entgegnete ich sarkastisch. Was sie beschrieb, war genau das Leben, auf das ich mich seit meiner Geburt vorbereitet hatte.

Sie zuckte mit den Achseln. »Für mich ist das nichts.«

»Ich hoffe, Thandilimon wird mich eines Tages lieben.« Neben der Angst, nutzlos zu sein, war meine größte Furcht, in einer lieblosen Ehe gefangen zu sein, mit einem Menschen, der mich nicht respektierte. Auch wenn die große Liebe in einem Fall wie meinem eher selten war, hoffte ich dennoch darauf. Denn Liebe würde mir mein Leben leichter machen, Einsamkeit hingegen schwerer.

»Na dann, viel Glück«, sagte sie. »Eine Partnerschaft kann man aufbauen, aber Liebe kann man nicht erzwingen. Liebe sollte sich anfühlen wie der erste Ritt auf einem Pferd in vollem Galopp. Sie sollte das Blut zum Kochen bringen und einem eine Gänsehaut über den Rücken jagen. Und im Grunde Eures Herzens solltet Ihr sie sofort erkennen, wenn Ihr dem anderen zum ersten Mal in die Augen seht.«

Ihre Worte klangen herausfordernd. Offenbar wusste sie von Dingen, die ich noch nie erfahren hatte. Ich starrte sie an, sprachlos, unfähig dagegenzuhalten. Ich wusste nicht einmal, ob ich das wollte. Ihre Art der Liebe war nicht die, die das Schicksal mir zugedacht hatte.

»Ich sollte jetzt in meine Gemächer gehen.« Amaranthine

raffte ihre Bauernkleider zusammen und ging quer durchs Zimmer zur Tür.

»Natürlich«, sagte ich. Das kurze Gespräch mit ihr war so anstrengend gewesen wie eine der berüchtigten Prüfungen meines Geschichtslehrers, die sich immer über drei Schattenlängen gezogen hatten. So viel also dazu, sie als Freundin zu gewinnen.

Sie öffnete die Tür und verschwand den Gang hinunter. Einen Gefolgsmann, der anbot, sie zu begleiten, ließ sie einfach stehen. Die Wachen vor meiner Tür hatten zu Amaranthines Glück nach ihrer Ankunft gewechselt und schienen sich über ihre Anwesenheit in meinem Zimmer nicht zu wundern – was mich allerdings noch zusätzlich beunruhigte. Nach dem, was Casmiel zugestoßen war, sollten die Gefolgsleute eigentlich extrem wachsam sein. Die Angst und das aufwühlende Gespräch hatten dafür gesorgt, dass meine Nerven aufs Äußerste gespannt waren. Mehr als je zuvor hatte ich das Bedürfnis zu beten.

Meine Mutter und meine Schwester waren zwar nicht bei mir, aber meine Gebete konnte ich auch allein sprechen. Vielleicht würde es meine Magie beruhigen und mir erlauben zu schlafen. Zudem konnte es nicht schaden, wenn man mich für sehr fromm hielt. Umso unwahrscheinlicher war es, dass man mich der Magie verdächtigte.

»Verzeihung«, bat ich eine der Wachen, »könntet Ihr mich bitte zum Allerheiligsten bringen?« Sicher würde mir niemand übel nehmen, wenn ich mich dort für einige Augenblicke dem Andenken Casmiels widmete.

»Selbstverständlich, Mylady«, sagte er.

Wir gingen weit in den königlichen Flügel der Burg hinein, bis wir schließlich an einer Holztür anlangten, deren Türsturz sechs in einem Kreis angeordnete Kugeln aus poliertem Glas zierten – das Symbol der Sechs Götter. Als ich eintrat, gaben die Türangeln keinen Laut von sich. Vor mir breitete sich ein runder, in sanftes Licht getauchter Raum aus, in den in regelmäßigen Abständen sechs Nischen mit je einem gepflegten Altar eingelassen waren. Ich schritt durch den leeren Raum und verspürte eine tiefe innere Ruhe.

Da mein Herz schwer war, begann ich mit der Erde. Unter meinem Daumen fühlte sich der Stein des Altars fast lebendig an und das magische Kribbeln in meinen Handflächen ließ nach. Stein veränderte sich nur sehr, sehr langsam, aber im Laufe der Zeit tat er es doch, so wie auch die schwersten Lasten mit der Zeit leichter zu tragen sein würden. Als Nächstes kam das Wasser, das ich noch nie sonderlich geschätzt hatte. Vielleicht weil es im Gebirge hauptsächlich als Schnee, Eis oder kalter Regen auftrat. Ich tauchte einen Finger in das flache Wasserbecken und ließ einen einzelnen Tropfen in die Opferschale fallen. Am Luftaltar blies ich gegen die winzigen Klangspiele und ihr unharmonisches Gebimmel jagte mir einen Schauer über den Rücken.

Am Altar des Schattengottes schob ich meine Hand in die Dunkelheit einer reich verzierten Kiste, um die Macht des Unbekannten zu spüren. Für den Gott des Geistes schloss ich die Augen und nahm mir die Zeit, Casmiels zu gedenken: seiner Höflichkeit, seiner Zuversicht und der Souveränität, mit der er mit mir übers Parkett gewirbelt war. Sollte ich der Krone helfen können, den Mord an ihm aufzuklären, wäre das zumindest eine kleine Wiedergutmachung für die Freundlichkeit, die er mir in der kurzen Zeit als mein Mentor entgegengebracht hatte. Zu Ehren seines Andenkens wollte ich der Allianz zum Erfolg verhelfen.

Den Feueraltar sparte ich mir bis zuletzt auf, denn dort fühlte ich mich am meisten zu Hause. Die hölzerne Opfermünze zwischen meinen Fingern war klein und glatt.

Ich verspreche zu tun, was ich kann.

Ich schlug das Zeichen des Feuergottes und warf die Münze. Noch bevor sie in die Flammen fiel, schoss Magie aus meinen Fingerspitzen. Wie von selbst, meiner Kontrolle völlig entzogen, traten meine Kräfte hervor und ließen die Holzmünze in tausend Funken zerbersten. Endlich verebbte auch das Kribbeln, und obwohl mein Herz raste vor Furcht – und vor Schreck über meine ungekannten Fähigkeiten –, fühlte ich mich plötzlich erschöpft. Irgendetwas an meiner Magie war in Mynaria anders. Dem würde ich ebenfalls auf den Grund gehen müssen.

8

Mara

Mein Vater und Thandi hatten darauf bestanden, dass ich am Morgen nach Casmiels Beerdigung an der Versammlung des Hohen Rats teilnahm, sicher als Strafe für meine rätselhafte Abwesenheit am Tag seines Todes.

Sichtlich um Haltung bemüht sortierte Vater mehrfach die Papiere, die vor ihm lagen, bevor er sprach. »Wir müssen über die Umstände von Lord Casmiels Tod sprechen«, sagte er.

Die Hohe Rätin Hilara lächelte kaum merklich. Sie konnte von Glück reden, dass ich nicht aufstand und meinen Stuhl nach ihr warf. Sie hatte Cas noch nie gemocht, das war bekannt, aber dieses höhnische Grinsen, wo er noch nicht einmal einen Tag unter der Erde lag, war widerlich.

»Wer immer das getan hat, wandelt nicht auf den Wegen der Sechs«, tönte der Hohe Rat Eadric. »Er muss Buße tun und zum Licht finden. Erneut den Wegen der Sterne, des Windes, des Feuers …« Sein Blick wanderte über die Wände hinauf zur Decke.

Ich konnte meine Wut kaum zurückhalten. Das wirre Geschwätz dieses Mannes machte mich so zornig, dass ich die Wege der Sechs am liebsten auf der Stelle ebenfalls verlassen und ihm eine gescheuert hätte.

Vater ignorierte Eadric. »Vergeltung zu üben und jegliche

Bedrohung für das Reich zu zerschlagen, hat jetzt oberste Priorität.«

Ich seufzte. Mein Vater preschte stets mit gezogener Waffe voran. Eines Tages würde er noch in sein eigenes Schwert fallen.

»Dem stimme ich zu. Cas muss so schnell wie möglich gerächt werden. Es gilt klarzustellen, dass mit Mynaria nicht zu scherzen ist«, sagte Thandi. »Der Pfeil, der ihn getötet hat, war weiß. Was könnte das bedeuten? Einen Pfeil anzumalen, ergibt keinen Sinn, es sei denn, man will ihn im Schnee benutzen – oder eine Botschaft vermitteln.«

Ich wusste genau, woher er das hatte. Und dass er Dennaleias Ideen für sich beanspruchte, erstaunte mich wenig. Sie war klüger, als sie aussah, das musste ich zugeben.

»Es gibt hier doch gar keinen Schnee«, warf Eadric stirnrunzelnd ein. »Wenn wir ein paar Geistliche ins Große Adyton schicken, um darüber zu meditieren, werden die Sechs uns leiten …«

»Schnee gibt es hier in der Nähe nur in Havemont oder Zumorda«, sagte Hauptmann Ryka und klopfte beim Sprechen mit ihrem Abstimmungsnagel auf den Tisch. Auf der Steinplatte machte der Hufnagel ein dumpfes, klackerndes Geräusch. Anstelle ihrer gewohnten ledernen Reituniform trug sie das Weiß der Trauernden, und ihre rot geränderten Augen verrieten trotz ihres gefassten Auftretens, wie sehr sie unter dem Verlust litt.

»Havemont würde es nicht wagen, die Allianz aufs Spiel zu setzen, insbesondere wo ihre Prinzessin hier ist«, sagte der König.

»Zumordas Wappen zeigt einen weißen Drachen«, warf Ryka ein. »Weißer Pfeil, weißes Wappen. Der Zusammenhang ist offensichtlich.«

»Eine Bedrohung durch Zumorda sollte sicher in Betracht gezogen werden. Aber was ist mit der hiesigen Rebellengruppe? Ihr Symbol ist ebenfalls weiß«, bemerkte Lord Kriantz, der als Botschafter eigentlich nicht stimmberechtigt war. Der Mann schien jedoch mehr Verstand zu besitzen als der ganze Rest.

»Hätten wir die Allianz mit Zumorda geschlossen, solange noch die Möglichkeit dazu bestand, hätte das alles vermieden werden können«, warf Hilara ein.

Hartnäckig war die Frau, zumindest das musste man ihr lassen. In Anbetracht ihrer offensichtlichen Schadenfreude über Cas' Tod war es kein Wunder, dass sie lieber über mögliche Allianzen sprach als über die Suche nach seinem Mörder. Ich bedachte sie mit einem Blick, der ihr Löcher ins Gesicht hätte brennen können. Ihre alterslose Haut glitzerte von einem schimmernden Puder, der die goldenen Sprenkel in ihren Augen wunderbar zur Geltung brachte. Im kommenden Winter wäre das sicherlich der letzte Schrei.

»Zumorda lässt nicht einmal eine Handelskarawane ins Reich, geschweige denn einen Botschafter«, sagte Lord Tommin, der Hohe Rat für Handelsbeziehungen. »Was bringt uns eine Allianz mit einem Volk, das uns weder erlaubt, Waren zu exportieren, noch den grenzenlosen Handel der Gilde respektiert. Pferdehändler sind auf dem Markt in Kartasha zwar zugelassen, aber es gibt so viele Formalitäten …«

»Die Elitegarde hat sich nach dem Angriff in Lord Casmiels Arbeitszimmer umgesehen«, unterbrach Hauptmann Ryka ihn. »Wir konnten noch nicht einmal ausmachen, von wo der Pfeil abgeschossen wurde. Zudem bemerkte einer der ersten Wachmänner vor Ort, dass der Pfeil schimmerte.«

»Vielleicht sollte man diesen Pfeil etwas genauer untersuchen. Habt Ihr ihn dabei, Hauptmann?«, fragte Thandi. Es war tröstlich festzustellen, dass in seinem Dickschädel zumindest noch ein kleiner Rest Hirn vorhanden war.

»Ja. Ich trage ihn seit seiner Sicherstellung bei mir.« Ryka schob eine schmale Schachtel in die Mitte des Tischs. Das Zittern ihrer Hand, die normalerweise ganz ruhig war, verriet die wahren Gefühle unter ihrer stoischen Maske.

Mitleid überkam mich und ein dicker Kloß bildete sich in meinem Hals. Der Pfeil war das Letzte, was Cas berührt hatte, und das einzige Beweisstück. Kein Wunder, dass sie ihn überall mit sich herumtrug.

Als sie die Schachtel öffnete, beugten sich alle nach vorn, um besser sehen zu können. Ich stand ebenfalls auf und reckte den Hals.

Da war nichts als Asche.

Voller Entsetzen starrte Ryka in die Schachtel.

Ein Raunen ging durch den Saal. Wie ein Lauffeuer verbreiteten sich Fassungslosigkeit und Angst unter den Räten.

»Das ist Ketzerei!«

»Ich werde die Aufständischen eigenhändig zur Strecke bringen!«

»Da steckt Zumorda dahinter!«

Der König hob die Hand und bat um Ruhe.

»Als Erstes müssen die Sicherheitsvorkehrungen der Burg verstärkt werden«, verlangte Lord Tommin. Er hatte eine dünne, näselnde Stimme und eine kugelrunde Wampe, die er gegen die steinerne Tischplatte presste. »Wir dürfen unsere Familien keiner Gefahr aussetzen.«

Der Mann hatte nicht einmal Kinder. Dass ein gefräßiger Kaufmann wie er lieber auf der faulen Haut lag und exotisches Konfekt futterte, anstatt selbst ein Schwert in die Hand zu nehmen, war allerdings wenig überraschend.

»Hauptmann? Wie viele Gefolgsleute können zusätzlich eingesetzt werden?«, wollte der König wissen.

Ryka rieb sich die Schläfen. »Ich habe noch ungefähr fünfzig, die bereit wären, den Eid zu leisten. Was darüber hinausgeht, müssten wir mit Männern in der Ausbildung abdecken.«

»Fünfzig reichen nicht«, sagte Tommin. »Nicht, um Zumorda anzugreifen.«

»Das weiß ich selbst«, schnauzte Ryka ihn an.

»Es ist noch nicht entschieden, ob Zumorda die Schuld trägt«, warf Hilara ein.

»Aber *warum* sollte jemand Casmiel töten wollen? Er war reinen Herzens. Ein treuer Diener des Reichs«, bemerkte Eadric verträumt.

Zu dumm, dass diese durchaus sinnvolle Frage von einer Person ohne Sinn und Verstand gestellt wurde. Keiner machte sich die Mühe, darauf zu antworten.

»Wir müssen sofort einen Gegenangriff auf Zumorda organisieren«, forderte Tommin.

»Zunächst einmal sollten wir die Grenzen sichern«, sagte Hilara. »Bevor wir nicht sichergestellt haben, wer unsere aktuellen Verbündeten sind, und die Stärke unserer Truppen nicht überprüft haben, können wir nicht zurückschlagen.«

Das Gespräch entwickelte sich zu einer hitzigen Debatte.

Sosehr ich es auch hasste, mit Hilara einer Meinung zu sein, eine hartnäckige Stimme in meinem Hinterkopf hörte einfach nicht auf zu fragen, ob tatsächlich Zumorda hinter Cas' Tod steckte oder ob nicht doch die Aufständischen verantwortlich waren. Vielleicht hatten sie sogar zusammengearbeitet.

Hätte ich doch nur mehr aus diesem verdammten Informanten im Tauben Hund herausbekommen.

Oder hätten Nils und ich Alen noch mehr Fragen stellen können.

»Wie wäre es mit einer Untersuchung? Wir brauchen einen unanfechtbaren Beweis, dass Zumorda tatsächlich hinter dem Attentat steckt«, mischte ich mich nun doch ein. Aber meine Stimme ging in dem Chaos, das im Saal herrschte, einfach unter.

Ich verschränkte die Arme vor der Brust und lehnte mich in meinem Stuhl zurück. Die Augen gen Himmel verdreht betete ich zu den Sechs, sie mögen mich den Rest dieser Versammlung unbeschadet überstehen lassen. Ich versank in einer tiefen Trauer. Wenn diese Idioten von Hohen Räten sich zu sehr um ihre eigenen Hintern sorgten, um richtige Nachforschungen anzustellen, dann musste eben ich herausfinden, was passiert war. Das schuldete ich Cas. Es war das Mindeste, was ich für ihn tun konnte. Immerhin war er das einzige Mitglied meiner Familie, das mich so geliebt hatte, wie ich war, und nicht so, wie ich hätte sein sollen.

Nach der Versammlung des Hohen Rats hastete ich zu den Ställen für Dennaleias täglichen Reitunterricht. Sie wartete schon ungeduldig auf mich. Ich fing sofort an, mit ihr zu arbeiten, war aber mit den Gedanken nicht bei der Sache. Ich hätte in der Residenz sein sollen, mich unters Volk mischen und nach Antworten zu Cas' Tod, dem Pfeil und Zumorda suchen sollen. Doch seit Cas tot war, hielt mich mein Vater an der kurzen Leine, und ich wollte ihm keinen Grund geben, mich in meiner Bewegungsfreiheit noch mehr einzuschränken. Solchermaßen abgelenkt war ich nicht besonders hart mit Dennaleia. Aber als sie am Ende des Unterrichts vom Pferd stieg, jammerte sie trotzdem.

»Die wunden Stellen werden mit der Zeit weniger«, tröstete ich sie. Mit Louie im Schlepptau gingen wir in den Stall.

»Das hoffe ich«, sagte sie und band ihn beidseitig fest, um ihn abzusatteln.

Obwohl sie sich sichtlich unwohl fühlte, beschwerte sie sich nie. Das musste ich ihr wirklich zugutehalten. Und man musste ihr auch nichts zweimal sagen. Sie rieb Louie ab und verstaute sein Sattelzeug – alles am richtigen Platz.

»Würdet Ihr mir Euer Pferd zeigen?«, fragte Dennaleia, während sie die Schutzhülle über ihren Sattel zog.

»Warum nicht«, sagte ich, überrascht von ihrer Bitte. »Seine Box ist am anderen Ende des Stalls. Das Gehen hilft gegen die Schmerzen.«

Als wir zu Flickers Box kamen, blieb Dennaleia in ein paar Schritten Entfernung stehen. Ich schnalzte leise mit der Zunge und er streckte den Kopf über die halbhohe Tür.

»Das ist Flicker.« Er legte den Kopf auf meine Schulter und ich schlang ihm die Arme um den Hals.

»Ist das nicht gefährlich?«, fragte Dennaleia.

»Schon«, sagte ich. »Aber ich vertraue ihm. Mit einem anderen Pferd würde ich das nie machen. Jedes Pferd hat seine Marotten und Flicker liebt Umarmungen.« Ich kratzte ihn an einer juckenden Stelle unter der Mähne, bis er wohlig den Kopf neigte.

»Ich glaube, auf Umarmungen von Lebewesen, die mich erdrücken könnten, verzichte ich lieber.«

»Er erdrückt Euch nur dann, wenn ich es ihm befehle.« Als ich den erschrockenen Ausdruck auf ihrem Gesicht sah, musste ich ein klein wenig lachen.

»Das ist nicht gerade beruhigend.«

»Keine Sorge. Dieses Manöver hat er noch gar nicht gelernt.

Flicker ist erst am Anfang seiner Ausbildung zum Schlachtross. Es wird noch ein zwei Jahre dauern, bis er fertig ist.« Ich tätschelte ihn liebevoll.

»Wenn er mit den anderen Pferden ausgebildet wird, weshalb bezeichnete Thandi ihn dann als Merzvieh?«, fragte sie.

»Das liegt an der weißen Zeichnung seines Vorderbeins, die ihm wie ein langer Strumpf bis übers Knie geht. Jeden Herbst werden beim Pferdetrieb die Zuchtstuten mit ihren Fohlen eingeholt. Zuerst werden die neuen Fohlen entwöhnt und dann das Jungvieh aussortiert. Tiere, die nicht als Zuchttiere geeignet sind, werden verkauft. Und manchmal, wenn sich herausstellt, dass sie für die Ausbildung nicht taugen, werden auch ältere Pferde noch aussortiert und weggebracht.«

»Aber was ist an einem weißen Bein schlecht?« Sie trat einen Schritt vor und streckte Flicker vorsichtig eine Hand hin, damit er daran schnuppern konnte.

»Keiner möchte mit einem großen weißen Fleck, der die Aufmerksamkeit des Feindes auf sich zieht, in die Schlacht reiten. Das Abzeichen ist zu groß, um es unter einer Bandage oder Rüstung zu verstecken. Aus diesem Grund ist er auch kastriert. Aber wir befinden uns ja nicht im Krieg … Es muss zwar auf die Reinheit der Blutlinien geachtet werden, aber ein Schlachtfeld, auf dem die Farbe seines Fells von Bedeutung wäre, wird Flicker wohl nie zu Gesicht bekommen.« Ich machte eine kurze Pause. »Aber fragt mich besser nicht nach Flicker. Mein Freund Nils sagt, mit meinem andauernden Gerede über ihn langweile ich alle zu Tode.«

»Es ist angenehm, mit jemandem zu reden. Wenn ich Euch also auf diese Weise zum Sprechen bringe, werde ich in Zukunft öfter nach Flicker fragen.« Sie schien seltsam zufrieden.

»Wie Ihr wollt«, sagte ich. Ich glaubte ihr nicht eine

Sekunde, dass sie das Gerede über mein Pferd wirklich hören wollte.

»Was, abgesehen vom Reiten, bereitet Euch noch Freude?«, fragte sie.

»Ich habe manchmal gesungen«, sagte ich. Weshalb gab sie vor, sich dafür zu interessieren?

»Ja, Ihr habt eine wohlklingende Stimme«, stellte sie fest.

Das Kompliment überraschte mich. Ich musterte sie skeptisch, aber als ich kein Anzeichen von Spott in ihrem Gesicht entdecken konnte, schoss mir die Röte in die Wangen, und ich drehte mich schnell zu Flicker.

»Und nun singt Ihr nicht mehr …?«, hakte sie nach.

»Meine Mutter war eine begnadete Musikerin. Als ich noch klein war, wollte sie immer, dass ich mit ihr singe. Dann starb sie und von da an wollte keiner mehr etwas von mir.« Es fiel mir schwer, die Verbitterung in meiner Stimme zu verbergen.

»Das muss hart gewesen sein«, sagte Dennaleia. Ihr Mitgefühl war mir unangenehm.

»Ich muss jetzt gehen«, brach ich das Gespräch abrupt ab. Ich wollte noch Ställe ausmisten, und der Tag war auch so schwer genug gewesen, ohne dass ich an Dinge erinnert wurde, die ich lieber vergessen hätte.

Als ich etwas später zurück zu meinen Gemächern kam, wartete dort Nils vor der Tür. Bei seinem Anblick wurde mir ein wenig leichter ums Herz.

»Ich habe deine Nachricht schon vor ein paar Tagen erhalten, konnte aber nicht früher kommen. Tut mir leid.«

»Hab ich mir schon gedacht. Komm rein.« Ich genoss die Vorstellung, dass mein Vater tot umfallen würde, wenn er wüsste, dass ich Nils in mein Empfangszimmer bat, noch dazu zu ungehörigen Nachtzeiten. Männer bei mir ein- und ausgehen zu lassen, war ein Verstoß, über den auch Cas nicht hinweggesehen hätte. Aber Nils und ich trafen uns hier schon seit Jahren. Die Wachen an der Tür nickten Nils jedes Mal nur kurz zu. Er und die Männer wussten so viel voneinander, womit sie sich gegenseitig erpressen konnten, dass unser Geheimnis bei ihnen sicher war.

Sobald wir die Tür geschlossen hatten, umarmte mich Nils ganz fest. Ich ließ mich in seine Arme sinken und für einen Moment linderte seine vertraute Nähe ein wenig meinen tiefen Schmerz.

»Ich bin so froh, dich zu sehen«, sagte ich. Meine Zofe hatte für Cas Trauerkerzen im Fenster angezündet, die lange, tanzende Schatten ins Empfangszimmer warfen.

»Wie war die Versammlung des Hohen Rats?«, fragte er leise.

»Ein Desaster. Sie konnten sich noch nicht einmal auf einen Plan zur Untersuchung von Cas' Tod einigen.« Idioten. Ausgeschmückt mit ein paar Obszönitäten fasste ich den Verlauf der Versammlung für ihn zusammen.

Nils seufzte. »Es überrascht mich nicht, das zu hören.«

»Ich kann immer noch nicht glauben, dass er tot ist.« So groß meine Wut auf den Hohen Rat auch war, die Trauer über den Verlust von Cas überwog.

»Es tut mir so leid, Mara. Er war ein guter Mann«, sagte Nils. »Hast du eine Theorie, wer es getan haben könnte?«

»Nein. Aber was mir fast noch mehr Sorgen macht, ich kann nicht verstehen, *warum* man ihn getötet hat.« Fragend sah ich ihm in die warmen braunen Augen, als wäre dort eine Antwort zu finden.

»Wirklich keine Idee? Normalerweise bist du doch die Königin der Verschwörungstheorien.«

»Die Einzige, die auch nur ansatzweise verdächtig wäre, ist die Königin von Zumorda. Aber sie regiert ihr Reich schon seit Jahren absolut friedlich und zeigt keinerlei Interesse an uns. Der Botschafter von Sonnenborn hingegen ist offenbar ganz wild darauf, sich mit uns zu verbünden. Inzwischen vereinigt er genügend Stämme unter seinem Banner, dass man ihn auch als König dieser gottverlassenen Wüste bezeichnen könnte. Mit Sonnenborn und Havemont als Verbündeten könnten wir Zumorda von Norden, Westen und Süden her einkesseln. Ein Krieg gegen uns würde der Königin so gut wie nichts einbringen. Im Gegenteil, sie könnte alles verlieren. Es ergibt einfach keinen Sinn.«

»Ja, da hast du recht. Andererseits verhält sie sich fast schon zu ruhig. Wie wahrt man in einem so riesigen und merkwürdigen Königreich den Frieden? Bisher sind keinerlei Informationen zu uns durchgedrungen, dass sie über irgendeine Art von Militär verfügt. Und weshalb bestehen die Zumorder beharrlich darauf, über Havemont nach Mynaria zu kommen, anstatt ein Abkommen mit uns direkt auszuhandeln? Es ist doch unsinnig, so weit in den Norden zu ziehen – und unwirtschaftlich dazu.«

»Wenn ich das nur wüsste.« Ich zündete eine Lampe auf dem Tisch des Empfangszimmers an, um die Dunkelheit zu vertreiben.

»Könnte jemand innerhalb des Reichs für Cas' Tod verantwortlich sein? Oder gar ein Mitglied des Hohen Rats?« Nils ließ sich auf dem Ledersofa nieder. Ich setzte mich neben ihn und zog die Füße unter den Po.

»Welcher Hohe Rat wäre so dumm, eine Strafe wegen Hochverrats zu riskieren?«, fragte ich. »Hilara hat Cas schon immer gehasst, aber sie ist zu vorsichtig, um auf einen Mord zurückzugreifen, nur damit sie sich durchsetzt. Bleiben noch die Aufständischen als Verdächtige. Aber die erscheinen mir nicht besonders gut organisiert. Und es bleibt immer noch die Frage nach dem Warum. Cas war kein Fundamentalist.«

»Mara«, sagte Nils sanft, »vielleicht ist es an der Zeit, dass du mit deinem Vater und deinem Bruder redest. Du hast jenseits der Burgmauern viel gesehen und gehört. Denk nur an das, was wir von dem Aufständischen erfahren haben. Deine Informationen könnten ihnen helfen, die Untersuchungen in die richtige Richtung zu lenken.«

»Zur Hölle, nein, niemals«, protestierte ich. »Und von welchen Untersuchungen redest du überhaupt? Diese Deppen haben nicht einmal einen Plan zur Sicherung der Burg zustande gebracht, geschweige denn einen, wie sie den Mörder finden wollen. Außerdem haben sie ihre eigenen Spione.« Ich verschränkte die Arme vor der Brust.

Nils seufzte. »Und hören sie auf die?«

»Nicht so, wie sie sollten.«

»Genau. Vielleicht sollte ihnen jemand eine umfassendere Sicht auf die Dinge vermitteln – jemand, den sie auch ernst nehmen.«

»Na klar. Als ob sie *mich* ernst nehmen. Vor allem, wenn sie erfahren, dass ich mich die letzten drei Jahre fast täglich außerhalb der Mauer herumgetrieben habe«, fauchte ich. »Der Einzige, der mir vielleicht zugehört hätte, war Cas. Und der ist tot.« Als ich diese bittere Wahrheit aussprach, übermannte mich erneut eine Welle von Kummer. Ich atmete tief durch und schob meine Gefühle beiseite. Die Nachtluft roch nach sauberem Leinen und durch das Fenster drang der schwache Duft von Luzernen.

»Vielleicht hören sie dir ja doch zu.«

»Nein. Sie werden mich anbrüllen, mir zusätzliche Wachen zuteilen und mir vorhalten, dass ich mich selbst in Gefahr bringe, insbesondere nach dem, was mit Cas passiert ist. Politisch bin ich vielleicht nicht besonders wichtig, aber wenn ein weiteres Mitglied der königlichen Familie getötet würde, wäre das ein deutliches Zeichen. Mein Vater und der Hohe Rat sind sich dieser Gefahr bewusst. Sollte ich also losziehen, um noch mehr Informationen zu sammeln, was ich in jedem Fall tun werde, erfahren sie als Letzte davon.«

»Du bist alles andere als unwichtig, Mara«, sagte er und strich mir eine Haarsträhne aus dem Gesicht. Die Geste wirkte besänftigend, ich konnte nichts dagegen tun.

»So verführst du also die Damen, Nils. Sehr gekonnt.« Auch wenn ich ihn ständig aufzog, vermisste ich manchmal die alten Zeiten, als wir noch mehr als nur Freunde waren.

»Mein Herz schlägt nur für dich«, witzelte er und schlang die Arme um mich. »Auch wenn die Hälfte der Gefolgsleute glaubt, ich interessiere mich für Jungs, seit dem Theater, das wir veranstaltet haben, um dich an jenem Abend zurück hinter die Burgmauern zu bringen …«

»Na klar.« Ich verdrehte die Augen und schob ihn von mir. »Ich bin sicher, das halbe Königreich würde, ohne zu zögern, dein großes Interesse an Frauen bestätigen!«

»Ich weiß nicht, wovon du redest!« Er sah mich mit großen, unschuldigen Augen an. »Ich kann doch nichts dafür, dass die Frauen sich mir an den Hals werfen. Von den meisten will ich gar nichts.«

»Die, von denen du etwas willst, sollten auch genügen«, konterte ich. »Beim Abendessen sprach jemand davon, wie sie dich mit Lady Elinara hinter den Übungsbahnen erwischt haben.«

»Nun ja, die Dame ist eben eine große Freundin des Lanzenstechens.« Er zuckte mit den Augenbrauen.

»Nils! Bei allen Sechs Göttern!« In gespieltem Entsetzen schlug ich mir die Hand vor den Mund und grinste in meine Handfläche.

»Ganz im Ernst, Mara. Sei vorsichtig, wenn du das nächste Mal über die Mauer steigst. Die Stadt ist nicht mehr sicher, und ich kann nicht jedes Mal da sein, wenn du in Schwierigkeiten gerätst. Gammon ist nicht der Einzige, der dir aus Versehen sein Schwert in den Hals rammen könnte.«

»Ich weiß.« Ich fuhr mit der Hand über die Armlehne des Sofas. Aber die Gefahren waren mir egal. Cas verdiente Gerechtigkeit.

»Und ich weiß, dass du es wieder tun wirst, egal was ich sage.« Nils lächelte. »Genau dafür liebe ich dich.«

»Ich muss einfach herausfinden, wer Cas getötet hat. Ich kann mich nicht darauf verlassen, dass der Hohe Rat seine Arbeit macht.«

»Du wirst Hilfe brauchen«, sagte Nils.

»Dafür habe ich ja dich.«

»Du weißt, dass ich tun werde, was ich kann«, sagte er. »Aber im Moment müssen wir Doppelschichten schieben. Es wird sehr viel schwieriger für mich sein, mich hinauszuschleichen. Und ich habe nur begrenzt Zugang zu Informationsquellen.« Er konnte nicht riskieren, in Schwierigkeiten zu geraten – es würde ihn seinen Posten kosten.

»Aber ich brauche jemanden, der sich für die Belange des Reichs interessiert und gleichzeitig erträglich ist. Die Wahrscheinlichkeit, so jemanden zu finden, ist ungefähr so groß wie die, morgen in Flickers Box ein Einhorn anzutreffen«, sagte ich.

»Sicher wäre es kein Fehler, auch ein bisschen in der Bibliothek nachzuforschen«, schlug Nils vor. »Bestimmt lässt sich etwas über die Bedeutung des weißen Pfeils finden. Oder über die Art von Magie, die ihn verbrennen ließ.«

Ich rümpfte die Nase. »Lieber miste ich mit bloßen Händen den Stall aus.«

Er lachte. »Meine kleine Mara. Soll ich gehen oder wünscht die Lady noch etwas Gesellschaft?« Er zog mich an sich und berührte mit den Lippen sanft meine Stirn.

Ich zögerte. Es wäre nicht fair, ihn zu bitten zu bleiben. Es gab andere Orte, an denen er sein sollte, und andere Frauen, die bereit waren, ihm mehr zu geben als nur Freundschaft. Aber ich hatte niemanden außer ihm.

»Es wäre mir lieber, wenn du noch eine Weile bleibst.« Ich hasste mich für das Zittern, das sich in meine Stimme geschlichen hatte.

Er blieb – und allein seine Anwesenheit beschützte mich ein wenig vor meinem Kummer.

9

Dennaleia

Mein Hochzeitsbasar fand wie geplant einen halben Mond nach Casmiels Beerdigung statt, am Morgen nach Alisendis Ankunft. Durchscheinende Stoffe hingen in langen Bahnen von der hohen Decke des Wintergartens des Gemachs der Königin und bauschten sich in der sanften Morgenbrise. Es schien keine Grenze zwischen drinnen und draußen zu geben, die steinernen Innenwände gingen nahtlos in Laubengitter im Freien über, an denen sich Kletterpflanzen mit leuchtenden Blüten rankten. Überall hatten Händler ihre Stände aufgebaut, auf denen sich die feinsten Hochzeitswaren türmten: gefärbte Seide, reich verzierte Teppiche und exotische Modeartikel. In strahlenden Sommerfarben gekleidete Höflinge spazierten in den Räumen und Gärten umher und nippten an kühlen Getränken.

Alisendis Anwesenheit hätte mich ermutigen sollen, aber ich war nicht in der Stimmung, zu feiern oder meine zukünftigen Hofdamen zu bezirzen – auch nicht mit meiner Schwester an meiner Seite. Ich wollte etwas Nützliches tun.

»Habt Ihr schon Eure Brautführerin gewählt, Eure Hoheit?«, fragte mich eine samtweiche Stimme.

Neben mir stand großgewachsen, in einem prächtigen lilafarbenen Gewand, Hilara. Kleine Locken ringelten sich um ihr

Gesicht, den Rest ihrer schwarzen Haare hatte sie zu einem kunstvollen, mit lavendelfarbenen Bändern durchwobenen Gebilde hochgesteckt. Wahrscheinlich hätte ich mich geschmeichelt fühlen müssen, dass sie an meiner Feier teilnahm, aber ich war ganz und gar damit beschäftigt, meinen Ärger zu unterdrücken. Hilara hatte Macht. Sie hätte mit dem Hohen Rat nach Casmiels Mörder suchen und sich um das Problem mit den Aufständischen kümmern können. Stattdessen stolzierte sie hier herum und trug die neuesten Modetrends zur Schau.

Ich setzte mein diplomatischstes Lächeln auf. »Noch nicht, Mylady«, sagte ich. »Es wird eine schwierige Entscheidung werden, wo ich eine so wunderbare Auswahl habe.« Außer Amaranthine, die schmollend im Schatten eines nahen Baumes stand, kannte ich zwar fast niemanden, aber das tat ja nichts zur Sache. Amaranthine hatte es irgendwie geschafft, dass man ihr gestattete, anstelle eines Kleides gewöhnliche Reitkleidung zu tragen. Zwischen all den Edelfrauen wirkte sie irgendwie fehl am Platz, sah aber zugleich umwerfend aus.

»Hättet Ihr eine Empfehlung für mich?«, fragte ich.

»Selbstverständlich, Eure Hoheit«, sagte sie. »Nairinn von Almendorns Stellung bei Hofe ist hoch und unangefochten. Sie wird nicht heiraten, bevor sie einen Mann in der entsprechenden Position trifft. Daher könntet Ihr darauf zählen, sie mindestens noch ein paar Jahre an Eurer Seite zu haben. Annietta von Ciralis hat Verbindungen in den Hohen Norden, was von großem Vorteil sein könnte, sollte die Krone je weiter in diese Region vordringen. Ellaeni von Trindor wäre ebenfalls eine ausgezeichnete Wahl und ganz bestimmt wertvoller als eine der jungen Frauen aus den Provinzen. Derzeit ist sie die einzige Repräsentantin der Seeflotte von Mynaria. Aber sie ist noch nicht lange hier und wird wohl auch nicht bleiben.« Hilara deutete der Reihe nach auf die entsprechenden jungen Frauen: eine gut gekleidete Brünette, die beim Brunnen eine Reihe anderer Frauen unterhielt, eine hübsche Rothaarige, die sich mit meiner Schwester Edelsteine anschaute, und ein Mädchen mit den schwärzesten und glattesten Haaren, die ich je gesehen hatte, das allein und unsicher am Rand stand.

Hinter Ellaeni fiel mein Blick wieder auf Amaranthine. Gerade unternahm sie einen Versuch, klammheimlich aus dem Garten zu verschwinden, wurde aber schon nach ein paar Schritten von einem blonden Mädchen aufgehalten, das jedem, der ihm auch nur ein bisschen Beachtung schenkte, seinen Schmuck vorführte.

»Und diese beiden solltet Ihr gar nicht erst in Betracht ziehen«, sagte Hilara, die meinem Blick gefolgt war.

»Herzlichen Dank für Euren Rat, Mylady.« Ihre Bemerkung ärgerte mich. Dabei hatte ich gar keinen Grund, mich Amaranthine gegenüber loyal zu zeigen. Der Muskelkater von den Reitstunden quälte mich bei jedem Schritt und ich war immer noch verstimmt wegen unseres Gesprächs vor Flickers Box. Ich hatte geglaubt, sie würde sich mir endlich ein wenig öffnen, aber dann hatte sie mich wieder vehement zurückgestoßen und war seither nach jeder Reitstunde sofort verschwunden.

»Wählt Eure Verbündeten weise, Eure Hoheit«, fügte Hilara noch hinzu. »Vielleicht findet Ihr ja eines Tages Ersatz für den besten Freund, den Ihr hier hattet.« Sie drehte sich um und stolzierte zu den Ständen der Händler. Obwohl die Vormittagssonne heiß vom Himmel brannte, ließen mich ihre Worte frösteln.

»Diese Frau ist so freundlich wie ein hungriger Gebirgsbär.« Nachdem Hilara in eine Gruppe von eifrigen Verehrerinnen eingetaucht war, trat meine Schwester neben mich.

»Die sind hier alle so«, murmelte ich. »Es sei denn, sie wollen etwas von einem.« Alisendi warf mir einen Blick zu, den sie sich aus dem Repertoire meiner Mutter abgeschaut haben musste – den vielsagenden Blick für sich ungehörig benehmende junge Damen. »Eines Tages wirst du auch etwas von ihnen wollen. Das gehört zum Spiel.«

Ich zuckte mit den Achseln.

»Komm schon«, sagte Alisendi. »Wir sind hier, um uns zu amüsieren! Lass uns die Sachen für deine Vermählung aussuchen. Ich kann kaum glauben, dass meine kleine Schwester bald eine verheiratete Frau sein wird.« In ihren grünen Augen funkelte die Aufregung, die eigentlich ich verspüren sollte.

»Ich auch nicht«, sagte ich. Die Hochzeit war immer so weit weg gewesen und die Allianz eine sichere Sache. Und nun raste mein zukünftiges Leben schneller denn je auf mich zu, und Cas' Tod und seine Folgen hatten mein Vertrauen in die Allianz plötzlich ins Wanken gebracht.

»Du hast wirklich Glück. Prinz Thandilimon ist so attraktiv. Und diese mynarianischen Wachen …« Sie starrte einem Gefolgsmann, der gerade durch die Feier marschierte, unverhohlen auf den Hintern.

»Ich kann nicht glauben, was du da gerade gesagt hast.« Manchmal fragte ich mich wirklich, ob meine Schwester und ich tatsächlich verwandt waren. Aber sie anzusehen, war wie der Blick in einen Zerrspiegel, der eine größere und hübschere Version meiner selbst zeigte. Hätten wir nicht beide das Haar unserer Mutter und die Augen unseres Vaters, würde ich ernsthaft daran zweifeln, dass wir von denselben Eltern abstammten.

»Wartest du immer noch auf Olin?«, neckte sie mich. Zu Hause hatte Ali mich immer damit aufgezogen, dass ich mich nie verliebte, während die Jungen, die sie anhimmelte, schneller wechselten, als der Wind zum Sturm wurde. Mir hingegen wollte nie einleuchten, weshalb ich für einen anderen Jungen schwärmen sollte, wo ich doch Thandilimon versprochen war. Irgendwann war ich ihre Sticheleien so leid, dass ich mir einfach irgendeinen aussuchte: Olin, den Sohn des Bäckers. Leider wurde bald klar, wie müßig meine vorgetäuschte Schwärmerei war, da Olin anfing, Ryan den Hof zu machen, einem der gut aussehenden Pagen, für den wiederum Ali schwärmte.

Da wir von Edelfrauen umringt wurden, die um meine Aufmerksamkeit buhlten, blieben mir weitere Sticheleien meiner Schwester glücklicherweise erspart. Die jungen Frauen schienen jedoch sehr darauf bedacht, immer in Hörweite von Hilara zu bleiben. Es war unübersehbar, dass sie diese ebenso leidenschaftlich umwarben wie mich. Hilara hatte so viel politische Macht, dass sie genauso gut Königin hätte sein können. Die Versuche der Edelfrauen, mich für sich einzunehmen, waren daher möglicherweise nur eine Masche, um Hilara zu beeindrucken. Mein Ärger auf sie wuchs und ich spürte wieder das warnende Kribbeln der erwachenden Magie in den Händen.

»Ein sonniger Morgen, Eure Hoheit, nicht wahr?«, hörte ich jemanden sagen. Hinter einem Tisch mit hoch aufgetürmten Ballen fein gewobener Wandteppiche stand ein kleiner, dicker Mann, dessen kunstvoll getrimmter Bart unter dem Kinn spitz zusammenlief. Er lächelte und entblößte dabei Zähne, die an den Spitzen mit Silber besetzt waren. »Euer Eis ist geschmolzen«, sagte er und deutete auf mein Glas. In seinen Worten klang ein Akzent mit, der mir vage vertraut vorkam.

»So ist es«, sagte ich. Es wäre wohl nichts Bemerkenswertes

daran gewesen, hätte mir nicht gerade erst ein Diener ein frisches Getränk gebracht. Das Prickeln in meinen Fingern verriet mir, weshalb das Eis so schnell geschmolzen war.

»Ich dachte, du hättest das unter Kontrolle«, flüsterte Alisendi. Ihre gute Laune war verschwunden und einem besorgten Gesichtsausdruck gewichen.

»Habe ich auch«, sagte ich. »Alles in Ordnung.« Meine Nervenenden brannten. Ich musste mich beruhigen. Alisendi und ich blieben am Tisch des Händlers stehen und ließen die anderen Mädchen zu den nächsten Auslagen weiterziehen.

Ganz in der Nähe hatte Amaranthine das blonde Mädchen offenbar abschütteln können und sprach mit einer Wache, die in einem Torbogen postiert war. Wild gestikulierend erzählte sie eine Geschichte, die dem Gefolgsmann die Röte ins Gesicht trieb. Wie konnte sie mit einem beliebigen Wachmann so offen plaudern und mir gegenüber außerhalb der Reitstunden so abweisend sein? Ich war völlig ratlos – und wütend. Nachdem das Lachen der beiden verebbt war, drückte sie zum Abschied seinen Arm und huschte an ihm vorbei nach draußen.

Sie hatte mich nicht einmal begrüßt.

Die Magie brach aus meinen Fingerspitzen und an der Ecke eines der hölzernen Präsentationsständer des Händlers entzündete sich eine Flamme.

Alisendi sog scharf die Luft ein. Ich packte ihre Hand, um zu verhindern, dass sie irgendetwas sagte. Doch noch bevor eine von uns den Mund öffnen konnte, schnippte der Mann mit Bart auf der anderen Seite des Tisches kaum wahrnehmbar mit den Fingern. Ein Windstoß blies die Flammen aus und der Rauch wurde von der Brise davongetragen.

Voller Erstaunen starrte ich ihn an.

»Meister Karov von Sigil Importe«, stellte er sich vor. »Wir importieren die feinsten Webarbeiten aus allen Nördlichen Königreichen.« Er sah mich durchdringend an und drapierte mit einem wissenden Lächeln einen Teppich so über den Präsentationsständer, dass er die verbrannte Ecke verdeckte.

Ich schluckte. »Prinzessin Dennaleia von Havemont, im Dienste der Krone und der Sechs.« In Höflichkeiten und Floskeln zu verfallen, beruhigte meine vibrierenden Nerven zwar kaum, aber ich wusste nicht, was ich sonst tun sollte. Meine Schwester, deren Gesicht vom Schock noch schneeweiß war, stellte sich ebenfalls vor.

»Ich bin hocherfreut, die Bekanntschaft zweier so bezaubernder Damen zu machen. Kann ich Euch vielleicht für meine Wandteppiche interessieren?«, fragte Karov.

Ich versuchte, meine Panik in den Griff zu bekommen, und ließ den Blick über seine Waren wandern. Sollte er irgendjemandem erzählen, dass ich dieses Feuer verursacht hatte, wären Amaranthine und Hilara mein kleinstes Problem. Andererseits hatte er, um die Flammen zu löschen, ebenfalls Magie benutzt, konnte mich also nicht der Magie bezichtigen, ohne sich auch selbst anzuklagen. Aber auch diese Überlegung beruhigte mich kaum.

Um mich abzulenken, kramte ich in meinem Gedächtnis nach allem, was ich über Wandteppiche wusste, und bemühte mich, seine Auslage etwas kritischer zu betrachten. Das Weben von Teppichen war eine Kunst aus dem hohen Norden. Meine Mutter besaß eine riesige Sammlung, mit der sie die Burg in Spire City gegen die brutale Kälte der Winterstürme dämmte. Es war wenig überraschend, dass viele von Karovs Webarbeiten Reitermotive zierten, die Jagd- oder Schlachtszenen darstellten. Obwohl er allerlei Stile im Angebot hatte, die unübersehbar aus verschiedenen Regionen der Nördlichen Königreiche kamen, war jeder einzelne Teppich sehr eng gewoben und von höchster Qualität.

»Wurden diese hier auf einem Flachwebstuhl gefertigt?« Ich ließ die Finger über den Rand eines kleinen, aber kompliziert gewebten Teppichs gleiten, auf dem das Kavai-Gebirge meiner Heimat abgebildet war. Am oberen Ende der Webarbeit stach ein Berghüttensänger heraus, der einsam über die winterliche Landschaft segelte.

»Ihr habt ein geschultes Auge, Mylady«, sagte Karov. »Alle unsere aus dem Norden importierten Teppiche werden auf Flachwebstühlen gefertigt, um die größtmögliche Detailtreue zu erlangen.«

Ich schaute mir das Bild etwas genauer an und seufzte. Irgendetwas an der Bergkette stimmte nicht – zumindest von Havemont aus betrachtet. Von Spire City aus gesehen war der Mount Verity von kantigen Bergspitzen umgeben, nicht von flachen Hügeln, wie sie im Vordergrund des Teppichs dargestellt waren. Aber die schräge Zacke des Berges war unverkennbar, auch wenn er ansonsten etwas unförmig schien.

»Woher kommt der?«, fragte meine Schwester und deutete auf den Teppich.

»Aus dem Nordosten«, erklärte er mit einem Lächeln.

Alisendi und ich sahen uns an. Nur eine Seite des Kavai-Gebirges ging wie hier abgebildet in flache Hügel über, und die lag nicht in Havemont.

Sie lag in Zumorda.

Nun war mir auch klar, wie ich seinen Akzent zuordnen musste. Als der Mann an meinem Gesicht sah, dass ich verstanden hatte, tippte er nur auf den Wandteppich, der die verbrannte Stelle an seinem Ständer verbarg, und lächelte.

Eine Drohung.

»Wie viel nehmt Ihr dafür?«, fragte ich. Vielleicht konnte ich mir sein Schweigen erkaufen, indem ich an seinem Stand genügend ausgab.

»Von Euch, Eure Hoheit? Betrachtet die Webarbeit als ein Geschenk.« Er zog den kleinen Teppich vom Ständer, rollte ihn ein und band ihn mit einem breiten Seidenband zusammen. »Beehrt uns bald wieder. Wir haben noch viele andere Waren im Angebot, die von Interesse für Euch sein könnten.«

Ich klemmte mir den Teppich unter den Arm, packte Alisendi am Ärmel und ging schnell davon. Als wir die anderen Edelfrauen fast eingeholt hatten, warf ich einen nervösen Blick zurück zu Karov, gerade rechtzeitig, um zu beobachten, wie Hilara sich seinem Tisch näherte. Eine Münze wechselte den Besitzer, und mit einer so flinken Bewegung, dass ich sie kaum wahrnahm, rollte Karov ein kleines Säckchen in einen Wandteppich, bevor er ihn ihr über den Tisch zuschob. Ich war entsetzt. Wenn diese beiden auf irgendeine Art konspirierten, konnten sie nur Schlimmes im Schilde führen. Aber was sollte ich mit meinem Wissen anfangen? Die Gefahr, dass meine eigene Magie entdeckt wurde, war viel zu groß.

»Mögen die Sechs mir beistehen«, betete ich.

Alisendi setzte dazu an, das Zeichen des Feuergottes vor der Brust zu schlagen, aber ich griff nach ihrer Hand.

»Der Windgott«, flüsterte ich. »Hier glaubt man, der Windgott habe mehr Macht.«

Sie sah mich irritiert an, gab dann aber nach, und wir schlossen uns wieder der Gruppe von Edelfrauen an.

Die Sonne brannte mir auf den Kopf, und ich bereitete mich innerlich darauf vor, mich unter die nächste Gruppe von Gästen zu mischen. Amaranthine war wirklich zu beneiden. Sie musste sich nicht mit heimtückischen Drohungen von Höflingen oder Händlern aus Zumorda herumschlagen. Inzwischen konnte sie überall sein: in ihren Gemächern, auf ihrem Pferd draußen in den Hügeln oder sogar in der Stadt. Sie hatte die Freiheit zu tun, was immer sie wollte – zumindest bis sich der König und Thandilimon eines Besseren besannen. Obwohl Thandilimon ganz nett war und Amaranthine sicherlich schwierig, störte es mich, dass er vorgab zu wissen, was gut für sie war. Eine junge Frau, die so stolz war wie Amaranthine, würde sich niemals dem Willen eines anderen Menschen beugen, ob es sich nun um ihren Bruder handelte, ihren Vater oder ihren Gemahl. Es entsprach ihr nicht.

Und angesichts dessen, was seit meiner Ankunft alles schiefgelaufen war, schien es mir langsam, als ob es mir ebenfalls nicht entspräche.

10

Mara

Ein paar Wochen nach Cas' Beerdigung ließen sowohl Nils' als auch mein Tagesplan es endlich zu, dass wir gemeinsam aus der Burg verschwinden und ins Pelham gehen konnten. Zwischen Dennaleias Nachmittagsstunde und einem albernen Konzert am Abend blieb mir zwar nicht besonders viel Zeit, aber es war besser als nichts.

Die Stadt hatte sich verändert, seit ich das letzte Mal hier gewesen war. Die Händler hielten ihre Fensterläden geschlossen, und Fremde vermieden es, einander auf der Straße in die Augen zu sehen. An jedem zweiten Gebäude prangte der weiße Kreis der Aufständischen. Ein paar der Kreise waren mit einem schwarzen Balken durchgestrichen – das Zeichen ihrer fundamentalistischen Gegner.

In der Schenke angekommen, bahnten wir uns einen Weg in eine abgelegene Nische, weit genug entfernt von den verdreckten Tischen in der Nähe des Tresens, wo wir hofften, Schlägereien aus dem Weg gehen zu können. Ich klatschte eine Münze auf den Tisch und eine fast zahnlose Bedienung ersetzte sie durch zwei angeschlagene Bierkrüge.

Nils nahm einen Schluck und verzog das Gesicht. »Das Zeug schmeckt nach Pferdepisse, wie immer.«

»Wie kommst du nur zu diesem Vergleich?«, fragte ich grinsend. So schlecht schmeckte das Bier gar nicht. Es hatte einen schnörkellos bitteren Geschmack, perfekt für diesen glühend heißen Sommertag. Zudem war der Keller des Pelham so tief, dass es erstaunlich kühl serviert wurde.

»Also, was ist der Plan?«, wollte Nils wissen.

»Beobachten. Abwarten. Unsere verdammten Krüge leeren.« Ich hoffte, wenn wir die Ohren nur weit genug aufsperrten, würden wir schon ein paar Antworten bekommen. Aber vor allem war ich froh, endlich wieder draußen zu sein. Ich hatte genug davon, ständig die misstrauischen Blicke der verängstigten Höflinge und zusätzlichen Wachen im Rücken zu spüren.

»Und was willst du mit den Informationen, die wir zusammentragen, dann anfangen? Hast du noch einmal überlegt, mit deinem Vater und deinem Bruder zu reden?«

Ich schüttelte den Kopf. »Nur falls ich etwas herausfinde, das eindeutig genug ist.«

»Es geht hier nicht nur um Cas, Mara. Das ist deine Chance, dir bei ihnen Gehör zu verschaffen. Und das wird dir später helfen.« Er stieß mir unter dem Tisch gegen den Fuß.

»Was meinst du damit?«, fragte ich.

»Was willst du denn mit deinem Leben anfangen? Hast du darüber schon einmal nachgedacht? Der König und dein Bruder haben Pläne für dich, da bin ich mir ziemlich sicher. Oder was glaubst du, warum dich dein Vater bei jedem Mahl, das du an der königlichen Tafel einnimmst, einer Reihe von Edelleuten vorführt?«

»Er will mich aus dem Weg haben, ich weiß.« Ich lehnte mich in meinem Stuhl zurück. Nils' Fragen waren mir unangenehm. »Aber solange ich mich nicht in irgendwelche wichtigen Angelegenheiten einmische, ist es ihm egal, was ich tue.«

»Nein. Er wird dich verheiraten, sobald der erste Verehrer Interesse bekundet.«

»Was das angeht, werde ich wohl noch ein Wörtchen mitreden dürfen.« Nils sagte die Wahrheit, aber ich wollte es nicht zugeben.

»Das glaubst du. Aber er könnte dir das Leben auch so schwer machen, dass eine Ehe immer noch besser wäre als alles andere, was er dir zur Wahl lässt. Es läuft genauso, wie wenn man ein Pferd erzieht – das richtige Verhalten macht man ihm leicht, das falsche schwer.«

»Und wer sagt, dass eine Ehe das Richtige für mich ist? Nur weil alle anderen ihr Pferd rückwärts von der Brücke reiten, muss ich es doch nicht auch tun.« Wenn sich dadurch die Vermählung mit irgendeinem Idioten, den mein Vater für mich aussucht, vermeiden ließe, würde ich es Flicker allerdings liebend gerne beibringen.

»Es läuft immer auf das Gleiche hinaus. Dein Vater *muss* Pläne für dich haben, insbesondere jetzt, wo Prinzessin Dennaleia hier ist und Thandilimons Rolle sich ändern wird. Ihre Vermählung wird auch dich betreffen.«

Ich holte tief Luft und stieß sie langsam wieder aus. »Also gut. Du hast ja recht. Aber ich habe keinen blassen Schimmer, was ich tun soll. Ich sehe keinen Ausweg.«

»Du bist schlauer als der ganze Hohe Rat zusammen. Dir fällt schon etwas ein.« Er beugte sich über den Tisch und drückte fest meinen Unterarm.

»Im Moment kann ich nur noch schärfer beobachten, was sie aushecken«, sagte ich. »Lord Kriantz hat mich heute Abend zu einem Konzert eingeladen. Eigentlich wollte ich mich irgendwie herausreden, aber vielleicht ist es auch eine Möglichkeit herauszufinden, was mein Bruder und mein Vater im Schilde führen.«

»Das klingt doch ganz gut für den Anfang.« Er nickte zustimmend.

»Was meine Zukunftspläne angeht, hilft mir das allerdings auch nicht weiter.« Ich wollte weg von meiner Familie, und zwar ohne mich dafür an jemanden zu ketten, für den ich keine Gefühle hegte und mit dem ich auch nichts anfangen konnte.

»Die Prinzessin muss noch eingewiesen werden, dadurch gewinnst du Zeit. Oder du machst es dir leicht und heiratest einfach unter deinem Stand.« Er zwinkerte mir vielsagend zu.

»Nils!«

»War nur Spaß«, sagte er. »Obwohl … wenn ich nicht ausgerechnet in der Burg arbeiten würde, könnte es sogar funktionieren, wenn du so tust, als würdest du mich heiraten. Unter all den misstrauischen Blicken eine Ehe vorzutäuschen, wäre allerdings ziemlich schwierig.«

»Wenn ich eine Ehe vortäuschen wollte, würde ich eine Frau heiraten«, bemerkte ich. »Dann könnte keiner die Rechtmäßigkeit anzweifeln, wenn es keine Kinder gibt.« Mein Lebensplan war zwar noch äußerst vage, aber schwanger zu werden und ein halbes Jahr lang nicht im Sattel sitzen zu können, gehörte definitiv nicht dazu.

Nils wollte noch ein Bier und wedelte mit seinem Krug, während er sich nach der Bedienung umsah. Sie lag kichernd über den Schößen zweier Männer, die aussahen, als hätten sie sich noch nie im Leben gewaschen. Einer der beiden ließ ihr Münzen in den Ausschnitt fallen.

»Sieht aus, als könnte ich die ganze Nacht auf mein Bier warten«, murrte er.

»Da weiß ich Abhilfe.« Noch bevor Nils es mir ausreden konnte, marschierte ich zum Tresen. Die Ecke, in der wir gesessen hatten, war ohnehin zu ruhig gewesen.

»Mögen die Sechs uns beistehen«, murmelte Nils und kam mir hinterher. Die spätnachmittägliche Horde am Tresen war noch nicht allzu wild, dem Boden der ersten Krüge aber schon recht nah.

»... dieser Abschaum von Magienutzern wird unser Königreich noch ruinieren«, wetterte ein Mann mit Bart. »Ich habe gehört, der Pfeil, der Lord Casmiel getötet hat, war mit Magie verseucht. Diese widerlichen Bastarde von Aufständischen verzaubern ihre Pfeile, damit sie weiter fliegen und immer treffen. Die planen sicher einen Krieg hier in unseren Straßen!«

Von den umliegenden Tischen war ein zustimmendes Brummen zu hören. Offenbar waren wir in eine Gruppe von Fundamentalisten geraten. Ich bestellte noch zwei Bier und tat so, als interessiere mich das Gespräch nicht. Neben mir saß eine Frau, die, tief über ihren Krug gebeugt, das Gesicht unter einer Kapuze verbarg. Ich tat es ihr gleich und senkte in der Hoffnung, noch etwas Nützliches zu hören zu bekommen, ebenfalls den Kopf.

»Es kann nur Magie gewesen sein. Sonst hätten die Speerlinge die doch gekriegt«, sagte ein älterer Mann am Tisch.

Als Nils den respektlosen Ausdruck für die Gefolgsleute hörte, verspannte er sich, und ich musste ihm beruhigend die Hand auf den Arm legen.

»So schwer sind diese Magieverehrer dann auch wieder nicht zu schnappen«, sagte eine Frau. »Die gucken doch alle so hinterlistig und haben weiße Farbe an den Händen.«

»Hört, hört!«, brüllte wieder ein anderer und schwenkte seinen Bierkrug dabei so wild durch die Luft, dass er seine Tischnachbarn nass spritzte.

»Gestern hab ich einen erwischt, der bei mir die Straße runterkam«, sagte der Mann mit Bart. »Wollte mich mit ein paar läppischen Funken erschrecken. Das nächste Mal überlegt er sich das zweimal.«

Ein feindseliges Kichern ging durch die Gruppe und ich rückte unwillkürlich näher an Nils.

Plötzlich wirbelte die Frau neben mir herum und zog ein gezacktes Messer aus dem Gürtel. »Dich habe ich gesucht«, knurrte sie den bärtigen Mann an und jagte ihm die Klinge durch die Hand.

Der Mann schrie wie ein Tier. Das Fleisch seiner auf den schmierigen Tresen genagelten Hand begann, um die weiß glühende Klinge herum zu qualmen. Wie gelähmt vor Schreck starrte ich ihn an. Natürlich hatte ich schon viel von Magie gehört, aber ich hatte noch nie gesehen, wie jemand sie anwandte.

»Magieschlampe!«, brüllte jemand. Die Fundamentalisten warfen den Tisch um und gingen auf die Frau los. Doch die hatte offenbar überall in der Schenke verstreut Verbündete, die aufsprangen und ihr zu Hilfe eilten. Die Fäuste flogen. Ich bekam es mit der Angst zu tun und stolperte rückwärts gegen Nils.

»Du hast meinen Mann getötet! In der Hölle der Sechs sollst du schmoren«, schrie die Frau den Mann an, dem sie das Messer in die Hand gejagt hatte.

Sie drehte sich zu mir um und ich erhaschte einen Blick auf ihre blutunterlaufenen Augen und das kurze rotblonde Haar. Dann zerrte Nils mich aus dem Getümmel und durch eine Seitentür hinaus in eine schmutzige Gasse. Als wir in Richtung Straße rannten, bereute ich, dass wir nicht geritten waren. Aber solch edle Tiere wie die unseren hätte man, wahrscheinlich noch bevor das erste Bier vor uns stand, von der Pferdestange vor dem Pelham gestohlen. Trotzdem wäre es entschieden einfacher gewesen, zu Pferde zu fliehen.

»Da entlang!« Während sich hinter uns die Kneipenschlägerei ins Freie ergoss, zeigte ich auf eine Seitengasse, die auf halber Strecke zur Straße lag. Wir sprangen über einen zerlumpten Mann, der bewusstlos und nach Urin und schalem Bier stinkend in der Gosse lag. Nils holte mich ein und zog mich dann den Rest des Wegs durch die üblen Viertel der Stadt hinter sich her. Er legte ein Tempo vor, bei dem ich kaum mithalten konnte. Mein Mund war trocken und meine Lungen brannten.

»Dort werden wir auf keinen Fall mehr hingehen«, sagte Nils, sobald wir durch eines der seitlichen Tore wieder hinter die Burgmauern zurückgekehrt waren.

»Heute nicht«, japste ich, immer noch zitternd, während wir den Hügel zur Burg hinaufgingen. Das war knapp. »Aber wir haben etwas Wichtiges erfahren. Wahrscheinlich ist es der Elitegarde deshalb nicht gelungen festzustellen, von wo aus Cas' Mörder geschossen hat, weil Magie im Spiel war. Wir könnten in die Gärten gehen und nach Beweisen suchen.«

»Man sollte mich dafür bezahlen, dass ich dir Gesellschaft leiste«, knurrte er.

»Du solltest mir dankbar sein. Mit mir wird dir jedenfalls nicht langweilig«, entgegnete ich und marschierte über den gemähten Rasen vor den Ställen in Richtung Gärten.

Durch endlose Reihen rankenbewachsener Torbögen und elegant geschnittener Hecken arbeiteten wir uns bis zur Rückseite der Burg vor. Als wir das Atrium betraten, das Cas' Arbeitszimmer am nächsten lag, schaute ich nach oben zu seinem Fenster und lief direkt in jemanden hinein, der da auf dem Weg stand.

Prinzessin Dennaleia trat einen Schritt zurück und strich sich die Röcke glatt. Sie war sichtlich verlegen.

»Entschuldigung«, sagte sie und betrachtete misstrauisch meine schmuddelige Bauerntracht.

»Was macht Ihr hier?«, fragte ich. Soweit ich wusste, hätte sie gerade einer ihrer geistlosen Verpflichtungen bei Hofe nachkommen müssen.

»Ich suche nach Antworten«, erwiderte sie, wobei ihr Gesicht einen entschlossenen Ausdruck annahm, »hätte allerdings nicht erwartet, hier jemanden anzutreffen.«

Lächelnd registrierte ich ihren Seitenhieb gegen den Hohen Rat. Ich war beeindruckt von ihrem Mut, Cas' Tod allein nachzugehen. Trotz meiner eifrigen Bemühungen, sie möglichst unfreundlich zu behandeln, berührte es mich, dass Cas ihr offenbar wichtig war.

»Das ist Nils«, sagte ich. »Er sorgt dafür, dass ich nicht in Schwierigkeiten gerate. Oder er gerät gleich mit hinein.«

Nils verbeugte sich und schenkte Dennaleia sein charmantestes Lächeln – ein Lächeln, das die Gehirne der meisten Frauen zu Brei zerfließen ließ.

»Hocherfreut, Euch kennenzulernen«, sagte sie und wandte sich wieder Cas' Arbeitszimmer zu. Ihr Blick wanderte zwischen einem Blatt Papier in ihrer Hand und dem Fenster hin und her.

Nils machte ein Gesicht, bei dem ich um ein Haar laut losgelacht hätte. Er war es nicht gewohnt, dass Frauen etwas interessanter fanden als ihn.

»Wie zur Sechsten Hölle kann jemand von hier unten einen Pfeil durch ein Fenster im zweiten Stock schießen?«, fragte ich.

»Die einzigen Stellen, von denen aus das möglich wäre, sind die Gartenmauer oder das Dach dieses Schuppens«, sagte Nils.

Dennaleia schüttelte den Kopf. »Der Winkel stimmt nicht.

Lord Casmiel hätte direkt am Fenster stehen müssen. Aber dort stand er nicht.«

Mir fiel wieder ein, dass Dennaleia die Erste war, die ihn tot gesehen hatte.

»Welcher Winkel hätte es denn sein müssen?«

»Ich habe die Flugbahn mit 10 bis 15 Grad berechnet«, sagte sie, »aber bei einem solchen Winkel kann der Pfeil nicht hier im Garten abgeschossen worden sein. Es gibt hier nichts, das hoch genug wäre.« Sie zeigte uns ihr Papier, auf dem eine detaillierte Skizze des Fensters und des Gartens zu sehen war – und so viele Rechnungen und Zahlen, dass mir der Kopf schwirrte.

»Nun ja, wir wissen, dass die Aufständischen Waffen mit einem Zauber belegen können«, sagte ich. Mir fiel das glühende Messer wieder ein und mir schauderte. »Wenn man also berücksichtigt, dass der Pfeil magisch beeinflusst wurde, was läge dann noch auf der Flugbahn, die Ihr berechnet habt?«

Zu dritt suchten wir mit den Augen die Gegend ab und blieben alle im selben Moment an einem hohen Baum drei Gärten weiter hängen.

»Das ist viel zu weit weg für einen Pfeilschuss«, meinte Nils. »Der Bogenschütze hätte Casmiel unmöglich durchs Fenster sehen können.«

»Vielleicht musste er ihn dank des Zaubers ja gar nicht sehen«, sagte ich.

Wir gingen durch die Gärten zu dem Baum hinüber.

»Da«, sagte Dennaleia und zeigte ins Geäst.

Auf den Stamm war ein kleiner weißer Kreis gemalt, so weit oben, dass man ihn kaum erkannte.

»Ich spreche mit Hauptmann Ryka«, sagte Nils. »Ich muss mich ohnehin für meine Schicht fertig machen.«

»Bitte nicht sagen, dass ich hier war«, baten Dennaleia und ich ihn gleichzeitig.

Nils lachte. »Ich werde euer Geheimnis hüten.«

»Ich möchte nicht, dass Ryka mich ausfragt«, sagte ich. Sie würde wissen wollen, wie wir unsere Entdeckung gemacht hatten, durfte aber auf keinen Fall erfahren, wie knapp wir der Schlägerei im Pelham entronnen waren.

»Ein paar Edelfrauen hatten mich zu einer Tasse Tee und gemeinsamem Sticken eingeladen. Damit ich hierherkommen konnte, habe ich so getan, als fühlte ich mich nicht wohl«, gab Dennaleia betreten zu. »Und Thandilimon hat mir gesagt, ich solle mich nicht um die Angelegenheiten des Hohen Rats kümmern …«

Womöglich hatte ich sie unterschätzt.

»Von mir habt Ihr nichts zu befürchten, wenn Ihr Euch nicht an die Regeln haltet«, beruhigte ich sie. »Aber da ist noch etwas, das ich nicht verstehe. Wenn man die Aufständischen in der Stadt zusammenschlägt – oder sogar tötet –, warum sollten sie dann absichtlich Spuren hinterlassen, die sie mit Casmiels Tod in Verbindung bringen?« Das ergab keinen Sinn. Kein Mörder war so dumm, absichtlich Spuren zu hinterlassen. Warum sollte eine kleine Rebellengruppe wie die Aufständischen eine Verfolgung durch die Krone riskieren?

»Ja«, sagte Dennaleia. »Ich frage mich auch, ob nicht womöglich doch andere dafür verantwortlich sind.«

»Oder ein anderes Königreich«, fügte ich grimmig hinzu. Vielleicht erhob sich Zumorda ja doch gegen uns.

11

Dennaleia

Eine halbe Schattenlänge nachdem das Dessert serviert worden war, polterte Amaranthine in den Salon. Das Streichquartett, das schon angefangen hatte zu spielen, musste sein Spiel an einer ungünstigen Stelle unterbrechen und darauf warten, dass man ihm ein Zeichen gab weiterzuspielen. Nur die Sechs wussten, wo Amaranthine gewesen war, seit ich sie in den Gärten getroffen hatte.

»Ah, Eure Hoheit, welch Ehre, dass Ihr Euch zu uns gesellt«, begrüßte Lord Kriantz sie. Er erhob sich und geleitete sie zu einer Chaiselongue. Ihr Haar war etwas unordentlich hochgesteckt und das Kleid so locker geschnürt, dass Auna einen hysterischen Anfall bekommen hätte. Trotzdem sah sie zauberhaft wild aus. Es war, als hätte sie den Sommerabend mit sich hereingebracht. Ich rutschte auf meinem Stuhl herum und war mir der Korsettstäbe, die sich unangenehm in meine Rippen bohrten, nur allzu bewusst.

»Immerhin kommt sie zuverlässig zu spät«, knurrte Thandilimon und verdrehte die Augen.

Hinter ihm bedachte der König sie mit einem Blick, der die halbe Waffenkammer zum Schmelzen gebracht hätte.

Ich sah zu Alisendi hinüber, die lediglich die Augenbrauen hob.

Die Musik setzte wieder ein. Thandilimon nahm meine Hand und verschränkte seine Finger in meine. Doch obwohl die Geste rücksichtsvoll und gut gemeint war, passten unsere Hände irgendwie nicht ineinander. Noch vor der Hälfte des Menuetts begannen meine Finger zu schmerzen, und ich war dankbar, als das Stück zu Ende war und ich ihn loslassen konnte, um den Musikern zu applaudieren.

Auch Amaranthine klatschte, und der Baron beugte sich über sie, um ihr etwas ins Ohr zu flüstern. Während er sprach, tippte Lord Kriantz mit dem Daumen gegen die Innenseite seines Rings. Sie lachte. Wie konnte es sein, dass ein Satz von ihm interessanter war als alles, was ich je zu ihr gesagt hatte? Ich konnte tun, was ich wollte. Selbst dass ich ihr geholfen hatte, das Zeichen der Aufständischen zu finden, hatte nichts gebracht. Ich kam einfach nicht an sie heran. Dabei wünschte ich mir so sehr, dass sie mich mochte. Frustriert ballte ich die Fäuste und das gefährliche Kribbeln schoss mir in die Fingerspitzen.

»Geht es dir gut?«, wollte Alisendi wissen.

»Oh ja, natürlich«, sagte ich. Im Stillen verfluchte ich sie jedoch dafür, dass sie mich so leicht durchschaute.

»Seit meine Schwester hereingekommen ist, seht Ihr so missmutig drein«, stellt Thandilimon fest.

»Das tut mir leid. Wahrscheinlich hat mich ihr Anblick an die schmerzhaften Folgen der Reitstunden erinnert.« Ich schenkte ihm ein gequältes Lächeln.

Er lachte. »Zumindest lässt sich Mara dazu herab, Lord Kriantz Gesellschaft zu leisten. Er hat mein vollstes Mitgefühl für das, was er mit ihr durchmachen wird. Aber ein guter Mann wie er kann ihr vielleicht etwas Benimm beibringen. Er hat dem Hohen Rat mit wertvollen Ratschlägen einen hervorragenden Dienst erwiesen.«

Ich schob meine Grübeleien wegen Amaranthine beiseite und nutzte die Gelegenheit, ihm eine drängende Frage zu stellen. »Verfolgt der Hohe Rat noch seine Untersuchungen zum Tod von Casmiel?«

Ein Anflug von Sorge huschte über Thandilimons Gesicht. »Ja. Hauptmann Ryka geht einer Spur nach, die man heute im Garten entdeckt hat. Aber ich will nicht ins Detail gehen und Euch mit diesen Dingen langweilen.«

Womöglich wusste ich mehr darüber als er.

»Aber ich interessiere mich sehr für die Angelegenheiten des Hohen Rats, da sie für das Reich ja so wichtig sind. Ich wäre mehr als glücklich, wenn ich ihn in irgendeiner Form unterstützen könnte.« Vielleicht würde er mir die Chance geben, mich nützlich zu machen, und der jahrelange Unterricht wäre nicht ganz umsonst gewesen. Seit Casmiel tot war, hatte mich niemand mehr um irgendetwas gebeten.

»Ich bin sicher, das wäre eine zu große Belastung für Euch. Doch nun da Cas nicht mehr bei uns ist, könnten wir Hilfe bei der königlichen Korrespondenz gut gebrauchen. Falls Ihr Beschäftigung sucht, werde ich die Sache bei Gelegenheit ansprechen.« Zufrieden mit sich selbst tätschelte er lächelnd meine Hand.

»Danke«, sagte ich enttäuscht. Wenigstens hatten meine Berechnungen Amaranthine etwas genutzt.

Meine Schwester nickte mir aufmunternd zu. Offenbar war sie ganz seiner Meinung. Jede Betätigung, die dem Königreich diente, war wertvoll. Obwohl er mich ab und zu nach meiner Meinung fragte, hatte Thandi bisher noch keine Anstalten gemacht, mich darauf vorzubereiten, dem Hohen Rat beizusitzen oder an entscheidenden politischen Diskussionen teilzunehmen. Wenn mir das Tragen einer Krone Macht verlieh, dann wollte ich diese dazu nutzen, die Welt besser zu machen – nicht um Gartenfeste und Dichterlesungen zu organisieren oder Briefe zu schreiben. Die Aussicht, in irgendein Studierzimmer gesteckt zu werden, um dort die Korrespondenz der Krone zu erledigen, war zwar nicht gerade verlockend, aber wenn nötig würde ich auch das tun.

Mit einem tiefen Seufzer wandte ich mich wieder den Streichern zu und bereitete mich innerlich darauf vor, das nächste öde Hofmusikstück über mich ergehen zu lassen. Ich hatte noch nicht ganz ausgeatmet, da nahm ich aus den Augenwinkeln etwas Seltsames wahr. Hinter uns ging, sehr viel schneller als seine Arbeit es erforderte, ein mir unbekannter Diener vorüber. Etwas in seinem Verhalten ließ mich nervös nach Thandis Arm greifen. Doch noch bevor ich ihn berührte, zog der Diener einen Dolch aus dem Stiefel und stürzte sich auf den König.

»Vorsicht!«, schrie ich, aber da war es schon zu spät.

Der Leibwächter des Königs zog sein Schwert und warf sich schützend vor König Aturnicus. Es gelang ihm, der durch die Luft zischenden Klinge des Mörders geschickt auszuweichen. Thandi zerrte mich aus meinem Stuhl und drängte mich zur Tür. Aber ich stolperte, taumelte von ihm weg und fiel hin. Meine Knie schlugen schmerzhaft auf dem harten Steinfußboden auf. Ich krabbelte meiner Schwester hinterher zur Wand, während die Perlen, die von meinem Kleid absprangen, wie Hagelkörner über den Boden klackerten.

Erst als wir in einer Ecke des Raums angelangt waren, drehte ich mich, an Ali geklammert, wieder um. Der Meuchelmörder hatte sein Ziel verfehlt. Er stand in die Enge getrieben vor dem leeren Kamin und knurrte wütend die königliche Leibwache an, den einzigen Gefolgsmann im Raum. Mit einer schnellen Bewegung griff er erneut an und dieses Mal konnte er den

Leibwächter überraschen. Der Mann stürzte zu Boden. Aus einem tiefen Schnitt an seinem Hals pulsierte das Blut. Ich zitterte am ganzen Körper. Ich konnte weder fliehen noch etwas tun. Ein paar Edelleute, denen ihr eigenes Leben offenbar wichtiger war als das ihres Königs, hämmerten neben uns mit den Fäusten gegen die schweren Holztüren, die sich nicht öffnen ließen. Man hatte sie von außen verbarrikadiert. Irgendjemand hatte sich gegen uns verschworen. Aber ich hatte keine Ahnung, wer.

Lord Kriantz war der Einzige, der nicht in Panik geriet. Wie ein Schatten glitt er vor den König, flankiert von Amaranthine und Thandi. Als der Mörder nach Lord Kriantz stach und der gerade noch ausweichen konnte, legte sich ein bitterer Geschmack auf meine Zunge. Schützend setzte ich mich vor Alisendi. Falls es nur eine von uns lebend hier herausschaffen sollte, dann sie. In meiner Brust loderte die Magie auf. Ich unterdrückte sie mit aller Macht und flehte den Feuergott an, er möge mir die Kraft geben, sie unter Kontrolle zu halten.

Der Angreifer stach noch einmal zu und die Klinge senkte sich in Thandis Arm. Mir entfuhr ein Schrei. Mit zusammengebissenen Zähnen zog Thandi den verletzten Arm eng an den Körper. Amaranthine trat nach den Beinen des Attentäters, doch der wich ihr aus und stürzte sich erneut auf den König. Wieder wehrte Lord Kriantz den Angriff mit der Eleganz einer Schlange mit dem Unterarm ab. Eine Öllampe explodierte hinter dem König und es regnete Funken und Glassplitter. Mir entglitt die Kontrolle.

»Tu etwas!«, flüsterte Alisendi.

Der Mann stach auf Amaranthine ein und traf ihre Schulter. Ihr Schmerzensschrei löste einen neuen, unaufhaltsamen Magieschub aus. Sie mochte mich zwar nicht, aber die Vorstellung, ein so mutiger Mensch könnte eingeschlossen in einem Raum, ohne Chance auf einen fairen Kampf, sterben, erfüllte mich mit solch glühendem Zorn, dass die Magie unkontrolliert aus mir hervorbrach.

Im selben Moment, in dem eine kurze Klinge aus Lord Kriantz' Ärmel schoss und sich in den Hals des Angreifers bohrte, begann dieser von innen heraus zu brennen. Sein Körper schwoll an und blähte sich, bis die geschwärzte Haut aufplatzte und das geronnene Blut hervorbrach. Seine Eingeweide fingen an der Luft sofort Feuer, und während die Flammen ihn auffraßen, sickerte alle Kraft aus mir heraus. Geschwächt drängte ich mich an Alisendis Seite, die mich blass und zitternd in die Arme schloss.

»Was zur …« Amaranthine wich taumelnd vor dem brennenden Körper zurück, während Lord Kriantz versuchte, die restlichen Flammen mit einem Wandteppich zu ersticken.

Der nach verbranntem Fleisch und Teppich riechende Rauch brannte mir in Augen und Hals und ich musste würgen. Endlich waren auf dem Flur Schritte zu hören und die Türen wurden entriegelt. Gefolgsleute mit bloßen Schwertern in der Hand stürmten den Raum.

»Bringt mir sofort den Hauptmann der Wache«, brüllte der König. Er griff sich das Schwert eines der Männer und fuchtelte damit herum, während er wütend durch den Raum stampfte. »Ich fordere eine Erklärung hierfür!«

»Jawohl, Eure Majestät.« Der ranghöchste Gefolgsmann bedeutete den anderen, die Schwerter herunterzunehmen und alle Anwesenden in Sicherheit zu bringen. Langsam leerte sich der Raum. Manche konnten sich von den Gefolgsleuten nicht schnell genug wegbringen lassen, andere blieben noch, um die rauchende Leiche am Boden anzugaffen.

»Geht es Euch gut, Eure Hoheit?« Ein Gefolgsmann streckte den Arm aus, um zuerst mir und dann Alisendi aufzuhelfen. Meine Beine zitterten so stark, dass ich trotz seiner Unterstützung kaum stehen konnte. Der Wachmann brachte uns nach draußen zu Thandi, der mit schmerzverzerrtem Gesicht seinen verletzten Arm umklammerte. Neben ihm stand Amaranthine, die das Blut, das durch das zerrissene Kleid aus ihrer Schulter sickerte, nicht besonders zu stören schien.

»Was zur Hölle der Sechs ist da gerade passiert?«, fragte Thandi.

»Man wollte dich in Scheiben schneiden«, entgegnete Amaranthine. »Lass mich mal sehen.« Sie griff nach Thandis Arm.

»Nein. Darum können sich die Heiler kümmern.« Er zog den Arm weg.

»Oder du lässt es einfach mich machen und verblutest nicht, bis sie hier sind«, fuhr sie ihn an. Sie löste seine Finger von der Wunde und zog den Stoff ab. Er zuckte zusammen.

»Aua!«

»Ist halb so schlimm.« Sie riss ein Stück Bordüre vom Ärmel ihres Kleids und band es oberhalb des Schnitts fest um seinen Arm. Sowie sie fertig war, zog Thandi den Arm weg und umklammerte ihn schützend. Amaranthine warf ihm einen verächtlichen Blick zu.

Ich war einfach nur froh, dass den beiden nichts Schlimmeres passiert war. Den Sechs sei Dank, dass keiner von ihnen aus Versehen durch meine Hand in Flammen aufgegangen war. Wäre ihnen oder Alisendi irgendein Leid geschehen, hätte ich mich wohl vor den Priestern im Großen Tempel selbst der Ketzerei bezichtigt und meine verdiente Strafe entgegengenommen.

»Lord Kriantz!«, schrie Amaranthine den Gang hinunter.

»Ja, Eure Hoheit?« Der Baron ließ die beiden Gefolgsleute, mit denen er gesprochen hatte, stehen und kam zu uns herüber.

»Euer Messer«, sagte Amaranthine, »hat es eine verzauberte Klinge?«

»Nicht dass ich wüsste, Mylady.«

Ich schlang die Arme eng um meinen Körper und spähte über die Schulter in den Raum hinter mir. Als ich die verkohlte Leiche neben der Chaiselongue sah, verkrampfte sich mein Magen derart, dass ich mich nach vorn beugen musste. Sollte irgendjemand herausfinden, dass ich es war, die ihn in Brand gesetzt hatte, wäre das mein Ende. Auch wenn ich selbst nicht wusste, wie ich es angestellt hatte. Seit ich hier war, war mir meine Magie immer mehr entglitten. Laut meiner Mutter hätten meine Kräfte mit den Jahren nachlassen sollen, nicht zunehmen, und dennoch hatte ich soeben einen Mann getötet.

»Nicht dass Ihr wüsstet? Und aus welcher der sechs Höllen kam dann dieses Feuer?«, wollte Amaranthine wissen.

Alisendi drückte meinen Arm, aber ich reagierte nicht.

»Dieselbe Frage habe ich mir auch gestellt. Meine Klinge wurde in Sonnenborn geschmiedet. Dort ziehen wir einfachen Stahl der Magie vor«, sagte Lord Kriantz.

Amaranthine runzelte die Stirn. Sie setzte dazu an, noch etwas zu sagen, klappte den Mund aber wieder zu und presste gedankenverloren die vollen Lippen aufeinander. Dann wanderten ihre Augen zu mir.

Ich bebte vor Angst unter ihrem kritischen Blick. Hatte sie die Wahrheit erkannt?

»Geht es Euch gut?«, fragte sie.

»Nein«, entgegnete ich. »Mir ist unwohl.« Mir war schwindelig, und ich befürchtete, gleich zusammenzubrechen.

»Bringt sie in ihre Gemächer«, befahl sie einem Gefolgsmann, der in der Nähe stand.

Ich ließ mich gegen die Wand sinken, dankbar, dass Amaranthine sich um alles kümmerte.

»Ich begleite sie. Nur um sicherzugehen, dass alles in Ordnung ist«, bot Alisendi mit zitternder Stimme an.

Der Wächter nickte Amaranthine zu und führte uns fort. Dunkle Flecken trübten meinen Blick.

Als die Türen zu meinen Gemächern sicher verschlossen waren, sank Alisendi auf einen Sessel und stützte den Kopf in die Hände.

»Es ist ja noch viel schlimmer, als ich dachte«, sagte sie. »Wenn irgendjemand herausbekommt, dass du das warst …«

»Ich weiß«, fauchte ich. »Ich wollte das nicht. Seit ich hier bin, ist alles ganz anders.«

Ali kaute an ihrer Unterlippe. Das tat sie immer, wenn es etwas gab, das sie mir nicht sagen wollte.

»Was?«, fragte ich.

»Nichts. Aber seit du weg bist, ist die Lage in Havemont nicht mehr stabil.«

»Was meinst du damit? Und was hat das mit dem zu tun, was heute Abend hier geschehen ist?« Ich konnte nicht glauben, dass sie mir etwas vorenthielt. Wir hatten nie Geheimnisse voreinander gehabt.

»In den letzten Wochen sind im Reich immer mehr Zumorder aufgetaucht. Sie sind überall, wie Unkraut. Sie schließen sich zusammen, um gegen eine Verbannung aus dem Großen Adyton zu protestieren.«

»Aber warum? Es war nie Teil des Abkommens, sie nach der Allianz zu verbannen«, sagte ich. »Hier scheinen das alle zu glauben, aber warum wussten wir dann nichts davon?«

»Ich habe die Abmachungen noch einmal durchgesehen. Die Wortwahl ist sehr vage«, sagte Ali. »In den letzten zehn Jahren hatten sie ausreichend Zeit, in den Formulierungen die entscheidenden Lücken zu finden. Inzwischen bilden sich Gruppen, die ausschließlich an die Sechs glauben und die davon überzeugt sind, dass die Magienutzer uns angreifen werden.«

»Genau dasselbe geschieht auch hier«, sagte ich leise. Ich konnte die Angst, die ich um mein Königreich – und um mich selbst – hatte, nicht verbergen.

»Sollte die Allianz scheitern, werden uns Mynarias Truppen nicht unterstützen. Aber um Zumorda aufzuhalten, brauchen wir sie. Ein Zerfall des Bündnisses könnte daher bedeuten, dass Zumorda uns annektiert, um zu verhindern, dass so etwas noch einmal geschieht. Die Gegner Zumordas werden jede Sekunde unruhiger und aggressiver. Was, wenn irgendjemand dahinterkommt, dass du magische Kräfte besitzt, die stark genug sind, einen Mann zu töten?«

»Beide Seiten werden in mir eine Verräterin sehen«, flüsterte ich. »Alle werden nach meinem Blut trachten.«

»Du musst einen Weg finden, die Magie loszuwerden. Es muss aufhören«, sagte Alisendi. »Nur dann bist du sicher.«

Ich stand auf und ging zu ihr hinüber. Ohne ein Wort rückte sie zur Seite und ich drückte mich neben sie auf den Sessel. Schon als Kinder hatten wir uns gerne zusammen in einen Sessel gekuschelt. Alisendi legte die Arme um mich und ich weinte mich an ihrer Schulter aus. Zärtlich streichelte sie mir den Rücken, bis die Tränen versiegten.

Aber auch als meine Wangen wieder trocken waren, wusste ich nicht, wie ich ihrem Wunsch nachkommen sollte. Genauso gut hätte sie verlangen können, dass ich mir das Herz herausschnitt oder aufhörte zu atmen.

12

Mara

Inmitten des Chaos schlich ich mich zurück in den Salon und hob die Waffe des Meuchelmörders vom Boden auf. Der Dolch lag noch an derselben Stelle, an der er ihn hatte fallen lassen. Er war schwer und mit einem schlichten weißen Knauf versehen. Heft und Grat waren sehr gut verarbeitet, die Klinge schimmerte matt.

»Er sieht aus, als käme er aus Zumorda«, bemerkte Lord Kriantz über meine Schulter.

»Tatsächlich?« Ich drehte mich um. »Wie kommt Ihr darauf?«

»Er ist im gleichen Stil gearbeitet wie ein Dolch, den ich vor Jahren in Kartasha gesehen habe«, entgegnete er, während er Blut und Ruß von seinem eigenen Messer wischte.

»Ich kann Euch das abnehmen, Eure Hoheit.« Ein Gefolgsmann, der fast noch zu jung war, um eine Uniform zu tragen, griff nach dem Dolch in meiner Hand.

»Nein, das könnt Ihr nicht.« Ich zog ihn weg und trat einen Schritt zurück, wobei ich fast gegen Lord Kriantz gestoßen wäre.

Der Gefolgsmann hielt mir noch immer die offene Hand hin. »Er ist ziemlich scharf, Eure Hoheit, Ihr solltet nicht …«

»Ach, verpiss dich«, fuhr ich ihn entnervt an.

Der junge Mann sah mich mit weit aufgerissenen Augen an und zog dann böse die Augenbrauen zusammen.

»Hauptmann Ryka wird in Kürze hier sein«, sagte er.

»Ich werde ihr den Dolch geben, sobald sie da ist«, log ich. Ich hatte nicht vor, ihn abzugeben – nicht bevor sie mich dazu zwangen. Der Dolch konnte mich zu Cas' Mörder führen, egal ob er nun aus Zumorda kam oder sonst woher. Und so wie ich den Hohen Rat kannte, würde der einen Mond lang über den Dolch diskutieren und ihn dann in einer staubigen Schublade verschwinden lassen.

»Ich werde mich persönlich darum kümmern, dass die Waffe in die richtigen Hände gelangt«, mischte Lord Kriantz sich ein.

Verärgert sah ich ihn an, aber mit seiner Unterstützung hatte ich mein Ziel erreicht.

»Ich verlasse mich auf Euch«, gab der Gefolgsmann nach. Er machte auf dem Absatz kehrt und ging davon.

Hinter seinem Rücken schnitt ich ihm eine Grimasse. Sobald er außer Sichtweite war, drehte ich den Dolch so, dass die Klinge an der Innenseite meines Handgelenks lag, und drückte den Arm fest in die Falten meiner Röcke. Mit der versteckten Waffe schlich ich mich zurück auf den Gang, dicht gefolgt von Lord Kriantz.

So unauffällig wie möglich bahnte ich mir einen Weg durch die herumstehenden Edelleute und Wachmänner. Kurz bevor ich es aus der Menschenansammlung herausgeschafft hatte, meldete sich Lord Kriantz.

»Darf ich Euch zu Euren Gemächern begleiten?«

Ich zögerte kurz, aber unter den gegebenen Umständen war eine Begleitung keine schlechte Idee. Und je schneller ich weg war, umso geringer war die Wahrscheinlichkeit, dass

Hauptmann Ryka mich einholen würde. Sicher war die Gefahr, dass jemand mir folgte, geringer, wenn Lord Kriantz bei mir war.

»In Ordnung«, stimmte ich zu. Wir entfernten uns von der Menschenmenge, bis die Stimmen hinter uns nur noch ein leises Gemurmel waren.

»Würde es Euch etwas ausmachen, mir Euer Messer zu zeigen?«, fragte ich ihn, sobald wir außer Hörweite waren.

»Natürlich nicht, Mylady.« Er zog das kleine Messer aus der Scheide an seinem Handgelenk und reichte es mir, während wir weiter in Richtung meiner Gemächer gingen.

»Sonnenborner Handwerkskunst«, brummte ich enttäuscht. Was Messer anging, war ich zwar keine Expertin, aber soweit ich sehen konnte, war an diesem nichts Ungewöhnliches. Es war schmucklos, mit einer einfachen Klinge und ganz offensichtlich nur für den Zweck hergestellt, für den man es benutzt hatte. »Weiß mein Vater, dass Ihr dieses Ding in Eurem Ärmel mit Euch herumschleppt?«

»Nein. Aber ich bin sicher, er hat nichts dagegen einzuwenden. Immerhin hat es ihm heute Abend das Leben gerettet. Wir Sonnenborner gehen nirgendwohin ohne gewisse Sicherheitsvorkehrungen. Die Wüste ist erbarmungslos, genau wie ihre Bewohner.« Er steckte das Messer zurück in die verborgene Scheide und der Auslösemechanismus klickte wieder zu.

»Und zu welchem Zweck wart Ihr vor ein paar Jahren in Zumorda?«, fragte ich. Nur wenige hatten den Mut, über die Grenze zu gehen, da die Städte in der Nähe seines Gebiets alle einen denkbar schlechten Ruf hatten.

»Pferdehandel. Wie Ihr sicher wisst, gibt es dort einen guten Markt für Merzvieh aus Mynaria.«

»Richtig.« Was er sagte, entsprach der Wahrheit, brachte

mich aber nicht weiter. Die geballte Energie vom Kampf mit dem Attentäter hatte sich langsam in mir abgebaut und ich fühlte mich erschöpft. »Bei allen Sechs, ich habe genug von diesen rätselhaften Morden.«

»Ich denke, davon haben wir alle genug«, stimmte er zu.

Vor Cas' Tod konnte ich innerhalb der Mauern immer recht gut allein auf mich aufpassen, aber heute Abend war es ganz angenehm, jemanden bei mir zu haben. Schweigend gingen wir nebeneinanderher, bis wir an meine Tür kamen. Die beiden Wachen traten zur Seite, um mich einzulassen, und Lord Kriantz folgte mir.

»Danke, dass Ihr mir diesen Gefolgsmann vom Hals geschafft habt«, sagte ich. »Und auch für den Einsatz für meinen Vater. Wenn Ihr nicht gewesen wärt …« So schwierig das Verhältnis zu meinem Vater auch war, ich wollte nicht, dass ihm etwas zustieß. Lord Kriantz war der Einzige, der etwas unternommen hatte. Alle anderen waren nur darauf bedacht gewesen, sich selbst in Sicherheit zu bringen. Einmal abgesehen von Dennaleia natürlich, die zu sehr damit beschäftigt war, sich in eine Ecke zu kauern. Wie man so gekonnt eine halbe Ohnmacht vortäuscht, hatte sie wahrscheinlich aus einem ihrer Handbücher für feine Damen gelernt.

»Aber das war doch selbstverständlich. Ich helfe, wo ich kann. Und wo ich gerade dabei bin, sollte ich mich vielleicht auch hier etwas genauer umsehen. Es könnten noch weitere Gefahren lauern.« Er ging elegant um mich herum.

»Ich denke, hier haben wir nichts zu befürchten«, entgegnete ich. »Die Wachmänner verlassen ihre Posten nie.«

»Ihr meint wie die, die heute vor dem Salon in Stellung gegangen waren?«, fragte er und zog die Vorhänge zurück.

»Da habt Ihr auch wieder recht.« Ich rieb mir die Schläfen.

»Möglich ist alles. Es ist wohl besser nachzusehen, als umgebracht zu werden.«

Er streifte noch ein wenig durchs Zimmer und ließ seine dunklen Augen über jeden einzelnen Gegenstand wandern.

»Ich glaube, die Luft ist rein, Mylady.« Er trat zu mir, nahm meine Hand und fuhr mit dem Daumen sanft über meine Handfläche. »Ihr wart sehr tapfer heute Abend.«

»Jeder Trottel hätte dasselbe getan«, entgegnete ich schroff, obwohl mir sein Kompliment schmeichelte.

»Da widerspreche ich entschieden. Nur wenige hier bei Hofe scheinen ein Problem damit zu haben, sagen wir mal, untätig zu bleiben.«

»Ihr sprecht wie ein Diplomat«, sagte ich.

»Ich spreche wie ein Botschafter«, entgegnete er mit einem freundlichen Lächeln. »Dies ist nicht mein Reich. Ich will mir nicht anmaßen zu wissen, wie man es regieren sollte. Vielmehr hoffe ich, hier noch einiges zu lernen, was uns in Sonnenborn bei der Entwicklung eines eigenen Regierungssystems nützlich sein kann.«

»Mir gegenüber könnt Ihr Euch die Höflichkeiten sparen. Ganz offensichtlich sind die Mitglieder des Hohen Rats mehr daran interessiert, sich gegenseitig mit Mist zu bewerfen, als dem Tod von Cas auf den Grund zu gehen.«

Lord Kriantz nickte, sagte aber nichts.

»Warum habt Ihr mir überhaupt geholfen?«, fragte ich ihn.

»Bündnisse beruhen auf Gegenseitigkeit, Mylady«, sagte er. »Ich habe ein genauso großes Interesse daran, diese Angriffe aufzuklären, wie Ihr. Eine Bedrohung für Mynaria kann zu einer Bedrohung für Sonnenborn werden und mir ist sehr an der Sicherheit unserer beiden Reiche gelegen.«

»Nun, wenn der Hohe Rat nichts unternimmt, um herauszufinden, woher dieses Ding stammt, dann werde ich es wohl tun müssen.« Ich warf einen finsteren Blick auf den Dolch in meiner Hand. Vorsichtig wendete ich die Klinge, die selbst im Dämmerlicht hell strahlte, und fuhr mit dem Finger über die Blutrinne.

»Ich zweifle nicht an Eurer Entschlossenheit«, sagte Lord Kriantz. »Ich muss jetzt gehen. Lasst es mich wissen, falls ich noch etwas für Euch tun kann.«

»Ich danke Euch, Lord Kriantz.«

»Gute Nacht, Mylady. Gebt auf Euch acht.« Er verbeugte sich und verließ das Zimmer.

Ich schätzte es sehr, wenn man meine Gastfreundschaft nicht überstrapazierte. Ich legte den Dolch auf den Toilettentisch und setzte mich auf die Couch. Als ich mit dem Finger die Wunde an meiner Schulter abtastete, stellte ich fest, dass mein Kleid mit dem Blut daran festgetrocknet war. Mit schmerzverzerrtem Gesicht löste ich den zerrissenen Stoff, aber der Schnitt war nicht sehr tief.

Ich läutete nach meiner Zofe. Es war nicht das erste Mal, dass ich mit einer Schnittwunde nach Hause kam. Wozu die Zeit der Heiler mit einer Lappalie verschwenden, die auch Sara behandeln konnte. Nils hätte ich zwar noch lieber gerufen, aber der hatte Dienst.

Es klopfte an der Tür. »Komm herein, Sara«, rief ich aus dem Schlafzimmer.

Aber anstelle meiner Zofe erschien Hauptmann Ryka mit vier ihrer Elitemänner in der Tür.

»Ich nehme an, Ihr könnt mich über den Verbleib der Mordwaffe aufklären«, sagte sie mit eisigem Blick.

»Gleich morgen früh wollte ich sie Euch bringen«, log ich und verfluchte den Gefolgsmann, der mich verpfiffen hatte.

Sie schüttelte den Kopf. »Um Euch das zu glauben, kenne ich Euch viel zu gut. Aber wir haben keine Zeit, Spielchen zu spielen. Cas war mein Gemahl. Stellt Euch meinen Untersuchungen – und meiner Rache – nicht in den Weg.« Inzwischen hatte ich nicht mehr so viel Angst vor ihr wie als Kind, aber ihre harten Worte ließen mich dennoch ein wenig zittern.

»Es gibt keine Beweise, dass die beiden Angriffe miteinander zu tun haben«, hielt ich ihr entgegen.

»Das ist mein Problem, nicht Eures. Wir nehmen den Dolch jetzt mit.«

»Nein!« Ich sprang auf, aber sie schnappte sich den Dolch von meinem Toilettentisch, noch bevor ich halb durchs Zimmer war.

»Wenn Ihr nicht bei den Versammlungen des Hohen Rats erscheint, dann mischt Euch gefälligst auch nicht in unsere Angelegenheiten ein.« Ryka marschierte aus dem Zimmer und schlug die Tür hinter sich zu.

»Das müsste ich gar nicht, wenn der Rat irgendetwas zustande brächte«, schrie ich und schleuderte einen Schuh gegen die geschlossene Tür. Ich hätte ihr hinterherlaufen sollen, hatte aber keine Kraft mehr zu kämpfen. Nicht nach diesem Abend.

Nun, wo ich den Dolch nicht mehr hatte, um ihn mit in die Stadt zu nehmen und Nachforschungen darüber anzustellen, blieb mir nur die Bibliothek. Aber bei der Vorstellung, mich dort einzuschließen und in langweilige Bücher zu vertiefen, hätte ich heulen können. Was ich brauchte, war ein zusätzlicher Verbündeter. Am besten einen sehr belesenen. Jemanden, der in der Lage war, Dolch und Pfeil zu analysieren und Details zu liefern, die uns zu unseren wahren Feinden führten. Mir fiel ein, dass ich die belesenste Person in der Burg ja recht gut kannte: Prinzessin Dennaleia. Von ihren Ohnmachtsanfällen einmal abgesehen, besaß sie einen scharfen Verstand. Das hatte sie mit ihren Berechnungen zum Standort des Bogenschützen und ihren Spekulationen über den weißen Pfeil bewiesen.

Ich hatte keine Wahl. Ich musste sie so schnell wie möglich auf meine Seite bringen.

13

Dennaleia

Am Morgen nach dem versuchten Mordanschlag war ich in der königlichen Bibliothek anzutreffen, umringt von Edelfrauen, deren farbenfrohe Kleider über die weichen Teppiche raschelten. Thandi hatte mich gebeten, bis zur Abreise meiner Schwester die Gesellschaft anderer hochwohlgeborener junger Frauen bei Hofe zu suchen. In Anbetracht der jüngsten Ereignisse hatte Alisendi sich dazu entschlossen, nach Havemont zurückzukehren, sobald genügend Gefolgsleute zur Verfügung standen, um sie zu eskortieren. Und bis dahin musste ich nun das frustrierende und langweilige Geplapper der jungen Damen über sinnlose Themen ertragen, obwohl sehr viel drängendere Dinge anstanden.

Wie wichtig es war, engere Kontakte am Hof zu knüpfen, unterstrich auch ein Brief meiner Mutter, den ich am Morgen erhalten hatte. Nach ein paar bedauernden Worten zu Casmiels Tod betonte sie erneut die Bedeutung der Allianz und meine Aufgabe, dafür zu sorgen, dass unsere Reiche diesem neuen und schwer zu fassenden Feind gemeinsam entgegentraten. Sie schloss mit einer Ermahnung, meine Gebetstage weise zu nutzen und meine Zeit gleichmäßig unter den Sechs aufzuteilen. Die unterschwellige Bedeutung dieser Worte war mir nicht entgangen: Ich sollte die Finger vom Feuer lassen.

Ich hatte geglaubt, meine Gabe all die Jahre, seit sie mich in der Feuerstelle erwischt hatte, gut vor ihr versteckt zu haben. Falls sie etwas wusste, das ich nicht wusste, hätte sie es mir sagen müssen, bevor nun offizielle Briefe unsere einzige Möglichkeit waren zu kommunizieren. Sie hätte mir sagen müssen, wie ich meine Kräfte in Schach halten konnte, bevor ich einen Mann getötet hatte. Doch im Moment blieb mir nichts anderes übrig, als ihren Wünschen nachzukommen und die Führerin und Botschafterin zu sein, die mein Volk verlangte.

Eingeklemmt zwischen den Edelfrauen, die darum wetteiferten, neben mir zu gehen, lauschte ich mit einem Ohr den Gesprächen, während ich versuchte, einen Blick auf die Bücher zu erhaschen, an denen wir vorübergingen.

»Habt Ihr gehört, dass der Graf von Nax diese Landpomeranze aus dem Osten heiraten wird?«, fragte eine Blondine zu meiner Linken.

»Nein!« Annietta von Ciralis hielt sich erschrocken die Hand vor den Mund. »Diese Frau ist so merkwürdig. Schon fast zumordisch. Womöglich hat das Leben so nah an der Grenze sie schon mit böser Magie verdorben.«

»Mein Vater sagt, sie heiratet ihn nur, um den Verdacht von ihrer Familie abzulenken. Er glaubt, sie hängen den Aufständischen an«, fügte eine Stimme von weiter hinten hinzu.

Wie konnten sie angesichts des Todes von Casmiel und des Mordversuchs am König nur über Hochzeiten tratschen? Ich beschloss, mich nicht einzumischen, und wandte mich den königlichen Buchbeständen zu. Durch die winzigen Fenster gleich unterhalb der gewölbten Decke fiel gedämpftes Licht und warf einen matten Schein auf die hohen Bücherschränke. Die Ausmaße der Bibliothek von Mynaria wurden ihrem Platz im Zentrum der Nördlichen Königreiche durchaus gerecht.

Rechts und links von uns ragten beeindruckende Regale empor und die einzelnen Abteilungen waren mit von Handwerksmeistern aufwendig geschnitzten Holzschildern versehen. Ich holte tief Luft und genoss den vertrauten Geruch nach Tinte und Pergament.

In der Abteilung für Poesie blieb die Gruppe stehen, ganz begierig darauf, sich etwas für die Gedichtlesung auszusuchen, die in ein paar Tagen abgehalten werden sollte. Kichernd zogen sie einzelne Bände aus den Regalen und durchforsteten sie nach zweideutigen Zeilen, mit denen sie die Aufmerksamkeit der Männer oder Frauen gewinnen konnten, die ihnen den Hof machten. Meine Schwester hielt sich erfreulicherweise zurück. Ich war mir sicher, dass sie sämtliche schmutzigen Gedichte auswendig kannte, aber weise genug war, ihre Würde zu wahren.

»Was haltet Ihr hiervon, Eure Hoheit?« Die aufdringliche Blondine hielt mir ein Buch unter die Nase.

Mit einem höflichen Lächeln nahm ich es entgegen.

»Callue ist stets eine gute Wahl«, sagte ich und gab es ihr zurück. Ein Drücken und Schieben setzte ein, als alle anderen versuchten, ebenfalls einen Band von Callue zu ergattern.

Meine Schwester verdrehte die Augen und formte mit den Lippen das Wort *Horomir*. Ich musste grinsen und hielt mir schnell die Hand vor den Mund. Vili Horomir verfasste die unanständigsten Gedichte in den gesamten Nördlichen Königreichen. In der Regel waren sie gespickt mit grässlichen Euphemismen männlicher Körperteile. Wenn die Edelfrauen anzügliche Gedichte suchten, sollten sie sich wirklich nicht an mich, sondern an meine Schwester halten.

Ich trat unauffällig beiseite. Ob ich mich wohl jemals daran gewöhnen würde, dass alle eifrig darum bemüht waren, mich nachzuahmen? Von den Kleidern, die ich trug, bis hin zu den Gedichten, die ich las? Nur ein Mädchen stand ein wenig abseits von den anderen und lächelte mir schüchtern zu. Ich erinnerte mich, dass sie an meinem Hochzeitsbasar Hilaras dritte Empfehlung war. Das schüchterne Mädchen vom Meer.

»Hallo«, sagte ich. »Ich glaube, man hat uns noch nicht bekannt gemacht.«

Das Mädchen errötete. »Ellaeni von Trindor, Eure Hoheit.« Sie knickste.

»Ihr interessiert Euch nicht für Callue?«, fragte ich leichthin.

»Oh, Callue ist ganz hübsch. Aber ich ... ich weiß einfach nicht, was ich wählen soll. Ich werde furchtbar nervös, wenn ich vor anderen Leuten stehe. Und der einzige Mensch, für den ich wirklich gerne lesen würde, ist in meiner Heimat.« Sie ließ den Kopf hängen und ihr Haar fiel ihr wie ein glänzender schwarzer Vorhang über die Wangen.

»Ich habe festgestellt, dass man in so einem Fall die Leute am besten zum Lachen bringt. Wenn Ihr möchtet, zeige ich Euch ein paar meiner Lieblingsgedichte von einem anderen Dichter«, bot ich an und freute mich, ihr Werke vorschlagen zu können, die ich wirklich liebte.

»Das wäre wunderbar, Mylady.« Ihr Gesicht hellte sich auf.

Ich ging mit Ellaeni um die anderen herum, zog weiter hinten im Alphabet ein dünnes einfaches Bändchen aus dem Regal und schlug es auf.

»Das hier ist eines meiner Lieblingsgedichte. Razkiva schreibt hauptsächlich humorvolle Verse über Tiere.«

Sie las das Gedicht und lächelte.

»Das ist perfekt, Eure Hoheit«, sagte sie.

Leider konnte ich nicht allzu lange bei Ellaeni bleiben, da

ich keine Vorlieben zeigen durfte. Aber ich nahm mir vor, sie später noch einmal zu treffen, ohne die anderen. So schüchtern wie sie war, brauchte sie sicher eine Freundin. Ich hatte mich gerade wieder der Gruppe zugewandt, um allen der Reihe nach etwas Zeit zu widmen, als hinter mir – viel zu laut für eine Bibliothek – eine Stimme ertönte.

»Ah, da seid Ihr!«, dröhnte Amaranthine.

Alle hielten inne und starrten sie an. Amaranthine trug schon die vertraute Reitkleidung und ihr Zopf war noch ein klein wenig ordentlicher als sonst am Nachmittag.

»Willkommen, Lady Amaranthine.« Ich knickste. Zum einen, weil ich sie an ihr Benehmen erinnern wollte, zum anderen, weil alle ihre Bücher sinken ließen und gespannt darauf warteten, was nun passieren würde. Auch meine Schwester sah fragend zwischen mir und Amaranthine hin und her.

»Ich muss mit Euch sprechen«, sagte Amaranthine.

Ich bemühte mich, meinen Ärger hinter einem Lächeln zu verbergen, während die Magie anfing, in meinen Handflächen zu kribbeln. »Vielleicht können wir uns heute Nachmittag nach meiner Reitstunde unterhalten?«

»Nein, ich muss jetzt gleich mit Euch sprechen«, beharrte sie. Die anderen Edelfrauen würdigte sie keines Blickes.

Hoffentlich hörte niemand, wie ich vor Wut mit den Zähnen knirschte. »Wie Ihr wünscht«, sagte ich. »Gehen wir nach draußen.«

»Nein«, widersprach sie. »Dort hinten ist es gut. Es wird nur einen Moment dauern.«

Sie verschwand hinter einem Bücherregal, und ich entschuldigte mich höflich bei den anderen, um ihr zu folgen. Meine Schwester übernahm, den Sechs sei Dank, das Kommando und ermunterte die Edelfrauen dazu, ihre Gedichte zu üben und sich gegenseitig vorzulesen. Den missbilligenden Blick des Bibliothekars im Nacken ging ich Amaranthine hinterher.

»Es tut mir leid, Amaranthine, aber jetzt ist wohl nicht der beste Zeitpunkt, um …«, begann ich.

»Was wisst Ihr über Zumorda?«, unterbrach sie mich schroff.

Das Kribbeln schoss mir in die Hände, und ich musste mich an dem Regal hinter mir festklammern, um die Magie zurückzuhalten. Enttäuschung wallte in mir auf. Ich hatte meine magischen Kräfte nicht mehr gespürt, seit ich den Attentäter getötet hatte, und törichterweise gehofft, sie seien für immer verschwunden. Wenn ich, ohne es zu wollen, jemanden töten konnte, was würde dann als Nächstes passieren, nun wo die Magie wieder da war? Mir wurde übel, wenn ich nur daran dachte.

»Hört mir zu. Lord Kriantz meinte, der Dolch, den der Angreifer gestern Abend benutzt hat, stammt wahrscheinlich aus Zumorda. Ich weiß nicht, wie ich das nachprüfen kann, und dachte, Ihr könnt mir vielleicht helfen.«

»Warum fragt Ihr nicht den Schmied? Oder den Waffenmeister? Oder den Hauptmann der Wache?«, fragte ich. Der zumordische Händler auf meinem Hochzeitsbasar kam mir ebenfalls in den Sinn, aber wenn ich Amaranthine den vorschlug, würde sie mir sicher unangenehme Fragen stellen. Ich konnte mir beim besten Willen nicht vorstellen, weshalb sie ausgerechnet zu mir kam, um etwas über Waffen zu erfahren.

»Die werden es nicht wissen.« Sie schüttelte den Kopf. »Havemont ist das einzige Reich mit einer großen Stadt in der Nähe von Zumorda. Ihr habt sehr viel mehr Zeit mit Euren Büchern verbracht als ich, und ich will wissen, wie ein zumordischer Dolch hierhergelangen konnte. Er könnte ein Hinweis darauf sein, dass Zumorda den Angreifer geschickt hat und vielleicht auch hinter dem Mord an Cas steckt. Vielleicht sind Spione unter uns? Oder Zumorda bedient sich der Aufständischen?«

»Das geht mich nichts an«, sagte ich, obwohl ich innerlich bei dem Gedanken, endlich etwas Sinnvolles tun zu können, vor Freude hüpfte. Ich musste schnell weg von ihr, bevor etwas in Flammen aufging. Außerdem war es sehr gefährlich, wenn ich mich in eine Sache verwickeln ließ, die mit Zumorda zu tun hatte. »Thandi und der Hohe Rat haben mich nicht gebeten …«

»Das hier ist keine Angelegenheit des Hohen Rats, es ist meine Angelegenheit.« Amaranthine kam mir so bedrohlich nahe, dass ich den Zimt in ihrer Seife riechen konnte.

»Aber ich weiß nichts darüber!« Erschrocken wich ich zurück und drückte mich gegen das Regal.

»Das ist mir klar«, sagte Amaranthine. »Ihr sollt nur etwas für mich herausfinden. Ich will wissen, ob es eine Möglichkeit gibt nachzuweisen, dass der Dolch tatsächlich aus Zumorda stammt. Und vielleicht findet Ihr auch etwas über die Art von Magie heraus, die den Attentäter getötet hat – oder Cas. Vielleicht gibt es eine Verbindung zwischen den beiden.«

»Ich wüsste gar nicht, wo ich da anfangen soll«, log ich. Abseitige Informationen in einer Bibliothek zu finden, war ein Spiel, das ich immer mit meinen Tutoren gespielt hatte – und ich war ziemlich gut darin. Wahrscheinlich lieferte die Literatur über Waffenschmiedekunst die besten Informationen zu dem Dolch. Dennoch wäre es sinnvoll, mit Geografie und Geschichte anzufangen, um die Gegend, aus der die Waffe stammen könnte, einzugrenzen. Und sicher wäre es auch kein Fehler, einen Blick in ein paar Bücher über Architektur zu werfen und vielleicht sogar die Aufzeichnungen zu den Volkszählungen einzusehen, falls diese zugänglich waren. Durch die vertraute geistige Anstrengung, die Nachforschungen zu planen, ließ das taube Gefühl in Gesicht und Händen wieder nach. Immerhin schien sich die Magie schneller zu beruhigen, als das vor dem Tod des Attentäters der Fall war. Sie hatte wohl etwas an Kraft verloren.

»Ihr könntet es hier in der Bibliothek versuchen.« Amaranthine durchbohrte mich mit ihren leuchtend grauen Augen.

»Nun, wo Ihr schon hier seid, könnt Ihr doch selbst nachsehen«, schlug ich vor.

»Ich bin nicht sonderlich gebildet«, sagte sie. »Aber Ihr seid es.«

»Nun, da seid Ihr die Erste hier, die das anerkennt«, murmelte ich.

Eine Welle der Dankbarkeit überkam mich – dumme, lächerliche Dankbarkeit dafür, dass sie etwas so Wichtiges erkannt hatte. Es war ein gutes Gefühl, endlich wahrgenommen zu werden.

»Könntet Ihr das für mich tun? Bitte. Ihr seid mir nichts schuldig, ich weiß. Aber es könnte helfen, die Bastarde zu finden, die Cas umgebracht haben und versucht haben, meinen Vater zu töten.«

Ich wusste nicht, was ich tun sollte. Ich wollte ihr gerne helfen, weil es meine Pflicht gegenüber Mynaria war. Und sie hatte mich gebeten, Fähigkeiten einzusetzen, die sich Thandi und der Hohe Rat zu meiner großen Enttäuschung bisher nie zunutze gemacht hatten. Außerdem bot sie mir den perfekten Vorwand, um zugleich auch etwas über meine eigene Magie zu recherchieren. Aber es war riskant, ihrer Bitte nachzukommen. Zu riskant.

»Mir liegt etwas an meinem Vater und meinem Bruder«, fuhr sie fort. »Mag sein, dass sie etwas schwer von Begriff sind, aber sie sind meine Familie. Mynaria ist mein Reich. Und ich will nicht, dass irgend so ein Miststück von Königin uns aus der Ferne angreift und ihre Spielchen mit uns treibt.«

»Was wisst Ihr denn über den Dolch?« Trotz all meiner Ängste war ich neugierig.

»Bevor Hauptmann Ryka ihn mir wieder abgenommen hat, ist mir aufgefallen, dass er kein Wappen trägt. Das Metall war sehr hell. Es könnte Silber gewesen sein. Und er hatte einen weißen Knauf. Was meint Ihr? Könnten das Merkmale sein, die auf Zumorda hinweisen?«

»Ich bin mir nicht sicher. Ihre Wimpel sind weiß. Aber als Beweis für einen Mordanschlag genügt das nicht«, sagte ich.

»Hauptmann Ryka erwähnte ihr Banner, aber von Wimpeln hat sie nichts gesagt. Seht Ihr, Ihr wisst doch Dinge, die hilfreich sein könnten«, triumphierte Amaranthine.

»Glaubt Ihr nicht, es könnte problematisch werden, Nachforschungen zur Magie anzustellen?«, fragte ich sie. »Wahrscheinlich gibt es hier kaum Informationen darüber, und wenn man bedenkt, dass der Gebrauch von Magie als Ketzerei …«

»Ja, es könnte riskant sein«, gab sie zu. »Aber wenn es uns hilft herauszufinden, wer hinter alldem steckt, ist mir das egal. Ich habe ein paar Dinge in der Stadt gesehen, da stellt sich mir die Frage, ob die Magie das eigentliche Problem ist. Vielmehr sind es doch diejenigen, die sie gegen meine Familie einsetzen.«

Ich zögerte noch, aber in meiner Brust entzündete sich ein Funken Hoffnung. Sie hasste die Magienutzer nicht blind. Vielleicht würde sie mich ja gar nicht verabscheuen, wenn sie die Wahrheit wüsste. Und wenn ich ihr half, konnte ich gleichzeitig meinen magischen Fähigkeiten auf den Grund gehen.

Ich konnte sie nicht zurückweisen.

»Also gut. Ich werde sehen, was ich herausfinden kann«, gab ich schließlich nach.

»Dennaleia«, sagte sie. »Seht mich an.«

Sie sah mir so tief in die Augen, dass ich einen Kloß im Hals bekam.

»Danke«, sagte sie. Dann verschwand sie genauso schnell, wie sie gekommen war.

Ich musste mich kurz an die Wand lehnen. Auf was zur Hölle der Sechs hatte ich mich da nur eingelassen? Alles an Amaranthine war so außergewöhnlich – die Art, wie sie sprach, wie sie sich bewegte und wie sie mich ansah.

Ich presste eine Hand gegen die Wand in der Hoffnung, der kühle Stein könnte das Surren in meinen Fingern bezwingen. Doch stattdessen gab er unter meiner Berührung nach. Ich riss die Hand zurück, als hätte ich mich verbrannt. In der Wand blieb ein Abdruck meiner Finger zurück.

»Eure Hoheit?«, vernahm ich eine zaghafte Stimme hinter mir.

Voller Angst drehte ich mich um. Am Ende einer Regalreihe lugte Ellaeni um die Ecke.

»Die anderen lassen fragen, ob Ihr ihnen ebenfalls helfen könntet, Gedichte auszusuchen, Mylady«, sagte Ellaeni. Ihr Gesicht sah völlig normal aus. Freundlich. Sie hatte nichts gesehen. Zitternd atmete ich auf.

»Natürlich!«, entgegnete ich. Ich griff in meine Röcke, um meine zittrigen Finger zu beruhigen, und ging mit ihr zurück zu den anderen.

Sobald die Edelfrauen mich sahen, verstummte ihr Geflüster und Getuschel, und meine Schwester bedachte mich mit einem ihrer Was-zur-Hölle-der-Sechs-Blicke. Ich würde ihr später eine Erklärung liefern müssen.

»Bitte entschuldigt die Unterbrechung«, richtete ich das Wort an alle. »Ich würde liebend gerne die Gedichte sehen, die Ihr ausgewählt habt.«

Alle strahlten sie mich mit einem falschen, selbstgefälligen Lächeln an. Ich hatte ihnen wieder Stoff für neuen Tratsch geliefert. Bis Einbruch der Dunkelheit würde der gesamte Hof wissen, dass Amaranthine und ich in der Bibliothek aneinandergeraten waren. Ich hätte ihr meine Hilfe nicht anbieten dürfen. Dank ihrer war ich im Ansehen der Personen, auf die ich eigentlich Einfluss nehmen sollte, deutlich gesunken. Mein Vorsatz, den Wünschen meiner Mutter zu entsprechen, lief nicht gerade nach Plan.

Ich bedachte jedes der ausgewählten Gedichte mit einem wohlwollenden Kommentar oder zustimmenden Nicken und versuchte dabei, jeder der Edelfrauen gleich viel Aufmerksamkeit zu schenken. Aber Amaranthines Bitte ging mir nicht mehr aus dem Kopf. Als es Zeit war, zu Mittag zu essen, begleitete ich die Edelfrauen zunächst die halbe Strecke bis zum großen Saal, um mich dann mit der Ausrede, ich hätte etwas in der Bibliothek vergessen, zu entschuldigen. Meine Schwester warf mir einen misstrauischen Blick zu, aber ich winkte ihr nur mit einem unschuldigen Lächeln zu.

Wie eine Diebin schlich ich mich durch die Regalreihen, aber keines der Bücher befasste sich mit Zumorda. Die Mynarianer hatten gute Arbeit geleistet, als sie die Bibliothek von Literatur über Magie säuberten. Auch meine Suche in den Abteilungen zu Geschichte und Architektur blieb ergebnislos, und wie ich schon befürchtet hatte, gab es auch keine Aufzeichnungen zu den Volkszählungen. Selbst in der Geografieabteilung waren nur einfachste Karten von Zumorda zu finden. Die Details endeten an der mynarianischen Grenze im Westen und an der von Havemont im Norden. Nachdem ich gefühlt schon mehrere Schattenlängen durch die Reihen der Bibliothek gewandert war, hatte ich nur ein einziges Buch aufgetan, in dem eventuell etwas zu finden war. Es war ein enormer Wälzer über Schwertschmiedetechniken, bei dessen Anblick allein ich schon Kopfschmerzen bekam.

Als ich auf dem Weg nach draußen durch die Reihen zum Thema Religion ging, vernahm ich von einem der Regale herunter ein merkwürdiges Tschilpen. Ich blieb abrupt stehen. Da saß auf einem dünnen grünen Band, der aus der Bücherreihe herausragte, ein kleiner Vogel. Sein Gefieder war leuchtend blau und ging am Bauch in Weiß über. Das war unmöglich. Berghüttensänger lebten nicht in der Ebene. Sie lebten im Gebirge, im Norden, wo ich aufgewachsen war. Als ich näher trat, flatterte der Vogel durch eines der hohen Fenster nach draußen.

Ich holte das Buch aus dem Regal. Die spröden, vergilbten Seiten öffneten sich wie von selbst und enthüllten die Zeichnung eines Mannes, der mit erhobenen Händen inmitten eines Wirbelsturms stand. Er war jedoch nicht von Regen und Blitzen umgeben, sondern von Sternen, die feurige Schweife hinter sich herzogen. Die Szene erinnerte an eines dieser überirdischen Ereignisse, bei denen Götter Sterne über das Firmament jagten, nur dass dieser Mann die Sterne auf die Erde geholt hatte.

Es war kein Buch über Religion. Es befasste sich mit Magie. Eine Mischung aus Neugier und Furcht machte sich in mir breit.

Irgendjemand musste das Buch aufgrund seines Einbands falsch einsortiert haben oder wollte es bewusst schützen. Auf den ersten Blick glichen die sechs farbigen Kreise, die darauf abgebildet waren, den Symbolen der Götter, aber sie waren falsch angeordnet. Während ich das Buch durchblätterte, wurde ich immer nervöser. Offenbar handelte es sich um eine Schrift über die mächtigsten Magier und ihre Fähigkeiten. In der Einleitung wurden die sechs Neigungen beschrieben: Wind, Wasser, Erde, Feuer, Schatten und Geist. Jede dieser Neigungen entsprach einem der Sechs Götter.

Neben den Porträts der großen Magier zeigten komplizierte Schaubilder die Beziehungen zwischen den einzelnen Neigungen, und es wurde angemerkt, dass die Gabe mehrerer Neigungen sehr selten – und gefährlich – sei. Bisher hatte ich geglaubt, meine Neigung sei das Feuer. Aber da war dieses eine Mal, als die Tür zuschlug, und heute hatte ich nur durch meine Berührung eine Steinwand zum Schmelzen gebracht. Kalte Angst jagte mir den Rücken hinunter.

Ich konnte unmöglich mehr Neigungen als das Feuer haben. Aber ich hatte ja auch geglaubt, meine Fähigkeiten seien unbedeutend – bis ich den Attentäter getötet hatte. Es gab nur einen Weg, Klarheit zu gewinnen. Ich setzte mich in einer einsamen Ecke der Bibliothek auf einen Stuhl und schloss die Augen. Ganz vorsichtig ließ ich die Magie in meine Fingerspitzen fließen, bis die vertraute Taubheit sich in meinen Armen ausbreitete. Anstatt Feuer stellte ich mir eine schwache Brise vor, die ich durch das Fenster hoch über mir zu mir rief.

Ein Windstoß rauschte durch die Bibliothek und fuhr zwischen die Seiten einiger aufgeschlagener Bücher, die auf einem nahen Tisch lagen. Mein Herz raste. Ich kämpfte die Magie nieder und öffnete die Augen. In meinem Kopf drehte sich alles, und ich musste mich an die Armlehnen meines Stuhls klammern, um wieder ins Lot zu kommen.

»Da bist du also!« Am Ende des Gangs erschien Alisendi, die besorgt auf mich zugeeilt kam. »Wo kam dieser Wind her? Was machst du hier hinten?«

»Nichts«, log ich und schob das grüne Buch schnell unter den Wälzer über Schwertschmiedekunst.

»Du hast das Mittagessen verpasst«, sagte sie vorwurfsvoll. »Thandilimon wollte wissen, wo du bist.«

»Was hast du ihm gesagt?« Ich konnte ihr nicht in die Augen sehen. Unbeholfen brachte ich die Bücher wieder in Ordnung, die meine Magie zerfleddert hatte.

»Dass du ein Buch in der Bibliothek vergessen hättest und dazu neigst, beim Lesen die Zeit zu vergessen«, sagte sie ärgerlich. »Du bist hier nicht zu Hause, Denna. Du kannst nicht einfach so verschwinden. Die Leute finden das merkwürdig.«

Ich suchte nach einer Ausrede, aber Alisendi hatte es verdient, zumindest einen Teil der Wahrheit zu erfahren. Wenn sie ging, würde sie das Geheimnis meiner Neigung mit sich nehmen, und ich wäre wieder allein damit.

»Ich wollte herausfinden, ob das, was du mir geraten hast möglich ist«, flüsterte ich. »Vielleicht gibt es ja eine Möglichkeit, die Gabe des Feuergottes loszuwerden.« Ich zeichnete mit dem Finger einen Kreis auf das Schwertschmiedekunstbuch und dachte dabei an die bunten Kreise darunter.

»Beten wir zu den Sechs, dass es eine gibt«, sagte sie. »Ich reise in weniger als einer Woche ab.«

Es war klar, was sie mir damit sagen wollte. Sobald sie weg war, würde mir keiner mehr mit Ausreden aus der Patsche helfen.

»Ich werde schon zurechtkommen«, sagte ich, auch wenn es eine Lüge war und ich sie sehr vermissen würde.

»Wirklich?« Sie machte ein ernstes Gesicht und nahm meine Hand.

»Ich muss.« Ich griff nach den Büchern und presste sie mir vor die Brust. »Gehen wir. Ich komme zu spät zu meiner Reitstunde.«

Den Sechs sei Dank, dass sie nicht wusste, dass Feuer wohl nicht die einzige Neigung war, die ich lernen musste zu beherrschen.

14

Mara

Die Verabschiedung von Prinzessin Alisendi dauerte den halben Vormittag. Was für eine Verschwendung kostbarer Zeit. Aus Angst um unsere Sicherheit gestattete Hauptmann Ryka nicht, dass ein Mitglied der königlichen Familie die Eskorte begleitete, und so winkten wir ihr alle vom Burghof aus nach, während die Kutsche, begleitet von bewaffneten Männern, in Richtung Stadt verschwand.

Dennaleia stand aufrecht da, aber der Kummer über die Abreise ihrer Schwester stand ihr ins Gesicht geschrieben. Auch als wir später für ihre Reitstunde zu den Ställen gingen, wirkte sie noch traurig.

»Konntet Ihr in der Bibliothek etwas herausfinden?«, fragte ich.

»Noch nicht«, seufzte sie. Ganz offensichtlich war sie es leid, jeden Tag dieselbe Frage gestellt zu bekommen.

»Ich hasse es, hier eingesperrt zu sein«, sagte ich. »Lasst uns einen Ausritt machen.«

»Ist uns das denn erlaubt?«, fragte sie.

»Solange wir auf dem Gelände innerhalb der Mauern bleiben, sind wir sicher. Und überhaupt, wer sollte uns denn aufhalten?« Ich warf Hauptmann Ryka, die mit uns zu den Stallungen gekommen war, um die neuen Rekruten auszubilden, einen finsteren Blick zu. Selbst nachdem sie mir den Dolch abgenommen hatten, war es dem Hohen Rat nicht in den Sinn gekommen, mich als Zeugin des Angriffs auf den König zu verhören – noch ein Beweis, dass Cas der Einzige von ihnen gewesen war, der seinen Verstand zu gebrauchen wusste.

Ich legte Flicker den Streitsattel auf und band Horn, Bogen und Köcher daran fest. Ich wollte uns daran gewöhnen, das sperrige Zeug für die Jagd mit uns herumzuschleppen. Dann stiegen wir mithilfe des Aufsitzblocks auf die Pferde, was Dennaleia inzwischen keinerlei Schwierigkeiten mehr bereitete. Sie hatte sich von den Schmerzen, die ihr das tägliche Reiten anfangs bereitet hatte, gut erholt und schlurfte nach den Stunden nun auch nicht mehr stocksteif zurück zur Burg.

Als ich mit Dennaleia von der bewachten Koppel ritt, wurden wir plötzlich von zwei Gefolgsleuten flankiert.

»Das soll wohl ein Witz sein«, sagte ich.

»Zu Eurer Sicherheit«, sagte einer der beiden. »Auf Befehl von Hauptmann Ryka.«

Ich verdrehte die Augen. Wenn Hauptmann Ryka nicht wollte, dass ich mich in ihre Angelegenheiten einmischte, sollte sie sich gefälligst auch aus meinen heraushalten. »Gut, aber bleibt außer Hörweite. Sonst werde ich mir den ganzen Ritt über neue Beleidigungen für Eure Mütter ausdenken.« Ich gab Dennaleia ein Zeichen loszureiten.

Wir führten die Pferde im Schritt den Pfad hinauf, während sich vor uns die Stadt ausbreitete. Jenseits der Dächer streifte der Wind über das goldene Sommergras und verwandelte es in ein wogendes Meer. Wir ritten in die flachen Hügel, die an die hinteren Gärten der Burg grenzten. Die Äste der Bäume, die sich über uns wölbten, spendeten uns willkommenen Schatten vor der Nachmittagssonne.

»Achtet auf die Äste«, warnte ich Dennaleia, während ich mich unter einem tiefhängenden Zeig duckte und einen zweiten abknickte.

Sie gab keine Antwort, fiel aber auch nicht vom Pferd. Sie musste mich also gehört haben. Je weiter wir dem Pfad folgten und den Hügel hinunter bis zu einem kleinen Bach in den Wald hineinritten, umso dichter wurde das Blätterwerk. Nachdem wir den Wasserlauf überquert hatten, wurde der Weg wieder breiter. Ich zügelte Flicker ein wenig, bis Dennaleia und ich nebeneinander ritten, und während ich seinen Hals tätschelte, überlegte ich mir, wie ich die Prinzessin zum Reden bringen oder ihr zumindest ein Lächeln entlocken könnte.

»Und«, fragte ich sie. »Wie läuft es?«

»Ihr meint mit den Nachforschungen …?«

»Ja. Und auch sonst.«

»Bisher konnte ich noch nichts herausfinden, was sehr frustrierend ist. Und sonst … nun ja, manchmal ist es sehr hart.«

»Was meint Ihr?« Von den Reitstunden einmal abgesehen, konnte ich mir nicht vorstellen, wovon sie sprach. Ich hasste das höfische Leben, aber Dennaleia mit ihrer eleganten, diplomatischen Art schien wie geboren dafür.

»Ich vermisse Ali. Und auch Havemont. Es gibt niemanden, mit dem ich reden kann. Thandi ist die meiste Zeit zu beschäftigt, und Ihr unterrichtet mich nur, weil Casmiel es Euch befohlen hat.«

»Wer hat das gesagt?«

»Thandi«, erwiderte sie.

»War ja klar, dass dieser nichtsnutzige Rossknödel die Klappe nicht hält«, knurrte ich. »Aber so ist es nicht. Es stimmt zwar, dass man mich gezwungen hat, Euch zu unterrichten, aber Ihr habt auch bewiesen, dass Ihr sehr viel klüger seid als diese hirnlosen Trottel im Hohen Rat.« Ich musste sie unbedingt auf meine Seite bringen. Wenn ich ehrlich war, genoss ich ihre Gesellschaft sogar, insbesondere wenn sie ihre Intelligenz ausspielte.

»Aber es ist doch auch wichtig, was Ihr wollt«, sagte sie.

»Ich? Ich will wieder das entschlossene, zielstrebige Mädchen sehen, das Ihr wart, als Ihr hierhergekommen seid. Das Mädchen, das aus dem Stegreif unzählige Dinge über Pfeile weiß und deren Flugbahn berechnen kann. Das Mädchen, das auf ein Pferd steigt, obwohl es alles andere auf der Welt lieber täte.« Diese Dinge respektierte ich am meisten an ihr – und genau deshalb mochte ich sie, obwohl ich mir eigentlich das Gegenteil vorgenommen hatte.

»Inzwischen gefällt mir das Reiten … aber das Mädchen, das Ihr eben beschrieben habt, bin ich im Moment nicht«, sagte Dennaleia so leise, dass ich sie kaum verstehen konnte.

»Aber Ihr seid doch immer noch dieselbe«, redete ich ihr gut zu. Ich wollte, dass sie ihr Bestes gab – nicht nur, weil sie mir damit helfen würde. Sie war stark. Das wusste ich. Und die schrecklichen Ereignisse bei Hofe, seit sie hier war, hätten jeden entmutigt. Vielleicht brauchte sie einfach etwas, das sie liebte – etwas, bei dem sie sich so lebendig fühlte, wie sie ausgesehen hatte, als sie tanzte.

»Worin seid Ihr besonders gut?«, fragte ich.

»Beim Harfenspiel. Ein sehr nützliches Talent, ich weiß.«

»Dann ladet mich doch zum Zuhören ein. Ich würde Euch gerne spielen hören.« Meine Bitte löste einen unerwarteten Sturm von Gefühlen in mir aus. Die Musik hatte mir einmal viel bedeutet, und es war unangenehm, die alten Wunden wieder aufzureißen.

»Wenn Ihr das möchtet.« Sie klang verhalten, aber eine leichte Röte stieg ihr in die Wangen.

»Gut«, sagte ich. »Traben wir!«

Wir beschleunigten das Tempo und trabten zwischen den Bäumen hindurch. Ich hoffte, dass sie in diesem Moment dasselbe unbeschreibliche Gefühl erlebte wie ich, wenn ich auf Flickers Rücken saß. Alle Sorgen fielen von mir ab und ich spürte nichts als die Sonne auf meinem Gesicht und den Wind in meinem Haar.

Die Wachen rückten zu weit auf und ich scheuchte sie wieder davon. Dann führte der Pfad auf eine Wiese hinaus und ein atemberaubender Blick über die Stadt tat sich auf. Obwohl die Bewegungen in den Straßen kaum auszumachen waren, hatte man den Eindruck, auf ein vor Leben strotzendes Gewimmel hinabzusehen. Als wir am höchsten Aussichtspunkt angelangt waren, brachen die Pferde plötzlich seitlich aus, und am Wiesenrand stürzte jemand aus dem Wald hervor.

»Für die Aufständischen!«, schrie die Gestalt und ein Pfeil zischte an Dennaleias Schulter vorbei.

»Weg hier!«, schrie ich. Ich zerrte Flicker herum, um Dennaleia und Louie abzuschirmen, und unsere Pferde galoppierten davon, weg von dem Angreifer. Die Wachen trieben ihre Pferde in unsere Richtung, aber der Bogenschütze war mit seinem nächsten Schuss schneller. Ich lenkte Flicker mit den Beinen, nahm meinen Bogen vom Sattel und legte einen Pfeil ein.

»Die Richtung halten!«, rief ich Dennaleia zu und hoffte, sie und Louie würden auch das Tempo halten können. Da ich die Hände nicht an den Zügeln hatte, war Flickers Geschwindigkeit schwer einzuschätzen. Ich drückte die Fersen fest in die Steigbügel und nahm eine aufrechte Haltung ein. Ich durfte kein Risiko eingehen. Anders als bei meinen Übungen hatte ich keine drei Schuss und auch keine drei Zielscheiben. Ich musste diese Gestalt, die uns töten wollte, beim ersten Versuch treffen.

Hinter uns schlug ein weiterer Pfeil in die Erde. Ich spannte den Bogen, stellte mich in die Steigbügel, drehte mich um und schoss. Das alles dauerte nicht länger als einen Herzschlag. Exakt in der Schwebephase des Galopps zischte mein Pfeil davon und traf den Schützen an der Schulter. Er brach zusammen und versank im goldenen Gras.

»Brrr!«, rief ich. Wir zügelten die Pferde, die unruhig hin und her trippelten und die Ohren in Richtung unseres gefallenen Feindes spitzten. In der Hoffnung, dass vielleicht eine Patrouille in der Nähe war, um unseren Wachen zu Hilfe zu kommen, blies ich fünfmal kurz in mein Horn, das Zeichen für einen Notfall.

»Steigt ab«, wies ich Dennaleia an. »Vielleicht sind es mehrere.«

Sie ließ sich aus dem Sattel gleiten und kauerte sich neben mich.

»Falls noch jemand schießt, lasst die Zügel los«, flüsterte ich.

Sie nickte und schob ihre freie Hand zitternd in meine. Zuerst zuckte ich überrascht zurück, doch als ich in ihre verängstigten Augen sah, drückte ich sie sanft. Sekundenlang hielten wir den Atem an. Dann näherten sich Hufschläge. Ich atmete wieder durch. Die Wachen kamen mit vier weiteren Gefolgsleuten im Schlepptau auf uns zugeprescht. Dann wurden sie langsamer, um unsere Pferde nicht aufzuschrecken.

»Was ist der Grund für Euer Signal?«, fragte mich die Anführerin der Patrouille im Näherkommen.

»Aus den Bäumen dort drüben kam ein Bogenschütze und hat uns angegriffen«, sagte ich. »Ich habe ihn niedergestreckt.«

»Ihr beide bleibt hier«, befahl die Anführerin unseren Wachen. »Und du suchst die Gegend ab«, wies sie einen ihrer Männer an. Dann stieg sie ab, zog ihre Waffe und gab den beiden verbliebenen Gefolgsleuten ein Zeichen, ihr zu folgen. Ich zog ein Messer aus dem Stiefel, warf Dennaleia noch einen nervösen Blick zu und lief ihnen nach. Auch wenn sie bei den Wachen sicher war, ließ ich sie nur ungern zurück.

Vorsichtig bahnten wir uns zu viert einen Weg durch das hohe Gras bis zu der Stelle, an der der Angreifer zusammengebrochen war. Mein Magen zog sich zusammen. Die Stille in der Wiese konnte nur bedeuten, dass ich ihn getötet hatte. Ich hatte noch nie einen Menschen getötet.

Doch noch bevor wir den Schützen sehen konnten, war plötzlich ein Wimmern zu hören. Es war eine Frau. Sie lag auf der Seite und aus ihrer rechten Schulter ragte mein Pfeil. Ihr kurzes rotblondes Haar hatte die Farbe des sonnengebleichten Wiesengrases und ihr panischer Gesichtsausdruck erinnerte an einen in die Ecke getriebenen Straßenköter. Ich kannte sie.

Es war die Aufständische, die im Pelham auf einen Fundamentalisten eingestochen hatte. Mir lief ein Schauder über den Rücken.

Neben ihr lag ihr Bogen, eine rohe, einfache Waffe, die nicht sonderlich gepflegt war. Kein Wunder, dass sie nicht getroffen hatte. Wir hatten Glück gehabt. Mit ihrem unverletzten Arm reckte sie sich nach dem Bogen, doch bevor sie ihn zu fassen bekam, trat ich mit dem Fuß darauf, und die Wachmänner packten sie von beiden Seiten.

»Warum hast du auf uns geschossen?«, fragte ich. Nils und

ich hatten doch einem von ihren Leuten geholfen. Ich konnte mir nicht vorstellen, warum sie hinter mir her waren.

Ein gequältes Zischen kam aus ihrem Mund, dann spuckte sie den Gefolgsleuten vor die Füße.

»Die Allianz muss um jeden Preis verhindert werden«, presste sie hervor. »Aber ich hatte es nicht auf Euch abgesehen.«

Ihre Worte waren kein Trost. Im Gegenteil, meine Angst wurde nur größer. Natürlich war Dennaleia das Ziel der Bogenschützin gewesen. Ihr Tod wäre die Garantie für den Zerfall der Allianz.

15

Dennaleia

Die Befragung der Bogenschützin durch den Hohen Rat fand im Großen Tempel statt. Zweifellos sollte mit der Wahl dieses Ortes ein Zeichen gesetzt werden: Die Führung Mynarias duldete keine Ketzerei. Als ich an Thandis Arm eintrat, rechnete ich fast damit, augenblicklich in Flammen aufzugehen. Seit dem Tod des Attentäters hatte meine Gabe wieder zunehmend an Kraft gewonnen, und die Luft um mich her fühlte sich an, als könnte sie jeden Moment anfangen zu brennen.

Durch die Kuppel über dem Querschiff drang Licht in das Gebäude. Ein kühler Windhauch brachte die an Bändern aufgehängten Klangspiele zum Klingen, und während der Hohe Rat seine Plätze einnahm, waren auch die großen Klangspiele im Garten zu hören. Tiefe, dissonante Töne, die sich über das Geflüster der Anwesenden legten.

»Wo ist Amaranthine? Sollte sie nicht hier sein?«, flüsterte ich Thandi zu. Ich hatte sie tagelang nicht gesehen. Die Burg war seit der Festnahme der Bogenschützin abgeriegelt und es hatten auch keine Reitstunden stattgefunden.

»Ryka hat auf Maras Anwesenheit bestanden, aber sie weigert sich. Sie sagt, sie hätte ihrer Aussage nichts hinzuzufügen und Ihr würdet als Zeugin genügen. Sie hätte Besseres zu tun.«

Es schmerzte mich, dass sie nicht gekommen war. Seit dem Angriff machte sie sich rar, und dank der großen Sorge des Königs um meine Sicherheit waren meine Tage bis ins Letzte durchgeplant. Aber trotz der Wachleute, die mir nun auf Schritt und Tritt folgten, hatte ich mich sicherer gefühlt, als ich neben ihr im Gras kauerte und sie meine Hand hielt. Sie fehlte mir. Doch offensichtlich ging es nur mir so.

Die Stühle des Hohen Rats waren in der Mitte des Querschiffs in einem Halbkreis angeordnet, direkt gegenüber den leeren Tempelbänken. Thandi und ich nahmen unsere Plätze auf einem Podium direkt dahinter ein, und sobald auch der König zwischen uns Platz genommen hatte, wurde es ruhig im Raum.

»Bringt die Ketzerin herein«, befahl der König.

Ryka gab ihren Gefolgsleuten ein Zeichen, woraufhin vier Männer die Bogenschützin den Gang entlangzerrten und sie vor uns auf die Knie zwangen. Trotzig sah sie uns mit hocherhobenem Kopf an. Mit einer Bandage um die Schulter hatte man ihr den rechten Arm vor die Brust gebunden.

Ohne abzuwarten, bis man ihn zum Sprechen aufforderte, läutete der Hohe Rat Eadric seine Glocke und erhob sich. Er ging auf die Schützin zu und blieb ein paar Schritte vor ihr stehen. Mit zusammengekniffenen Augen, als röche er an einer besonders scharfen Zwiebel, sah er auf sie herab.

»Habt Ihr erwogen, die lange Straße der Läuterung und Buße zu gehen? Euren Weg zurück zum wahrhaftigen Leben zu finden, zu den Sechs Göttern, die gütig und in all ihrer Herrlichkeit über uns wachen und unsere Seelen ins Reich der Tugend führen?«

Als Antwort spuckte sie ihm vor die Füße.

Eadric bedachte sie mit einem schiefen Blick, dann wandte

er sich an den Hohen Rat. »Wir müssen ein Reinigungsritual durchführen.« Er schwenkte sein kleines Klangspiel und begann, im Querschiff auf und ab zu gehen und mit erhobenem Blick zu der hohen Glaskuppel hinauf zu singen, durch die ein kleines Fleckchen Himmel zu sehen war.

Angesichts der Tatsache, dass hier eine zügige Befragung durchgeführt werde sollte, konnte ich mir kaum vorstellen, dass außer ihm irgendjemand ein zeitraubendes Reinigungsritual für angebracht hielt.

Noch bevor der Hohe Rat Eadric seinen knochigen Hintern wieder auf seinem Stuhl platziert hatte, läutete Thandi seine Glocke.

»Ich beantrage die Anhörung von Prinzessin Dennaleia«, sagte er.

Alle außer Hilara hielten ihre Abstimmungsnägel in die Höhe. Es war offensichtlich, dass diese Frau mich lieber tot gesehen hätte. Ich schluckte, dann erhob ich mich.

»Vor drei Tagen ritten Prinzessin Amaranthine und ich durchs Gelände, als plötzlich diese Frau aus dem Wald trat und auf uns zielte«, sagte ich. »Bevor sie ihren Pfeil abschoss, schrie sie: ›Für die Aufständischen!‹, woraufhin Amaranthine ihr einen Pfeil in die Schulter jagte und dann zusätzliche Wachen zu Hilfe rief.«

Ich setzte mich wieder.

»Hast du auf die Prinzessinnen Amaranthine und Dennaleia geschossen?«, fragte der König und trommelte dabei ungeduldig auf seine Armlehnen.

»Ja, und ich würde es wieder tun.« Die Bogenschützin sah mich an, als wollte sie mir mit den Augen Löcher in den Leib brennen.

»Was hat dich dazu bewogen, Hochverrat zu begehen und

Mitglieder der königlichen Familie anzugreifen?« Der König sah die Schützin voller Hass an. Sie hatte Glück, dass im Tempel keine Waffen erlaubt waren.

»Ich wollte die Allianz verhindern. Jeder Mensch sollte Zugang zum Großen Adyton haben, ganz gleich welchen Glaubens er ist«, schimpfte sie. »Ihr Narren begreift nicht, welche Kräfte hier am Werk sind. Denn tätet Ihr es, würdet Ihr die Falle fürchten, die Ihr Euch selbst gestellt habt, indem Ihr denjenigen, die die Welt im Gleichgewicht halten, den Zugang verwehrt. Wäre mein Mann noch an meiner Seite, hätte ich sie mit einem Schuss niedergestreckt, genau wie den Hofmeister, der diese unselige Allianz ausgehandelt hat.« Sie spuckte erneut aus und die Wachen traten näher an sie heran.

Mehrere Mitglieder des Hohen Rats schnappten nach Luft. Der König sprang auf und griff nach dem nicht vorhandenen Schwert an seinem Gürtel. Ich war starr vor Entsetzen. Sie hatte *mich* umbringen wollen. Wenn das Hauptziel der Aufständischen die Verhinderung der Allianz war, dann war ich in gewisser Weise auch für Casmiels Tod verantwortlich. Meine Ankunft war für die Aufständischen das Zeichen gewesen anzugreifen. Thandi sprang auf und rief mit seiner Glocke zur Ordnung, bis sich alle wieder beruhigt hatten.

»Welche Beweismittel wurden am Tatort sichergestellt, Hauptmann?«, wollte Thandi wissen und setzte sich wieder. Seine Stimme klang ruhig, aber seine Hände umklammerten die Armlehnen so fest, dass die Knöchel weiß hervortraten.

Hauptmann Ryka erhob sich. »Ein unscheinbarer Bogen und ein Köcher mit weißen Pfeilen. Zwei Pfeile wurden abgeschossen. Wir konnten sie auf dem Feld sicherstellen. Aber vielleicht sollten wir am Anfang beginnen.« Sie wandte sich an die Bogenschützin. »Wie hast du Casmiel getötet? Es war ein äußerst schwieriger Schuss und du hattest keine freie Sicht. Geht man davon aus, dass du denselben Bogen benutzt hast, den wir vor drei Tagen bei dir sichergestellt haben, hättest du genauso gut bei Sturm auf eine Fliege schießen können.«

»Der Pfeil war mit einem Zauber belegt. Er hat ihn gesucht«, sagte sie mit einer gewissen Befriedigung.

»Und ist dann zu Asche zerfallen?«, vermutete Ryka. »Wie ist das möglich?«

»Die Neigung meines Mannes war das Feuer.«

Ich war schockiert, dass sie uns das so freimütig mitteilte.

»Wo ist dein Mann jetzt?«, fragte der König.

»Tot.« In ihrem Gesicht spiegelten sich Wut und Trauer. »Tot wegen Eurer dummen Allianz und wegen der Antimagie-Fanatiker, die es sich zur Aufgabe gemacht haben, die Stadt zu *säubern*. Man hatte seine Gabe, das Feuer zu beherrschen, entdeckt, und er wurde jeden Abend auf dem Weg nach Hause angegriffen. Sich mit den Aufständischen zusammenzuschließen, war die einzige Möglichkeit, sich zu wehren. Nur wenn wir die Allianz verhindern, können Menschen wie er in Mynaria sicher leben.«

Mir pochte das Blut in den Ohren. Kein Wunder, dass sie die Wahrheit sagte, denn sie hatte nichts mehr zu verlieren. Ihr Mann wurde für seine Neigung umgebracht – womöglich für dieselbe Neigung, die auch ich hatte. Wobei er wohl nur ansatzweise begriffen hatte, wie er sie einsetzen konnte.

Hilara läutete ihre Glocke.

»Wer war verantwortlich für den Anschlag auf den König, und woher stammt der zumordische Dolch, der dafür benutzt wurde?«, fragte sie. »Hat dein Mann diese Waffe ebenfalls mit einem Zauber belegt?«

Hilara wollte wissen, weshalb der Angreifer in Flammen

aufgegangen war, und der Ehemann der Bogenschützin war eine mögliche Erklärung. Nur Alisendi und ich wussten, dass ich es gewesen war. Ich atmete tief durch und versuchte, ein möglichst neutrales Gesicht zu machen.

»Mein Mann hat getan, was er tun musste, um unserer Sache zu dienen«, entgegnete sie. »Aber was spielt das noch für eine Rolle.«

»Wer war noch an dem Attentat auf den König beteiligt?«, wollte Hilara wissen.

»Ich habe nichts mehr zu sagen.«

»Sie spielt die Dumme. Die Aufständischen arbeiten eindeutig mit Zumorda zusammen, um die Allianz zu verhindern und die Krone zu stürzen. Wir sollten sie weiterbefragen, bis sie gesteht. Ich beantrage die Folterung der Gefangenen!«, forderte der Hohe Rat für Landwirtschaft.

»Abgelehnt«, sagte Thandi und verhinderte damit eine mögliche Abstimmung. Zumindest ersparte er dem Hohen Rat diese Peinlichkeit.

»Mach keinen Fehler. Du wirst für den Tod meines Bruders bezahlen«, drohte der König. »Wir werden alle, die dir lieb sind, jagen, bis du uns die Namen aller Beteiligten nennst.«

»Ich habe keine Familie und mein Mann ist tot. Was wollt Ihr mir noch nehmen?« Die Augen der Schützin waren kalt.

Der König setzte sich und schlug die Fäuste auf die Stuhllehnen. Ich zuckte zusammen.

»Ich beantrage, die Vernehmung der Gefangenen zu ihren Verbündeten fortzusetzen«, sagte Hilara.

Der Hohe Rat hob geschlossen die Abstimmnägel.

»Ich beantrage die Festnahme, Befragung und Bestrafung aller, die mit den Aufständischen zu tun haben oder einer Neigung verdächtigt werden«, schloss sich Hauptmann Ryka an.

Wieder hoben alle zwölf Räte ihre Nägel.

Ein Schreiber protokollierte die Abstimmung und mir sank das Herz in die Magengrube.

»Zumindest wissen wir nun, wer hinter den Angriffen steckt«, bemerkte Ryka. »Und wir werden sie zur Strecke bringen, diesen ganzen Abschaum.«

Sie zerrten die Bogenschützin aus dem Tempel. Mein Herz klopfte so laut, dass ich kaum noch etwas hören konnte, und ich spürte meine Hände nicht mehr. Alle glaubten nun zu wissen, wer für die Angriffe verantwortlich war. Aber die Schützin hatte sich nicht zu dem zumordischen Dolch geäußert. Sie hatte selbst gesagt, sie hätte nichts mehr zu verlieren, warum hatte sie dann kein umfassendes Geständnis abgelegt?

»Ist schon gut«, tröstete mich Thandi, der meine Bestürzung falsch interpretierte. Er nahm meine Hand und wie betäubt gestattete ich es ihm. »Sie kann Euch nichts mehr anhaben.«

»Nein, natürlich nicht.« Ich nickte.

Es war nicht die Bogenschützin, vor der ich mich fürchtete. Es war der Hohe Rat, der nun Jagd auf Magienutzer machen würde – und womöglich mich als Erste schnappte.

Wieder in meinen Gemächern blätterte ich hektisch das grüne Buch aus der Bibliothek durch. Ich musste einen Weg finden, wie ich meine Neigung verbergen oder besser noch loswerden konnte. Der Verfasser des Buches hatte ein wissenschaftliches Interesse an dem Thema, war aber selbst kein Magienutzer. In langatmigen Passagen beschrieb er, dass Menschen mit einer Neigung Kräfte in sich selbst oder ihrer Umgebung nutzen konnten, erklärte aber nicht, wie sie es taten. Er schlug verschiedene Praktiken vor, um eine Gabe festzustellen oder zu fördern, ohne jedoch zu erläutern, wie diese Praktiken konkret aussehen konnten. Er warnte, das Unterdrücken magischer Kräfte könne zu unkontrollierten Ausbrüchen führen, ihr ausgiebiger Einsatz hingegen zu einer zeitweiligen Erschöpfung des Magienutzers. Die einzig brauchbaren Hinweise waren die Erwähnung des Großen Adytons und die Bemerkung, dass der Einsatz von Magie an einem dafür vorgesehenen Ort gezielter und kontrollierbarer sei.

Aber ich konnte ja unmöglich im Heiligtum der Burg schlafen, um meine Neigung in Schach zu halten. Und funkensprühend durch die Gegend laufen, damit meine Kräfte sich nicht aufstauten, war auch keine Lösung. Das Buch über große Magier enthielt leider kein Kapitel über Prinzessinnen, die Dinge in Brand setzten. Vielmehr ging es um Männer, die mit einem Zauberspruch eine ganze Flotte versenkten, und um Frauen, die mit ihrem Blut den Verlauf der Geschichte neu schrieben. Alles Legenden, die mit der Realität nicht viel zu tun hatten. Solche Gaben hatten Götter, nicht Sterbliche.

Verärgert schlug ich das Buch wieder zu und schob es unter mein Bett.

Um mich von meinen Ängsten abzulenken, verbrachte ich den Rest des Nachmittags damit, Briefe an meine Schwester zu schreiben und sie dann halb fertig wieder zu zerreißen. Ich wollte Ali gerne fragen, wie ich es angehen sollte, meine Neigung loszuwerden, wozu sie mir ja geraten hatte; aber sie würde auch keine Antworten haben. Zudem wäre es äußerst dumm von mir, in einem Brief den schriftlichen Beweis für meine Magie zu liefern. Mir blieb nichts anderes übrig, als die Verantwortlichen für die Messerattacke ausfindig zu machen, damit der Hohe Rat seine Nachforschungen einstellte. Doch dafür brauchte ich Amaranthine, auch wenn ich ziemlich wütend auf sie war, weil sie nicht bei der Vernehmung erschienen war. Wahrscheinlich war ihre Bitte, dass ich ihr etwas auf der Harfe vorspielen möge, doch nicht der Beginn einer Freundschaft gewesen, wie ich gehofft hatte. Und es hatte auch nichts zu bedeuten, dass sie während des Angriffs meine Hand gehalten hatte. Die Krone war ihr gleichgültig, und es gab keinen Grund, warum ich ihr nicht ebenfalls gleichgültig sein sollte.

Als Auna endlich kam, um mich fürs Abendessen zurechtzumachen, schien mir die einzige Lösung für mein Problem, die ganze Stadt abzubrennen und dann auf einem gestohlenen Pferd zurück nach Havemont zu reiten. Auna stand hinter mir am Toilettentisch und hatte schon die Hälfte meiner Haare zu kleinen Knoten verdreht, die sie mir einen nach dem anderen auf dem Kopf feststeckte. Allein bei dem Gedanken, dass sich noch mehr Nadeln in meine Kopfhaut senken würden, hätte ich schreien mögen.

»Das trägt man jetzt in Mynaria«, sagte Auna. »Aber ich füge noch ein paar besondere Zöpfchen und Schmucksteine hinzu, so wie in Havemont. Damit werden wir einen neuen Modetrend setzen!«

Auna konnte mich mit ihrer Begeisterung nicht anstecken.

Wenn ich an die Versammlung des Hohen Rats dachte, bildeten sich in meinem Magen Knoten, die komplizierter waren als die auf meinem Kopf.

»Musst du wirklich alles hochstecken, Auna? Ich möchte nicht zu spät zum Essen kommen«, maulte ich.

»Aber selbstverständlich, Mylady! Ihr wollt doch nicht aussehen wie ein kleines Mädchen. Ihr müsst eine Königin sein. Zeigen, wer Ihr seid. Achtet darauf, die richtigen Leute um Euch zu scharen. Es ist hier nicht wie in Spire City«, sagte Auna.

Ich warf einen finsteren Blick in den Spiegel und wünschte, sie hätte mir etwas mitzuteilen, das ich nicht längst wusste.

»Ich vermisse Havemont«, jammerte ich. »Dort sind die Menschen nicht so kompliziert. Die Einzige hier, die sich nicht bei mir einschmeicheln will, ist Amaranthine. Und das auch nur, weil ich ihr nichts zu bieten habe.« Das stimmte so natürlich nicht ganz, aber Auna musste ja nichts von meinen Nachforschungen wissen.

»Verschwendet keinen weiteren Gedanken an sie, Mylady. Man wird sie über kurz oder lang verheiraten und Ihr werdet sie nicht wiedersehen.«

Ein Kloß bildete sich in meinem Hals. Mara? Verheiratet? Das konnte ich mir nicht vorstellen. Aunas Bemerkung machte mich wütend. Manchmal schien Mara der einzig vernünftige Mensch in Mynaria zu sein, auch wenn sie es mit der Sturheit einer Bergziege immer wieder schaffte, sich in Schwierigkeiten zu bringen.

»Versucht einfach, Euch nicht über Lady Amaranthine aufzuregen. Bald werdet Ihr einen Gemahl und Kinder haben, und die werden Euch viel zu sehr beschäftigen, um noch an zu Hause oder die Prinzessin zu denken«, sagte Auna.

Ihr vielsagendes Lächeln ging mir auf die Nerven, genau wie der Gedanke an Kinder. Obwohl ich immer welche haben wollte, war das noch weit weg gewesen. Und nun könnte ich schon nächstes Jahr um diese Zeit Mutter sein.

»Du hast natürlich recht, Auna.« Ich bemühte mich, die Sorgenfalten in meinem Gesicht zu glätten. Manchmal machte es mir Angst, wie gut Auna meine Mutter imitierte.

»Und bis es so weit ist, solltet Ihr Euch auf die Gesellschaft der anderen Edelleute konzentrieren, so wie Eure Mutter es Euch geraten hat«, fügte Auna etwas freundlicher hinzu.

»Alle wollen sie etwas von mir. Ich glaube kaum, dass ich so viel zu geben habe.« Ich wählte meine Worte mit Bedacht, da ich wusste, sie könnten durch Auna eines Tages meiner Mutter zu Ohren kommen. Ich bemühte mich, gelassen zu wirken, obwohl ich mir große Sorgen machte. Thandi, der mir die wahren Absichten der niedrigeren Edelleute offenbart hatte, war ein wunderbarer Verbündeter. Je klarer mir wurde, wie gut er die Machenschaften bei Hofe durchschaute, desto mehr stieg er in meiner Achtung. Von den Edelfrauen, die ich bisher getroffen hatte, konnte mich allerdings nur Ellaeni beeindrucken. Sie zeigte keinerlei Unterwürfigkeit und verhielt sich den Ereignissen bei Hofe gegenüber neutral.

Vielleicht erschien mir Amaranthine ja deshalb so bedrohlich, weil sie einerseits voller Geheimnisse war und andererseits viel leichter zu durchschauen als alle anderen. Was sollte sie schon von mir wollen, außer dass ich ein paar Bücher für sie in der Bibliothek durchsah. Sollte sie je meine Freundin werden, dann nur aus freien Stücken und zu ihren Bedingungen. Für sie spielte es keine Rolle, ob ich sie mochte oder nicht, auch wenn sie sich von mir ausnahmsweise zu etwas anderem hatte einladen lassen als zu einem Ausritt.

Ich musste die Nachforschungen über den Dolch wichtiger nehmen und ihr nützliche Informationen liefern, selbst wenn ich damit nur dazu beitrug, weiteren Schaden von den Mitgliedern der königlichen Familie abzuwenden. Wenn ich mich in diese Aufgabe stürzte, konnte ich ihr vielleicht beweisen, dass ich mehr zu bieten hatte als diese geistlosen Höflinge. Ich brauchte sie als Verbündete. Und wünschte sie mir zur Freundin.

Mit der Bitte, ich möge sie zu mir einladen, hatte Amaranthine mir auf unserem Ausritt eine Chance gegeben. Und eine

Königin nutzt ihre Chancen. Zögerlichkeit hatte noch nie ein Problem gelöst. Sobald Auna das Zimmer verlassen hatte, strich ich meine Röcke glatt und rief nach einem Pagen, der ihr meine Einladung überbringen sollte.

16

Mara

Aus der Burg zu kommen war der schwierige Teil gewesen, im Tauben Hund in Erfahrung zu bringen, wo und wann die Aufständischen sich trafen, war der teure Teil gewesen, aber mich in ihre Versammlung zu schmuggeln, war letztendlich einfacher als gedacht.

Ungefähr zur selben Zeit, als der Hohe Rat mit der sinnlosen Befragung der Bogenschützin begann, die versucht hatte, Dennaleia zu töten, standen Nils und ich vor dem verlassenen Tempel, in dem die Aufständischen sich angeblich trafen. Die Gegend roch wie ein Stall, der dringend ausgemistet werden sollte, und die wenigen Menschen, denen wir begegneten, wichen uns aus wie lichtscheue Kakerlaken. Neben der Tür des Tempels hing ein ramponiertes Klangspiel, dessen Hölzer in einem schwachen Windhauch knarrend gegeneinanderschlugen.

Es war unschwer zu erkennen, weshalb die Aufständischen sich dieses Gebäude als Versammlungsplatz ausgesucht hatten. Ein breiter, mit Unkraut überwucherter Streifen Land trennte es von den umliegenden Häusern, und das offene Gelände garantierte, dass sich hier bei Tageslicht niemand verstecken konnte, um sie auszuspionieren. Der Eingang war offenbar verrammelt.

»Dann werden wir wohl einbrechen müssen«, sagte ich.

»Feines Benehmen war ja schon immer eine deiner Stärken«, kicherte Nils.

Ich zuckte mit den Schultern und marschierte auf das Gebäude zu.

»Und wenn Leute drin sind?« Nils hielt mich am Arm fest.

»Dann sagen wir, wir wären auf der Suche nach einem Ort zum Heiraten und der altehrwürdige Charme dieses hübschen Gebäudes hätte uns bezaubert.«

»Du spinnst.«

»Versuchen wir es auf der Rückseite«, sagte ich.

Seitlich am Gebäude vorbei stapften wir durch das dürre Unkraut des einstigen Tempelgartens. Die hohen Fenster waren vernagelt und zwischen den mit Vogelkacke überzogenen Brettern klemmten verlassene Nester. Von der anderen Straßenseite drangen die Schläge eines Schmiedehammers zu uns herüber, der einzige Laut, der die Stille des frühen Nachmittags durchbrach.

Auf der Rückseite des Tempels fanden wir einen zweiten Eingang, der ebenfalls mit Brettern vernagelt war. Das oberste Brett im Türrahmen war mit einem weißen Kreis, ungefähr so groß wie meine Handfläche, markiert. Unsicher, ob das Konstrukt nicht auseinanderfallen würde, wenn ich daran rüttelte, drückte ich vorsichtig die Klinke, aber die Tür schwang einfach auf. Sie quietschte nicht einmal in den Angeln. Die vernagelte Fassade war nur ein Trick.

Den Innenraum des Tempels hatten die Aufständischen weitgehend belassen, wie er war, und zum Teil sogar ein wenig renoviert. Die Apsiden sahen zwar nicht so aus, als wären sie einmal mit göttlichen Darstellungen geschmückt gewesen, aber auf den Boden war ein leuchtender Stern gemalt, dessen Zacken die Farben der Götter trugen. Als ich bemerkte, dass die Reihenfolge nicht stimmte, runzelte ich irritiert die Stirn.

»Hier drin kann man sich nirgendwo verstecken«, bemerkte Nils, während er das Innerste des Heiligtums untersuchte.

»Und ob es hier ein Versteck gibt.« Ich deutete auf die gekreuzten Balken an der Decke. Das Heiligtum war noch in der alten Bauweise errichtet worden, bei der in die Balken Kerben geschlagen waren, über die die Geistlichen hochklettern und so im Sommer die hohen Fenster öffnen konnten. Diese Fenster existierten zwar nicht mehr, die Balken aber schon.

Nils wurde ein bisschen blass um die Nase. »Du meinst, wir sollen uns an die Dachsparren hängen wie Fledermäuse?«

»Was spricht dagegen?«, fragte ich.

»Du zuerst.«

»Kein Problem.« Ich deutete auf den nächstbesten Balken, und Nils hob mich ein kleines Stück hoch, damit ich in die niedrig gelegene Kapelle klettern konnte, die dem Windgott gewidmet war. Vor die tiefe Fensternische waren sowohl von außen als auch von innen Bretter genagelt, eher unordentlich, sodass ich mich hindurchzwängen und dazwischen verstecken konnte.

»Kannst du mich sehen?«, fragte ich.

»Überhaupt nicht«, meinte Nils.

In den Lichtstreifen, die durch die Spalten zwischen den Brettern hereinfielen, tanzten Staubpartikel, und Nils sah aus wie eine Luftspiegelung – wie die Vorstellung eines Künstlers vom perfekten Mann.

»Du siehst gut aus in diesem Licht«, sagte ich.

Doch anstatt mir zu antworten, ging er ein paar Schritte in Richtung Eingangstür. Ich wollte gerade wieder herauskrabbeln, als ich eine unbekannte Stimme vernahm. »Kann ich Euch helfen?«

Ich erstarrte.

»Hallo«, sagte Nils und räusperte sich.

So leise ich konnte, ließ ich mich zurückgleiten und duckte mich wieder in mein Versteck.

»Seid Ihr neu?«, fragte die Stimme. »Der Gottesdienst beginnt erst in einer halben Schattenlänge.«

»Gottesdienst?«, fragte Nils.

»Ihr habt Euch wohl verirrt.« Die Stimme klang enttäuscht – und weiblich.

»Nun, vielleicht könnte man mich auch dazu überreden zu bleiben.« Ich konnte mir das Lächeln und Augenzwinkern, die diesen Satz begleiteten, bildlich vorstellen. Die Besitzerin der Stimme war wohl hübsch. Über Nils' Schulter konnte ich gerade noch den oberen Teil eines von schwarzen Locken gekrönten Kopfes erkennen.

»Es ist aber riskant«, sagte sie. »Nicht jeder mag die Art von Gottesdienst, die wir hier feiern.«

»Nun, ich bin ein begeisterter Anhänger von Gottesdiensten. Erzählt mir mehr«, sagte Nils.

Das Mädchen kicherte und ich verdrehte die Augen. Wie machte er das nur? Im Grunde wusste ich es. Es waren seine markanten Gesichtszüge und die gütigen braunen Augen. Nils sah jeden an, als ob er wichtig wäre, egal welchen Standes er war. Und was Frauen anbelangte, wusste er nur zu genau, dass er immer bekam, was er wollte. Dennoch war da dieser kurze Moment des Zögerns, dieser fragende Blick, mit dem er um Erlaubnis bat, bevor er sie berührte. Das Mädchen hatte das wohl auch erkannt.

»Ihr könnt mit mir ganz hinten stehen«, sagte sie. »Und

wenn Ihr nicht bleiben möchtet, schleicht Ihr Euch einfach hinaus. Nicht jeder will sich der Sache anschließen.«

»Wer könnte die Einladung eines Mädchens mit Euren Augen ausschlagen?«, fragte Nils. »Zeigt mir, wo ich mich hinstellen soll.«

Sie lachte und die beiden begaben sich zum Eingang des Tempels, außerhalb meiner Hörweite. Ich atmete erleichtert auf. Allerdings saß ich nun in meinem Versteck fest. Nach und nach kamen immer mehr Leute herein, die sich mit Decken auf dem Boden niederließen, bis das Heiligtum schließlich von einem dunklen Gemurmel erfüllt war. Für jeden, der hereinkam, musste es aussehen, als würde zu einer etwas ungewöhnlichen Zeit ein Gottesdienst für die Sechs abgehalten. Sie hätten sich problemlos als Gebetskreis ausgeben können – als eben die Leute, gegen die sie vermutlich vorgingen.

Als ein Mann mit grauem Bart vortrat und auf das Podium stieg, verebbten die Gespräche zu einem Wispern. Er trug die einfache Kleidung eines Handwerkers – eines Schusters vielleicht – und eine lederne Umhängetasche, aus der er eine silberne Schale nahm, die er auf den Tisch stellte.

»Wer sich prüfen lassen möchte, trete vor«, sagte der Graubart.

Zögernd erhoben sich drei junge Männer und gingen zum Podium. Jeder von ihnen hielt die Hand über die Silberschale, aber bei jedem schüttelte Graubart den Kopf. Als sie sich wieder gesetzt hatten, hielt er die eigene Hand über die Schale, woraufhin sie in einem weichen silbernen Licht erstrahlte.

»Mögen die Sechs uns und unsere Neigungen beschützen«, sagte er.

Dass er um den Schutz der Sechs bat, verwunderte mich. Ich hatte gedacht, die Aufständischen glaubten nur an die

Macht der Magie, nicht an die Sechs. Aber da schien ich mich getäuscht zu haben.

Graubart führte die Leute durch eine Zeremonie, die der eines Lobetaggottesdienstes nahezu entsprach. Mit dem Unterschied, dass man nicht nur den Sechs huldigte, sondern auch den Neigungen, die mit ihnen verbunden waren. Am Ende des Gottesdienstes war ich völlig verwirrt. Es wurden keine geheimen Botschaften ausgetauscht und auch keine Pläne laut, die königliche Familie zu vernichten. Nicht einmal die Allianz war erwähnt worden. Nach und nach verließen die Aufständischen das Heiligtum, bis fast alle gegangen waren und nur noch vier zusammen in der Nähe des Podiums standen. Ich hoffte, Nils konnte sich irgendwo in ihrer Nähe versteckt halten.

»Wir haben Yashti verloren«, sagte Graubart. »Sie wird heute verhört. Sie werden ihr Hochverrat nachweisen und sie bestrafen. Wir werden uns bald einen neuen Platz suchen müssen.«

Den Sechs sei Dank, dass ich sie vorher noch ausfindig gemacht hatte. Ich hielt die Luft an und verlagerte mein Gewicht, um die Krämpfe zu lockern, die ich durch das lange Kauern bekommen hatte.

»Es war nur eine Frage der Zeit«, sagte eine dünne Frau mit einem spitzen Mausgesicht. »Die beiden zählten schon immer zu den Extremisten, und seit sie Alen umgebracht haben, war sie nicht mehr ganz richtig im Kopf. Kein Wunder, dass sie auf eigene Faust losgerannt ist, verblendet genug, um zu glauben, sie könnte einfach so ein Mitglied der königlichen Familie erschießen. War doch klar, dass die Speerlinge sie erwischen.«

Um die leise Stimme der nächsten Person, die sprach, zu verstehen, musste ich mich etwas nach vorn beugen.

»Sie und Alen wären noch am Leben, wenn sie nicht das Geld des Schattenmannes genommen hätten«, sagte ein junger Mann mit Hängeschultern. Obwohl er der jüngste in der Gruppe war, wirkte er erschöpft und ausgelaugt. Vermutlich hatte er schon sehr viel mehr durchgemacht als die meisten anderen in seinem Alter.

»Yashti hat ihre Entscheidung getroffen. Wir können sie nicht mehr retten«, sagte Graubart. »Wenn wir unbedingt jemandem helfen wollen, sollten wir lieber nach der Quelle für diesen anderen Ausbruch von Magie suchen. Bisher konnte ich nur herausfinden, dass er wohl die Merkmale von Alens Neigung trug – nur dass der schon seit zwei Tagen tot war. Es gibt da draußen jemanden mit einer Neigung für Feuer. Jemanden mit einer außergewöhnlich starken Gabe.«

Anscheinend rätselten sie, wer den Mann, der meinen Vater töten wollte, in Flammen hatte aufgehen lassen. Da sie es nicht wussten, konnten sie kaum selbst dafür verantwortlich sein. Aber wer hatte es dann getan?

»Diese Person könnte uns töten«, warf die Spitzmaus ein. »Wir wissen nicht, auf welcher Seite sie steht. Außerdem sind wir zu wenige, um es mit jemandem aufzunehmen, der so viel Macht hat.«

»Wir sollten uns auf die Magie konzentrieren«, sagte der junge Mann. »Nur weil man uns jetzt als Aufständische bezeichnet, dürfen wir unser eigentliches Ziel nicht aus den Augen verlieren. Uns fehlt die Zeit, skrupellosen Mitgliedern des Zirkels hinterherzujagen oder einen Magier zu suchen, der uns längst ausfindig gemacht hätte, wenn er das wollte. Nur wenn wir alle zusammenarbeiten, können wir vielleicht eine Art Siphon erschaffen, der die Magie in der Luft reduziert und es uns ermöglicht, unsere Kräfte sicher einzusetzen und weiterzuentwickeln. Die Eruption, die wir gespürt haben, hat einiges abgelassen, aber die Magie staut sich schon wieder auf. Wenn es uns gelänge, einen permanenten Kreislauf aufzubauen, der unsere Anwesenheit unnötig macht, könnten wir …«

»Wird nicht helfen«, meldete sich das letzte Mitglied der Gruppe zu Wort, eine kleine Frau mit dunklen, graudurchwirkten Haaren, deren Gesichtszüge ein wenig an Dennaleia erinnerten. Sie sprach mit einem starken Akzent, bei dem die Konsonanten scharf herausstachen. Zumordisch. »Auch nach Eruption ist wie spielen mit Feuer, wenn Hände in Petroleum getaucht. Magie hier zum Schneiden dick.«

Die Aufständischen arbeiteten also mit Zumordern zusammen – zumindest damit hatten wir recht. Aber was bedeutete das? Voller Sorge knetete ich meinen eingeschlafenen Fuß, um das Ameisengefühl wieder loszuwerden.

»Ohne Alen sollten wir es nicht versuchen«, sagte die Spitzmaus. »Wir sollten wie bisher unsere kleinen Zauberformeln nutzen.«

»Das sehe ich auch so. Wir haben Alen nicht mehr. Jetzt sind nur noch wir übrig«, stimmte Graubart zu.

»Es wird nicht mehr lange dauern, dann schnappen sie auch uns«, sagte der junge Mann. »Wir müssen etwas aufbauen, das die Gefahr mindert, wenn es so weit ist.«

»Einen Siphon zu erschaffen wäre sinnlos«, sagte Graubart. »Menschen, die auf Magie nicht ansprechen, würden den Unterschied ohnehin nicht bemerken. Um wirklich etwas zu erreichen, brauchen wir Menschen, die stärker sind als wir. Menschen, die mehr wissen.«

»Aber gemeinsam mit den Magienutzern in Zumorda …« Die Stimme des jungen Mannes wurde noch leiser.

Um besser zu verstehen, was er sagte, drückte ich das Ohr

fest gegen den Riss in einem Brett. Es gab nach und fiel krachend zu Boden. Alle vier Magier drehten sich gleichzeitig zu mir um. Schreck stand ihnen ins Gesicht geschrieben, dann Zorn. Ich bekam Panik.

»Haltet sie auf!«, schrie Graubart.

Mit voller Wucht trat ich gegen die Bretter an der Außenwand, die polternd auf den Boden krachten. Es war weit bis nach unten.

Aber ich sprang trotzdem.

Ich konnte meinen Aufprall zwar durch Abrollen etwas abfangen, aber mir fuhr dennoch ein stechender Schmerz in die Knöchel, und der mit spitzen Steinen und Unkraut übersäte Boden bescherte mir gelbe Löwenzahnflecken und einige Blutergüsse. Ich sprang auf die Füße und hielt kurz inne, um den Ruf einer Nachtschwalbe nachzuahmen. Nils und ich hatten ihn früher manchmal als Erkennungszeichen benutzt.

Dann rannte ich.

Hinter mir kamen wutschnaubend die vier Aufständischen aus dem Tempel gestürzt. Ich wünschte, ich könnte ihnen sagen, dass ich mit ihren Aktivitäten nicht unbedingt ein Problem hatte. Es war mir egal, ob sie Zugang zum Großen Adyton hatten oder nicht und ob sie mit Magie experimentierten. Alles, was ich wollte, war die Gewissheit, dass meine Familie nichts von ihnen zu befürchten hatte. Aber zunächst einmal musste ich mich um meine eigene Sicherheit kümmern.

Ein schrilles Pfeifen durchschnitt die Luft, und ich sprintete in die Richtung, aus der es gekommen war. An der nächsten Kreuzung traf ich auf Nils und wir rannten durch eine Gasse zur Burg. Als wir völlig außer Atem endlich wieder innerhalb der Mauern waren, brannten meine Lungen, und vom Laufen auf den harten Steinen taten mir die Füße weh.

»Wahrscheinlich sind sie uns gefolgt«, keuchte Nils. »Und womöglich haben wir sie zu spät abgehängt.«

Ich nickte. »Ganz sicher.«

Wir nahmen den Seiteneingang zu meinen Gemächern.

»Wo warst du überhaupt?«, fragte ich, noch immer außer Atem.

»Jilli hatte nichts dagegen, nach dem Gottesdienst mit mir noch in der Nähe des Tempels zu bleiben.«

»Das glaube ich gerne.«

Er grinste, sagte aber nichts weiter.

Ich berichtete ihm, was ich im Tempel noch alles erfahren hatte, bevor sie mich entdeckten.

»Dann haben sie sich also mit Zumordern zusammengeschlossen und praktizieren Magie … glauben aber an die Sechs?«, fragte er. Aus dem Saal ertönte ein Gong. Nils fluchte.

»In weniger als einer Schattenlänge beginnt meine Schicht«, sagte er. »Ich muss gehen.«

Ich nickte. »Wir denken uns etwas aus, wie wir bald wieder rauskommen. Es gibt noch so viel, dem wir auf den Grund gehen müssen.«

Wir umarmten uns. Kurz nachdem er gegangen war, kam ein Page an meine Tür.

»Eine Nachricht von Prinzessin Dennaleia, Eure Hoheit.« Der Page verbeugte sich. »Sie lädt Euch nach dem Abendessen in ihre Gemächer ein. Wünscht Ihr, Antwort zu geben?«

Nun, da klar war, dass die Bogenschützin nicht für die Aufständischen unterwegs war, sondern von einer dritten Partei bezahlt wurde, hatte das Ganze eine entscheidende Wende genommen, von der Dennaleia sicher noch nichts wusste. Wir wollten zwar am kommenden Nachmittag wieder mit den

Reitstunden beginnen, aber es konnte ja nicht schaden, sie schon davor zu sehen.

»Ja. Sagt ihr bitte, dass ich da sein werde. Danke«, entgegnete ich.

Der Page verschwand wieder.

Ich war nicht nur froh, die neuesten Informationen über die Aufständischen mit ihr austauschen zu können, sondern auch, dass sie mich in den drei Tagen, seit ich sie das letzte Mal gesehen hatte, nicht vergessen hatte.

17

Dennaleia

Als mir nach dem Essen Amaranthines Antwort überbracht wurde, schossen mir sofort drei Dinge durch den Kopf: Mein Mobiliar war nicht gut platziert, ich war viel zu streng frisiert, und ich hatte keine Ahnung, womit ich sie unterhalten sollte. Die Vorstellung, dass sie hier in meinen Gemächern sein würde, machte mich nervös. Amaranthine war meine einzige Hoffnung, den Hohen Rat aufzuhalten, bevor er mein Geheimnis entdeckte, und nun hatte ich zum ersten Mal die Gelegenheit, einen etwas persönlicheren Kontakt zu ihr zu knüpfen. Außerdem wollte ich sie beeindrucken. Ich wollte ihr beweisen, dass ich mehr zu bieten hatte als die unbeholfenen Versuche, meine Reitkünste zu verbessern, die sie bisher von mir zu sehen bekam.

Ich setzte mich an den Toilettentisch und begann, mir die Nadeln aus dem Haar zu ziehen. Es erschien mir albern, extra Auna zu rufen, damit sie mir zu einem etwas lässigeren Aussehen verhalf. Außerdem wollte ich nicht, dass sie sah, wie aufgeregt ich wegen Amaranthines Besuch war. Mit jeder Nadel, die ich auf den Tisch legte, fielen mir mehr geringelte Locken ins Gesicht, die auch noch in alle Richtungen abstanden. Ich seufzte. Mein Haar duftete noch nach dem Parfüm, das Auna am Nachmittag benutzt hatte, aber vom Anblick her hätte man meinen können, ein paar wild gewordene Bergeichhörnchen hätten darin genistet. Zähneknirschend steckte ich es zu einer einfachen Frisur zusammen, aus der ein paar unordentliche Locken herausfielen. Das musste genügen.

Ich ließ Tee kommen, sodass ich etwas zu tun haben würde, sollte es zu Momenten unangenehmen Schweigens kommen, und rückte das Mobiliar so zurecht, dass wir uns besser unterhalten konnten. Da der Besuch in den Augen anderer sicher unwichtig war, wollte ich niemanden bitten, mir dabei zu helfen. Zum Abschluss meiner Vorbereitungen zog ich noch ein legeres Kleid an. Ein Blick in den Spiegel brachte mich jedoch ins Grübeln, ob ich nicht doch eher wie ein Bauernmädchen als wie eine Prinzessin aussah. Während ich noch darüber nachdachte, mich erneut umzuziehen, klopfte es an der Tür des Empfangszimmers.

»Prinzessin Amaranthine, Eure Hoheit«, verkündete der Wachmann von draußen, während diese schon hereinstiefelte. Obwohl es sicher einige Schattenlängen her war, seit sie auf einem Pferd gesessen hatte, trug sie Reithosen, die allerdings viel zu sauber waren, als dass sie sie heute irgendwann einmal im Stall getragen haben konnte.

»Einen schönen guten Abend, Eure Hoheit«, begrüßte sie mich mit ihrem üblichen Sarkasmus.

»Einen schönen guten Abend, Prinzessin Amaranthine«, gab ich ebenso spöttisch zurück.

»Igitt! Ich wünschte, Ihr würdet mich nicht mehr so nennen«, sagte sie.

»Nun, dann sprecht Ihr mich bitte nicht mit Prinzessin oder Eure Hoheit an«, entgegnete ich. »Den ganzen Tag über höre ich nichts anderes. Ich habe es gründlich satt.«

»Kann ich verstehen«, sagte sie mit einem offenen Lächeln.

Ihre grauen Augen durchbohrten mich. Außerhalb der Reitstunden wussten wir nicht so recht, was wir miteinander anfangen sollten. Mir fiel nichts ein, was ich hätte sagen können. Verlegen drückte ich einen Finger in meine Handflächen, um das Kribbeln zu besänftigen.

»Möchtest du Tee?« Ohne eine Antwort abzuwarten, schenkte ich ihr eine Tasse ein. Irgendwie musste ich meine Hände beschäftigen.

»Danke.« Sie nahm die Tasse. »Es ist angenehm, dass die Nächte etwas kühler werden. Man weiß eine warme Tasse Tee fast schon wieder zu schätzen. Oder noch besser eine Tasse heiße Schokolade.«

»Zu Hause war der Herbst immer meine liebste Jahreszeit. Auch wenn er dort natürlich anders ist. Die Jahreszeitenwechsel waren drastischer. Blumen im Frühling, die besten Speisen im Sommer, Laub im Herbst und Schnee im Winter.« Ich trat unruhig von einem Bein aufs andere. Warum plauderte ich mit ihr über das Wetter, wo es doch so viel wichtigere Dinge zu besprechen gab?

»Schnee?«, fragte Amaranthine. Sie ging zu einem Stuhl, setzte sich und schlug die Beine übereinander. Sie umfasste mit beiden Händen ihre Teetasse und blies in die heiße Flüssigkeit. Es entstanden winzige Wellen, in denen sich das Licht brach.

»Oh ja. Mehr Schnee, als du dir vorstellen kannst, wenn du noch nie in den Bergen warst.« Ich dachte an die gigantischen weißen Wälle, die sich im Winter an den Burgmauern auftürmten. Es würde nicht mehr lange dauern, bis zu Hause der erste Schnee fiel und die Winterstürme mit ihrem seltsam metallischen Geruch hereinbrachen. Es würde das erste Jahr sein, in dem ich nicht zu Hause war, in dem ich nicht nach draußen rennen und die ersten Flocken auf der Zunge zerschmelzen lassen würde, damit sie mir Glück brachten.

»Was hast du all die Jahre, die du im Winter drinnen gefangen warst, gemacht?«

Ich dachte an zu Hause und stöberte in meinen Erinnerungen nach etwas Bedeutendem, von dem ich ihr erzählen konnte. »Die meiste Zeit hatte ich Unterricht, wobei es für meinen Geschmack viel zu häufig um Benimmregeln und Tischsitten ging. Und man gab mir viele Bücher zu lesen, was mich weniger gestört hat.« Amaranthine brauchte ja nichts von den langen Winterabenden zu wissen, die ich damit verbracht hatte herauszufinden, was ich alles mit Feuer anstellen konnte.

»Ohne dich beleidigen zu wollen, aber ich hätte das wahrscheinlich ziemlich langweilig gefunden.«

»War es manchmal auch. Aber mein Hochzeitsvertrag wurde unterzeichnet, da war ich sechs. Also drehte sich mein Leben ausschließlich darum, mich auf meine Zukunft als Königin von Mynaria vorzubereiten. Nur das Reiten habe ich nicht gelernt.«

»Wahrscheinlich wollte uns das Schicksal auf diese Weise zusammenbringen.« Einer ihrer Mundwinkel wanderte nach oben.

»Wer weiß«, entgegnete ich. »Aber im Plan meiner Eltern, mich zur perfekten Prinzessin zu erziehen, warst du sicher nicht vorgesehen.« Obwohl sie es hätte sein sollen. Keiner in Mynaria hatte erkannt, wozu ich fähig war, oder mir eine Chance gegeben, die Krone zu unterstützen, außer ihr.

»Nun ja, du darfst nicht vergessen, dass deine Eltern und das Schicksal vielleicht nicht dieselbe Auffassung haben, wie dein Leben einmal aussehen soll.«

»Mein Leben ist vom Schicksal und von meinen Eltern vorgezeichnet«, sagte ich. »Ich kann nicht einfach ausbrechen und andere Pläne schmieden.« Und um ehrlich zu sein, hatte ich auch nie darüber nachgedacht. Die Verlässlichkeit meiner Zukunft war immer ein Trost für mich gewesen. Doch nun, wo ich durch zwei Königreiche bis nach Mynaria gereist war, hatte sich mein Horizont erweitert, und ich fragte mich manchmal schon, wie ein anderes Leben aussehen könnte.

»Wahrscheinlich ist es das Beste, wenn du nicht weißt, was es da draußen noch alles gibt und was du in einem anderen Leben hättest tun können.« Ihre Worte waren frei von Sarkasmus. »Sonst würdest du mit vielem hadern oder dir wünschen, dass alles anders wäre.«

»Aber so geht es mir doch schon jetzt«, platzte ich heraus. »Ich habe so viel Zeit damit verbracht, mich auf meine Rolle vorzubereiten, dass ich gar nicht mehr weiß, was ich wirklich will. Außer dir hat mich niemand etwas Sinnvolles tun lassen. Aber beim Reiten – wenn ich etwas so Neues und Andersartiges lerne – fühle ich mich lebendig wie schon lange nicht mehr. Vielleicht lebendiger, als ich mich je wieder fühlen werde.« Im Grunde genügte es schon, hier mit ihr zu sitzen, um diese Lebensfreude zu spüren. Ich wurde mit jeder Sekunde nervöser. Es war beängstigend, wie wichtig es für mich geworden war, sie für mich zu gewinnen.

Amaranthine sah mich abschätzig an. »Dann gefällt dir das Reiten also?«

»Mir gefällt, was ich dabei lerne. Und nun, wo die Pferde keinen solchen Appetit mehr auf meine Finger haben, mag ich auch die Tiere immer lieber«, sagte ich lächelnd.

Amaranthine lachte. »Das liegt wohl eher daran, dass du sie ihnen nicht mehr ins Maul steckst.«

»Und warum bist du heute nicht bei der Vernehmung erschienen?«, fragte ich schließlich.

»All diese Idioten zusammen in einem Raum zu wissen, war natürlich die perfekte Gelegenheit abzuhauen«, sagte sie.

»Du warst außerhalb der Mauern?« Ich konnte kaum glauben, wie mutig sie war. Wenn wir schon innerhalb der Burgmauern nicht sicher waren, wie konnte sie es da wagen, durch die Straßen der Stadt zu ziehen?

»Ja«, sagte sie. »Und wenn du mir von der Vernehmung erzählst, erzähle ich dir, was ich in der Stadt erfahren habe.«

Ich berichtete ihr davon, dass die Bogenschützin den Mord an Casmiel gestanden hatte, und von ihrem getöteten Mann. »Ich glaube allerdings nicht, dass sie für den Anschlag auf den König verantwortlich war. Sie hatte keinerlei Informationen zur Waffe und wusste auch nichts von der Magie, die an dem Tag zum Einsatz gekommen war.«

»Ich bin mir auch nicht mehr sicher, ob das, was man uns über die Aufständischen erzählt hat, tatsächlich stimmt«, sagte Amaranthine. »Sie sind zwar gegen die Allianz, aber ich habe sie belauscht, als sie über die Bogenschützin sprachen. Offenbar war sie eine Extremistin, die dich auf eigene Faust angegriffen hat. Sie und ihr Mann hatten von jemandem Geld angenommen, den sie nur ›den Schattenmann‹ nannten. Die übrigen Aufständischen scheinen ganz andere Ziele zu verfolgen. Sie sprachen von irgendeinem magischen Unsinn, den ich nicht verstanden habe. Von einem Siphon, den sie bauen wollten, weil in Mynaria die Magie in der Luft zu schwankend und explosiv sei.«

Um ein Haar hätte ich meine Tasse fallen lassen. Kein Wunder, dass meine Magie hier ständig außer Kontrolle geriet. Das war das fehlende Puzzleteil. Mynaria war der Grund für die Schwankungen bei meinen Kräften. Aber was noch viel wichtiger war, es gab da draußen Menschen, die sich mit Magie auskannten – Menschen, die sie kontrollieren konnten. Vielleicht konnten sie mir auch sagen, wie ich meine loswerden oder mich vor ihr schützen konnte. Wenn sie die Magie aus einem Königreich ziehen konnten, dann bestimmt auch aus einem Menschen. Käme ich doch nur irgendwie aus der Burg heraus, dann könnte ich sie danach fragen.

»Ich werde weiter Nachforschungen zu dem Dolch anstellen«, sagte ich schwach. Ich tat so wenig im Vergleich zu dem, was sie alles unternommen hatte.

»Und führst du mir dieses alberne Instrument nun vor oder nicht?« Sie deutete auf meine Harfe, die in einer Ecke bereitstand. Das mit Intarsien verzierte Fichtenholz schimmerte warm und einladend im Abendlicht. Das Instrument war ein Stück Heimat für mich. Seine Saiten waren mir so vertraut, dass ich mich nicht mehr daran erinnern konnte, wie es war, sie nicht spielen zu können.

»Wenn du möchtest«, sagte ich leicht nervös. Die Stücke, die ich auswendig konnte, erschienen mir für Amaranthine jedoch entweder zu höfisch oder zu öde. Also klappte ich die Truhe am Fußende des Bettes auf und stöberte in meinen Noten, bis ich auf ein ungewöhnliches Stück stieß, das ich seit Jahren nicht mehr gespielt hatte.

»Vielleicht fangen wir damit an.« Ich drückte ihr die Notenblätter in die Hand, um den Rest wieder wegzuräumen, und als sich unsere Hände sanft berührten, stoben meine Gedanken auseinander wie eine aufgescheuchte Vogelschar. In meinen Fingerspitzen prickelte die Magie, und ich hatte Angst, Amaranthine könnte die Hitze gespürt haben.

Ich setzte mich an die Harfe, holte tief Luft und fing an zu spielen. Amaranthines Anwesenheit war schnell vergessen. Das Stück begann mit ungewöhnlichen, wie zufällig wirkenden

Rhythmen, die zu immer komplexeren Tonfolgen aufblühten. Meine Finger hoben und senkten sich im Wechsel der Tempi und verwoben Melodie und Gegenmelodie zu Sequenzen, die in der Luft hingen wie Sterne. Die Musik spülte meine Nervosität weg und erfüllte mich mit einer tiefen inneren Ruhe. Schließlich lösten sich die Melodien auf, nahmen wieder dieselben verschlungenen Wege heraus aus ihren komplexen Rhythmen und fanden am Ende zurück zu einer einfachen, einprägsamen Weise, die in einem dunklen Akkord endete.

Ich ließ den letzten Ton verklingen und sah zu Amaranthine, die mich ebenfalls ansah. Ihr Gesicht hatte einen weichen Ausdruck angenommen, den ich noch nie an ihr gesehen hatte. Mir wurde warm. Mein Spiel hatte ihr gefallen. Ein berauschendes Glücksgefühl kam über mich, wie ich es noch bei keinem anderen Publikum erlebt hatte.

»Ich glaube, du brauchst gar keine Noten«, sagte sie. »Zumindest während der letzten zwanzig Takte waren deine Augen geschlossen. Es war überwältigend.«

»Oh, das war doch nichts Besonderes«, sagte ich, obwohl ihr Kompliment in meiner Brust Funken schlug.

»Ich würde gerne noch mehr hören.« Sie beugte sich vor.

»Was soll ich spielen?«

»Egal. Was du willst.«

Ich dachte kurz nach und entschied mich für ein Stück, bei dem ich sicher war, dass sie es kannte: *Der Soldatenkelch*. Es war ein Lied aus Mynaria, ursprünglich ein Trinklied, das aber so beliebt war, dass auch die kleinsten Kinder den Refrain schon mitsingen konnten. Ich lächelte Amaranthine zu und begann zu spielen. Als sie die Melodie erkannte, lachte sie und begann mitzusummen. Ich hatte gehofft, sie würde beim Refrain anfangen zu singen, aber es blieb beim Summen.

Ohne eine Pause zu machen, um sie nach einem Wunsch zu fragen, wechselte ich direkt in ein anderes Lied, das sie aber nicht einmal mitsummte. Also ließ ich den Übergang weg und spielte gleich noch ein anderes. Erst als ich eine langsame, liebliche Ballade anstimmte, fing sie endlich an zu singen. Anfangs waren die Worte so leise, dass ich sie kaum verstehen konnte, doch je sicherer sie wurde, umso kräftiger wurde auch ihre Stimme – ein voller Alt, der sich mit der Melodie hob und senkte, weich und dunkel wie Samt aus Sonnenborn. Ich fiel im Sopran mit ein, überließ ihr jedoch die tragende Stimme, während ich der Melodie mit der Oberstimme nur eine weitere Dimension verlieh. Das Lied hatte mehrere Strophen und wir klangen mit jeder Strophe besser. Ich fiel wieder zurück in die Melodie und zu meiner Überraschung wechselte sie wie eine ausgebildete Musikerin in eine dunklere Harmonie.

»Ich habe seit einer Ewigkeit nicht mehr zweistimmig gesungen«, sagte sie mit geröteten Wangen, als wir geendet hatten.

»Dabei solltest du nichts anderes tun«, sagte ich, ohne nachzudenken.

Sie wurde rot und wandte sich wortlos zur Seite.

Amaranthine war nicht nur die kratzbürstige junge Frau, die mir Reitstunden gab, oder die Unruhestifterin, die sich außerhalb der Mauern herumtrieb. Sie war anders, vielschichtiger – ein Mensch, der sich mit mir bis zur Atemlosigkeit der Musik hingeben konnte.

Ich begann ein neues Lied zu spielen, das zu ihrer Stimme passte, und sie fiel wieder mit ein. Wir musizierten mehrere Schattenlängen, sehr viel länger, als es sich für einen Höflichkeitsbesuch ziemte. Erst als ich Krämpfe in den Fingern bekam und der restliche Tee schon längst kalt war, hörten wir auf. Tief in der Nacht, die Finger müde und die Stimme heiser, hatte ich zum ersten Mal, seit ich in Mynaria war, das Gefühl, ich selbst zu sein.

Als es für Amaranthine Zeit war und ich sie zur Tür begleitete, gingen wir beide im Schneckentempo, als könnten wir den Abend so noch ein wenig verlängern.

»Ich wünschte, du müsstest noch nicht gehen.« Die Worte waren mir einfach so herausgerutscht und ich errötete.

»Ich kann ja wohl kaum wie ein Haustier auf dem Boden vor deinem Kamin schlafen«, erwiderte sie lächelnd.

»Natürlich nicht. Aber der Abend hat mir so viel Vergnügen bereitet. Seit ich hier bin, habe ich mich mit niemandem wohler gefühlt.«

»Lass das bloß nicht meinen Bruder hören. Er wäre bestimmt eifersüchtig.« Ihre Augen leuchteten im Dämmerlicht. Die grauen Iris verdunkelten sich zu Seen, in denen ich zu ertrinken drohte. »Ich habe es auch sehr genossen. Danke.« Sie streckte die Hand aus.

Ein unbändiges Verlangen, von ihr berührt zu werden, stieg in mir auf, und plötzlich schien die Welt nur noch aus uns beiden und ihrem ausgestreckten Arm zu bestehen. Aber dann ließ sie ihn wieder sinken und die Sehnsucht verwandelte sich in Enttäuschung.

»Wir sehen uns morgen«, sagte sie schließlich. »Gute Nacht, Denna.« Dass sie meinen Kosenamen benutzte, war wie eine Umarmung.

»Gute Nacht, Mara«, sagte ich, aber da war sie schon aus der Tür und eilte den Flur hinunter. Ich reckte den Hals und sah ihr über die Schulter des Wachmanns vor meiner Tür nach, bis sie um die Ecke verschwand. Dann ging ich seufzend zurück in mein Zimmer. Meine Räume erschienen mir kalt, nun da sie weg war.

Ich nahm das Buch über Schwertschmiedekunst mit ins Bett, um im Licht einer Öllampe noch ein bisschen zu lesen. Die Magie, die in mir kribbelte und surrte, ließ mich nicht schlafen. Als ich meine Augen schließlich doch kaum noch offen halten konnte, stolperte ich über eine interessante Stelle. In einem Kapitel über regionale Unterschiede in der Schmiedetechnik wurde erwähnt, dass man den Stahl im Osten beim Schmieden mehrfach faltete und er daher eine ungewöhnliche, wellige Zeichnung aufwies. Wenn ich mich recht erinnerte, war der Dolch, den der Attentäter benutzt hatte, jedoch strahlend blank.

Stimmte das, was ich gelesen hatte, konnte die Waffe unmöglich aus Zumorda stammen.

18

Mara

Eine knappe Schattenlänge nach Sonnenaufgang sattelte ich Flicker und gesellte mich für eine Runde Bogenschießen zu Hauptmann Ryka und den auszubildenden Gefolgsleuten. Seit Denna bei unserem Ausritt nur knapp mit dem Leben davongekommen war, erschien es mir noch wichtiger, nicht aus der Übung zu kommen. In meinem Kopf spielte eine hübsche Melodie vom Abend zuvor und erfüllte mich mit einer unbändigen Energie. Es dauerte länger als gewöhnlich, bis ich mit Flicker den gewohnten Rhythmus gefunden hatte, aber bald schon lockerte der Takt seines leichten Galopps meine Anspannung, und wir ritten ausgeglichen und stetig dahin, sein Schnauben regelmäßig wie ein Metronom. Als wir uns zum Schießen aufstellten, reihte ich mich ganz kühn direkt hinter Hauptmann Ryka ein. Da es absolut unmöglich war, sie zu schlagen, wollte diesen Platz nie jemand. Ihr Lederwams, schlicht und verschrammt wie das ihrer Leute, passte ihr wie ein kalbslederner Reithandschuh. Hinter mir raunten die Gefolgsleute sich gegenseitig Wettangebote zu, die Ryka nicht hören konnte.

»Ein Krug Bier für den besten Schützen«, schlug einer vor.

»Und eine Runde für seine oder ihre Freunde obendrauf!«

»Scheiß auf das Bier. Ich will den ersten Schuss, wenn wir wieder Aufständische zusammentreiben«, sagte ein anderer. »Diese dreckigen Ketzer.«

»Ja, das ist ein besserer Preis!«, stimmte wieder ein anderer zu.

Angehende Gefolgsleute neigten aus Mangel an Erfahrung schon immer dazu, etwas übereifrig zu sein. Dennoch erschreckte es mich, wie tief der Hass auf die Aufständischen schon saß. Er war wie ein schleichendes Gift, das sich in jedem Gespräch ausbreitete.

Ryka, die eine perfekte Einheit mit dem Pferd bildete, trieb ihre kastanienbraune Stute in einem leichten Galopp aus der Reihe, legte einen Pfeil ein und schoss effizient und präzise. Zielgenau zischte der Pfeil exakt in der Schwebephase zwischen den Galoppschritten los. Und dennoch war ihr Schuss keine prahlerische Zurschaustellung ihres Könnens, sondern nur die einstudierte Bewegung einer Frau, die jahrelang fast nichts anderes getan hatte.

Ich nahm meine ganze Konzentration zusammen und versuchte, Rykas unerschütterliche Ruhe zu imitieren. Als der Zeitpunkt zum Schießen gekommen war, bewegten Flicker und ich uns in völligem Einklang. Alle drei Pfeile trafen in die Mitte der Zielscheibe – exakt und elegant wie eine mathematische Gleichung. Mit offenem Mund verfolgten die angehenden Gefolgsleute, wie mir die zweite Runde von Volltreffern dicht an dicht mit denen des Hauptmanns gelang. Dann wollten sie wissen, was ich zum Frühstück hatte und wo sie es bekommen konnten.

Obwohl mich das Bogenschießen geistig und körperlich sehr angestrengt hatte, war ich immer noch voller Energie, als ich Flicker danach striegelte. Inzwischen wusste ich sehr viel mehr über die Aufständischen und ich hatte Denna an meiner Seite. Das gab mir neue Entschlossenheit.

»Mara!«

Ich hob den Kopf und sah Denna auf mich zueilen.

»Ich habe etwas herausgefunden, Mara«, erklärte sie atemlos. Ihre Wangen hatten dieselbe Farbe wie das rosafarbene Kleid, das sie trug.

»Und was?«

Sie kam näher. »Der Dolch«, flüsterte sie aufgeregt. »Ich glaube, ich habe etwas, das uns bei dem Dolch weiterhilft.« Ihre grünen Augen leuchteten, als sie Flicker zur Begrüßung die Schulter tätschelte.

»Wirklich?« Neue Hoffnung keimte in mir auf.

Sie nickte heftig und fuhr mit der Hand über Flickers goldbraunen Hals.

»Ich bringe Flicker auf die Koppel«, sagte ich. »Lass uns draußen reden.« Im Stall wimmelte es von Leuten, und ich wollte nicht, dass uns jemand hörte. Nach einem letzten Striegelstrich über Flickers Fell führte ich ihn auf die Weide, dicht gefolgt von Denna. Der Wind, der von hinten kam, wehte mir den Duft ihres Rosenparfüms in die Nase, und plötzlich wünschte ich, sie wäre ganz nah bei mir. Es war beängstigend, wie sehr sie seit gestern Abend meine Gedanken beherrschte. Das Singen hatte eine Barriere zwischen uns eingerissen und nun gab es kein Zurück mehr.

Flicker galoppierte mit gewohnter Begeisterung auf seine Koppel hinaus. Ich schob meine lächerlichen Gedanken beiseite und stellte mich bewusst gegen den Wind neben Denna, als ich sein Halfter über den Zaun hängte.

»Was hast du herausgefunden?«, fragte ich.

»Ich glaube, der Dolch ist eine Fälschung«, sagte sie. »Er

wurde zwar im zumordischen Stil gefertigt, die Klinge ist jedoch aus dem falschen Stahl. Wenn ich mich recht erinnere, hat sie stark geglänzt, was bedeuten könnte, dass sie nicht in der richtigen Technik geschmiedet wurde.«

»Woher zur Hölle der Sechs weißt du das?« Ich sah sie skeptisch an.

»Aus einem Buch über Schwertschmiedekunst, das ich gelesen habe. Wäre die Klinge aus Zumorda, hätte der Stahl eine Art marmoriertes Muster. Ich hätte das früher herausfinden müssen, aber das Buch hat mindestens achthundert Seiten, und ich bin erst zur Hälfte durch.«

»Du bist unglaublich«, sagte ich. Sie hatte tatsächlich den entscheidenden Hinweis gefunden. Wenn der Dolch eine Fälschung war, dann war nicht Zumorda unser Feind, und es galt herauszubekommen, woher die Fälschung stammte.

»So schwer war das nun auch wieder nicht. Du hättest das genauso herausgefunden, wenn du das Buch gelesen hättest.« Sie schenkte mir ein bescheidenes Lächeln, und mich durchflutete eine Wärme, die nichts mit der Sonne zu tun hatte. Es gefiel mir, wenn sie mich so anlächelte, und das wiederum verunsicherte mich. Ich sollte mich von jemandem, der meinem Bruder versprochen war, nicht so vereinnahmen lassen.

Ihre Augen funkelten vor Aufregung. »Vielleicht weiß in der Residenz jemand mehr darüber. Damals, als du durch mein Fenster eingestiegen bist, bist du doch in der Stadt gewesen. Hast du dort Kontakte? Jemanden, der weiß, wo man Waffennachbildungen kaufen kann? Ich wüsste jemanden, kenne die Person aber nicht gut genug, um zu beurteilen, ob sie eine vertrauenswürdige Quelle ist.«

»Mit Kontakten in der Stadt kann ich dienen. Und Nils auch.

Aber wie sollen wir überprüfen, ob der Dolch echt ist, solange Hauptmann Ryka ihn hat?«

»Wir werden ihn wohl stehlen müssen.« Denna straffte die Schultern und machte ein trotziges Gesicht.

»Das soll wohl ein Witz sein«, sagte ich. »Anstatt zu versuchen, etwas aus Hauptmann Rykas Dienstzimmer zu stehlen, kann ich mich auch gleich niederstechen lassen. Das schaffe ich allein nie.« Noch während ich sprach, entstand in meinem Kopf schon ein Plan. Die Wachen wechselten in regelmäßigen Abständen, Nils konnte mir sagen, wann, und ich würde sicher nicht lange üben müssen, bis meine Finger sich daran erinnerten, wie man ein Schloss mit einer verbogenen Haarnadel knackte …

»Ich helfe dir«, sagte Denna.

Meine Überlegungen brachen jäh ab. »Auf gar keinen Fall. Wenn du dich verletzt oder dabei erwischt wirst, wie du mitten in der Nacht herumschleichst … Ich darf gar nicht dran denken, was dann passiert.« Ich selbst war es gewohnt, mit Schwierigkeiten zurechtzukommen, aber Denna konnte es sich nicht leisten, in so etwas hineingezogen zu werden.

»Aber wegen dir bin ich doch überhaupt erst in die Sache hineingeraten.« Trotzig presste sie die Kiefer aufeinander, ihre Augen blitzten vor Entschlossenheit. »Du kannst mich nicht um Hilfe bitten und dann erwarten, dass ich mich zurückhalte, sobald es schwierig wird. Ich könnte sie ablenken oder so. Ich muss ja nicht unbedingt etwas tun, das in einer Messerstecherei enden könnte.«

Die Wendung, die unser Gespräch nahm, gefiel mir nicht.

»Treffen wir eine Abmachung«, schlug sie vor. »Zuerst helfe ich dir, den Dolch zurückzuholen, und wenn sich unsere Vermutung bestätigt, dann sprichst du mit dem König, und ich halte mich heraus. Im Gegenzug nimmst du mich dann mit in die Stadt, wenn du auf die Jagd nach neuen Informationen gehst.«

»Das kann nicht dein Ernst sein.« Mit ihrer Hilfe den Dolch zurückzuholen, war schon keine gute Idee, aber sie mit in die Stadt zu nehmen, wo sie verletzt, entführt oder getötet werden könnte, war noch tausendmal schlimmer. Da konnten wir uns auch gleich betrinken und am helllichten Tag nackt im Teich auf der Pferdeweide baden. Die Folgen wären sicherlich weniger katastrophal.

»Doch, es ist mein Ernst.«

»Aber warum willst du in die Stadt?«

»Wenn ich eines Tages Königin bin, sollte ich sie aus der Sicht ihrer Bewohner kennen. Um weise regieren zu können, muss ich meine Untertanen verstehen.«

Ihre Argumente klangen mehr als fragwürdig in meinen Ohren. Aber sollten sie doch alle verdammt sein – ich musste herausfinden, wer versucht hatte, meinen Vater zu töten.

»Es ist dort nicht sicher. Was, wenn dich jemand erkennt?«

»Wie denn?«, entgegnete sie. »Ich habe das Burggelände seit Casmiels Tod nicht mehr verlassen. Aufgrund der Sicherheitsbedenken hat man mir weder die Residenz gezeigt, noch wurde ich dem Volk offiziell präsentiert. Der König will mich um nichts in der Welt hinauslassen.«

»Was es nur noch schwieriger macht, dich vor die Mauer zu schmuggeln.«

»Uns wird schon eine Verkleidung einfallen. Bitte. Ich werde auch alles tun, was du sagst«, bettelte sie.

»Ich denke darüber nach.«

»Uns bleibt keine Zeit zum Nachdenken«, warf sie ein. »Das ist unsere erste heiße Spur. Wir sollten ihr sofort nachgehen.«

Sie hatte recht. Und obwohl es eine denkbar schlechte Idee war, sie mit in die Stadt zu nehmen, reizte es mich schon ein wenig, sie auf die andere Seite der Burgmauer zu schaffen.

»Also gut. Über die Details können wir heute Nachmittag nach deiner Reitstunde sprechen. Ich muss jetzt zurück in meine Gemächer – für eine Anprobe.« Ich verzog das Gesicht.

»Ja!« Sie klatschte in die Hände und hüpfte mit strahlendem Gesicht auf den Zehen.

Noch nie habe ich die Freude eines anderen Menschen als so ansteckend empfunden. Wie schon letzte Nacht wollte ich die Hand ausstrecken und sie berühren, prüfen, ob die Kräfte, die zwischen uns hin und her blitzten, tatsächlich existierten. Aber ich wagte es nicht. Stattdessen stand ich nur da, lächelte sie an und fragte mich, in was ich da nur hineingeraten war.

19

Dennaleia

Nach meiner Entdeckung in dem Buch über Schwertschmiedekunst dachte ich, nichts könne mir die gute Laune mehr verderben. Aber als ich mit Ellaeni im königlichen Wintergarten, wo auch mein Hochzeitsbasar stattgefunden hatte, zu Mittag aß, war plötzlich ein Donnergrollen zu hören, und kurz darauf platschten große Regentropfen auf die Steinplatten der Gartenwege. Blitze zuckten über den Himmel und ein kühler Wind ging durch den Raum. Die Diener beeilten sich, die hölzernen Läden vorzuschieben, die den überdachten Teil des Gebäudes vom Garten abschotteten. Zuerst waren es nur einzelne Tropfen, die gegen die Holzlatten klopften, dann prasselte der Regen in einem rauschenden Trommelwirbel nur so herunter.

»Im Spätsommer sind die Gewitter immer besonders heftig«, bemerkte Ellaeni.

»Das war es dann wohl mit meiner Reitstunde.« Enttäuscht spießte ich eine dicke gelbviolette Tomatenscheibe mit der Gabel auf. Seit ich am Morgen mit Mara über den Dolch gesprochen hatte, dachte ich unablässig über die nächsten Schritte unseres Plans nach.

»Gefällt Euch das Reiten?«, fragte Ellaeni lächelnd. »Amaranthine scheint eine starke Persönlichkeit zu sein.«

»So könnte man es ausdrücken. Aber es steckt mehr in ihr, als die Leute denken.« Zum Beispiel das Singen.

»Ich würde sie gerne besser kennenlernen«, sagte Ellaeni. »Sie erinnert mich an jemanden bei mir zu Hause. An jemanden, den ich sehr vermisse.« Ellaeni starrte wehmütig aus einem der vom Regen trüben Fenster.

»Ich habe auch Sehnsucht nach meinem Zuhause«, sagte ich. Ellaeni und ich stammten zwar aus unterschiedlichen Gegenden, aber das Heimweh hatten wir gemeinsam.

»In Trindor hatte ich ein eigenes Schiff«, erzählte sie. »Eine Mannschaft, die auf meinen Befehl hörte.«

»Tatsächlich?« Ich war fasziniert. Zu jemandem, der so schüchtern war wie Ellaeni – die kein Gedicht vorlesen konnte, ohne zu stottern –, schien das ganz und gar nicht zu passen.

»Ja. In Trindor gilt man erst als erwachsen, wenn man das Meer beherrscht. Es ist ähnlich wie mit der Reitkunst hier. Für mich war es, als würde ich auf dem Festland stranden, als ich hierherkam ... Ich bin froh, dass es endlich regnet. Der Wassergott scheint mich doch nicht ganz vergessen zu haben.« Sie schlug sein Zeichen in die Luft. »All diese trockenen Tage, die Kleider, in denen ich mich nicht bewegen kann ... Ich habe fast schon vergessen, wer ich bin.« Der Regen schien ihr die Schüchternheit abzuwaschen, und darunter blitzte der Scharfsinn einer jungen Frau hervor, die durchaus wusste, wer sie war.

»Warum seid Ihr hier?«, fragte ich. »Hättet Ihr Eurem Volk nicht besser als Kapitänin gedient?«

»Das habe ich noch immer vor«, sagte sie. »Aber meine Mutter und Hilara sind alte Freundinnen, und die beiden haben beschlossen, ich müsste mindestens eine Saison im Landesinneren verbringen.« Mit unnötiger Wucht spießte sie einen Tomatenschnitz auf die Gabel.

Ich bemühte mich zwar, ein ungerührtes Gesicht zu machen, aber das Zucken in meinen Mundwinkeln musste mich verraten haben.

»Ihr scheint auch keine Freundin von Hilara zu sein«, stellte Ellaeni fest.

»Es ist kein Geheimnis, dass Havemont nicht ihre erste Wahl für die Allianz war«, sagte ich, unsicher, wie viel Ellaeni wusste.

»Nein. Und dass Hilara von den Zumordern und ihrer Magie regelrecht fasziniert ist, ist auch keines«, sagte sie. »Wahrscheinlich glaubt sie, die Zumorder besitzen eine Zauberformel, die ihr ewige Jugend und Schönheit garantiert. Wer weiß, vielleicht haben sie sogar eine.«

»Praktiziert Euer Volk irgendeine Form von Magie?« Ich wollte die Frage beiläufig klingen lassen, spürte aber, dass mit meiner Neugier auch das magische Kribbeln geweckt worden war.

Ellaeni schüttelte den Kopf. »Nein. Aber manche Trindorianer stehen in Verbindung mit dem Wassergott. Sie können Dinge wie ein Gewitter oder eine Rote Flut vorhersagen. Es heißt, sie hätten den Meeressinn, eine passive Gabe. Viele glauben nicht daran, aber diese Menschen haben ungewöhnlich viel Glück. Sie überleben jede Katastrophe. Ich selbst habe den Meeressinn nicht, aber ein Mitglied meiner Mannschaft hat ihn, und ich habe genug gesehen, um daran zu glauben.«

Ich lehnte mich in meinem Stuhl zurück. Worin lag der Unterschied zwischen einer Neigung und einer Verbindung zu einem Gott? In ganz Mynaria wurden die Götter verehrt, Menschen mit einer Gabe hingegen verdammte man. Religion und Magie mussten auf irgendeine Weise miteinander verbunden sein. Aber wenn das so war, warum wurde beides dann so unterschiedlich wahrgenommen?

Es klopfte an der Tür des Wintergartens und ein Page trat ein.

»Eine Nachricht von Prinzessin Amaranthine, Eure Hoheit«, verkündete er. »Die Reitstunde entfällt heute aufgrund des Wetters, stattdessen lädt sie Euch ein, sie in ihrem Empfangszimmer aufzusuchen, sobald Ihr den Wunsch habt, der Einladung nachzukommen.«

»Danke«, sagte ich. »Bitte überbringt ihr meine Zusage.«

Der Page verbeugte sich und eilte mit der Antwort davon.

»Sie muss Euch mögen, wenn sie Euch mit einer solchen Einladung beehrt«, bemerkte Ellaeni.

Mir stieg eine Hitze in die Wangen, die definitiv nicht magischen Ursprungs war. Die Vorstellung, dass Mara mich mochte, war zugleich aufregend und beängstigend – aufregend, weil ich vielleicht einen der schwierigsten Menschen in der Burg für mich gewinnen konnte, beängstigend, weil ich immer mehr vom Pfad meiner Pflichten abkam. Ich sollte mich auf den Erfolg der Allianz und auf Thandi konzentrieren.

Ellaeni lächelte nur. »Fühlt Euch frei zu gehen«, sagte sie. »Ich sehe, Ihr habt Verpflichtungen. Herzlichen Dank für die Einladung zum Mittagessen.«

»Es war mir ein Vergnügen«, sagte ich und drückte ihr zum Abschied die Hand.

Vom Wintergarten zu Maras Gemächern war es nur ein kurzes Stück, und es gab keinen Grund, vorher noch einmal meine Zimmer aufzusuchen. Auna würde mich nur dazu drängen, mir etwas zur Unterhaltung der Edelleute auszudenken, oder mich auffordern, den Brief meiner Mutter zu beantworten. Ich war aber nicht in der Stimmung, meine Mutter zu belügen, also raffte ich die Röcke und beeilte mich, zu Mara zu kommen. Als ich schon um die letzte Ecke bog, prallte ich mit jemandem zusammen.

»Oh, Verzeihung!« Ich taumelte seitwärts und ließ die Röcke fallen, um mich an der Wand abzustützen.

»Prinzessin Dennaleia«, begrüßte mich Thandilimon. Ein Lächeln breitete sich auf seinem Gesicht aus.

»Das tut mir sehr leid.« Rot vor Verlegenheit trat ich von der Wand weg.

»Mein Fehler«, sagte er. »Ich habe nicht auf den Weg geachtet. Ich war auf der Suche nach Euch. Ich dachte mir, bei diesem Gewitter wird Eure Reitstunde sicher entfallen.«

»Ja, das ist richtig.« Es war mir unangenehm, dass er sich entschuldigte. Es war nicht seine Schuld, dass ich ihn fast umgerannt hätte. Ich biss mir auf die Lippe und sah über seine Schulter den Gang entlang zu Maras Gemächern. Dann ging ich ein paar kleine Schritte in ihre Richtung und hoffte, er würde es als Zeichen verstehen, dass ich weiterwollte.

»Wie wunderbar! Würdet Ihr mich dann auf einen Spaziergang begleiten? Ich hatte mir gedacht, ob ich Euch wohl einige Bereiche der Burg zeigen dürfte, die Ihr allein vielleicht noch nicht entdeckt habt.« Er bot mir den Arm.

»Um die Wahrheit zu sagen, war ich gerade auf dem Weg zu Amaranthine«, sagte ich.

»Oh, ich bin sicher, Ihr seid froh, sie eine Weile nicht sehen zu müssen«, gab Thandi zurück.

Ich zögerte. Eigentlich hätte es mir nicht schwerfallen dürfen, Amaranthine meinem zukünftigen Gemahl zuliebe warten zu lassen. Der Prinz stand an erster Stelle, ich war nur ihm verpflichtet.

»Nun gut«, willigte ich ein und hoffte, dass man mir meine Enttäuschung nicht ansah. Ich nahm seinen Arm, und wir gingen denselben Weg zurück, den ich gekommen war.

»Ich bitte Euch, meine häufige Abwesenheit in letzter Zeit

zu entschuldigen. Der Hohe Rat hat alle Hände voll zu tun, die Aufständischen zu verhören, die wir gefangen nehmen konnten. Vater erwartet, dass ich an jeder Vernehmung teilnehme.« Während wir nebeneinanderher gingen, sah er zu mir herab und erforschte mit seinen blauen Augen mein Gesicht.

»Das muss sehr ermüdend sein, Mylord. Gibt es schon Hinweise bezüglich der Messerattacke?« Wenn ich schon meine Zeit mit ihm verbringen musste, konnte ich ihm genauso gut ein paar Informationen für Mara entlocken.

»Nein, noch keine. Wir versuchen gerade herauszufinden, wer ihre Unterstützer in Zumorda sind. Hilara verhindert jedoch immer wieder, dass wir in der Sache weiterkommen. Sie drängt nach wie vor auf irgendeine Form von Abkommen oder Bündnis mit Zumorda.«

»Das ist sehr verwunderlich. Man sollte doch meinen, dass ein einvernehmliches Interesse besteht, die Verantwortlichen so schnell wie möglich zu finden, ganz gleich, wer sie sind«, sagte ich.

»Da habt Ihr meine volle Zustimmung. Aber wie dem auch sei, ich bedauere sehr, dass wir in den letzten Tagen so wenig Zeit miteinander verbringen konnten. Seit die Burg abgeriegelt ist, ist alles sehr viel schwieriger geworden. Und davor hattet Ihr ja immerzu Reitunterricht.« Er zog ein so betrübtes Gesicht, dass ich ein noch schlechteres Gewissen bekam, denn im Grunde war es mir völlig gleichgültig.

»Ja, die Reitstunden beanspruchen recht viel Zeit«, sagte ich.

»Ich hoffe, das Benehmen meiner Schwester lässt nicht allzu viel zu wünschen übrig.«

»Wir mögen recht verschieden sein, dennoch glaube ich nicht, dass sie einen schlechten Einfluss auf mich hat«, sagte ich. Das war die diplomatischste Antwort, die mir einfiel.

»Natürlich nicht. Ich bin sicher, eine Dame mit Euren Vorlieben lässt sich von ihren wilden Ideen nicht beeindrucken.«

Wie gut, dass er nicht wusste, warum ich es vorhin so eilig hatte oder dass ich die feste Absicht hatte, mich mit Maras Hilfe aus der Burg zu schleichen.

»Ich denke, ihr ungewöhnlicher Charakter ist nichts Schlechtes«, sagte ich. »Von ihr wird nicht dasselbe erwartet wie von Euch oder von mir. Sicher auch ein Grund, weshalb sie so ist, wie sie ist. Sie wird von den Erwartungen geprägt, die man in sie setzt. Genau wie wir.«

»Es ist sehr großherzig von Euch, sie aus dieser Perspektive zu sehen«, entgegnete er.

Unsere Unterhaltung wurde unterbrochen, als er meinen Arm losließ, damit wir hintereinander eine enge, steile Treppe in der Nähe des königlichen Flügels hinabsteigen konnten. Ich sah mich schon als graues Seidenknäuel mit ramponierter Würde am Fuße der Treppe liegen und ging extrem vorsichtig.

Unten angekommen blieben wir vor einer Tür aus schwerem, dickem Holz stehen, auf der das Alter seine Spuren hinterlassen hatte. Thandilimon nahm eine Lampe von einem Haken an der Wand, legte mir die Hand auf den Rücken und schob mich sanft in einen leeren Saal. Lichtkegel spielten um unsere Füße und jeder unserer Schritte hallte auf dem Steinfußboden wider. Hier unten waren die Wandleuchten in sehr viel größeren Abständen angebracht als oben in der Burg, sodass der Weg von düsteren Schatten durchsetzt war.

Anstatt mir wieder den Arm anzubieten, nahm Thandilimon mich zu meiner Überraschung bei der Hand. Mein Herzschlag beschleunigte sich, und ich musste tief durchatmen, um mich zu beruhigen.

»Das ist der Weg zur Waffenkammer«, erklärte er mir.

»Verzeiht, Mylord, aber gibt es hier unten etwas Besonderes, das Ihr mir zeigen wollt?« Es machte mich nervös, mit ihm im Dunkeln allein zu sein. Und je länger wir hier umherwanderten, umso weniger Zeit blieb mir mit Mara.

»Um die Wahrheit zu sagen, wollte ich einfach nur eine Weile meine Ruhe haben. Die vielen Versammlungen des Hohen Rats und die Diskussionen über Zumorda und die Aufständischen sind ermüdend. Ich bezweifle, dass wir hier unten irgendjemanden treffen, ausgenommen vielleicht eine gelegentliche Patrouille von Wachleuten. Ihr interessiert Euch wahrscheinlich nicht besonders für Waffen, obwohl die Krone hier einige ganz besondere Schätze verwahrt, die sich über die Jahre angesammelt haben. Aber vielleicht können ja die Gänge Eure Neugier wecken.«

»Gänge?«

»Ja. Es gibt hier unterirdische Gänge, die in verschiedene Bereiche der Burg führen oder nach draußen zu den Stallungen. Es sind Fluchtwege für den Fall einer Belagerung. Hier ist der Eingang zur Waffenkammer.«

Thandilimon zeigte auf eine schwere Tür zu unserer Linken. »Wenn Ihr diesem Gang weiter folgt, kommt Ihr zum großen Saal. Und etwa auf halber Strecke dorthin befindet sich die Bibliothek.«

»Es gibt einen geheimen Zugang zur Bibliothek?« Ich horchte auf. Das hätte ich für meine Nachforschungen zu Zumorda wissen müssen.

»Den gibt es. Und wenn Ihr an der Treppe, die wir heruntergekommen sind, dem südlichen Weg folgt, gelangt Ihr zu einem Tunnel, der in die Stallungen führt. Er endet in der Futterkammer. Ich rate Euch allerdings davon ab, in den Tunnel hineinzugehen. Er ist nicht beleuchtet, und wenn Ihr versehentlich den Tunnel daneben erwischt, landet Ihr im hinteren Teil des Kerkers.«

»Ich kann mir nicht vorstellen, warum ich auch nur einen dieser Tunnel je benutzen sollte«, sagte ich und überlegte dabei, ob es womöglich auch einen gab, durch den Mara und ich in die Stadt gelangen konnten.

»Wenn wir den Geschichtsunterricht schwänzen wollten, haben Mara und ich immer den Tunnel zum Stall benutzt. Ich bin mir nicht sicher, ob sie je dahintergekommen sind, wie wir dort hingelangt sind.« Die Erinnerung zauberte ein Lächeln auf sein Gesicht.

Etwas an seinem Schmunzeln erinnerte mich an Mara und ich lächelte ebenfalls. Er ließ meine Hand los, legte den Arm um mich und strich mir mit den Fingerspitzen über die Schulter. Mein Herz pochte so laut gegen meine Brust, dass er es hören musste. Vor einer verschlossenen Tür blieben wir stehen und er stellte die Lampe ab. Doch anstatt die Tür zu öffnen, nahm er meine Hände.

»Dennaleia.« Er sah mir in die Augen und seine Stimme hatte wieder diesen ernsten Tonfall. »Mir ist bewusst, dass bisher vieles anders verlaufen ist als erwartet, aber glaubt Ihr, Ihr könnt hier in Mynaria eines Tages glücklich sein? Mit mir?«

Meine Gedanken rasten, während ich fieberhaft nach der richtigen Antwort suchte. Die Vorstellung von Glück wäre etwas realistischer gewesen, wenn die Allianz bereits geschlossen und die Unruhen im Reich befriedet wären. Aber es schien mir wichtig, dass er an mich glaubte, an uns glaubte. Ansonsten könnte ich nie zu der vertrauenswürdigen Beraterin werden, die Casmiel sich für ihn erhofft hatte.

»Ja, natürlich«, sagte ich.

»Ich bin froh, dass Ihr so empfindet«, sagte er mit warmer Stimme. Dann beugte er sich über mich und küsste mich.

Ich wartete darauf, dass heftige Gefühle über mich hereinbrachen, so wie Alisendi es beschrieben hatte, als sie mir von ihren Rendezvous erzählte. Aber alles, was ich fühlte, war Panik. Ich hatte Angst, nicht richtig zu reagieren. Sein Mund war feuchter, als ich erwartet hatte, seine Oberlippe nass vom Schweiß. Ich bemühte mich, den Kuss zu erwidern, woraufhin er noch näher kam. Er wollte den Kuss vertiefen, aber ich wich zurück und befreite mich von ihm.

»War das in Ordnung für Euch?«, fragte er.

»Ähm, ich denke schon.« Was sollte ich sonst sagen? Ich konnte unmöglich zugeben, dass ich bei dem Gedanken, ihn noch einmal zu küssen, am liebsten in meine Gemächer gerannt wäre. Ich schluckte. Bald wären wir verheiratet. Sicher würde es mit der Zeit besser werden.

»Ich werde nichts tun, womit Ihr nicht einverstanden seid.«

»Natürlich nicht.«

Er küsste mich noch einmal – zuerst auf die Hand, dann auf die Wange. Ich stand stocksteif da, gerade so als könnte ihn eine Bewegung von mir erschrecken. Dabei war ich diejenige, die am liebsten geflohen wäre.

»Gehen wir«, sagte er lächelnd. »Ich zeige Euch noch die anderen Gänge.«

Mit einem stummen Nicken folgte ich ihm und formulierte dabei in Gedanken meine Entschuldigung für Mara. Ich musste einen Pagen mit einer Erklärung zu ihr schicken, warum ich nicht wie versprochen gekommen war. Hoffentlich würde sie mir verzeihen.

20

Mara

Lange nachdem Denna mir hätte ihren Besuch abstatten müssen, überbrachte mir ein Page eine fadenscheinige Entschuldigung von ihr. Ich war verärgert. Aber für den Plan, den ich ausgeheckt hatte, waren zwei Leute nötig, und Nils durfte sich bei so etwas auf keinen Fall erwischen lassen. Ich war auf Dennas Hilfe angewiesen. Also schickte ich ihr eine Nachricht, in der ich sie bat, mich kurz vor dem Wachwechsel um Mitternacht zu treffen, und als ich sie nun wie einen Schatten durch den Ratssaal huschen sah, löste sich etwas in mir, das mir schon den ganzen Tag die Brust zusammengeschnürt hatte. Aber ich hatte keine Zeit, diesem Gefühl nachzugehen. Wir mussten uns darauf konzentrieren, den Dolch zurückzuholen.

»Es tut mir furchtbar leid wegen heute Nachmittag«, sprudelte es aus ihr heraus. »Auf dem Weg zu dir bin ich Thandi in die Arme gelaufen und konnte nicht mehr weg. Er hat mich mit in die unterirdischen Gänge genommen und …«

»Ist schon gut«, unterbrach ich sie. »Ich bin froh, dass du da bist.« Ich wollte gar nicht daran denken, was mein Bruder mit ihr in den Katakomben getrieben hatte. Als er jünger war, hatte er immer versucht, hübsche Mädchen dazu zu überreden, mit ihm dort hinunterzusteigen, um sie dann zu küssen. Der

Gedanke, er könnte auch Denna geküsst haben, während ich mit ihr einen Plan schmieden wollte, machte mich wütend.

Ich erklärte Denna, wie wir den Dolch zurückholen würden, und zeigte ihr die Haarnadel, mit der ich das Schloss von Rykas Dienstzimmer knacken wollte. Nachdem die Details geklärt waren, schlichen wir uns an den rauen Steinwänden entlang durch die Gänge. Mitten in der Nacht brannten nur noch wenige Wandleuchten, sodass wir uns in den langen Schatten verbergen konnten.

»Siehst du ihn?«, flüsterte Denna.

»Psst.« Ich legte den Finger auf die Lippen. Wir mussten warten, bis die Wache den Gang, in dem wir uns versteckten, passiert hatte.

Um besser sehen zu können, beugte sich Denna von hinten über mich und kam dabei ins Straucheln. Ich konnte sie gerade noch auffangen, bevor sie in die Ritterrüstung krachte, hinter der wir uns verkrochen hatten. Es war mir ein Rätsel, weshalb Hauptmann Ryka darauf bestand, diese halb verrosteten Staubfänger auszustellen. Obwohl ich wusste, dass sie mich im Dunkeln nicht sehen konnte, warf ich Denna einen bösen Blick zu. Dieses Mädchen war als Kind entschieden zu wenig durch Gänge geschlichen. Mit ihr unbemerkt bis hierher zu kommen, war schwieriger gewesen, als mit einem Schlachtross geräuschlos über Eierschalen zu reiten.

Der Wachmann schritt mit rasselndem Kettenhemd vorüber. Es konnte losgehen. Alles hing davon ab, ob es uns gelang, in der kurzen Zeit, in der die Wache um die Ecke war, die Tür zu Rykas Dienstzimmer aufzubrechen. Ich trat hinter der Rüstung hervor.

»Wer da?« Die Wache drehte sich mit gezückter Hellebarde zu uns um.

Verdammt.

Ich trat ins düstere Lampenlicht, und der Mann begann zu kichern – eines der unfreundlichsten Geräusche, die ich je gehört hatte. »Was macht Ihr denn hier, Eure Hoheit?«, fragte er und ließ die Waffe sinken. »Seid Ihr auf der Jagd nach einem hübschen Gefolgsmann?« Er schwenkte anzüglich seine Hellebarde.

Offensichtlich hatte ich es mit Jox zu tun, dem einzigen Gefolgsmann, der großspurig und dumm genug war, so mit einem Mitglied der königlichen Familie zu sprechen. Eines Tages würde ich dafür sorgen, dass man ihn rauswarf und er niemandem mehr auf die Nerven gehen konnte.

»So ist es, Jox. Ich bin hier, weil ich nur noch an dich denken kann.« Ich ging an ihm vorbei, um ihn weiter von Denna wegzulocken. Hoffentlich war sie klug genug, die Gelegenheit zu nutzen und abzuhauen. Wir konnten den Dolch auch ein anderes Mal holen.

»Anscheinend habt Ihr einen besseren Geschmack, als alle behaupten«, entgegnete Jox. Mein Sarkasmus war ihm völlig entgangen. »In diesen Hosen seht Ihr allerdings aus wie eine von uns. Ihr solltet es mal mit Röcken versuchen. Da kommen die Männer auch schneller drunter.«

»Modische Beratung von einem Gefolgsmann«, sagte ich. »Genau das hat mir noch gefehlt.«

»Soll ich Euch zeigen, was ein echter Mann ist?«, fragte Jox. »In einer viertel Schattenlänge ist meine Schicht um. Aber ich könnte auch ein paar Minuten früher gehen.« Er glotzte mich so lüstern an, dass ich mir eine bessere Waffe als die zwischen meinen Fingern verborgene Haarnadel wünschte.

Große Götter, hoffentlich konnte Denna fliehen. Ich riskierte einen Blick über Jox' Schulter und hätte um ein Haar laut losgeflucht. Hinter ihm schob sich Denna Stück für Stück die Wand entlang zur Tür des Dienstzimmers. Beim kleinsten Geräusch würde Jox sich umdrehen und sie sehen. Ich tat das Erste, was mir einfiel, lehnte mich rückwärts gegen die nächstbeste Rüstung und warf das komplette Ding um.

Klirrend schlitterten die Metallteile über den Steinfußboden.

»Ach herrje.« Ich klimperte mit den Wimpern. »Das tut mir furchtbar leid, Jox.«

Fluchend begann er, die Teile aufzulesen. Ich bückte mich ebenfalls, um ihm zu helfen, ließ dabei aber so viele Rüstungsteile wie nur möglich wieder fallen. Als er schließlich genug davon hatte und mich wegscheuchte, war der Gang wieder still und verlassen. Ich wollte wissen, wohin Denna verschwunden war, und nahm absichtlich den Weg an der Tür zum Dienstzimmer vorbei.

Sie war noch genauso fest verschlossen, wie als wir hergekommen waren, auf der anderen Seite konnte ich jedoch Papier rascheln hören. Denna hatte es entgegen aller Erwartungen tatsächlich geschafft hineinzukommen. Das Problem war nur: Würde sie den Dolch überhaupt finden? Und was noch wichtiger war: Wie würde sie wieder herauskommen? Die einzige Möglichkeit war das Fenster. Doch das lag im zweiten Stock. Wenn Denna eine Wand hinunterklettern konnte, noch dazu im Regen, wollte ich meinen verdammten Sattel fressen. Den Schmucksattel. Mit knusprigen Goldverzierungen und allem Drum und Dran.

Ich ging die Treppe hinunter zum nächstgelegenen Ausgang, schnappte mir eine Laterne vom Haken neben der Tür und trat hinaus in den Regen. Dicke Tropfen drangen durch mein Hemd. Über mir rumpelte der Donner, und ein Blitz zuckte über den Himmel, während ich zum Fenster des Dienstzimmers hochspähte. Natürlich war nichts zu erkennen.

Seufzend trottete ich einen Pfad entlang, der dicht an der Burg vorbeiführte. Keine zwanzig Schritte vom Fenster entfernt stand unter Bäumen ein kleines, von Efeu überwuchertes Steinhäuschen. Ich drückte gegen die Tür, die sich knarrend öffnete. Der muffige Geruch von feuchter Erde schlug mir entgegen. Drinnen war es nicht viel besser als draußen. Wohin ich mich auch stellte, tropfte mir durch die Decke das Wasser auf den Kopf.

Ich hielt die Laterne hoch und inspizierte den Schuppen. Das meiste Werkzeug war achtlos in den Ecken gestapelt, doch ganz hinten hing an einer Wand genau das, was ich brauchte: eine halb verrottete, von rostigen Nägeln zusammengehaltene Leiter. Die musste genügen.

Ich nahm sie herunter, trug sie zum Fenster und lehnte sie gegen die Mauer. Hinaufzusteigen erschien mir plötzlich als die dümmste Idee, die ich je hatte. Aber Denna in Hauptmann Rykas Dienstzimmer sich selbst zu überlassen, war auch keine Lösung.

Ich setzte den Fuß auf die unterste Sprosse, die bedrohlich knarrte. Während meine Hände immer wieder von dem regennassen Holz abglitten, prüfte ich Schritt für Schritt jede einzelne Sprosse. Der kalte Regen biss in meine Wangen und das klatschnasse Haar klebte mir im Nacken. Oben angelangt hielt ich mich am Sims fest, stellte mich auf die Zehenspitzen und spähte durchs Fenster. Hinter dem regenverschleierten Glas leuchtete ein schwaches Licht, in dem ich gerade noch Dennas Silhouette erahnen konnte.

Aus Angst, es könnten Wachen auf dem Dach postiert sein, klopfte ich nur ganz sachte an die Scheibe. Dass ich auf dieser wackeligen Leiter von Pfeilen durchbohrt wurde, hätte mir gerade noch gefehlt. Das Licht im Zimmer ging aus, sonst geschah nichts. Ich versuchte es noch einmal, aber dieses Mal klopfte ich den Rhythmus der ersten Melodie, die Denna für mich in ihrem Zimmer gespielt hatte. Kurz darauf öffnete sich knarrend das Fenster.

»Mara?«, flüsterte sie.

»Ich kann nicht glauben, dass du dich da reingeschlichen hast! Hast du eine Ahnung, wie knapp …«

»Ich habe ihn«, fiel sie mir ins Wort und hielt den Dolch in die Höhe. Ein Blitz ließ die Klinge hell aufleuchten.

»Bei allen Sechs«, sagte ich. Ich war zwar bis auf die Knochen nass, aber glücklich und aufgeregt. Sie reichte mir den Dolch und ich steckte ihn schnell in meinen Gürtel. »Komm. Verschwinden wir von hier.«

»Moment … Ich soll aus dem Fenster klettern?«, fragte sie.

»Wie willst du sonst hier rauskommen? Gerade war Wachablösung. Die nächste ist nicht vor Sonnenaufgang und dann wird auch Hauptmann Ryka hier oben sein.«

Denna schüttelte den Kopf. »Ich kann nicht.«

»So hoch ist es gar nicht. Nicht viel höher als dein Fenster.« Sie wollte zum Boden hinuntersehen, aber ich streckte die Hand aus und griff nach ihrem Kinn. »Nicht nach unten sehen.«

»Aber …«

»Du kannst das. Ich klettere ein paar Sprossen nach unten, dann schwingst du die Beine durchs Fenster. Ich achte darauf, dass du die Leiter triffst, bevor du oben loslässt. Es ist dasselbe, wie von einem Pferd zu steigen.«

»Ich kann nicht.« Denna wich so weit hinter das Fenster zurück, dass nur noch ihre Hand auf dem Sims zu sehen war.

»Du musst.« Ich legte meine Hand auf ihre. »Bitte, vertrau mir.«

Ihre Hand zitterte, und ich drückte sie, um sie zu beruhigen.

»Mit einer Leiter ist es nicht schwierig.«

»Ich weiß nicht, Mara ... Sie sieht nicht besonders stabil aus.«

Ich hatte auch meine Zweifel, was die Leiter anging, aber das konnte ich in diesem Moment schlecht zugeben. »Sie wird halten«, versprach ich. »Und sobald du draufstehst, klettere ich runter und halte sie für dich fest.«

»Ich kann nicht.« Sie zog die Hand weg. »Ich werde wohl ... Oh nein!« Ihre Augen weiteten sich. »Da ist jemand vor der Tür!«

»Du musst hier raus! Sofort!« Ich riss das Fenster weit auf, sodass der Regen gegen die Innenseite der Scheibe schlug und in kleinen Bächen daran herunterlief. »Nimm meine Hand. Vertrau mir.«

Sie legte ein Bein über den Fenstersims und zitterte dabei wie Espenlaub. Um ihr etwas mehr Sicherheit zu geben, fasste ich nach oben und packte sie am Fußgelenk.

»Es ist dasselbe, wie von einem Pferd zu steigen«, wiederholte ich. »Dreh dich auf den Bauch und lass dich nach unten auf die Leiter rutschen. Langsam.«

Sie holte tief Luft. Ich konnte die Stimmen nun ebenfalls hören. Sie würden uns entdecken, wenn sie sich nicht beeilte. Ich fluchte leise. Denna legte die Brust auf den Sims, ihr Bein baumelte noch immer aus dem Fenster.

»So ist es gut. Wie wenn man absteigt. Ich führe dich.« Ich bemühte mich, sie nicht zu drängen, und sprach so sanft und beruhigend, wie ich nur konnte. Ohne die Hand von ihrem

Bein zu nehmen, stieg ich vorsichtig eine Sprosse nach unten, damit sie genug Platz auf der Leiter hatte.

»Die Tür geht auf!«, flüsterte sie. Sie klammerte sich krampfhaft am Sims fest, wobei das Fenster weit aufschwang.

»Jetzt nach unten!«, flüsterte ich.

Mit der Brust noch immer im Fensterrahmen zog sie das andere Bein nach und tastete nach der Leiter. Da sie kleiner war als ich, berührten ihre Zehen kaum die erste Sprosse. Im Zimmer ging ein Licht an, das bis zu uns nach draußen drang. Ich zog.

Denna glitt auf die Leiter und ihr Fuß traf eine Sprosse. Ich versuchte, sie zu stützen, spannte die Schultern und warf mich mit der Brust gegen sie, um zu verhindern, dass wir zusammen von der Leiter purzelten. Das halb verwitterte Holz ächzte unter unserem Gewicht. Als Stimmen durch das Fenster drangen, legte ich den Kopf an ihren Rücken und presste uns noch enger an die Wand.

»Was ist mit der Tür passiert?«, fragte jemand. »Das Schloss sieht aus, als wäre es geschmolzen.«

»Keine Ahnung«, sagte Jox. »Außer Ihrer Königlichen Grobheit, die vorhin im anderen Gang war, habe ich hier niemanden gesehen.«

»Da! Das Fenster ist offen. Wahrscheinlich hast du das gehört«, sagte der erste Gefolgsmann. Seine Stimme klang ganz nah.

Ich hielt Denna so fest umschlungen, dass meine Arme taub wurden. Der Regen prasselte auf uns herab und inzwischen war ihr Hemd genauso durchweicht wie meines. Von der Angst, entdeckt zu werden, war ich so aufgewühlt, dass ich überall, wo wir uns berührten, eine prickelnde Hitze spürte. Endlich schlugen sie das Fenster zu und ich atmete zitternd auf. Ich wartete noch, bis die Gefolgsleute sicher gegangen waren, dann lockerte ich meine Umklammerung.

»Los jetzt«, sagte ich. »Eine Sprosse nach der anderen. Ganz langsam und nicht nach unten sehen. Ich bin direkt hinter dir.«

Sie nickte. Als mein Körper sich von ihrem löste und ihr der Regen auf den Rücken fiel, schauderte sie. Ich kletterte nach unten, und als endlich die Feuchtigkeit der Erde durch die Sohlen meiner Stiefel drang, war ich dankbar wie nie. Denna folgte mir mit langsamen, bedachten Bewegungen. Als sie unten ankam, streckte ich ihr die Hand entgegen, und sie ließ sich von der Leiter direkt in meine Arme fallen. Dann sackte sie zusammen, und für einen Moment fürchtete ich, sie würde weinen. Aber als sie mich ansah, zeichnete sich ein schwaches Lächeln auf ihrem Gesicht ab.

»Wir haben es geschafft«, sagte sie. »Wir haben es tatsächlich geschafft.«

»Du hast es geschafft«, sagte ich. Sie war so klug und mutig – voller kleiner Überraschungen. Eine unerwartete Zärtlichkeit wallte in mir auf, und meine Finger wanderten zu einer nassen Haarsträhne, die ihr im Gesicht klebte. Ich strich sie ihr hinters Ohr. Sie griff nach meiner Hand und legte sie sich auf die Wange.

»Ich wusste, dass du den Wachmann ablenken würdest. Und auch, dass du mich irgendwie da rausholen würdest«, sagte sie. »Weil ich dir vertraue.«

In der Finsternis des Gartens konnte ich ihr Gesicht kaum erkennen, spürte es aber, als sie es in meine Handfläche drehte. Ihre weichen Lippen streiften die Innenseite meines Handgelenks. Das Blut pochte mir in den Ohren. Mein letztes bisschen Verstand löste sich in Luft auf und ich überließ mich meinen Instinkten und beugte mich über sie. Ich näherte mich ihren geschwungenen Lippen, ihr Atem stockte.

In diesem Augenblick ließ ein lauter Donnerschlag den Himmel beben und in einem Anflug von Scheu wichen wir voneinander zurück.

»Wir müssen reingehen.« Was gerade fast geschehen wäre, machte mir Angst. Schnell schüttelte ich den befremdlichen Moment wieder von mir ab. »Wenn ich doch etwas hätte, um den Dolch einzuwickeln.«

»Ich habe ein Taschentuch«, bot Denna an und zog einen klitschnassen Stofffetzen aus der Tasche.

Ich hob eine Augenbraue.

»Es ist sauber.«

»Gib her. Es wird schon gehen.« Ich nahm das nasse Taschentuch, wickelte es um den Dolch und steckte ihn in meinen Stiefel. Jede von uns nahm ein Ende der Leiter, und wir trugen sie über den glitschigen Weg zu dem Schuppen, um sie wegzuräumen.

Als wir uns durch die unterirdischen Gänge zur Burg zurückarbeiteten, klebte Denna hinter mir wie eine Klette im Schweif einer Zuchtstute. Schließlich kamen wir in der Besenkammer in der Nähe meiner Gemächer wieder heraus, und es gelang uns, unbemerkt von den Wachen im Gang in meine Zimmer zu huschen. Sobald wir die Tür hinter uns geschlossen hatten, atmete ich hörbar auf. Es war, als bekäme ich zum ersten Mal in dieser Nacht richtig Luft.

Unsere Blicke trafen sich und Denna schenkte mir ein schiefes Lächeln. Dann fing sie an zu kichern. Zuerst leise, dann immer vernehmlicher, bis das Kichern zu einem Lachen erblühte, das laut genug war, um die ganze Burg zu wecken.

»Psst!«, machte ich, bemüht, meinen eigenen Lachanfall

unter Kontrolle zu bekommen. Vergeblich. Wir ließen uns auf den Teppich vor dem Kamin fallen und lachten, bis uns die Tränen über die ohnehin schon nassen Gesichter liefen und unsere feuchten Kleider tränkten.

»Du bist verrückt«, japste ich.

»Ich weiß. Aber ist es nicht unfassbar? Ich kann einfach nicht glauben, dass es geklappt hat! Der Gott der Diebe und Schelme muss über uns gewacht haben.« Denna strich sich die nassen Strähnen zurück, die ihr am Hals klebten, und ihre weiße Haut leuchtete im Schein des Feuers.

»Dann hoffe ich, dein kleiner Gott bleibt uns auch weiterhin wohlgesonnen. Denn wir haben gleich noch ein Abenteuer zu bestehen.« Ich zog den Dolch aus meinem Stiefel und hielt ihn ihr hin. »Kannst du nach allem, was du gelesen hast, sagen, ob er gefälscht ist?«

Sie nahm die Waffe und hielt sie ins Licht des Feuers.

»Das Metall hat keine Maserung«, sagte sie. »Wenn das, was in dem Buch steht, stimmt, ist er eine Fälschung. Aber um sicher zu sein, brauchen wir noch mehr Beweise. Wir könnten versuchen, in der Stadt an eine echte zumordische Waffe zu kommen. Oder wir finden heraus, wo man eine gut gemachte Fälschung erstehen kann.«

Sie gab mir den Dolch zurück und ich legte ihn auf den Boden.

»Siehst du? Solange ich dich habe, muss ich nie wieder in die Bibliothek gehen«, scherzte ich.

»Das solltest du aber«, entgegnete sie mit funkelnden Augen. »Also? Wann gehen wir in die Stadt?«

»Sobald wie möglich. Morgen Nachmittag?«

»Wollen wir reiten?«

»So wie es gerade schüttet, ist es morgen viel zu schlammig

zum Reiten. Und in der Stadt könnte es auch schlammig sein. Aber so wie du aussiehst, scheint es dir ja nichts auszumachen, schmutzig zu werden …« Ich deutete auf ihre durchweichten Kleider und wir bekamen einen neuen Kicheranfall.

»Nein, es macht mir nichts aus.«

»Gut. Dann komm zur gewohnten Zeit zu den Ställen. Erzähl jedem, der dich fragt, wir würden das Zaumzeug putzen, oder so. Und um ganz sicherzugehen, solltest du dir auch noch ein Alibi verschaffen, falls wir zum Abendessen nicht zurück sind. Erfinde irgendetwas, das dich von all deinen Pflichten befreit.«

»Meine Freundin Ellaeni wird mich decken. Ich kann es kaum erwarten!«

Sie schlang die Arme um mich. »Vielen Dank für heute«, sagte sie.

»Gerne«, entgegnete ich und erwiderte unbeholfen ihre Umarmung. Unter den nassen Kleidern, die auf unserer Haut klebten, spürte ich die brennende Hitze ihres Körpers. Zitternd lösten wir uns voneinander. Da war sie wieder, diese Verlegenheit.

»Bis morgen.« Ihre Augen glühten vor Eifer. Sie winkte mir zum Abschied kurz zu und verschwand auf den Gang hinaus. Ich schüttelte den Kopf. Hoffentlich wurde sie nicht von der Nachtwache erwischt. Aber selbst wenn, Denna hätte sicher irgendeine Ausrede parat.

Einige Schattenlängen nachdem sie gegangen war und ich trocken und im Nachthemd in mein warmes Bett schlüpfte, konnte ich immer noch spüren, wie ihre Arme mich umschlangen.

21

Dennaleia

Am Nachmittag des nächsten Tages hatte strahlender Sonnenschein den Regen abgelöst. Die Bäume zitterten und schwankten in einer kühlen Brise, bald würde der Herbst kommen. Voller Vorfreude auf unser Abenteuer traf ich Mara bei den Ställen.

»Bist du bereit?«, fragte sie mich. Sie trug alte, für eine Prinzessin viel zu schäbige Reitkleidung. Ihr rotbraunes Haar hatte sie zu einem Knoten geschlungen, den sie leicht unter einen Hut stecken konnte.

»Ja«, sagte ich und wurde ganz aufgeregt. Seit letzter Nacht konnte ich an nichts anderes mehr denken als an diesen Moment unter der Leiter. Was hatte er zu bedeuten? Welche Absichten verfolgte Mara? Sie hatte mich angesehen, als bedeutete ich ihr alles – und meine Sehnsucht danach, dass es wieder geschah, war so stark, dass es mir Angst machte. Meine Gedanken sollten bei Thandi sein. Aber es war Mara, die mir einfach nicht aus dem Kopf ging.

»Und du bist sicher, dass wir nicht erwischt werden?«, fragte ich sie.

»Nein, bin ich nicht. Aber letzte Nacht haben wir uns ganz gut geschlagen, oder etwa nicht?« Sie warf mir einen verschmitzten Seitenblick zu, dann flohen wir vor dem Wind in die Scheune. Sie schob mich in die Kornkammer und schloss die Tür. Der Raum roch nach Rollhafer, getrocknetem Mais, Zuckerrüben und dem saftigen Grün gepresster Alfalfaballen.

»Und jetzt?«, fragte ich.

»Ich halte die Tür zu. Dort in dem leeren Kornkasten, der am weitesten vom Heu entfernt ist, sind Kleider zum Wechseln für dich versteckt.«

»Warum kann ich nicht meine Reitsachen anbehalten?«

»Die sind mehr wert, als die meisten Stadtbewohner in einer Saison verdienen. Es gibt Diebe, die sie dir, ohne zu zögern, vom Leib reißen würden. Die Stadt ist nicht mehr so sicher, wie sie einmal war.« Mara verschränkte die Arme. »Beeil dich. Zieh dich um. Sie dürfen uns nicht erwischen.«

Ich griff in den Kasten und zog ein paar zerknitterte Kleidungsstücke aus grobem Stoff heraus. Ich rümpfte die Nase.

»Ich habe nie gesagt, die Sache wäre glamourös«, sagte Mara.

»Das macht mir nichts aus.« Ich straffte die Schultern. Wenn ich bei strömendem Regen aus einem Fenster im zweiten Stock klettern konnte, würde es mich auch nicht umbringen, für ein paar Schattenlängen Bauernkleider zu tragen.

»Gut.« Sie lächelte mir wieder zu, ein süßer Lohn.

Mara wandte sich der Tür zu und lauschte, ob jemand kam. Ich zog die Reitjacke aus und versuchte, das Korsett, das ich darunter trug, am Rücken aufzubinden, aber meine Finger verzwirbelten das Band sofort zu einem Knoten. Ich fluchte leise, wenn auch nicht ganz so bildreich, wie Mara es getan hätte.

»Probleme?«, fragte sie.

»Meine Bänder haben sich verknotet. Kannst du mir helfen?« Hoffentlich klang meine Stimme ruhig. Die Vorstellung, dass sie mich berührte, machte mich nervös. Letzte Nacht konnte ich sie nicht einmal umarmen, ohne dass mich dieses ungekannte Gefühl am ganzen Körper zittern ließ. Sie gab mir ein Zeichen, ihr den Rücken zuzudrehen, und machte sich beherzt daran, den Wirrwarr, den ich verursacht hatte, aufzudröseln. Während sie die Knoten löste, strichen ihre Finger sanft über meinen Rücken.

Endlich gab das Korsett nach und ich konnte frei durchatmen. Ich hob die Arme und sie streifte es mir über den Kopf. Dann rollte sie es zusammen und stopfte es in den Kasten, in dem meine Wechselkleider waren. Obwohl ich gerade noch im Wind gefroren hatte, war mir warm.

»Mara …« Ich drehte mich zu ihr um, nicht sicher, ob ich ihr nur danken wollte oder versuchen würde, mehr zu sagen.

»Den Rest kannst du allein machen«, sagte sie, bevor ich die richtigen Worte fand. »Ich muss auf die Tür aufpassen. Beeil dich.« Sie wandte sich wieder ab, um die Tür zu bewachen, während ich die Reithosen anzog und mir einen Gürtel um den Kittel band.

»Ich sehe aus wie ein Stallbursche«, bemerkte ich.

»Genau das sollst du ja auch.« Sie zwinkerte mir zu und ich bekam heiße Wangen.

Wir verstauten auch noch meine übrigen Kleider im Kasten und flitzten zur Tür hinaus. Vorbei an regennassen Hecken und Blumenbeeten rannten wir in einen Garten, der an die Mauer um die Burg grenzte.

»Wo ist das Tor?«, fragte ich, schwer atmend vom Laufen.

»Es gibt kein Tor.« Sie grinste. »Wir klettern.«

»Das ist nicht dein Ernst«, stöhnte ich. In meinen Armen begann das Blut zu pulsieren. »Ich habe mich noch nicht einmal von dieser verfluchten Leiter erholt.«

»Doch, Mylady, ich fürchte, es ist mein Ernst. Räuberleiter?« Wie wenn sie mir aufs Pferd half, faltete sie die Hände unter meinem Fußballen und hievte mich in einen Baum. Ich zerkratzte mir an der rauen Rinde die Hände und Mara regnete es Blätter und Wassertropfen auf den Kopf. Danach kletterte sie mit einer solchen Geschmeidigkeit, dass das Laub kaum raschelte, selbst auf den Baum und in eine Astgabel neben mir.

»Und jetzt?«

»Über die Mauer.« Sie trat von einem Ast auf den nächsten, bis sie ein Bein über die Steinmauer schwingen konnte. »Komm schon.«

Ich biss die Zähne zusammen und begann ihr hinterherzukraxeln. Eigentlich war es nicht weit bis zur Mauer, aber ich hatte bei jedem Ast das Gefühl, er läge deutlich außerhalb meiner Reichweite.

»Wenn du weiter so an den Ästen rüttelst, werden gleich sämtliche Hofgärtner hier zusammenlaufen«, lachte sie und ihre grauen Augen leuchteten.

»Nun«, keuchte ich, während ich mich einen Ast weiterhangelte, »Prinzessinnen klettern nun einmal nicht täglich auf Bäume.«

»Das gilt vielleicht für dich«, bemerkte sie und reichte mir eine Hand, um mir bis zur Mauer zu helfen. Froh, endlich aus dem Baum heraus zu sein, klammerte ich mich an den rauen Stein.

»Und wie kommen wir hier wieder runter?«

»Wir springen«, sagte sie. »Ich zuerst und dann helfe ich dir.« Damit ließ sie sich von der Mauer gleiten, rollte sich am Boden ab und stand grinsend wieder auf. »Jetzt bist du an der Reihe.«

»Das ist verrückt«, murmelte ich, während ich mich auf

den Bauch drehte. Obwohl ich mit den Füßen in der Luft hing, war es inzwischen ganz leicht, ihr zu vertrauen.

»Geh in die Knie, wenn du aufkommst«, drang ihre Stimme hinter meinem Rücken zu mir herauf. »Spring!«

Ich zögerte nur einen winzigen Moment, dann schloss ich die Augen und ließ los. Wir landeten in einem Komposthaufen am Fuße der Mauer.

»Alles in Ordnung?« Mara sprang auf und wischte sich Schmutz und Blätter von den Kleidern.

»Ja«, japste ich, während sie mich auf die Beine zog.

»Dann los. Gehen wir!« Wir trabten die Mauer entlang in Richtung Residenz und ich nahm ungefragt ihre Hand. Ich rechnete eigentlich damit, dass sie sie mir wieder entziehen würde, aber sie wob ihre Finger in meine, ohne sich auch nur umzudrehen. Unsere Hände fügten sich ineinander wie zwei passende Puzzleteile.

Wir erreichten die Vorderseite der Burg und auf dem Hügel unter uns kamen die Dächer der Residenz in Sicht. In verschiedenen Brauntönen ragten sie in den Himmel, die Ränder der Lehmziegel noch feucht vom Regen. Mara zog mich von der Burgmauer weg auf einen schmalen Pfad, der zwischen zwei eingezäunten Gärten hindurchführte. Lange bevor wir die Straße erreichten, drangen die ersten Geräusche der Stadt an mein Ohr: beschlagene Hufe, die über Pflastersteine klapperten, das Rauschen des Windes, durchsetzt mit einzelnen Rufen.

Mara blieb stehen, drehte sich zu mir um und ließ meine Hand los. »Bist du bereit?«

»Ja.« Ich war zwar sehr aufgeregt, aber bereit.

»Komm mit!« Sie trat aus der engen Gasse, als ob sie hierhergehörte, und ich folgte ihr wie ein nervöser Schatten. Obwohl nur wenige Menschen auf der Straße waren, hatte ich das

Gefühl, alle würden mich anstarren. Das hier war etwas ganz anderes als meine Auftritte als Prinzessin Dennaleia. Ich war es gewohnt, dass jeder mich erkannte, und nun musste ich dasselbe mit einem Mal fürchten. Ich sehnte mich nach Maras Hand, die mir Sicherheit und Trost gegeben hatte.

Nahe der Burg säumten opulente, mehrstöckige Domizile die gepflasterten Straßen. Reich verzierte, schmiedeeiserne Zäune trennten uns von den gepflegten Gärten dahinter. Über die Gartentore tänzelten zu Reliefs erstarrte glänzende Pferde, deren wehende Mähnen und Schweife den Eindruck erweckten, der Wind wäre mit ihnen im Eisen gefangen.

»Wohin gehen wir?«, flüsterte ich.

»Du kannst ruhig laut sprechen«, lachte Mara. »Wir treffen uns mit Nils im Tauben Hund.«

»Ich glaube, die Leute starren mich an«, raunte ich. Ich war so angespannt, dass meine Magie sich regte und ich die Fingernägel in beide Handflächen bohren musste, um sie zu unterdrücken. Ein wenig davon hatte ich zwar verbrannt, als ich Rykas Schloss geschmolzen hatte, aber offensichtlich hatte das nicht genügt, um sie in Schach zu halten.

»Das scheint dir nur so, weil du sie dir nicht ansiehst, Dummchen. Schau dich um. Die Leute sind beschäftigt, und im Vorübergehen sieht jeder ohnehin nur das, was er erwartet.«

Wie immer hatte sie recht. Niemand reagierte auf meine verstohlenen Blicke und ich entspannte mich ein wenig. Je weiter wir uns von der Burg entfernten, umso mehr Verkehr war auf den Straßen. Die prächtigen Gebäude wurden von Mehrfamilienhäusern abgelöst, zwischen den Fenstern waren Wäscheleinen gespannt, und durch die Straßen rannten Kinder so dicht an den Karren vorbei, dass mir jedes Mal die Luft wegblieb. Der Gestank von Abfall, der aus den Gassen wehte, mischte sich mit dem Geruch der feuchten Erde und der vielen Menschen um uns her. Mara, die darauf achtete, dass ich dicht bei ihr blieb, ließ den Blick unablässig über die Menge schweifen. Zu jedem, der einen verschlagenen Blick hatte oder unappetitlich aussah, hielt sie gebührend Abstand.

»Hör auf, die Nase zu rümpfen«, sagte sie, als sie sich zu mir umdrehte, um mich anzusehen. Sie lächelte. Ich versuchte, ein normales Gesicht zu machen, aber mein Versuch schlug offensichtlich fehl. Sie lachte laut heraus und zog mich von der Straße in eines der vielen Steinhäuser. Ein hölzernes Schild über dem Eingang zeigte einen schlafenden Hund neben einem Bierkrug.

»Ich war noch nie in einer Bierschenke«, sagte ich, als wir eintraten. Hinter uns schloss sich die Tür und dämpfte den Straßenlärm, eine willkommene Pause vom turbulenten Treiben der Stadt. Die abgenutzten Tische waren übersät mit Ringen von längst geleerten Bierkrügen. Von einem Tisch in der Ecke aus nickte Nils zu uns herüber und stand dann auf, um uns zu begrüßen. Er hob Mara in einer herzlichen Umarmung vom Boden hoch, während ich verlegen dahinterstand. Ihr ungezwungener Umgang miteinander versetzte mir einen Stich.

»Nils, sicher erinnerst du dich an … Lia«, sagte Mara und deutete dabei auf mich.

»Natürlich«, sagte Nils. »Hallo, Lia.« Mit einem Zwinkern nahm er meine Hand, um zu verhindern, dass ich aus reiner Gewohnheit einen Knicks machte. »Das ist hier nicht nötig«, flüsterte er mir ins Ohr. Ich lächelte. Er war so nett, dass es schwerfiel, eifersüchtig auf ihn zu sein.

Wir ließen uns an einem Tisch nieder, und ich war dankbar, dass Mara ungefragt für mich mitbestellte. Ich hätte auch gar nicht gewusst, was – Essen und Trinken wurde mir immer ganz selbstverständlich gebracht. Die Frau, die unser Bier servierte, war rund und fröhlich, und als sie einen schäumenden Krug vor mir abstellte, lächelte sie.

»Zum Wohl!«, sagte Nils. Er und Mara hoben die Krüge. Ich beeilte mich, es ihnen gleichzutun. Der Bierschaum schwappte über den Rand und ergoss sich über meine Hand.

»Auf die Freiheit«, sagte Mara.

»Auf die Freiheit«, wiederholten Nils und ich. Wir stießen an und ich konnte das Klirren in den Fingern regelrecht spüren. Ich folgte dem Beispiel der anderen und nahm einen so kräftigen Schluck, dass mir der Schaum in die Nase stieg. Das Bier roch süß, ein bisschen nach Aprikose, hinterließ aber einen bitteren Geschmack im Mund. Ich verzog das Gesicht und Mara und Nils brachen in schallendes Gelächter aus.

»Du solltest dich mal sehen!«, rief Mara.

»Ich habe noch nie Bier getrunken.« Ich senkte den Blick vor ihren lachenden Augen und starrte finster auf das trübe Getränk vor mir. Die beiden lachten nur noch lauter, also nahm ich aus Trotz gleich noch einen Schluck. Ich behielt den bitteren Schaum einen Moment im Mund, schluckte ihn mit einer Grimasse hinunter und erntete dafür erneut Gelächter.

»Also, zuerst die Informationen?«, fragte Nils, als er sich wieder gefangen hatte.

»Ja«, stimmte Mara zu.

Nils legte mit der Kopfseite nach oben eine Münze auf den Tisch, die blitzschnell in der Hand einer Bedienung verschwand. Es folgte ein komplizierter Tanz mit Besteck und Gläsern und kurz darauf kam ein unscheinbarer Mann an unseren Tisch und setzte sich neben Nils. Obwohl ich wusste, dass er zu unserem Plan gehörte, machte mich der Mann nervös. Die Leute auf der Straße erkannten mich wahrscheinlich tatsächlich nicht, aber ein Spion vielleicht schon. Zur Beruhigung nahm ich noch einen Schluck Bier.

»Welche Art von Waffen sucht Ihr?«, fragte der Informant.

»Dolche«, sagte Mara. »Aus Zumorda. Oder Sonderanfertigungen, wenn Ihr wisst, wo man die bekommt.«

Er legte seine Finger auf die Tischkante und Mara und Nils tauschten Blicke.

»Das Essen ist gut«, sagte Nils.

»Für eine Sonderanfertigung könnt Ihr es bei Morland auf dem Kataphrakt-Markt versuchen. Er ist der Beste – selbst der Hauptmann der Wache von Mynaria geht zu ihm.« Der Informant zögerte. »Für alles, was mit dem Drachen zu tun hat, geht zum Vogelhorst auf dem Blitz. Der Eingang ist mit einem Berghüttensänger gekennzeichnet. Der Eintrittscode lautet ›Etheria‹. Er funktioniert allerdings nur einmal und nur heute. Bedenkt das.«

Wir nickten und der Informant verschwand wieder. Eintrittscode? Drachen? Der Blitz? Es ging um den Schwarzmarkt von Mynaria. Wo war ich da nur hineingeraten? Um meine Sorgen zu vertreiben, kippte ich auch noch das restliche Bier hinunter.

»Dann hat Hauptmann Ryka also die Angewohnheit, ihre Dolche maßanfertigen zu lassen«, bemerkte ich. »Mit dem Mord an Casmiel hatte sie ganz sicher nichts zu tun … aber könnte sie an dem Anschlag auf den König beteiligt gewesen sein?«

Mara dachte über meine Bemerkung nach. »Im Hohen Rat war sie eine der Ersten, die gleich danach Zumorda der Angriffe beschuldigte.«

Nils runzelte die Stirn. »Hauptmann Ryka hat dem Reich jahrelang treu gedient. Was hätte sie davon, die Krone anzugreifen und es dann Zumorda in die Schuhe zu schieben?«

»Ich weiß es nicht. Allerdings müsst ihr zugeben, dass es für den Täter sehr einfach war, die Sicherheitsvorkehrungen zu umgehen, obwohl auch die Reserve eingezogen war«, warf ich ein.

Nils schnaubte verächtlich. »Das liegt daran, dass die Hälfte dieser Idioten kaum ein Schwert halten kann.«

»Wie ist es mit Hilara?«, bohrte ich weiter. »Sie scheint Zumordern gegenüber sehr wohlgesonnen. Könnte es nicht sein, dass sie mit ihnen konspiriert?«

Nils und Mara machten ein finsteres Gesicht.

»Dass sie mit Cas' Tod etwas zu tun haben könnte, leuchtet mir ein. Aber warum sollte sie versuchen, den König auszuschalten? Damit würde sie das Königreich zu sehr destabilisieren, als dass sie noch einen Vorteil davon hätte«, sagte Mara.

Mir fiel wieder ein, wie Hilara auf meinem Hochzeitsbasar das Säckchen von dem zumordischen Händler entgegengenommen hatte, und ich rutschte unruhig auf der Bank hin und her. Es musste noch mehr dahinterstecken, aber Maras Einwände waren berechtigt.

Zwischen Mara und Nils entwickelte sich eine rege Diskussion, wer verantwortlich sein könnte und was als Nächstes zu tun sei. Während sie sich berieten, zog ich mit klebrigen Händen mein zweites Bier näher zu mir heran und hielt mich daran fest. Die Magie hatte sich auf ein gleichmäßiges Surren in meinen Knochen reduziert. Unser Essen wurde gebracht und ich griff nach einer Teigtasche. Heiße Butter rann mir übers Kinn, als ich hungrig in den knusprigen Blätterteig mit würziger Fleischfüllung biss.

»Na, da hat aber jemand so richtig Appetit auf eine Bauernmahlzeit«, sagte Mara.

Mit einem Mal überwältigte mich ihre Schönheit mit der Macht einer Frühlingslawine im Gebirge. Ihre verschmitzten grauen Augen. Ihre neckende Stimme. Ihre Sommersprossen, die mir schon so vertraut waren wie die Sterne am Nachthimmel.

»Danke«, sagte ich völlig unvermittelt. Mir war ein wenig schwindelig. »Du hast so viel für mich getan. Hast mich hierhergebracht. Mir Dinge beigebracht. Ich bin so froh, dass wir Freundinnen sind.«

Sie berührte sanft meinen Arm und eine Gänsehaut zog sich bis hinauf in meinen Nacken. Plötzlich verstand ich, was Alisendi meinte, als sie davon sprach, wie erregend ihre Liebeleien waren.

Ich wollte Mara.

Aber ich war ihrem Bruder versprochen.

Und das bedeutete, ich steckte in gewaltigen Schwierigkeiten.

22

Mara

Wir machten uns auf den Weg durch die Stadt zum Kataphrakt-Markt. Denna, die fröhlich zwischen Nils und mir dahinschlenderte, schien ein wenig beschwipst vom Bier. Je weiter wir kamen, umso kleiner und einfacher wurden die Gebäude, und die Dächer waren mit Stroh anstatt mit Ziegeln oder Stein gedeckt. Deutlich mehr Häuser als bei meinem letzten Besuch in der Stadt trugen das Symbol der Aufständischen, das häufig mit dem schwarzen Balken der fanatischen Fundamentalisten durchgestrichen war.

Als wir in die Nähe des Stadtkerns kamen, nahm die Zahl der Messer an den Gürteln deutlich zu, und wir mussten mehreren Handgemengen ausweichen. Über Dennas Kopf hinweg tauschte ich mit Nils besorgte Blicke. Offensichtlich waren die Aufständischen und die Fundamentalisten für die angespannte Lage verantwortlich. Noch nie hatte ich die Stadt so gewaltbereit erlebt. Hoffentlich konnte uns der Waffenschmied auf dem Kataphrakt-Markt weiterhelfen, denn so langsam erschien es mir doch klüger, so schnell wie möglich hinter die sicheren Burgmauern zurückzukehren. Der Blitz war kein Ort, an den ich Denna unbedingt mitnehmen wollte.

Um uns drängten sich die Menschen, und der zweispurige Verkehr nahm mit jedem Meter, den wir den Hügel hinuntergingen, zu. Vor uns breitete sich der Markt aus. Dicht an dicht drängten sich die Händler um den Platz, in dessen Mitte ein großer Brunnen stand.

Selbst über den ganzen Platz hinweg waren die Waffenhändler leicht auszumachen. Außer Reichweite von Dieben hingen hoch über ihren Ständen Reihen glänzender Klingen, die das Sonnenlicht reflektierten. Allerdings klaffte in der Standreihe wie eine Zahnlücke ein Loch, und als wir näher kamen, bestätigte sich meine Befürchtung.

»Er ist weg«, sagte Nils.

Wir sahen uns alle drei an.

»Heda.« Ich ging zu dem Verkäufer neben dem leeren Standplatz.

Er sah von der Klinge auf, die er gerade schärfte, und legte den Schleifstein beiseite.

»Wo ist Morland?«, fragte ich ihn. »Wir wollen eine Bestellung abholen.«

»Hat sich vor ein paar Tagen aus der Stadt verdrückt«, klärte uns der Händler auf.

»Aber der Straßenmarkt dauert doch noch zwei Monde«, sagte ich erstaunt. Kein Händler würde sich das Erntefest oder Dennas Vermählung freiwillig entgehen lassen. Der Zustrom von Menschen zu diesen Festen versprach den besten Umsatz des Jahres.

Er zuckte mit den Achseln. »Bessere Geschäfte für uns andere.«

»Danke.« Wir gingen wieder. Auf einer wackeligen, selbst gezimmerten Plattform stand ein Mann, der irgendetwas von Erlösung, den Sechs und der Säuberung der Stadt von den Aufständischen brüllte. Wir machten einen weiten Bogen um ihn.

»Wir müssen noch vor Einbruch der Dunkelheit zum Blitz. Es ist unsere einzige andere Spur«, sagte Nils.

Denna ließ den Blick über die Menschenmenge schweifen. Wäre es doch nur möglich, sie zurück in die Burg zu zaubern.

»Wir müssen gut auf sie aufpassen«, sagte ich.

»Ich habe mein Schwert«, sagte Nils. »Keiner wird uns etwas tun.«

»Macht euch um mich keine Sorgen«, sagte Denna. »Wir müssen das zu Ende bringen.«

»Also gut.« Zögernd willigte ich ein.

Wir schlugen uns in das umgebende Viertel durch und ließen die Menschenmassen hinter uns. Nördlich des Kataphrakt-Markts verschlechterte sich der Zustand der Straßen rapide, und die Mauern und Gebäude waren noch häufiger mit weißen Kreisen beschmiert, die aber seltener schwarz durchgestrichen waren. Offenbar hatten die Magienutzer im ärmsten Viertel der Stadt deutlich mehr Unterstützer. Die Hüte tief ins Gesicht gezogen lehnten Obdachlose an den Wänden und dösten in der Nachmittagssonne. Selbst der Wind in unserem Rücken konnte den Gestank nach Unrat nicht mildern.

»He, du!« Hinter einem Gebäude sprang ein Mann hervor und zeigte mit seinem knotigen Finger auf Denna.

Sie kreischte und prallte rückwärts gegen mich. Ich schlang ihr die Arme um die Hüfte und hielt sie fest. Nils legte die Hand auf den Schwertgriff.

»Du bist eine von ihnen«, sagte er. Sein Finger zitterte. »Berührt von den Sechs! Den Sechs. Den Sechs, den Sechs, den Sechs.« Er verfiel in ein Murmeln und fuhr sich mit der Hand durch den zotteligen, schmutzigen Bart.

Das hatte uns gerade noch gefehlt: ein Spinner, der mit seinem pseudoreligiösen Unsinn die Aufmerksamkeit der halben

Stadt auf Denna zog. Sie versteckte sich hinter mir und Nils und klammerte sich an meinen Arm. Die Angst stand ihr ins Gesicht geschrieben, aber auch ich war extrem angespannt, bereit, jeden Moment wegzulaufen.

»Verschwinde!« Nils' Stimme klang tief und bedrohlich.

Langsam wichen wir vor dem Mann zurück.

»Funken!«, schrie der Mann und der Speichel flog ihm aus dem Mund. »Ihr Herz. Ihr Herz! Die Sechs … Sie hat ein Herz aus Funken.«

»Lauf!«, rief ich.

»Funken!«, schrie er immer weiter, während wir rannten.

Wir flüchteten uns in eine schmutzige Gasse und bahnten uns um Abfallberge und Tierkot herum einen Weg bis vor eine unauffällige Tür. Ich drückte sie auf und zog Denna hinter mir her. Als wir eintraten, verschluckte uns die Dunkelheit, und es dauerte einen Moment, bis sich meine Augen an das düstere Licht gewöhnt hatten.

Vor uns tat sich ein höhlenartiger, fensterloser Lagerraum auf, vollgestopft mit wackeligen, schlecht beleuchteten Marktständen, die aus zusammengesammelten Materialien gezimmert waren. Wie Schatten huschten die Kunden des Blitz durch die nahezu finsteren Gänge zwischen den Ständen.

»Wird er uns folgen?«, fragte Denna. Ihr Gesicht war starr vor Angst. Im obskuren Halbdunkel des Blitz wirkte sie wie aus einer anderen Welt, als strahlte unter ihrer Haut etwas Helles und Wundersames. Ich musste auf sie achtgeben.

»Er war nur ein verrückter alter Mann«, sagte Nils. »Vor ihm brauchst du dich nicht zu fürchten. Bringen wir das Ganze endlich hinter uns.«

Ich nickte zustimmend, aber Denna schien noch immer angespannt.

Dicht aneinandergedrängt bahnten wir uns einen Weg durch den Blitz. Nur einmal blieben wir stehen, um einen Marktmeister nach dem Weg zum Vogelhorst zu fragen. Je tiefer wir in die dunkelste Ecke des Lagerhauses vordrangen, umso mehr Ungeziefer krabbelte um unsere Füße. Wie der Spion gesagt hatte, hing über dem Eingang zum Vogelhorst eine Laterne in Form eines Berghüttensängers, von dessen aufgeblähtem Glasbauch Spinnweben hingen. Wir schoben uns durch die schweren Stoffbahnen, die vor dem Ladeneingang hingen, und sobald sie hinter uns zufielen, drangen die Geräusche des Blitz nur noch gedämpft zu uns. Im Inneren des Vogelhorsts waren in einem düsteren Licht die verschiedensten Waren ausgestellt: Schriftrollen, Kräuter, Pulver und kleine Keramiktiegel.

Hinter der Ladentheke stand der bärtige Textilienhändler, den ich von Dennas Hochzeitsbasar kannte.

Denna sog scharf die Luft ein.

»Meister Karov, zu Euren Diensten«, sagte der Mann mit einem deutlichen Akzent. »Wie kann ich Euch behilflich sein?«

»Wir suchen etwas ganz Bestimmtes«, sagte ich, unsicher, wie ich fortfahren sollte.

»Und wie nennt man das, wonach Ihr sucht?«, fragte er.

»Etheria.«

Karov lächelte und zeigte dabei Zähne mit silbernen Spitzen. »Wie interessant. Ein ungewöhnlicher Abend, an dem mich solch jugendliche Männer und Frauen beehren.«

Sicher sah man mir an, wie überrascht ich war, dass er unsere Verkleidung so leicht durchschaut hatte.

»Macht Euch keine Sorgen. Das Geschlecht eines Menschen ist uns Zumordern gleichgültig. Uns interessiert nur seine

Macht.« Er sah zu Denna, die ihn misstrauisch musterte. »In der Tat, sehr interessant.«

Er griff unter die Theke und öffnete einen Riegel, sodass der obere Teil umklappte und eine neue Warenauslage zum Vorschein kam.

Dennas Blick fiel sofort auf einen winzigen Damendolch. Seine Klinge, die auf dem dunkelroten Samt der Schachtelauskleidung leuchtete, hatte die Form eines Blattes.

»Ist etwas dabei, das Euch zusagt?«, fragte Karov.

»Ist das ein zumordischer Dolch?«, wollte Denna wissen und trat näher heran.

»Ja.« Er nahm den Dolch aus der Schachtel und hielt ihn uns hin, damit wir ihn genauer betrachten konnten. Auf der Oberfläche der Klinge schienen im düsteren Licht Wellen zu spielen, als hätte man ein Muster in den Stahl geprägt.

»Seht euch den Stahl an«, sagte sie bewundernd. »Dieser Dolch ist echt.«

Ich zog den Dolch aus meinem Stiefel und zeigte ihn Karov. »Könnte eine zumordische Klinge auch so aussehen?«

»Niemals«, schnaubte er verächtlich. Er legte den Damendolch zurück in die Schachtel und nahm mir die Waffe des Attentäters ab. »Eine teure Fälschung, in der Tat, aber kein zumordischer Stahl.« Er hielt die Hand über das Heft und bewegte sie hin und her.

»Der Griff ist ebenfalls falsch.«

»Woher wisst Ihr das?«, fragte ich.

Er nahm noch einmal den Damendolch heraus und wiederholte seine Handbewegung. Auf der Oberfläche des Griffs leuchtete für eine Sekunde ein schimmernder Drache auf und verschwand dann wieder.

Ich wich einen Schritt zurück. Dennas Nachforschung hatte

nicht ergeben, dass zumordische Waffen magisch waren. Fasziniert beugte sie sich noch tiefer über den Dolch.

»Ist diese Waffe ebenfalls magisch?«, fragte ich Karov und deutete auf den Dolch des Attentäters.

»Nein«, entgegnete er. »In dieser Klinge steckt kein Leben.«

»Wie könnt Ihr das beurteilen?«, fragte Denna.

»Ich kann es selbstverständlich spüren«, sagte er. »Jeder, der eine Neigung hat, kann das Leben in einer zumordischen Waffe spüren. Berührt sie.«

Denna streckte zögernd die Hand aus. Als ihre Finger das Heft des Dolchs streiften, zuckte sie zurück, als hätte sie sich verbrannt.

»Hast du dich verletzt?«, fragte ich.

»Nein, nein. Mir geht es gut«, sagte sie abwehrend, wirkte aber verstört. Hatte sie etwas gespürt, als sie den Dolch berührte? Und wenn ja, was hatte das dann zu bedeuten? Konnten Karov und der alte Spinner auf der Straße etwas in ihr sehen, das mir entgangen war?

»Wie viel soll der Dolch kosten?«, fragte ich.

»Sechshundert.«

Ich schüttelte den Kopf. Der Preis war zu hoch. Selbst wenn ich später mit dem Geld zurückkäme, eine solche Summe im Blitz auszugeben, war ein sicherer Weg, meine Verkleidung auffliegen zu lassen oder mit einem Messer im Rücken zu enden.

»Was wisst Ihr über die Aufständischen?«, fragte Denna.

Ich sah sie scharf an.

»Unruhestifter«, sagte Karov. »Für meinen Geschmack machen sie zu viel Lärm. Sie haben Probleme heraufbeschworen, derer sie nicht mehr Herr sind.«

Karov musste von Cas' Tod sprechen, aber der Mann erschien mir nicht gerade vertrauenswürdig. Wir sollten gehen, bevor unsere Fragen uns verrieten.

»Danke für die fachkundigen Einblicke.« Ich gab ihm eine Handvoll Münzen. »Für die Umstände.«

»Beehrt mich bald wieder«, sagte er und nickte jedem von uns zu. Dann heftete er den Blick auf Denna. »Es gibt noch andere Dinge, die ich Euch zeigen kann.«

Denna schien misstrauisch, hielt seinem Blick aber stand. In Karovs Augen blitzte eine Gier auf, die mich schaudern ließ.

»Solltet Ihr mich noch einmal sprechen wollen, dann werft das hier auf den Boden und sprecht meinen Namen.« Karov zog eine leuchtend blaue Feder aus der Innentasche seines Mantels und gab sie Denna.

»Ich danke Euch, My…«

»Verschwinden wir«, fiel ich ihr schnell ins Wort, bevor sie uns mit ihren perfekten Umgangsformen verriet.

Wir beeilten uns, von Karovs Stand wegzukommen. Doch selbst als wir wieder draußen in der Sonne waren, konnte ich noch immer seine Augen im Rücken spüren. Wir hasteten durch das Elendsviertel, bis die Straßen wieder mit normalen Leuten bevölkert waren, die ihren täglichen Geschäften nachgingen. Aber mein Unbehagen blieb.

23

Dennaleia

Die Spekulationen, die wir auf dem Weg zur Burg anstellten, brachten uns auch nicht weiter. Mara versuchte stur, uns davon zu überzeugen, dass Hauptmann Ryka und die Hohe Rätin Hilara die Hauptverdächtigen waren: Ryka, weil sie die Magienutzer hasste und ihnen die Schuld in die Schuhe schieben wollte, Hilara, weil ich erwähnt hatte, dass ich sie auf meinem Basar mit Karov gesehen hatte. Nils hingegen weigerte sich, irgendeinen Vorschlag, der den guten Namen des Hauptmanns beschmutzte, auch nur anzuhören. Und als ich dann betonte, dass Hilara Zumorda doch unterstütze und es keinen Sinn ergab, ein Königreich zu verleumden, dem man wohlgesonnen war, ging die Diskussion wieder von vorn los.

Irgendwann gab ich es auf, mich einzumischen, und grübelte stattdessen darüber nach, wie glatt und lebendig sich der zumordische Dolch in meiner Hand angefühlt hatte – weniger wie ein Dolch als vielmehr wie eine Erweiterung meiner selbst. Die Waffe hatte meine Magie geweckt und ich spürte ihre Macht noch immer unangenehm unter der Haut.

Als wir endlich bei der Burg ankamen, hatten wir alle drei schlechte Laune, und nachdem Nils gegangen war, um sich für seine Schicht zu melden, war Mara still und in Gedanken versunken. Daher war es auch wenig überraschend, dass wir uns darüber stritten, wie wir in die Burg zurückgelangen sollten. Wir standen ungefähr an derselben Stelle der Mauer, an der wir am frühen Nachmittag heruntergepurzelt waren. Die Sonne stand inzwischen tief über den Hügeln und tauchte die Mauer in ein blassorangenes Licht, während Maras Haar unter ihrem Hut hell wie eine Flamme hervorleuchtete.

»Ich kann durchs Tor gehen«, sagte Mara. »Aber du nicht. Das Risiko, dass du erkannt wirst, ist zu groß.«

»Ich klettere auf keinen Baum mehr.« Ich war hundemüde, und die Vorstellung, noch einmal über die Mauer zu kraxeln, war nicht gerade erbaulich.

»Dann mach einen besseren Vorschlag!« Sie warf die Hände in die Luft.

»Aber du bist doch diejenige, die sich hier auskennt. Ich dachte, du hast einen Plan!« Ich bekam Panik. Ellaeni konnte nur für eine gewisse Zeit vortäuschen, dass ich für ein privates Abendessen auf ihrem Zimmer war. Sollten wir nicht hineinkommen oder unsere Verkleidung auffliegen, hätte das schwerwiegende Folgen. Meine Magie wallte auf und ganz in der Nähe begann ein Büschel trockenes Gras zu qualmen. Ich ballte die Fäuste und betete im Stillen zum Gott der Erde, er möge mir Ruhe und Geduld geben.

»Ich hatte ja auch einen Plan – einen Plan, wie man dich rausbekommt.«

»Und findest du nicht, dass ein wesentlicher Teil eines solchen Plans sein sollte, wie man wieder hineinkommt?« Ich wurde immer ungehaltener. Mir war klar, wie dumm es war, sich so aufzuregen, aber ich konnte meinen Ärger – oder die Magie, die sich, seit ich Karovs Dolch berührt hatte, einen Weg nach draußen suchte – nicht mehr unterdrücken.

»Ich hieve dich jetzt hoch«, sagte Mara.

»Zum letzten Mal: Nein!« Ich wollte mich mit einer Hand von der Mauer abstoßen und zu einem der Tore gehen, doch noch bevor sich meine Hand vom Stein gelöst hatte, schoss mir die Magie mit voller Kraft in die Fingerspitzen. Die Hitze ließ den Mörtel zwischen den Steinen zu Staub zerbröseln und die Mauer wurde unter meiner Berührung lebendig. Mit einem donnernden Krachen brach ein Teil davon in sich zusammen und verwandelte sich in einen schwelenden Trümmerhaufen. Die ganze Wut, die ich gerade noch in mir hatte, war verschwunden – als wäre sie in den Stein übergegangen.

»Was zur Hölle der Sechs war das denn? Alles in Ordnung mit dir?«, fragte Mara besorgt.

Ich starrte auf die Trümmer, zu erschrocken, um ihr zu antworten. Sollte Mara meine Gabe entdecken und Thandi oder dem König davon erzählen, würde mein Leben in sich zusammenbrechen wie diese Mauer. Noch verstörender war jedoch, dass ich nicht einmal wusste, wie ich sie zum Einsturz gebracht hatte. Den Vorfall in der Bibliothek hatte ich bisher für einen Zufall gehalten. Ich hatte geglaubt, es wäre meine Feuerneigung gewesen, der ich den Handabdruck in der Steinwand zu verdanken hatte. Die Gabe der Erde hatte ich nie. Offenbar stimmte mit mir sehr viel mehr nicht, als mit der unbeständigen magischen Atmosphäre in Mynaria zu erklären war.

»Hat dich dieser Widerling auf dem Blitz irgendwie verhext?« Sie berührte meine Schulter.

»Vielleicht war es der Dolch«, sagte ich und stieg auf ihren Erklärungsversuch ein. »Er war aus Zumorda.«

»Er muss mit einem Zauber belegt gewesen sein, so wie der Pfeil, der Cas getötet hat. Ich traue diesem Karov nicht, insbesondere wo ich nun weiß, dass er mit Hilara unter einer Decke steckt. Das alles muss irgendwie seine Schuld sein. Komm, und hilf mir, die Mauer wieder in Ordnung zu bringen.« Sie kroch durch das Loch und winkte mir, ihr zu folgen. Ihr Gesicht war gezeichnet von Erschöpfung und Sorge. Auf der anderen Seite knieten wir uns auf den Boden und schlossen mit den Steinbrocken, die sich von der Magie noch warm anfühlten, so gut wir konnten, die Lücke. Ich ignorierte Maras Seitenblicke und versuchte, mich durch langsames Ein- und Ausatmen zu beruhigen. Zuerst das Attentat, dann der Obdachlose, der uns angeschrien hatte, Karovs Dolch und schließlich das Loch in der Mauer. Es konnte nicht mehr lange dauern, bis es Mara dämmerte, dass ich für all das verantwortlich war.

Nachdem wir die Mauer wieder zusammengesetzt hatten, waren wir so schmutzig, dass unsere Verkleidung sehr viel echter wirkte als am Nachmittag, als wir losgezogen waren. Mara stand auf und machte sich nicht einmal mehr die Mühe, den Dreck von ihren Reithosen zu klopfen. Wir machten uns auf den Weg zu den Stallungen, und sie winkte mir, neben ihr zu gehen.

Im Gras zirpten uns die Grillen in der untergehenden Sonne ein Abendständchen.

»Es tut mir leid, dass ich mich mit dir gestritten habe, wie wir wieder hineinkommen«, entschuldigte ich mich.

»Ist schon in Ordnung. Ich hätte das Ganze besser durchdenken müssen«, gab Mara zu.

»Trotzdem hätte ich nicht so aggressiv sein dürfen«, sagte ich gähnend, als wir die Kornkammer wieder betraten.

»Schon gut. Sieh jetzt zu, dass du dich umziehst.« Während ich die Bauernkleider auszog, bewachte Mara die Tür. So schwer es mir auch gefallen war, sie anzuziehen, inzwischen fühlte sich meine Reitkleidung selbst ohne das Korsett im Vergleich dazu furchtbar steif an.

»Und du? Hast du nichts anderes zum Anziehen?«, fragte ich Mara.

»Nö, die Leute sind es gewohnt, dass ich so oder noch schlimmer herumlaufe. Das ist nichts Neues für sie.«

»Es ist so unfair.« Ich warf ihr einen kläglichen Blick zu. Obwohl ich zu Beginn skeptisch gewesen war, musste ich zugeben, dass es befreiend war, Bauernkleidung zu tragen. Darin musste ich nicht meine Rolle als Prinzessin spielen. Und nun verstand ich auch, weshalb Mara ihre Freiheit und die Anonymität der Stadt so viel wert waren.

»Du siehst immer noch ein wenig derangiert aus. Wir bleiben wohl besser im Schatten«, meinte sie lächelnd. »Ich begleite dich.«

Ich lächelte zurück. Mir fiel auf, dass sie mich das erste Mal von den Stallungen zur Burg begleitete. Weder verschwand sie in ihren Pferdestall, noch stürzte sie davon, als ob sie dringend woanders hinwollte. Wir verließen die Stallungen und gingen ohne ein Wort einträchtig nebeneinanderher.

Als wir uns der Burg näherten, hatte sich die Dämmerung schwer über den Himmel gelegt, und die Vögel flatterten für die Nacht in ihre Nester. Unser Weg führte uns durch die Gärten und unter unseren Schritten knirschte der Kies. In jedem Torbogen, den wir durchschritten, begrüßte uns der schwere Duft einer anderen Sommerblüte, jeder Garten ein kleines Universum sinnlicher Freuden für sich. Ich schloss die Augen und atmete tief ein. Mynaria hatte durchaus seine Reize.

»Oh.« Ich riss die Augen wieder auf. Mara war stehen geblieben und ich war gegen sie geprallt.

»Schau mal, da!«, sagte sie. Zwischen den Bäumen schwebte ein kleiner Funke, der blinkend in der Dunkelheit verschwand.

»Was war das?«, fragte ich neugierig.

»Psst«, machte sie. »Schau weiter.«

»Ich sehe nichts.«

»Warte. Da!« Sie legte mir eine Hand auf die Schulter und zeigte in den Garten, wo ein zweites kleines Licht schwebte. Dann noch eines. Bald bewegten sich immer mehr von ihnen zwischen den Bäumen und zogen weiche gelbe Striche in die Dämmerung.

»Was ist das?«, fragte ich verwundert.

»Glühwürmchen«, erklärte Mara. »Wir haben Glück, so spät im Sommer noch welche zu sehen.«

Ohne etwas zu sagen, nahm sie meine Hand in ihre. Ich drückte sie und trat näher an sie heran. So standen wir einfach nur da, während die Nacht in die Gärten kroch und die Glühwürmchen im verblassenden Licht immer heller leuchteten.

Schließlich ließ Mara meine Hand los und ging in Richtung Burg davon. Ich ließ sie vorausgehen und schlenderte verträumt hinterher. Ich hätte für immer mit ihr und den Glühwürmchen in diesem Garten bleiben mögen, frei von Magie und voller Hoffnung, mich nach nichts anderem sehnend, als mit ihr an genau diesem Platz zu stehen. Ob ihr der Garten genauso zauberhaft und unwirklich vorgekommen war wie mir?

»Der Tag heute hat mir Spaß gemacht«, sagte ich, als wir schließlich bei der Treppe zu meinen Gemächern ankamen. »Mehr als nur Spaß. Es war mein bester Tag, seit ich hierhergekommen bin.«

»Vorsicht! Mein schlechter Einfluss scheint langsam auf dich abzufärben«, scherzte Mara.

»Nein, wirklich. Die Bierschenke, der Markt, die Glühwürmchen …« Ich wünschte, ich könnte noch einmal ihre Hand nehmen und die Vollkommenheit dieses Tages zwischen uns besiegeln.

»Das war doch nichts Besonderes. Ich bin froh, dass es dir gefallen hat. Das nächste Mal planen wir besser. Und wir bleiben dem Blitz fern.« Sie strich sich eine widerspenstige Haarsträhne hinters Ohr.

Meine Finger zuckten reflexartig, als hätten sie das gerne für sie übernommen.

»Bis morgen.« Sie verabschiedete sich mit einem kurzen Winken.

»Ja, bis dann«, wiederholte ich. Als sie wegging, war es, als zöge sie den Faden mit sich, der mich zusammenhielt – zog sie zu stark, würde mein Leben einfach auseinanderfallen. Mein Wunsch, mit ihr befreundet zu sein, hatte sich in etwas Drängenderes verwandelt – in eine Art Verlangen.

24

Mara

Am Morgen nach unserem Abenteuer in der Stadt kramte ich ganz hinten aus meinem Toilettentisch den Dolch hervor, der noch immer in Dennas Taschentuch eingewickelt war. Das Seidentuch war an den Rändern mit schimmernden silbernen und grünen Fäden bestickt, ein asymmetrisches Muster aus zarten Kiefern. Bevor ich meine Gemächer verließ, hielt ich, die Hand an der Waffe, noch einmal inne. Schnell wickelte ich das Tuch ab und stopfte es zurück in die Schublade. Ich wollte etwas von ihr bei mir haben.

Noch nie waren mir die Gänge bis zum Arbeitszimmer meines Vaters so lang vorgekommen. Am liebsten wäre ich gerannt. Ich bezweifelte allerdings, dass es für mein Anliegen hilfreich wäre, wenn ich völlig außer Atem bei ihm ankam. Er musste mich ernst nehmen, und der Hohe Rat ebenfalls. Was Denna und ich entdeckt hatten, könnte alles verändern.

»Ich muss sofort den König sprechen«, teilte ich den Wachen an der Tür mit.

Der Gefolgsmann auf der linken Seite räusperte sich. »König Aturnicus ist im Moment bedauerlicherweise nicht hier, Eure Hoheit.«

»Weißt du, wo er ist?«, fragte ich ungeduldig, während ich von einem Fuß auf den anderen trat.

»Ich glaube, er ist in Angelegenheiten des Hohen Rats unterwegs.«

Ich gab ein wütendes Schnauben von mir. Es war typisch für meinen Vater, eine Versammlung einzuberufen, obwohl die Sonne gerade mal über dem Horizont stand. »Ich muss ihn sprechen. Ich werde hier auf ihn warten.«

»Nun … Ich nehme an, das ist wohl in Ordnung.« Unter dem Visier seines Helms hervor musterte mich der Wachmann mit zusammengekniffenen Augen, als ob er mich noch nie gesehen hätte.

»Natürlich ist das in Ordnung.« Ich nahm eine aufrechte Haltung ein und sah ihm direkt in die Augen. Er zögerte noch kurz, dann öffnete er die Tür. Unfassbar. Man hatte einen neuen Rekruten dazu abgestellt, die Gemächer des Königs zu bewachen – ein weiterer Beweis dafür, dass Hauptmann Ryka ihren Pflichten nicht richtig nachkam. Obwohl Nils sie entschieden verteidigt hatte, war mein Misstrauen erneut geweckt. Hauptmann Ryka hatte Cas sehr geliebt und hätte ihm nie etwas angetan. Aber wenn sie einen Krieg mit Zumorda anzettelte, würde sie mit ziemlicher Sicherheit neben ihm im Grab landen. Vielleicht war es ja das, was sie wollte.

Als ich den Raum betrat, waren meine Schritte auf dem weichen Teppich kaum zu hören. Überall auf dem Schreibtisch verteilt lagen pergamentene Urkunden und Handschriften und auf dem Boden stapelte sich noch mehr. Wie schaffte es mein Vater nur, in diesem Durcheinander etwas zu finden? Ich hatte mich nie großartig für die Geschäfte der Burg interessiert, aber seit Cas' Tod waren die Stapel deutlich höher geworden. Angesichts dieses Chaos fragte ich mich, wer sich seither eigentlich um die Handelsabkommen und Anträge der Gilde gekümmert hatte.

Ich wollte gerade nach ein paar einzelnen Seiten greifen, die über den Schreibtischrand hingen, als die Tür aufschwang und mein Vater eintrat, begleitet von Lord Kriantz und Hauptmann Ryka. Lord Kriantz lächelte verhalten und begrüßte mich mit einem Nicken. Der Hauptmann blieb stumm.

»Amaranthine, ich habe gerade zwei ganze Schattenlängen damit verbracht, einen Streit um die trindorischen Handelswege zu schlichten. Ich habe jetzt keine Zeit für deinen Unsinn.« Seufzend setzte mein Vater seinen Kronreif ab und legte ihn auf einen Papierstapel.

»Aber es ist wichtig«, sagte ich. »Ich habe Grund zu der Annahme, dass der Dolch, der bei dem Attentat auf dich benutzt wurde, nicht aus Zumorda stammt.« Da ich auch einen Verdacht gegen Hauptmann Ryka hegte, hätte ich vor ihr vielleicht besser nichts sagen sollen, aber Lord Kriantz war ja ebenfalls anwesend und konnte alles bezeugen. Je mehr Leute die Wahrheit über den Dolch erfuhren, umso wahrscheinlicher war es, dass der Hohe Rat mich anhörte. Er musste mich einfach anhören.

»Das kann nicht sein.« Er scheuchte mich vom Schreibtisch weg und ließ sich auf seinen Stuhl fallen. »Hauptmann Ryka hat mir versichert, dass der Dolch mit sehr großer Wahrscheinlichkeit aus Zumorda kommt.«

»Es gibt sonst niemanden, der uns angreifen würde«, bestätigte Hauptmann Ryka. »Zumorda ist das einzige Reich, das durch einen Krieg etwas gewinnen würde. Gestern habe ich mit einer der vertrauenswürdigsten Informantinnen Casmiels gesprochen. Sie wird ihre Verbindungen spielen lassen und sich der Sache annehmen.«

»Gut. Aber der Dolch ist eindeutig eine Fälschung.« Ich zog die Waffe aus meinem Stiefel. »Seht sie Euch an. Die Klinge weist keine Maserung auf. Zumordische Waffen werden aus einem Stahl geschmiedet, der sehr viel öfter gefaltet wird als unserer. Das Ergebnis ist eine unverkennbare Maserung der Klinge. Und Morland, der einzige Waffenschmied, der eine Spezialanfertigung wie diese hier schmieden kann, ist verschwunden, und …«

Der Hauptmann machte einen Schritt auf mich zu. »Ich nehme an, Ihr habt keine Erklärung dafür, wie das Schloss an meinem Dienstzimmer schmelzen konnte, Eure Hoheit?« Ihre Stimme war eisig.

»Ich weiß nicht, wovon Ihr sprecht.« Vor Hauptmann Ryka hatte ich keine Angst. Trotz ihrer Uniform und ihres Alters stand ich als blutsverwandtes Mitglied der königlichen Familie im Rang über ihr.

»Deine Hilfe ist nicht gefragt, Amaranthine. Der Hohe Rat hat bereits die nötigen Maßnahmen ergriffen, um festzustellen, ob jemand aus der Burg beteiligt gewesen sein könnte. Das Messer sagt uns nichts über die Identität des Mörders«, fuhr mein Vater dazwischen. Er schien mir überhaupt nicht zugehört zu haben.

»Aber wenn ich recht hätte, würde das alles ändern! Siehst du das denn nicht?«, protestierte ich. »Die Hintergründe des Attentats sind doch genauso wichtig wie die Person, die angegriffen hat. Oder etwa nicht? Unten in der Stadt …«

»Wir leben mit allen unseren Nachbarn in Frieden. Nur über Zumorda wissen wir nichts. Kein anderes Reich würde den Frieden gefährden«, sagte mein Vater. »Die meisten Aufständischen konnten wir schon gefangen nehmen. Es ist nur eine Frage der Zeit, bis wir die Giftspur bis zur Quelle zurückverfolgen können.« Mein Vater verlor langsam die Geduld. Aber ich auch.

»Zudem bin ich mir ziemlich sicher, dass der Dolch aus Zumorda kommt«, fügte Hauptmann Ryka hinzu. »Es gibt verschiedene Techniken, eine Klinge zu schmieden. Auch in Zumorda. Es passt alles zusammen.«

»Dass Ihr Euch ständig wiederholt, heißt noch lange nicht, dass Ihr recht habt!«, rief ich, den Dolch auf den Hauptmann gerichtet. Ich umklammerte ihn so fest, dass meine Knöchel weiß hervortraten.

»Gib mir die Waffe.« Mein Vater kam mit ausgestreckter Hand auf mich zu. »Sofort.«

»Warum sollte ich, wo du doch überzeugt davon bist, dass sie nicht wichtig ist?«, fuhr ich ihn an.

»Amaranthine, ich habe genug von deinen Spielchen. Gib mir den Dolch«, sagte er.

»Das hier ist kein Spiel! Du bist doch derjenige, der wichtige Beweise ignoriert, untätig auf seinem Hintern sitzt und zusammen mit den anderen Schwachköpfen im Hohen Rat Erklärungen daherbrabbelt, die weder Hand noch Fuß haben.«

»Amaranthine!« Die Stimme meines Vaters dröhnte durch den Raum wie ein Donnerschlag. Er packte mich am Handgelenk und der Dolch fiel zu Boden. »Wir haben einen Plan und an dem halten wir fest. Du wirst dich nicht in die Angelegenheiten des Hohen Rats einmischen.«

»Wegen dir werden wir noch alle umgebracht.« Ich riss meinen Arm los.

»Amaranthine, hör mir zu …«

»Nein, *du* hörst *mir* zu. Ich habe es satt, nicht für voll genommen zu werden. Keiner von euch hat mir je eine Chance gegeben! Wie soll ich der Krone von Nutzen sein, wenn ihr mich nichts tun lasst?« Ich wurde immer lauter.

»Wenn du von Nutzen sein willst, dann solltest du heiraten

und lernen, wie man ein Anwesen verwaltet, so wie es sich für die Tochter eines Königs geziemt! Ich sollte dich mitten in der Wüste von Sonnenborn aussetzen lassen, dann würden wir ja sehen, wie sehr dir die Freiheit dort gefällt!«, schrie er.

»Gut.« Tränen traten mir in die Augen.

»Amaranthine ist in Sonnenborn stets ein willkommener Gast.« Lord Kriantz trat zwischen mich und meinen Vater. »Aber lasst uns das doch später besprechen. Die Prinzessin hat sicher noch wichtige Verpflichtungen. Ich werde sie nach draußen begleiten.«

»Danke, Endalan. Wir können unser Gespräch über Eure Sorgen mit den Räuberbanden beim Mittagessen fortführen. Hauptmann, bitte schickt einen Pagen nach der Rätin Hilara. Sie muss mich über die Fortschritte der neuen Steuerfestlegung, die sie von Casmiel übernommen hat, auf den gegenwärtigen Stand bringen.« Er warf mir einen stahlharten Blick zu. »Wir sind hier fertig, Amaranthine.« Wütend riss er eine Schreibtischschublade auf, um den Dolch darin zu verstauen. Ein kompletter Stapel Blätter segelte auf den Boden.

»Jawohl, Eure Majestät.« Dicht gefolgt von Lord Kriantz stürmte ich aus dem Zimmer und stieß mit dem Fuß die Tür hinter mir zu. Dann ließ ich eine Tirade von unflätigen Ausdrücken vom Stapel, die nicht versiegte, bis wir das Ende des Gangs erreicht hatten. Lord Kriantz sagte wohlweislich erst einmal nichts.

»Wie dumm können sie nur sein, dass sie einen Beweis, der direkt vor ihrer Nase liegt, nicht anerkennen?«, war der erste zusammenhängende Satz, der mir wieder gelingen wollte.

»Ja, das scheint mir auch unklug«, sagte er.

»Vielen Dank.« Seine Worte milderten meine Wut über den

Streit ein wenig ab. Es tat gut, wenn zur Abwechslung einmal jemand zuhörte.

»Vielleicht könnten wir bei einem gemeinsamen Mahl die Sache gelegentlich etwas ausführlicher besprechen«, schlug er vor. »Bedenkt man, was sich schon jetzt an meinen Grenzen abspielt, sollte ein möglicher Konflikt mit Zumorda nicht auf die leichte Schulter genommen werden.«

»Einverstanden«, willigte ich ein. Zumindest einer war bereit, sich auf ein Gespräch mit mir einzulassen. Und sowohl mein Vater als auch mein Bruder schienen Gefallen an Lord Kriantz zu finden. Vielleicht konnte er ja dem Hohen Rat Vernunft beibringen. Schlimmer konnte es ohnehin nicht mehr werden.

Trotz meiner schlechten Laune musste Dennas Reitstunde wie geplant stattfinden, und da ich nicht vorhatte, mich in der Burg so bald wieder blicken zu lassen, packte ich uns zum Mittagessen ein Picknick ein, das wir mit ins Gelände nehmen konnten. Als Denna beim Stall erschien, war sie in einem Grünton gekleidet, der perfekt zu ihren Augen passte. Sie lächelte, als sie mich sah, aber ich konnte nur das Gesicht verziehen, als hätte ich ein Hufeisen zwischen den Zähnen.

»Alles in Ordnung?«, fragte sie besorgt.

»Mal davon abgesehen, dass ich die Hälfte des Hohen Rats am liebsten mit einer Pferdestange verprügeln würde, geht es mir gut«, entgegnete ich.

»Möchtest du darüber sprechen?«

»Nein.« Ich sah mit finsterer Miene zur Tür. »Wo bleiben diese gottverdammten Stallburschen?«

Als sie endlich auftauchten, führten sie Flicker und ein dunkles Pferd hinter sich her.

»Ist das nicht das Pferd, das mich gebissen hat?«, fragte Denna und wich ein wenig zurück.

»Ja, das ist Shadow.« Es war höchste Zeit, Denna auf das Pferd zu setzen, das sie an ihrer Vermählung reiten würde. Sie war so weit.

Shadow war dunkel, wo Flicker hell war, ein zartes Pferd, das nicht für die Schlacht geeignet war. Ihr geschmeidiges Fell glänzte in der Sonne. Mähne und Schweif waren pechschwarz, während ihr Fell das kräftige Braun dunkler Schokolade hatte. Den langen Schopf auf ihrem zierlichen Kopf hatten die Stallburschen seitlich aus ihren ausdrucksstarken Augen gebürstet.

»Wird sie mich wieder beißen?« Denna rückte näher zu mir.

»Nein. Wahrscheinlich dachte sie bei eurer ersten Begegnung, du hättest einen Leckerbissen für sie«, beruhigte ich sie. Ich nahm ein abgenutztes schwarzes Armband aus dem Wirrwarr um mein Handgelenk und zeigte es Denna. »Shadow war das erste Pferd, das ich zugeritten habe. Du musst dir keine Sorgen machen. Sie wird gut auf dich achtgeben.«

»Also gut.« Als Denna mir die Hand auf den Arm legte, war es wie ein Stromstoß, der bis hinauf in meine Schulter ging. »Ich verlasse mich auf dich.«

Ihre Berührung besänftigte meine Wut und ich hasste mich dafür. Sie war für mich eine Quelle des Trostes geworden – jemand, dem ich vertraute. Aber so etwas war nie gut. Das Vertrauen in andere Menschen schuf Schwächen, die ausgenutzt werden konnten.

Die Stallburschen halfen Denna auf ihr Pferd und ich stieg auf Flicker. Vielleicht hätten wir nicht allein ausreiten sollen, aber danach um Entschuldigung zu bitten, war immer einfacher, als vorher um Erlaubnis zu fragen. Außerdem waren

Hauptmann Ryka und mein Vater die Letzten, mit denen ich im Moment reden wollte, egal aus welchem Grund.

»Du kannst Shadow genauso reiten wie Louie«, erklärte ich ihr. »Nimm dieselbe Haltung ein und benutze dieselben Schenkelhilfen. Du wirst merken, dass Shadow sensibler ist als Louie. Sie reagiert schneller. Das ist der einzige Unterschied.« Denna Anweisungen zu geben, brachte mich endlich auf andere Gedanken. Flicker hatte sich meiner Laune schon angepasst, und als wir von den Stallungen wegritten, warf er den Kopf hin und her und tänzelte ein wenig zur Seite.

Denna nickte und probierte das Pferd aus. Ohne dass ich ihr sagen musste, was zu tun war, brachte sie Shadow schon bald allein durch ihre Haltung und kleine Handbewegungen zum Schreiten, Traben, Galoppieren oder Stehenbleiben.

»Und ob das ein Unterschied ist«, bemerkte sie außer Atem. »Es ist, als wechselte man von einem schwerfälligen Tanzpartner zu einem leichtfüßigen, geschmeidigen. Oder von einer Pavane zu einer Gaillarde.«

»Ich würde eine Gaillarde nicht erkennen, wenn sie mein Pferd in die Nase beißt. Aber ich bin sicher, es ist ein guter Vergleich«, sagte ich.

Grinsend trieb Denna Shadow an, und während wir im Schritt in die Wälder ritten, versuchte ich, den katastrophalen Morgen hinter mir zu lassen.

»Ich vermute mal, du bist bei deinem Vater mit unseren Beweisen auf taube Ohren gestoßen«, bemerkte Denna. Am liebsten hätte ich ihr an den Kopf geworfen, an welchem Körperteil mein Vater und der Hohe Rat mich mal könnten, schluckte meinen Zorn aber hinunter. Sie wollte ja nur helfen.

»Es war ein Desaster. Weder mein Vater noch Hauptmann Ryka wollten mir zuhören. Lord Kriantz war der Einzige, den ich davon überzeugen konnte, dass das, was wir herausgefunden haben, wertvoll sein könnte«, sagte ich. »Ich musste wieder die übliche Ansprache meines Vaters über mich ergehen lassen, dass ich endlich heiraten solle, damit ich ihm aus den Augen bin.« Die Wut kochte wieder in mir hoch und mit ihr kam der Schmerz. Ich brach einen dünnen Zweig ab, der in den Pfad hing, und zuckte zusammen, als er sich mir in die Handfläche bohrte.

»Das tut mir leid«, sagte Denna. »Sie hätten dir zuhören müssen. Du hast verdient, dass man dich besser behandelt.«

»Habe ich das?«, fragte ich. Die Welt schuldete weder mir noch sonst irgendjemandem auch nur einen halben Pferdeapfel. Der Einzige, auf den ich wirklich zählen konnte, war Flicker.

»Doch. Das hast du. Du verdienst, dass man dir zuhört.« Denna schüttelte den Kopf. »Aber immerhin hast du es versucht. Wir haben etwas unternommen. Das ist mehr, als all die anderen von sich behaupten können.«

»Es ist noch nicht vorbei«, sagte ich. »Wir müssen den Hohen Rat aufhalten oder zumindest dafür sorgen, dass er die richtigen Entscheidungen trifft. Ich will für mein Königreich kämpfen, nicht dagegen. Es könnte da draußen immer noch Leute geben, die uns angreifen.«

»Wir halten Augen und Ohren weiterhin offen. Möglicherweise erfahren wir am Hof mehr«, sagte Denna. »Das könnte unser nächster Schritt sein.«

»Du hast recht«, sagte ich. Ihr gutes Zureden nahm mir ein wenig die Angst.

In einvernehmlichem Schweigen ritten wir weiter, bis der Pfad breiter wurde und auf ein offenes Feld mündete.

»Mir fällt noch etwas ein, das gegen deine schlechte Laune helfen könnte«, sagte Denna. Sie lächelte mir schelmisch zu.

»Ein kleines Rennen gefällig?« Ohne meine Antwort abzuwarten, trieb sie Shadow zum kurzen Galopp.

Ich presste die Schenkel in Flickers Seiten und wir jagten mit dem Wind im Rücken über die Wiesen. Die kalte Luft und die Geschwindigkeit der Pferde trieben mir die Tränen in die Augen. Ich hielt mich mit Flicker an Shadows linker Flanke, und als Denna zum gestreckten Galopp überging, stieß ich einen begeisterten Jauchzer aus. Ich sah zu ihr hinüber, sie lächelte. In ihrem Gesicht war nicht die leiseste Spur von Angst zu erkennen. Die grünen Augen funkelten, ihre Wangen waren rosig, und ich wurde von der unbändigen Freude, die sie ausstrahlte, einfach mitgerissen. Sie anzusehen machte mich schwindelig. Wut und Traurigkeit waren vergessen. Es war ein Gefühl, als würde ich gleich aus dem Sattel abheben und in den Himmel fliegen.

Am Ende des Felds verlangsamten wir das Tempo. Die Pferde schnaubten von der Anstrengung, Schweiß ließ ihre Hälse glänzen.

»Das ist wie Fliegen«, sagte Denna und wischte sich die Tränen vom Wind aus dem Gesicht.

»Es gibt einfach nichts Vergleichbares, oder?« Der Galopp hatte meinen Kopf frei gemacht und die Welt war wie neu.

»Nein«, bestätigte Denna. »So etwas habe ich noch nie erlebt. Ich ahne, wie es sich anfühlt, frei zu sein.«

Ich lächelte sie an, jedoch nicht ohne eine gewisse Bitterkeit. Keine von uns würde je wirklich frei sein. Sobald der Winter kam, wäre Denna verheiratet, und ginge es nach meinem Vater, folgte kurz darauf meine Vermählung. Der Gedanke bedrückte mich. Die Momente der Freiheit waren für uns so kurz und flüchtig wie ein Atemzug.

Wir ritten im Schritt am Rand des Feldes entlang und landeten auf einem Pfad, der zu einer Gruppe von Bäumen mit bunt gefärbten Blättern führte.

Die tiefhängenden, dicken Äste boten einen geschützten Platz für unser Picknick und waren bestens dazu geeignet, die Pferde anzubinden. Lachend versuchten wir, die Decke mit unserem mitgebrachten Essen festzuhalten, die der Wind immer wieder anhob und wegzuwehen drohte. Die Pferde hatten die Ohren in Richtung unserer Stimmen gedreht, aber ihre Lider wurden schwer, und beide dösten mit angewinkeltem Hinterbein ein. Für eine Weile konnten wir das Leben, das wir in der Burg führten, ausblenden.

Als wir fertig gegessen hatten, streckte ich mich auf der Decke aus, schloss die Augen und ließ mir von der Sonne das Gesicht wärmen. Der frische, kühle Wind roch nach Gras und Erde. Denna legte ihren Kopf auf meinen Bauch, das Gesicht dem Himmel zugewandt, die Augen geschlossen.

Sie war mir so nah, dass ich Angst hatte, mich zu bewegen – als könnte das kleinste Zucken den Moment zerstören. Ihre unschuldige Geste brachte mich dazu, mich nach etwas zu sehnen, das entschieden nicht mehr unschuldig war. Wäre sie doch nur nicht meinem Bruder versprochen. Ich gab mich für einen Moment der Vorstellung hin, sie neben mich zu ziehen, bis ihre Lippen nur noch einen Hauch entfernt wären und ihre langen Wimpern meine Wangen streiften …

»Hältst du die Luft an?«, fragte sie.

»Oh.« Ich atmete schnell aus und war froh, dass sie nicht sehen konnte, wie mir die Hitze ins Gesicht schoss.

Sie lachte ein wenig. »Keine Angst. Ich werde die Gelegenheit nicht nutzen, um dich zu erstechen oder zu fesseln oder so.«

»Das würdest du nie schaffen!«, entgegnete ich.

»Ich weiß. Du bist stark.«

»Nicht immer«, gab ich zu. Aber das Kompliment sorgte dafür, dass meine Wangen noch wärmer wurden. Flirtete sie mit mir? Das wäre ein gefährliches Spiel. Die Vorstellung verursachte mir Unbehagen. Ich konnte sie nicht haben. Daran war nicht zu rütteln.

»Kommst du heute Abend vor dem Essen zur Kammermusik?«, fragte sie.

»Man hat mich nicht eingeladen.«

»Dann betrachte das hier als deine offizielle Einladung.« Sie griff nach meinen Armbändern und ließ ihre Finger darübergleiten. Ich bekam eine Gänsehaut auf dem Arm. Hätte sie gewusst, welche Gefühle sie damit in mir auslöste, hätte sie sicher sofort damit aufgehört. Aber ich wollte nicht, dass sie aufhörte.

»Wie viele Armbänder hast du?«, wollte sie wissen.

»Dreiunddreißig Bänder für dreiundvierzig Pferde«, sagte ich. »Das breite ist für zehn. Ich sollte einen Teil der dünnen Bänder ebenfalls zu einem Zehnerband flechten lassen.«

»So viele«, murmelte Denna. Ihre Finger spielten weiter an meinem Handgelenk, drehten und schoben die Bänder, bis sie meinen Arm schließlich über ihren Bauch legte. Ich schloss die Augen und dachte an den Tag, an dem wir uns zum ersten Mal begegnet waren. Ihre leuchtend grünen Augen hatten zu mir aufgesehen, als ich ihr die Hand auf genau diese Stelle gelegt hatte, um sie daran zu erinnern, wie sie atmen musste.

Wir lagen einfach nur ganz still da, während die Sekunden zu Schattenlängen wurden, bis es schließlich Zeit war zu gehen.

Widerwillig packten wir alles zusammen und stiegen auf die Pferde. Die Tiere spitzten die Ohren schon ungeduldig in

Richtung Stall, wo ihre Abendmahlzeit auf sie wartete. Auf dem Rückweg ließen wir uns Zeit, redeten und lachten über Nichtigkeiten, und mir wurde klar, was Denna gemeint hatte, als sie mir sagte, sie habe sich noch nie so lebendig gefühlt wie beim Reiten.

25

Dennaleia

Der sonnige Nachmittag ging in einen kühlen Abend über, sodass sich alle nach etwas Wärme sehnten, während die Kälte zwischen die Steine der Burg kroch und man sich im Salon zur Abendmusik traf. Ich wärmte mir die Hände an einem tönernen Becher, aus dem mir das würzige Aroma von Zimt in die Nase dampfte – ein Geruch, der zwischen meinem alten und meinem neuen Leben eine Brücke schlug. Glühwein erinnerte mich stets an unbekümmerte Wintertage mit meiner Familie, aber irgendetwas an seinem Duft ließ mich auch an Mara denken. Bei der Erinnerung an das Gefühl von heute Nachmittag, als ich einfach nur dalag, den Kopf auf ihren Bauch gebettet, lächelte ich in meinen Becher. Sie war so stark und doch so weich. Unter ihrem Geruch nach Pferden, Erde und feuchtem Gras lag ein einzigartiger Duft, der nur ihr gehörte, würzig und süß wie dieser Wein.

Gut gelaunt nach dem vergnüglichen Nachmittag hatte ich endlich meiner Familie geschrieben. Meine Abenteuer in der Stadt hatte ich zwar verschwiegen, aber das Wichtigste teilte ich ihr mit: dass ich nun Verbündete hatte, denen ich trauen und auf die ich mich verlassen konnte. Zu Ellaeni und Mara entwickelten sich Freundschaften, die mir in den Jahren, die mir in Mynaria bevorstanden, Kraft und Unterstützung geben würden. Nach diesen Neuigkeiten wäre meine Familie sicher wieder zuversichtlicher, dass sich die Dinge bis zu meiner Thronbesteigung trotz allem so entwickeln würden, wie sie sollten.

Der Ausritt mit Shadow und das Briefeschreiben hatten mich müde und zufrieden gemacht, aber die friedvolle Stimmung des Abends sollte nicht lange anhalten. Begleitet von zwei Gefolgsleuten stolperte ein Bote in den Salon. Seine Kleidung war starr vor Schmutz und von den Strapazen der tagelangen Reise konnte er sich kaum noch auf den Beinen halten. Mit einer müden Verbeugung wandte er sich direkt an den König und Hauptmann Ryka.

Ryka trat ihm entgegen. »Was hast du zu berichten, Soldat?«

»Zumordische Banditen«, sagte er. »Sie haben im Südosten auf unserer Seite der Grenze eine Stadt überfallen. Die letzte Stadt an der Straße nach Kartasha.«

Ein Murmeln erhob sich im Raum, während die Anwesenden diese Nachricht verdauten.

»Der Hohe Rat wird heute Abend noch einmal zusammenkommen müssen«, sagte der König.

Neben mir gab Thandi ein leises Stöhnen von sich.

Ich drückte ihm beschwichtigend den Arm. Er hatte bereits einen langen Versammlungstag hinter sich.

»Wir werden gleich nach dem Abendessen zusammenkommen«, verkündete der König. »Hauptmann, bitte fragt den Boten nach den Details und trefft die entsprechenden Vorbereitungen.«

Ryka salutierte. Dann verschwand sie, um zu tun, was der König ihr aufgetragen hatte. Mir war schleierhaft, wie das hatte passieren können. Wenn die Krone mit den Aufständischen in Lyrra ein für alle Mal aufräumen wollte, hätte der Grenzschutz längst verstärkt werden müssen. Man hatte darüber schon vor Cas' Tod gesprochen und Hauptmann Ryka war für die Verteidigung des Reichs zuständig. Vielleicht war Maras Verdacht gegen sie doch nicht ganz unbegründet.

Die Gespräche der Edelleute drehten sich nun nur noch um Zumorda und welche Gegenmaßnahmen man ergreifen sollte. Die Gläser leerten sich schneller als gewöhnlich, und es wurde schon die dritte Runde serviert, während die Musiker noch ihre Instrumente aufbauten.

Trotz dieser weitaus wichtigeren Probleme war meine größte Sorge, ob Mara auch wirklich kommen würde. Bestimmt wollte sie die Neuigkeiten von der Grenze sofort erfahren. Verschanzt hinter Thandis Rücken beteiligte ich mich an mehreren Gesprächen, lächelte, wenn es die Situation erforderte, konnte mich aber nur schwer konzentrieren. Während wir uns so durch den Salon arbeiteten, hielt Lord Kriantz sich immer in der Nähe von Thandi oder König Aturnicus auf. Hoffentlich tat er, was in seiner Macht stand, um sie von Maras Beweisen zu überzeugen.

»Wir werden die Ersten sein, die Reiter zur Verstärkung der Grenze schicken«, versicherte Lord Kriantz einer Gruppe besorgter Edelleute.

»Es ist ein großes Glück, Euch an unserer Seite zu wissen, Endalan«, sagte Thandi.

»Wie schon besprochen, wäre es sicherlich klug, Ihr würdet zu Euren Besitztümern zurückkehren, bevor der Winter das Reisen allzu beschwerlich macht«, sagte der König. »Um es mit Zumorda aufnehmen zu können, brauchen wir Euer Volk, stark und vereint. Wir können nicht zulassen, dass der Feind unsere Verteidigung untergräbt, noch bevor es zum Krieg kommt.«

Lord Kriantz nickte. »Sobald Gegenmaßnahmen vereinbart wurden, werde ich meine Angelegenheiten regeln und nach einem neuen Botschafter schicken, der meinen Platz einnimmt. In den kommenden Monden werde ich meinem Volk als Anführer besser dienen als in der Rolle des Botschafters.«

Hilara stand mit versteinertem Gesicht zur Rechten des Königs und sagte kein Wort. Aber ihr Schweigen war noch furchteinflößender als all ihre schneidenden Kommentare. Ohne ein Wort drehte sie sich abrupt um und verließ die Gesprächsrunde. Die Diskussion wurde ohne sie fortgeführt.

Die Leute begannen, sich für das Konzert zu setzen, und ich rückte nervös ein paar Stühle zurecht, um neben mir einen Platz für Mara freizuhalten. Einen Stuhl zog ich so nah neben meinen, dass sich die hölzernen Armlehnen fast berührten, um ihn dann wieder etwas weiter wegzuschieben, aber nur einen Fingerbreit.

Mara musste einfach kommen.

Die Musiker hatten gerade ihre Plätze eingenommen und warteten auf das Zeichen anzufangen, da erschien sie in der Tür. Obwohl ich mir den ganzen Abend eingeredet hatte, ihre Anwesenheit würde mich beruhigen, fing mein Herz bei ihrem Anblick an zu rasen. Sie kam zwar immer zu spät, aber heute sah man ihr den Grund dafür sofort an. Der schillernd blaue Stoff ihrer Röcke fiel ihr wie ein Wasserfall auf die Füße, und bei jedem ihrer Schritte huschte ein glänzender Schimmer über ihr Kleid, das ausnahmsweise einmal ordentlich geschnürt war und vortrefflich ihre schmale Taille betonte und jede Kurve, die davon ausging.

Mein Mund wurde trocken. Alle Gedanken an den Boten, Ryka und die Verschwörung gegen die Krone waren wie weggeblasen. Da waren nur noch dieses schmerzliche Verlangen nach ihr und das Kribbeln meiner Magie. Selbst ihr kastanienbraunes Haar war perfekt frisiert: ein Turm aus Wellen und Locken, der so kompliziert aufgebaut war, dass sich die Architektur dahinter nicht mehr erkennen ließ. Sie lächelte mir zu und im gedämpften Licht des Raumes leuchteten ihre Augen.

Viel zu spät wurde mir bewusst, dass ich sie anstarrte. Schnell riss ich den Blick wieder von ihr los. Der merkwürdigen Stille nach zu urteilen, die sich bei ihrer Ankunft im Raum ausgebreitet hatte, ging es den übrigen Gästen ähnlich.

»Guten Abend, Eure Hoheit«, ertönte ihre vertraute Altstimme direkt vor mir.

»Hallo«, piepste ich.

»Man könnte meinen, niemand in diesem Raum hätte je zuvor eine Prinzessin gesehen«, bemerkte sie nonchalant.

Sie sah nicht aus wie eine Prinzessin. Sie sah aus wie eine Königin.

»Macht den Mund zu oder Ihr werdet noch eine Fliege verschlucken.« Mit einem amüsierten Grinsen setzte sie sich neben mich.

»Ich … Ich … hatte nicht erwartet …«

»Wie schön, dich zur Abwechslung einmal in angemessener Kleidung zu sehen«, feuerte Thandi einen bissigen Kommentar in Maras Richtung ab, während er sich ebenfalls neben mich setzte.

»Küss mir den Hintern«, entgegnete Mara gelassen.

Die Musiker begannen zu spielen, aber ich konnte mich nicht konzentrieren. Nicht einmal das Trällern der Flöten in einem Stück, das ich sehr liebte, konnte mich von ihr ablenken. Wohin im Raum ich auch blickte, ich spürte ihre Anwesenheit die ganze Zeit. Es war, als brannte sie neben mir.

Mein Weinbecher war ruckzuck leer, aber auch die Benommenheit, die sich daraufhin einstellte, konnte mich nicht von ihr ablenken. Maras Hand lag auf der Armlehne und ihre Finger klopften den Takt der Musik. Sie hatte die Armbänder neu flechten lassen und trug nun vier breite und drei schmale, die die Aufmerksamkeit auf ihre kräftigen, wohlgeformten, mit hellen Sommersprossen gesprenkelten Handgelenke zogen. Ich rückte etwas näher und legte den Arm ebenfalls auf die Lehne, sodass meine Hand sie fast berührte.

Meine Augen wanderten über ihr Gesicht. Der Puder, den sie aufgetragen hatte, verdeckte ihre zarten Sommersprossen, die wie Sterne über ihre Wangenknochen verstreut waren, nicht vollständig. Ich hätte gerne mit dem Finger die Konstellationen nachgezeichnet, mir jedes einzelne Muster, das ich auf ihrer Haut fand, eingeprägt. Ich saß ganz still und versuchte, gleichmäßig zu atmen, während ich vorsichtig einen Finger über die Lücke zwischen unseren Stühlen legte.

Der Salon brach in Applaus aus, und Mara nahm ihre Hand von der Armlehne, um zu klatschen. Thandi stieß mich von der anderen Seite an und wie betäubt begann ich ebenfalls zu klatschen. Ich hatte von der Musik kaum etwas mitbekommen. Verzweifelt versuchte ich, den Kopf wieder klar zu bekommen, aber so wie Mara heute Abend aussah, konnte, solange sie neben mir saß, nichts meine Aufmerksamkeit erringen – nicht einmal Thandi.

Die Musik setzte von Neuem ein. Mara faltete die Hände im Schoß und setzte sich aufrecht hin, um zuzuhören. Ich tat es ihr gleich und ließ mir von einem Diener noch einen Becher Wein geben. Vielleicht konnte ich damit meine zitternden Hände beruhigen. Als das letzte Stück zu Ende und der Applaus abgeklungen war, hatte ich endlich die Gelegenheit, mit Mara zu sprechen.

Ich beugte mich zu ihr. »Mara, ich muss mit dir …«

»Dennaleia, habt Ihr schon die Bekanntschaft von Lord Balenghren gemacht?« Thandi deutete auf einen dickbäuchigen Mann am anderen Ende des Salons, der Ellaeni am Arm führte.

Allein Ellaenis missmutiges Gesicht sagte mir alles über Lord Balenghren, was ich wissen musste.

»Eigentlich hätte ich gerne kurz mit Mara gesprochen«, sagte ich.

»Ihr verbringt neuerdings sehr viel Zeit mit ihr.« Er sah mich finster an. »Sicher kann das auch bis morgen warten.«

Während er mich wegführte, warf ich Mara über die Schulter einen Blick zu. Sie zuckte mit den Achseln, und aus den Augenwinkeln konnte ich beobachten, wie Lord Kriantz sich schon einen Weg zu ihr bahnte.

Er nahm ihren Arm und flüsterte ihr etwas ins Ohr. Lachend warf sie den Kopf zurück, wobei sich ihr eleganter Hals gegen das Licht abhob. Die beiden gingen auf den Tisch mit den Erfrischungen zu, während Thandi mich in die entgegengesetzte Richtung davonzerrte. Ständig drehte ich den Kopf in ihre Richtung und wartete darauf, dass sie Lord Kriantz' Arm losließ und zu mir herübersah. Doch irgendwann folgte sie ihm zur Tür und verließ mit ihm den Salon, ohne die Augen auch nur einmal von seinem Gesicht zu wenden. Das Strahlen in mir erlosch.

26

Mara

Auf dem Korridor brannten die Wandleuchten warm und stetig gegen die Kälte an, die in der Luft lag, und wäre ich nicht so enttäuscht gewesen, dass Thandi Denna nach dem Konzert gleich von mir weggezerrt hatte, hätte ich das sanfte, ungewohnte Rascheln der Röcke, die um meine Beine spielten, vielleicht sogar genossen.

Ich seufzte. Immerhin hatte, dass ich mich als Überraschung für sie standesgemäß gekleidet hatte, den gewünschten Effekt erzielt. Es hatte mir gefallen, wie sie mich angesehen hatte – wahrscheinlich viel zu sehr. Dennoch war ich nun an Lord Kriantz' Arm gelandet, anstatt, wie ich gehofft hatte, in ihrem Zimmer, um zu reden.

»Was bekümmert Euch, Mylady?«, fragte er.

»Ach, nichts.« Von meinen verwirrenden Gefühlen für Denna brauchte niemand etwas zu erfahren.

»Das glaube ich kaum. Seit wir den Saal verlassen haben, erscheint Ihr mir verändert.« Er sah mich skeptisch an, in seinen dunklen Augen stand Sorge.

»Ich bin etwas müde, Mylord«, log ich.

»Ah. Nun, da ich das weiß, bin ich umso dankbarer, dass Ihr heute Abend den Weg zum Konzert gefunden habt. Es ist mir stets ein großes Vergnügen, Euch zu sehen, und da ich gerade Euer Ohr habe, würde ich gern etwas mit Euch besprechen.«

»Ach ja?« Ich beschleunigte meine Schritte. Vielleicht wusste er etwas Neues über den Dolch.

»Vielleicht hättet Ihr die Güte, ein privates Abendessen mit mir einzunehmen?«

»Aber natürlich«, stimmte ich zu.

Ich ließ mich von ihm in einen der Erker im großen Saal führen, in denen die Höflinge gerne kleinere Gruppen bewirteten. Lord Kriantz musste gewusst haben, dass ich seine Einladung annehmen würde, denn als er den Vorhang zurückzog und mich aufforderte, mich zu setzen, waren die Speisen schon aufgetragen. Obwohl es fast Herbst war, hatte er sich für ein sommerliches Mahl entschieden: Trauben, weicher Käse und mit gepfeffertem Fleisch gefüllte Teigtaschen, die mit einer fruchtig-würzigen Soße bestrichen waren. Sogar eine kleine Flasche süßen, mit Weinbrand versetzten Weißwein hatte er kommen lassen.

»Besteht die Chance, dass Ihr künftig wieder den Versammlung des Hohen Rats beiwohnt?«, fragte Lord Kriantz, sobald die Pagen gegangen waren.

»Warum sollte ich? Man würde mir ohnehin nicht zuhören«, erwiderte ich. »Ist heute Nachmittag irgendetwas Interessantes vorgefallen?«

»Das hängt ganz davon ab, was Ihr für interessant erachtet«, sagte er.

Ein Politiker durch und durch. Kein Wunder, dass mein Vater und Thandi so angetan von ihm waren.

»Ich weiß nicht.« Ich zuckte mit den Achseln. »Konnte man den gefangenen Aufständischen irgendwelche nützlichen Informationen entlocken?« Im Grunde rechnete ich nicht damit, dass er mir etwas Hilfreiches erzählen konnte. Ich schob mir eine Traube in den Mund.

»Bisher haben die Untersuchungen nicht viel ergeben«, sagte Lord Kriantz. »Die Vernehmungen waren schlecht organisiert, und niemand weiß, wie man überprüfen soll, ob bestimmte Leute Magienutzer sind oder nicht. Leider erreichen uns immer öfter Nachrichten, die vom Auftauchen Aufständischer in allen Städten Mynarias berichten. Das Ganze geht schon sehr viel weiter, als wir angenommen hatten.«

»Tatsächlich?« Ich hatte nicht gedacht, dass der Unmut über die Allianz so weit verbreitet war.

»Ja. Und die Beratungen heute Morgen waren recht angespannt. Offenbar haben die Trindorianer ein Handelsabkommen mit einigen Zumordern geschlossen, ohne die Krone hinzuzuziehen. Eine Splittergruppe der Aufständischen hat dabei geholfen, Güter den Kanal hinaufzutransportieren. Als die Fundamentalisten Wind davon bekamen, gab es einen Aufruhr, der den Handelsverkehr auf dem Kanal lahmgelegt hat. Es klang, als wäre die Sache noch nicht bereinigt.«

»Das sind eine Menge Probleme, die es da zu lösen gilt. Was unternimmt der Hohe Rat gegen die Aufständischen in den anderen Städten?«

»Sie nehmen jeden gefangen, den sie erwischen«, sagte er. »Die Vorgehensweisen der Vertreter der Krone sind jedoch, je nach Gegend, sehr verschieden und man verfügt auch nicht überall über dieselben Mittel. Der Hohe Rat will sich jetzt darum kümmern. Was den Dolch angeht, wurden keine weiteren Nachforschungen angestellt, aber ich habe heute Nachmittag ein paar Leute darauf angesprochen.«

»Typisch«, sagte ich. Die Blödheit des Hohen Rats war immer wieder erstaunlich. »Lasst mich raten, stattdessen konzentrieren sie sich auf irgendwelche unwichtigen Privatangelegenheiten.«

»Überwiegend auf Sicherheitsfragen. Jedes Mal, wenn ein Edelmann eines seiner Familienmitglieder für ein oder zwei Schattenlängen nicht ausfindig machen kann, geht es drunter und drüber, und der Ruf nach mehr Gefolgsleuten wird laut ... Den Rest könnt Ihr Euch sicher denken.«

»Dummheit in ihrer reinsten Form«, bemerkte ich. Wenn ich noch länger über den Hohen Rat sprechen musste, würde ich gleich einen Teller an die Wand werfen. »Konntet Ihr meinen Vater dazu überreden, Euch eines seiner prämierten Pferde zu überlassen?«

»Vielleicht.« Lord Kriantz lächelte. »Es sind noch ein paar Verhandlungen nötig. Ich hoffe, er kommt mir noch etwas entgegen, bevor ich nach Sonnenborn zurückkehre. Dank der Banditen könnte das früher der Fall sein als geplant. Zivilisiertes Benehmen ist für mein Volk noch recht neu und ich kann es nicht länger führerlos lassen.«

»Es ist sehr schade, dass Ihr uns so früh schon wieder verlasst.« Mein Bedauern war echt. Er war erst Anfang des Sommers gekommen, und es war nicht unüblich, dass Diplomaten ein ganzes Jahr blieben. Es wäre schön gewesen, wenn der Hohe Rat – und ich – noch etwas länger von seinem Einfluss hätten profitieren können.

»Die Stämme, die unter meinem Banner reiten, brauchen eine lenkende Hand«, sagte er. »Eine feste Hand. Vereint sind wir Sonnenborner ein starkes Volk. Aber das Leben in der Wüste ist hart und die Versuchung groß, zu einem Leben zurückzukehren, in dem jeder sich selbst der Nächste ist.«

Ich nickte. Auch wenn es mir schwerfiel, mir eine derart archaische Gesellschaft vorzustellen. Das Gesprächsthema wechselte zu Pferden, und wir plauderten und aßen miteinander, bis nur noch Krümel auf den Tellern lagen. Dann rief die Glocke den Hohen Rat zur Versammlung und wir erhoben uns. Am Ende des Tisches blieben wir hinter den Vorhängen, die den Erker vom Großen Saal abtrennten, noch einmal stehen.

»Danke für die Einladung«, sagte ich.

»Wir müssen das unbedingt wiederholen.« Er küsste mir zum Abschied die Hand und nutzte die Situation, um mich ein wenig näher an sich zu ziehen. »Vielleicht können wir bei Gelegenheit gemeinsam ausreiten?«

»Ja, vielleicht.« Ich wich ein wenig zurück. Obwohl ich seine Gesellschaft genossen hatte, wollte ich nicht, dass der Eindruck entstand, er könne mir den Hof machen. Dennoch war er ein nützlicher Verbündeter, und es wäre sicher ein Fehler, ihn vor den Kopf zu stoßen.

»Guten Abend, Mylady. Auf dass wir uns bald wiedersehen.« Lord Kriantz schenkte mir ein vergnügtes Lächeln, bevor er durch den Vorhang schlüpfte und zu seiner Versammlung ging.

27

Dennaleia

Mein Plan, mit Mara über den Grenzangriff zu sprechen, zerschlug sich gleich am frühen Morgen, als man mich für die Anprobe meines Hochzeitsgewands aus dem Bett scheuchte. Geschäftige Diener wuselten mit Händen voller Nadeln, Bändern, Spitzen und Stoffen um mich herum, die alle auf meinen kleinen Körper drapiert werden sollten. An den Wänden meines Empfangszimmers waren in verschiedenen Höhen Lampen angebracht worden, die das blasse Licht der Morgensonne verstärkten, sodass die Näherinnen besser sehen konnten. Mehr noch als das Gepikse und Geschubse zu dieser frühen Stunde setzte mir jedoch der Tratsch zu, den ich nebenher zu hören bekam.

»Es heißt, jemand will um die Hand von Prinzessin Amaranthine anhalten«, sagte eine Näherin, den Mund voller Nadeln.

»Und wer?«, fragte eine andere.

»Das weiß keiner so genau. Mina behauptet, ein Lord aus dem Norden, aber Lynette hat gemeint, es sei ein Südländer, mit einem Stall voll Pferden, die sie trainieren könnte.« Die beiden lachten.

Ich zuckte so heftig zusammen, dass sich eine mit einer Saumnadel in den Finger stach und laut aufheulte.

»Sind wir bald fertig?«, fragte ich ungeduldig. Ich konnte es kaum erwarten, selbst nachzufragen, ob an den Gerüchten etwas dran war.

»Fast, Eure Hoheit«, sagte die erste Näherin. »Wir konnten Eure Brautführerin nicht finden. Lady Ellaeni? Sie hätte schon vor einer Schattenlänge hier sein sollen für die Anprobe. Wenn wir ihr Kleid heute Morgen nicht probieren können, wird es nicht rechtzeitig fertig sein.«

Ich murmelte ein Gebet, in dem ich den Gott der Erde um Geduld bat. Mein Gespräch mit Mara würde wohl bis zur Reitstunde warten müssen. »Ich nehme an, ihr habt jemanden geschickt, um sie zu suchen?«, fragte ich.

»Ja, Mylady. Aber sie hat keine eigene Zofe. Daher wussten wir nicht, wen wir nach ihr fragen sollten«, sagte die Näherin.

Die beiden starrten mich erwartungsvoll an. Ich hatte am Abend zuvor nicht mit Ellaeni gesprochen. Das gemeinsame Verschwinden von Mara und Lord Kriantz hatte mich zu sehr beschäftigt, und Thandi hatte mich so schnell durch den Salon geschoben, dass sich ohnehin keine Gelegenheit für ein längeres Gespräch mit irgendjemandem bot. Den größten Teil des Abends hatte Ellaeni an Lord Balenghrens Arm gehangen. Nur einmal hatten wir uns kurz in die Augen gesehen, als sie allein an einem Tisch mit abgestellten Gläsern stand und immer wieder das Symbol des Wassergottes in eine verschüttete Lache zeichnete. In ihrem aufgewühlten Blick toste der Ozean.

»Ich werde sie holen«, sagte ich. Ich glaubte zu wissen, wo sie war, und wenn ich recht hatte, wäre es falsch, jemand anderen nach ihr zu schicken.

Sobald die Näherinnen mein Gewand beiseitegelegt und Auna mir beim Ankleiden geholfen hatte, machte ich mich auf die Suche nach ihr. Auf den Gängen herrschte ein geschäftiges morgendliches Treiben. Zwischen buntem Fußvolk schossen

Pagen hin und her und an jeder Kreuzung standen Gefolgsleute Wache. Bis zum Herbstball und meiner Vermählung war es zwar noch über einen Mond hin, aber die Dekorationsarbeiten waren schon in vollem Gange. Überall in den Korridoren hängten Diener zwischen den Wandleuchten zu Spiralen gedrehte Girlanden aus orangenen und roten Seidenblättern auf, und während ich an ihnen vorbeihastete, schüttelte ich unauffällig meine Hände, um das Kribbeln loszuwerden, das einfach nicht nachlassen wollte. Falls Ellaeni tatsächlich war, wo ich sie vermutete, hatte ich die schlimmsten Befürchtungen. Einfach so zu verschwinden, ohne eine Nachricht zu hinterlassen, war nicht ihre Art. Ich holte noch einmal tief Luft und drückte die schwere Tür zum Heiligtum auf.

Als sie sich hinter mir wieder geschlossen hatte, war das lärmende Treiben der Burg nur noch als entferntes Brummen wahrzunehmen. Besänftigt durch die friedvolle Stimmung des Heiligtums verebbte auch meine Magie. Ellaeni saß mit ausgebreiteten Röcken, das Gesicht in den Händen verborgen, vor dem Altar des Wassergottes. Ihr schlanker Körper wurde von einem lauten Schluchzen geschüttelt. Ich kniete mich neben sie und legte ihr die Hand auf die Schulter.

»Ellaeni«, sagte ich sanft.

»Oh, nein.« Sie versuchte, sich die Tränen von den Wangen zu wischen. »Dennaleia, ich meine, Eure Hoheit, es tut mir so leid, ich ...« Wieder schlug sie die Hände vors Gesicht und wiegte sich vor und zurück, bemüht, ein erneutes Schluchzen zu unterdrücken.

»Für den Moment bin ich nur Denna. Was ist passiert?« Wie einer Schwester legte ich ihr den Arm um die Schulter und hielt sie fest, bis sie ihre Stimme wiederfand.

»Es kommen keine Briefe mehr«, sagte sie. »Es hat einen

Aufstand gegeben, wegen der Kanäle, und nun werden die Aufständischen auch in Trindor verfolgt. Ich befürchte, sie haben Claera.«

»Claera?«, fragte ich vorsichtig. Ellaeni hatte den Namen noch nie erwähnt.

»Sie ist die Köchin auf meinem Schiff, mein Ein und Alles«, sagte Ellaeni. »Sie hat sich so gut um die Mannschaft gekümmert und vor allem um mich. Wenn ich sie abends in der Kombüse besucht habe, hatte sie mir immer etwas Besonderes aufgehoben. Am Ende eines langen Fischzugs gab es oft nichts anderes mehr zu essen als grässliches Pökelfleisch und Schwarzrettich. Und wenn ich dann zu ihr unter Deck ging, hatte sie mir aus einem der hässlichen Rettiche eine wunderschöne Blume geschnitzt.« Eine Träne lief über Ellaenis Wange.

»Es tut mir so leid, Ellaeni. Ich kann dich gut verstehen. Mir bedeutet Mara auch sehr viel. Sie ist meine beste Freundin. Ohne sie wäre ich verloren«, sagte ich.

»Nein. Claera ist nicht nur meine Freundin … Sie ist meine große Liebe. Meine Eltern haben mir verboten, von ihr zu sprechen, solange ich hier bei Hofe bin. Sie missbilligen die Verbindung einer Frau meines Standes mit einer Köchin.« Voller Furcht und Hoffnung zugleich sah Ellaeni mich an.

Endlich dämmerte es mir. Die beiden waren ein Paar. Bei dem Gedanken, dass ich ihre Beziehung fälschlicherweise mit Mara und mir verglichen hatte, errötete ich.

»Warum glaubst du, dass man sie gefangen genommen hat?«, fragte ich.

»Sie hat den Meeressinn«, erklärte Ellaeni. »Und nun, da die Aufständischen verfolgt und alle, die man der Magie verdächtigt, gejagt werden … Schon letzte Woche habe ich mir ein wenig Sorgen gemacht, als kein Brief von ihr kam. Aber als heute wieder nichts in der Post war … Und dann der Aufruhr …« Ihr versagte die Stimme.

»Oh, Ellaeni.« Ihr Kummer brach mir das Herz.

»Wenn ich nur wüsste, ob es ihr gut geht. Ich würde alles für sie geben. Meinen Titel. Mein Schiff. Einfach alles«, sagte Ellaeni. »Jeden Abend vor dem Einschlafen gehört mein letzter Gedanke ihr. Und wenn ich morgens aufwache, spüre ich nur, wie sehr ich sie vermisse.«

Kein Wunder, dass Ellaeni so unglücklich darüber war, dass man sie nach Lyrra geschickt hatte. Sie musste nicht nur ihr altes Leben zurücklassen, sondern auch den Menschen, den sie am meisten liebte.

Ich nahm ihre Hand und drückte sie. »Ganz sicher denkt sie ebenfalls jeden Tag an dich.«

»Glaubst du wirklich?«

»Ich bin fest davon überzeugt«, sagte ich. »Wenn du jetzt mit mir kommst, können wir dich noch in das Kleid stecken, das du als Brautführerin tragen sollst, und ich werde sehen, ob ich irgendwie herausfinden kann, wo sie ist.« Ich wusste nicht, ob ich ihr wirklich helfen konnte, aber nur eine sehr schlechte Freundin würde es nicht zumindest versuchen.

Ellaeni drehte sich um und schlang die Arme um mich. »Danke, Denna. Es tut gut, über Claera reden zu können. Jemanden zu haben, der es weiß.«

Ich erwiderte ihre Umarmung und zog sie auf die Beine.

Als sie den Zustand ihres von Tränen durchnässten Kleides bemerkte, zog sie eine Grimasse.

»Vielleicht hilft ein Gebet gegen diese Flecken«, schlug ich vor.

Sie nickte und wir traten vor den Altar des Windgottes.

»Schließen wir die Augen«, forderte ich sie auf. Hier im

Heiligtum regte sich die Magie sanft und strömte leicht und mild in meine Hände. Ich schlug das Zeichen des Windgottes und konzentrierte mich auf das Kribbeln. Eine sanfte Brise entstand und ich lenkte sie auf die Flecken auf Ellaenis Kleid. Als es trocken war, gab ich die magische Kraft wieder frei, und mit einem leisen Bimmeln der Klangspiele über dem Luftaltar zerstreute sie sich in einer letzten Windbö.

Ellaeni öffnete die Augen und starrte verwundert auf ihr Kleid. »Der Windgott ist hier wirklich mächtig«, sagte sie.

»Oh ja«, bestätigte ich, ein wenig schwindelig vom Verströmen der Magie. Ich war mehr als nur ein bisschen überrascht, dass es funktioniert hatte. Innerhalb des Heiligtums war meine Magie tatsächlich einfacher zu steuern.

Ellaeni nahm meine Hand und drückte sie. »Danke.«

Wir drehten die Runde durch den Raum und huldigten nacheinander allen sechs Göttern. Aufgewühlt von dem, was ich erfahren hatte, warf ich dem Feuergott eine Opfermünze zu. Ellaeni konnte unmöglich länger als ein Jahr hier am Hof bleiben. Sie musste zu Claera zurückkehren – und ich würde sie dabei unterstützen. Aber wenn ich sie verlieren würde, musste Mara bleiben. Ich brauchte wenigstens einen Menschen an meiner Seite, dem ich vertrauen konnte. Ohne Maras Freundschaft und Rat konnte ich unmöglich Königin werden.

All die langweiligen Festmahle, Gedichtlesungen und Kleideranproben, die ich würde absitzen müssen, wären nur dann erträglich, wenn ich nach Belieben mit ihr zusammen sein konnte. Sie war für mich zu einem Hoffnungsschimmer geworden, der die Welt in ein neues Licht tauchte. Damit hatte ich nicht gerechnet. Andererseits durfte ich mich ihr nicht in den Weg stellen, wenn sie tatsächlich heiraten wollte.

Ich musste herausfinden, was für ihre Zukunft geplant war.

Zu Thandi konnte ich mit meinem Problem nicht gehen. Er hatte jede Menge Vertraute und enge Ratgeber, die er schon seit seiner Kindheit kannte, und würde meinen Wunsch nicht verstehen. So blieb außer Thandi unglücklicherweise nur König Aturnicus, der mir eine zuverlässige Antwort geben konnte. Sobald ich Ellaeni in mein Empfangszimmer zu ihrer Anprobe gebracht hatte, schickte ich einen Pagen zum König. Er sollte sofort für mich um eine Audienz bitten, bevor ich es mir anders überlegte.

König Aturnicus saß hinter dem massiven Schreibtisch seines Arbeitszimmers und sah mir erwartungsvoll entgegen. Ich wurde nervös. Wie bei meinen ersten Reitstunden straffte ich die Schultern und atmete noch einmal tief durch.

»Was führt Euch zu mir, Prinzessin?«, fragte der König.

»Mir sind Gerüchte zu Ohren gekommen, Eure Majestät«, begann ich und nestelte dabei in meinen Röcken. »Man sagt, Amaranthine werde noch in diesem Jahr vermählt, aber sie hat mir nichts davon gesagt, daher dachte ich, vielleicht weiß sie nichts davon, aber wenn sie nichts davon weiß, dann muss irgendjemand die Hochzeit für sie arrangiert haben, aber ich kann mir nicht vorstellen, dass jemand ihre Vermählung arrangiert, ohne …«

»Halt.« Der König hob die Hand und mein Gebabbel verstummte auf der Stelle. »Wer hat Euch das erzählt?«

»Einige Bedienstete haben darüber geredet.« Mir wurde bewusst, dass ich womöglich jemanden in Schwierigkeiten brachte, wenn ich ihm Genaueres erzählte, und so fügte ich noch hinzu: »Sie wussten allerdings nicht, mit wem sie vermählt werden soll.« Er seufzte laut.

»Es ist ein unglücklicher Umstand, dass ein solches Gerücht kursiert, zumal es nicht ganz korrekt ist. Man hat um Amaranthine angehalten, das ist wahr, aber es wurde noch keine verbindliche Übereinkunft getroffen. Ihr Freier war sehr entgegenkommend. Er will ihr genügend Zeit lassen, den Antrag zu überdenken, da Eure Vermählung mit Thandilimon im Moment Priorität genießt.«

Bei den Worten »verbindliche Übereinkunft« weiteten sich meine Augen. Eine solche Übereinkunft würde mir den einzigen Menschen nehmen, dem ich bedingungslos vertraute. Wollte Mara das wirklich?

»Erklärt mir doch bitte, Prinzessin Dennaleia, weshalb das für Euch von so großer Bedeutung ist«, bat mich der König. Er lehnte sich mit gerunzelter Stirn in seinem Stuhl zurück, der unter seinem Gewicht bedrohlich ächzte.

»Ich würde mich niemals einer Entscheidung widersetzen, die zum Wohle des Reichs getroffen wurde«, sagte ich. »Aber während meiner Zeit hier in Mynaria ist Mara mir eine wertvolle Ratgeberin und Begleiterin geworden. Ich würde sie nie gegen ihren Willen hierbehalten wollen. Dennoch glaube ich, sie könnte für mich von großem Wert sein, wenn ich einmal den Thron besteige. Ich schätze solch gute und ehrliche Ratgeber sehr.«

»Sprechen wir hier über dieselbe Person? Über eine Frau, die gestern zum ersten Mal in ihrem Erwachsenenleben standesgemäß gekleidet war?«, fragte der König sarkastisch.

»Ich denke schon.« Ich verzog den Mund zu einem leichten Lächeln. Sie hatte umwerfend ausgesehen. Ich konnte dem König unmöglich auch nur einen der vielen anderen Gründe nennen, weshalb ich wollte, dass sie blieb. Mara hatte mich mit in die Stadt genommen. Wir waren in Rykas Dienstzimmer eingebrochen. Und jedes Mal, wenn sie mich ansah, hatte ich das Gefühl, ich könnte fliegen.

»Amaranthine muss noch vieles lernen. Sie muss begreifen, dass das Königreich immer an erster Stelle steht. Sie ist achtzehn und über das Alter, in dem sie sich verloben sollte, längst hinaus. Ich hatte gehofft, Ihr würdet einen positiven Einfluss auf sie haben, nicht andersherum«, sagte er.

»Oh, ich habe es versucht, Eure Majestät.« Die Lüge kam mir ganz leicht über die Lippen und ich hasste mich dafür. Ich wollte gar nicht, dass sie war wie ich. Ich wollte, dass sie sie selbst war.

»Sicher habt Ihr das, meine Liebe. Vielleicht solltet Ihr nun etwas mehr Zeit mit den anderen Edelleuten und den Frauen der Hohen Räte verbringen. Für Thandi wäre das eine große Hilfe.«

»Ja, Eure Majestät. Entschuldigt, dass ich mich in Familienangelegenheiten eingemischt habe. Ich wollte nur meine Gedanken dazu äußern, wie Amaranthine zukünftig ihren Verpflichtungen gegenüber der Krone nachkommen könnte.«

»Ach, und wo wir gerade von den Aufgaben meiner widerspenstigen Tochter sprechen, ich werde Euch heute Thandi schicken, damit er Euren Reitstunden beiwohnt. Er muss sich ein wenig von den politischen Geschäften des Hohen Rats erholen, und ich bin sicher, er ist sehr interessiert daran, welche Fortschritte Ihr gemacht habt.«

»Selbstverständlich, Eure Majestät.« Als wäre die Sache mit Maras Vermählung nicht schon schlimm genug. Nun würde auch noch Thandi bei der Reitstunde dabei sein und ich würde nicht einmal offen mit ihr sprechen können.

Eigentlich sollte ich mich darüber freuen, mit Thandi auszureiten und dabei Gelegenheit zu haben, ihn mit meinem Können zu beeindrucken.

Aber ich tat es nicht.

»Es war sehr aufmerksam von Euch, dass Ihr vorbeigekommen seid, Prinzessin.« Der König winkte mich aus dem Zimmer.

Selbstbewusst stolzierte ich auf den Gang hinaus, aber kaum war ich ein paar Schritte gegangen, bröckelte meine Fassade. Der König hatte seine Entscheidung gefällt. Nun blieb mir nur abzuwarten, wie Mara sich entscheiden würde.

28

Mara

Ich führte für Dennas Reitstunde gerade Flicker und Shadow aus dem Stall, als Thandi auf Zin angetrabt kam.

»Was machst du hier?«, fragte ich ihn. Ich hatte gehofft, endlich ein wenig Zeit mit Denna allein zu haben, um ihr zu berichten, was Lord Kriantz mir über die Aufständischen und den Aufruhr in Trindor erzählt hatte.

»Ich will nur sichergehen, dass du meiner zukünftigen Gemahlin auch etwas Vernünftiges beigebracht hast.« Er tätschelte seinem Pferd kräftig den Hals. »Außerdem haben Zin und ich ein wenig Bewegung nötig.«

»Wir werden ausreiten. Sicher fehlt dir dafür die Zeit.«

»Aber nein. Vater hat mir für den Nachmittag vom Hohen Rat freigegeben. Sie wollen die Verhandlungen darüber zum Abschluss bringen, wie viel Grenzschutz nötig ist, um weitere Unruhen zu verhindern. Ich habe meine Stimme bereits abgegeben.«

»Schön.« Während wir auf Denna warteten, überprüfte ich an beiden Pferden ausführlich die Gurte und Steigbügelriemen.

Seine Stute wurde unruhig und drehte den Kopf, um an seinem Stiefel zu knabbern.

»Du solltest ihr so etwas nicht durchgehen lassen«, bemerkte ich.

»Und du solltest kein Merzvieh reiten. Genauso wenig wie ein Pferd, das als Schlachtross gezüchtet wurde«, schoss er zurück.

»Du entschuldigst, wenn ich mich in diesen Dingen von niemandem beraten lasse, der nur vier Armbänder aufzuweisen hat.«

Thandi sah mich böse an. »Es soll auch Leute geben, die nicht den ganzen Tag im Stall verbringen können, Mara. Leute, die ihre Verantwortung ernst nehmen und sich der Krone verpflichtet fühlen.«

Ich schnaubte verächtlich. »Wenn du das Königreich so regierst, wie du dieses Pferd erzogen hast …«

»Du hast ja nicht die blasseste Ahnung, was ich tue«, schnauzte er mich an. »Jeder von uns sollte bei dem bleiben, was er am besten kann.«

Denna machte uns mit einem Räuspern auf sich aufmerksam. Ich warf Thandi noch einen finsteren Blick zu und übergab ihr Shadows Zügel. Sie nahm sie mir mit einem Lächeln ab und sofort ließ meine Wut nach.

»Es ist mir ein Vergnügen, Euch zu sehen, Mylady«, begrüßte Thandi Denna.

»Ganz meinerseits, Mylord«, entgegnete sie und schwang sich mühelos in den Sattel. »Ich bitte Euch, meine Verspätung zu entschuldigen.«

»Oh, kein Problem. So hatte ich Gelegenheit, etwas mit meinem charmanten Bruder zu plaudern«, sagte ich mit einer Stimme, kalt wie ein Eissturm.

»Ich nehme an, wir reiten auf den Hügelpfad?« Thandi trieb sein Pferd in Richtung Hügel, ohne eine Antwort abzuwarten.

»Dann wird es wohl so sein«, murmelte ich.

Denna warf mir einen vielsagenden Blick zu.

»Reitet neben mir, Mylady.« Thandi winkte Denna, sich an seine Seite zu gesellen. Sie trieb Shadow zum Trab an und holte ihn ein, während ich gerade noch in Hörweite hinter ihnen zurückblieb.

»Wir haben womöglich einen Durchbruch in der Sache mit den Aufständischen erzielt«, erzählte Thandi.

»Ach, ja?«, fragte Denna.

»Wir haben in Lyrra einen ihrer Anführer geschnappt und mit ihm etwas noch sehr viel Wertvolleres. Er war im Besitz eines Artefakts – einer silbernen Schale –, mit dem man Menschen mit Neigungen identifizieren kann. Er hat zwar noch nicht verraten, wie es funktioniert, aber es ist nur noch eine Frage der Zeit, bis wir ihn zum Reden bringen. Dann können wir jeden, den wir der Magie verdächtigen, prüfen.«

Sie mussten Graubart erwischt haben. Aber ich war mir nicht sicher, ob das gut oder schlecht war.

»Und was ist mit dem zumordischen Dolch?«, fragte Denna. Shadow tänzelte ein wenig zur Seite und verriet dadurch Dennas Anspannung.

»Das Geheimnis der Schale zu lüften, hat nun erst einmal Vorrang. Wir wissen, dass die Aufständischen Casmiel getötet haben. Wenn wir also die verantwortlichen Magienutzer ausfindig machen, wird uns das direkt zu den Zumordern führen, die dahinterstecken.«

Seine Argumentation ergab wenig Sinn, insbesondere wenn man bedachte, was ich bei dem Treffen mit Graubart im Tempel gehört hatte. Doch bevor ich zum hundertsten Mal über die bodenlose Dummheit des Hohen Rats schimpfen konnte, gab Thandi seinem Pferd den Befehl zum Trab.

Seine rote Jacke hüpfte zwischen den Bäumen davon und ich hätte ihm mit den Augen am liebsten Löcher hineingebrannt.

Thandi hatte Denna nicht verdient. Mit ihm würde sie das, was in ihr steckte, nie ausleben können. Er würde dafür sorgen, dass sie ihr Leben lang Briefe schrieb, gottverdammte Babydecken stickte oder Einkaufstouren in die Residenz unternahm. Dabei könnte sie im Hohen Rat mitwirken und eine wahre Monarchin sein, nicht nur das hübsche Gesicht an seiner Seite.

Flicker, der auf meine körperliche Anspannung sofort reagierte, steigerte das Tempo und warf den Kopf hin und her. Ich musste schnell an etwas anderes denken, sonst würde er mich abwerfen, noch bevor wir die halbe Strecke zu den Hügeln hinter uns gebracht hatten. Den ganzen Pfad entlang schäumte ich vor Wut. Wir kamen an eine Wiese, und vor uns breitete sich ein Teppich aus goldenem Spätsommergras aus, was eine willkommene Ablenkung bot. Ich trieb Flicker zum Galopp und wir jagten in einem großen Bogen um die Wiese. Ich konzentrierte mich nur auf seine Schritte und hoffte, im vertrauten Dreitakt seiner Hufe etwas Frieden zu finden. Mein Körper verabschiedete sich von meinem Verstand, und ich verfiel in einen losgelösten Zustand, in dem außer Flicker, mir und unserer Vorwärtsbewegung nichts mehr existierte. Dann befahl ich Flicker einen fliegenden Galoppwechsel, und wir ritten wieder in Richtung Thandi und Denna, deren leuchtende Jacken sich knallrot und dunkelblau gegen das goldene Gras abhoben. Flicker wechselte den Fuß völlig mühelos und spitzte die kastanienbraunen Ohren in Richtung der anderen Pferde. Ich verlangsamte zum Trab und verfiel dann in Schritt. Ich hatte es nicht eilig, ihnen nahe genug für eine Unterhaltung zu kommen. In der Ferne trieb Denna Shadow durch alle Gangarten. Die beiden waren ein Paar geworden. Grazil und wunderschön im Gegensatz zu Thandi und Zin. Ich konnte mich kaum noch an die blutige Anfängerin erinnern, die wegen eines Niesens vom Pferd gefallen war.

»Du hast gute Arbeit geleistet, Schwester«, bemerkte Thandi, als ich wieder in Hörweite war. Ausnahmsweise schien er einmal zufrieden mit mir zu sein und ich verspürte einen unerwarteten Anflug von Stolz. Ich konnte mich nicht erinnern, wann er mir das letzte Mal seine Dankbarkeit oder Anerkennung gezeigt hatte.

»Das hat sie wirklich«, sagte Denna. »Vielleicht hätte ich das Reiten auch ohne sie gelernt, aber es hätte mir niemals so viel Freude bereitet.« Ihr Gesicht strahlte.

»Im Grunde reitet sie schon so gut, dass du sie nicht länger unterrichten musst«, meinte Thandi weiter. »Du kannst deine Nachmittage wieder für dich haben. Ich werde Vater davon in Kenntnis setzen.«

Das zarte Band geschwisterlicher Zuneigung, das ich gerade noch empfunden hatte, war zerfetzt.

»Aber ich bin noch nicht so weit!«, rief Denna und warf mir einen panischen Blick zu.

»Oh doch, das seid Ihr.« Ich gab Thandi nur ungern recht, aber sie war es tatsächlich. Ihre Fähigkeiten gingen über das, was sie können musste, längst hinaus. Es wäre selbstsüchtig von mir, sie weiter Reitstunden nehmen zu lassen.

»Aber ...«

»Ihr könnt Shadow natürlich jederzeit reiten«, versicherte ihr Thandi. »Vielleicht sollten wir von nun an regelmäßig gemeinsam ausreiten. Das würde mir großes Vergnügen bereiten.«

Ein schwerer Druck legte sich mir auf die Brust. Meine Nachmittage würden leer sein ohne Denna. Thandi würde meinen Platz in ihrem Leben einnehmen, ihr Vertrauter und

Freund sein. Während Denna und er ihre künftigen Ausritte besprachen, starrte ich schweigend auf das sterbende Gras unter Flickers Hufen. Ich gab mein Bestes, die Fassade absoluter Gleichgültigkeit, die einmal mein zweites Gesicht gewesen war, aufrechtzuerhalten, aber wenn es um Denna ging, war das einfach nicht möglich. Im Verlauf des letzten Mondes war es ihr gelungen, die Mauern, die ich mühsam um mich errichtet hatte, niederzureißen. Ich war ihr hoffnungslos ausgeliefert.

»Sollen wir zurückreiten?«, fragte Denna.

Bei dem Gedanken an eine baldige Zukunft ohne sie stieg Übelkeit in mir auf.

»Mara?« Endlich drehte sich Denna auf Shadows Rücken zu mir um und sah mich mit sorgenvollen glasgrünen Augen an.

»Ich fühle mich nicht wohl.« Ich wich ihrem Blick aus und starrte auf Flickers Ohren.

»Das kommt wahrscheinlich von diesen wilden Kunststückchen, die du uns vorgeführt hast«, verhöhnte Thandi sie.

Denna trieb Shadow zu mir herüber. »Nein, im Ernst, ist alles in Ordnung?«

»Ich habe wohl das Mittagessen nicht gut vertragen. Reitet nur vor. Ich hole euch gleich wieder ein.«

Thandi schnaubte verärgert und trieb Zin in einem schnellen Trab auf den Pfad zu.

»Geh schon«, wiederholte ich, ohne sie anzusehen.

»Wenn du das willst«, sagte sie, während sie Shadow ganz langsam wendete. Sie warf mir noch einen letzten Blick zu, dann trabte sie Thandi hinterher.

Als sie zwischen den Bäumen verschwunden waren, stieg ich wie betäubt ab und setzte mich auf den Boden. Flicker senkte den Kopf und schnupperte im Gras nach etwas Essbarem. Ich sehnte mich nach Erleichterung, wartete darauf, dass ich mich erbrach, aber es geschah nichts.

Es verging ein halber Mond, in dem ich von Denna nichts sah und nichts hörte. Der Herbst war gekommen und mit dem Wetter war auch mein Leben kälter geworden. Die wenigen Einladungen, die ich ihr geschickt hatte, hatte sie mit Bedauern ausgeschlagen, was mir bei jedem Mal einen noch tieferen Stich versetzt hatte. Immer stand etwas anderes auf ihrem Tagesplan. Das höfische Leben hatte sie so absorbiert, dass ihr für andere Dinge kaum Zeit blieb. Ich vermisste sie so sehr, dass schon Kleinigkeiten einen brennenden Schmerz in mir auslösten: der zarte Klang einer Harfe aus einem der Salons, wenn ich spätabends durch die Gänge der Burg strich, ein Ritt über das Feld, auf dem man uns um ein Haar erschossen hatte, oder ein Schluck Aprikosenbier im Mund, nachdem mir die Bedienung im Tauben Hund versehentlich das falsche Getränk hingestellt hatte.

An jenem Abend mit dem falsch servierten Aprikosenbier kehrte ich nach einem fehlgeschlagenen Versuch, jemanden zu finden, der mir sagen konnte, wo Morland sich aufhielt, in meine Gemächer zurück und fand dort eine versiegelte Nachricht von Denna auf meinem Toilettentisch. Zunächst wollte ich sie gar nicht lesen. Ich legte mich auf der Flucht vor dem kühlen Wetter in die Wanne und linderte mit dem warmen Wasser die Muskelschmerzen, die mir ein harter Ritt und der Ausflug in die Stadt beschert hatten. Ich hatte keine Ahnung, was mich erwartete. Vielleicht ein höfliches Dankesschreiben für die Reitstunden, vielleicht eine Einladung zu einem der gesellschaftlichen Ereignisse, bei denen Denna sich mir dann fünf Minuten widmen konnte, bevor mein Bruder sie wieder fortzerrte. Ich erwog, die Nachricht einfach ungeöffnet zu verbrennen.

Als das Badewasser schließlich kalt wurde, hatte ich mich entschieden, sie doch zu lesen. Eingewickelt in einen Bademantel setzte ich mich an den Toilettentisch und zog den dicken Stoff fest um mich, als könnte er mich vor dem Inhalt der Nachricht schützen. Das dunkelviolette Wachssiegel, in das eine einzelne Kiefer und ein Stern eingeprägt waren, löste sich ganz leicht vom Pergament und hinterließ einen pflaumenblauen Fleck.

Liebste M,

Ich muss mit dir sprechen. Bitte komm drei Schattenlängen nach Einbruch der Dunkelheit in den Garten hinter der Burg.

Deine D

Ich faltete die Nachricht zusammen, nur um sie sofort wieder auseinanderzufalten und noch einmal zu lesen. Mein Puls raste. Sie wollte mich sehen – allein. Ich hätte mich über eine solche Nichtigkeit nicht so freuen dürfen, aber mein Herz wollte nicht aufhören, wie verrückt zu hämmern.

Schnell trocknete ich mich ab und holte meine schwarze Reithose aus dem Schrank. Ich zog mehrere Schichten Kleidung übereinander, zuoberst ein schwarzes Hemd, mit dem ich in der Dunkelheit getarnt wäre. Dann überlegte ich es mir noch einmal anders, zerrte alle dunklen Kleider, die ich besaß, hervor und warf sie aufs Bett. Bis meine Haare einigermaßen getrocknet waren, herrschte in meinem Zimmer eine wüste Unordnung. Sara wollte mir helfen, aber ich schickte sie weg.

Sie sollte nicht mitbekommen, was ich vorhatte. Als Nils kam, um mich zum Abendessen abzuholen, traf er mich noch immer in Unterwäsche inmitten eines riesigen Chaos an.

»Oha. Wie soll ich denn da durchkommen?« Er bahnte sich einen Weg durch die am Boden verstreuten Kleider und umarmte mich.

»Ach, halt die Klappe«, brummte ich gegen seine Schulter.

»Erwartest du heute Abend einen Verehrer?« Er trat einen Schritt zurück und zwinkerte mir zu.

»Wohl kaum!« Ich bekam einen roten Kopf und drehte mich schnell weg.

»Also, was willst du heute Abend tragen? Wenn du dich nicht bald entscheidest, bekommen wir bei Tisch die miesesten Plätze. Und in diesem Unterkleid wirst du ja wohl nicht gehen wollen.«

Ich verdrehte die Augen. »Es muss ein Kleid sein, aber ein dunkles.«

»Dann solltest du das da anziehen«, sagte er und nahm ein dunkelblaues Kleid vom Bett.

»Warum? Eigentlich hatte ich mich dagegen entschieden, wegen des Dekolletés. Es ist viel zu weit ausgeschnitten.«

Er grinste. »Genau deshalb ist es doch die beste Wahl. Insbesondere wenn du jemanden beeindrucken möchtest.«

»Du bist widerlich.« Denna war eine Freundin und ein enges Kleid würde sie wohl kaum beeindrucken. Obwohl ich zugeben musste, dass ihre Reaktion auf meine Aufmachung beim letzten Konzert recht positiv war.

»Ich kenne dich doch, Mara. Irgendwas ist im Busch, aber ich werde nicht fragen. Eine Dame braucht Geheimnisse.«

»Solange das Geheimnis nicht auf das hinausläuft, was sie sich beim letzten Gefolgsmann eingefangen hat, den sie in ihr

Bett eingeladen hatte. Richtig, Nils?« Ich wackelte mit den Augenbrauen.

»Jetzt bist du widerlich«, lachte er. »Im Ernst, zieh das Kleid an. Es steht dir hervorragend.«

»Na gut«, gab ich schließlich nach und zog mir das Kleid über den Kopf. »Kannst du mich schnüren? Nach all den Mädchen, denen du aus und wieder in ihre Kleider geholfen hast, weißt du bestimmt, wie das geht.«

»Na ja, für bestimmte Zwecke helfe ich ihnen manchmal auch nicht ganz aus den Kleidern«, sagte er.

»Nun schnür schon, du Holzkopf. Es muss auch nicht eng sein. Ich finde es ganz angenehm, wenn ich noch atmen kann.«

»Wie Ihr wünscht, Mylady«, erwiderte er und zog die Bänder fest zu.

Nach einem fröhlichen Abendessen mit Nils und seinen Freunden entschuldigte ich mich und machte mich auf den Weg in den Garten hinter der Burg. Um der Patrouille nicht in die Arme zu laufen, huschte ich vom großen Saal aus eine Bedienstetentreppe hinunter und nahm dann, angestrengt lauschend, ob womöglich sonst noch jemand draußen unterwegs war, bewusst einen Umweg.

Aber meine Angst war unbegründet. Die Nacht war still und kalt und selbst die Tiere hatten sich in die Geborgenheit ihrer Nester und Höhlen zurückgezogen. Als ich mich meinem Ziel näherte, kam mir in den Sinn, dass Denna mich womöglich zum Narren hielt oder nicht sie, sondern Thandi mir die Nachricht geschickt hatte. Während mein Atem sich in der kühlen Herbstluft in Nebel verwandelte, versuchte ich erfolglos, mein rasendes Herz zur Ruhe zu zwingen.

Als ich endlich im Garten hinter der Burg stand, war ich

allein. Also setzte ich mich auf eine Steinbank an der Nordseite und rutschte mit den Füßen nervös auf den Wegplatten hin und her. Es war dunkel und kalt. Zitternd schob ich meine Hände tief zwischen die Falten meines Umhangs und presste die Arme eng an den Körper. Wenn ich nur wüsste, wie spät es war. War ich zu früh oder zu spät? Gerade wollte ich aufstehen und ein wenig hin und her gehen, um mich warmzuhalten, da tauchte wie ein Schatten Denna aus der Dunkelheit auf. Lächelnd schritt sie an der anderen Seite des Gartens entlang; unter der Kapuze ihres Umhangs leuchteten ihre Augen.

»Ich bin so froh, dass du gekommen bist!«, sagte sie und eilte auf mich zu.

»Ist doch selbstverständlich.« Ich lächelte.

»Es ist eiskalt hier draußen.« Sie schlang die Arme um den Körper und hüpfte auf der Stelle.

»Das war dein Vorschlag, nicht meiner. Ich wäre auch jederzeit bereit, die Wände hoch in dein Zimmer zu klettern«, scherzte ich.

»Das nächste Mal darfst du das gerne tun. Am besten bringst du mir auch gleich bei, wie man klettert.«

Sie machte ein so bitterernstes Gesicht, dass ich lachen musste. »Ich glaube nicht, dass Thandi es gutheißen würde, wenn seine Gemahlin mitten in der Nacht Steinmauern hochklettert.«

»Wahrscheinlich nicht, aber es geht ihn auch nichts an.«

»Nein? Was ist los, Denna?«, fragte ich.

»Es ist alles meine Schuld«, sagte sie kläglich und setzte sich auf die Bank, von der ich vor ein paar Minuten erst aufgestanden war.

»Was meinst du?«

»Es ist alles meine Schuld«, wiederholte sie und ließ traurig den Kopf hängen.

»Erzähl.« Ich setzte mich neben sie. Im Mondlicht war ihr Gesicht ganz blass.

»Vor ein paar Wochen habe ich mit dem König gesprochen.« Sie holte tief Luft. »Ich hatte gehört, jemand wolle um deine Hand anhalten.«

»Was?« Das war mir neu.

»Ich habe kein Problem damit, wenn du heiraten möchtest, wirklich. Aber du hattest mir kein Wort davon gesagt, daher dachte ich, du weißt vielleicht nichts davon. Ich habe mir Sorgen gemacht. Vielleicht war ich auch ein wenig eigennützig. Ich will nicht, dass der König dich wegschickt, es sei denn, es ist dein ausdrücklicher Wunsch. Also habe ich versucht, ihm zu erklären, wie wichtig du mir bist, und das Ergebnis war, dass sie meine Reitstunden gestrichen haben und meine Tage bis zur Vermählung bis ins Letzte verplant sind. Gesellschaftsspiele im Salon. Gedichtlesungen im Garten. Modenschauen und Plaudereien mit den Hofdamen.«

Ich stöhnte. Nun war mir einiges klar. Meinem Vater und meinem Bruder war Dennas Interesse an mir ein Dorn im Auge. Sie wollten uns trennen, damit ich keinen schlechten Einfluss auf sie ausüben konnte. Und sollte es tatsächlich ihr Plan sein, mich zu verheiraten, machten sie mir, indem sie Denna aus meinem Alltag verbannten, eine Ehe etwas schmackhafter.

»Bitte sei mir nicht böse.« Sie klammerte sich an meinen Arm. »Ich … Ich will dich einfach nicht verlieren. Du bist das Einzige hier, was mir wirklich etwas bedeutet. Nur wegen dir fühle ich mich hier zu Hause … nun ja, vielleicht nicht zu Hause, aber lebendig. Glücklich. Da sind all diese neuen Gefühle, die ich bisher gar nicht kannte. Und die habe ich nur dir zu verdanken. Ich schätze deine Meinung und deine Ideen und du bist so einfühlsam. Ohne dich kann ich nicht hierbleiben. Ich kann einfach nicht.«

»Oh, Denna«, sagte ich sanft. Ich war ihr nicht böse. Alles, was sie über mich gesagt hatte, hätte ich auch über sie sagen können. Aber ich wagte nicht, das einzugestehen. »Ich bin nicht wütend«, versicherte ich ihr. »Aber du hast recht. Dein Gespräch mit meinem Vater könnte der Grund dafür sein, dass Thandi all diese gesellschaftlichen Verpflichtungen für dich organisiert. Mein Vater dachte womöglich, dass wir uns zu nahe kommen und mein schlechter Einfluss auf dich abfärbt.«

»Ich weiß. Dabei wollte ich genau das Gegenteil erreichen. Er sollte begreifen, wie gut du bist, wie wundervoll. Und was ihm alles entgeht, wenn er dich von sich stößt und dir nicht zuhört. Und nun ist alles verdorben und es ist meine Schuld und ich werde dich so sehr vermissen …« Sie biss sich auf die Lippe.

»Schon gut«, sagte ich und legte ihr den Arm um die Schulter. Ihre Zähne klapperten, und ich drückte sie fest an mich, um die Kälte zu vertreiben. Sie kuschelte sich in meine Arme, mein Puls raste. Sie fühlte sich so gut an, so perfekt. Der süße Duft nach Rosen, der ihrem Haar entströmte, war wie ein warmer Sommerwind.

»Ich werde immer deine Freundin sein«, versicherte ich ihr. Doch obwohl meine Worte der Wahrheit entsprachen, schienen sie nicht zu genügen. Aber was konnte ich ihr sonst noch bieten?

»Du bist die beste Freundin, die ich je hatte.« Denna schlang so plötzlich ihre Arme um meinen Hals, dass ich erschrak.

Sie hielt mich für einen Moment fest, dann noch etwas länger, und als ich ihre Umarmung vorsichtig erwiderte, schmolz sie in meine Arme und schmiegte den Kopf an meinen Hals.

»Es tut mir leid, dass es hier draußen so kalt ist«, flüsterte sie mit gedämpfter Stimme in meinen Mantel. »Wir sollten uns nicht unter solchen Umständen treffen müssen. Aber ich muss dich wieder regelmäßig sehen. Es ist mir egal, was Thandi für mich plant.«

»Ich möchte dich auch wieder treffen.« Die starken Gefühle, die wir füreinander hegten, machten mir Angst. Sie schienen eine gefährliche Richtung zu nehmen und dennoch konnte ich ihnen nicht entrinnen.

»Wir werden uns etwas ausdenken müssen«, sagte sie entschlossen und entzog sich meiner Umarmung. »Es ist noch so viel zu tun. Wir müssen unbedingt herausfinden, wer hinter dem gefälschten Dolch steckt.«

Nur ungern ließ ich sie los und die Kälte umfing mich wieder.

»Und wie hast du dir das vorgestellt?«, fragte ich. »Wenn der Winter kommt, wird es hier im Garten immer kälter. Man wird dich nicht mehr aus den Augen lassen, und sobald wir uns gegenseitig besuchen, werden sie deinen Terminplan so umstellen, dass es unmöglich ist.«

»Verflixt!« Sie schlug mit der flachen Hand auf einen Busch. »Dann treffen wir uns eben heimlich. War es sehr schwierig, die Wand hochzuklettern, als du damals in mein Zimmer eingebrochen bist?«

»Es war die Hölle«, sagte ich. »Ich hatte zwei Tage danach immer noch Muskelkater.«

»Ich habe eine Idee«, sagte sie aufgeregt. »Seile! Seile aus dem Stall. Können wir nicht Seile oder ein paar überzählige Halfter nehmen? Wir basteln etwas, mit dem du leichter hochklettern kannst.«

»Ein paar alte Halfter liegen immer irgendwo herum. Ich werde mich morgen darum kümmern«, sagte ich. Sie war so gerissen.

»Gut. Dann treffen wir uns morgen Abend in meinen Gemächern, sobald ich den Schwachsinn, den sie wieder für mich geplant haben, hinter mir habe. Sagen wir vier Schattenlängen nach dem Abendessen. Das dürfte spät genug sein. Am Hof ist einiges passiert.«

»In der Stadt hatte ich wenig Glück. Aber lass uns dennoch vergleichen, was wir herausgefunden haben. Ich werde da sein.«

»Wirklich? Es ist ein wenig verrückt. Ich weiß. Du musst das nicht machen, wenn du nicht willst.«

»Ich würde dich auch im fünften Stock besuchen. Selbst wenn ich dafür das Fliegen lernen müsste.«

»Oh, Mara!« Sie umarmte mich noch einmal. »Ich bin so froh.« Dann ließ sie mich zögernd los. Ihr Atem hinterließ Nebelwolken in der Dunkelheit, während sie mir tief in die Augen sah, als suchte sie etwas darin. Ich hatte keine Ahnung, was, aber in ihrem Blick lagen sowohl Hoffnung als auch Angst – und da war noch etwas, etwas, das ich nicht bestimmen konnte. Ich wünschte mir, sie könnte in meinen Augen sehen, dass ich immer für sie da sein und alles für sie tun würde, was in meiner Macht stand.

»Bis morgen«, sagte sie schließlich. Dann legte sie mir kurz die kalte Hand auf die Wange und verließ schnell den Garten.

Die Kälte nahm ihren Platz ein und ich saß zitternd auf der Bank. Ich wusste nicht so recht, was ich von unseren Plänen halten sollte, aber sie wollte mich sehen. Ich sollte morgen an ihr Fenster kommen. Das genügte mir.

29

Dennaleia

Kalte Nachtluft wehte durch mein Zimmer. Die Flammen hinter dem Feuerschirm des Kamins flackerten und sprühten Funken und ich streckte zitternd die Hände in Richtung des warmen Blechs. Die sich aufbäumenden Pferde, die darauf abgebildet waren, erinnerten mich mit ihren vom Wind zerzausten Mähnen an die Reliefs der Zäune und Tore in Lyrra, an denen ich mit Mara vorübergegangen war. Ich hatte noch die bittere Süße des Biers auf der Zunge und spürte das wohlige Gefühl der Freiheit, das ich eng an ihrer Seite empfunden hatte. Wenn alles nach Plan lief, müsste sie bald hier sein.

Hinter mir war an einem der dicken Bettpfosten eine Reihe aneinandergeknoteter Halfter und Seile befestigt, die aus dem offenen Fenster hingen. Wie Mara prophezeit hatte, war es kein Problem gewesen, an die Sachen heranzukommen. Sie hatte sie durch den Tunnel aus dem Stall geschmuggelt und dann in einer mit bunten Bändern umwickelten Geschenkschachtel von ihrer Magd in meine Gemächer bringen lassen.

Am frühen Abend musste ich noch eine grauenhaft langweilige Gedichtlesung über mich ergehen lassen, wobei es mir erstaunlich leichtgefallen war, ein freundliches Gesicht zu machen. Die Gewissheit, dass ich Mara bald sehen würde, machte alles erträglich. Thandi hatte eine Bemerkung darüber gemacht, wie glücklich ich aussah, und ich gab vor, die Gedichte ganz besonders schön zu finden. Das stimmte zwar nicht, aber wen interessierte das schon? Im gedämpften Licht des Salons hatten seine blauen Augen denselben Graustich wie Maras, und etwas von Mara in ihm zu entdecken, genügte, um mir ein fröhliches Lächeln ins Gesicht zu zaubern. Die Aussicht, sie zu treffen, machte sogar die Zeit mit Thandi vergnüglicher. Alles fiel mir leichter – ein Grund mehr, weshalb ich sie auf keinen Fall verlieren durfte.

Ich legte mir einen Umhang über die Schultern, zog einen Stuhl an das Fenster, aus dem das Seil baumelte, und sah trotz der Kälte alle paar Minuten hinaus, bis Mara endlich unten im Garten stand. Ihr Gesicht war zwischen den Thujen, die die Burgmauer säumten, kaum zu erkennen. Ich winkte und unterdrückte dabei den Drang, ihr zuzurufen. Prüfend zog sie mehrmals an den Seilen. Auch wenn es nicht gerade einfach aussah, gelang es ihr, sich daran hochzuziehen. Die alten Halfter und Seile schienen zu halten.

Sie kletterte durchs Fenster, zog das Seil nach oben und schloss die Läden. Plötzlich wusste ich nicht mehr, wohin mit meinen Händen und Füßen. Wir sahen uns an, bis meine Wangen leuchtend rot waren, wie die Seidendecken auf meinem Bett.

»Ähm, wie war dein Tag?«, fragte ich schließlich.

»Wie immer. Hab mich unten in Lyrra mit billigem Bier besoffen, ein paar Kinder angeschnauzt und Hundewelpen getreten.« Sie nahm den Hut ab und ließ ihren Zopf den Rücken hinunterfallen.

»Hast du nicht!«, kicherte ich.

»Na ja, zu einem Viertel stimmt es schon«, sagte sie und ihre Augen funkelten fröhlich. »Ich habe den Tag tatsächlich in der Residenz verbracht. Da wir im Tauben Hund kein Glück hatten, haben Nils und ich eine unserer unangenehmeren Stammkneipen besucht. Aber ich bin mir nicht sicher, wie lange wir das Pelham noch aufsuchen können. Die Straßen sind gefährlich geworden.«

»Erzähl mir, wie es im Pelham zugeht«, bat ich sie. Eigentlich spielte das keine Rolle, aber der Klang ihrer Stimme war wie Musik in meinen Ohren. Sie hätte mir die Inventarliste der Schatzkammern aller vier nördlichen Königreiche vorlesen können – ich hätte ihr zugehört. Begeistert.

Wir setzten uns nebeneinander auf meine Chaiselongue.

»Es ist eine finstere Spelunke«, sagte sie. »Die Art von Schenke, in der du niemals etwas essen würdest, das dir vom Teller auf den Tisch gefallen ist. Die Gäste dort sehen alle aus, als würden sie dir das Essen direkt vom Teller stehlen, wenn du sie nicht im Auge behältst. Das Bier ist billig, geht aber runter wie Öl. Den meisten Bedienungen fehlen ein paar Zähne, und man könnte meinen, sie hätten noch nie eine Haarbürste gesehen.«

»Aha.« Ich zupfte einen kleinen Thujazweig von ihrem schwarzen Ärmel und rollte ihn zwischen den Fingern. Als ich ihn ins Feuer warf, entzündete er sich plötzlich, noch bevor er auf die Flammen traf. Ganz ohne mein Zutun hatte sich die Magie wieder gemeldet. Ich lehnte mich schnell zurück, aber Mara schien nichts bemerkt zu haben.

»Es wird immer schwieriger, an Informationen zu kommen, was mir große Sorgen bereitet. Obwohl viele Aufständische gefangen genommen werden, tauchen immer mehr auf, und die Gewalt gegen sie nimmt stetig zu. Sie haben ihren alten Treffpunkt aufgegeben und es gibt keine Spur von ihnen. Mittlerweile sind sie wohl so schlau, ihren Aufenthaltsort nicht mehr preiszugeben«, sagte sie.

»Von einer Freundin habe ich gehört, dass sie im ganzen Königreich auftauchen«, erzählte ich ihr und dachte dabei an Ellaeni und Claera. »Und sie werden inzwischen überall verfolgt. Ich mache mir Sorgen um einige Freunde von mir.«

»Ja, das hat Kriantz auch erwähnt. Aber hast du wirklich Freunde unter den Aufständischen?«, wollte Mara wissen. »Wenn ja, könnte das sehr hilfreich sein! Wir könnten sie fragen …«

»Nein, nein.« Ich schüttelte den Kopf. »Eine meiner Freundinnen ist mit jemandem zusammen, der eine Gabe hat. Daher weiß ich es. Sie hat seit einem halben Mond keine Nachricht mehr erhalten. Nun befürchtet sie, es könnte etwas geschehen sein. Ich habe versprochen, etwas für sie herauszufinden.«

»Hat diese Person zufällig eine Feuergabe?«, fragte Mara.

Angst flackerte in mir auf. »Nein«, sagte ich. »Wasser.«

»Schade. Die Aufständischen hatten jemanden mit einer Feuergabe erwähnt, der sehr mächtig sein muss. Sie wussten nicht, wer es ist. Aber in der Nacht des Angriffs auf meinen Vater konnten sie angeblich einen Ausbruch von Magie spüren. Ich hatte gehofft, der Liebhaber deiner Freundin könnte eine Erklärung sein.«

»Nein, das glaube ich nicht.« Mein Mund wurde mit jeder Minute trockener.

»Vielleicht finden sie den Verantwortlichen ja, wenn sie die Verdächtigen richtig auf ihre Gaben prüfen. Das könnte einige unserer Fragen beantworten.«

Ich schluckte. Es würde nicht mehr lange dauern, dann wäre der Hohe Rat so verängstigt, dass er auch Edelleute überprüfen lassen würde.

»Mara, ich muss dir etwas sagen.« Ich zitterte vor Angst, aber die Worte reihten sich aneinander, ohne dass ich sie zurückhalten konnte. »In der Nacht, als der Attentäter den König töten wollte … Ich hatte solche Angst. Und als er auf Thandi eingestochen hat und dann auf dich … Ich hatte Angst, er würde dich verletzen. Oder töten.«

»Damit wären wir schon zwei«, sagte sie. »Aber das ist nicht mehr wichtig. Er ist tot.« Sie legte mir tröstend die Hand auf den Arm.

»Ich weiß. Aber da ist noch etwas anderes, was ich dir zu diesem Abend erzählen muss«, sagte ich.

»Was meinst du?«

Der Hals schnürte sich mir zu. Ich konnte es ihr nicht mit Worten sagen.

Stattdessen starrte ich ins Feuer und entließ ein ganz klein wenig meiner Magie in die Welt. Funken erhoben sich aus den Flammen und schwebten durch den Raum. Je höher sie flogen, umso heller glühten sie, aber als sie sich der Decke näherten, schwand meine Kontrolle. Ich zog die Magie zurück und alle Funken regneten gleichzeitig als Asche auf uns nieder.

Mara starrte mich entgeistert an.

Meine Wangen glühten vor Scham und Furcht. Als sie versprach, für immer meine Freundin zu sein, kannte sie mein Geheimnis noch nicht. Aber wenn dieses Versprechen wahr werden sollte, musste ich ihr von meiner Neigung erzählen.

»Bitte vergib mir«, sagte ich. »Meine Mutter hat mir befohlen, es zu verbergen und als Geheimnis mit ins Grab zu nehmen. Die Fähigkeiten waren immer unbedeutend, nichts als kleine Zaubertricks. Keine echte Magie. Aber seit ich hier bin, sind sie außer Kontrolle geraten. Die Magie ist stärker als ich, Mara. Und sie wird mit jedem Tag mächtiger. Ich habe Angst. Ich weiß nicht mehr, was ich tun soll.«

»Du warst das«, flüsterte sie. »Nicht Lord Kriantz und auch nicht der Dolch. Du hast den Attentäter verbrannt.«

Ich nickte. Tränen traten mir in die Augen. »Ich wollte das nicht. Ich hatte nur solche Angst. Als er auf dich und Thandi eingestochen hat, konnte ich es nicht mehr zurückhalten.«

Maras Gesicht war wie versteinert.

»Bitte hasse mich nicht«, flehte ich. Meine Lippen zitterten. Ich senkte den Kopf und versuchte, mein Kinn ruhig zu halten. Der Boden verschwamm vor meinen Augen.

Vorsichtig legte sie mir die Hand auf den Arm.

»Ich könnte dich niemals hassen«, sagte sie.

»Aber es ist verboten. Es ist gefährlich!«, rief ich. Ich wollte, dass sie mir etwas entgegensetzte.

»Das stimmt«, sagte sie. »Und es macht mir auch ein bisschen Angst, das gebe ich zu. Ich weiß nicht, ob ich dir irgendwie helfen kann, aber dass du mir die Wahrheit gesagt hast, bedeutet mir sehr viel.«

Ich wischte mir mit einem zaghaften Lächeln die Tränen weg. Endlich musste ich die Last meines Geheimnisses hier in Mynaria nicht mehr allein tragen.

»Was wirst du nun tun?«, fragte sie sanft.

»Ich weiß es nicht«, sagte ich. Meine Probleme waren längst noch nicht gelöst. »Wenn sie anfangen, jeden zu überprüfen, ist es nur eine Frage der Zeit, bis sie es herausfinden. Und dann wird die Allianz scheitern. Ich dachte, wenn ich erst einmal verheiratet bin, könnte ich mich um die Sache mit den Aufständischen kümmern. Sie haben zwar Cas getötet und müssen dafür zur Verantwortung gezogen werden, aber vielleicht kann man sie auch dazu bringen, sich für das Königreich einzusetzen, anstatt ihm zu schaden. Womöglich wissen sie einen Weg, wie ich meine Neigung loswerden oder verbergen kann …«

Ich zitterte. Im Zimmer war es kühl, weil ich das Fenster für Mara offen gelassen hatte, und durch den Einsatz der Magie war mir irgendwie noch kälter geworden. Ich rieb die Hände gegeneinander und steckte sie mir unter die Arme, aber es half nicht viel.

»Gib sie mir«, sagte Mara. Sie rückte näher zu mir und streckte mir ihre Hände hin. Als ich nicht sofort reagierte, winkte sie mit den Fingern.

»Du willst meine Hände?«, piepste ich.

»Ja, Dummchen.« Sie nahm sie und die Wärme ihrer Berührung jagte mir ein Schaudern über den Rücken. »Denna … Ich kenne mich mit Magie nicht besonders gut aus. Aber ich glaube nicht, dass die Aufständischen allein für Cas' Tod verantwortlich waren. Wir müssen herausfinden, wer diesen Dolch hat schmieden lassen und warum man Zumorda die Schuld in die Schuhe schieben will. Vielleicht steckt die entsprechende Person oder Gruppe auch hinter dem Mord an Cas. Aber ganz egal, was als Nächstes passiert, ich werde auf keinen Fall zulassen, dass dir irgendein Leid geschieht.«

»Danke«, sagte ich. Ich hätte weinen können, so erleichtert war ich. Obwohl sie es wusste, rannte sie nicht vor mir davon. Sie hielt immer noch meine Hände, als wären sie das Wertvollste auf der ganzen Welt, und streichelte und massierte zärtlich die Wärme zurück in meine Finger. Die Magie surrte durch meinen gesamten Körper. Ich wagte nicht, mich zu bewegen oder zu sprechen, aus Furcht, sie könnte aufhören oder ich würde versehentlich etwas in Brand setzen. Trotz der Schwielen vom Reiten waren ihre Hände wie Seide im Vergleich zu Thandis. Die Art, wie sie mich berührte, war unvergleichlich – als würde sie meinen Körper in- und auswendig kennen.

»Kann ich dich etwas fragen?«

Ich nickte.

»Wie fühlt es sich an, wenn du deine Magie einsetzt?«

Diese Frage hätte ich als Letzte erwartet.

»Wenn sie in mir aufwallt, fangen meine Hände an zu kribbeln«, sagte ich. »Es ist, als würde ich einen Teil von mir selbst abgeben. Gleichzeitig ist es auch erregend. Und manchmal fühlt es sich gefährlich an, außer Kontrolle, als wüsste ich nicht, was ich tue.«

»Für mich hört sich das an wie der Moment, kurz bevor man jemanden küsst.« Sie senkte lächelnd den Blick.

Ihr Kommentar beschäftigte mich noch den ganzen Abend, genauso wie die unerwartet verständnisvolle und gütige Art, mit der sie meine Neigung akzeptiert hatte. Jedes Mal, wenn Mara mich ansah, hatte ich das Gefühl, der einzige Mensch im ganzen Königreich zu sein. Sie wärmte meine Seele.

Lange nachdem sie gegangen war, brannte das Feuer im Kamin noch immer hell und lodernd – genau wie meine Gefühle. Das erste Mal hatte ich so empfunden, als wir zwischen den Glühwürmchen im Garten gestanden hatten. Zwischen den winzigen schwebenden Lichtern hatte ich eine ungekannte Schwerelosigkeit und Lebendigkeit verspürt und gleichzeitig war Mara wie ein sicherer Anker gewesen. Ich starrte ins Feuer und stellte mir vor, dass sich winzige Flammen daraus lösten und wie die Glühwürmchen in jener Nacht durchs Zimmer schwebten.

Ein Funke landete in meiner halb leeren Tasse und erlosch zischend im lauwarmen Tee.

Zum ersten Mal jagte mir die explosive Leichtigkeit, mit der meine Magie hier in Mynaria in mir aufwallte, keine Angst ein. Ich sah einfach nur zu, wie die kleinen Lichtpunkte träge durchs Zimmer schwebten, und träumte von der Nacht, in der ich mit Mara im Garten stand. So wie ich die Flämmchen aus dem Feuer geholt hatte, ließ ich sie nach einer Weile eines nach dem anderen in einer Spirale zurück in den Kamin sinken, wo sie zu Asche verglühten.

Ich erwachte aus meiner Trance wie aus einem Traum. Ich konnte kaum noch aufrecht sitzen oder die Augen offen halten, und dennoch war ich mir in diesem Moment einer Sache zum ersten Mal absolut sicher: Meine Magie war weder ein Zaubertrick noch die Folge zu vieler Gebete an den Feuergott. Ich hatte eine Neigung. Eine mächtige Neigung, die ich niemals würde verstecken können.

Und es war nicht Thandi, der mir das Ausmaß meiner Fähigkeiten gezeigt hatte, der sie akzeptierte und den Funken zu einem Feuer auflodern ließ.

Es war Mara.

Und noch etwas wurde mir zugleich mit dieser Erkenntnis klar: Ich hatte mich Hals über Kopf und ohne jeden Zweifel in sie verliebt.

Wäre ich irgendjemand anders auf dieser Welt, dann hätte ich ihr meine Liebe vielleicht gestehen können. Aber meine Zukunft war in Stein gemeißelt.

30

Mara

Von einem Tag auf den anderen wurde es zu einer täglichen Gewohnheit, mich in Dennas Zimmer zu schleichen. Eigentlich hätte mich ihre Neigung abschrecken sollen, aber stattdessen fühlte ich mich noch enger mit ihr verbunden und war stolz, dass sie mir auch diesen beängstigenden Teil ihrer Persönlichkeit offenbart hatte. Ich redete mir ein, unsere gestohlenen Schattenlängen genügten mir, bis ich eines Nachts so lange bei ihr blieb, dass ich neben ihr einschlief. Als ich am nächsten Morgen aufwachte, hatte sie sich mit ihrem kleinen Körper an mich gekuschelt, und ihr Rücken wärmte meine Brust. Obwohl wir in diesem Moment so eng beieinanderlagen, wie es zwei Menschen nur möglich war, hatte ich das Gefühl, es war immer noch nicht nah genug.

Als ich am Abend danach wieder bei ihr war, konnte ich mein ungutes Gefühl, was unsere Zukunft anging, nicht länger beiseiteschieben. Sobald wir uns gesetzt hatten, berichtete Denna mir ausführlich von den Plänen für die Hochzeit, aber es fiel mir schwer, ihr zuzuhören. Ich wollte, dass sie mir gehörte, nicht meinem Bruder.

»Denna«, unterbrach ich ihren Redeschwall. »Hast du nicht vielleicht etwas ganz Entscheidendes vergessen?« Entweder jetzt oder nie.

»Was meinst du? Große Götter, ich habe doch nicht womöglich etwas wegen der Hochzeit vergessen?« Mit erschrockenem Gesicht setzte sie sich auf.

»Vielleicht doch«, sagte ich trocken. »Hast du vergessen, dass es mein Bruder ist, den du in weniger als einem Mond heiraten wirst?«

Denna starrte mich an. »Natürlich nicht. Wie könnte ich das vergessen?«

»Und dir ist schon klar, was das bedeutet?« Ich hoffte, dass meine Andeutung genügte. Es auszusprechen, würde mir bei jedem Wort einen schmerzhaften Stich versetzen.

»Ich weiß nicht, was du meinst.«

»Du. Thandi. Verheiratet. Prinz. Prinzessin. König. Königin.«

»Ja, ja, ja. Aber was willst du mir damit sagen?«

»Denna, ich werde nicht an einem Seil in ein Zimmer klettern, das du mit meinem Bruder teilst.« Wir konnten uns nur heimlich treffen, und sobald sie zu meinem Bruder zog, wäre es damit vorbei.

»Ich weiß.« Ihr versagte die Stimme.

»Und du wirst dich auch nicht hinausschleichen können. Nur weil du verheiratet bist, werden sie nicht plötzlich akzeptieren, dass du deine Zeit mit mir verbringst. Ganz im Gegenteil. Sie werden mit doppelt so vielen Dingen dafür sorgen, dass du beschäftigt bist. Bei jedem gesellschaftlichen Anlass, der in diesen Mauern stattfindet, wird man deine Anwesenheit erwarten. Du wirst der Residenz Besuche abstatten müssen. Und hoffentlich werden sie so klug sein, dich auf der Stelle in den Hohen Rat zu setzen. Für mich wird es in deinem Leben keinen Platz mehr geben, auch keinen heimlichen.«

Über Dennas Gesicht huschten die verschiedensten Gefühle, die ich nicht recht deuten konnte.

»Und warum ist dir das so wichtig?«, fragte sie. Sie stand auf und sah mir gerade ins Gesicht.

»Wie bitte?« Ihr herausfordernder Ton überraschte mich.

»Ich will es wirklich wissen, Mara. Warum ist es dir wichtig?«, drängte sie weiter.

»Weil … Weil ich dich mag«, gab ich halbherzig zurück.

»Du kannst mich auch mögen, wenn ich verheiratet bin. Du kannst zeigen, dass du meine Freundin bist, indem du mir durch das Ganze hier hindurchhilfst und es erträglicher für mich machst. Indem du hierbleibst und mir deinen Rat und deine Freundschaft anbietest.« Sie beugte sich näher zu mir.

»Ja, aber …«

»Aber was, Mara? Was willst du von mir?«

Die Brust zog sich mir zusammen, und die Worte, die endlich herausmussten, blieben mir wieder im Hals stecken. Sie hatte nicht begriffen, dass mir ihre Freundschaft nicht mehr genügte, und ich wusste nicht, wie ich es ihr sagen sollte. Es würde alles zerstören.

»Mara, du musst mir sagen, weshalb das alles so wichtig für dich ist«, forderte sie noch einmal.

»Weil … Weil ich nicht ohne dich sein kann«, sagte ich.

»Aber du wirst nicht ohne mich sein! Es sei denn, du heiratest und gehst weg.« Sie warf die Arme in die Luft und trat einen Schritt zurück.

»Ja, genau das werde ich tun«, fauchte ich zurück und stand auf. »Du verstehst überhaupt nicht, wie das sein wird, Denna. Du wirst kein eigenes Leben mehr haben. Wenn ich hierbleibe, fällt vielleicht noch eine ganz kleine Rolle für mich ab, aber es wird nie wieder so sein wie jetzt. Ich möchte nicht, dass sich etwas ändert. Es sei denn, ich könnte mehr Zeit mit dir verbringen, nicht weniger.«

Zudem wäre sie auch noch ausgerechnet mit meinem Bruder verheiratet und würde mit ihm das Bett teilen. Und ich würde als einsame alte Jungfer verwelken und den beiden dabei zuschauen, wie sie ihr gemeinsames Leben leben. Ich musste es ihr jetzt sagen. Bevor es zu spät war.

»In Wahrheit wünschte ich, man hätte mich dazu auserkoren, dich zu heiraten, Denna, nicht Thandi. Wenn ich mein Leben mit dir verbringen könnte, würde ich sogar die Krone ertragen.« Jedes Wort schmerzte. Ich hatte mir mein schlagendes Herz herausgerissen und es ihr zu Füßen gelegt. Nun gab es nur noch eines zu sagen.

»Ich liebe dich.« Tränen stiegen mir in die Augen und ich musste schlucken.

Sie starrte mich an, als hätte ich sie geschlagen. Sie war absolut still, sodass ich nicht sagen konnte, was in ihrem Kopf vorging. Es war ein schrecklicher Fehler gewesen, ihr meine Gefühle zu gestehen.

Mit hängenden Schultern wandte ich mich von ihr ab. Zumindest konnte ich nun jemand anderen heiraten und mein eigenes Leben führen, ohne mich ständig fragen zu müssen, ob es auch anders hätte sein können.

»Ich muss jetzt gehen.« Ich schniefte. Die blöden Tränen rannen mir schon über die Wangen. Ich hasste es, dass Denna mich so schwach und gebrochen sah. Ich ging zum Fenster, öffnete die Läden, griff mit zitternden Händen nach dem Seil und schwang ein Bein über den Sims. Plötzlich war sie neben mir und packte mich am Arm. In ihren Augen glänzten ebenfalls Tränen.

Sie drückte mich mit dem Rücken gegen den Fensterrahmen; mir stockte der Atem. Ich sollte fliehen, blieb aber wie erstarrt sitzen und klammerte mich an die letzten Momente, in denen ich ihr noch so nahe war. Zwischen uns hing eine unbeantwortete Frage in der spannungsgeladenen Luft. Behutsam wischte sie mir mit den Fingern eine Träne von der Wange und jede Zelle meines verräterischen Körpers begann vor Verlangen zu brennen.

»Ich kann dich nicht verlieren«, flüsterte sie.

Ein Hoffnungsschimmer flackerte in meiner Brust.

Dann beugte sie sich vor und küsste mich.

31

Dennaleia

Maras Körper versteifte sich unter meiner Berührung und ich küsste sie, langsam und intensiv. All meine Gefühle gingen in diesen Kuss ein, während ich ihre Süße kostete. Ein eisiger Wind pfiff durch das offene Fenster, aber er konnte der Hitze zwischen uns nichts anhaben. Mara hatte mich wachgerüttelt, mir die Welt gezeigt, und nun war ich an der Reihe, sie das Leben spüren zu lassen, ihr zu zeigen, wie viel sie mir bedeutete. Das Seil glitt ihr aus den schlaffen Fingern und schlug gegen den Fenstersims. Ich hatte gewonnen.

»Ich liebe dich auch«, flüsterte ich.

Sofort waren ihre Hände überall, suchten nach Halt. Sie zog mich so eng an sich, dass ich fast auf ihrem Schoß lag. Dann drückte sie die Innenseite ihres Schenkels gegen meine Hüften und erwiderte meinen Kuss. Sie lockte mich noch enger in ihre Arme, biss mich sanft in die Unterlippe, und in meiner Magengrube explodierte ein Feuerball. Als wir uns endlich voneinander lösten, völlig außer Atem, spürte ich die Kälte nicht mehr.

»Mara«, sagte ich leise, während ich ihr Gesicht in meinen zitternden Händen hielt. Sie hatte immer noch Tränen auf den Wangen und ich wischte sie mit den Daumen weg.

»Ich sollte gehen …«

»Nein, bleib.« Ich küsste sie auf die Wange. »Bitte.« Ich zog sie vom Fenstersims hinüber zur Couch und sie folgte mir auf wackeligen Beinen. Auch während sie sich setzte, ließ ich ihre Hand nicht los, aus Angst, sie könnte fliehen.

»Damit hatte ich nicht gerechnet«, sagte sie schließlich und drückte meine Hand.

»Ich auch nicht. Ich habe noch nie so für jemanden empfunden.« Ich sah ihr tief in die Augen, hoffte, sie verstand.

»Ich auch nicht.« Zitternd atmete sie aus.

»Ich wusste es nicht. Wenn ich geahnt hätte, dass du dasselbe für mich empfindest, wie ich für dich …«

Ihre Augen suchten meine. »Heißt das, du empfindest schon länger etwas für mich?«

»Ja.« Ich errötete. »Aber ich wusste nicht, was du für mich empfindest.«

»Na, nun weißt du es ja.«

Sie zog mich an sich, und ich sog ihren vollkommenen Duft ein, diese berauschende, würzige Süße. Sie hob mein Kinn an, strich mit ihren Lippen über meine und weckte damit tief in meinem Inneren einen unbändigen Hunger. Ich legte ihr die Arme um den Hals und zog sie noch näher an mich. Sie musste mir beibringen, wie man das machte. Vom Klang ihrer Stimme und der Berührung ihrer Lippen schwirrte mir der Kopf.

Sie küsste mich, bis ich keine Luft mehr bekam. Bis ich kaum noch geradeaus schauen oder aufrecht stehen konnte. Obwohl ich erschöpft war und sie darauf bestand zu gehen, konnte ich kaum die Finger von ihr lassen. Ihr Gesicht war gerötet von einer freudigen Erregung, die *ich* hervorgerufen hatte. So hatte ich sie noch nie gesehen. Die Tränen auf ihren Wangen waren verschwunden und hatten einem rosigen Glühen Platz gemacht, das nicht nur vom Feuer kam.

Hand in Hand gingen wir zum Fenster. Ich tat jeden einzelnen Schritt so langsam, wie ich nur konnte. Kalte Luft wehte herein, und als ich zitterte, schloss sie mich erneut in ihre Arme. Seufzend drückte ich meinen Kopf an ihre Schulter und sie legte mir ihr Kinn auf den Kopf. Ihr Hals befand sich an der perfekten Stelle, um ihn zu küssen.

»Wenn du nicht aufhörst damit, schaffe ich es nie, zu gehen«, sagte sie.

»Genau das ist mein Ziel«, murmelte ich zwischen Küssen und genoss das Flattern ihres Pulses an meinen Lippen. Ich wollte nie wieder damit aufhören.

»Du machst es mir wirklich nicht leicht.«

»Kannst du später noch einmal kommen?« Ich sah hoffnungsvoll zu ihr auf.

»Nein, das geht nicht«, seufzte sie. »Ich bin jetzt schon spät dran. Ich habe Nils und seinen Freunden versprochen, eine Runde Karten mit ihnen zu spielen. Er hat sich schon beschwert, dass er mich seit Tagen nicht zu Gesicht bekommt.«

»Also gut. Ich lasse dich gehen, aber nur unter einer Bedingung … Du musst morgen wiederkommen. Und bleiben.« Meine Verwegenheit schockierte mich selbst, aber ich wollte sie so sehr, dass es mir egal war, was sie dachte.

»Das wird wohl zu machen sein.« Ihre Lippen kräuselten sich an meiner Wange zu einem Lächeln.

Dann verschwand sie aus dem Fenster. Ich sah ihr so lange nach, bis meine Zähne vor Kälte klapperten. Erst als ich sicher war, dass sie nicht zurückkommen würde, schloss ich die Läden. Was war nur über mich gekommen? Ich ertrug es nicht, Mara so leiden zu sehen. Ich hatte versucht, meine Liebe zu ihr zu begraben, da meine Vermählung uns eine gemeinsame Zukunft ohnehin verwehrte. Aber darauf, dass sie dasselbe für mich empfand wie ich für sie, war ich nicht vorbereitet gewesen. Ich dachte an Thandi, aber trotz meiner Schuldgefühle wollte ich nichts anderes, als in dem Wissen schwelgen, dass sie mich liebte.

32

Mara

Ich rannte um die Burg herum zu einem Hintereingang. Der Wachmann dort würdigte mich kaum eines Blickes. Wahrscheinlich genügte ihm die Kälte als Erklärung für die Röte in meinem Gesicht. Ich durchquerte den weitläufigen Saal, aus dem mir das tiefe Murmeln angeregter Gespräche entgegenschlug, während ich an abgenutzten, größtenteils unbesetzten Tischen vorbeiging. Verschiedene Grüppchen von Gefolgsleuten hingen über ihren Kartenspielen und tranken starken Schwarztee aus schweren Bechern, um für die Nachtschicht wach zu bleiben. In einem halbherzigen Versuch, mich zurechtzumachen, fuhr ich mir mit den Fingern durch die unordentlichen Haare, während ich auf Nils' Tisch zuging. Sollten die Männer Wind davon bekommen, dass ich mit jemandem zusammen war, hätte ich keine Ruhe mehr, und ich würde Sechs Höllen tun, es ihnen zu erzählen.

»Heda, Mara!«, rief Rowlan, einer von Nils' Freunden, und winkte mir quer durch den Raum zu. Nils drehte sich mit einem erfreuten Lächeln zu mir um. Die vertraute Wärme in seinen braunen Augen holte mich wieder auf den Boden. Ich schlenderte zu seinem Tisch und rutschte neben ihn. Unglücklicherweise saß eine Person am Tisch, mit der ich nicht gerechnet hatte.

»Wie immer zu spät. Was für eine Überraschung«, begrüßte mich Thandi.

»Dass du dich hier unters gemeine Volk mischst, hätte ich auch nicht erwartet«, entgegnete ich. Ihn hier zu sehen, holte mich mit einem Schlag zurück in die Wirklichkeit. Selbst wenn Denna mich liebte, gehörte sie immer noch ihm. Sie hatte mir keinerlei Versprechungen gemacht.

»Das hier sind auch meine Freunde. Außerdem schätze ich eine Runde Quat genauso wie du.« Wie immer redete er nichts als Pferdemist. Der Einzige, den er hier vielleicht als Freund bezeichnen konnte, war Rowlan. Und das auch nur, weil der im Kampftraining ein paarmal sein Übungspartner gewesen war. Ich bezweifelte, dass einer der Gefolgsleute sich so weit über seinen Rang erheben würde, zu behaupten, er sei ein Freund des zukünftigen Königs.

»Es wundert mich, dass dir das Spiel gefällt, wo ich dich doch jedes Mal schlage«, entgegnete ich.

Die anderen Männer am Tisch lachten über die Kampfansage und stießen sich gegenseitig an.

»Du kannst meinen Platz haben, Mara. Ich habe in weniger als einer Schattenlänge Dienst. Es gibt noch einiges zu tun vor dem Pferdetrieb morgen.« Brin, ebenfalls ein Freund von Nils, schlug mit der flachen Hand auf den Tisch und erhob sich.

»Danke.« Ich wechselte auf Nils' andere Seite und nahm den Platz von Brin ein. Nun saß ich Thandi schräg gegenüber, was in jedem Fall besser war, als ihm direkt ins Gesicht zu sehen. Über den Tisch hinweg warf ich ihm einen verstohlenen Blick zu, hin und her gerissen zwischen Stolz und Schuldgefühlen. Sie liebte *mich*. Sie hatte *mich* geküsst.

»Und wo warst du?«, fragte mich Nils zwischen zwei Runden.

»Ich habe die Zeit vergessen. Tut mir leid.« Ich starrte auf den Tisch und zupfte an meinem Blatt herum.

Nils lehnte sich mit einem amüsierten Lächeln in der Bank zurück. »Ach, tatsächlich?«

»Wahrscheinlich hast du dich mit Lord Kriantz angeregt über Pferdefleisch unterhalten.« Thandi verdrehte die Augen.

Wenn der wüsste, wie falsch er lag. Trotzdem schoss mir die Röte ins Gesicht. Die Männer sahen mich alle an und lachten.

»Ich war gar nicht mit ihm zusammen«, stotterte ich. »Und außerdem geht es dich einen feuchten Dreck an.«

Nils setzte sich wieder aufrecht hin. In seinem Gesicht konnte ich sehen, dass er verstanden hatte.

»Ich habe gehört, du hast Probleme mit Lessi, Rowlan. Macht sie dich immer noch zum Affen?«

Rowlan stöhnte und stützte den Kopf in die Hände. Am Tisch brach erneut Gelächter aus. Mir schenkte man glücklicherweise keine Beachtung mehr.

»Sie will, dass ich mich für den Herbstmaskenball in der Stadt als Kater verkleide. Könnt ihr euch das vorstellen? Als gottverdammter Kater!«

»Bestimmt will sie dir eine Schleife mit Glöckchen um den Hals binden«, spöttelte ich.

Auf Rowlans missmutigem Gesicht zeichnete sich blankes Entsetzen ab. »Die Schande würde mir mein Leben lang nachhängen. Mein Leben lang.«

»Da hast du verdammt recht«, sagte Nils und wischte sich die Lachtränen aus den Augen.

»Wie steht es mit Euch, Thandi. Wie läuft es mit der hübschen Prinzessin aus Havemont?«, fragte Rowlan, der unbedingt das Thema wechseln wollte.

Thandi zuckte mit den Achseln. »Sie ist klug und wir kommen gut miteinander aus. Mehr kann man von einer arrangierten Ehe wohl kaum erwarten. Sie wird eine gute Königin abgeben.«

Ich täuschte Interesse an meinem Blatt vor und sortierte die Karten in keiner bestimmten Reihenfolge hin und her. Wenn irgendjemand dahinterkam, welche Meinung ich zu diesem Thema vertrat, war ich verloren. Einerseits war ich erleichtert, dass er sich offenbar nicht besonders viel aus Denna machte, andererseits brachte er ihr so wenig Wertschätzung entgegen, dass ich ihn am liebsten getreten hätte. Sie hatte Besseres verdient.

»Und? Habt Ihr sie schon so weit?« Rowlan wackelte mit den Augenbrauen.

Mit einem verschlagenen Lächeln spielte Thandi seine Karte aus. »Was glaubst du?« Am liebsten hätte ich ihm sein dreckiges Grinsen aus dem Gesicht geschlagen. Das Schlimmste war jedoch, dass ich nicht wusste, ob er nur bluffte. Die Vorstellung, er könnte sie angefasst haben, ließ mir das Blut in den Adern gefrieren. Sie hatte ihn unmöglich geküsst, oder etwa doch?

»Das heißt dann wohl ja«, meinte Rowlan. »Verdammt. Ich habe keinen Trumpf mehr. Ihr schafft es jedes Mal, mich an die Wand zu spielen, Thandi.«

»Es kann nicht schaden, wenn ich ein bisschen nett zu ihr bin, wo wir uns so oder so am Hals haben«, sagte Thandi.

Alle lachten. Ich grub die Fingernägel in meine Oberschenkel. Er hatte recht. Die beiden hatten einander am Hals. Ihre gemeinsame Zukunft war nicht mehr abzuwenden. Und ich würde leer ausgehen. Ich spielte einen Trumpf und nahm Thandi alle Spielmarken ab bis auf zwei. Seit ich wusste, dass er sie geküsst hatte, war die Genugtuung, ihn zu schlagen, nicht mehr ganz so groß.

»Verdammt. Wie machst du das? Am Ende hast du immer genau die Karte, die du brauchst.« Nils schüttelte den Kopf.

»Habe Geduld, und du wirst bekommen, was du verdienst«, zitierte ich.

»Sei verflucht, Mara«, schimpfte Thandi. Er nahm die beiden Wertmarken, die ihm noch geblieben waren, vom Spielbrett.

»Du hast es so gewollt«, sagte ich.

Je länger ich mit ihm an einem Tisch saß, umso bedrückter fühlte ich mich. Die Leichtigkeit, die ich bei Denna noch empfunden hatte, war der Realität gewichen. Sie war für meinen Bruder bestimmt und ich musste über meine eigene Zukunft nachdenken. Sie zu verlassen, würde mir das Herz brechen, aber wenn ich blieb, würde meine Seele zu Staub zerrieben.

»Geht es dir gut?« Nils sah mich besorgt an.

»Ich bin nur etwas müde. Ich gehe jetzt wohl besser«, sagte ich.

»Dann begleite ich dich ein Stück.«

Ich brachte es nicht übers Herz, ihn zurückzuweisen, und verabschiedete mich von den anderen Spielern, wobei ich es tunlichst vermied, meinem Bruder in die Augen zu sehen. Ich wusste nur zu genau, was darin zu lesen war. Selbstvertrauen. Arroganz. Eine sichere Zukunft, verheiratet mit dem Mädchen, das ich liebte.

»Was ist los mit dir?«, fragte Nils und legte mir den Arm um die Schulter. »Als du gekommen bist, bist du über den Wolken geschwebt, und jetzt siehst du aus, als müsstest du dich gleich übergeben oder irgendetwas kaputtschlagen. Oder beides.«

»Stimmt«, knurrte ich und schüttelte seinen Arm ab.

»Und? Hättest du vielleicht die Güte, ein bisschen ins Detail zu gehen?«

»Mein Bruder ist ein so verdammt arroganter Arsch. Er weiß überhaupt nicht zu schätzen, was er alles hat.«

»Ich vermute mal, du sprichst nicht von dem hier.« Nils deutete mit einer weit ausladenden Handbewegung auf alles, was uns umgab.

»Nein. Ich spreche von Denna. Er weiß nicht, was er an ihr hat. Für ihn ist sie nur ein Gegenstand. Etwas, das er haben kann, weil er irgendwann einmal König sein wird.«

Nils legte den Kopf schief, sagte aber nichts.

»Dabei ist sie so viel mehr wert. Er sieht es nur nicht. Es gibt so vieles, was sie für unser Königreich tun kann, aber niemand gibt ihr Gelegenheit, sich zu beweisen.« Je länger ich redete, umso vehementer wurde ich.

»Ich bin mir nicht sicher, ob er sie wirklich so sieht«, warf Nils ein. »Ich meine, es ist eine arrangierte Hochzeit. Eine politische Allianz. Und soweit ich das verstehe, hat man großes Glück, wenn man sich mit der Person, die man heiraten muss, einigermaßen versteht. Er weiß ihre Intelligenz durchaus zu schätzen und ist davon überzeugt, dass sie eine gute Königin sein wird.«

»Ich muss hier weg«, sagte ich. »Vielleicht sollte ich meinen Vater um eines der herrenlosen Gebiete im Norden bitten und dort Pferde ausbilden.«

»Mitten im Nirgendwo? Großartige Idee.«

»Ich kann nicht mit ansehen, wie sie das Leben einer meiner besten Freundinnen langsam ruinieren.« Diese Erklärung war weniger als nur die halbe Wahrheit. Ihre Küsse brannten noch auf meiner Haut.

»Warum regt dich das alles so auf? Ich weiß, dass du in letzter Zeit oft mit ihr zusammen warst, aber …«

»Ich weiß einfach nicht, was ich tun soll.« Ich hatte keine

Ahnung, wie ich ihm gestehen konnte, was zwischen Denna und mir passiert war. Wie sehr sich alles geändert hatte.

»Schon gut, kleine Mara. Es ist immer schwer, Entscheidungen fürs Leben zu treffen. Aber denk auch an die Menschen hier, die dich lieben … und an die, die du liebst«, sagte er mit sanfter Stimme und drückte meine Schulter.

Seine Worte trafen mich. Meine Entscheidungen gingen tatsächlich nicht nur mich selbst an, und Denna war nicht die Einzige, die ich liebte. Nils war mir ebenso wichtig. Ich hakte mich bei ihm unter. Als wir am Fuß der Treppe ankamen, zog ich ihn in meine Arme.

»Danke, dass du mein Fels in der Brandung bist. Und mein bester Freund.«

»Das ist doch klar«, sagte er. »Das werde ich immer sein.«

Ich gab ihm einen Abschiedskuss auf die Wange und stieg die vier Treppen zu meinem Teil des königlichen Flügels hinauf. Als ich in meinem Flur ankam, überraschte mich dort jedoch ein unerwarteter Gast. Lord Kriantz stand vor der Tür zu meinen Gemächern.

»Was führt Euch in diesen zugigen Teil der Burg?«, fragte ich und versuchte, meine aufgewühlten Gefühle zu überspielen.

»Es gibt da eine kleine Sache, die ich gerne mit Euch besprochen hätte«, sagte er.

Ich betete zu den Sechs, dass er nützliche Informationen zu dem zumordischen Dolch oder den Aufständischen hatte. Oder einfach irgendetwas Brauchbares. Ich bat ihn in mein Empfangszimmer und schloss die Tür.

»Worüber wolltet Ihr mit mir sprechen?« Der Abend hatte mich erschöpft und ich ließ mich wenig elegant auf einen Stuhl fallen.

»Über die Ehe«, sagte er.

Innerhalb eines Atemzugs wurde mir zuerst heiß und dann eiskalt. Wieder hellwach setzte ich mich in meinem Stuhl auf.

»Ihr seht aus wie ein verschrecktes Fohlen«, sagte er und lächelte in seinen dunklen Bart.

»Ich muss mich entschuldigen, Mylord. Damit hatte ich nicht gerechnet.« Was zur Hölle der Sechs dachte er sich? Lieber würde ich mir Hufnägel in den Schädel schlagen lassen, als zu heiraten. Und außerdem kannte ich ihn ja kaum.

»Ihr müsst Euch nicht sofort entscheiden«, sagte er. »Ich wollte Euch nur davon in Kenntnis setzen, dass ich die Sache mit König Aturnicus besprochen habe und er von der Vorstellung einer Verbindung sehr angetan ist. Eure Zustimmung zu finden, ist mir jedoch gleichermaßen wichtig. Ich bin davon überzeugt, eine Vermählung wäre sowohl für unsere Reiche von Vorteil als auch für uns beide.«

»Aber warum?«, wollte ich wissen. Welche irrwitzigen Schlussfolgerungen hatten ihn nur auf die Idee gebracht, unsere Heirat wäre eine gute Sache?

»Euer Wissen über Pferde wäre mir in dem Zuchtprogramm, das ich gerade aufbaue, sehr hilfreich.« Er beugte sich vertraulich vor. »Ich hoffe, eine neue Rasse zu züchten, welche die Ausdauer der Wüstenpferde und die Kraft der Rösser aus Mynaria in sich vereint. Ich suche eine Partnerin, keinen weiteren Besitz, eine Frau, die mir dabei helfen kann, Sonnenborn zu einem mächtigen Königreich zu machen. Ich weiß, weniger würde Euch nicht genügen. Ich bin der gewählte Anführer der Stämme unter meinem Banner, die zudem die größte Siedlung Sonnenborns bewohnen. Unsere Vermählung käme demnach einer Allianz unserer beiden Reiche gleich. Und sollte tatsächlich Zumorda hinter den Angriffen auf Mynaria stecken, sollten wir eine geschlossene Front bilden. Havemont, Mynaria und Sonnenborn müssen zusammenstehen. Ich wüsste nicht, wie wir uns ihrer Macht sonst entgegenstellen könnten.« Lord Kriantz sprach mit der Leidenschaft eines Mannes, der an seine Mission glaubte.

»Ich weiß nicht, was ich sagen soll«, entgegnete ich. Zumindest so weit konnte ich ehrlich sein. Ich mochte ihn ganz gern, aber Mynaria ganz zu verlassen, war nie Teil meines Plans gewesen – sollte man bei den unausgegorenen, bruchstückhaften Gedanken, die ich mir über meine Zukunft gemacht hatte, überhaupt von Plan sprechen können. Dennoch bot die Art von Partnerschaft, die Lord Kriantz vorschlug, sehr viel mehr, als ich von den meisten Freiern erwarten konnte. Und ich war neugierig auf seine Pferdezucht in Sonnenborn.

»Deshalb erwarte ich Eure Antwort auch nicht gleich. Bitte nehmt Euch Zeit und überdenkt mein Angebot. Der Pferdetrieb, der Herbstball und Thandilimons Vermählung haben im Moment Vorrang. Die Unruhen an der Grenze zwingen mich zwar zu einer baldigen Rückkehr, aber ich möchte Euch für Eure Entscheidung dennoch genügend Zeit lassen.«

»Natürlich.« Ich war noch zu verdattert, um mehr sagen zu können.

»Ich überlasse Euch nun Euren Überlegungen, Mylady. Euer Tag war sicher lang genug.« Er erhob sich und ging an mir vorbei zur Tür.

»Ich werde Euer Angebot überdenken«, sagte ich mit trockenem Mund. Als ob ich nicht schon genug hätte, über das ich nachdenken musste.

»Es freut mich, das zu hören. Gute Nacht, Mara.« An der Tür verbeugte er sich leicht und schenkte mir noch ein letztes Lächeln. »Sollte ich zwischenzeitlich noch etwas für Euch tun können, lasst es mich wissen.«

»Gute Nacht, Endalan.«

Sobald sich die Tür hinter ihm geschlossen hatte, schossen mir Bilder meiner möglichen Zukunft durch den Kopf. Aber nicht in einem erkannte ich mich wieder. War ich wirklich bereit, die Ehefrau zu spielen? Die Lady von Sonnenborn? Oder, die Götter mögen es verhüten, Mutter zu werden? Im Grunde sah er ja ganz gut aus, auch wenn mich das bisher kaum interessiert hatte. Lange nachdem er gegangen war, starrte ich noch immer ins Feuer und grübelte darüber nach, was ich tun sollte. Ich konnte mich einfach nicht entscheiden, ob ich bleiben oder lieber weggehen sollte. War Denna es wert, dass ich um sie kämpfte? Oder wäre es besser zu gehen, solange wir uns noch gerne aneinander erinnerten? Sollte ich versuchen, mein Leben allein zu meistern? Oder den einfachen Weg wählen, den Lord Kriantz mir bot? Zumindest ein Aspekt seines Antrags war verlockend – ich würde mein Leben auf dem Rücken von Pferden verbringen, und das, da war ich mir sicher, war der einzige Platz, an dem ich wirklich sein wollte.

33

Dennaleia

Das trübe Licht eines bedeckten Morgenhimmels gab der Landschaft einen verwaschenen Anstrich. Die ruhelosen Hufe der Pferde hinterließen halbmondförmige Abdrücke im Gras, und alle warteten darauf, dass der große Pferdetrieb endlich begann. Irgendwo da draußen in den Hügeln erwarteten uns die Zuchtstuten und Fohlen des Königs. In meinen Knochen prickelte die Magie, und jedes Mal, wenn ich daran dachte, wie ich Mara geküsst hatte, drängte sie bedrohlich nah an die Oberfläche. Meine Bedenken wegen des Ausritts wuchsen noch, als ich mich mit Shadow am Fuße der Hügel zu den anderen Treibern gesellte. Sollte ich versehentlich etwas in Brand setzen, wären die wichtigsten Mitglieder des Hofstaates von Mynaria die Ersten, die es mitbekämen.

»Seid Ihr bereit für den Ritt?«, fragte Ellaeni, als ich mich der Gruppe näherte. Sie strich mit der Hand über den scheckigen Hals ihres grauen Pferdes.

»Mehr als bereit«, sagte ich und brachte Shadow neben ihr zum Stehen. »Gibt es Neuigkeiten von Claera?«

Ellaeni schüttelte traurig den Kopf. »Meine Mutter hat mir eine Nachricht geschickt, die Unruhen am Kanal wären beendet und die ortsansässigen Gruppen der Aufständischen aufgelöst. Seit dem letzten Mond werden jedoch viele Vermisste beklagt, und so wie meine Eltern Claera behandelt haben, hätte sie sich niemals an sie um Hilfe gewandt, auch nicht in der größten Verzweiflung.«

»Es tut mir so leid«, sagte ich.

Wir verfielen in ein bitteres Schweigen.

Ein frischer Wind scheuchte die Pferde auf, die unruhig auf ihrem Zaumzeug kauten. Ganz in unserer Nähe warteten mehr als zwanzig Edelleute und Gefolgsleute zu Pferde, während ein weiteres Dutzend im Kreis um die Arena ritt, um sich aufzuwärmen. Ich reckte den Hals und suchte die Menge nach Maras leuchtend kastanienbraunem Haar und Flickers verräterischer weißer Socke ab. Sobald sie in meiner Nähe war, würde ich mich bestimmt wohler fühlen. Ich musste ihr Gesicht sehen, um sicher zu sein, dass der gestrige Abend kein Traum gewesen war. Shadow tänzelte zur Seite. Meine Anspannung machte ihn nervös. Auch Ellaenis Wallach spitzte die Ohren. Ich tätschelte Shadow abwesend den Hals und versuchte, gleichmäßig zu atmen.

Nachdem Mara am Abend zuvor gegangen war, hatte ich keine Ruhe finden können und angespannt das grüne Buch aus der Bibliothek durchgeblättert. Ich erwog, ob ich Karovs Feder benutzen sollte, aber sobald ich an den Dolch dachte und daran, wie interessiert Karov an meiner Person war, kribbelte meine Haut. Ich konnte ihm nicht trauen. Selbst wenn ich meine Magie nicht vollständig verbergen konnte, musste es einen Weg geben, sie daran zu hindern, unkontrolliert auszubrechen. Dem Buch zufolge war es Menschen mit mehreren Gaben jedoch nahezu unmöglich, die absolute Kontrolle zu erlangen. Denn Regeln, die für eine bestimmte Neigung galten, waren nicht unbedingt auch auf andere Neigungen anwendbar.

Als die Buchstaben begannen, mir vor den Augen zu verschwimmen, hatte ich zurückgeblättert zu dem Bild, das schon in der Bibliothek meine Aufmerksamkeit erregt hatte. Selbst inmitten eines Wirbelsturms aus Feuer und Sternen war dieser Magier ruhig und beherrscht.

Ich war das nicht.

»Es ist gleich so weit.« Thandi kam auf mich zugeritten. Seine Stute tänzelte wie immer unruhig hin und her.

»Ich bin bereit«, sagte ich und zwang mich zu einem Lächeln. Da meine Gedanken nur um seine Schwester kreisten, konnte ich ihn kaum ansehen.

Ich sah zu Ellaeni hinüber, aber die schien in ihrer eigenen Welt versunken.

Thandi trieb Zin an, und ich gab Shadow den Befehl, ihm zu folgen.

»Das mag ich am Herbst am liebsten«, sagte er. »Nichts bringt das Blut mehr in Wallung als ein wilder Galopp durch die Hügel. Habt Ihr in Euren Reitstunden auch das Springen gelernt?«

Ich schüttelte den Kopf. »Leider nein.«

»Nun, dann nehmt Euch in Acht vor den Gräben. Und vor den Baumstämmen. Wenn das Gelände zu schwierig wird, reitet Ihr am besten hinter den Wimpelträgern. Die nehmen meist die sicheren Wege, weil es sehr schwer ist, mit einer Fahne zu springen. Er deutete auf ein paar Reiter in blauer Kleidung mit weißer Borte, die in einer am Steigbügel befestigten Halterung jeweils eine Fahne trugen. Ihre Wimpel flatterten im Wind, lange orangefarbene Dreiecke, die sich bis über die Hinterbeine ihrer Pferde hinaus schlängelten.

Seine Fürsorglichkeit machte meine Gewissensbisse nur noch schlimmer. In mir köchelte die Magie, ohne eine Möglichkeit zu entweichen. Wir trabten in die Hügel und über der Reiterhorde trieben Fetzen von Tratsch und Gelächter. Windwärts von mir sprach man von Krieg, von gefangen genommenen Aufständischen und vom Ritt gegen Zumorda. Offenbar war der Pferdetrieb nicht das Einzige, was die Leute beschäftigte.

»Seid Ihr aufgeregt, Mylady?«, fragte Thandi.

»Ein wenig«, gab ich zu.

»Seid ganz unbekümmert«, beruhigte er mich. »Es ist nicht Shadows erster Pferdetrieb. Sie wird auf Euch achtgeben. Und ich ebenfalls.«

Peinlich berührt versank ich in meinem Sattel. Nachdem ich nun schon so lange in Mynaria war, sollte es eigentlich nicht nötig sein, dass man auf mich aufpasste.

»Wo ist Amaranthine?«, fragte ich. Allein ihren Namen auszusprechen, ließ mich erröten.

»Wer weiß?« Thandi zuckte mit den Achseln. »Vielleicht in den Stallungen. Sie wollte mit den Stuten und Fohlen helfen, wenn sie hereinkämen.«

Wir wechselten wieder in den Trab und beendeten das Gespräch. Die hellen, blechernen Töne einer Trompete hallten durch den Wald und trieben uns vorwärts, während ich mich dem Rhythmus von Shadows Hufschlägen hingab. Der breite, von Bäumen gesäumte Weg verlief im Gegensatz zu den Pfaden, auf denen ich mit Mara geritten war, mehr am Fuße der Hügelkette, anstatt sich bergauf zu winden. Thandi und ich ritten ein ordentliches Tempo und bahnten uns an den anderen vorbei einen Weg an die Spitze der Gruppe. Ellaeni blieb ebenfalls in unserer Nähe, was mir ein wenig Sicherheit gab. Vor uns wippte die blau gekleidete Gestalt des Königs auf und ab. Auf dem Rücken seiner Reitjacke prangte eine goldene Stickerei, die die gekreuzten Weizengarben und Pfeile des Wappens von Mynaria zeigte.

»Reiten wir zu Endalan«, schlug Thandi vor und zeigte nach vorn.

Neben dem König ritt Lord Kriantz, dessen Pferd sich deutlich von den anderen unterschied. Es war nicht viel größer als Shadow und wirkte neben den Schlachtrössern ringsum wie ein Pony. Zudem hatte es ein Fell, das glänzte wie poliertes Gold. Lord Kriantz saß selbstsicher im Sattel und führte die Zügel wie ein Meisterreiter. Vor ihm ragte in einem stolzen Bogen der dünne Hals seines Pferdes auf. Hätte er nicht diese perfekte Haltung und wäre er nicht ebenso schlank wie sein Pferd, hätte er auf dem Tier mit seinen dürren Beinen, dem schmalen Rumpf und dem merkwürdig gewölbten Gesicht eine lächerliche Figur abgegeben. Selbst der Schweif des Pferdes war dünn, spärliche weiße Strähnen, die bis knapp unter seine Sprunggelenke reichten.

»Heda!«, rief Thandi Lord Kriantz zu. »Ich habe mich schon gefragt, ob Ihr Euer Pferd jemals reiten werdet.«

Lord Kriantz grinste. »Ich weiß Eure Schlachtrösser sehr zu schätzen, aber Pegala zu reiten, ist wie nach Hause zu kommen. Wenn Eure Tiere schnaufend zurück in den Stall trotten, wird sie immer noch frisch sein.« Er tätschelte den goldenen Hals der Stute und wurde mit einem Zucken ihrer langen Ohren belohnt.

»Schon möglich. Aber wenn wir gegen Zumorda reiten, werdet Ihr eines unserer Pferde bevorzugen«, entgegnete Thandi.

»Ihr könnt auf mein Schwert zählen«, sagte Lord Kriantz.

Thandi nickte und seine Gesichtszüge verhärteten sich.

Ihre Unterhaltung wechselte zwischen Pferden und Krieg hin und her, und ich hatte keinerlei Verlangen, etwas dazu beizutragen. Stattdessen wirbelten die wildesten Gedanken durch meinen Kopf. Ich dachte an meine Neigung, an Maras Tränen und Küsse und daran, dass die Gefahr, dass all dies in Feuer und Chaos enden würde, immer größer wurde.

Wir fanden die Herde der Zuchtstuten, als der Pfad tief in den Hügeln in eine weitläufige Wiese mündete. Eine der Stuten begrüßte uns mit einem argwöhnischen Schnauben, obwohl wir nicht die einzigen Menschen dort waren. Inmitten der Tiere standen mehrere Viehhirten, deren braune Uniformen von der tagelangen Arbeit mit Dreck und Grasflecken übersät waren. Als wir näher kamen, stiegen sie auf ihre Pferde und trieben die verstreuten Stuten behutsam zurück zur Herde. Die meisten Füllen und Hengstfohlen hielten sich tänzelnd an der Seite ihrer Mütter, während die neugierigsten unter ihnen mit gespitzten Ohren und schlagendem Schweif auf uns zukamen.

Unsere Gruppe teilte sich in der Mitte und wir ritten in weiten Bögen um die Wiese. Obwohl Thandis Stute vor Shadow die Ohren anlegte, gab er mir ein Zeichen, ihm zu folgen. Auf der anderen Seite der Wiese blieben wir stehen, und die Reiter verständigten sich mit einer Reihe von Handzeichen, die ich nicht kannte. Ich hatte keine Ahnung, was als Nächstes passieren würde, aber mein Herz schlug vor Aufregung immer schneller.

»Macht Euch bereit«, sagte Thandi. Sein Gesicht leuchtete.

Wir ritten vorwärts, bis die Herde in einen Trab verfiel. Dann ertönte das Horn. Die Herde flüchtete und wir jagten ihr hinterher. Es war völlig unnötig, Shadow mit den Fersen noch zusätzlich anzutreiben, also stellte ich mich in die Steigbügel, so wie Mara es mir beigebracht hatte, und glich mit den Unterschenkeln die Stöße des Galopps aus. In Sekunden waren wir zwischen den Bäumen, die nur so an uns vorüberflogen.

Shadows Hufe donnerten gemeinsam mit denen der anderen Pferde nahezu unkontrolliert über die Erde.

Ich bemühte mich, in Thandis Nähe zu bleiben, ohne dabei in Zins Reichweite zu geraten, die nach Shadow biss und ausschlug. An meiner Flanke ritt Ellaeni auf ihrem grauen Pferd, dessen Augen im wilden Galopp weit aufgerissen waren. Lord Kriantz' Stute mit ihren langen Beinen jagte uns voraus auf dem Pfad dahin, ein goldener Schatten zwischen den Bäumen. Uns blieb nichts anderes übrig, als zu folgen. Meine Schenkel, die nach einem halben Tag im Sattel schon geschwächt waren, brannten. Wir erreichten den Kamm eines Hügels und begannen den gefährlichen Ritt ins Tal. Ich griff in Shadows Mähne und murmelte ein Gebet zu den Sechs.

Die Herde fädelte sich in den Talweg ein, und ich atmete erleichtert auf, als das Tempo in einen langsameren leichten Galopp wechselte. Shadow schnaufte immer noch schwer. Ihr Hals war feucht, und sie kämpfte bei jedem Schritt, um mit den Schlachtrössern mitzuhalten. Wie angekündigt schwitzte Lord Kriantz' Stute kaum und ihr goldenes Fell schimmerte in der Nachmittagssonne. Dank der niedrigen, knotigen Bäume und des dichten Unterholzes blieb die Herde auf dem offenen Pfad, der sie sicher zur Burg leitete. Der harte Teil des Pferdetriebs war vorüber.

Thandi ritt neben das schwarze Pferd seines Vaters und die beiden grinsten sich an. In diesem Moment, auf dem Rücken meines Pferdes, fühlte ich mich endlich wie eine von ihnen. Ich hatte eine Zukunft in Mynaria und das tröstete mich. Ich trieb Shadow an, längere Schritte zu machen, um sie einzuholen. Ich wollte reiten, wo ich hingehörte. Ich musste meinen Platz einfordern, meine Pflicht erfüllen, auch wenn der Gedanke an Mara unendlich schmerzlich war.

Als ich bis auf ein paar Pferdelängen an den König herangeritten war, hatte ich mit einem Mal ein ungutes Gefühl. Etwas stimmte nicht. Plötzlich brach um König Aturnicus Feuer aus und er wurde von einem violetten Flammenmeer verschlungen. Das alles dauerte nicht länger als einen Herzschlag.

Ich schrie.

Das Pferd des Königs scheute und Shadow kam schlitternd zum Stehen. Fast hätte es mich aus dem Sattel katapultiert. Shadow wich vor dem Feuer zurück. Verzweifelt klammerte ich mich in ihrer Mähne fest und versuchte, mich wieder aufzurichten. Als ich die Zügel endlich unter Kontrolle hatte, sah ich gerade noch, wie der König vom Pferd stürzte. Violette Flammen leckten an seiner Livree, und auf seinem Rücken brannte golden das Wappen von Mynaria, als hätte man es nur zu diesem Zweck hineingestickt. Gefolgsleute rissen sich die Jacken vom Leib und liefen zu ihm. Es gelang ihnen, das Feuer auszuschlagen. Als sie sich zurückzogen, lag der König jedoch reglos am Boden.

Lord Kriantz und ein paar Gefolgsleute ritten in den Wald und suchten die Umgebung nach dem Angreifer ab. Vom Gestank des verbrannten Fleisches musste ich würgen, und Shadow begann, unruhig unter mir zu tänzeln.

Hauptmann Ryka kniete sich neben den König und legte die Wange an sein Gesicht.

»Er atmet noch!«

Thandi sprang aus dem Sattel, gab Zins Zügel einem anderen Reiter und rannte zu seinem Vater.

»Er lebt«, flüsterte er wie in einem Gebet.

Ich stieg ab und presste mir die Hand auf den Bauch, um nicht zu hyperventilieren. Das konnte nicht ich gewesen sein. Unmöglich. Ich würde den König nie verletzen. Ich würde niemanden verletzen. Ich versuchte, mich zurückzuerinnern, ob irgendetwas gequalmt hatte. Mir war zwar übel, aber es war nicht diese merkwürdige Leere und Erschöpfung, die mich oft überkam, wenn ich meine Kräfte eingesetzt hatte. Nein, das konnte nicht ich gewesen sein.

Lord Kriantz trabte auf seiner Stute wieder zu uns herüber. »Ich konnte niemanden finden.«

Thandi starrte in die Bäume und presste wiederholt die Kiefer aufeinander, dann wandte er sich an die umstehenden Gefolgsleute. »Croden und Lianna, ihr sucht noch einmal die Gegend ab. Du mit dem rotbraunen Wallach, hol, so schnell dein Pferd dich trägt, einen Arzt und eine Trage. Der Rest reitet weiter. Wir müssen die Zuchtstuten noch zur Burg treiben.«

Er gab seine Befehle so selbstsicher, dass alle sofort reagierten. Selbst die Pferde trabten zügig den Pfad durch den Wald hinunter ins Tal. Zum ersten Mal erkannte ich in Thandi den Mann, der eines Tages König sein würde. Die Hufschläge der Reiter verklangen in der Ferne und es legte sich eine seltsame Ruhe über alles. Die Stille des Waldes und die Reglosigkeit des Königs machten es schwer zu glauben, dass er überleben würde.

»Kann ich irgendetwas tun, Eure Hoheit?«, fragte Lord Kriantz.

Thandi sah mit tränennassen Augen zu ihm auf. »Bleibt hier. Ich könnte Euren Rat brauchen, mein Freund.«

»Wie Ihr wünscht, Eure Hoheit.«

»Wie konnte das passieren?«, krächzte Thandi. »Es sind keinerlei Spuren von Waffen zu sehen.«

»Das war kein gewöhnlicher Angriff, Eure Hoheit«, sagte Lord Kriantz ernst. »Es muss Magie dahinterstecken. Oder warum sonst hätten die Flammen violett brennen sollen?«

Thandis Miene verfinsterte sich. »Sollte ein Magienutzer hierfür verantwortlich sein, werden wir ihn finden.« Er beugte den Kopf über seinen Vater. »Wir werden ihn finden und vierteilen.«

Ich zitterte. Seine Stimme verriet, dass er keine Gnade kannte. Er würde auch mir keine Chance geben zu erklären, dass meine Neigung allein mich nicht verantwortlich machte.

»Vielleicht sollten wir damit beginnen, alle Anwesenden mit dem Artefakt der Aufständischen auf Magie zu prüfen«, schlug Hauptmann Ryka vor. »Der Täter könnte unter uns sein.«

Ich bekam weiche Knie.

»Ja.« Thandi nickte zustimmend. »Wir werden umgehend damit beginnen.«

34

Mara

Die verkohlte Gestalt, die da auf der Bahre lag, erinnerte kaum an einen Menschen und noch weniger an meinen Vater. Immer wieder schlug ich mit der Faust gegen die Steinmauer des Stalls, während die Ärzte an der Bahre zusammenliefen und ihn dann, dicht gefolgt von Hauptmann Ryka, schnell wegbrachten. So wütend ich auch wegen vielem auf ihn war, der Gedanke, dass er sterben könnte, war schrecklich für mich. Immerhin war er der einzige Elternteil, der mir noch blieb.

Ich hätte bei dem Ausritt dabei sein sollen. Und hätte ich nicht befürchtet, dass mein Herz in Dennas Nähe sofort wieder lichterloh brannte, wäre ich es auch gewesen. Sollte ihr irgendetwas geschehen sein, würde ich es mir nie verzeihen. Ich ersparte es mir, den Ärzten hinterherzulaufen – es gab ohnehin nichts, das ich tun konnte –, und wartete an der Stalltür, falls man meine Hilfe bei den Pferden benötigte. Damit kannte ich mich wenigstens aus. Ich wischte mir den Staub von den Händen und trat hinaus in die Dämmerung.

Lord Kriantz kam als Erster an; der Hals seiner goldenen Stute war noch immer gespannt und voller Energie. Ich hielt sie fest, damit er absteigen konnte, und übergab ihre Zügel seinem persönlichen Stallburschen.

Fragend sah ich ihn an, in der Hoffnung, er würde mir

sagen, was ich hören wollte, ohne dass ich es formulieren musste.

»Er kann es überleben, Mylady«, sagte er ernst.

Ich nickte abwesend. Meine Augen wanderten zu den anderen Reitern, die gerade ankamen. Alle hatten denselben Ausdruck im Gesicht. Erschöpfung. Angst. Sorge.

Lord Kriantz griff sanft nach meinem Arm. »Es tut mir so leid, Mara. Wenn ich irgendetwas für Euch oder Eure Familie tun kann …«

»Was ist passiert?«, unterbrach ich ihn.

Er kam näher.

»Der Angriff war magisch«, sagte er so leise, dass nur ich es hören konnte.

Ich erstarrte und er trat wieder einen Schritt zurück. Wie konnte das sein? Die meisten Aufständischen aus Lyrra befanden sich in Gefangenschaft. Und Denna würde niemals jemanden verletzen. Aber wer mit einer Neigung lief sonst noch frei herum?

»Hat mit den Stuten und Fohlen alles gut geklappt?«, fragte er etwas lauter.

»Ja, bestens. Sie werden zur Fohlenauslese bereit sein … wenn sie denn nächste Woche wie geplant stattfindet«, sagte ich.

Vom Fohlengehege drang das klägliche Wimmern eines frisch entwöhnten Fohlens nach seiner Mutter zu uns herüber. Der Ton war herzzerreißend. In ein paar Tagen würde es ihnen wieder gut gehen, aber heute war die Trennung von der Mutter noch ganz frisch. Alles, was von Bedeutung für sie gewesen war, hatte man ihnen genommen.

»Gut. Lasst es mich bitte wissen, wenn ich helfen kann.« Lord Kriantz legte mir tröstend die Hand auf die Schulter.

Thandi kam in den Stall. Er war schon abgestiegen und führte Zin hinter sich her. Die Stute ließ den Kopf hängen und ihre Flanken zeigten Streifen von Schweiß. Als ein Stallbursche ihre Zügel nahm, stieß sie einen tiefen Seufzer aus.

»Wie schlimm ist es?«, fragte ich ihn.

Thandi schüttelte den Kopf. Seine blauen Augen waren leer.

»Sag mir, wie schlimm es ist.« Ich packte ihn an den Schultern wie damals, als wir noch klein waren.

»Es ist schlimm, Mara. Zufrieden?« Er stieß mich weg. »Ich kann jetzt nicht reden. Ich muss … Ich muss mich um einiges kümmern.«

Ich hielt ihn noch kurz am Unterarm zurück. »Ich bin hier, wenn du mich brauchst«, sagte ich.

Er drückte meinen Arm und nickte.

Lord Kriantz gab Thandi ein Zeichen. »Gehen wir zur Burg. Der Hohe Rat wird auf Euch warten. Mara kann Prinzessin Dennaleia begleiten.« Mein treuloses Herz schlug schneller.

Thandi nickte mechanisch und folgte, umgeben von vier Gefolgsleuten, Lord Kriantz den Hügel hinauf. Seine Schultern schienen noch nicht breit genug, um die Bürden eines Königs zu tragen, noch nicht einmal für einen Tag. Es fiel mir schwer, meinen Bruder als erwachsenen Mann zu sehen. Er war ein knappes Jahr jünger als ich und schon ein Mann – und sollten die Sechs meinen Vater zu sich holen – ein König.

Ich setzte mich auf einen Heuballen, lehnte mich gegen eine Stallbox und sah zu, wie die letzten ankommenden Treiber an mir vorüberzogen. Erst als Denna und Shadow sich dem Stall näherten, erhob ich mich und rannte ihr entgegen, um ihr aus dem Sattel zu helfen. Ihr von Sorge gezeichnetes Gesicht erhellte sich kaum, als sie mich sah, aber das kurze Aufflackern in ihren Augen genügte mir.

Sie taumelte von Shadows Rücken in meine Arme, salzig und verschwitzt, aber ihre zerzausten Locken dufteten noch immer nach Sommerrosen. Ein Stallbursche führte ihr Pferd weg und ich zog sie an mich. Ich hielt sie fest, als wäre sie mein einziger Anker.

»Es war so schrecklich, Mara«, murmelte sie in mein Ohr. »Er war direkt vor mir.«

Ich löste mich von ihr und holte stockend Luft. Wäre ich doch nur bei meinem Vater gewesen – und bei ihr.

»Aber er wird es überleben. Er muss«, sagte sie. Dann erzählte sie mir mit zitternder Stimme, was am Nachmittag passiert war.

»Aber wo ist das Feuer hergekommen?«, fragte ich.

»Wenn ich das nur wüsste. Ich war es nicht. Das schwöre ich! Ich würde niemals jemanden verletzen.«

Tränen traten ihr in die Augen. »Aber Lord Kriantz … Er hat mich danach so merkwürdig angesehen. Ich glaube, er weiß über meine Neigung Bescheid.« Die Angst stand ihr ins Gesicht geschrieben.

»Woher sollte er es denn wissen?«, sagte ich. »Sein Volk nutzt keine Magie. Die meisten Stämme Sonnenborns verehren nicht einmal die Sechs.«

»Und wenn er herumerzählt, dass ich es gewesen bin?«, flüsterte sie.

»Warum sollte er das tun? Er hat doch versucht, uns zu helfen.«

»Ich weiß auch nicht. Ich habe einfach Angst«, gab sie zu. »Thandi hat gesagt, wenn sie den verantwortlichen Magier finden, töten sie ihn. Und Hauptmann Ryka hat vorgeschlagen, alle, die beim Pferdetrieb dabei waren, zu prüfen. Thandi war einverstanden. Wem sollten sie denn sonst die Schuld geben, wenn nicht mir?«

»Niemand wird dich töten«, versicherte ich ihr.

»Ich habe dich heute vermisst«, sagte sie, »bis … bis zu dem Unfall konnte ich an nichts anderes denken.« Sie sah aus wie ein verängstigtes kleines Mädchen, genauso verloren wie die entwöhnten Fohlen, die nach ihren Müttern riefen. Aber Denna rief nach mir und ich würde für sie da sein.

»Ich habe dich auch vermisst«, sagte ich mit rauer Stimme.

Schweigend verließen wir den Stall. Wir gingen Hand in Hand durch den Garten, wo uns niemand sehen konnte, und ich folgte ihr wie ein verloren gegangener Hund in ihre Gemächer. Während Auna sie im Zimmer nebenan badete, setzte ich mich an ihren Toilettentisch und schickte einen Pagen nach Kleidern zum Wechseln. Ich hatte das Gefühl, mich völlig zu verlieren, wenn ich nicht in ihrer Nähe blieb.

Nachdem Denna Auna für die Nacht entlassen hatte, flüsterte sie endlich meinen Namen.

»Mara.«

Es klang so warm, wenn sie ihn sagte. Wie ein Zuhause. Wie das Feuer im Kamin oder die Röte auf meinen Wangen, wenn sie näher kam.

»Denna«, antwortete ich.

Sie kam durchs Zimmer auf mich zu und nahm meine Hand. Dann stellte sie sich auf die Zehenspitzen und streifte mit ihrer Wange über meine. Die Geste jagte mir einen Schauer über den Rücken. Ganz gleich wie oft wir uns berührten, ich würde mich nie daran gewöhnen, wie perfekt sich ihre Haut auf meiner anfühlte.

Ich wollte ihr sagen, wie unehrenhaft es der Krone gegenüber war, hier vor ihr zu stehen, wie unehrenhaft, meinem Herz zu gestatten, so laut für sie zu schlagen. Ich hatte schon viele Menschen enttäuscht, doch das hier sprengte alles, was ich mir bisher geleistet hatte. Aber sie brauchte mich. Und ich brauchte sie. Und – verdammt – ihr Kopf lag auf meiner Schulter, als wäre das sein angestammter Platz.

Sie zog mich vor den Kamin und wir setzten uns. Ich legte ihre Hand in meinen Schoß und zeichnete die Linien in ihrer Handfläche nach.

»Lord Kriantz hat mich gefragt, ob ich ihn heiraten will«, sagte ich.

Sie zog die Hand zurück und ballte sie zur Faust.

»Was hast du ihm geantwortet?«, fragte sie leise.

Die Frage hing wie ein bleierner Vorhang zwischen uns. Ich wusste nicht, ob ich lachen, schreien oder weinen sollte.

»Noch nichts. Ich denke darüber nach.« Ich zuckte mit den Achseln. Das Versprechen ihrer Liebe würde mir genügen, um ihn abzuweisen – das Versprechen einer gemeinsamen Zukunft. Aber dieses Versprechen musste sie mir freiwillig geben, ohne Druck. Sie hatte alles zu verlieren.

»Das ist nicht dein Ernst«, sagte sie. »Wir haben noch etwas zu tun. Da draußen ist noch immer jemand, den wir aufhalten müssen.« Aus dem Feuer schlug ein heller Funken und fiel zischend auf den Steinfußboden.

Während ich ihn ängstlich beobachtete, holte Denna tief Luft.

»Ich kann meinen Beitrag auch leisten, wenn ich mit Lord Kriantz verheiratet bin. Vielleicht erfahren wir von ihm sogar noch etwas Neues.« Endlich wagte ich es, ihr in die Augen zu sehen. Hätte ich dabei doch nur nicht immer dieses merkwürdige Gefühl im Bauch und das Bedürfnis, sie zu küssen.

»Aber wenn wir nicht herausfinden, was hier vor sich geht, werden die Königreiche einen Krieg mit Zumorda beginnen.

Und dann bist du dort unten, ganz dicht an der Frontlinie …« Ihre Stimme zitterte.

»Und warum sollte mich das stören? Was ist denn schon dabei? Ich kann nicht hierbleiben, Denna. Ich kann einfach nicht mit ansehen, wie du meinen Bruder heiratest.« Mir versagte fast die Stimme.

»Aber Lord Kriantz liebt dich nicht!«, rief sie zornig.

»Und du? Liebst du meinen Bruder? Wo liegt da der Unterschied?«

»Ich liebe *dich*. Ich finde eine Lösung. Noch vor der Hochzeit. Bitte, gib mir etwas Zeit. Ich brauche das hier«, flehte sie. »Ich brauche dich.«

Sie stand auf und kniete sich vor mir auf den Boden.

»Bitte«, sagte sie und nahm meine Hände. »Bitte bleib bei mir heute Nacht.«

In meinem Herzen tobte eine Schlacht.

Sie küsste meine Handrücken.

Ich sollte nicht hierbleiben.

Sie legte mir die Hand aufs Knie und ließ sie langsam meinen Schenkel hinaufgleiten, bis ich scharf die Luft einsog.

Ich musste gehen.

Sie kroch zu mir, zog sich hoch in meinen Schoß und berührte meine Wange, sanft wie eine Feder. Eine Gänsehaut zog sich bis hinauf zu meinem Haaransatz.

Ich fuhr mir mit der Zunge über die Lippen.

Sie legte den Mund auf meinen Hals und küsste die Stelle, an der das Blut unter meiner Haut pulsierte.

Ich konnte nicht mehr denken.

»Wir sollten das nicht tun«, flüsterte ich.

»Ich weiß.«

Sie führte mich zu ihrem Bett und zog mich neben sich.

Ihre Hände wanderten über meinen Körper. Ich verlor mich in den Mustern, die sie auf meine Haut zeichnete, und als sie schließlich ihre Lippen auf meine legte, küssten wir uns, bis wir kaum noch Luft bekamen, bis ich der Versuchung, meine Hand über ihren Schenkel gleiten zu lassen und ihr das Nachthemd über die Hüfte zu schieben, nicht mehr widerstehen konnte. Unter meinen Fingern war ihre weiche Haut wie warme Milch.

Meine Berührung machte Denna mutiger. Sie suchte sich einen Weg unter mein Hemd und zog es mir über den Kopf. Ihre Lippen glitten über meine entblößte Haut und meine anfängliche Zurückhaltung erblühte zu einem unbändigen Verlangen. Sie legte mir die Hand zwischen die Beine und auch das letzte bisschen Scheu verflog. Denna war sich ihrer Berührungen so sicher, dass kein Zweifel daran bestand, dass sie sich nach jedem Zentimeter meines Körpers sehnte. Ich konnte nicht genug davon bekommen.

»Ich will dich schon so lange«, hauchte sie.

Ich hätte weinen können, so stark waren die Gefühle, die ihre Worte in mir auslösten. Auf das – genau das – hatte ich gewartet. Sie war, was mir immer gefehlt hatte. Ich zog ihr das Nachthemd über den Kopf und unsere nackte Haut berührte sich. Entzückt von der Sanftheit, mit der ihre drängenden Finger mich streichelten, baute sich eine unaufhaltsame Begierde in mir auf.

Denna küsste meinen Hals, folgte mit den Lippen der Linie meiner Schultern, und mit einem Mal wurde mein Körper von einer so intensiven Lust gepackt, dass ich außerstande war, noch irgendetwas anderes zu fühlen. Sie hielt mich fest, bis das Gefühl verebbte und ich endlich Luft holen konnte. Sobald ich wieder in der Lage war, mich zu bewegen, streckte ich die

Hände nach ihr aus, ganz wild darauf, ihre Liebesdienste zu erwidern. Hungrig presste sie sich an mich, schmiegte sich in meine Hände und atmete in mein Ohr, ein sanftes, unbedarftes Geräusch. Als sie schließlich aufschrie und mit den Schenkeln meine Hand umklammerte, durchflutete auch mich erneut eine Welle der Lust.

Nachdem wir unsere Kleider wiedergefunden hatten und sie endlich eingeschlafen war, presste ich mich an sie und versuchte, die Position wiederzufinden, in der sie sich mir so perfekt angepasst hatte. Ich brauchte sie mehr als jemals einen Menschen zuvor. Sie glättete meine Ecken und Kanten, machte mich zu einem besseren Menschen. Bei ihr war ich weniger, wie ich war, und mehr, wie ich sein wollte. Das einzige Problem war, dass sie nicht für mich bestimmt war. Ich lauschte ihrem Atem, der sich hob und senkte, und beobachtete die einzelnen Funken, die ab und an aus der Glut des herunterbrennenden Kaminfeuers sprangen.

Ich schloss die Augen, aber der Schlaf wollte nicht kommen. Der Anblick des verbrannten Körpers meines Vaters verfolgte mich, und mit jeder Minute, die verstrich, war ich mir sicherer, bald die Hörner der Weißen Reiter zu hören.

Aber es waren nicht die Weißen Reiter, die uns weckten.

35

Dennaleia

Noch vor dem Morgengrauen wurde plötzlich die Tür zu meinem Schlafzimmer aufgerissen. Ich rieb mir die Augen, während ich mich im Bett aufsetzte, bereit, Auna sogleich wieder wegzuschicken, als ich das Gesicht vor mir erkannte.

Thandi.

Er gab keinen Ton von sich, aber irgendwie war sein Schweigen schlimmer als alles, was er hätte sagen können.

Hinter mir begann sich Mara zu regen und an die Stelle ihres warmen Körpers strömte kalte Luft. Sie setzte sich ebenfalls auf und nahm den Arm von meiner Taille. Ohne sie anzusehen, konnte ich den eiskalten Blick spüren, mit dem sie ihren Bruder anstarrte. Aber es war klar, wer hier die Oberhand hatte. Stumm vor Wut presste Thandi immer und immer wieder die Kiefer aufeinander, und ich verkroch mich tief in meine Decken, als könnten sie mich beschützen.

Er sah über mich hinweg zu seiner Schwester, seine Augen blitzten wie zwei gezogene Schwerter.

»Ich … Ich kann es einfach nicht glauben«, sagte er schließlich. »Ich habe dich überall gesucht, um über Vater zu sprechen, und dann finde ich dich hier?«

»Sie ist nur meine Freundin, Thandi«, sagte Mara und verschränkte die Arme vor der Brust.

Obwohl ich ebenfalls behauptet hatte, sie sei *nur* meine Freundin, schmerzte es, den Satz aus ihrem Mund zu hören. Freundinnen leisteten einander Gesellschaft, hatten immer ein gutes Wort füreinander oder eine tröstende Umarmung. Aber sie küssten sich nicht auf eine Art und Weise, die den ganzen Körper in Brand setzte. Sie brachten einander nicht mit einer einzigen Berührung um den Verstand, und vor allem taten sie nicht, was wir letzte Nacht getan hatten.

Dennoch gehörte mein Leben Thandi – wenn er mich noch wollte.

Ich würde Mara verlieren, egal was nun passierte.

»Wir sind keine Kinder mehr, Mara. Du kannst nicht tun, was dir gerade einfällt, ohne jede Rücksicht auf das Reich«, sagte Thandi. Das Licht der Lampe ließ die Ringe unter seinen Augen noch dunkler erscheinen.

»Hast du je darüber nachgedacht, dass Denna kein Gegenstand ist, den man besitzt, Thandi? Dass sie eigene Wünsche und Anliegen hat? Wahrscheinlich nicht. Denn wenn du es getan hättest, wäre dir sicher aufgefallen, dass sie doppelt so klug ist wie jeder von uns. Du hast sie in Fesseln gelegt, ohne ihr die Chance zu geben, sich zu beweisen.«

Thandi kam geradewegs auf sie zu, wobei die schaukelnde Lampe in seiner Hand bedrohliche Schatten durchs Zimmer tanzen ließ. Ich hatte solche Angst um sie, dass es mir den Hals zuschnürte. Am liebsten hätte ich ihr den Mund zugehalten und sie weggeschickt, bevor er ihre Würde mit Füßen trat.

»Und du? Du scheinst meiner zukünftigen Frau ja durchaus die Chance gegeben zu haben, sich zu beweisen.« Jedes seiner Worte war pures Gift.

»Im Gegensatz zu dir höre ich ihr wenigstens zu«, erwiderte Mara. Ihre Stimme klang ebenso kalt wie seine.

»Mara hat nichts Falsches getan«, warf ich ein. Ich war hier die Schuldige.

»Darüber können wir später reden«, sagte er an mich gewandt.

»Es tut mir leid«, sagte ich, obwohl es das nicht tat, und ich fühlte mich gleich noch schlechter.

»Und was dich angeht, Mara, du hast nun keine Wahl mehr, ob du Lord Kriantz heiraten willst oder nicht. Ich hoffe, es gefällt dir in der Wüste.«

Am liebsten hätte ich mir die Decke über den Kopf gezogen und wäre wieder eingeschlafen, um in einer Welt aufzuwachen, in der das alles nicht passiert war. Ich war so aufgewühlt, dass die Kohlen im Kamin anfingen, rot zu glühen. Verzweifelt versuchte ich, meine Gefühle zu unterdrücken. Wenn Thandi nun auch noch meine Magie zu sehen bekam, hätte er mehr als nur einen Grund, mich umzubringen.

»Du kannst mich zu nichts zwingen.« Mara starrte ihn trotzig an.

»Es reicht«, rief er. »Wachen!«

Mehrere Gefolgsleute betraten mit teilnahmslosem Gesicht den Raum.

»Begleitet meine Schwester bitte in ihre Gemächer, und seht zu, dass sie dort bleibt. Ich will Wachen an allen Ausgängen … auch vor den Fenstern«, befahl Thandi.

In Maras Augen flackerte Panik. Die Gefolgsleute nahmen sie zwischen sich und schoben sie aus dem Zimmer. Man würde sie einsperren wie ein Tier, und ich würde keine Möglichkeit haben, zu ihr zu gelangen. Die Tür fiel hinter ihnen laut ins Schloss und ich war mit Thandi allein. Mein Herz schlug mit jedem Pochen ein Loch in meine Brust.

Er trat zu mir ans Bett und suchte mit gesenktem Kopf nach

den treffenden Worten. Alles, was er mir gleich vorwerfen würde, würde wahr sein – das war das Schlimmste. Er musste mich hassen für meinen Verrat. Denn selbst wenn niemand es laut ausgesprochen hatte, so war die Art und Weise, wie ich Mara angesehen hatte, Beweis genug. Ich krallte die Finger in die Bettdecke, damit sie nicht so zitterten. Mehrere Minuten vergingen, bevor er zu sprechen begann.

»Ihr wisst, dass Ihr versprochen seid? Dass Ihr mir versprochen seid?«, fragte er mit brüchiger Stimme.

»Ja, das weiß ich«, flüsterte ich.

»Habe ich etwas Falsches getan?« Er sah auf und ließ den Blick über mein Gesicht wandern auf der Suche nach einer schlüssigen Erklärung.

Wie sollte ich ihm begreiflich machen, dass meine Gefühle für Mara nichts mit ihm zu tun hatten? Es war nicht er, der mich in Fesseln legte – es waren meine Pflichten. Und es war auch nicht seine Schuld, dass Mara mich zum Leuchten brachte wie ein Sonnwendfeuer. Oder dass alle Farben der Sechs in meinem Herzen strahlten, wann immer sie mich ansah. Das war so, seit wir uns zum ersten Mal gesehen hatten, seit sie mich zum ersten Mal berührt hatte. Thandi konnte nichts dafür.

»Wir müssen unsere Pflicht erfüllen«, sagte er. Derart niedergeschlagen sah er sehr viel älter aus.

»Ich weiß«, flüsterte ich.

»Und auch Mara wird ihre Pflicht erfüllen müssen. Es wird Krieg geben.«

Ich nickte und starrte dabei ins Leere. Wie ein dunkler, klaffender Abgrund tat sich vor mir mein Leben ohne sie auf. Nach allem, was geschehen war, würde man sie mir unweigerlich nehmen.

»Ihr müsst mich nicht lieben, das ist mir bewusst. Aber ich hatte gehofft, Ihr könntet es vielleicht eines Tages«, sagte Thandi. Die Schuldgefühle brachen wie Wellen über mich herein. Unausweichlich. Ich hatte ihm unrecht getan und damit mein Reich verraten.

Und das Allerschlimmste war, ich würde es wieder tun. Wieder und immer wieder.

Er konnte mir unmöglich verzeihen. Und vielleicht sollte er das auch gar nicht.

»Es tut mir leid«, sagte ich. Ich wusste nicht, was ich sonst sagen sollte.

Plötzlich wurde das Schweigen, das sich zwischen uns aufgebaut hatte, von den blechernen Rufen der Jagdhörner unterbrochen. Es waren dieselben klagenden Töne wie jene, die wir gehört hatten, als Casmiel von uns gegangen war.

Der neue König ließ den Kopf sinken und weinte auf meine Laken.

36

Mara

Die blechernen Rufe der Hörner zerrissen mir das Herz. Kraftlos sank ich zu Boden, während die Hufschläge der Weißen Reiter in Richtung Stadt verklangen. Mein Vater war von uns gegangen und ich hatte mich nicht einmal mehr von ihm verabschieden können. Es würde nie wieder eine Gelegenheit geben, unser Verhältnis zu kitten oder ihm zu beweisen, dass ich nicht nutzlos war. Thandi war nun König und in Dennas Leben gab es keinen Platz mehr für mich. Mein Bruder würde mich wie angedroht nach Sonnenborn schicken. Ich konnte dagegen kämpfen, so viel ich wollte. Den Befehlen des Königs war ich machtlos ausgeliefert.

Zitternd blieb ich auf dem kalten Steinfußboden liegen, bis die Sonne längst aufgegangen war. Als Sara mich so fand, half sie mir auf und brachte mich ins Bett.

Erst als sich jemand neben mich setzte und sich mir eine vertraute Hand auf die Schulter legte, erwachte ich wieder.

»Heda«, sagte Nils.

Ich öffnete halb die Augen und blinzelte ihn benommen an. Mein wirrer Geist suchte nach Worten.

»Nils!«, presste ich hervor und setzte mich auf.

Er nahm mich in die Arme, so wie er es immer getan hatte, und wiegte mich sanft hin und her, während ich gegen die

Tränen kämpfte. Verzweifelt klammerte ich mich an ihn. Sein muskulöser Körper und die saubere Livree waren das Einzige auf der Welt, worauf ich mich noch verlassen konnte.

»Wie bist du hier hereingekommen?«, fragte ich.

Nils zuckte mit den Achseln. »Es hieß, du dürftest deine Gemächer nicht verlassen. Dass ich sie nicht betreten darf, hat keiner gesagt.«

»Typisch. Thandi war in diesen Dingen schon immer etwas naiv. Du musst mich hier rausholen.« Ich zerrte an seinem Hemdsärmel.

»Das kann ich nicht.« Er schüttelte den Kopf. »Du weißt, warum. Ich unterstehe jetzt seinem Befehl. Was zur Hölle der Sechs hast du überhaupt angestellt, dass er dich in deinen Gemächern einschließt?«

»Thandi hat mich heute Morgen in Dennas Schlafzimmer erwischt«, brach es aus mir heraus. Nils hatte mir schon Hunderte Geschichten erzählt, wie er in den falschen Betten aufgewacht war, und ich hoffte, es wären keine weiteren Erklärungen nötig.

An seinen Augen sah ich, dass es ihm dämmerte. »Verstehe.«

»Ich habe ihr gestern meine Liebe gestanden«, gab ich zu. Meine Stimme war nicht viel mehr als ein Flüstern. Aus Angst, ihm in die Augen zu sehen, vertiefte ich mich in die Muster meiner Bettdecke und fuhr mit dem Finger einen gestickten Wirbel nach.

»Nun, immerhin ein Fortschritt«, sagte er.

Unendlich dankbar für diese schlichten Worte griff ich nach seiner Hand. Welcher der Sechs Götter ihn mir auch immer geschickt hatte, ich würde ihm nie genug dafür danken können.

»Ich weiß nicht, womit ich dich verdient habe«, sagte ich leise.

»Wir haben schon viel zusammen durchgemacht, Mara. Du hast bei jedem Skandal und jedem Liebeskummer treu zu mir gehalten. Nun bin ich an der Reihe.«

Ich legte mir seine warme Hand auf die Wange. Dann drehte ich den Kopf und küsste sanft die vertrauten Linien in seiner Handfläche.

»Und weiß er es?«, fragte Nils.

»Er muss es wissen.«

»Hat er euch in einer unmissverständlichen Situation erwischt?« Er grinste.

Meine Wangen brannten. »Das spielt keine Rolle mehr. Sie wird ihn heiraten, so oder so. Was immer da auch zwischen uns ist, ihre Pflicht ist ihr ganz offensichtlich wichtiger. Die Krone steht an erster Stelle.«

»Hat Denna nichts geantwortet, als du ihr gesagt hast, dass du sie liebst?«

»Nun ja …«, begann ich zögernd. »Sie hat mich geküsst. Und dann hat sie es auch gesagt.« Es fiel mir schwer, ihm das zu erzählen. Am liebsten hätte ich für mich behalten, wie sie mich überrascht hatte und ich für einen Moment geglaubt hatte, alles könnte gut werden.

Nils zog die Augenbrauen in die Höhe. »Und letzte Nacht?«

»Ich konnte sie nach dem Pferdetrieb einfach nicht allein lassen.« Ich kniff mir in den Arm, um das Zittern in meiner Stimme loszuwerden. »Ich habe ihr erzählt, dass ich darüber nachdenke, Lord Kriantz zu heiraten. Aber sie wollte nichts davon hören.«

»Davon will ich auch nichts hören«, schnaubte er.

»Aber seine Besitztümer liegen an der Grenze zu Zumorda. Wenn ich mit ihm gehe, kann ich vielleicht herausfinden, was sich dort tatsächlich abspielt. Oder ich könnte ausreißen, sobald wir nahe genug an der Grenze sind, und dann allein nach Zumorda reiten. Ich könnte die Königin warnen, dass ihr Reich verleumdet wurde.«

»Du lenkst ab. Das eine hat mit dem anderen nichts zu tun. Und das weißt du auch. Man kann vor seinen Gefühlen nicht davonlaufen, Mara. Und deine Idee, allein nach Zumorda zu reiten, gefällt mir genauso wenig wie die, dass du mit Lord Kriantz nach Sonnenborn gehen willst.«

»Was bleibt mir denn anderes übrig? Selbst wenn ich nicht mit Lord Kriantz ginge, werde ich nicht heimlich durch Dennas Fenster steigen, wenn sie das Bett mit meinem Bruder teilt. Das alles war ein schrecklicher Fehler.«

»Aber wenn Thandi euch nicht erwischt hätte, hättest du sie vielleicht noch überzeugen können.«

»Überzeugen wovon?«, jammerte ich. »Da ist nichts, wovon ich sie überzeugen könnte. Ich habe ihr nichts zu bieten. Ich weiß ja kaum, was ich mit meinem eigenen Leben anfangen soll, geschweige denn, was ich ihr geben könnte, das einem Leben als Königin gleichkommt.«

»Möchte sie denn Königin werden?«

»Sie ist dazu verpflichtet. Und für Denna sind ihre Pflichten das Allerwichtigste.« Ich vergrub den Kopf im Kissen. »Oh Götter, ich bin so dumm. So unglaublich dumm. Warum bin ich nur so dumm gewesen? Du hättest die Dummheit aus mir herausprügeln sollen, als noch Gelegenheit dazu war.«

»Du bist nicht dumm, Mara.« Er legte mir sanft die Hand auf den Kopf. »Du bist verliebt.«

Er hatte recht. Und dafür hasste und liebte ich ihn zugleich.

»Und nun … Nun wo mein Vater … Es ist vorbei«, sagte ich. Die Worte wollten mir kaum über die Lippen kommen.

Ich kämpfte gegen die Tränen. »Ich will nicht mehr darüber reden. Kannst du noch eine Weile bei mir bleiben?«

»Warum? Willst du, dass in der Gerüchteküche der Burg mal wieder etwas Neues gekocht wird?«

»Ich will nicht allein sein.« Ich konnte spüren, dass der Kummer nur darauf wartete, mich aufzufressen.

»Also gut.« Er legte den Arm hinter den Kopf und streckte sich auf dem Bett aus.

Auch wenn das Loch, das klaffte, wo mein Herz gewesen war, sich dadurch nicht schloss, kuschelte ich mich neben ihn.

»Erzähl mir irgendwelche blöden Geschichten von den Gefolgsleuten«, bat ich ihn. »Oder, noch besser, bescheuerte Witze. Niemand kennt bessere dreckige Witze als ihr Gefolgsleute.«

Lachend tat er, worum ich ihn gebeten hatte, und nach einer Weile fiel ich in einen unruhigen Schlaf.

37

Dennaleia

Zwei Tage nach dem Tod des Königs saß ich zum zweiten Mal im Hohen Rat. Obwohl draußen ein kühler Wind blies, war der fensterlose Raum im Herzen der Burg, in dem er tagte, stickig. Unter anderen Umständen wäre ich sicher stolz darauf gewesen, mit den Hohen Räten an einem Tisch zu sitzen, aber ich war nicht wegen meiner Verdienste bei der Versammlung. Seit die Weißen Reiter den Tod seines Vaters verkündet hatten, ließ Thandi mich nicht mehr aus den Augen. An seiner Seite konnte ich mich zwar frei in der Burg bewegen, und ich stand auch neben ihm, als er sich vor sein Pferd kniete, um von den Priestern der Sechs die Krone zu empfangen, aber im Grunde hielt er mich genauso gefangen wie Mara. Es war noch zu früh für Post von zu Hause, dennoch sehnte ich mich nach einer Nachricht von meiner Familie – nach etwas Trost und einem Rat, wie ich mein aus den Fugen geratenes Leben wieder in den Griff bekommen konnte.

Nachdem der König tot war, hatten Thandi und ich lückenlos seinen Platz eingenommen. Auna legte mir jeden Tag prächtige Kleider an und den wertvollsten Schmuck, den ich besaß. Äußerlich glänzte ich in Perfektion, innerlich jedoch fühlte ich mich leer und verloren. Alles hing davon ab, ob ich die Kontrolle behielt und mich zusammenreißen konnte, bis ich einen Weg fand, zu Mara zu gelangen. Bis zur Hochzeit blieb weniger als ein Mond Zeit, um mir etwas zu überlegen, wie ich Lord Kriantz davon abhalten konnte, sie mitzunehmen, und wir zusammenbleiben konnten. Außerdem musste ich das Artefakt der Aufständischen verschwinden lassen, bevor meine Neigung entdeckt wurde. Die Schale hatte schon einen Magienutzer am Hof entlarvt, und obwohl der Mann nie etwas anderes getan hatte, als der Krone zu dienen, steckte man ihn unter seinem Geschrei in den Kerker.

Die Gesichter um den Tisch sahen nach den zweitägigen Zeremonien und den Verwaltungsaufgaben, die damit einhergingen, erschöpft aus. Niemand hatte Zeit gefunden, richtig zu trauern. Wie auch, nun da der Angriff auf Zumorda oberste Priorität hatte. Thandis Krönung am gestrigen Tag war mehr Teil der Beerdigung des Königs gewesen als ein Ereignis für sich. Eher Pflichtveranstaltung als feierlicher Akt. Selbst der Wein, den wir danach getrunken hatten, war sauer.

Und nun bereiteten wir den Krieg vor.

»Die zumordische Grenze nach Sonnenborn wird am schlechtesten bewacht sein«, erklärte Lord Kriantz und deutete auf eine Karte, die ausgebreitet auf dem Tisch lag. »Zumordas Residenz liegt in den Bergen im Norden, daher könnte mein Volk von der Grenze im Süden her angreifen.«

Thandi nickte und platzierte mit zusammengezogenen Augenbrauen mehrere Glassteine auf der Karte. »Ich denke, wir können Euch Verstärkung schicken, aber den Großteil unserer Reiter werden wir an der eigenen Grenze im Osten brauchen. Vielleicht können wir die Reitertruppen, die wir nach den Angriffen der Banditen entsandt haben, noch aufstocken«, schlug er vor.

»Das wäre hilfreich. Vorausgesetzt, wir stimmen alles gut

aufeinander ab. Kartasha ist die größte befestigte Stadt im Süden Zumordas. Wenn Ihr sie einnehmen könnt, sobald wir dieses Gebiet hier gesichert haben, wären wir gut positioniert«, sagte Lord Kriantz. »Die Königin wird ihr Land unter allen Umständen zurückerobern wollen.«

Thandi nickte erneut.

Wusste er, wofür er da seine Zustimmung gab? Viele seiner Reiter würden nicht mehr zurückkommen. Sie würden ihr Leben für einen Vergeltungsschlag lassen, der womöglich nicht einmal gerechtfertigt war. Aber mir war klar, was dahintersteckte. Auch die Trauer, mit der er von seinem Vater sprach, konnte die Rachsucht, die in seinen Augen glühte, nicht verbergen. Unter dem Tisch fingerte ich nervös an meinen Röcken herum. Wenn Thandi herausfand, dass ich eine Neigung hatte, würde er mich für den Tod seines Vaters verantwortlich machen, und sein Zorn würde heller lodern als jedes Feuer, das ich entfachen konnte.

»Und wie wir schon besprochen haben, wird das Gebiet südlich von Kartasha, das Land zwischen der Stadt und der Grenze, dann Sonnenborn zugeführt«, sagte Lord Kriantz, während er einen roten Faden über die Karte spannte, um die neue Grenze zu markieren.

»Wartet!« Hauptmann Ryka verschränkte die Arme vor der Brust. »Es will mir immer noch nicht gefallen, den südlichen Teil des Landes anzugreifen, wo die Macht doch im Norden sitzt. Für mich ergibt das keinen Sinn.«

»Wir müssen nicht zwangsläufig das gesamte Reich einnehmen. Es wäre sogar dumm, das zu versuchen, insbesondere gleich beim ersten Angriff. Es geht darum, ihnen zu zeigen, dass weder mit Mynaria noch mit Sonnenborn zu spaßen ist«, erklärte Thandi.

»Sobald der Winter kommt, werden die Zumorder ihre Städte im Norden nicht mehr verlassen können. Der Schnee wird die Straßen für mehrere Monde nahezu unpassierbar machen«, fügte Lord Kriantz hinzu. »Ich bin sicher, Prinzessin Dennaleia kann das bestätigen. Die Residenz in ihrer Heimat unterliegt denselben wetterbedingten Einschränkungen.«

Ich nickte widerwillig.

»Das alles steht in Einklang mit den Plänen, an denen wir schon gearbeitet haben, bevor mein Vater starb«, sagte Thandi. »Zudem wird es die Trindorianer davon abhalten, unter der Hand weitere Abkommen mit den Zumordern zu treffen. Denn um zu ihren Kontaktpersonen in Kartasha zu gelangen, müssten sie dann Lord Kriantz' Land durchqueren.«

»Ich fordere nach wie vor stichhaltige Beweise, dass Zumorda tatsächlich hinter den Angriffen steckt«, warf Hilara ein.

»Was für Beweise brauchen wir denn noch?«, wollte Thandi wissen. »Hinter dem Mordanschlag auf meinen Vater steckte ganz offensichtlich Magie. Wir haben fast alle Anführer der Aufständischen gefangen genommen und die Gefangenen gezwungen, Friedenswurz zu essen, um ihre Kräfte zu schwächen. Wer außer den Zumordern sollte es also gewesen sein?«

Zumorda war nicht der einzige Ort, an dem es Magienutzer gab. Der beste Beweis dafür war ich selbst, auch wenn ich nicht verantwortlich war.

Aber ich sagte nichts.

Hauptmann Ryka saß zurückgelehnt in ihrem Stuhl und drehte einen ihrer Abstimmnägel in den Fingern. Wie Mara trug sie breite, aus verschiedenen Farben gewebte Armbänder. Der Gedanke an Maras zarte Handgelenke und die Sommersprossen auf ihren Armen versetzte mir einen Stich ins Herz …

»Wer nicht einverstanden ist, kann ja dagegenstimmen«,

erinnerte ein Hoher Rat Hauptmann Ryka und Hilara mit einem schmierigen Lächeln.

»Ich werde meine Pferde noch vor der Fohlenauslese zurückschicken und nach dem Herbstball folgen«, sagte Lord Kriantz. »Pegala und die anderen Wüstenpferde sind zu auffällig, um in einem Geleitzug zu reisen. Ich möchte Prinzessin Amaranthine keiner Gefahr aussetzen. Sie und ich werden aus Sicherheitsgründen getrennt von den Pferden reisen, falls zumordische Spione unterwegs sein sollten.«

Er redete, als wäre die Hochzeit schon besiegelt. Die Ermordung des Königs noch frisch im Gedächtnis, schossen mir Bilder von Mara durch den Kopf, wie sie mit einem weißen Pfeil in der Brust am Straßenrand lag. Lord Kriantz' Plan gefiel mir ganz und gar nicht.

»Und Euer Angriff?«, fragte Hauptmann Ryka.

»Ich habe schon einen Boten losgeschickt. Mein Volk wartet auf meine Befehle. Sie werden nicht ohne mich angreifen«, sagte Lord Kriantz. »Sobald ich vor Ort bin, sammle ich meine Truppen für den Angriff und schicke Euch einen Boten mit der Bitte um Verstärkung. Das Ganze sollte nicht länger als einen Mond dauern. Wenn im Norden der Winter einbricht, müssen wir bereit sein.«

Der Plan war gut durchdacht. Im Norden legte der Winter alles lahm. Es würde Frühling werden, bis die Königin als Reaktion auf das Blutbad, das wir an ihrer Grenze anrichten würden, mehr Truppen schicken konnte.

»Ein ausgezeichneter Plan«, lobte Thandi. »In der Zwischenzeit können wir uns hier ebenfalls sammeln und damit beginnen, die Truppen auszubilden. Hauptmann, wir werden diese Pläne noch vor dem Erntedankfest durchsprechen.«

Hauptmann Ryka nickte, schien aber noch immer Bedenken

zu haben. »Was ist mit den Untersuchungen zu den Attentaten, Eure Majestät? Sollten wir nicht die endgültigen Ergebnisse abwarten, um sicherzugehen, dass keine Spione in Lyrra sitzen?«

»Dafür bleibt uns keine Zeit«, sagte Thandi. »Mein Vater ist tot, daran lässt sich nichts mehr ändern. Wir müssen gegen Zumorda reiten, solange wir noch den Überraschungseffekt für uns nutzen können. Die Verräter können wir auch dann noch aufstöbern, wenn die Truppen schon losgezogen sind.«

»Ich schicke meine Reiter ungern gegen einen Feind, der möglicherweise nichts Unrechtes getan hat«, wandte Hauptmann Ryka ein. »Wir haben Morland, nachdem er den Markt verlassen hat, nie gefunden. Ich vermute, dass er etwas Entscheidendes über den Dolch aus dem ersten Mordanschlag wusste. Er ist ein herausragender Waffenschmied, daher könnte die Waffe eine Fälschung sein. Zwei Mitglieder der Elitegarde suchen immer noch nach ihm.«

Ryka fühlte sich für die Männer und Frauen, die für sie ritten, verantwortlich. Und offensichtlich hatte sie Mara doch zugehört, als diese ihr von Morlands Verschwinden und seiner möglichen Beteiligung berichtet hatte. Wenn Mara und ich das nur früher gewusst hätten. Vielleicht hätten wir in ihr eine Verbündete im Hohen Rat gehabt. Mit Hilara, die ebenfalls dagegen war, Zumorda anzugreifen, vielleicht sogar zwei.

»Wer stimmt dafür?«, fragte Thandi.

Ein metallisches Klackern klang durch den Raum, als der Hohe Rat seine Hufnägel zur Abstimmung in die Mitte des Tisches warf. Nur Hauptmann Ryka und Hilara behielten ihre Nägel zurück. Am liebsten hätte ich mir alle Nägel geschnappt und sie ihnen ins Gesicht geworfen. Aber ich saß nur mucksmäuschenstill da, mit einem Blick, so leer und gleichgültig wie die geschrubbten Fliesen unter unseren Füßen.

»Beschlossen«, sagte Thandi und nickte dem Schreiber zu, der das Ergebnis pflichtbewusst festhielt.

»Nun zur Hochzeit«, fuhr Thandi fort. »In Anbetracht des baldigen Krieges schlage ich vor, dass wir die Zeremonie früher abhalten. Es wäre gut, als König und Königin aufzutreten, wenn wir damit beginnen, die Truppen zu sammeln. Alles, was für die Zeremonie und das Fest benötigt wird, ist schon an Ort und Stelle.«

Meine teilnahmslose Fassade begann zu bröckeln. Panik schnürte mir die Kehle zu. Ich hatte damit gerechnet, noch bis zum Herbstball Zeit zu haben, um zu Mara zu gelangen und mit ihr eine Lösung für unser Dilemma zu finden.

»Wann schlagt Ihr vor, die Zeremonie abzuhalten, Eure Majestät?«, fragte jemand.

»Die Hochzeitsfeier kann am Erntedanktag nach der Fohlenauslese stattfinden, die Trauung dann am Morgen danach«, sagte Thandi. »Da alle Hochzeitsgäste bis dahin für die Fohlenauslese schon in der Stadt sein werden, dürfte das kein Problem sein.«

Mein Herz raste und die Magie schoss mir durch die Adern. Das bedeutete, unsere Vermählung würde in weniger als einem halben Mond stattfinden. Alles ging so schnell. Ich würde keine Zeit mehr haben, mit Mara einen Weg zu finden, wie wir wenigstens einen Teil dessen retten konnten, was wir füreinander empfanden.

»Sind alle einverstanden?«

Der Tisch klingelte von den einstimmig geworfenen Nägeln. Als Außenstehende hatte ich nicht einmal beim Datum meiner eigenen Hochzeit etwas mitzureden.

»Beschlossen«, sagte Thandi zum Schreiber. »Somit wäre für heute alles entschieden.«

Stühle scharrten über die Fliesen, und der Hohe Rat erhob sich, um den Saal zu verlassen.

Als ich ebenfalls aufstand, musste ich mich kurz auf die Lehne meines Stuhls stützen. Die unerwartete Änderung der Pläne hatte mir den Boden unter den Füßen weggezogen, und ich musste all meine Kraft zusammennehmen, um weiterzugehen. Meine Magie drohte, aus mir herauszubrechen und alles in Asche zu verwandeln. In all den Jahren der Vorbereitung auf meine Vermählung hatte ich mich nie so unvorbereitet gefühlt. Und noch nie hatte ich solche Angst vor dem, was ich mit meiner Neigung anrichten könnte. Ich brauchte Antworten.

Und mir fiel nur eine Person ein, die vielleicht welche hatte.

Sobald man mich in mein Zimmer gebracht hatte und ich sicher war, allein zu sein, öffnete ich die Läden und ließ mir den schneidend kalten Wind ins Gesicht wehen. Selbst in meinem Kleid aus schwerem Stoff begann ich zu zittern. Dennoch war ich froh, neben der alles beherrschenden Angst, Mara zu verlieren, auch noch etwas anderes zu spüren. Obwohl Auna das Feuer in meinem Empfangszimmer noch nicht angezündet hatte, erwachte es hinter mir knisternd zum Leben. Meine Magie drängte mit solcher Macht nach draußen, dass das aufgeschichtete Feuerholz ein willkommenes Ventil war.

Angestachelt von dem unberechenbaren Auflodern der Flammen im Kamin, wühlte ich mich durch meine Garderobe, bis ich in der Tasche eines Umhangs endlich fand, wonach ich suchte: die blaue Feder, die Karov mir auf dem Blitz gegeben hatte.

»Karov«, flüsterte ich, noch bevor ich darüber nachgedacht hatte, ob das wirklich klug war, und ließ sie fallen.

Vom Wind über den Boden getrieben, schlug die Feder bei jeder Berührung knisternde Funken. Dann zerfiel sie zu Asche, die von einer Bö davongetragen wurde. Unsicher, was ich nun tun sollte, ließ ich mich auf einen Sessel fallen. Die Unabwendbarkeit des Krieges, die im Raum stand, ließ die Schatten dunkel und bedrohlich wirken. Um mich zu beruhigen, sprach ich nacheinander Gebete zu jedem der Sechs Götter und hoffte, sie mögen mir gnädig sein. Noch bevor ich beim letzten Gebet angelangt war, segelte ein Vogel durchs Fenster, und ich sprang erschrocken auf. Er landete auf der Lehne des Stuhls vor meinem Toilettentisch. Seine Flügel waren vom selben leuchtenden Blau wie Karovs Feder.

Vor meinen Augen begann der Vogel zu schimmern und sich in grotesken Verformungen immer weiter auszudehnen, bis Karov persönlich vor mir stand.

Ich starrte ihn mit offenem Mund an.

»Wie interessant, Euch wiederzusehen, Eure Hoheit«, sagte er mit einem selbstgefälligen Grinsen.

»Damals in der Bibliothek, das wart Ihr«, sagte ich, als mir die seltsamen Umstände wieder einfielen, unter denen ich das grüne Buch entdeckt hatte.

Karov schenkte mir sein silbernes Lächeln und setzte sich unaufgefordert auf einen Stuhl. Auf ein Handzeichen von ihm schlossen sich die Fensterläden. Meine Nervosität ließ das Feuer lodern und knistern, aber Karov schien sich nicht daran zu stören.

»Was kann ich für Euch tun, Eure Hoheit?«, fragte er.

»Ihr müsst mir helfen«, flehte ich mit zitternder Stimme. »Sagt mir, was mit mir nicht stimmt und warum ich keine Kontrolle darüber habe.«

»Oh, das ist einfach«, sagte er. »Ihr habt eine Gabe. Und

jedes Mal, wenn Ihr diese Gabe einsetzt, erschöpft es Euch, weil Ihr weder Übung noch Erfahrung damit habt. Ihr könnt nicht kontrollieren, wen Ihr verletzt. Die Gefahr, dass Ihr Euren engsten Freunden oder Eurer Familie schadet, ist sehr groß. Allein aus dem Grund, dass sie am häufigsten um Euch sind.«

Mir sackte der Magen in die Knie.

»Es sei denn natürlich, Ihr erhaltet die richtige Anleitung.« Er lehnte sich zurück und wartete auf eine Antwort.

»Könnt Ihr mich anleiten?«, fragte ich. »Mir beibringen, was ich tun muss, um niemanden zu verletzen? Oder wie ich meine Neigung verstecken kann?«

»Oh, das könnte ich, Eure Hoheit.« Ein Anflug des Bedauerns huschte über sein Gesicht. »Ich könnte Euch durchaus ein paar Grundlagen beibringen. Eure Gabe ist jedoch nicht ganz einfach. Ich selbst bin eine Kreatur des Windes und stamme aus Zumorda, wie Ihr sicher vermutet habt. Aber Ihr strahlt in meinem magischen Sichtfeld viel zu hell, als dass das Feuer Eure einzige Gabe sein könnte. Ich nehme an, Ihr habt mit Eurer Neigung auch Erfahrungen gemacht, die nichts mit Flammen zu tun hatten?«

Mir fielen Ellaenis Kleid, die Burgmauer, der Windstoß in der Bibliothek und die zugeschlagene Tür wieder ein. Er wusste davon, ohne dass er es gesehen hatte.

»Woher wisst Ihr das?«, fragte ich.

»Übung. Auch Magienutzer mit bescheidenen Fähigkeiten sind in der Lage, ein magisches Sichtfeld zu entwickeln. Ich kann Magie in allem und jedem erkennen. Auch in Euch.«

»Aber ich stamme nicht aus Zumorda«, sagte ich. »Ich dürfte gar keine Neigung haben.« Irgendetwas musste doch falsch sein. Es musste eine Erklärung geben.

»Es war nicht immer so, dass wir Magier größtenteils aus

Zumorda kommen«, erklärte er. »Je mehr unsere Zahl abnahm, umso größer wurde das Misstrauen gegen die Magie, bis es dann zum religiösen Aufstand kam. Keiner weiß, warum wir im Aussterben begriffen sind und immer weniger Magier geboren werden, die unsere Plätze einnehmen könnten. Viele Menschen mit einer Neigung suchten Zuflucht in Zumorda. Mit der Zeit entschieden die Völker der nördlichen Königreiche, dass die Magie nicht den Sterblichen zugeschrieben werden durfte, und so sprachen sie jede Neigung einem der Götter zu, die auch Euer Volk verehrt«, sagte er. »Alles ist Teil ein und desselben Systems, nur dass es sich über die Jahre verschoben hat.«

Plötzlich ergab alles einen Sinn: die Ähnlichkeit der Symbole auf dem grünen Buch mit jenen der Götter oder dass sich meine Gabe so viel leichter beherrschen ließ, wenn ich im Heiligtum war. Zwischen den Neigungen und den Sechs bestand von jeher eine Verbindung.

»Das Große Adyton … ist es deshalb für die Magienutzer so wichtig? Haben sie deshalb versucht, die Allianz zu verhindern?«, fragte ich.

»Das Große Adyton wurde von Magienutzern und Anbetern der Sechs gemeinsam erbaut, damals, als die religiösen und magischen Überzeugungen in Havemont und Zumorda noch nicht so weit auseinandergingen«, erklärte Karov. »In den gesamten nördlichen Königreichen ist es der beste Ort, um Magie zu praktizieren. Legendäre Verzauberungen haben dort stattgefunden. Aber Ihr werdet feststellen, dass Eure Kräfte auch in anderen Tempeln und Heiligtümern leichter zu beherrschen sind. Bis zum heutigen Tag erbaut man sie nach bestimmten Vorgaben, die dazu dienen, Neigungen zu kontrollieren und zu verstärken.«

Ich nickte wie betäubt. Was er sagte, passte genau zu meinen Erfahrungen.

Karov lehnte sich zurück und sah mich forschend an.

»Ihr seid in der Tat eine seltene Kreatur, Prinzessin«, sagte er schließlich. »Und eine gefährliche dazu. Der einzige Rat, den ich Euch geben kann, ist, Eurer Eingebung zu vertrauen. Aber seid vorsichtig, wie weit Ihr mit Euren Fähigkeiten geht. Sicher hat Euch das Buch, das Ihr in der Bibliothek entdeckt habt, vor Augen geführt, wie gefährlich es sein kann, mehr als nur eine Gabe auf einmal einzusetzen. Und dass die Krone die Aufständischen gefangen genommen hat, macht es nicht gerade besser.«

»Welche Rolle spielen die Aufständischen in alldem?«

»Bevor die Fundamentalisten sie umbenannt haben, nannten sie sich Synkretischer Zirkel. Die meisten von ihnen haben zwar nur sehr bescheidene Fähigkeiten, aber sie alle arbeiten daran, das magische Gleichgewicht im Königreich aufrechtzuerhalten. Da es hier nur sehr wenige Magienutzer gibt, wird die Magie in der Atmosphäre des Königreichs nicht verbraucht. Die kleinen Zaubereien, die die Aufständischen ausüben, helfen, zumindest ein wenig davon abzuziehen und so größere Katastrophen zu verhindern. Sie halten uns im Gleichgewicht. Nun, da sie eingesperrt sind, riskieren diejenigen unter uns, die starke Neigungen haben, mit dem Einsatz ihrer Kräfte katastrophale Folgen. Es erfordert sehr viel Übung und Kontrolle, solch verheerende Reaktionen zu vermeiden.«

Kein Wunder, dass ich dieses Gefühl hatte, fast zu explodieren, und dass es mit jedem Tag schlimmer wurde.

»Aber woher kommt meine Neigung?«

»Diese Frage kann ich Euch leider nicht beantworten«, sagte er. »Für gewöhnlich sind Neigungen jedoch eine Gabe des Blutes, nicht des Zufalls.«

Wie konnte meine Abstammung eine Erklärung für meine Neigung sein? Mit einem Mal stand mein ganzes bisheriges Leben infrage. Mir schauderte. Meinem Vater sah ich tatsächlich nicht sehr ähnlich, dafür glich ich meiner Mutter umso mehr. Wir waren aus demselben Holz geschnitzt: dunkles Haar, blasse Haut und helle Augen – wobei ihre blau waren, nicht grün. Aber meine Eltern liebten sich viel zu sehr, als dass ich von einem anderen Mann sein könnte.

»Warum habt Ihr mir die Feder gegeben?«, wollte ich wissen.

»Zumorda gewährt Menschen mit einer Neigung Zuflucht«, sagte er. »Die Königin hat ein paar von uns damit beauftragt, denjenigen, die Schutz brauchen, den Weg nach Zumorda zu zeigen, wo sie lernen können, ihre Fähigkeiten sicher zu beherrschen. Und vielleicht setzen sich die, denen wir geholfen haben, dann auch für unsere Interessen ein, wenn es nötig sein sollte.«

Seine Erklärung erschien mir fast zu einfach. Das Bild, das er von Zumorda zeichnete, war kaum das des Feindes, als welcher es immer hingestellt wurde, aber vielleicht war unser Zusammentreffen auch von langer Hand geplant. Vielleicht erhoffte er sich, durch mich Zugriff auf Mynaria zu bekommen.

»Ich werde mich niemandes Sache verschreiben und auch keine Zugeständnisse machen«, sagte ich. »Ich kann weder für Havemont noch für Mynaria sprechen. Im Gegenteil, noch bevor das alles ausgestanden ist, könnte ich völlig unbedeutend sein. Sie haben damit begonnen, mithilfe eines Artefakts der Aufständischen – ich meine des Synkretischen Zirkels – jeden Verdächtigen zu überprüfen. Und wenn irgendjemand hier meine Neigung entdeckt …«

»Genau aus diesem Grund seid Ihr ein ganz besonderer Fall«, sagte Karov. »Wir können Euch gar nicht helfen, selbst wenn wir es wollten. In Anbetracht der aktuellen politischen Lage könnte Euer Verschwinden oder schon Eure klare Positionierung für Zumorda einen Krieg auslösen. Zumorda ist ein Ort, an dem nur die Macht zählt. Vielleicht findet Ihr ja eines Tages einen Ausweg aus Eurem Dilemma und kommt aus freien Stücken zu uns. Sollte es dazu kommen, werden wir Euch mit offenen Armen empfangen.«

»Ich möchte meine Neigung gar nicht nutzen. Ich möchte sie loswerden«, sagte ich. »Geht das mit Friedenswurz, dem Kraut, das sie den Gefangenen geben?«

Karov kicherte. »Ihr wärt von den Nebenwirkungen sicherlich nicht begeistert. Friedenswurz verursacht monströse Kopfschmerzen und kann zu Nekrosen in Fingern und Zehen führen, bei denen sich das Fleisch violett verfärbt. Mit der Zeit wird man immun dagegen, und je mehr man nimmt, umso größer sind die Folgeschäden.«

Ich ballte die Hände zu Fäusten. Friedenswurz war ganz sicher keine Lösung.

»Ich rate Euch, das Unabänderliche zu akzeptieren, Eure Hoheit. Eine Neigung ist wie ein Herz: Man kann sie sich nicht herausreißen.«

Mit diesen Worten kauerte er sich zusammen und verwandelte sich zurück in einen Berghüttensänger – offenbar eine der Fähigkeiten eines Luftmagiers. Ein Windstoß öffnete ihm die Läden und er segelte hinaus in den stürmischen Tag.

»Wartet!«, schrie ich und stürzte ans Fenster. Aber es war zu spät. Er flatterte in den wolkenverhangenen Himmel und war verschwunden.

Trotz allem, was ich von Karov erfahren hatte, fühlte ich

mich kein bisschen besser. Ich hasste ihn für das, was er gesagt hatte, obwohl es zweifellos der Wahrheit entsprach. Wenn ich meine Gabe nicht kontrollieren konnte, würde ich alles um mich herum zerstören. Auch das Königreich, über das ich herrschen würde – und das Mädchen, das ich liebte.

38

Mara

Wenige Tage vor der Fohlenauslese wurde das stürmische Wetter endlich besser und das Burggelände strahlte in der goldenen Herbstsonne. Gärtner harkten die roten und gelben Blätter zusammen, die der Wind von den Bäumen geweht hatte, und auf den Koppeln schlugen die Pferde mit den Hinterbeinen aus. Ich saß mit gespreizten Beinen auf dem Sims meines offenen Fensters, genau wie ich gesessen hatte, als Denna mich davon abhielt, ihr Zimmer zu verlassen. Mir selbst das Messer der Erinnerung in die Brust zu stoßen, war immer noch besser, als diese Leere ertragen zu müssen.

Mein kaum angerührtes Frühstück – bestehend aus Butterkeksen, Apfelschnitzen und kräftigem Käse – taugte hervorragend als Munition, um die Gefolgsleute unter meinem Fenster zu bombardieren, eine Beschäftigung, die mir eine gewisse Genugtuung verschaffte. Sobald die Wachen mich zu genau beobachteten, hatten sie Essen im Gesicht. Um ihre Füße sammelten sich Vögel, die sich pickend und Flügel schlagend um die Krümel stritten und mich irgendwie an Thandis Höflinge erinnerten.

»Mylady?« Sara war neben mich getreten. »Man hat jemanden geschickt, der Euch zu den Ställen begleiten soll.«

Überrascht ließ ich das letzte Apfelstück zurück auf meinen

Teller fallen. Bisher hatte man mich nie länger als eine Schattenlänge aus meinem Zimmer gelassen. Meine Nachrichten an Thandi waren unbeantwortet geblieben, und ich hatte nicht gewagt, mit Denna in Kontakt zu treten. Es war vorbei. Das Schweigen ihrerseits machte das mehr als deutlich.

»Er ist im Empfangszimmer, Mylady«, sagte Sara.

Ich wischte mir die Krümel von den Reithosen und schwang das Bein zurück ins Zimmer. Dann machte ich mich auf den Weg, um den Mann zu begrüßen, der da auf mich wartete.

Er trug ein eng anliegendes Lederwams, das die Silhouette eines fliegenden Falken zeigte. Das scharfe Profil des Schnabels wölbte sich über seinen Bauch, während der rechte Flügel sich bis über seine Schulter spannte. Er war einer von Lord Kriantz' Männern. Als ich näher trat, verbeugte er sich.

»Lord Kriantz hat mich mit Erlaubnis des Königs gebeten, Euch zu den Ställen zu geleiten, Eure Hoheit«, sagte der Mann. Sein Akzent war noch stärker als der seines Herrn, die Vokale weich und rund.

Nervosität machte sich in meiner Magengrube breit, aber das Angebot einer Schattenlänge Freiheit konnte ich unmöglich ausschlagen. Lord Kriantz wusste das. Genauso wie ich wusste, warum er mich sehen wollte.

»Mit Vergnügen«, antwortete ich und gab Sara ein Zeichen, mir einen Umhang zu bringen.

Lord Kriantz' Mann führte mich aus meinen Gemächern. Er bewegte sich wie eine Katze, jederzeit sprungbereit, falls ich davonlaufen sollte. Aber so dumm war ich nicht. Wo sollte ich mich denn verstecken? Ich trödelte nicht einmal, da ich es kaum erwarten konnte, wieder unter freiem Himmel zu stehen.

Wir verließen den königlichen Flügel und die Gänge füllten sich. Als wir die letzte Treppe zum äußeren Korridor hinuntergingen, blieb ich wie angewurzelt stehen. Zwei Edelfrauen mit ihren Zofen wandelten, eskortiert von vier Gefolgsleuten, gemessenen Schrittes in Richtung Burgmitte. Die farbenprächtigen Gewänder der Damen leuchteten in Blau und Grün in den quadratischen Lichtflecken, die die Sonne durch die offenen Fenster warf.

Eine der beiden Frauen war Denna.

Mehr als einen Kopf kleiner, tauchte sie hinter den beiden vorangehenden Wachmännern auf. In ihrem dunklen Haar glitzerte ein Diadem, das mit denselben hellblauen Edelsteinen besetzt war wie das Mieder ihres Kleides. Als sie mich sah, stockten ihre Schritte, und sie öffnete überrascht den Mund.

Zum ersten Mal seit Tagen stand Denna wieder vor mir, und ich konnte an nichts anderes als ihre nackte Haut denken, an das Gefühl, wie sie ihren Körper an meinen presste und ihre heißen Küsse meinen Hals hinunter bis zum Schlüsselbein wanderten. Die Erinnerung an unsere gemeinsame Nacht brannte wie Feuer in mir und gleichzeitig gefror mir die Seele. Sie würde niemals mir gehören. Nur die Wut darüber, dass sie sich für ihn und nicht für mich entschieden hatte und ich dennoch so dumm gewesen war, mein Herz an sie zu verlieren, konnte meinen Schmerz ein wenig lindern.

Denna wandte sich von mir ab und ging weiter. Ich klammerte mich so fest an das Treppengeländer, dass die Knöchel weiß hervortraten, und starrte ihr hinterher. Ihre Freundin warf mir einen fragenden Blick zu, als könnte sie das Verlangen und die Scham, die meinen Körper schüttelten, sehen. Ich stand da wie eine Närrin.

Lord Kriantz' Mann drängte mich weiterzugehen. Wie betäubt trottete ich die restlichen Stufen hinunter und hinaus in den Garten.

Das Sonnenlicht, auf das ich mich so gefreut hatte, war grell und unerbittlich. Die Gärten und Menschen, an denen wir vorübergingen, nahm ich kaum wahr. Ich hatte nur Denna vor Augen, wie sie herausgeputzt wie eine Königin vor mir stand. Meine einzige Chance, zu überleben und sie vielleicht irgendwann zu vergessen, war, Mynaria zu verlassen.

Als wir bei den Stallungen ankamen, stand Lord Kriantz in der Nähe des Reitplatzes und hielt sein goldenes Pferd und meinen Fuchs am Zügel. Bei ihm stand mit einem rotbraunen Wüstenpferd ein weiterer seiner Männer. Das Tier hatte denselben ungewöhnlichen Körperbau und metallischen Glanz im Fell wie Lord Kriantz' Stute.

»Ich wünsche einen guten Tag, Eure Hoheit«, sagte er und reichte mir Flickers Zügel.

»Danke, Mylord«, sagte ich schnell und schlang Flicker die Arme um den Hals. Es war mir egal, ob ich kindisch wirkte. Flicker neigte den Kopf und knabberte an meinem Hemd, eine so vertraute Geste, dass es mir die Tränen in die Augen trieb. Ich schluckte meinen Kummer hinunter und tätschelte seinen Hals. Mein Pferd würde mich niemals verlassen oder verraten, zumindest das war sicher. Unser Verhältnis war unkompliziert, vertrauensvoll und sehr viel zuverlässiger als alles andere, was mir im Leben noch blieb.

»Ich habe mir gedacht, nach so vielen Tagen in der Burg würde Euch ein Ausritt sicher guttun«, sagte Lord Kriantz.

»Oh ja.« Mir war nicht ganz klar, wie viel Thandi Lord Kriantz über die Gründe meiner Gefangenschaft erzählt hatte, aber ich wollte ihm auf keinen Fall etwas verraten, was er vielleicht gar nicht wusste.

»Reiten wir in die Hügel, wo wir uns ungestört unterhalten können«, schlug Lord Kriantz vor.

Mein Magen krampfte sich zusammen, aber ich nickte. Ich überprüfte Flickers Gurte und stieg mithilfe des Zauns in den Sattel. Wir trieben die Pferde auf den Weg in die Hügel und Lord Kriantz' Wachen folgten uns in gebührendem Abstand.

»Vor ein paar Tagen kam der Hohe Rat zusammen, um über den Krieg zu beraten«, sagte Lord Kriantz, sobald wir außer Hörweite der Ställe waren.

»Ach, ja?« Mein ungutes Gefühl wurde immer stärker.

»Der magische Mordanschlag beim Pferdetrieb hat erneut deutlich gemacht, dass nur Zumorda verantwortlich sein kann. Es ist notwendig, dass ich gleich nach der Vermählung des Königs – die im Übrigen vorverlegt wurde – nach Sonnenborn reite.«

Seine Worte durchbohrten mein Herz wie ein Pfeil.

»Auf wann vorverlegt?«, presste ich hervor.

»Die Feierlichkeiten werden am Erntetag stattfinden, die Trauung am Morgen danach«, sagte er. »Was uns beide angeht, hoffe ich, Ihr hattet ausreichend Zeit, meinen Antrag abzuwägen.«

Er hatte mir mehr als genug Zeit gelassen.

Ich sog tief die kühle Luft ein und betrachtete kritisch Lord Kriantz' Gesicht, sein Pferd, seine Haltung. Ich war auf der Suche nach Anhaltspunkten, die mir meine Entscheidung erleichtern würden, aber er schien selbstsicher wie immer, der Blick leidenschaftlich, das Gebaren ruhig. Im schlimmsten Fall konnte ich mich, sobald wir weit genug von Lyrra entfernt waren, auch allein davonmachen.

In mir tobte ein Kampf. Nicht eine meiner Möglichkeiten versprach eine freudige Zukunft.

»Ja«, sagte ich schließlich, obwohl ich im Grunde gar keine Wahl hatte. »Ich werde mit Euch reiten.«

Ein strahlendes Lächeln breitete sich auf seinem Gesicht aus.

»Ich bin überglücklich, das zu hören.« Er streckte den Arm zu mir herüber.

Ich ergriff ihn und wir hielten uns zwischen unseren Pferden an den Unterarmen gepackt, mehr wie Waffenkameraden als wie Mann und Frau.

Es war entschieden.

Zumindest würde ich dem Ganzen hier entkommen. Und wenn es die Zeit gut mit mir meinte, konnte ich neben der Erinnerung an sie vielleicht irgendwann auch noch etwas anderes finden, wofür es sich zu leben lohnte.

39

Dennaleia

Am Tag der Fohlenauslese wankte ich wie eine lebende Leiche neben Thandi zu den Stallungen. In mir tobten die Gefühle und doch fühlte ich mich seltsam leer. Das Bild von Mara, wie sie da auf der Treppe stand, verfolgte mich seit Tagen, und ich suchte verzweifelt nach einem Weg, den Abgrund, der sich zwischen uns aufgetan hatte, irgendwie zu überwinden. Wir traten unter das große Zelt, das man neben dem Reitplatz aufgebaut hatte, und sogleich reichte mir ein Diener eine dampfende Tasse mit heißem Apfelmost. Ich umklammerte sie mit den Händen, und der Duft nach Zimt, der mir in die Nase stieg, versetzte mir einen Stich mitten ins Herz. Obwohl die Wärme meinen Händen wohltat, stellte ich die Tasse, sobald Thandi nicht hinsah, unberührt auf dem nächstbesten Tisch ab.

Vor dem Zelt lachten und redeten die Höflinge. Die meisten von ihnen trugen anstelle der gewohnten Gewänder ihre beste Reitkleidung. Auch um das Gatter, in dem die entwöhnten Absatzfohlen unruhig umherliefen, standen mehrere Edelleute, die Wetten abschlossen, welche Tiere bei der Krone bleiben und welche man aussortieren und in zwei Tagen für den Handel freigeben würde. Da sich mir bei jedem Versuch, mich zu entfernen, sofort zwei Gefolgsleute in den Weg stellten, blieb ich dicht an Thandis Seite, erwog jedoch bei jeder kleinen Lücke, die sich auftat, mich davonzumachen.

Bis das Undenkbare geschah.

Die vor dem Reitplatz postierten Herolde nahmen Haltung an und bliesen kräftig in ihre Signalhörner. Die Gespräche verebbten zu einem irritierten Gemurmel und alle Anwesenden drehten den Kopf in Richtung Burg. Wer an der Fohlenauslese teilnahm, sollte längst bei dem Reitplatz sein, und alle anderen Gäste, die durch Herolde angekündigt wurden, waren bei uns. Thandi bot mir den Arm, und ich hakte mich reflexartig unter, während der Grund für die Störung langsam in Sicht kam. Mit langen Schwertern bewaffnete Wachen in pflaumenblauer Livree flankierten eine Person, deren Anblick mir einen Schock versetzte.

Meine Mutter.

Das Kribbeln schoss mir in die Arme.

Sie trug ein mit Hunderten von glitzernden Blumen besticktes purpurnes Gewand und die juwelenbesetzten Zacken ihrer Krone ragten in den Himmel wie die Türme unserer heimatlichen Burg. Meine Mutter war eine wahre Königin, und wenn ich sie so sah, fühlte ich mich noch weniger bereit, selbst eine zu werden. Ich atmete langsam ein und aus, um meine Neigung in Schach zu halten.

Mutter kam lächelnd auf uns zu und begrüßte uns mit einem Knicks. Thandi verbeugte sich und küsste ihr die Hand. Ich knickste ebenfalls. Ich hasste diese Förmlichkeiten, die mich davon abhielten, meiner Mutter um den Hals zu fallen – oder einfach davonzulaufen.

»Willkommen in Lyrra, Mylady«, sagte Thandi. »Bitte leistet uns doch Gesellschaft bei unserem Nachmittagsmahl.«

»Danke, Mylord«, entgegnete meine Mutter.

Ich starrte sie mit großen, fragenden Augen an, aber sie antwortete mir lediglich mit einem herzlichen, würdevollen Lächeln. Vor all den Leuten hatte ich keine Chance zu erfahren, was hier vor sich ging. Meine Mutter würde die Etikette niemals verletzen. Thandi führte uns zum Bankett und platzierte meine Mutter an einem von den Dienern hastig aufgebauten Tisch, der der königlichen Tafel aufs Haar glich. Dann führte er mich zu unseren Plätzen mehrere Tische weiter, noch bevor ich mit ihr sprechen konnte.

Während die Höflinge das dekadente Erntedankmahl in sich hineinschaufelten – bestehend aus in Wein und Kräutern geschmortem Hasenbraten mit karamellisierten Schalotten, honiggesüßtem Stutenmilchkäse auf knusprigem Brot und Apfelpasteten mit Streuseln aus Hafer und braunem Zucker –, echauffierten sie sich über die veränderte Sitzordnung. Ich selbst aß nur so viel, wie absolut nötig war, um der Höflichkeit Genüge zu tun: einen kleinen Bissen von jedem Gericht, so wie es die Tradition verlangte. Bei jeder Gelegenheit sah ich hinüber zu meiner Mutter. Ich konnte mir beim besten Willen nicht vorstellen, wie sie so schnell hierhergekommen war und warum sie keinen Boten vorausgeschickt hatte.

Nachdem das Essen abgeräumt war, war es Zeit für die Fohlenauslese.

»Wusstet Ihr, dass sie kommen würde?«, flüsterte ich Thandi zu, während wir zum Reitplatz gingen.

»Ich bin genauso überrascht wie Ihr«, sagte er. »Aber es ist gut, dass sie da ist. So ist zumindest ein Elternteil von uns beiden bei der Hochzeit anwesend.« Ein Schatten der Trauer huschte über sein Gesicht.

Noch bevor ich etwas sagen konnte, tauchte Lord Kriantz an Thandis Seite auf, und das Kribbeln in meinen Handflächen wurde wieder stärker. Die beiden führten ein harmloses Gespräch über Pferde, aber ich konnte in Lord Kriantz nur den Mann sehen, der mir Mara nahm. Wenn ich mir vorstellte, wie er sie anfasste, hätte ich ihn mit einem Blick zu Asche verbrennen können.

Am Reitplatz angekommen, packte Thandi Theeds zur Begrüßung am Unterarm. »Alles so weit in Ordnung?«

»Jawohl, Eure Majestät«, bestätigte Theeds. »Die Absatzfohlen sind so weit fertig, um als Erste durchzulaufen, und danach werden die Stallburschen der Reihe nach die älteren Tiere hereinführen.«

»Sehr schön«, sagte Thandi.

»Wir könnten Maras geschulten Blick heute gut gebrauchen«, bemerkte Theeds ahnungslos und grub die Stiefelspitze in die Erde.

Lord Kriantz und Thandi tauschten einen Blick.

»Sie fühlt sich nicht wohl«, sagte Thandi.

Seine Lüge brachte mein Blut zum Kochen.

Theeds sah ihn skeptisch an, nickte dann aber und wandte sich dem Reitplatz zu, um die Vorbereitungen abzuschließen.

»Ihr müsst nicht stehen«, sagte Thandi zu mir. »Endalan, würdet Ihr Prinzessin Dennaleia bitte zu ihrem Platz begleiten?«

Lieber hätte ich mich mitten auf dem Reitplatz auf den Boden gelegt und die Pferde über mich hinwegdonnern lassen, als auch nur eine Sekunde in seiner Gesellschaft zu verbringen. Aber mir blieb keine Wahl.

»Selbstverständlich, Eure Majestät.« Lord Kriantz nahm meinen Arm. Auf seinem Gesicht zeigte sich lediglich ein klein wenig Missmut, dass er nicht bei den Pferden bleiben konnte. Aber selbst wenn sein Ansehen durch die Freundschaft mit

Thandi deutlich gestiegen war, bei der Fohlenauslese durften ausschließlich die königliche Familie und ihre Stallmeister mitreden. Lord Kriantz geleitete mich auf einen Platz neben meiner Mutter, die in einer Reihe von Holzstühlen auf einer Tribüne seitlich des Reitplatzes saß. Über unseren Köpfen spannte sich ein Baldachin, der uns vor der Sonne schützte. Kriantz wählte den Stuhl mit den prächtigsten Schnitzereien für mich aus, schlug mich in die bestickte Wolldecke ein, die hinter mir bereitlag, und setzte sich auf den Stuhl zu meiner anderen Seite.

Ich drehte mich sofort zu meiner Mutter. Mir brannten Hunderte von Fragen auf der Seele.

»Ich bin froh, Euch zu sehen, Mutter, aber warum seid Ihr hier?«, fragte ich, so leise ich konnte.

»Nachdem Alisendi von ihrem Besuch zurückgekehrt war, erzählte sie mir von dem Mordanschlag auf den König«, entgegnete sie. »Ich war sehr besorgt, und dein Vater und ich hielten es für klüger, meinen Besuch nicht anzukündigen, damit ich nicht selbst zur Zielscheibe werde.«

Was sie damit sagen wollte, war klar. Ali hatte ihr erzählt, dass meine Gabe außer Kontrolle geraten war.

»Und der Brief?« Ich hatte ihr doch sehr positive Zeilen geschickt, in denen ich zum Ausdruck gebracht hatte, dass ich dank Ellaeni und Mara zum ersten Mal Vertrauen in meine Zukunft in Mynaria gefasst hatte. Zu dem Zeitpunkt hatte meine Lage noch sehr stabil gewirkt, nicht wie jetzt, wo alles zusammengebrochen war.

Meine Mutter senkte die Stimme noch ein wenig mehr. »Casmiels Tod war sehr besorgniserregend. Deine Schwierigkeiten, dich anzupassen, waren wohl zu erwarten gewesen, aber dass du Beziehungen zu Prinzessin Amaranthine, die nicht Mitglied im Hohen Rat ist, und zu einem Mädchen von der Küste, das keine nennenswerte politische Macht besitzt, aufbaust … Und dann dein ausgeprägtes Interesse daran, was Amaranthine von dir hält …«

Mir sträubten sich die Haare. Sie fällte ein Urteil über die beiden, ohne sie überhaupt zu kennen. Ich fühlte mich Mara gegenüber schuldig.

»Ich habe größere Probleme als das, Mutter«, sagte ich, kaum in der Lage, ruhig zu bleiben. »Die Götter sind mir näher gekommen.«

Ihre blauen Augen starrten mich warnend an.

»Das ist jetzt nicht die Zeit, Dennaleia«, sagte sie. »Wir werden über diese Dinge nach der Hochzeit sprechen, sobald die Allianz gesichert ist.«

»Aber ich muss wissen …«

Sie unterbrach mich, indem sie mir die Hand auf den Arm legte. Dann ließ sie den Blick über den Reitplatz schweifen und erwartete von mir, es ihr gleichzutun. Die silbernen Strähnen in ihrem Haar bildeten einen starken Kontrast zu ihrem roten Kleid und ließen sie noch majestätischer erscheinen. Sie strahlte eine so selbstsichere Erhabenheit aus, als wäre ihr das in die Wiege gelegt worden. Wie konnte sie unter diesen Umständen nur so ruhig sein?

Unterhalb der Tribüne trafen Bedienstete die letzten Vorbereitungen. Sie rührten in einem großen Kübel mit Farbe, in der silberne Sprenkel glitzerten, und trugen ihn dann auf einen Tisch am Rande des Reitplatzes, um ihn liebevoll mit grünen Zweigen zu dekorieren. Auf den Boden des Platzes hatte man aus weißgetünchten Pfosten Bahnen gelegt, die jedes Pferd zur Inspektion durchlaufen musste. Sie bildeten einen weiten Kreis um die Mitte mit einem Zugang rechts und links. Vor der Tribüne hatte man dünne, mit pinkfarbenen Blüten überladene Zweige durch den Zaun gewoben und mit geflochtenen Seilen befestigt.

Ein hochgewachsenes schwarzes Absatzfohlen tänzelte als Erstes in den Ring. Der Stallbursche tat sein Bestes, es im Schritt und Trab durch den Kreis um Thandi, Theeds und die beiden anderen Mitglieder des Auslesekomitees zu führen, musste aber ständig den fliegenden Hufen des kaum ans Halfter gewöhnten Hengstfohlens ausweichen. Seine wilden, panischen Augen brachen mir das Herz. Sein Leben hatte sich in dem Moment, als man ihm dieses Halfter über den Kopf gestreift hatte, auf einen Schlag völlig verändert. Ich sah zu den Fenstern der Burg hinauf, als könnte ich einen Blick auf Mara erhaschen. Ich träumte, dass sie auf Flicker dahergaloppiert käme, um mich zu befreien. Dass sie mich aus meinem Stuhl reißen, auf ihr Pferd ziehen und mit mir über die Hügel bis zum Ozean fliehen würde, wo wir an Bord von Ellaenis Schiff auf Nimmerwiedersehen verschwinden würden.

Unter uns tänzelte das unruhige schwarze Fohlen durch die Mitte des Reitplatzes und das Komitee nickte zustimmend. Thandi tauchte die Hand in die silberne Farbe.

»Für Kraft, Schnelligkeit und Mut. Mögen die Sechs den Ritt dieses Hengstfohlens begleiten. Besiegelt durch die Hand des Königs.« Er berührte die Schulter des Fohlens und hinterließ seinen silberglänzenden Handabdruck auf dem dunklen Fell. Dann führte der Bursche es unter dem Applaus der Zuschauer im Trab aus der Arena.

Nachdem fünf Schattenlängen verstrichen waren, schenkte ich der Auslese kaum noch Beachtung. Ich starrte auf den Platz und ließ meine Gedanken wandern. Eigentlich war es unnötig, dass ich den ganzen Tag hier saß, aber Thandi ahnte wohl, dass ich, sobald sich die Gelegenheit böte, direkt zu Mara rennen würde, selbst wenn ich die Wachen vor ihren Gemächern dafür eigenhändig niederkämpfen müsste. Stattdessen saß ich da und sah zu, wie ein Pferd nach dem anderen dem Komitee vorgeführt wurde. Nur die Korsettstäbe, die mir in die Hüften stachen, und die Angst, meine Mutter zu enttäuschen, hielten mich noch wach.

Dann führten die Stallburschen ein Pferd herein, das ich kannte.

»Nein!« Ich warf Lord Kriantz einen panischen Blick zu.

Er zuckte mit den Achseln.

Das konnte er nicht tun. Niemand, der ein Herz besaß, würde zulassen, dass dieses Pferd verkauft wurde. Unten auf dem Platz kniff der Stallmeister den Mund zusammen und verschränkte die Arme vor der Brust. Er musste gewusst haben, was kam, und schien nicht glücklich darüber zu sein. Ein Murmeln ging durch die Menge und ich rutschte auf meiner Stuhlkante nach vorn.

Der Pferdeführer führte den Wallach durch die Gangarten. Um mit den langen, ausgreifenden Schritten des Tiers mitzuhalten, musste er laufen, so schnell er konnte. Als sie in der Mitte des Rings zum Stehen kamen, schnappte das große kastanienbraune Pferd verspielt nach der Jacke des Pferdeführers. Es wirkte nach den wilden Absatzfohlen und Jährlingen, die am frühen Nachmittag durchgegangen waren, extrem ruhig und gelassen.

Thandi deutete nach rechts und schickte Flicker in die Koppel für das Merzvieh. Nach der Hochzeit würde er mit der Handelskarawane die Burg verlassen.

Lord Kriantz schüttelte den Kopf. »Was für eine Verschwendung. Er ist ein gutes Pferd.«

Flicker war Maras Ein und Alles. Wenn sie Lord Kriantz irgendetwas bedeutete, wie konnte er da zulassen, dass Thandi das Pferd für seine erbärmliche Rache benutzte?

»Wie könnt Ihr das zulassen?«, zischte ich. »Flicker bedeutet ihr alles.«

Er zuckte mit den Achseln. »Sie wird das Pferd in der Wüste nicht brauchen. Sie kann sich ein beliebiges aus meinen auswählen. Das da taugt für das Leben in der Wüste ohnehin nicht.«

Was er da sagte, machte mich nur noch wütender. Nichts in seiner Erklärung klang, als würde er sich um Mara sorgen oder die Dinge, die sie liebte, wertschätzen. Zerstörerische Gedanken schossen mir durch den Kopf, Gedanken an ein Inferno. Ich biss mir in die Wange, bis sie taub war, und hoffte, es würde mich davon abhalten, Lord Kriantz den Kopf von den Schultern zu brennen. Ich richtete den Blick auf den Boden unter unseren Stühlen und konzentrierte mich auf ein paar feuchte Blätter im Schmutz. Ein dünner Rauchfaden stieg empor und sie zerfielen zu Asche. Meine Mutter griff warnend nach meiner Hand.

»Man sieht Euch Euren Ärger an, Eure Hoheit«, flüsterte Lord Kriantz mir zu und lächelte dabei.

Bei seinen Worten wurde mir eiskalt, aber dem Feuer, das in meinem Herzen wütete, konnten sie nichts anhaben.

40

Mara

Am Tag nach der Fohlenauslese ließ ich mich an der Seite von Lord Kriantz im großen Saal an der Festtafel zu Ehren von Dennas und Thandis Hochzeit nieder. Es war die erste Mahlzeit außerhalb meiner Gemächer, seit Thandi mich eingesperrt hatte, aber es hätte genauso gut auch meine Henkersmahlzeit sein können. Mein Samtkleid, das dunkler war als der Abendhimmel, hing wie ein Trauerschleier an mir herab. Girlanden glitzerten an den Wänden, und auf dem Tisch standen so viele Gestecke aus Herbstlaub und Blüten, dass zwischen den Gedecken und Servierplatten kein Zentimeter mehr frei war.

Hätte ich Dennas Neigung gehabt, hätte ich alles in Flammen aufgehen lassen.

Als die Gäste ihre Plätze eingenommen hatten, schwangen die Doppeltüren auf, und Denna präsentierte sich in ihrer ganzen Pracht. Ihr Kleid schimmerte in allen Farben des Herbstes. Mehrere Lagen eines kupferfarbenen Stoffes flatterten über burgunderfarbenem Satin, und der untere Gewandsaum war mit genügend Perlen und Silberschnörkeln behängt, um damit sämtliche Kriegssättel in den Ställen zu verzieren. Ihr dunkles Haar war hochgesteckt und mit rotbraunem und silbernem Pferdehaar durchwirkt, das man ihr in die glänzenden Strähnen geflochten hatte.

Ich sehnte mich danach, einfach aufzustehen und ihre Hand zu nehmen. Aber das war vorbei. Ich riss den Blick von ihr los, starrte auf meinen leeren Teller und zwirbelte meine Armbänder, bis sie mir das Blut abschnürten.

Als Denna an mir vorüberschritt, um ihren Platz einzunehmen, streifte sie mit den Fingerspitzen mein nacktes Schulterblatt – eine Berührung, leicht wie eine Feder. Ich bekam sofort eine Gänsehaut und hasste mich dafür. Am oberen Ende der Tafel angekommen, ließ sie sich neben Thandi nieder, ganz das Ebenbild ihrer Mutter, die auf ihrer anderen Seite saß. Der Magen krampfte sich mir zusammen. Lord Kriantz legte mir die Hand auf den Arm und brachte mich damit wieder zurück auf die Erde. Ich betrachtete sein Gesicht, sein ungezwungenes Lächeln, seine dunklen Augen, sein markantes Kinn, und wünschte, irgendetwas darin würde auch nur die Hälfte der Gefühle wecken, die Denna in mir auslöste. Immerhin würde er mich weit wegbringen – weit weg von ihr und dem Chaos, das sie in mir anrichtete.

Als die Teller längst abgeräumt waren, man mehrere Runden getanzt hatte und Thandi in ein Gespräch mit Lord Kriantz verwickelt war, schlüpfte Denna auf den Stuhl neben mir. Obwohl überall Edelleute umherschlenderten, an ihrem Wein nippten und sich zwanglos unterhielten, war sie für mich der einzige Mensch im Raum.

»Du bist gekommen«, sagte Denna.

»Als hätte ich eine Wahl gehabt. Außerdem kann Thandi mich nicht auf ewig einsperren«, entgegnete ich barsch. Ich musste eine Mauer zwischen uns errichten, die sie nicht durchbrechen konnte.

»Ich habe dich so vermisst.« Dennas Hände zitterten, und sie krallte die Finger in ihre Röcke, um sie zu beruhigen. »Die letzten Tage waren schrecklich. Ich wollte zu dir, aber Thandi ist mir nicht von der Seite gewichen.«

»Es ist alles meine Schuld«, sagte ich. »Ich hätte dir niemals meine Gefühle gestehen dürfen oder bei dir bleiben in jener Nacht.« Die Worte schmerzten, dennoch musste ich sie aussprechen.

»Aber ich bin froh, dass du es getan hast. Ich würde die letzten Monde gegen nichts in der Welt eintauschen.« Sie berührte meinen Unterarm.

Ich zuckte zurück. »Doch, das würdest du. Gegen deine Pflicht.« Ich zeigte auf das reich verzierte Diadem auf ihrem Kopf.

Sie machte ein langes Gesicht. »Ich habe nichts anderes gelernt, als diesem Königreich als Monarchin zu dienen. Und nur so habe ich die Macht, den Krieg vielleicht noch zu verhindern«, sagte sie. »Aber ich werde einen Weg für uns finden. Ich will, dass du glücklich bist. Und ich kann den Gedanken, ohne dich weiterzumachen, nicht ertragen. Sag mir, was ich tun muss, damit du deine Entscheidung rückgängig machst.«

»Es gibt nichts, was du tun könntest«, sagte ich. »Ich kann nicht bleiben. Thandi und der Hohe Rat haben mich zu dieser Entscheidung gezwungen. Ich habe Endalans Antrag akzeptiert. Hättest du nicht dasselbe getan? Deine Pflicht erfüllt und allem, was andere für dich entscheiden, zugestimmt?«

»Das ist etwas anderes«, sagte sie. »Du weißt so gut wie ich, dass die Aufständischen nur für einen Teil dessen, was geschehen ist, verantwortlich sind. Gegen ein anderes Königreich in den Krieg zu ziehen, solange wir keine Beweise haben, ist mehr als dumm – und eine Allianz zwischen Sonnenborn und Mynaria, die nur auf Vermutungen gründet, wertlos. Wir wissen nicht einmal, ob Kriantz genügend Stämme zusammenhalten kann, um sich selbst zum König zu ernennen, wie er es offenbar vorhat.«

Sie hatte recht, auch wenn ich es nicht zugeben wollte. Trotzdem konnte ich nicht bleiben und ihr deshalb auch keine Zugeständnisse machen.

»Mein Bruder ist und bleibt ein Idiot, aber vielleicht bringe ich ja Endalan dazu, seine Meinung zu ändern. Er ist nicht dumm. Vielleicht hört er ja auf jemanden, mit dem er eine Partnerschaft eingeht«, sagte ich.

»Dafür gibt es keine Garantie«, insistierte sie. »Dieser Krieg kommt ihm sehr zugute. Er gewinnt Land. Ich bin mir nicht sicher, ob man ihm trauen kann.«

»Wenn er nicht auf mich hört, nehme ich Flicker und reite auf eigene Faust nach Zumorda. Ich werde versuchen, sie zu warnen. Das ist in jedem Fall besser, als hierzubleiben und zuzusehen, wie du meinen Bruder heiratest.«

»Aber Thandi hat Flicker gestern aussortiert!«, platzte sie heraus. »Er wird morgen mit der Handelskarawane weggebracht. Ich wollte es verhindern, aber ...«

»Was?«, rief ich. All meine widersprüchlichen Empfindungen ballten sich zu einem einzigen Gefühl zusammen: Zorn.

»Lord Kriantz saß direkt neben mir. Er sagte, Flicker sei für die Wüste nicht geeignet. Wenn du ihm etwas bedeuten würdest, hätte er Thandi aufgehalten«, sagte sie.

»Damit werden sie nicht durchkommen.« Ich presste die Kiefer aufeinander und warf meinem Bruder quer durch den Raum einen bösen Blick zu. Jemand würde dafür bezahlen. Er war bei meiner Bestrafung einen Schritt zu weit gegangen. Niemand würde mir mein Pferd wegnehmen.

»Aber Mara ...«

Ich schüttelte den Kopf und stand auf. Im Gegensatz zu dem Desaster mit Denna war Flickers Aussortierung ein Problem, das ich lösen konnte. Ich stürmte auf Lord Kriantz zu und zog ihn zur Seite.

»Ihr habt mein Pferd verkauft«, sagte ich geradeheraus.

»Wie bitte?«

»Dennaleia hat mir gesagt, Flicker wurde gestern aussortiert.«

»Ich hatte bei der Fohlenauslese nichts mitzureden, Mylady. Ich weiß nicht, was Ihr gehört habt, aber ich versichere Euch, ich hätte Ihrer Majestät niemals dazu geraten, Euer Pferd zu verkaufen. Flicker ist ein wunderbarer Wallach. Ich hatte angeboten, ihn zu kaufen, aber Ihre Majestät riet mir, meine Käufe auf die Pferde zu beschränken, die ich für mein Zuchtprogramm brauche.«

Lügen. Denna hatte mich verärgert und enttäuscht, aber angelogen hatte sie mich nie.

»Dann sind Pferde, die nicht zur Zucht taugen, in Euren Augen also nutzlos? Ist das so?« Ich wurde lauter.

»Bitte, Mylady, macht hier keine Szene. Ich weiß, dass Euch die Sache mit dem Pferd zu Herzen geht, aber wir können das morgen regeln. Und wenn wir erst einmal verheiratet sind, habt Ihr in Sonnenborn eine große Auswahl an Pferden«, versuchte Lord Kriantz mich zu besänftigen.

»Ich will kein Wüstenpferd. Ich will mein Pferd«, sagte ich.

Er drückte mir ein Glas Wein in die Hand. »Das wird Eure Nerven beruhigen, Mylady.« Dann nahm er meinen Arm. »Lasst uns später über die Sache reden.«

»Es wird kein Später geben. Ich habe meine Meinung geändert. Ich werde Euch nicht heiraten. Ihr könnt die Hochzeit absagen.« Ich schüttelte seinen Arm ab und marschierte zu meinem Bruder, der in ein Gespräch mit dem Grafen von Nax vertieft war.

Als Thandi mich kommen sah, drehte er mir den Rücken zu. Nun gut, wenn er es nicht anders wollte, konnte er es auch so haben. Mit voller Wucht schleuderte ich mein Weinglas nach ihm. Das Gespräch war abrupt beendet, Wein und Glasscherben spritzten über seine Füße.

»Was zur Hölle der Sechs soll das?« Thandi sprang zurück, unter seinen Stiefelsohlen knirschte das Glas.

Die Gäste um uns her verstummten und starrten uns entgeistert an.

Ich lächelte.

»Eure Majestät«, begann ich, »im Falle, dass Ihr es vergessen habt, ich bin Eure Schwester, keine Zuchtstute, die Ihr mit einer Handelskarawane einfach wegschicken könnt. Und wenn es Eurer Vorstellung einer gerechten Strafe entspricht, mein Pferd zu verkaufen, könnt Ihr Euch die Pläne, die Ihr für meine Zukunft habt, in den königlichen Hintern schieben. Es reicht. Ich habe genug von diesem Krieg, von Lord Kriantz und insbesondere von Euch.« Ich starrte ihn an, jeder Muskel in meinem Körper war angespannt.

»Wenn du von Anfang an getan hättest, was man von dir verlangt hat, wäre es nie so weit gekommen, Amaranthine«, sagte er mit gesenkter Stimme.

»Ach ja? Ich glaube, dass in diesem Spiel jeder von uns seine eigene Rolle zu spielen hat. Ich bin nicht bereit, die Verantwortung für deine Fehler zu übernehmen. Wenn du also Krieg gegen ein Königreich führen willst, dem du im Grunde kein Fehlverhalten nachweisen kannst, dann viel Spaß dabei. Ich gehe. Grab dir dein Grab allein.« Ich machte auf dem Absatz kehrt und stürmte durch die Menge in Richtung Ausgang. Alle stoben vor mir auseinander, nur eine stellte sich mir in den Weg.

Vor der Tür des großen Saals hatte sich Denna aufgebaut.

»Das ist nicht sehr klug, Mylady«, warnte ich sie. Ich musste sofort hinaus, um meinem Ärger Luft zu machen, und sie war die Einzige hier im Raum, die ich nicht verletzen wollte. Dennoch geriet ich ins Stocken, als ich ihr gegenüberstand. Da war wieder dieses unerklärliche Gefühl, das mich unweigerlich zu ihr hinzog.

»Bitte geh nicht«, flehte sie.

»Ich gehe«, sagte ich. »Aber hier hast du noch etwas, um dich an mich zu erinnern.«

Ich zog sie in meine Arme und küsste sie genauso leidenschaftlich, wie sie mich beim ersten Mal geküsst hatte. Ich hoffte, wenn ich sie nur intensiv genug küsste, könnte ich alles, was ich für sie empfand, hinter mir lassen und einfach aus diesem Saal gehen. Sie schmeckte süß, auf ihren Lippen war noch ein Hauch von dem gewürzten Apfel, den es zum Dessert gegeben hatte. Sie so nah bei mir zu spüren, erinnerte mich daran, dass alles, was zwischen uns geschehen war, unvermeidlich war – obwohl ich wütend auf sie war, weil sie sich für Thandi entschieden hatte, und ich sie gleich für immer verlassen würde. Ich liebte sie. Sie brachte mein Herz zum Rasen und verursachte mir weiche Knie. Jede Sekunde, in der ich sie in den Armen hielt, war süßer als jede Melodie, leichter als ein Windhauch.

Ohne ihre Reaktion abzuwarten, marschierte ich erhobenen Hauptes aus dem Saal. Die schwere Tür fiel hinter mir ins Schloss, und ich fing an zu lachen, ein seltsam gebrochener Laut, der durch die Gänge hallte. Endlich war ich frei – vorausgesetzt, ich schaffte es, zu fliehen, bevor Thandi mir seine Lanzenträger hinterherschickte. Ich wollte mein aussortiertes

Pferd holen und geradewegs aus der Stadt reiten, ohne einen Blick zurück. Wenn ich weit genug ritt, vielleicht bis nach Zumorda, konnte ich noch einmal von vorn anfangen und mein eigenes Leben führen anstelle des aufgezwungenen Lebens einer Prinzessin.

»Mara?« Nils kam mir mit verblüfftem Gesicht entgegen.

»Bei allen Sechs, du hast wirklich ein Gespür für den richtigen Zeitpunkt«, sagte ich. »Komm mit und halte mir die anderen Wachen vom Hals. Ich muss zusehen, dass ich wegkomme, bevor sie mir auf den Fersen sind.«

Er seufzte. »Was hast du denn jetzt wieder angestellt?«

»Kann ich dir nicht erklären. Ich muss los. Komm jetzt.« Ich warf einen nervösen Blick über die Schulter und zerrte ihn den Gang hinunter. Selbst durch die geschlossene Tür konnte ich hören, wie das Geschnatter im Saal wieder einsetzte und sich aufbaute wie eine Flutwelle, die in irgendeiner Form über mich hereinbrechen würde. Die Wachen vor der Tür traten nervös von einem Fuß auf den anderen, als ob sie wüssten, dass Thandi mir bald jemanden hinterherschicken würde. Aber solange Nils an meiner Seite war, würden sie niemals eigenmächtig handeln. Wir rannten den Gang hinunter zu meinen Gemächern. Ich würde nur so viel mitnehmen, wie ich tragen konnte, und wäre in weniger als einer Schattenlänge wieder draußen.

»Mara, was zur Hölle der Sechs ist los?«, fragte Nils. »Ich bin auf Patrouille.«

»Ich weiß. Tu mir einfach den Gefallen und patrouilliere ein paar Minuten in diese Richtung«, sagte ich.

»Was ist passiert?«

»Ich verschwinde, Nils. Allein. Ich werde niemanden heiraten. Ich denke, ich gehe nach Zumorda.«

Erst stöhnte er, dann nickte er. »Wenn du glaubst, es ist das Beste, helfe ich dir. Allein die Sechs wissen, was man dir in letzter Zeit alles angetan hat. Verschwinde, solange du kannst. Ich stehe hinter dir.« Er drückte meinen Arm und ich lächelte zu ihm hoch. Wenigstens auf einen konnte ich mich verlassen. Wir bogen um die Ecke in einen Gang, von dem wir gedacht hatten, er wäre leer.

»Nicht so schnell, Mara.« Lord Kriantz verstellte uns den Weg, hinter ihm zwei seiner Männer mit blitzenden Schwertern in der Hand.

Nils und ich blieben abrupt stehen.

»Es war mein Ernst, Endalan. Ich habe genug. Ich gehe nirgendwo mit Euch hin. Macht es nicht schwieriger, als es ohnehin schon ist.« Trotzig baute ich mich vor ihm auf, während ich mich nach dem schnellsten Fluchtweg umschaute.

»Wenn sie sagt, sie will nicht, werdet Ihr sie nirgendwohin mitnehmen«, sagte Nils und stellte sich hinter mich.

»Ich fürchte, da täuschst du dich«, sagte Lord Kriantz mit einem falschen Lächeln. Er betrachtete uns mit dem selbstzufriedenen Blick eines Mannes, der wusste, dass er gewonnen hatte. Meine Wut wich der Angst.

Dann hob er die Hand und seine Männer stürzten sich auf uns.

Der Soldat, der es auf mich abgesehen hatte, war stark, aber langsam. Es gelang mir, mich aus seinem Griff zu winden. Offenbar hatte Lord Kriantz seine Männer angewiesen, mich nicht zu verletzen, sodass ich ein paar Treffer landen konnte. Nils zog sein Schwert und schlug sich mit der anderen Wache. Metall krachte gegen Metall und das Scharren der Stiefel hallte durch den Gang.

»Genug!«, rief Lord Kriantz dazwischen. Mit einer schnellen Bewegung umklammerte er mich von hinten und legte mir eine dünne Klinge an den Hals. Das kalte Metall drückte so fest gegen meine Haut, dass es brannte. Ich erstarrte.

»Bleib zurück«, befahl er Nils. »Du weißt, dass ich sie nicht töten werde. Aber von einem oder zwei unnötigen Körperteilen befreie ich sie gern.«

Nils ließ das Schwert fallen und trat mit erhobenen Händen zurück. Seine Brust hob und senkte sich von der Anstrengung des Kampfes.

»Schon besser«, sagte Lord Kriantz.

Ich wand mich unter seinem Griff und trat ihm ordentlich gegen das Schienbein. Er zuckte nicht einmal zusammen.

»Tötet ihn!«, befahl Lord Kriantz seinen Männern.

»Nein!« Ich schrie und schlug mit all meiner Kraft um mich.

Einer der Soldaten trat vor und stieß Nils ein kurzes Messer in den Hals.

Mein Herz zersprang.

41

Dennaleia

Als sich Maras Lippen von meinen lösten, entzog sie mir alles, was je eine Bedeutung für mich gehabt hatte. Jeder im Saal konnte sehen, wer ich wirklich war. Weder das reichverzierte Kleid noch der Kajal unter meinen Augen noch die weinrote Farbe auf den Lippen gehörten zu meinem wahren Ich. Die dunklen Ringe unter meinen Augen hatte man mit Puder kaschiert, als ob man den Verlust des einzig wichtigen Menschen mit ein bisschen Make-up übertünchen konnte – oder eine Neigung unter prächtigen Kleidern verstecken. Mein Diadem drückte sich in meinen Schädel wie die Kiefer einer Bestie, die sich um meinen Kopf schlossen, um mein Schicksal zu besiegeln. Maras Kuss war das Einzige an diesem Abend, das keine Lüge war.

Meine Mutter starrte mich aus einer Ecke des Saals an, als sähe sie mich zum ersten Mal. Ihr Gesicht war kreideweiß. Thandi drehte sich um und ging einfach davon, dicht gefolgt von Dienern, die sich um den Wein auf seiner Hose kümmern wollten.

Der Schmerz in meinem Herzen wurde übermächtig.

Jemand kam und nahm meine Hand. Ellaeni. In ihren kummervollen Augen erkannte ich mich selbst. Doch im Gegensatz zu mir war sie klug genug gewesen, sich für Claera zu entscheiden, trotz der Einwände ihrer Familie. Eines Tages würden sich die beiden wiederfinden.

Meine Knochen vibrierten vor Magie und auf einem Tisch in der Nähe begann ein Blumengesteck zu glimmen. Ich ließ Ellaenis Hand los und stürzte aus dem großen Saal. Ich hatte Angst, alles in Brand zu setzen. So schnell meine Beine mich trugen, rannte ich in den königlichen Flügel. Ich war mir nicht sicher, was ich Mara sagen würde, aber ich konnte sie so nicht gehen lassen. Das Fest – und Thandi – kamen auch ein paar Minuten ohne mich aus. Es würde nicht schwer sein, eine passende Entschuldigung zu finden. Nach der Szene, die Mara hingelegt hatte, würde es niemanden überraschen, wenn ich einen Moment für mich brauchte, um meine Fassung wiederzugewinnen.

Meine Schritte hallten durch die leeren Gänge und das Fehlen jeglicher Gefolgsleute bereitete mir ein kriechendes Unbehagen. An einem Festtag wie diesem sollten in jedem Flur zwei Wachen stehen. Plötzlich war ganz in der Nähe ein dumpfer Aufprall zu hören.

Vorsichtig spähte ich um die Ecke und erstarrte. Auf dem Boden lag Nils, unter dem sich langsam eine Blutlache bildete. Daneben Mara, die erbärmlich schluchzte. Ich wollte aufschreien, schluckte den Schrei jedoch hinunter, aus Angst, mich zu verraten. Auf ein Nicken von Lord Kriantz hin brachte einer der Soldaten Mara mit einem Faustschlag zum Schweigen. Bewusstlos sank sie auf Nils. Wieder wollte ich schreien, war aber unfähig, mich zu bewegen.

»Verbrennt ihn. Eine weitere Leiche dient unserer Sache«, sagte Lord Kriantz.

Seine Soldaten nickten. Einer zog ein Stück goldenen Faden aus der Tasche und band ihn Nils um den Hals. Die Enden führte er über die Brust seiner Uniform. Lord Kriantz zerrte Mara hoch und übergab sie seinen Männern. Dann stellte er sich über Nils und drehte den Ring an seiner linken Hand exakt um eine halbe Umdrehung. Aus der goldenen Schnur sprangen grelle, violette Flammen und Nils wurde vom Feuer verschlungen.

Es war kein Magier, der König Aturnicus getötet hatte. Es war Lord Kriantz. Und er war auch der Schattenmann, der die Aufständischen dafür bezahlt hatte, Casmiel umzubringen – alles, um einen Krieg anzuzetteln und Land von Zumorda zu gewinnen. Mein Magen krampfte sich zusammen. An der Wand explodierte eine Leuchte nach der anderen, bis der Gang in Dunkelheit getaucht war. Nur noch Nils' brennender Körper war zu erkennen.

»Was zur Hölle war das?«, fragte einer der Soldaten.

»Wir gehen. Jetzt. Nehmt sie mit«, befahl Lord Kriantz.

Ich hörte, wie einer der Männer Mara über die Schulter hievte, aber als meine Augen sich endlich an die Dunkelheit gewöhnt hatten, waren sie schon verschwunden – zweifellos durch den nahe gelegenen Ausgang. Während ich mit üblen Beschimpfungen vor mich hin fluchte, die sogar Mara beeindruckt hätten, schlich ich ihnen hinterher. Draußen angelangt, hörte ich, wie das laute Klappern beschlagener Hufe die kühle Nachtluft zerriss. Lord Kriantz und seine Männer wuchteten Maras schlaffen Körper in eine Kutsche, die von zwei unauffälligen grauen Pferden gezogen wurde. Die Türen schlugen zu und das Gespann trabte durch das Tor davon.

Ich konnte das nicht zulassen. Aber allein würde ich sie niemals aufhalten können.

Ich rannte zurück zum großen Saal. Thandi musste seine Gefolgsleute losschicken und sie zurückfordern. Die Feierlichkeiten waren wieder in eine Art Normalität übergegangen, aber als ich den Raum betrat, wurde ich sofort von zwei Wachen flankiert. Zahlreiche neugierige Augenpaare folgten uns.

»Man hat uns gebeten, Euch direkt zu Ihrer Majestät zu geleiten«, sagte ein Gefolgsmann.

»Natürlich«, entgegnete ich, dankbar, dass ich mich auf der Suche nach ihm nicht durch die Menge kämpfen musste. Es war fast schon zu einfach. Die Gefolgsleute würden mich direkt zu Thandi bringen, und wir konnten Mara zurückholen, noch bevor Lord Kriantz die Stadttore hinter sich ließ. Die Wachen führten mich über die Seiten des Saals zu einem Vestibül hinter der königlichen Tafel und eskortierten mich hinein. In der Mitte des kleinen Raums saß Thandi, dem ein Diener gerade versuchte die Weinflecken von der Hose zu reiben.

»Ah, man hat Euch gefunden«, sagte er. Er winkte alle anderen hinaus. Plötzlich stand ich allein vor ihm, aber er wich meinem Blick aus, als könnte er mir nach der Szene mit Mara nicht mehr in die Augen sehen.

»Etwas Schreckliches ist passiert.« Ich schnappte verzweifelt nach Luft. Unter meinem engen Korsett machten sich meine Lungen und mein klopfendes Herz gegenseitig den Platz streitig. »Lord Kriantz hat Mara entführt. Ich habe gesehen, wie er Nils mit einem künstlichen Feuer, das wie Magie aussah, getötet hat. Violette Flammen wie die, die König Aturnicus verbrannt haben. Er hat einen goldenen Ring, der …«

Bei dem Wort Magie sah Thandi mir endlich in die Augen. Sein Blick verfinsterte sich.

»Das kann nicht sein«, sagte er. »Bevor ich heute Abend hierherkam, habe ich Nils noch auf Patrouille gesehen – und

Magie kann nicht künstlich erzeugt werden. Wir müssen uns darauf konzentrieren, die wahre Quelle der magischen Angriffe auszuschalten. Und das ist Zumorda.«

»Das ist nicht Euer Ernst! Hier geht es doch nicht um Magie. Mara wurde mit Gewalt aus der Burg verschleppt, von demselben Mann, der auch Euren Vater getötet hat!« Ich wurde panisch. Er musste doch nur den Gang hinuntergehen und sich Nils Leiche ansehen, um zu begreifen, dass ich die Wahrheit sagte.

»Ich bin fest davon überzeugt, dass Ihr Euch täuscht«, sagte er. »Aber zu Eurer Beruhigung werde ich eine Wache schicken, um nach Nils zu suchen, und einen Pagen, der Euch bestätigen wird, dass Mara sich in ihren Gemächern aufhält.«

Es war mir ein Rätsel, wie er so ruhig bleiben konnte.

»Dann ist es zu spät!« Aus den Augenwinkeln sah ich Funken sprühen. »Hier geht es nicht um Mara und mich. Es geht um unser Königreich. Wir sind dabei, grundlos einen Krieg vom Zaun zu brechen und das Leben unserer Untertanen zu opfern, damit Lord Kriantz seine Ländereien vergrößern und sich selbst zum König krönen kann. Glaubt Ihr, ich weiß nicht, was ich gesehen habe? Dass ich nicht ernst zu nehmen bin?«

»Ich vertraue Lord Kriantz«, sagte Thandi mit einer Stimme, kälter als die Nacht. »Und sicher könnt Ihr nachvollziehen, dass ich zögere, Euch zu vertrauen.«

»Meine Augen sind so gut wie die jedes anderen.« Meine Handflächen wurden immer wärmer und fingen an zu kribbeln.

»Riecht Ihr hier auch etwas Verbranntes?« Thandi sah sich alarmiert im Zimmer um.

Ich ließ die Stuhllehne los, an der ich mich festgeklammert hatte. Von der Stelle, auf der meine Finger gelegen hatten, stieg

Rauch auf. Ich bekam es mit der Angst zu tun. Das hatte ich nicht gewollt.

»Bei allen Sechs!« Thandi sprang entsetzt auf. »Ihr wart das!«

»Nein!«, rief ich erschrocken. Wenn er mich für den Tod seines Vaters verantwortlich machte, würde man mich hinrichten. Und was noch schlimmer war, wenn er hinter mir her war, würde ihn das davon abhalten, Mara zurückzuholen.

»Ihr … Ihr denkt Euch das alles aus, um zu verbergen, dass Ihr es wart. Kein Wunder, dass das alles erst angefangen hat, nachdem Ihr hierhergekommen seid. Und dann wusstet Ihr so viel über den Pfeil … Ihr müsst mit den Aufständischen zusammengearbeitet haben. Ich kann nicht glauben, dass ich so blind war.« Er wich vor mir zurück.

»Ich habe nichts getan«, sagte ich. »Ich wollte Mynaria immer nur eine gute Königin sein. Von den Aufständischen habe ich erst erfahren, als ich hierhergekommen bin. Bitte hört mich an! Wir müssen etwas wegen Mara und Lord Kriantz unternehmen. Seht Ihr denn nicht, dass er Euch in einen Krieg führt, der nur ihm allein nützt?«

»Damit die Allianz in den Krieg ziehen kann, müssen wir auf jeden Fall heiraten. Aber glaubt mir, Ihr werdet vor Gericht gestellt und für jeden Tod, den Ihr zu verantworten habt, büßen.« Thandi ging zur Tür.

Mein ganzes Leben lang haben meine Pflichten immer an erster Stelle gestanden. Doch nun war der Tag gekommen, meinem Herzen zu folgen und für mein Königreich einzustehen. Ich straffte die Schultern und sah ihm direkt ins Gesicht.

»Nein«, sagte ich. »Jemanden, der sich weigert, die eigene Schwester zu retten, kann ich nicht heiraten. Und lieber würde ich sterben, als einen Mann zum Gemahl zu nehmen, der seine Reiter für einen Krieg opfert, der zweifelsfrei von Sonnenborn zu dessen eigenem Nutzen angezettelt wurde. Wenn Ihr eine Allianz mit Havemont wollt, müsst Ihr Mara zurückholen. Und dann werde ich *sie* heiraten. Mit Freuden.« Meine Entschlossenheit war stärker als meine Angst. Die Tage der Furcht waren vorüber.

»Niemals«, sagte er.

»Dann lasst mich gehen.« Auf eine kleine Handbewegung hin ging der qualmende Stuhl in Flammen auf. Es fühlte sich gut an, der Magie freien Lauf zu lassen. Es war, wie mit Shadow im Galopp über die Felder zu fliegen, wie Mara zu küssen – wie frei zu sein. In meinem Inneren sammelten sich erneut magische Kräfte, die die entwichenen ersetzten. Ich konnte sie kaum zurückhalten. Als hätte ich, indem ich ausgesprochen hatte, was ich wirklich wollte, nicht nur mein Herz befreit, sondern auch meine Magie.

»Wachen!«, schrie Thandi.

Die Tür ging auf und mehrere Gefolgsleute kamen herein. Starr vor Schreck verharrten sie in ihrem militärischen Gruß und ließen die Blicke zwischen Thandi und dem brennenden Stuhl hin und her wandern.

»Begleitet Prinzessin Dennaleia bitte in ihre Gemächer«, wies Thandi sie an. »Und stellt heute Nacht vier Wachposten vor ihre Tür. Während der Trauung morgen wünsche ich verstärkte Sicherheitsvorkehrungen, im Fall, dass der Feind«, er sah mich finster an, »beschließt, erneut anzugreifen.«

Sie schleiften mich aus dem Zimmer wie einen Sack Dreck. Die Versuchung, sie alle zu verbrennen, prickelte unter meiner Haut, aber ich musste meine Kräfte für den aufsparen, der es wirklich verdient hatte zu sterben: Lord Kriantz. Ich musste ihn aufhalten und damit sämtliche Kriegspläne zunichtemachen. Es war mir gleichgültig, wie gefährlich es geworden war, dafür meine Gabe einzusetzen.

Nachdem die Wachen die Tür geschlossen hatten, zog ich mich in mein Schlafzimmer zurück, um mir von Auna aus dem Kleid helfen zu lassen. Sobald ich das unbequeme Ding los war, würde ich endlich etwas unternehmen können. Aber Auna hatte gerade erst angefangen, mein Haar zu lösen, als die Tür zu meinem Empfangszimmer aufflog und meine Mutter hereinstürmte.

»Dennaleia …«, fing sie an.

»Nein. Nicht heute Abend«, unterbrach ich sie. Das Letzte, was ich im Moment gebrauchen konnte, war eine Standpauke meiner Mutter. Im Kamin loderten die Flammen hoch auf und erfüllten den Raum mit einer unangenehmen Wärme. Wenn sie mich noch mehr aufregte, würde womöglich die ganze Burg abbrennen.

»Ich bin nicht hier, um dir das zu sagen, was du denkst.« Sie setzte sich auf mein Bett.

Ich glaubte ihr nicht. Bis sie die Augen schloss und die Hände vors Gesicht schlug, als fehlte ihr die Kraft weiterzusprechen. So zusammengesunken zwischen den Stoffschichten ihres Kleides wirkte sie plötzlich sehr klein.

»Auna, du kannst für heute gehen«, sagte sie schließlich.

Auna knickste und hastete aus dem Zimmer.

Meine Mutter stand auf und machte weiter, wo Auna aufgehört hatte. Sie nahm mir die zahllos erscheinenden Schichten von Röcken ab und löste mit sanften Fingern mein Korsett. Ich konnte mich nicht daran erinnern, wann sie mich das letzte Mal berührt hatte.

»Thandilimon hat mir den Stuhl gezeigt«, sagte sie und half mir, mein Nachthemd über den Kopf zu ziehen.

»Ich habe versucht, es dir zu sagen«, verteidigte ich mich. »Ich wollte von dir wissen, warum das alles passiert. Aber du hast nie Zeit, mit mir zu reden. Es geht immer nur um Äußerlichkeiten und die Etikette. Darum, auf andere einen guten Eindruck zu machen. Immer wird alles unter den Teppich gekehrt, und keiner spricht über das, was in Wahrheit geschieht.« Während ich redete, schlugen Funken aus dem Kamin.

»Ich dachte, ich könnte dich davor beschützen«, sagte sie. »Als du noch klein warst, war deine Gabe so bescheiden. Und da dein Blut verdünnt war, ging ich davon aus, es würde auch so bleiben. Ich habe mich geirrt, Dennaleia. Es tut mir leid.«

Sie schob mich an meinen Toilettentisch, und im Spiegel sah ich, dass Tränen in ihren Augen schwammen.

»Welches verdünnte Blut?«, flüsterte ich.

Meine Mutter atmete tief durch. »Du weißt, dass ich aus einer entlegenen Provinz im Süden Havemonts komme, aus dem Kavai-Gebirge nahe der Grenze zu Zumorda.«

Ich hatte die Geschichte schon tausend Mal gehört. Mein Vater hatte sie auf seiner Krönungsreise kennengelernt, und obwohl sie nur von niederem Adel war, verliebte er sich auf der Stelle in sie. Das Volk seines Reichs war überrascht, als er eine Frau unter seinem Stand heiratete, aber letztendlich einte seine Wahl das Königreich mehr, als irgendjemand es erwartet hätte.

»Meine Mutter war nicht meine wahre Mutter. Meine leibliche Mutter stammte aus Zumorda und war ihre Magd.« Das Geständnis kam ihr nur schwer über die Lippen. Ihre Hände zitterten bei jedem Wort mehr.

Meine Mutter, die erhabenste Persönlichkeit, die ich kannte, war von unreinem Blut.

»Meine Eltern hatten jahrelang versucht, ein Kind zu bekommen. Aber es sollte nicht sein. Also trafen meine Mutter und ihre Magd eine Übereinkunft mit meinem Vater und ich kam zur Welt. Man könnte sagen, ich hatte drei Eltern.« Sie straffte die Schultern und sprach so sachlich, als würde sie aus einem Geschichtsbuch vorlesen. »Niemand kannte die Wahrheit. Auch mir haben sie es erst erzählt, als ich erwachsen war und sich abzeichnete, dass ich eine Königin sein würde.«

»Wie konntest du mir das verschweigen?« Es fiel mir schwer zu sprechen. Meine Brust hatte sich zusammengezogen und Tränen brannten in meinen Augen. Ihr war schon immer klar gewesen, woher meine Gabe kam, aber sie hatte es mir bewusst verschwiegen. Meine Kräfte stauten sich immer mehr auf, bis meine Arme taub wurden und die Öllampe neben meinem Bett explodierte. Überall lagen Glassplitter. Eine Windbö schlug meinen Fensterladen so heftig auf, dass das obere Scharnier brach.

Meine Mutter zuckte zusammen, und während sie meine Haare fertig kämmte, zitterten ihre Hände noch mehr.

»Keiner konnte es wissen«, sagte sie. »Dein Vater und ich waren uns bei unserer Vermählung einig, dass es für die Krone von Havemont eine Gefahr bedeutete, wenn die Wahrheit über meine Abstammung herauskam. Das Königreich steht immer an erster Stelle.«

»Aber ich kann die Wahrheit nicht verheimlichen, Mutter«, sagte ich. »Sie ist stärker als ich.« Das war das Einzige, dessen ich mir noch sicher war.

»Ich weiß«, sagte sie leise. »Es tut mir so leid, Dennaleia. Ich dachte, ich hätte das Richtige getan. Weder ich noch meine leibliche Mutter zeigten je irgendwelche Anzeichen von Magie. Wir wussten nicht, dass so etwas passieren konnte.«

Dann erzählte ich ihr von dem Dolch, vom Pferdetrieb und

von Karovs warnenden Worten. Ich berichtete ihr, was Kriantz getan hatte und von Thandis Weigerung, mir zuzuhören. Ich hatte nichts mehr zu verlieren. Der Angriff auf Zumorda schien unabwendbar. Und nun, wo Nils tot war und man die Aufständischen eingekerkert hatte, blieb ich als einzige verdächtige Magienutzerin übrig. Das alles verhieß nichts Gutes.

»Vielleicht heiratet mich Thandi wegen der Allianz trotz allem, damit er diesen törichten Krieg führen kann«, endete ich meinen Bericht. »Aber danach bin ich so gut wie tot.«

Meine Mutter legte mir die Hände auf die Schultern und sah mich im Spiegel ernst an.

»Du bist meine Tochter und ich werde dich immer lieben. Ich muss zugeben, dass ich in dieser Angelegenheit auch keinen besseren Rat weiß als du. Aber wenn du mir vergeben kannst, dass ich dir nichts von deiner Großmutter erzählt habe, dann werde ich dir verzeihen, wenn du in dieser Sache deine eigene Entscheidung triffst und tust, was du tun musst.«

Ich fasste mir über die Schulter und legte meine Hand auf ihre. Hatte ich meine Mutter je so gesehen, wie sie wirklich war? Ja, sie war eine Königin. Aber sie war auch einfach nur ein Mensch, der versuchte, aus dem, was ihm gegeben war, das Beste zu machen. Darin unterschied sie sich gar nicht so sehr von mir. Wir hatten beide Fehler gemacht und würden beide dafür bezahlen müssen.

Sie küsste mich auf die Wange und ging ohne ein weiteres Wort. Mit meinen wirren Gedanken und meiner Magie, die sich immer mehr aufstaute, ließ sich mich allein zurück. Ich ging zu meinem Nachttisch, zog das grüne Buch unter den verrußten Glasscherben der Lampe hervor und strich geistesabwesend über den Buchdeckel. Wenn ich doch nur dieselbe Kontrolle über meine Magie hätte wie dieser Magier, der darin abgebildet war. Ich könnte mir einen Weg aus der Burg hinausbrennen oder Lord Kriantz einen Feuerball hinterherschicken, der ihn vernichten würde. Neben meinen Füßen ragte das ausgefranste Ende eines Pferdehalfters unter dem Bett hervor.

Wie eine riesige Welle brachen die Erinnerungen an Mara über mich herein.

Mein Herz zerbarst in so viele Stücke, wie es Sterne am Himmel gibt, und unsere gemeinsamen Momente loderten heller in mir auf als jedes Feuer: ihre klugen Worte, ihre Hand in meiner, ihre Arme um meinen Körper, ihr leidenschaftlicher Kuss.

Ihre Liebe.

Plötzlich rückte alles an seinen Platz, und ich wusste, was ich zu tun hatte. Anstatt mich von Thandi für Verbrechen hinrichten zu lassen, die ich nicht begangen hatte, wollte ich lieber mein Leben riskieren, um diesen unsäglichen Krieg zu verhindern und Mara zu retten.

Ich schlüpfte aus meinem Nachthemd, zog Reithosen und Stiefel an und so viele Jacken übereinander wie nur möglich. Zum Abschluss warf ich über diese wilde Kombination noch meinen schlichtesten Umhang und öffnete den zweiten Fensterladen in die Nacht hinaus. Der Garten unter mir war dunkel und leer – draußen wartete nur der kalte Wind auf mich. Thandi hatte wohl nicht damit gerechnet, dass ich mich daran erinnern würde, wie ich dank Maras Hilfe aus Rykas Dienstzimmer geklettert war.

Als ich nach unten schaute, wurde mir übel. Aber ich hatte keine Zeit, länger darüber nachzudenken. Ohne zu zögern, warf ich das Seil die Wand hinunter und schwang ein Bein über den Fenstersims. Jenseits des Gartens blinkten die fernen

Lichter der Stallungen zu mir herüber. Ich kletterte unsere behelfsmäßige Leiter hinunter und drängte mich durch die Tür, die zu den unterirdischen Gängen führte, die Thandi mir damals gezeigt hatte. Ich nahm wieder denselben Weg.

Ich rannte bis zu der Waffenkammer. An den Wänden hingen Schwerter, Äxte und Keulen und überall auf dem Boden verstreut lagen Rüstungen und anderes Kriegsgerät in mehr oder weniger verwahrlostem Zustand. Ich hatte keine Ahnung, wo ich nach dem Artefakt suchen sollte, das der Hohe Rat dazu benutzt hatte, Leute auf ihre Neigungen zu prüfen. Aber ich war eine Magienutzerin. Meine Gabe würde mir schon helfen.

Ich atmete tief ein, schloss die Augen, und als ich so vorsichtig wie nur möglich etwas von meinen Kräften freigab, begann neben einem Stapel verbeulter Schilde etwas zu glühen. Es war der Rand einer silbernen Schale, die fast vollständig von einem schmutzigen Lappen verdeckt war. Sobald ich nicht direkt hinsah, verstärkte sich das Leuchten. Das musste es sein. Ich schnappte mir die Schale, die sich in meinen Händen genauso lebendig anfühlte wie Karovs Dolch, und rannte weiter.

Am Eingang zum Tunnel, der in die Scheune führte, hielt ich inne. Ich hatte zwar keine Zeit zu verlieren, aber da war noch etwas, was ich für das Königreich tun konnte – und für Menschen wie mich selbst. Nach kurzem Zögern entschied ich mich für den Tunnel zum Kerker und gelangte an ein Eisengitter, vor dem eine Wache postiert war. Von dort konnte ich die Zellen der Gefangenen sehen und den Haupteingang, der sich am anderen Ende des Raums befand und vor dem zwei weitere Wachmänner patrouillierten.

Ich schloss die Augen und wanderte in Gedanken zu den Öllampen im Korridor vor dem Haupteingang. Die Lampen waren so weit entfernt, dass man sie nicht sehen konnte, aber als ich sie vor meinem inneren Auge hatte, genügte ein kleiner magischer Stoß, und jede einzelne von ihnen explodierte. Die Gefolgsleute stürzten aus dem Kerker, um im Korridor nach dem Rechten zu sehen. Mein Weg war frei. In den Zellen drängten sich die Gefangenen gegen die Gitter, um zu sehen, was vor sich ging. Als ich ins Licht trat, streckten sie die Arme nach mir aus. Die Kerkerzellen waren mit schweren Riegeln versehen, die sich nur von außen öffnen ließen. Man hatte sich nicht einmal die Mühe gemacht, sie mit Schlössern zu versehen.

Alle fingen an, wild durcheinanderzurufen. Ich konnte kein Wort verstehen.

Ich hielt die Schale vor mich, ließ Magie in meine Fingerspitzen fließen, und sofort fing sie an, blendend hell zu strahlen. Die meisten Gefangenen wichen genauso schnell wieder zurück, wie sie sich vorgedrängt hatten. Sie pressten sich gegen die Rückwände ihrer Zellen und das Stimmengewirr wurde zu einem angsterfüllten Geschrei. Ein paar von ihnen blieben jedoch und drückten die Gesichter gegen die Gitterstäbe.

»Ihr wart das«, sagte ein Mann mit grauem Bart. Aber obwohl er dieselben Worte sprach wie Thandi, klang er weder vorwurfsvoll noch ängstlich. In seiner Stimme lag reines Erstaunen.

Ich entriegelte seine Zelle und reichte ihm die Schale, deren Leuchten in seinen Händen schwächer wurde.

»Befreit Eure Leute«, sagte ich und deutete auf den unterirdischen Weg nach draußen. Endlich konnte der Synkretische Zirkel anderen Magienutzern in Mynaria wieder helfen und seinen Teil dazu beitragen, das Reich sicherer zu machen.

Und für mich war es höchste Zeit für einen kleinen Ausritt.

42

Mara

Als ich wieder zu mir kam, donnerte der Takt von Hufschlägen in meinem Kopf. Meine Wange war gegen grobe Bodendielen gepresst und direkt vor meinem Gesicht konnte ich in der Dunkelheit ein Paar Stiefel ausmachen. Ich wollte mit meinen tauben Händen nach der Sitzbank über mir greifen, musste aber feststellen, dass meine Handgelenke gefesselt waren. Ich konnte mich nur auf den Rücken rollen. Lord Kriantz sah ungerührt auf mich herab.

»Ah, Ihr seid wach«, sagte er. »Das wird die Reise nach Sonnenborn etwas angenehmer gestalten.«

»Mistkerl«, zischte ich. Er hatte Nils getötet. Ich versuchte, meinen Schmerz in Wut umzuwandeln, in etwas, das mir nutzen konnte. Ich wollte die Tür der Kutsche aufbrechen und trat mit meinen gefesselten Füßen wild dagegen, aber einer der beiden Männer setzte mir die Schwertklinge an die nackten Schienbeine. Ich zitterte vor Zorn und Kummer, mein Kopf dröhnte. Denna hatte alles so viel klarer gesehen als ich. Ich hätte ihr vertrauen sollen, an ihrer Seite bleiben, auch wenn es mir das Herz brach.

»Ich wünschte, es wäre nie so weit gekommen«, sagte Lord Kriantz. In seiner Stimme lag keine Boshaftigkeit. Da war nur diese unheimliche Gelassenheit eines Mannes, der wusste, was er wollte, und dem sich nichts in den Weg stellen durfte.

»Was wollt Ihr überhaupt von mir?« Wütend kämpfte ich gegen meine Fesseln. Ich wollte mich aufsetzen, auf Augenhöhe mit ihm sprechen, so wie es sich gebührte und wir es immer getan hatten – zumindest bis ich seine Pläne durchkreuzt hatte.

Der Soldat neben ihm hob eine Augenbraue und zückte das Schwert, aber Lord Kriantz winkte ab. In diesem Zustand stellte ich keine Bedrohung dar.

»Nun, im Grunde seid nicht Ihr es, was ich will, auch wenn mir eine Partnerschaft mit Euch durchaus zugesagt hätte. Ich glaube, Thandi unterschätzt Euch. Vielleicht werdet Ihr mir ja irgendwann zustimmen, dass eine Allianz unserer beiden Königreiche zum Besten aller ist. Der Zweck heiligt die Mittel.«

»Das bezweifle ich«, widersprach ich. Sollte er mich doch durch die halbe Welt schleppen. Früher oder später würde ich entkommen, und dann würde er mich erst wiedersehen, wenn ich einen Weg gefunden hatte, ihn zu vernichten – für das, was er meinem Freund angetan hatte und meinem Königreich antun wollte.

»Ihr müsst das Ganze auch von meiner Warte aus sehen«, sagte er. »Die Stämme von Sonnenborn haben nichts als die Wüste. Was also, glaubt Ihr, wollen wir?«

»Außer Ziegen zum Besteigen fällt mir da nichts ein.« Ich zerrte wieder an meinen Fesseln und einer der Soldaten trat mir mit der Stiefelspitze in die Rippen.

»Zumorda«, sagte er, meine Beleidigung ignorierend. »Sonnenborns Rohstoffe sind begrenzt. Seit Hunderten von Jahren ziehen wir immer weiter gen Norden, während die Rohstoffe immer knapper und die Böden immer trockener werden. Ohne neues Land wird mein Volk sterben. Dort wo wir jetzt sind, können wir nicht länger als ein paar Winter überleben. Ihr wisst nicht, wie es ist, seinem Volk dabei zuzusehen, wie es in den Straßen verhungert und in der unerbittlichen Sonne verdorrt. Ich bin gewissermaßen der Herrscher über Sonnenborn, und ich habe nicht so viele Stämme unter meinem Banner vereint, um nun einfach zuzusehen, wie mein Volk leidet und dahinsiecht.«

»Das hat nichts mit Mynaria zu tun.«

»Oh doch. Um einem so mächtigen Reich wie Zumorda Land abzunehmen, braucht Sonnenborn Verbündete, und Euer Königreich ist das einzige, das stark genug ist, uns zu unterstützen.«

»Und dann entführt Ihr ausgerechnet mich? Ich bin nichts wert. Ist Euch denn nicht aufgefallen, dass ich eine Witzfigur bin, selbst für mein eigenes Volk? Im Grunde sabotiert Ihr uns doch nur. Der Tod von Cas und der meines Vaters hat Mynaria geschwächt, und wenn Ihr unsere Reiter in einen sinnlosen Krieg schickt, schwächt Ihr es noch weiter. Was wollt Ihr tun, wenn Thandi bemerkt, dass Zumorda nicht verantwortlich war?« Mir blieb nichts anderes übrig, als mit Argumenten zu kämpfen.

»Sobald einmal Krieg geführt wird, ist völlig gleichgültig, wer ihn angezettelt hat. Und Thandi wird auf seinen treuen Freund, der ihm in seinen schlimmsten Stunden beigestanden hat, nichts kommen lassen. Es ist natürlich bedauerlich, dass ich, um mir den Platz an Thandis Seite zu sichern, König Aturnicus beseitigen musste. Aber einen unerfahrenen König kann ich leichter manipulieren als einen erfahrenen, insbesondere wenn der auch noch glaubt, ich hätte für seinen Vater mein

Leben riskiert. Um Casmiel aus dem Weg zu räumen, der wohl als Einziger meine wahren Absichten durchschaut hätte, genügte eine großzügige Spende an die Hitzköpfe unter den Aufständischen.« Seine Stimme ließ keinerlei Gefühle erkennen. Keiner von uns hatte ihm je etwas bedeutet.

»Ich werde Euch mit bloßen Händen erwürgen.« Ich wollte mich auf ihn stürzen, konnte ihm aber nur den Schädel gegen das Knie rammen, bevor ich zurück auf den Boden fiel.

»Das wird nicht nötig sein«, lachte er. »Mit der Zeit werdet Ihr mich schon noch zu schätzen wissen. Unsere Verbindung wird rein politischer Natur sein. Mehr werde ich nicht von Euch verlangen.«

Ich spuckte ihm vor die Füße. Er würde seinen Willen nicht bekommen, lieber würde ich sterben. Ohne meine Freiheit, Denna, Nils und mein Pferd hatte ich nichts mehr auf der Welt, das mir auch nur irgendetwas bedeutete.

Er lachte wieder. »Ihr werdet mir noch viel Vergnügen bereiten, Prinzessin. Jemanden mit Eurem Kampfgeist kann mein Volk gut gebrauchen.«

Ich rollte mich auf die Seite, weg von ihm, und kämpfte gegen meine Fesseln, bis meine Handgelenke vom Blut glitschig waren. Als ich keine Kraft mehr hatte, lag ich einfach nur still da und ließ mich vom Poltern der Kutschenräder einlullen. Keiner hatte gesehen, wie ich entführt wurde, und inmitten der Festivitäten würde man mein Fehlen wohl erst bemerken, wenn es längst zu spät war.

43

Dennaleia

Ich hastete durch die dunklen Ställe und richtete dabei ununterbrochen Gebete im Flüsterton an die Sechs. Verborgen in den Schatten warteten draußen die Mitglieder des Synkretischen Zirkels auf mich, die mit mir geflohen waren. Noch hatte ich keine Ahnung, wie wir alle aus der Burg kommen sollten, aber wenn es mir irgendwie gelang, die Tore zu durchbrechen, konnten sie mir vielleicht folgen. Ich arbeitete im Dunkeln. Eine Lampe anzuzünden, würde Aufmerksamkeit erregen, und das konnte ich nicht riskieren. Unbeholfen nestelte ich an Flickers ungewohntem Sattelzeug herum, das mir schwer zu schaffen machte. Zuerst wollte ich Shadow nehmen, aber Flicker war größer – groß genug, um uns beide zu tragen. Ich würde Mara zurückholen, und sollte es mich das Leben kosten.

Flicker bewegte sich unruhig hin und her, während ich mit den Lederriemen und Schnallen kämpfte. Immer wieder drehte er neugierig den Kopf. Er war so groß, dass ich es kaum schaffte, den Sattelgurt richtig festzuzurren. Ihn aufzuzäumen war der nächste Albtraum. Ich stellte mich auf einen wackeligen Hocker, um ihm die Trense ins Maul zu schieben und das Genickstück über die Ohren zu streifen. Meine Hände zitterten.

»Mögen die Sechs uns beistehen«, murmelte ich und führte Flicker auf das dunkle Übungsgelände.

Sobald ich das Bein über den Sattel geschwungen hatte, war klar, dieses Pferd war mit Louie oder Shadow nicht zu vergleichen. Bei jedem von Flickers langen Schritten hob es mich aus dem Sattel. In ihm brannte eine Energie, so unbändig wie das Feuer unter meiner Haut. Obwohl meine größten Probleme im Moment waren, im Sattel zu bleiben und mich um die Aufständischen zu kümmern, die hinter mir her durch die Dunkelheit schlichen, konnte ich nur an Mara denken. Mit weißen Knöcheln umklammerte ich die Zügel, zog mir die Kapuze meines Umhangs über den Kopf und trieb Flicker hinaus in die Nacht.

»Stehen bleiben!«, brüllten die Wachen an der Burgmauer.

»Seid Ihr das, Prinzessin Amaranthine …?« Mit zusammengekniffenen Augen blickte eine der beiden Wachen zu mir hoch. Ich zog mir die Kapuze noch tiefer ins Gesicht.

»Ja«, sagte ich. »Vor ungefähr einer Schattenlänge verließ eine wappenlose, von zwei grauen Pferden gezogene Kutsche die Burg. In welche Richtung ist sie gefahren?«

»Ihr solltet die Burg besser nicht verlassen, Eure Hoheit.«

»Sag mir, in welche Richtung sie gefahren ist.« Hoffentlich bemerkten sie das Zittern in meiner Stimme nicht.

»Ich glaube, Richtung Süden, zum einzigen Stadttor, das so spät nachts noch offen ist. Aber wir können Euch nicht gehen lassen. Befehl des Königs.«

»Zur Hölle mit den Befehlen des Königs«, murmelte ich.

»Wie bitte?«

»Ich habe gefragt, woher dieser verbrannte Geruch kommt. Da.« Ich zeigte auf einen Baum in der Nähe des Tors und starrte ihn so konzentriert an, wie ich nur konnte. Dann befahl ich meiner Magie, sich zu erheben. Mir kam ein Gebet an den Feuergott in den Sinn und ich murmelte es in die Nacht hinaus. Eine leichte Brise bewegte die Luft, sonst geschah nichts.

»Ich rieche nichts«, sagte einer.

»Fühlt Ihr Euch nicht wohl, Eure Hoheit?« Der andere trat vor und griff nach Flickers Zügeln.

»Verdammt!«, brüllte ich den Baum an. Ich zerrte an meiner Magie, versuchte, sie mit meinem Zorn zu befeuern.

Endlich ging die Hälfte der Blätter in Flammen auf.

Flicker scheute vor dem Feuer zurück, aber während hinter mir die Mitglieder des Synkretischen Zirkels auf den Hof strömten, grub ich ihm die Fersen in die Flanken und galoppierte an den überraschten Wachen vorbei zum Tor hinaus. Flickers Hufe donnerten funkensprühend über die Pflastersteine, als er befreit die dunkle Straße entlangjagte und hinter mir das Chaos ausbrach. Sein Schnauben hallte durch die kühle Nachtluft, und als ob er unser Ziel kannte, trabte er, kaum im Zaum gehalten von meinen Händen und Beinen, durch die Stadt. Fest entschlossen, im Sattel zu bleiben, klammerte ich mich an seine Mähne. Als wir das Stadttor endlich erreichten, zitterten mir vor Angst und Erschöpfung die Beine. Ich bremste Flicker auf ein ruhiges Schritttempo. Die Wachen sollten nicht denken, ich wollte auf einem gestohlenen Pferd aus der Stadt galoppieren – insbesondere, wo ich genau das vorhatte.

»Heda!« Die Wache verstellte mir den Weg. Meine Hände an den Zügeln zitterten, während ich stotternd nach Worten suchte, die mich in die Freiheit entlassen würden.

»Es geht um meine Schwester«, brachte ich schließlich hervor. »Ich muss sie finden. Sie muss in einer wappenlosen Kutsche diesen Weg gekommen sein.« Noch einmal betete ich im Stillen zu den Sechs, dass die Wache mich nicht erkannte.

Flicker tänzelte seitwärts und die Männer musterten mich skeptisch.

»Bitte, Sir, ich muss ihr hinterherreiten.«

»Das ist ein verdammt gutes Pferd, auf dem Ihr da sitzt, junge Dame«, bemerkte er.

»Ja, Sir. Mein Vater ist Pferdezüchter. Das Pferd hat er mir überlassen wegen des hässlichen weißen Beins. Keiner wollte es kaufen.« Den Göttern sei Dank für all die Kleinigkeiten, die Mara mir während unserer gemeinsamen Zeit über Pferde beigebracht hatte.

»In Ordnung«, sagte er und trat zur Seite. Ganz überzeugt sah er nicht aus, aber ich würde sicher nicht warten, bis er seine Meinung doch noch änderte.

»Sie sind gen Südosten gefahren«, bemerkte die zweite Wache gelassen.

»Mack!«, bellte ihn der andere an.

»Ach, halt die Klappe, Brail. Sie ist viel zu jung, um allein da draußen unterwegs zu sein. Es ist das Mindeste, was ich für sie tun kann.«

Ich warf ihm einen dankbaren Blick zu und galoppierte hinaus in die Dunkelheit. Auf der Hügelkuppe hinter mir brannte der Baum, den ich entzündet hatte, wie ein Leuchtfeuer. Als ich noch einen zweiten Blick zurückwarf, erkannte ich jedoch auch eine Reihe von Fackeln, die sich von der Burg den Hügel hinabbewegten – ich wurde von Reitern verfolgt. Ich trieb Flicker an, schneller zu galoppieren.

Nach den Lichtern der Stadt war die Nacht vor den Toren nun voller Schatten. Meine Augen mussten sich erst an die Dunkelheit gewöhnen, und während wir die Straße entlangritten, verließ ich mich ganz auf Flickers sicheren Tritt. Tief über dem Horizont hing ein großer orangefarbener Mond. Erst als

Flickers Hals schon schweißnass war, wechselten wir vom Galopp in den Trab. Die hüpfenden Fackeln waren in der Dunkelheit nicht mehr zu sehen, aber man war mit Sicherheit noch hinter mir her.

Irgendwann schimmerte vor uns in der Ferne ein Licht, und dann konnte ich die grauen Pferde erkennen, die es hinter sich herzogen. Meine Magie schlug Funken, und ich hatte alle Hände voll zu tun, die Zügel ruhig zu halten. Leise lenkte ich Flicker von der Straße, und wir verfolgten die Kutsche zwischen den buschigen Bäumen am Wegrand, bis sie polternd zum Stehen kam. Wir hielten ebenfalls an und Flicker spitzte die Ohren in Richtung Kutsche. Mit krampfendem Magen wartete ich darauf, dass er den anderen Pferden jeden Moment zuwieherte und uns damit verriet. Aber als ob er genau wusste, worauf es ankam, hielt er absolut still.

Ich stieg ab und schlich mich näher heran. Hinter mir hörte ich Flickers warmes Schnaufen.

»Beeil dich«, vernahm ich Lord Kriantz' Stimme. Einer seiner Männer sprang aus der Kutsche und ging zum Straßenrand. Der andere blieb zurück und half Kriantz, Mara aus der Kutsche zu zerren.

Bei ihrem Anblick braute sich ein Sturm aus Zorn und Magie in mir zusammen, der jeden Moment losbrechen konnte. Lord Kriantz hatte sie an Händen und Füssen gefesselt und sie wehrte sich mit aller Kraft gegen ihn.

»Es ist sinnlos, sich zu wehren«, sagte er unbewegt. »Wir werden vor Sonnenaufgang nicht mehr anhalten. Also nutzt die Gelegenheit.«

Sollte er doch auf der Stelle tot umfallen. Ich explodierte fast vor Wut. Von Nahem sah Mara mit ihren von den Fesseln blutigen Handgelenken sogar noch schlimmer aus. Sie ließ den

Kopf hängen, sodass ein Vorhang aus Haaren ihr Gesicht vor mir verbarg.

»Mach schon!«, brüllte die zweite Wache und trat nach ihr, als sie auf die Knie fiel.

»Wir dürfen keine Zeit verlieren.« Lord Kriantz wedelte ungeduldig mit der Hand.

»Sie bewegt sich einfach nicht«, sagte die Wache und trat Mara in den Rücken. Schlaff wie eine Stoffpuppe fiel sie aufs Gesicht.

»Dann zwing sie.« Lord Kriantz' harscher Ton versetzte mir einen Stich ins Herz.

Zuerst stieß der Soldat sie mit der Fußspitze an, dann trat er sie voll in die Seite. Die Magie pulsierte durch meine Adern und versengte mich von innen.

Obwohl Mara mir beigebracht hatte, ein Pferd niemals am Gebiss des Zaumzeugs festzubinden, schlang ich Flickers Zügel um einen Ast und hoffte, sie würde mir verzeihen. Nur wenige Sekunden später prasselte der Urinstrahl der zweiten Wache ein paar Meter von mir entfernt auf den mit Tannennadeln bedeckten Waldboden.

»Was zur …« Der Mann machte einen Satz rückwärts, als ich ins schwache Licht der Kutschenlaterne trat.

»Ich hole sie mir zurück.« Völlig unbewegt starrte ich die Männer an und ließ die Magie in meine Handflächen strömen.

Ich hatte keine Angst mehr. Hätte ich die Macht aller Sechs Götter zusammenziehen können, ich hätte es getan, obwohl sich die Luft um mich her schon jetzt anfühlte, als könnte sie jeden Moment anfangen zu brennen.

Als Mara meine Stimme hörte, rollte sie sich auf die Seite und kämpfte sich auf die Knie. Ihre Lippen formten meinen Namen.

Die andere Wache zog ihr Schwert und warf Lord Kriantz einen fragenden Blick zu.

»Aber, aber, Prinzessin. Welch überraschender Besuch.« Lord Kriantz verschränkte die Arme vor der Brust. »Ihr solltet besser zurück in die Stadt reiten, bevor Euch jemand vermisst. Mynaria und Sonnenborn könnten sonst bald nicht nur gegen Zumorda reiten, sondern auch gegen Havemont.«

»Und Ihr, Mylord, reitet am besten direkt zurück in die Hölle, der Ihr entstiegen seid«, sagte ich. Mit meiner Wut stieg alle Magie, die in mir steckte, an die Oberfläche, und mein Körper begann weiß zu glühen. Sie würden ihr nicht noch einmal wehtun.

»Sie glüht!« Mit weit aufgerissenen Augen richtete einer der Männer den Finger auf mich.

»Lasst sie gehen.« Meine Stimme klang hohl und merkwürdig losgelöst. Die Magie hatte die Kontrolle übernommen. In unaufhaltsamen Wellen bauten sich die magischen Kräfte in mir auf, bereit, sich Bahn zu brechen. Ich spürte, wie die Magie sich meiner bemächtigte, und zum ersten Mal versuchte ich nicht, dagegen anzukämpfen. Ich dehnte mich aus, so weit ich konnte, und sog alle Kraft, die sich in der Erde und der Luft um mich her befand, in mich auf. Nichts würde mehr übrig bleiben außer Zerstörung.

»Hört nicht auf sie. Sie ist nur ein Mädchen«, fauchte Lord Kriantz.

»Aber, Mylord ...«

»Ich bezahle euch, damit ihr meine Befehle befolgt!«, brüllte er.

»Gebt sie mir«, forderte ich und trat noch einen Schritt vor.

»Niemals«, entgegnete Lord Kriantz. »Sie gehört mir.« Er ging zu Mara, zog sie von den Knien auf die Füße und legte ihr die Hände um den Hals. »Wenn ich will, quetsche ich ihr das Leben aus dem Leib. Seht zu, dass Ihr auf Euer Pferd steigt und zurück nach Lyrra reitet. Dann lasse ich sie vielleicht am Leben.«

Als sich seine Hände noch enger um Maras Hals schlossen, brach der Sturm los.

»Lasst sie gehen!«, schrie ich. Meine Worte hallten von den Bäumen wider.

Anstatt mich zurückzunehmen, rief ich alle Götter an, die je zu mir gesprochen hatten, und öffnete mich ganz ihrer Macht – ohne Rücksicht auf mögliche Konsequenzen. Die Magie strömte in meinen Körper und ein unbeschreibliches Hochgefühl durchflutete mich. Ganz von selbst sprühten Funken zwischen meinen Fingern. Meine Hände fingen Feuer und brannten heller als die Sonne. Ich rief die Erde um Halt an, und zögernd verankerte sie mich im Boden, während ich nach den Sternen griff. Lichtstreifen zogen über den Himmel, und in mir sammelte sich die Luft, um meine Zerstörungswut an ihr Ziel zu lenken. Ein heftiger Wind blies mir die Kapuze vom Kopf und peitschte mein Haar. Dann ließ ich einen verheerenden Sternenhagel niedergehen.

Die erste Sternschnuppe durchschlug die Kutsche und die Explosion schleuderte Lord Kriantz zu Boden. Mara taumelte von ihm weg, brach zusammen und versank im Rauch, der vom schwelenden Boden aufstieg. Plötzlich schien die Zeit stillzustehen und um uns her brach die Hölle los. Die Sterne, die ich vom Himmel geholt hatte, setzten alles in Brand.

Steinbrocken zischten durch die Luft und zogen Feuerschweife hinter sich her. Donnernd schlugen sie auf und übertönten jeden Schrei. Überall hinterließen die weiß glühenden Brocken tiefe Krater in der Erde. Die beiden eingespannten

Kutschpferde bäumten sich auf, schlingerten und das komplette Gespann stürzte auf die Seite. In einem wilden Gewirr aus um sich schlagenden Gliedmaßen hoben und senkten sich ihre verschwitzen Flanken. Der Feuersturm fegte über sie hinweg und sie wurden still. Der Geruch von verbranntem Haar und Fleisch stach mir in die Nase. Bäume fingen Feuer, Gras und Büsche zerfielen zu Asche. Selbst die Straße ging in Flammen auf. Voller Entsetzen, was aus mir geworden war, trauerte ich innerlich um die Pferde, aber ich konnte den Sturm nicht mehr aufhalten. Wie eine Flutwelle brach die Magie aus mir hervor, zehrte von meiner Lebenskraft, ohne dass ich sie auch nur ansatzweise kontrollieren konnte.

Ich konzentrierte mich voll auf Mara, deren schlaffer Körper auf der Straße kaum noch zu erkennen war. Meine Liebe zu ihr schützte sie und lenkte die zerstörerischen Kräfte von ihr ab. Um mich her brannte der Feuersturm immer heller, aber mein Blick trübte sich. Ich hatte keinerlei Gefühl mehr in den Armen und begann, kraftlos rückwärtszustolpern, bis ich schließlich auf die Knie fiel. In meiner Brust klaffte ein tiefes Loch. Ich streckte die Hand nach Mara aus, versuchte, gegen die Dunkelheit anzukämpfen, aber sie verschlang mich.

44

Mara

Endlich ließ der Feuersturm nach und ich drehte mich auf den Rücken. Meine gefesselten Handgelenke bluteten, die verbrannte Erde kratzte an meinen Unterarmen, und mein rechter Arm pochte. Irgendetwas hatte mich zwischen Schulter und Ellbogen erwischt und die Wunde schmerzte wie die Sechs Höllen. Als ich es endlich wagte, ein Augenlid zu heben, versetzte mir das grelle Mondlicht einen Stich in die Schläfen. Es dauerte eine Weile, bis ich aus den Augenwinkeln Bäume erkennen konnte, die in den dunklen Himmel aufragten. In der kalten Luft hing der scharfe Geruch von Asche.

Als ich nach und nach auch meiner restlichen Umgebung gewahr wurde, stockte mir der Atem. Ich setzte mich auf und stellte fest, dass ich mich inmitten eines Felds der Verwüstung befand. Überall verstreut lagen die Überreste von Lord Kriantz' Kutsche, in deren Wrackteilen noch Glutnester glimmten. Die frischen Spuren der Kutschräder endeten kurz vor der Stelle, an der ich saß. Jenseits der Straße hatte das Feuer bis tief in den Wald hinein gewütet und die Äste der Bäume zu bizarren schwarzen Formen verkrümmt.

Aber ich war am Leben.

»Denna?«, krächzte ich.

Es blieb totenstill. Selbst die Tiere und Insekten waren geflohen. Irgendwo zwischen den Bäumen links von mir war ein vertrautes Scharren zu hören.

»Flicker?« Meine Stimme klang unnatürlich rau und von der Asche musste ich husten. Ich blinzelte. Ein paar Dutzend Schritte in den Wald hinein stand, an einem Baum festgebunden, mein Pferd. Als Flicker meine Stimme erkannte, wieherte er leise und scharrte wieder mit den Hufen im Dreck.

Ich robbte zu den zersplitterten Resten eines Wagenrads und scheuerte so lange die Seile an meinen Hand- und Fußgelenken daran, bis ich sie abstreifen konnte. Mit wackeligen Beinen stand ich auf und ein brennender Schmerz fuhr mir in den Arm. Ich musste die Zähne zusammenbeißen, um nicht zu schreien. Schmutz und Kiesel gruben sich in meine nackten Füße, und was von meinem Kleid noch übrig war, hing mir in Fetzen vom Leib. Die Säume waren übersät mit Brandspuren.

Ich suchte mir einen Weg durch die Trümmer, die überall auf der Straße lagen. Einige der Kutschenteile waren nur leicht versengt, andere bis zur Unkenntlichkeit verbrannt. Etwas, das ich zuerst für verkohlte Holzstücke hielt, stellte sich als die Überreste eines Menschen heraus. Ich warf einen Blick zurück und bemerkte, dass ich schon an einer anderen Leiche vorübergegangen war. Zwei weitere lagen neben den größeren Kadavern der Kutschpferde. Mir wurde übel. Aus der Leiche in meiner Nähe ragte ein schwarzer Arm empor, dessen verschmorte Hand in zu Krallen verkrampften Fingern endete. Am Stumpf eines verdrehten Fingers schimmerte, völlig unberührt von der Asche, ein goldener Ring im Mondlicht. Lord Kriantz.

Ich drohte mich zu übergeben. Tief in meinem Inneren war sein Tod jedoch eine Befriedigung für mich. Die Stämme unter seinem Banner würden wieder in ihr altes, ungeordnetes Chaos verfallen, und selbst wenn Thandi, sobald man Lord Kriantz'

Überreste gefunden hatte, einen Boten losschickte, würde es eine Weile dauern, bis die Nachricht von seinem Tod Sonnenborn erreicht hätte.

Ein gutes Stück hinter Lord Kriantz lag eine zusammengekrümmte Gestalt am Straßenrand. Die Flut dunkelbrauner Haare, die sich aus ihrer Kapuze ergoss, war unverkennbar. Mein Herz ging über vor Liebe und Angst. Sie war so klein und still, wie sie da lag. Voll schmerzerfüllter Panik ließ ich mich neben ihr auf die Knie fallen.

»Denna?« Ich musste husten. »Denna?« Zärtlich berührte ich ihre Schulter und strich ihr die Haare aus dem Gesicht.

Flatternd öffneten sich die Augenlider und sie blinzelte mich an.

»Kopf … schmerzt«, murmelte sie.

»Denna! Oh, den Sechs sei Dank!«, rief ich. Tränen der Erleichterung rannen mir über die Wangen. Ich zog sie in meinen Schoß.

»Du bist verletzt«, sagte sie, als sie die Wunde an meinem Oberarm bemerkte.

»Nur ein Kratzer.« Es tat zwar deutlich mehr weh, aber das musste sie ja nicht wissen.

»Ich wollte dich in Sicherheit bringen, aber ich habe versagt.« Tränen standen in ihren Augen.

»Du hast nicht versagt«, sagte ich. »Du hast mich gerettet.« Nachdem ich Lord Kriantz gesehen hatte, wusste ich, dass es sehr viel schlimmer hätte kommen können. Ich zog sie sanft nach oben und küsste sie auf beide Wangen, als wäre sie der wertvollste Schatz der Nördlichen Königreiche. Und für mich war sie das auch. Nach allem, was geschehen war, war sie am Ende doch gekommen, um mich zurückzuholen. Sie hatte sich für mich entschieden.

Als ich aufblickte, sah ich in der Ferne eine Reihe flackernder Lichter, die sich auf uns zubewegten.

»Sie suchen uns«, sagte ich und strich ihr übers Haar. »Bald sind wir zu Hause.«

Denna richtete sich mit sorgenvoller Miene auf.

»Ich kann nicht zurück«, sagte sie. »Nicht nach dem, was hier geschehen ist.«

»Aber es wird keinen Krieg mehr geben. Lord Kriantz ist tot«, sagte ich. »Ich werde sogar in Lyrra bleiben, wenn dich das glücklich macht. Zumindest bis sich nach der Hochzeit alles wieder beruhigt hat.« Zuzusehen, wie sie zur Königin gekrönt wurde, würde sicher das Härteste werden, was ich je hinter mich gebracht hatte, aber sie hatte ihr Leben für mich riskiert, da war dies das Mindeste, was ich für sie tun konnte.

»Der Krieg ist nicht das Problem. Thandi hat gedroht, mich für all meine Verbrechen bezahlen zu lassen, auch wenn wir verheiratet wären. Und ich habe nicht nur seine Kriegspläne zunichtegemacht, indem ich dich zurückgeholt habe, sondern auch noch die Aufständischen befreit«, sagte sie.

»Du hast was getan?«

»Ohne sie und ihre kleinen Zaubereien würde die magische Atmosphäre in Mynaria völlig außer Kontrolle geraten. Sie halten alles im Gleichgewicht. Außerdem könnte Thandi es mir übel nehmen, dass ich ihm vorgeschlagen habe, an seiner Stelle dich zu heiraten …«

»Du verrücktes Mädchen.« Ich küsste sie noch einmal – dieses Mal auf den Mund. Ich schmolz dahin unter der Berührung ihrer weichen Lippen und der Schmerz in meinem Arm ließ sofort nach. Dann setzte sie sich auf und erwiderte meinen Kuss mit einer Leidenschaft, so intensiv, dass ich meinte, sie schmecken zu können. Ein Leben ohne sie war undenkbar.

Wie hatte ich nur glauben können, dass ich sie zurücklassen könnte? Selbst ohne jemand anderen zu heiraten?

»Ich muss nach Zumorda«, sagte sie, als sie sich schließlich von mir löste. »Karov sagt, nur dort kann ich lernen, meine Neigung zu beherrschen. Wenn ich die Landkarte richtig im Kopf habe, befinden wir uns auf einer der Haupthandelsstraßen. Nicht weit von hier sollte es einen Gasthof geben. Dort werde ich übernachten und dann nach Zumorda weiterziehen. Auf dieser Straße ist viel Verkehr, sodass ich mit einem der Händler, die über den Winter nach Süden ziehen, bis zur Grenze gelangen kann.«

Trotz meiner Schmerzen musste ich lächeln. Denna war wohl der einzige Mensch in den Nördlichen Königreichen, der sich, nachdem ihn seine Magie fast in Asche verwandelt hatte, noch an die Details einer Handelskarte erinnern konnte.

»Du kannst nicht allein nach Zumorda gehen«, sagte ich. »Alles, was ich über Kartasha gehört habe, ist sehr viel schlimmer, als du es von Lyrra kennst. Und über die Hauptstadt von Zumorda sind mir noch nicht einmal Gerüchte zu Ohren gekommen. Nach allem, was wir wissen, könnten die Straßen dort mit den Skeletten von Fremden gepflastert sein.«

Denna nahm meine Hand. »Als ich auf Flicker aus der Stadt geritten bin, dachte ich, nichts wäre einfacher, als dich zu retten. Auch wenn ich nicht genau wusste, wie ich es anstellen würde. Aber nun habe ich Angst. Diese magischen Kräfte sind so viel stärker als ich, Mara. Ich war sicher, meine Magie würde mich umbringen. Und dass sie dich nicht getötet hat, haben wir nur den Sechs zu verdanken. Ich muss die Magie bändigen. Wenn ich in Mynaria bleibe, werde ich wahrscheinlich bestraft für das, was ich getan habe. Aber selbst wenn ich um eine Strafe herumkäme, würde sich in meiner Nähe niemand mehr sicher fühlen können.« Sie deutete auf die Verwüstung um uns her.

Sie hatte recht. Sie musste gehen. Und wenn ich sie so sehr liebte, wie ich behauptete, dann musste ich sie ziehen lassen.

»In Ordnung.« Ich stand auf. Der Schmerz in meinem Arm ließ mich zusammenzucken. »Flicker und ich bringen dich in den Gasthof, dann reite ich zurück und kümmere mich um die da.« Ich wies mit dem Kinn in Richtung der Fackeln. »Jemand muss ihnen sagen, dass du tot bist, damit sie dich nicht weitersuchen.«

Ihr zuliebe bemühte ich mich, stark zu klingen. Aber innerlich brach ich schon jetzt zusammen. Es waren Gefolgsleute, die da kamen, und ich würde die Tränen nicht vortäuschen müssen, wenn ich ihnen erzählte, Denna wäre tot. Der Anblick ihrer Uniformen und die Erinnerung an Nils – und an alles andere, was ich in dieser Nacht verloren hatte – würden genügen, dass ich in Tränen ausbrach.

Denna drückte mir dankbar die Hand. Wir nahmen den verkohlten Leichen von Kriantz' Männern die Silberstücke ab und kletterten auf Flickers Rücken. Ich trieb ihn zu einem leichten Galopp an und Denna kuschelte sich in meine Arme. Am Straßenrand flogen Eulen von Ast zu Ast, deren traurige Rufe die nächtlichen Schatten durchdrangen. Am liebsten wäre ich einfach an dem Gasthof vorbeigeritten, um abseits der Hauptstraße eine kleine ruhige Stadt zu suchen, in der ich mit meiner eigenen Hände Arbeit ein Haus für uns bauen konnte, weit weg von der Krone. Aber selbst wenn das Mädchen in meinen Armen nun keine Königin mehr sein würde, war sie zu etwas Größerem geboren – zu etwas, das ich mir kaum vorstellen konnte. Ihr war kein gewöhnliches Leben bestimmt.

Wie Denna angekündigt hatte, mussten wir nicht weit reiten, bis wir den Gasthof erreichten. Wir ließen uns aus Flickers Sattel gleiten und plötzlich fühlten sich meine Arme unsagbar leer an.

»Dann müssen wir uns nun wohl verabschieden«, sagte ich.

»Achte darauf, dass sie Kriantz' Ring mitnehmen«, wies sie mich noch an. »Ich glaube, er hat ihn zusammen mit einem goldenen Faden dazu benutzt, Feuer zu machen. Ich habe gesehen, wie er auf diese Weise Nils angezündet hat. Und König Aturnicus' Jacke war ebenfalls mit einem goldenen Faden bestickt. Vielleicht weiß Hilara, wen man fragen könnte, wie so etwas funktioniert. Und wenn du meine Mutter siehst ... sage ihr bitte, dass ich ihr verzeihe.«

»Das werde ich«, versprach ich. Der Ring konnte uns Fragen zu Lord Kriantz' Methoden beantworten. Sobald man seine Geheimnisse entschlüsselt hätte, wollte ich ihn meinem Vater ins Grab legen, und er und Nils könnten in Frieden ruhen.

Ich griff nach den Zügeln, bereit, nach Hause zu reiten – und mein Herz zurückzulassen.

»Warte, Mara.« Denna griff nach meiner Hand. »Ich habe dir schon so viel abverlangt, aber ... würdest du vielleicht mit mir kommen?«

Hoffnung erfüllte meine Brust. Seit ich sie am Straßenrand gefunden hatte, hatte ich mir nichts sehnlicher gewünscht, als dass sie mir diese Frage stellte.

»Gib mir zwei Tage«, sagte ich. »Am dritten Tag werde ich mit Sonnenaufgang bei dir sein.« In meinem Kopf nahmen meine Pläne schon Gestalt an.

»Und wenn du nicht kommst?«

»Ich werde kommen«, sagte ich. »Aber sollte ich es nicht rechtzeitig schaffen, weil mein Pferd mit mir bis ans Meer durchgeht – dann mach dich ohne mich auf den Weg. Ich werde kommen, sobald ich kann. Darauf kannst du dich verlassen.«

Im Fenster des Gasthofs ging eine zweite Lampe an. Der Wirt war auf dem Weg zu uns.

»Gib ihm ein paar Münzen extra für die Umstände«, erinnerte ich sie und beugte mich aus dem Sattel zu ihr hinunter.

Sie küsste mich ein letztes Mal. »Wir sehen uns in drei Tagen«, sagte sie. Dann ging sie davon.

Die Gefolgsleute waren verständlicherweise sehr überrascht, mich zu sehen.

»Eure Hoheit!«, rief der erste Reiter aus. Er brachte sein schnaubendes Pferd zum Stehen und war in Sekundenschnelle aus dem Sattel. Noch bevor ich protestieren konnte, schlang er mir einen Verband um die getrocknete Wunde an meinem Arm. Ich musste den Schmerz und die Erschöpfung nicht einmal vortäuschen. Während ich in der Kälte voller Sorge um Denna auf die Gefolgsleute gewartet hatte, konnte ich jede meiner schmerzhaften Verletzungen bis auf die Knochen spüren.

»Könnt Ihr uns sagen, was hier vorgefallen ist?«, fragte der Mann. »Wir hatten gerade das Stadttor hinter uns gelassen, da haben wir es gesehen. Es war, als würden die Sterne vom Himmel fallen.«

»Das sind sie auch«, sagte ich und fasste die Ereignisse kurz für ihn zusammen. Die anderen Männer saßen ab, um die Trümmer zu untersuchen. Sie bewegten sich ungewöhnlich vorsichtig, als befürchteten sie, die Magie hätte den Boden verseucht. Ich erzählte ihm, dass Denna sich für Mynaria und mich geopfert hätte, dass sie mich gerettet hätte und dann alles in Flammen aufgegangen sei.

»Ihr seid die Einzige, die überlebt hat?«, fragte der Gefolgsmann, als ich mit meinem Bericht am Ende war.

»Ja«, sagte ich und gestattete mir endlich, an Nils zu denken. Die Tränen schossen mir in die Augen, und ich weinte um jeden und alles, was ich verloren hatte. Flicker stupste mich an der Schulter, und ich lehnte mich dankbar an seinen Hals, den letzten sicheren Ort, der mir zum Ausruhen noch geblieben war.

Obwohl es um uns her aussah, als wäre der Himmel auf die Erde gestürzt und hätte alles in Stücke geschlagen, leuchteten über uns die Sterne, still und friedlich wie eh und je. Es war Zeit aufzubrechen, und einer der Gefolgsleute half mir mit einer Räuberleiter in den Sattel. Ich gab Flicker die Zügel und ließ das Feld der Verwüstung ein zweites Mal hinter mir.

Als wir die Stadt erreichten, ließen uns die Torwächter ohne weitere Fragen passieren. Im Schritt ritten wir durch die Gassen, während hinter uns rötlich der Morgen dämmerte. Keiner konnte uns sehen, aber als ich barfuß in meinem zerfetzten Kleid durch die dunklen Straßen Lyrras ritt, war ich zum ersten Mal stolz auf meine Herkunft. Wir brachten den Beweis mit, der den Krieg beenden würde, noch bevor er richtig begonnen hatte. Mynaria konnte wieder Frieden finden. In der sanften Stille des Morgengrauens schlugen Flickers Hufe hart auf die Pflastersteine. Nur die Bäcker waren schon wach und der süße Duft von Brot und Kuchen waberte durch die Gassen. Als sich die Sonne gerade über den Horizont hob und alles in ein goldenes Licht tauchte, ritten wir durch die Tore der Burg. Im Hof stand ein bis auf sein Skelett abgebrannter Baum, dessen kahle schwarze Äste in den Himmel ragten wie Lord Kriantz' verkohlte Hand.

Im Vorhof der Burg machten wir Halt und wurden sofort von Gefolgsleuten umringt, dicht gefolgt von Hauptmann Ryka. Ein Stallbursche nahm Flickers Zügel und der Hauptmann half mir aus dem Sattel.

Ich hatte kaum Zeit gehabt, mir ordentliche Kleider anzuziehen und einen Heiler nach meinem Arm sehen zu lassen, als sie mich zu einer Notversammlung des Hohen Rats riefen. Doch bevor ich vor den Hohen Rat trat, musste ich mich noch meinem Bruder stellen.

Als ich den Ratssaal betrat, stand er am Tisch, die Krone vor sich abgelegt, und wartete schon auf mich.

Stumm starrten wir uns von den entgegengesetzten Enden der langen Tafel aus an, jeder darauf wartend, dass der andere zuerst sprach. Meine Brust fühlte sich an wie ein Stein, schwer von Kummer und Erschöpfung. Ich hätte die Heiler um einen anregenden Tee bitten sollen, um diese letzten Schattenlängen, bis ich mich endlich ausruhen konnte, einigermaßen zu überstehen.

Thandi brach schließlich das Schweigen. »Es tut mir leid, dass ich an dir gezweifelt habe«, sagte er mit hängenden Schultern. Seine Stimme klang müde.

»Es sollte dir noch viel mehr leidtun, dass du an Denna gezweifelt hast«, entgegnete ich.

»Sie hatte eine Neigung«, sagte er, »und hat es vor mir verborgen. Sie hat die Aufständischen befreit. Sie hätte durchaus von Anfang an für alles verantwortlich sein können.«

»Dabei hatte sie nur Sorge um unser Königreich. Und die Aufständischen hat sie befreit, weil sie ein Teil dessen sind, was das Reich im Gleichgewicht hält. Sie hat Lord Kriantz nicht nur zerstört, um mich zu befreien, sondern auch, um unser Volk vor einem Krieg zu bewahren.«

Er nickte. »Ich verstehe nichts von Magie, aber ich kann die Wahrheit nun erkennen.«

»Dann ist es vielleicht an der Zeit, etwas mehr über Magie in Erfahrung zu bringen. Bevor wir die Magienutzer wie Verbrecher behandeln, sollten wir lernen, sie zu verstehen.«

Wieder entstand eine Pause.

»Alles, was geschehen ist, war mein Verschulden«, sagte er und stützte sich schwer auf die Tischplatte.

»Es war unmöglich, die Macht von Dennas Fähigkeiten oder auch die tiefe Abgründigkeit, mit der Lord Kriantz uns getäuscht hat, zu erkennen«, beschwichtigte ich ihn. »Du bist kein Gott, nur ein König.«

»Und doch habe ich euch beiden Unrecht getan«, entgegnete er. »Sag mir, was ich tun kann, um es wieder in Ordnung zu bringen. Du bist die einzige Familie, die ich noch habe.«

Die Zeit, meine Pläne durchzusetzen, war gekommen.

»Wir müssen jemanden nach Zumorda schicken, für den Fall, dass Lord Kriantz' Leute beschließen, ohne ihn anzugreifen«, sagte ich. »Die Königin muss gewarnt werden. Zudem wäre es eine Gelegenheit, sie eventuell als Verbündete zu gewinnen. Ich bin gerne bereit, diese Aufgabe zu übernehmen.«

»Aber Mara …«

»Es ist die richtige Vorgehensweise. Ein Mitglied der königlichen Familie zu schicken, wäre ein Vertrauensbeweis. Und wenn ich allein komme, würden wir damit unseren Respekt dafür zum Ausdruck bringen, dass Zumorda politische Annäherungsversuche nicht sonderlich schätzt. Die Hohe Rätin Hilara hat uns die zumordischen Sitten und Bräuche schon tausendmal erklärt. Ich bitte dich nicht, mich als Botschafterin zu schicken. Wir wissen beide, dass ich dafür nicht geeignet bin. Aber ich kann zunächst einmal das Gespräch suchen und darauf können wir dann aufbauen. Gemeinsam.«

Er sah müde aus, wie er mir da so gegenüberstand – verunsichert und noch so jung.

»Bitte«, sagte ich. »Hier in Lyrra hält mich nichts mehr.«

»Also gut«, willigte er ein.

Wir gingen um den Tisch herum aufeinander zu, bis wir uns in der Mitte gegenüberstanden.

»Danke«, sagte ich. »Es tut mir leid, dass du so viel verloren hast.«

»Mir tut es auch leid.«

Mein Herz wurde schwer vor Trauer.

Wir packten uns an den Unterarmen, schlugen die Augen nieder und standen für einen Moment einfach nur da.

Dann brachten wir die Neuigkeiten vor den Rest der Versammlung, den Hohen Rat und ein paar der hochrangigsten Botschafter. Unter den Anwesenden war auch Dennas Mutter. Ihr Gesicht wurde aschfahl, als Hauptmann Ryka ihren Bericht über das Ende von Lord Kriantz und seinen Männern ablieferte. Die Nachricht, dass ich nach Zumorda reiten würde, wurde mit Entsetzen und Unglauben aufgenommen – mit Ausnahme von Hilara, die zustimmend nickte. Doch nachdem Lord Kriantz' Verrat und dessen Bedeutung für Mynaria nun offenlagen, hatte niemand mehr vernünftige Gründe, dem Plan zu widersprechen.

Als der Hohe Rat auseinanderging und ich endlich aus dem Saal in Richtung Bett wankte, hielt mich wenige Schritte vor der Tür Dennas Mutter zurück.

»Habt Ihr gesehen, wie sie starb?«, fragte sie.

Ich schüttelte den Kopf. Hoffnung und Trauer kämpften in ihrem Blick, und ich wünschte, ich könnte ihr die Wahrheit sagen. Aber zumindest eines konnte ich ihr noch sagen.

»Ich soll Euch wissen lassen, dass sie Euch vergibt.«

Die Königin atmete tief durch und unterdrückte blinzelnd ihre Tränen. Ich wollte ihr gerade mein falsches Beileid aussprechen, da unterbrach sie mich.

»Gebt auf sie acht«, sagte sie.

Ich legte mir die Hand aufs Herz. Das würde ich tun, so viel war sicher.

45

Dennaleia

Am dritten Tag, nachdem Mara zur Burg geritten war, stand ich noch vor Morgengrauen auf. Es bereitete mir kaum noch Mühe, obwohl der Einsatz meiner Magie mich stark geschwächt hatte. Ich hatte die letzten beiden Tage fast ausschließlich geschlafen. An Unterarmen und Händen hatte ich allerdings immer noch taube Stellen, die sich weder regenerierten noch warm wurden, egal wie lange ich vor dem Feuer saß.

Die Tage zu verschlafen, war auch eine praktische Methode gewesen, den Neugierigen aus dem Weg zu gehen, die in Scharen in den Gasthof einfielen. Die Verwüstung, die wir zurückgelassen hatten, war über Nacht zur Attraktion geworden. Viele behaupteten trotz fast unmöglicher Entfernungen, das Geschehen beobachtet zu haben. Manche glaubten, die Sechs hätten uns den Sternenregen geschickt. Andere hielten ihn für ein Omen, dass unser Ende nahte. Die Wahrheit kannte nur ich – Tod und Verwüstung waren ein Akt der Liebe gewesen. Und wenn es mir gelang, meine Gabe zu zähmen, würde ich mit dem, was ich getan hatte, eines Tages vielleicht sogar leben können.

Als ich aus dem Gasthof trat, fingen die Sterne gerade an zu verblassen. Ich hatte mir einen kleinen Rucksack besorgt und ihn bis zum Rand mit meinen wenigen Habseligkeiten und so viel Essen vollgestopft, dass es für ein paar Tage unterwegs genügen sollte. In der Hand hielt ich mein Frühstück, eine heiße Wurstpastete, frisch aus dem Ofen, mit Kräutern und geschmolzenem Käse, von der Dampfschwaden in die kalte Morgenluft aufstiegen.

Vom Pferdegeländer aus hatte ich die Straße, die von Lyrra herführte, gut im Blick. Ich beobachtete sie so sehnsüchtig und konzentriert, als ob mein Wunsch allein Mara zu mir bringen könnte. Hoffentlich hatte sie ihre Pläne nicht geändert. Wenn ich in den letzten zwei Tagen gerade mal wach war, hatte ich mir zwar immer wieder eingeredet, dass ich es auch allein schaffen würde – aber das war nicht das, was ich wollte.

Über den Horizont schwappte schon das orangefarbene Licht der Sonne, und die frostigen Ränder des Laubs begannen aufzutauen, als Hufschläge in der Ferne zu hören waren. Ein Pferd galoppierte um die Straßenbiegung und mein Herz hüpfte vor Aufregung. Es war Flicker. Mit seinem weißen Strumpf war er selbst aus dieser Entfernung unverwechselbar. Auf einen Schlag wurden selbst die abgestorbenen Stellen an meinen Armen wieder lebendig. Mara lächelte, als sie mich entdeckte, und ich meinte vor Freude platzen zu müssen. Zum ersten Mal, seit ich die Sterne vom Himmel geholt hatte, spürte ich wieder ein magisches Kribbeln durch meine Handflächen zucken. Sogar meine Neigung begrüßte sie.

Mara sprang aus dem Sattel und wir fielen uns in die Arme. Erst als sie mich wieder losließ, bemerkte ich ihre blutverkrusteten Handgelenke und die Erschöpfung in ihren schwarz umränderten Augen. Überwältigt von Schuldgefühlen berührte ich sanft ihre Wange. Ich war nicht früh genug bei ihr gewesen und hatte ihren besten Freund nicht retten können. Ich hatte so viele Fehler gemacht, so viele Menschen hatten ihr Leben verloren.

In Zukunft würde ich es besser machen.

In Zukunft würde ich nur noch meinem Herzen folgen.

»Du bist gekommen«, sagte ich. Etwas anderes fiel mir nicht ein.

»Natürlich«, entgegnete sie schlicht. »Du bist doch auch gekommen, warst sogar als Erste da.« Es klang, als hätte sie nie eine Wahl gehabt.

Sie beugte sich über mich und küsste mich mit einer Scheu, die ich nur selten an ihr bemerkt hatte. Ihre Lippen öffneten sich, warm wie die Morgensonne, und ein seltsam wildes, unbändiges Gefühl machte sich in mir breit. Mit ihr an meiner Seite würde alles gut werden.

»Es ist an der Zeit, dass wir unser eigenes Leben beginnen«, sagte ich.

»Ja, das denke ich auch.« Mara stieg auf und half mir mit ihrem gesunden Arm in Flickers Sattel.

Es tat ein bisschen weh, aufs Pferd zu klettern, aber das war mir egal. Sie war da, fest an mich gedrückt; alles andere spielte keine Rolle. Vor uns lag eine Zukunft, so steinig und unsicher wie die offene Straße, aber voller Möglichkeiten.

Mara gab Flicker den Befehl zum Galopp und begeistert preschte er los. Seine langen Schritte trugen uns gen Osten.

Zum ersten Mal in meinem Leben fühlte ich mich wirklich frei. Es gab eben doch Dinge, die wichtiger waren als eine Krone.

Sein Königreich zu retten.

Auf sein Herz zu hören.

Und mit einem Mädchen auf einem roten Pferd in den Sonnenaufgang zu reiten.

Lynn Raven

Windfire

ca. 464 Seiten, ISBN 978-3-570-31179-0

Las Vegas: Jessie braucht dringend Geld für ihren kleinen Bruder und versetzt für ein paar Dollar ein kostbares Erbstück. Kaum hat der Schmuck den Besitzer gewechselt, poltert ein unberechenbarer Fremder in ihr Leben. Und er verlangt genau jenes Amulett von ihr! Shane und Jessie treffen aufeinander wie Feuer auf Wind, wie Halb-Djinn auf Hexe. Und schon müssen die zwei zusammen fliehen – offenbar haben sie gemeinsame Feinde …

Rachel E. Carter

Magic Academy – Das erste Jahr

ca. 350 Seiten, ISBN 978-3-570-31170-7

Die 15-jährige Ryiah kommt mit ihrem Zwillingsbruder an die Akademie. Die berüchtigtste Ausbildungsstätte ihres Reichs, an der nur Schüler mit magischen Kräften aufgenommen werden. Aber es gibt einen Haken. Nur fünfzehn der Neuankömmlinge werden die Ausbildung antreten dürfen. Der Wettkampf um die begehrten Plätze ist hart und die Rivalität groß. Vor allem, als Ry Prinz Darren näher kommt, macht sie sich Feinde ... Wird sie trotz aller Widerstände gut genug sein und ihren Platz an der Akademie behaupten?

30323

www.cbj-verlag.de

BY PLANE

A gripping British crime mystery full of twists

P.F. FORD

A Slater & Norman Mystery Book 2

Originally published as *Just a Coincidence*

JOFFE BOOKS

Revised edition 2024
Joffe Books, London
www.joffebooks.com

First published as *Just a Coincidence* in Great Britain in 2014

This paperback edition was first published
in Great Britain in 2024

Cover art by Dee Dee Book Covers

ISBN: 978-1-83526-469-0

With thanks to my amazing wife, Mary — sometimes we need someone else to believe in us before we really believe in ourselves. None of this would have happened without her unfailing belief and support.

PROLOGUE

It was cold, and it was dark, and she was beginning to wish she was somewhere else. Crouching behind the tail of a small aeroplane parked about thirty yards from where he was, she watched him busily removing the canvas cover and guy ropes from a similar aircraft. He was working by the dim light that spilled from two distant security lights and a head torch he was wearing.

She thought he was maybe preparing for take off, but why was he working in the dark? Surely he would need more light than this. At the very least, he would need runway lights, wouldn't he?

Ten minutes ago, she'd thought about giving it up as a bad job, and leaving him to it. She had been thinking maybe following him hadn't been such a brilliant idea, but then it had occurred to her that whatever he was doing out here, he had to be up to no good. If she could just find out what it was, maybe she would have some leverage; something she could threaten to use against him. Then he would have to listen, wouldn't he?

As she concentrated on watching him, she was taken by surprise as a small figure appeared beside her. She felt the sharp stab of a hypodermic needle plunge into her neck, and then, remarkably quickly, she found she couldn't move and everything was going black . . .

* * *

The pilot was not a happy man. Carrying an unconscious passenger all the way to France wasn't part of the deal, and she certainly shouldn't be in a heap on the floor of the tiny cockpit. But when the boss points a gun at you and insists you are going to do as you're told, your options become severely limited, and he had no doubt the threat was genuine. So here they were, bumping along the runway, struggling to get off the ground because of the additional weight he hadn't bargained on carrying.

The engine was screaming as they felt the wheels lift from the ground and they were airborne at last. The pilot focused his attention on the controls as they lifted away from the airfield and began to climb into the darkness. He'd done this plenty of times before, but it was always risky and required total concentration.

He thought he heard a grunt from the body curled on the floor, but the boss would have to deal with it. He had his hands full flying this thing in the dark. Such was his focus, he was suddenly shocked to hear the aircraft door bang open and feel air rushing all around him. The tiny aeroplane jerked violently to one side and it took all his skill and attention to keep it under control.

By the time he was able to look across to see what was happening, all had become calm again and the door had been closed. To his horror, he realised the unconscious girl was gone.

'I think maybe better this way,' shouted the boss above the engine noise. 'Say nothing to anyone now.'

'But you can't do that,' screamed the pilot. 'It's murder.'

'Is done.' The boss smiled, and the pilot caught sight of a pistol. 'You have problem?'

The pilot had plenty of problems with the way things were going, but the sight of the pistol made him swallow his words before they got him into trouble. He chose to say nothing.

'No?' asked the boss, smiling broadly. 'Is good. Is ver' good.'

CHAPTER ONE

The Phantom Flasher had been at large for four weeks now. Or, at least, DS Dave Slater was told reports had been coming in for four weeks. Of course, the guy could have been waving his willy around Tinton for years without anyone even noticing, but whoever he was, and however long he'd been pursuing this particular hobby, he'd now officially become a nuisance.

The most likely scenario was that it was some sad case with too much time on his hands, but there was always the outside possibility that it could escalate into something much more serious. This was why Slater had been chosen to carry out an investigation — and hopefully apprehend the villain before the outside possibility had a chance to develop into reality.

Slater had not been best pleased when DCI Bob Murray had passed the case on to him.

'But, boss,' he had protested, 'this isn't me. I want something I can get my teeth into.'

'That would probably be a very effective way of stopping a flasher,' growled Murray, returning to his paperwork. 'But I'm sure it wouldn't meet the approval of the health and safety people.'

Slater looked at Murray in amazement. His boss wasn't noted for his sharp sense of humour, and his face very rarely showed his true feelings. Slater couldn't be sure, but he could have sworn that was supposed to have been a joke.

It had taken Slater a further five minutes of futile protests, steadfastly ignored by Murray, before he reluctantly accepted that he had indeed been lumbered with solving the case of the Phantom Flasher. Then, just as he turned to go, Murray had added to his burden.

'I'm told we have an outbreak of dogging in the area,' he'd said, without looking up from his desk.

'Dogging?' echoed Slater.

'Yes, dogging. I don't have to explain what that is, do I?'

'Err, no, boss, of course not. But I thought that sort of thing was frowned upon rather than prosecuted?'

'Yes, it is. We prefer to deter, rather than waste time on pointless prosecutions, and in this case, I'd like you to be the deterrent. Try to find out where it's going on; take a couple of uniforms along and carry out a raid. That should frighten the crap out of the buggers. Tell them to go and practice their dirty little hobby somewhere else.'

Murray looked up at Slater, gave him a nod, and the barest hint of a smile, and then returned to his paperwork once again.

'That'll be all, David, thank you.'

* * *

As he closed the door behind him, Slater's first instinct was to feel indignation at being handed such a shitty little job to do. He was better than this. He'd recently solved a murder and cracked a big corruption ring. Then his better side came to the fore and a little humility started to shine through. After all, he hadn't actually solved those cases all on his own. There had been three brains working together . . .

Then he remembered he was supposed to be working on changing his thinking. During that particular case, he'd been made aware that he had a tendency to focus on negative thoughts and he'd resolved to try to become much more positive in his outlook. Maybe he needed to take another look at the job he'd just been given and view it in a different way.

Yes, it's true it was a bit of a comedown after the recent murder and corruption cases he'd been involved in, but they couldn't give him big cases when there weren't any, could they? He was here to do a job, and if finding a flasher was all they had for him to do, then he'd just have to get on with it. It didn't matter if a case was big or small; he was still going to be pitting his wits against someone else. He was good at that, and he would catch this guy, whoever he was.

As he ambled back to his office, he recalled he'd read somewhere that some people found it helpful to give a name to their opponent, and that name then became the name of the case they were working on. He thought he could try that idea himself. So, he wondered, what could he call the flasher? The name came into his head so fast he felt it had to be a sign. A good sign. He was going to solve the Dick Waver case.

When he got back to his desk, he gathered together everything he could find related to his case. He hadn't realised the flasher had been so busy. No wonder Murray wanted it sorted — in the last four weeks there had been nearly twenty reported incidents. He grabbed a pen and a piece of paper and made a quick note of the dates. There was no doubt about it, the guy was definitely escalating.

Just then, the phone on his desk buzzed.

'Slater.'

'I'm told you're the "go to guy" for the flasher case.' It was the duty sergeant from downstairs.

'How did you know that? I've only just this minute been given the case.'

'Well, perhaps I'm psychic, or maybe it's just that I take the time to read the memos the boss sends me. Whatever. There's been another sighting.'

'Where?'

'Swimming pool down at the leisure centre. Ladies changing rooms.'

'Christ! That's bit brazen, isn't it? And risky.'

'Apparently it's OAPs' morning. There were only two old biddies in there, so it wasn't that much of a risk. They're waiting there now. I told them Tinton's finest was on his way, so off you go.'

'Right. Great. Thank you so much. I suppose I'd better get down there.'

'That's the general idea, Sherlock.'

There was a dull click as the call was ended, followed by a crash as someone tripped on their way through the office door.

'Arsehole,' muttered Slater, as he put the phone down.

'I hope that's not me you're calling names,' said a voice behind Slater. It was DS Norman Norman, one of the few people Slater was happy to exchange banter with. He looked as crumpled as ever, and his hair seemed to be even curlier than normal.

'I see you still haven't found that iron,' said Slater, with a grin.

'As you're so worried about it, and you have nothing better to do, maybe you should take on the job of trying to find it,' said Norman, heading towards his own desk. He had several folders tucked under one arm, a plate of doughnuts in the same hand, and a cup of dirty grey liquid, that was impersonating a cup of coffee, in his free hand.

'Sorry, mate,' Slater said, sighing in mock regret. 'I'd love to help, but I already have a case to solve.'

'Really?' said Norman. 'What is it?' He reached forward and managed to slide the plate of doughnuts onto his desk. As he did, the folders spilled from under his arm, disgorging their contents onto the floor. Inevitably, as he lunged for the folders, the coffee from the other hand followed in the same direction. He looked down sadly at the pile of soggy, brown-stained papers. Then his face brightened.

'The good news,' he said, 'is I didn't lose my doughnuts. Now that would have been a disaster.'

Slater watched as Norman sank to his knees and began to gather his mess together.

'So what's this case?' he asked Slater from the floor.

'Dick Waver,' announced Slater.

'Who?'

'Dick Waver. The Phantom Flasher.'

'Ah! I see that razor sharp sense of humour of yours is hard at work,' said Norman. 'I see what you did there. Dick Waver. That's very good, but I should leave it at that. You don't want to use up all that amazing comedy in one day.'

'What have you got there?' asked Slater, ignoring Norman's dig at his sense of humour. 'Apart from a bloody mess all over the floor.'

'Oooh! You're so sharp today I might sustain a cut.' Norman grinned up at him. 'What I have here is a case of genius counterfeiting.'

'Genius?' asked Slater dubiously.

'Apparently they're selling Gucci bags. That's Gucci, spelt G-U-C-H-I. It seems Tinton counterfeiters are illiterate. Or stupid. Or probably both.'

'Any leads?' asked Slater.

'Does the name Allison Beatty mean anything to you?'

A wicked smile raced into place on Slater's face. Oh yes. He knew Allison Beatty. He thought probably everyone in this station knew Allison, and everyone in this station who had met her the first time hoped they never had to cross swords with her again. Everyone, that is, except Norman, who had only recently arrived in Tinton and hadn't yet had the pleasure.

Slater wondered if he should warn his friend about Allison, but then he recalled how no one had given him advance warning and decided it wouldn't hurt to keep quiet. Norman was a big boy. He could take care of himself.

'Allison? Sure, I know her. She's a real sweetie. You'll love her,' lied Slater, knowing Norman couldn't see his face from his position on his hands and knees on the floor.

'Any leads with the flasher?' asked Norman.

Slater looked at his watch, and began moving a bit faster.

'Apparently he's just been pointing Percy at the pensioners down the swimming pool. I'm supposed to be on my way there now,' he said, gathering his mobile phone and notebook.

'Oh well.' Norman sighed heavily. 'You run along, now. I guess I'll just have to carry on being the only style icon in the country without an iron.'

As Slater headed out of the office, he glanced at the sticky paperwork that Norman was scraping off the floor, wondering idly how on earth his friend was going to manage to read any of it.

* * *

On his way out, Slater stuck his head into the main office and looked around. He was hoping to find Steve Biddeford. With any luck, he wouldn't be too busy, in which case he just might fancy taking a ride out to the swimming pool. He finally spotted him standing over the printer, impatiently grabbing each printed sheet as it emerged.

'You looking for me?' Biddeford asked Slater as he approached across the office.

'If you're not too busy,' said Slater, optimistically.

'If you can just hang on while this finishes printing,' he said, 'I'll be with you. Are we going somewhere nice?'

'OAPs' swimming session,' said Slater. 'Apparently the Phantom Flasher's struck again. Dick Waver's been entertaining the ladies in the changing rooms.'

'Can't we pick him up if we know who he is?' asked Biddeford.

'Sorry?' said Slater.

'If you know his name, we can get an address and pick him up, can't we?'

'But we don't have a name.'

'I thought you said his name was Dick somebody.'

'Yeah. Dick Waver.' Slater sighed, heavily. Sometimes he wondered how Biddeford was ever going to survive out on the streets.

'No,' he explained. 'That's not the bloke's name. It's just what I call him, because it's what he does.'

Biddeford looked blank.

'Oh come on, Steve,' said Slater, slowly and patiently. 'What does a flasher do? He waves his dick at people, therefore he's a dick waver. Yes?'

'Ah! Right.' Biddeford smiled, and then bent down to pick up the final piece of paper, which the printer had spat out onto the floor with some violence.

'It's a sort of play on words, isn't it?' He grinned at Slater. 'Dick Waver. Clever.'

'It is if you get it, I suppose,' said Slater, shaking his head.

'Can I bring this with me?' asked Biddeford, putting his papers in order. 'So I can have a quick read in the car.'

'Yeah, I don't see why not.' Slater nodded, wondering what his colleague was working on.

CHAPTER TWO

As Slater drove slowly out to the swimming pool, Biddeford cast his eyes quickly over his printing. As he read, he removed several pages, screwed them up and tossed them into the back of the car.

'I hope you're going to collect your rubbish and take it with you when we get back,' said Slater, sounding dismayed.

'Fifteen sheets of paper to print out what started off as a short email,' said Biddeford in disgust. 'What a waste. Three sheets would have covered it with room to spare.'

'So, after you've discarded the waste paper, what are you left with? Anything interesting?'

'Missing girl,' said Biddeford. 'Well, her mother says she's missing. Thing is, she's over eighteen, so she's not exactly a minor, is she? At that age she doesn't have to tell her mum what she's up to if she doesn't want to.'

'So why has it been sent to us?' asked Slater.

'Apparently she's from the Birmingham area. According to the mother, the girl might have been heading for Tinton when she left home,' said Biddeford, reading from the pages.

'Why would anyone want to come to Tinton?' asked Slater. 'It's not exactly a tourist hotspot, is it?'

'Doesn't say why,' said Biddeford. 'Doesn't say if she ever arrived either.'

'So you're looking for someone who might, or might not, have been heading for Tinton, and if she was coming here we don't know if she ever arrived,' said Slater.

'That's about the size of it,' agreed Biddeford, hoping Slater might see fit to offer him a little guidance.

'Well, good luck with that.'

The pair sat in silence for a few seconds.

'So, what are you going to do about this missing girl?' Slater asked, eventually.

'I'll get some photos printed, and hand them out to all the uniforms. You never know, someone might spot her around town or might have already seen her. Then I'll check the hospital, youth hostel, places like that. There's not much more I can do really, is there?'

'That's more or less got it covered,' Slater said. 'Unless we get something a lot more definite to go on.'

Biddeford folded his papers and placed them, neatly and tidily, on the back seat.

'Right,' he said, as he turned back, pleased to have got some confirmation from Slater that he was on the right track. 'So how come our flasher's targeting pensioners?'

'Apparently Leisure for Pleasure is the company that owns a whole load of these leisure centres and they've come up with what they call their "pensioner initiative". They've reserved the entire centre for pensioners only on Tuesday mornings. They seem to think it will encourage some of the old codgers to spend their grey pounds on annual memberships.'

'Have you seen the prices?' asked Biddeford. 'I doubt many pensioners could afford to join for a week, never mind for a whole year. Why do they think they stay away in the first place?'

'Now you're thinking like a pensioner,' Slater said, laughing. 'But you're exactly right. From what I can make out, the pensioners think the membership fees are outrageous and the few that do come along are only there because it's something to do, and it's free.'

He pulled into the car park and picked a space close to the entrance. It wasn't difficult to get a space that close. In a car park that could probably hold a hundred cars, there were just six other cars that morning, and four of those were in the area reserved for staff.

'Looks like the pensioner initiative's not working too well,' said Biddeford.

'I rest my case,' said Slater, sounding smug.

* * *

Slater led Biddeford into the building, and spotted a rather smarmy looking, ginger-haired man, in blue shorts and a 'Leisure for Pleasure' sweatshirt bustling across to meet them. He informed them his name was Rodney Rodgers, but he would be happy for them to call him Rod. 'Call me Rod' turned out to be the manager, and, looking around, Slater thought this would explain quite a lot.

Slater guessed Rodgers was in his fifties, but he obviously worked out rather more than was necessary to keep fit. Slater noticed he kept flexing his muscles — no doubt trying to make some sort of impression. Well, he did make an impression. Unfortunately for Rodney Rogers, the impression Slater got was that he was a prize tit.

Things didn't improve when he started to complain about how the police were failing to do their job and protect the people of Tinton from perverts and sexual deviants.

'We really don't want this sort of thing happening here,' he said. 'It lowers the tone. We run a very high-class establishment. Our clientele are the very best people and they expect only the best.'

'One of your "very best people" could be the flasher,' Slater pointed out.

'I beg your pardon?'

'The flasher. He could well be one of your members,' repeated Slater.

'No. That's just not possible,' said Rodgers indignantly. 'In fact,' he continued, 'I don't know how you could think such a thing. We don't allow any old riff-raff in here, you know. We have security.'

'If your security is so great that no one but members can get in, it follows that the flasher must be a member, mustn't he?' said Slater, giving Rodgers his best smile as he scored the first point.

The manager's mouth flapped silently, as this logic clearly struck home.

'Anyway, where is this "security"?' asked Slater.

'Up there.' Rodgers pointed to a camera above the reception desk. 'And there are three more outside, one in the area leading up to the changing rooms, and another one in the restaurant.'

'Right,' said Slater, beginning to feel they might just get a quick result here. 'So we should be able to see exactly who the flasher is then.'

'Ah!' said Rodgers. 'The thing is, err, how can I put this?'

'No. Don't tell me. Let me guess,' said Slater, with exaggerated sarcasm. 'They're all dummies? Or there's no tape in the recorder? Or they just don't work.'

'A combination of all three, actually,' said a red-faced Rodgers.

'Wonderful.' Slater sighed heavily. 'The fact is, you don't have any bloody security, do you? Half the men in town could have waltzed in here this morning, waved their willies in the air and waltzed out again and we couldn't prove anything.'

Slater had had enough of farting around with this puffed-up, ginger idiot, who wanted to be called Rod.

'Right,' he said, decisively. 'While I talk to the two ladies, my colleague here is going to interview every member of staff.'

'But you can't think one of my staff is the flasher.'

'And why not?' said Slater, his patience now wearing very thin. 'Whoever it is knows he can stroll in here unnoticed. Who would know that better than a member of your staff?'

'Err, yes, but . . .'

'Never mind "err, yes, but",' said Slater. He pointed a finger at the manager. 'We want to speak to every single member of staff, starting with you.'

He stalked away towards the restaurant. As he walked off, he heard Rodgers appeal to Biddeford in a whiny voice.

'Me? But he can't think it's me! I'm in charge. Of course it's not me.'

* * *

Slater found the two lady pensioners drinking coffee in what the leisure centre rather grandly referred to as their restaurant. Slater thought it was a rather stuck-up name for what was really just a snack bar.

Mrs Grimley informed him she was seventy-two years old, and she was still quite fit. The younger of the two, Mrs Brannington, was just coming up to seventy. They were both widows, but Slater suspected from their lively conversation and spiky wit that they were anything but the grieving type. He thought the title "merry widows" would be much nearer the mark.

When Slater showed his concern for what they had had to endure, he soon realised they didn't seem to be too upset by their ordeal. In fact, they seemed to regard it as a rather amusing, and quite exciting, interlude to their morning. They were more than happy to tell Slater exactly what had happened, and were particularly good with details.

When he'd appeared, the man had been wearing a big, heavy, dark blue dressing gown and white training shoes with red soles. He'd marched up to them and pulled open the dressing gown to reveal himself in his full glory. Unfortunately, they didn't see his face because he was wearing a mask. They thought it was one of the seven dwarfs.

'Which one?' asked Slater.

'Stiffy?' suggested Mrs Grimley.

'Oh yes! Most definitely,' agreed Mrs Brannington, sending both the ladies into fits of giggles.

This seemed to set the tone for the rest of the interview and Slater began to doubt he was going to get any sense out of these two, who seemed to think the whole thing was an absolute hoot.

'Widows of our age don't often get to see the working parts,' explained Mrs Grimley. 'So when we do, we tend to have a good look. It's a useful reminder.'

'He's an old boy, I think,' suggested Mrs Brannington. 'Or at least, he's old enough to have grey hair.'

'Salt and pepper, dear. Salt and pepper,' corrected Mrs Grimley. 'And it wasn't all wrinkly,' she added. 'There was none of that "last turkey in the shop" nonsense you usually get with old men.'

'Smooth as silk,' agreed Mrs Brannington. 'Not a wrinkle in sight.'

Slater was trying hard not to laugh as he took notes, but the twinkle in their eyes when he looked up was making it very difficult.

'Between you and me, Sergeant,' Mrs Grimley confided, lowering her voice almost to a whisper, 'whoever that man is, he's a very big boy.'

'Hung like a donkey,' agreed Mrs Brannington, approvingly. 'The soldier was standing very much to attention,' she added, as if she thought Slater might not have fully understood the reason for her admiration.

'She means he had a massive hard-on,' Mrs Grimley told him, just in case there should be any doubt at all.

'Right. Yes,' spluttered Slater, beginning to blush furiously. 'I think I've got the general idea.'

'Oh yes.' Mrs Brannington smiled, wistfully. 'It was a sight for sore eyes. When you find out who he is, Sergeant, I, for one, would love to know.'

'Don't be silly, dear,' said Mrs Grimley, dismissively. 'He wouldn't be any use to you. Can you imagine how hard his heart must have to work to inflate that thing? I would imagine actually using it for real would bring on a heart attack. That's why he just waves it at people. It's probably the best he can do. Don't you agree, Sergeant?'

Slater couldn't stop himself from laughing this time, and he realised he'd now lost control of this interview and the direction it had taken. This was just way too much information, most of it speculation, and none of it would be much use in court.

* * *

When they were driving back later, Biddeford told him he'd heard nothing to make him think he knew who the flasher was or how he'd got onto the premises. But his gut feeling told him it had to be someone associated with the leisure centre.

'So, how did you get on with the two old dears?' he asked Slater.

'Ah, yes. The merry widows,' said Slater. 'Well, I had a very interesting and entertaining conversation with them. Whether I've actually learnt anything as a result is extremely debatable.'

'They must have told you something useful,' said Biddeford. 'He waved his willy at them. They've actually seen Dick Waver in the flesh.'

'Oh you're right,' said Slater with a broad grin. 'They saw him alright.'

'So what does he look like?'

Slater sighed happily.

'Well,' he said. 'It seems we're looking for an eighth dwarf. Or possibly a donkey disguised as a dwarf. He's an old guy called Stiffy, who wears white trainers with red soles, and a big, dark blue, Tinton Sports Centre dressing gown. When he opens the dressing gown he reveals grey pubes, or possibly salt and pepper, and a nob so big it drags along the floor when he walks.'

'I think Dick Waver's a much better name than Stiffy,' Biddeford said, smiling. 'But if your description's correct, we just need to look for a trail in the sand. It should lead us right to him.'

CHAPTER THREE

The trouble with adopting a dog from one of these rescue places, thought Christine Pearce, is you never really knew how the dog was going to turn out. Sure, they tell you the dog's great with people, and he doesn't fight with other dogs, but what about when you let him off a lead for the first time? In the rescue centre it's all enclosed, isn't it? So the bloody dog can't run away there, can he? And if he does, there are probably half a dozen people around to catch the damned thing.

'Just keep him on the lead for a few days,' they said.

'Once he's happy to be with you he'll always come back,' they said.

'A week should be long enough,' they said.

'Dannnnnny,' Christine yelled for the umpteenth time, adding much more quietly, 'Come here, there's a good boy, cos I'm really gonna kick your arse when I find you.'

Rotten little bugger, thought Christine. The sun was still bright but its position in the sky told her time was getting on. She looked at her watch. Six thirty. She was supposed to be meeting the girls down the pub in an hour, and here she was looking for her mum's bloody dog. Why on earth had she agreed to walk the stupid thing? And what on earth had possessed her to let him off the lead?

'Danny,' she yelled again. She thought she heard something away to her right, near the small collection of trees known as Haunted Copse. *Oh great. Well, if the bloody stupid dog's in that copse he can damned well stay there, cos I'm certainly not going in after him.*

Local legend insisted the copse was the home to all things creepy and scary. Like everyone else in Tinton, Christine knew it was a ridiculous old wives' tale. I mean, come on. Ghosts? In this day and age? And, just like everyone else in Tinton, Christine scoffed at the suggestion she was scared. *What me? Scared? Don't be ridiculous. There's nothing to be scared of* . . . But then again, there was no point in taking chances, was there?

There it was again. It sounded like the sort of noise an excited dog would make — a combination of barks and excited yelps. Shit, the little bugger was definitely over by Haunted Copse. Now she didn't have any bloody choice, did she? She couldn't go home without the little sod, so she'd just have to go over there. Reluctantly, she began to trudge slowly through the long grass, heading for the trees.

'Danny,' she called. 'Danny! Come on, boy.'

As she neared the trees, she could hear the dog more clearly, and she finally caught a glimpse of him. Or, at least, she saw his tail wagging frantically back and forth. She noted with relief that he wasn't actually in the copse. He was about ten yards short of it, so at least she wouldn't have to brave the ghosts and ghouls inside the copse. Not that there were any, of course.

'Danny, you moronic mongrel,' she called as she approached. 'For God's sake, come here and let's go home.'

She could see his tail and the top of his back clearly now, his tail waving back and forth like a long, black, hairy scimitar. He was yelping with delight as well, something he always did when he got excited when he was playing. She wondered what he could have found to play with out here. *I hope it's not a dead rabbit or he's gonna stink to high heaven.*

'Danny. What have you got? If it's something dead, I'm gonna kill you.'

She made a lunge for the dog, trying to grab his collar, but he skipped away from her with ease. And that's when she lost her balance and began to fall. As she fell, she saw what the dog had found, just before she landed on top of it. It certainly looked dead alright, there was blood and gore everywhere. But this was no rabbit.

Horrified, she froze for a second as she landed, but then a piercing, involuntary scream split the evening peace. Terrified now, her hands pawing uselessly at the slimy mess she had landed in, panic inevitably took over. Christine finally managed to scramble back to her feet, blood and gore dripping down her front. She became aware of the most godawful smell, and then she began to run for her life.

Danny, a big, energetic mongrel, thought this was the greatest game ever, and he took off after her just as fast as he could go, barking and yelping for all he was worth. She had only gone about ten yards before he caught up with her, giving her heels a playful tap with his paw as he did so. It was enough to trip her up and she crashed to the ground, face down, all the wind knocked from her.

Suddenly the panic was gone, reality began to set in, and she realised exactly what she had seen. Then the smell hit her again and she began to retch violently. When there was nothing left inside her, she began to cry; great heaving sobs that threatened to burst her lungs.

This was an unexpected turn of events for the dog. Unsure what this new game was all about, he began to sniff cautiously around the back of Christine's head as she sobbed and whimpered uncontrollably.

CHAPTER FOUR

'Okay. We're on our way,' said PC Jane Jolly into the radio. She sat back in the passenger seat as her partner PC Phillipa Flight began to accelerate.

'Did you get all that, Jane?' asked Flight. 'I got the bit about the hysterical girl, but did he say out by the Haunted Copse? I'm not sure where that car park is.'

'Straight up here,' said Jolly. 'Left at the T-junction, second right into Copse Lane and it's about half a mile on the left.'

'That'll be a sign of your misspent youth, then,' said Flight. 'Anyone who can pinpoint that car park so accurately must have spent a lot of time up there. One of your favourite shagging spots when you were younger, was it?'

The car park close to Haunted Copse was where dog walkers parked by day and, in the past, it was also where sexually charged teenagers, eager for a grope and possibly a whole lot more, parked after dark. Flight knew that, nowadays, it was also a place where couples came when they fancied being a bit more daring. So it was a car park for dog walkers or doggers; it just depended on the time of day.

'Huh. I should be so lucky,' Jolly said, grinning. 'I know it because I used to go with my mum to walk our dog. Sweaty gropes in the back of a car weren't on the menu when I was a kid. Not with my looks.'

Flight cast a sideways glance at her.

'What d'you mean, "not with my looks"? There's nothing wrong with your looks.'

'Back then I had a flat chest, knock knees and spots,' said Jolly. 'Not exactly the best look for attracting boys.'

Flight looked doubtful.

'I know it's hard to believe now, but it's true,' insisted Jolly. She patted her rather large chest. 'I didn't start to grow these things until I was nearly twenty. Now look at me. Like a woman with three heads.'

She laughed out loud. At nearly forty, Jane Jolly wasn't very tall, and had become somewhat dumpy, but she had accepted who she was, and the shape she was, with good grace, and she wasn't averse to laughing at herself. Having a good home life with a loving husband and three happy kids was much more important to her than trying to look like some clotheshorse. It was this attitude that created her general good humour and almost permanent smile, and that's what had endeared her to all who knew her. She was known universally as Jolly Jane.

She cast a glance at her partner, still feeling slightly jealous about PC Flight's figure. She knew her friend watched what she ate, and worked out several times a week — and it really showed in her slim figure and great muscle tone. Jane was glad her colleague never commented on her own less-than-healthy lifestyle and eating habits.

PC Flight steered the patrol car carefully along the narrow road, doing a pretty good job of following Jolly's directions. She had told her the small car park was along this road somewhere.

PC Jolly wondered what was awaiting them. All she and PC Flight had been told was a hysterical young woman had called from the car park near Haunted Copse, and as they were nearest, and the only ones free, it was their call. Backup would arrive as soon as some could be found.

Having been unable to discern the actual cause of the girl's hysteria, it was possible Flight and Jolly could be heading into all sorts of trouble, but Jolly barely considered the possibility. She just wanted to get to the hysterical girl as soon as possible.

'Over there,' she said, pointing to the narrow car park entrance. As they swung in, she saw the girl's car, a small red Fiat, tucked in a corner. The driver's door was open and the girl was sat sideways on, head in her hands, elbows propped on her jean-clad legs. A large dog sat in the passenger seat, watching their arrival with great interest.

Keeping a safe distance from the car, just in case there was any evidence to protect, Flight quickly parked while Jolly flew from the passenger seat and started cautiously towards the girl.

'Christine?' she called. 'Are you Christine?'

The girl looked up at the sound of her name. Her eyes were red from crying, and mascara had run down her face, leaving two black smears down her cheeks. She had obviously been sick, and traces of it still dribbled down her chin. As soon as she saw Jolly, she burst into more tears; huge wracking sobs shaking her whole body. Her mouth opened and closed, but she couldn't form any words.

'Bloody hell, Phil, take a look at this,' Jolly called to her partner. She stared with horror at the blood and gore all down the girl's front. Had she been attacked?

PC Flight rushed to her side.

'Are you alright, Christine? Are you hurt?'

Still unable to speak coherently, the girl shook her head to indicate she wasn't hurt, and pointed towards the Haunted Copse.

'Over there. It's horrible,' she managed to mumble, before the heaving sobs took over again.

'You look after her,' called Flight, setting off, jogging, towards the copse. 'I'll go take a look.'

As she set off, Jolly picked up the radio. She called for an ambulance and asked them to hurry up with the backup.

After she radioed in, she knelt down to console Christine, wondering what her colleague was going to find in the woodland. As she turned back to the sobbing girl, she felt something leap over her head. What the hell? She stared as the dog, which had been sitting in the car, tore off after PC Flight.

'Look out, Phil!' Jolly was concerned for her friend's safety, not being overly comfortable with dogs.

'It's alright,' Christine mumbled. 'He won't hurt her.'

Assuming Christine knew what she was talking about, Jolly decided to ignore the dog and turn her full attention where it was needed most.

'Now then,' she said to Christine, 'can you tell me about it?'

There was dreadful smell about the girl, Jolly thought. There was something vaguely familiar about it. Sort of sweet, and sickly, and, well, rotten really. She realised the smell was coming from the stuff smeared up the girl's front. Then, with a sinking feeling, she remembered what the smell was.

Oh shite. I know what that is.

* * *

As Flight neared the Haunted Copse, she realised she didn't really have any idea what she was looking for, or exactly where she could expect to find it. As she jogged, she became aware something was coming up fast behind. She stopped and turned, just as the dog caught her up. He began to leap up and down and his joyful barks filled the air.

Flight relaxed. At least this idiot dog was harmless, but she didn't have time for this.

'Bugger off,' she said to the dog and turned back towards the trees.

The grass was above knee height, making it difficult to see anything that may be lying on the ground, but she could make out a slightly flattened trail through the grass. She guessed maybe this was the path Christine had made when she'd fled the scene.

Unfortunately, what training the dog had absorbed in its short life clearly hadn't included the expression 'bugger off', nor its meaning. He began to follow her.

Flight turned to the dog.

'Look.' She pointed in the opposite direction. 'You can't follow me. You'll have to go away.'

At least the dog stopped, but he obviously wasn't going to back off. There was a largish stick lying on the ground and Flight bent down to gather it up. The dog lunged for it, but she was quick enough to snatch it away from him. Now she had his full attention.

'Oh, you like sticks, do you?' she said, spinning round and sending the stick flying towards the trees with all her might.

'Go fetch that one, then, ya big oaf,' she muttered, as the dog tore off after the stick. As if to demonstrate just how stupid he really was, he carried on straight past where the stick had landed and on into the trees.

Happy to see him out from under her feet, she turned back to her trail and began to wade through the grass. There was something in the air. Just a hint of something sweet, and sickly, and possibly rotting.

And then, suddenly, the horrible stench was everywhere as she came across the source. At first, it just seemed to be a mass of flesh, and blood, and gore. It was difficult to say for sure, but she thought it was probably a body. Or maybe there was more than one. The reason for her doubt was because it seemed to cover a much wider area than a body should. At the same time, it seemed to be both flattened and bloated, if that was possible. Across the centre, it looked as though something had been dropped on top, causing it to burst.

Good grief, she thought, *did that poor girl fall into this mess? No wonder she was in such a state.*

Phillipa Flight wasn't the squeamish sort, but even she felt a little queasy as she turned and started to make her way back to the car park. She thought it was a good job she had gone to investigate and not her partner. Jolly Jane did not have a strong stomach and would have been sure to puke all over everything.

CHAPTER FIVE

It had taken Slater weeks to ask Jelena out on a date. She was attractive enough, with her not-quite-right English and her gorgeous looks, and she'd already told him she would like him to ask her out. But, for some reason he just couldn't put his finger on, he'd avoided the issue up until now. He'd picked his phone up often enough, intending to call her, yet every time he'd found an excuse not to call. Until this time.

This was another part of his new positive approach to life. He still couldn't quite believe it was actually going to happen, and, bizarrely, he still wasn't quite sure he really wanted it to happen, but he had made the commitment to meet her, and now the night had arrived, he intended to make sure he enjoyed himself.

He checked in the mirror. Yeah, he looked okay. A last quick check around his little house to make sure everything was clean and tidy. They were only going down the pub for a drink, and he wasn't planning to bring her back here, but you never know your luck.

It was just as he reached for the door that his mobile phone began to ring. He thought about ignoring it, but that was easier said than done. He looked for the incoming number. If he didn't know the number calling he would ignore it. Definitely.

He signed when he saw who was calling. Shit, I can't ignore that one.

'Yes?' he said into the phone.

'And a good evening to you, too,' said the surly voice of tonight's duty sergeant.

'It's my bloody night off,' said Slater. 'So I'm hardly going to be pleased to hear from you, am I?'

'Look, I'm just doing my job, alright? Like everyone else here I have to obey orders from above, so when the big boss tells me to track you down, that's what I have to do.'

'Right,' said Slater. 'So you've tracked me down. Now what do you want?'

'You have to take charge of a crime scene out at Haunted Copse.'

'What? Now?' asked Slater.

'No. Next bloody week,' snapped the sergeant. 'Of course now, you numpty. Otherwise I wouldn't have wasted a bloody phone call, would I?'

'You're kidding me, right?' asked Slater. 'I'm just going out on a date.'

'You were just going out on a date,' corrected the sergeant, evidently taking great delight in Slater's disappointment. 'She probably would have been disappointed anyway.'

'No. Sod it.' Slater gripped the phone angrily. 'I'm entitled to time off just like everyone else. Tell the old man to stick it. I'm busy.'

'Hold on,' said the sergeant. 'I'm not your bloody servant. I'll give you his home number. You can tell him yourself. And do I need to remind you that you're a police officer and you have a duty to perform? Now, where's that number? Oh, here it is. Have you got a pen?'

'Aw, this just isn't friggin' fair—'

'Life's not friggin' fair, Detective Sergeant Slater. It wasn't fair on the poor bugger they've just found dead out by the woods. It's not fair on the poor sods who are out there now scraping body parts up and putting them in a bag. But I don't hear any of them complaining, only you. They're just getting on with the job while they wait for a nice detective sergeant to come along and take charge.'

'Oh, bollocky, bloody shite!' stormed Slater. 'Why can't someone else do it? How about Norman? What's he doing?'

'He'll be coming out there to join you, just as soon as I get you off the phone and get hold of him. And I bet he won't make half the fuss you're making.'

'Alright!' snapped Slater. 'You've made your bloody point. I'll be on my way in five minutes. I've just got to make a phone call first.'

'Why thank you so much,' said the sergeant. 'Give my love to your girlfriend.'

'Oh, piss off,' said Slater as he cut the call.

He thumbed through his contacts until he found her number.

'Hi, Jelena. I'm sorry, something's come up at work. I'm not going to be able to make it tonight . . .'

* * *

This had better be bloody good, he thought five minutes later, as he closed his front door and headed for his car. But he knew if Norman was being called out too, it had to be something pretty big.

As he started his car and began to drive, his irritation lifted and he began to feel a sense of relief, because in all honesty, he was actually rather glad he was going to miss his date. He didn't know the reason why; he just knew deep inside that she wasn't right for him.

CHAPTER SIX

As Slater arrived, he could hear the noisy, rattling hum of a generator filling the air. Under cover of a hastily erected, larger than normal tent, copious photographs were being taken and numerous samples collected. Slater saw the police surgeon climbing into his car, shaking his head. He had obviously been summoned to pronounce the death, and from his outfit, he had obviously been in the middle of some fancy dinner. Slater always found it grimly amusing that even in the cases where it was patently obvious someone was dead, the police surgeon still had to have his dinner interrupted to come and confirm that, yes, the man without a head was in fact dead.

It was eight thirty now, and the car park was overflowing with vehicles, so Slater parked on the narrow road and walked the few yards into the car park. PC Flight was the first face he saw.

'Well now, Flighty,' he said, jokingly. 'If you want to get me out here for some car park fun it's no good inviting all this bloody lot as well. Unless, of course, you like an audience.'

She looked startled for a moment, and her mouth opened and shut without saying anything. He wondered if perhaps he'd shocked her with his suggestion, but surely she'd heard much worse than that before? Maybe she wasn't as worldly as she made out. To his relief, though, she seemed to recover her composure quickly.

'I've told you before. It's PC Flight, and you'd be the last person I'd call wherever the venue was. I've got a perfectly good husband at home. I don't need the attentions of some old has-been like you.'

They often had these exchanges, and as her put-downs went it was quite mild, but this time he felt there was actually some real venom behind it. He considered a retort, then thought better of it. Maybe she'd just had a bad day. Whatever.

'So what have we got?' he asked her.

'I'll take you up to the scene, and sign you in if you like,' she said, sounding all business-like now, heading off towards the copse.

He had to run a couple of steps to catch her, then fell in alongside as she began to speak.

'Young woman out walking her dog found a dead body up near the copse. Poor girl was in bits. She must have fallen on top of the body. She's covered in all sorts of smelly shit. Jolly Jane's gone with her to the hospital. She'll try to get a bit more of a statement, but that's about it really.'

'Do we know anything about the body?' he asked. 'Any ID?'

'To be honest I couldn't even tell for sure if it was just one body,' she said.

'What? Are there two heads or something?'

'You'll see what I mean when you get in there,' she said. 'You won't find it so funny then.'

They walked on in silence until they neared the tent.

'That's a bloody big tent, isn't it?' asked Slater.

'It had to be,' she said, grimly. She'd stopped walking now. 'I'll wait out here if that's alright. I'd rather not see that again.'

Slater looked at her in surprise. He'd never known her to be even remotely squeamish before. In fact, she had a reputation for having the strongest stomach in Tinton, so this must be a bad one.

'Okay,' he said. 'No problem. Thanks for filling me in.'

She gave him the obligatory white paper suit, a pair of latex gloves and offered a jar of menthol cream to smear under his nose, then signed him in.

Women, he thought, as he headed for the tent.

* * *

He stood outside the tent and donned the suit and gloves. He could already smell the body, so he dabbed a liberal amount of the menthol under his nose, then pushed his way inside the tent. The blinding flashes from not one, but two, photographers made it hard to see at first, but after a few seconds his eyes adjusted and he was able to take in the scene.

'Bloody hell!' was all he could think of to say.

Two figures, dressed in paper suits, were bent over what appeared to be the head end of the body. One of them looked up from where he was kneeling on the ground.

'DSDS,' he said. 'About bloody time.'

'Becksy?' asked Slater, not sure at first if it was Ian Becks, although he didn't actually know anyone else who referred to him as DSDS.

Becks was Tinton's equivalent of a forensics department. It was just him, a small team of three, and a tiny lab, but even so, they managed to continually perform minor miracles. Just as well, really, because they were under constant budgetary pressure, and if their standards were to drop just a little below brilliant, Slater knew they'd all be out of work.

'What do you think?' Slater gestured at the mess on the ground. 'Flighty thinks there might be more than one body.'

'Pathologist assures me there's only one head.' Becks indicated the other man on the floor. 'But I've never seen anything like this before. I don't want to make a joke of it, but it's like one of those cartoons where someone gets run over by a boulder or something and the body ends up being flattened and twice as wide, you know?'

'Except this isn't Looney Tunes,' said Slater. 'So what are you telling me? That this person was run over by a steamroller?'

The pathologist stood up and took the two steps to join them. He looked pretty grim.

'I'm sorry, but you're going to have to get a specialist in to do this one,' he said, addressing both of them. 'I'm used to dealing with dead bodies, and I'm happy to help out, but I'm way out of my depth with this.'

'Can you tell us anything?' asked Slater.

'I can tell you it's a dead body,' said the pathologist. 'And I'd hazard a guess it's female from the clothing, but after that . . .'

His voice tailed off.

'That bad?' asked Becks.

The pathologist nodded sadly.

'It would be wrong of me to even start,' he said. 'I know what I'm good at, and I know when something's out of my league. By all means bring the body over to the hospital mortuary and use our facilities, but you need to get someone damned good to make sense of this mess.'

'Okay, doc,' said Becks. 'Look, don't beat yourself up about it. It's much better to be honest than bugger something up, right? I've got a number I can call.'

They agreed Becks needed to make his call before they decided what to do about the body. If they were going to move it they'd need to shovel it up into bags, and then it would be almost impossible to recreate the scene in the mortuary.

The daylight was beginning to fade outside but there was still enough to see fairly well so Slater decided to take a look around out there while Becks made his phone call. He took a walk all around the outside of the tent. One thing was for sure, they could forget about the steamroller. In fact, they could forget about any vehicles. The grass was at least knee-high all around here, and apart from the narrow path they'd walked through it, it was totally undisturbed. He walked around again, one thought nagging away at him. How the hell had this body got here?

* * *

His thoughts were interrupted by the sound of ironic cheering coming from the tent. He knew it was disrespectful for them to be having a laugh when there was a dead body splattered on the ground inside the tent, but he also knew it was big doses of black humour that helped most of them deal with this stuff.

He wandered back to the tent to see what was going on. A rotund figure with an unruly mop of thick curls was threatening to burst one of the paper suits. The ironic cheers came from the forensic technicians, who looked pleased to see DS Norman arrive on the scene.

'It's all very well for you to say one size fits all,' he was saying from the entrance of the tent to PC Flight, 'but it obviously doesn't, does it?'

Flight said something Slater didn't catch because he was too far away.

'That's a very un-PC remark to make, Constable,' admonished the struggling Norman. 'Maybe you need to attend one of those courses where they teach you how to address the "larger person".'

Slater was much closer now and he heard her response quite clearly.

'With respect, sir,' said Flight patiently, 'no one else has this problem getting into these suits, so I suggest that perhaps the problem lies with the "larger person" and not the suit.'

'How dare you?' came the reply, thick with fake indignation.

'Alright, Constable, that'll do,' said Slater as he passed her. It was harmless banter, but this was a serious case, and as senior officer he had to make sure it didn't get out of hand.

'Evening, Norm,' he said, as he followed his colleague back into the tent. 'Looks like the team's back in business.

What do you think?' He nodded at the grisly sight on the floor.

'I think I'm glad I haven't got to go home and cook after this,' said Norman. He took a good look around.

'I also think "what the hell happened here?",' he said.

'Come and take a look outside,' suggested Slater. 'I can't see how the body could possibly have got here. See if you can make sense of it.'

They went back outside and Norman began to wander around, looking at the knee-high grass just as Slater had done earlier. He disappeared from view behind the tent, studying the ground as he walked.

PC Flight was still outside the tent, studiously ignoring Slater since he'd asked her to stop arguing with Norman. *Suit yourself*, he thought. He didn't have time to worry about her tantrums right now. At the moment, he was trying to think what they should do next. It would be dark soon, and once that happened their options would be seriously limited. Just then, his thoughts were interrupted by a curse from PC Flight.

'Oh shit,' she said, looking towards the woods. 'Here comes that stupid bloody dog again. He'll be all over the place if we don't stop him.'

In the fading light, Slater could see the shape of a large dog heading rapidly in their direction. He looked friendly enough, but they didn't need him charging all over their crime scene.

'Has he got a stick in his mouth?' asked Slater.

'I threw one in there to get rid of him earlier,' said Flight. 'Maybe he's bringing it back. Mind you, that was ages ago. I'd forgotten he was still out there.'

'See if you can get hold of the stick,' suggested Slater. 'Perhaps we can grab the bugger between us.'

'Here, Danny,' called Flight. 'Good dog. Fetch the stick.'

To Slater's surprise, the dog ran straight up to her and dropped the stick at her feet.

'Bloody hell,' said Slater. 'You should be a dog handler.'

Flight bent down and collected the stick. Slater saw her suddenly look down and stare at the stick in her hands.

'Oh, crap,' she said, her lips curling with distaste.

'What?' said Slater. 'What's up?'

'Well, I'm no doctor,' she said, 'but I'm pretty sure this is no stick. It looks rather like a femur to me.'

'Bloody hell.' Slater reached for the bone. 'Where the heck did he get that from?'

Just then, Norman reappeared from behind the tent.

'My guess,' he said, striding over to them. 'We're dealing with an alien abduction. They took the body, performed some weird experiments and then dumped it here. They didn't even land. Maybe they have some sort of rubbish chute or something.'

For the first time he noticed the looks on their faces.

'What?' he said. 'Did I miss something?'

Slater waved the bone at him. The dog made a lunge for it but Slater was too quick for him.

'Femur,' he announced. 'It looks like the hound of the bloody Baskervilles here has found a bone yard.'

'Where?' asked Norman.

'Yes, that's the problem.' Slater pointed back in the direction the dog had come from. 'Over there somewhere. But Flighty reckons he's been gone for hours, so it could be ten yards away or ten miles away.'

'Oh, terrific,' said Norman. 'That's all we need. But we can't start a search now. Not that vague. Not in the dark.'

He looked at Slater who returned his gaze blankly. 'I think we need a plan,' said Norman.

'I think you're right.' Slater nodded thoughtfully.

'I think we should probably start by asking the pathologist if this really is what we think it is,' said Norman. 'He is still here, isn't he?'

Slater nodded again.

'In the tent.'

They trudged wearily back into the tent where the pathologist was just getting ready to head for home.

‘Can you tell us if this is what we think it is?’ Slater offered him the bone.

The pathologist took the bone, moved under one of the bright lights and began a cursory examination.

‘Oh yes,’ he said, a few moments later. ‘Definitely a human femur. It’s a bit on the small side.’

‘Not a man, then?’ asked Slater.

‘Can’t say for sure, without a proper examination,’ said the pathologist. ‘But if I had to guess, I’d say it was a small woman or maybe even a child. I’d also suggest this body’s been dead for a good few years.’

‘Oh, wonderful. Just wonderful.’ Slater sighed. It was going to be a long night.

CHAPTER SEVEN

The Haunted Copse was one of those rare pieces of natural, old, native woodland. It didn't cover a particularly large area, less than ten acres in total, and in places it was barely fifty yards from one side to the other. No one really knew where the stories of ghosts and ghouls had originated, but it had could well have been from the plain and simple fact the place was very old. To be honest, Slater found it just plain spooky.

Two paths ran through the woods, bisecting it from north to south, and again from east to west. The original body had been found just to the south of the copse, so it was decided to begin the search from that side and to sweep through in a northerly direction. If they didn't find anything in here, they would widen the search beyond the woods.

Slater and Norman thought it could take ages to find a grave and their time would be better spent investigating the body they already had, so they had chosen to call in a search co-ordinator who would organise and take control of the search for the place from where the dog had unearthed the small femur. They would take back control if, or when, a grave was found.

And so, at first light, as Slater and Norman stomped their way back to the huge tent to resume their work, a bleary-eyed, hastily gathered group of officers began their sweep through the woods. Maybe it was the fact that Christine Pearce's mother's dog Danny had only recently excavated a small part of the grave, maybe it was just down to the awesome ability of the search dogs, or maybe it was just pure luck. Whichever factor was the determining one didn't really matter. The important thing was that it took barely an hour before the dogs found what they were looking for.

Slater and Norman had just watched Ian Becks finish directing the safe recovery of the body under the tent, which was now safely on its way to the hospital mortuary, when they were told the news. They had found what appeared to be a grave in the Haunted Copse.

'Oh well,' said Becks, shrugging. 'At least when my roving expert pathologist gets here we'll have made it worth his while.'

'This is the new-fangled mobile team, is it?' asked Slater.

'This is exactly the type of case this thing is designed to be used for.' Becks nodded enthusiastically. 'Instead of us sending everything off to the experts and their fancy equipment, they send the experts and fancy equipment here.'

'This I have to see,' said Norman, expectantly. 'It might actually be a good idea for once.'

* * *

The 'roving expert pathologist' Ian Becks had referred to was actually a Home Office cost-cutting experiment, Slater later discovered. Keeping fully equipped forensic labs was becoming increasingly expensive, so someone had come up with the idea of having a small mobile team, called MAFU (Mobile Autonomous Forensic Unit).

The team consisted of a pair of forensic experts, in this case a forensic pathologist and a forensic anthropologist, plus two skilled assistants. They had at their disposal a fully equipped truck with just about every piece of equipment they would ever need. This meant they could be sent anywhere at any time, so, in theory at least, even a small station like Tinton could handle a major inquiry without the need to send evidence away for analysis.

Naturally, every police station in the land thought they should have MAFU at their sole disposal, but it was reserved for those cases where it was thought it would prove to be most effective. Tinton now had such a case.

* * *

It was mid-afternoon when Ian Becks was informed the mobile unit had arrived. He thought it was quite impressive that the whole thing had been mobilised and made the journey down in not much more than six hours.

'Yes, Ian,' agreed the desk sergeant who had phoned to advise him of their arrival. 'It is amazing they can get the whole thing down here so quickly. What's going to be even more amazing is working out how they're going to fit their forty-foot trailer into our car park.'

'Forty foot?' said Becks. 'You're kidding me, right?'

'No, I am not kidding you,' snapped the sergeant. 'I suggest you get your arse up here pronto and sort it out, because right now it's causing traffic chaos outside the station and I've had to send two PCs to direct traffic.'

'But where am I going to—'

'It's your team, so it's your problem,' interrupted the sergeant. 'I need those PCs for real police work.'

'Alright, alright,' said Becks. 'I'm coming up now.'

It took almost half an hour to move all the private cars, belonging to members of staff, out of the car park to create sufficient space for the MAFU truck. There were going to be a lot of pissed-off coppers when they found their cars were no longer in the car park (and even worse they couldn't use the car park again during the MAFU stay), but finally the truck was reversed skilfully, and neatly, into place.

The tall, bearded man who had emerged from the passenger seat earlier had introduced himself as Dr Henry

Cutter. A forty-five-year-old real ale fan, who loved to listen to loud blues and rock music, Dr Cutter was known to Becks by reputation. He was said to be one of the best forensic pathologists around. He was also known as something of a maverick, who had no qualms about saying things as he saw them.

'That's why I've got this roving pathologist job,' he told Becks as they watched the truck glide into the space they had cleared. 'They don't like me because I say what I think, and that's often not what they want to hear. Consequently, I now get shipped out here, there, and everywhere.

'It's supposed to be some sort of punishment to keep me out of the way and keep me quiet. But I actually love the variety of jobs offered by travelling around, and as this is all new, I have to give feedback all the time, so they actually get to hear from me more than ever.'

As they stood talking, the driver's door swung open. Becks had a stereotypical truck driver image in his head, so he was completely unprepared for the figure that emerged. At first, he thought it must be some sort of joke. Perhaps Cutter had brought his ten-year-old daughter along and this was some gag they'd worked out.

He looked doubtfully at Henry Cutter, but Cutter just beamed back at him. The small girl who had just emerged from the cab gracefully lowered herself to the ground and turned to face them.

'And this is our forensic anthropologist, Nadira Malikannama,' introduced Cutter. 'Nadira, meet Ian Becks; he's our partner in crime on this case.'

Nadira placed her palms together and gave a little bow to Becks. He wasn't prepared for such a greeting and didn't know if he should bow in return, or shake hands, or what he should do. His face glowed with embarrassment.

'Pleased to meet you,' she said, extending a hand.

'Nadira means "rare and precious",' explained Cutter. 'And, trust me, she is both.'

'You drive the truck?' asked Becks in surprise.

'It's a passion of mine,' she explained. 'Henry likes his real ale, and I like to drive big trucks.'

Becks couldn't quite get his head around the idea that a tiny girl — he guessed she was probably an inch or two short of five feet tall — could drive such a massive machine, but he thought better of passing further comment.

'And, before you ask,' Cutter said, smiling, 'yes, Nadira is old enough to drive, and yes, she does know exactly what she's doing.'

'Oh! No,' said Becks, lying through his teeth. 'I wasn't thinking that at all.'

'Don't be embarrassed.' Nadira smiled up at him. 'Everyone thinks I am about ten years old when they first see me. I'm thirty-two years old, but my face doesn't tell you that. And I'm only four feet ten inches tall, so I understand why people think I'm still a child. Even in Malaysia, where I come from, people make the same mistake.'

Her teeth gleamed white, and Becks thought again of how Cutter had described her. Rare and precious seemed just right.

'Right,' said Cutter, looking between Becks and Nadira. 'Nadira likes to supervise the setting up of the equipment, so why don't you take me inside and fill me in on what we've got so far.'

'Oh, yes. Right,' said Becks. 'Come on down to my lair, and I'll show you.'

He took one last, lingering look at Nadira, who was suddenly all business-like, and then led Cutter across the car park, into the building, and down to his lab.

It didn't take Becks long to confirm his suspicion that Cutter and the lovely Nadira were more than just colleagues. He would confess to being just a tad envious of Cutter, but as long as they got the job done, he didn't really see that it was any of his business what else they got up to. And frankly, solving these murders was all that really mattered.

'Can we go across to the hospital mortuary and see the body now?' asked Cutter when Becks had finished briefing him. 'And if you could take us to the burial site too that would be great. At least then we'll know our way around. We'll book into our hotel later, and start work first thing tomorrow. I'll do the post-mortem, and Nadira will start working to excavate the bodies.'

'That sounds like a plan,' said Becks. 'I can show you where the first body was found, too.'

CHAPTER EIGHT

The news from the hospital mortuary was not the best Slater had ever heard. From his preliminary findings, Henry Cutter, their pet roving pathologist, was able to confirm that their victim was definitely a girl, about five feet two inches tall, and with blonde curly hair. Her age he reckoned to be late teens or early twenties.

He estimated she had been dead for less than forty-eight hours. And that was about as good as it was going to get at this stage, because, despite his best efforts, he had been unable to reconstruct the face enough to provide a good description.

'I'm sorry,' he told Dave Slater. 'But there's so much bruising and swelling to the face it's impossible to tell you what she looked like. I could clean the skull and get Nadira to do a reconstruction once she's finished excavating the grave, but that's going to take a few days.'

'We may have to do that,' said Slater, glumly. 'At the moment we've got nothing to go on. It's as if she just dropped out of the sky.'

'Ah!' said Cutter. 'It's funny you should mention that. I've been trying to figure out how she could have been so badly beaten and what she could have been beaten with.'

'When I first saw her, I figured maybe she'd been run over by a steamroller,' said Slater.

'I've got to be honest,' said the pathologist. 'I don't think I've ever seen anyone so badly smashed up as this, and what marks I can make out don't seem consistent with any sort of weapon I've come across before. And then I got to thinking about how she could have got there.'

'If you've got a theory I'd love to hear it,' said Slater with interest. 'We've only got Norman's "Aliens in a UFO" theory to go on at the moment, and to be honest I don't think it's a runner.'

Henry Cutter smiled, obviously appreciating Slater's attempt at black humour. Slater was glad — he didn't want to work with someone who didn't understand the importance of humour to help you cope.

'Well, you just said it,' said Cutter. 'She fell from the sky.'

'You mean from an aeroplane?' asked Slater.

'I found a puncture mark on the back of her neck. I haven't got the results yet, but it's an unusual place to inject someone, so let's assume she was surprised and something nasty was injected into her. Let's suppose it was enough to knock her out. Then she's dragged on board a small aircraft, the pilot takes off, gets to a few hundred feet, or so, opens the door and pushes her out.'

'Are you serious?' asked Slater.

'It would explain why there's so much damage to the body, and it explains how she got out in the middle of all that long grass without leaving any sort of trail.'

'Yeah.' Slater looked at Cutter doubtfully. 'But how do you know she was pushed? What if she fell?'

'Wouldn't an accident like that have been reported?'

'You've got me there.' Slater nodded thoughtfully. 'And now I'm thinking about your idea, it does seem to fit.'

'It also explains another thing,' continued Cutter. 'In one or two places, coarse grass stems have actually penetrated her body. Normally they'd just bend and snap, but with the force of a body falling from a couple of hundred feet . . .'

'Can you give us any idea when this might have happened?' Slater hoped the pathologist could give them at least a rough idea, to help narrow their search.

'I'll be able to give you a more accurate result tomorrow, but if I had to guess I would say the night before last, between nine p.m. and three a.m.'

'How much weight would you put behind this theory of yours?' asked Slater, looking at Cutter thoughtfully.

'I need to confirm one or two things first,' said Cutter. 'But I'd put my money on it being a winner.'

'Well, we can certainly put it ahead of Norm's "aliens" theory,' said Slater. 'I'll start looking into it as soon as I get back. It's just a pity we can't identify her. We haven't even got a bloke missing right now, never mind a blonde girl in her late teens or early twenties.'

'Pity,' Cutter said. 'If only we had some dental records to compare, or DNA. Anything like that would help.'

* * *

The first person Slater bumped into when he got out of his car later was Steve Biddeford.

'Just the guy I was looking for.' Biddeford clapped him on the shoulder. 'I've been assigned to your murder team.'

This was good news. Slater had a high regard for Steve Biddeford who, despite being relatively new to this work, was proving to be a valuable asset in many ways.

'Come on then,' said Slater. 'You'll need to get up to speed, although it won't take very long. We're not exactly making rapid progress. But at least we've got a proper incident room this time.'

Slater led the way through the building and up the stairs without saying any more.

'You're looking thoughtful,' said Biddeford. 'Anything I can help with?'

'We've got a dead body, female, no ID, face smashed to a pulp so we don't really know what she looks like. How do we identify her?' Slater shook his head as they reached the incident room.

'Missing persons?'

'There isn't even a bloke missing in the area, never mind a young girl.'

'Ah, right,' said Biddeford. 'I see your problem.'

Slater led him into the incident room. There was a row of whiteboards propped against one wall. So far, two had been put up on easels and had information written in blue ink. Slater made his way to the first board and added: *check possible light aircraft passing over between nine p.m. and three a.m. on Monday (29/06) night*. Then he added: *SB* — Steve Biddeford's initials.

'Maybe you could start by checking this light aircraft theory out,' Slater said to Biddeford, who had followed him over and was now staring intently at the two boards.

'Sure, no problem,' said Biddeford.

Slater began to add more information to the second board. It was headed: *Victim Number One*. He wrote the word: *name* on the left side, but as yet, they had no name. Under that, he started a list of possible identifying features. There were lots of blanks by the time he finished. All he really knew was her height, hair colour and estimated age.

Slater noticed Biddeford staring at the board he had just finished updating. Before he could ask why, Biddeford reached into his pocket and fished out a photo.

'Err, Sarge,' he said to Slater. 'Might this be the girl?'

Slater took the photograph and stared at it.

'Who is she?' he asked.

'Remember I told you I'd been asked to look out for a girl who's gone missing from Birmingham? Who might, or might not be in Tinton? She's the right age, the right height, and you can see she's got blonde hair.'

'It has to be a possibility,' agreed Slater. 'But her face is unrecognisable from the damage she sustained. Can you see if you can find someone up there who can get hold of her dental records and send them down to us?'

'I'm on it,' said Biddeford, hurrying to the nearest phone.

CHAPTER NINE

Slater wasn't quite sure if finding the grave shortly after they found the first body was a bizarre coincidence, or if there was some connection, so for the time being he and Norman were covering both and had been given the luxury of having their own incident room and a small team to help them.

For now, the team consisted of Detective Sergeants Slater and Norman, Detective Constable Steve Biddeford, and PCs Jane Jolly and Phillipa Flight. A further PC might be allocated to man (or woman) the main office phone and handle incoming calls if one could be spared once everyone had returned from the crime scenes.

In the meantime, Jolly was on phones, which she seemed happy to do, and Flight was on general admin, which Slater had quickly found out she hated. He realised that as far as PC Flight was concerned, she felt she was wasted indoors and should be out on the street fighting crime.

The phone on Slater's desk buzzed annoyingly. He grabbed it.

'Slater.'

'I don't know which one of you lot is going to handle this, but the dead girl's mother's here to identify the body,' said the voice of a world-weary duty sergeant down the line.

'What do you mean "the dead girl's mother's here"?' asked Slater.

'What do you think I mean?' the voice replied.

'But we're not even sure who she is yet. How the hell can someone have called the mother?' Slater was both puzzled and annoyed at this development. They'd only been sent the dental records last night and he'd yet to hear from the pathologist this morning.

'You can keep your irritation to yourself and spare me the interrogation,' the voice came back, belligerently. 'I'm just the bloke on the desk down here trying to keep everything running smoothly and in order. Right now, I'm telling you there's a lady here who's come to see her daughter's body. It's your case, so it's your problem. And, as you don't seem to be clear about how this place works, I'll remind you — the only people who could have made that call are those working on the case. So I'll thank you to direct your questions at them and not at me. But before you do that, get someone down here to look after this lady. Now.'

'I'm sorry—' Slater started to apologise, but it was too late. The duty sergeant had hung up. As he replaced his own receiver, he made a mental note to call in to make peace next time he went downstairs.

'What's up?' asked Norman.

'The girl's mother's here to identify her daughter.'

'What? Who told her? We don't even know who—'

'I know, right?' Slater shook his head, wondering what on earth was going on. 'And when I find out which big mouth around here called her I'm going to kick some serious arse. But, right now, we've got a lady downstairs needing an explanation.'

'Do you want me to go? I'm quite good at handling these things.'

'Are you sure you don't mind, Norm? What are you going to tell her?'

'I haven't a clue,' said Norman, climbing from his chair. 'But that's okay. I'll make it up as I go along. There's no point in both of us going when we've got so much to do. I'll take Jolly Jane with me. I'm sure we can handle it between us.'

'Did you mention my name?' asked Jane Jolly, looking up at the sound of her name.

'I did indeed,' said Norman. 'I need your help to comfort a lady who might, or might not, be grief stricken in the very near future.'

Jolly rose from her chair and followed Norman through the door. Just before it closed, Norman's head reappeared.

'Can you chase up the pathologist?' he asked Slater. 'If he's got us an ID we just might be able to get away with this. Otherwise we're going to look like a complete bunch of idiots.'

'I'll do it right now,' said Slater, picking up his phone.

* * *

Before he entered the waiting area to meet Mrs Townley, Norman took a peep at her through the window in the door. She was a small, mousy, frightened, and slightly bewildered looking, woman sitting on her own in the waiting area. Norman thought she looked a little like a dormouse would look in human form. The overall impression she made on him was that she appeared to have been worn away by life; he could empathise with that.

'You ready for this?' he asked, turning to Jolly. 'This poor woman has come all the way down from Birmingham this morning, and we don't even know if it's her daughter's body we've found. This has the potential to be a very embarrassing and uncomfortable situation for us, and a very distressing one for her.'

Jolly looked through the window at Mrs Townley.

'She looks very sweet. A bit like my mum,' she said. Then she took a deep breath. 'Come on, Norm,' she said, pushing at the door. 'We can do this.'

She led the way across the room.

'Mrs Townley?' she began. 'I'm PC Jolly, and this is Detective Sergeant Norman. I understand you've come to identify a body.'

Mrs Townley looked up and Norman was pleased to see her face break into a smile. Obviously PC Jolly's own warm smile, and his attempt at looking friendly, had worked. 'Let's go somewhere a bit more private,' he suggested, indicating a door in the far corner.

They sat around a table in an interview room. Jolly fussed around and made sure they all had tea or coffee, but they could only stall for so long, and finally Norman realised he was going to have to tell her the truth.

'Can I ask you why you're here this morning, Mrs Townley?' he began.

'They said you'd found my daughter's body,' she said. 'So I've come to make sure it is her, and to take her back home.'

'Who told you, Mrs Townley?' asked Norman.

'Why, Sergeant Brown in Birmingham,' she said, looking surprised that Norman should feel the need to ask.

'Ah. Right,' said Norman. 'The thing is, we don't actually—'

He was going to say that they didn't actually know if they'd found her daughter, but he was interrupted by his mobile phone bursting into song.

'Please excuse me one moment, I need to answer this,' he said.

He stood and walked out of the room.

'Yeah?' he said. 'Any luck?'

'It is Sarah Townley,' said Slater.

'You timed that just right,' said Norman. 'I was just about to explain that we didn't know who she was. And by the way, it wasn't one of our team that told her. It was some idiot called Sergeant Brown up in Birmingham.'

When he re-entered the room, Norman apologised once more before getting back to what he was saying.

'As I was saying,' he continued, 'we don't actually have mortuary facilities here as we're only a small station. Your daughter is over at the hospital mortuary undergoing a post-mortem examination. I'm afraid she died under suspicious circumstances.'

Mrs Townley nodded her head but said nothing. Norman wasn't sure if she really understood what he was saying. Jolly moved a little closer to Mrs Townley and took her hand. The older woman looked at Jolly's kindly face and gave her a sad little smile in return.

'Look,' said Norman awkwardly, 'let me go and see if I can find out when we can take you across to the hospital to see the body. PC Jolly here will look after you while I'm gone.'

Mrs Townley looked dazed and even more confused than she had earlier.

'See the body. Yes,' she said quietly. 'I suppose I'll have to, won't I? Thank you.'

When Norman left the room to go upstairs and check with the pathologist, he heaved a big sigh. He hated doing this. Why on earth had he volunteered? Maybe there was some masochistic streak inside him.

* * *

PC Jolly patted Mrs Townley's hand, wondering how she could make her feel better.

'It's a good job her father's not still alive.' Mrs Townley sighed. 'He would never have coped with losing a second daughter.'

'A second?' said Jolly. 'That seems awfully unfair.'

'Oh yes.' Mrs Townley nodded sadly. 'There's only me left now. My husband died of a broken heart after the first one disappeared. God knows where she is, but I'm sure she can't still be alive. His granddaughter went too, and now the second daughter's gone. What have I got left now?'

She squeezed Jolly's hand hard and looked at her as though she almost expected an answer, but Jolly had none. What could she possibly say to that?

‘What happened to your other daughter?’ she asked, tentatively.

‘Is this a bad town?’ asked Mrs Townley.

‘I’m sorry?’ said Jolly.

‘Tinton,’ said Mrs Townley. ‘Is it a bad place?’

‘It’s just a quiet, sleepy, little, old market town,’ replied Jolly. ‘It’s very rare for anything bad to happen here. In fact, it’s rare for anything to happen at all.’

‘My older daughter and my granddaughter disappeared here. That’s why Sarah came. She wanted to see if she could find out what happened to Sandra. I begged her not to come, but she wouldn’t listen to me. That’s why I reported her missing. I was hoping the police would find her and send her home. But she’s old enough to do what she wants. That’s what they told me. And now look what’s happened.’

Jolly was beginning to get the strangest feeling.

‘Tell me about Sandra,’ she said, trying to keep her voice steady. ‘How did she disappear?’

‘They were moving here,’ said Mrs Townley. ‘Fifteen years ago it was. Her and that husband of hers. He came from this area and he wanted to move back so they bought this nice big house and moved here. But some time during the first week they were here, she just vanished into thin air along with her daughter. He said she took all her belongings and ran away. But she wouldn’t have done that. She was very close to her father. Whatever she was doing she would have told him, even if she was running away.’

She lapsed into silence, still holding onto Jolly’s hand, squeezing hard. Jolly lifted her hand so she could stroke the back of Mrs Townley’s hand. Her mind was racing with the possibility, but surely it was too much of a coincidence, wasn’t it?

When Norman came back, Jolly asked if she could have a quick word with him outside.

‘Jesus,’ said Norman, when she told him what she’d just heard. ‘It’s a bit of a long shot, don’t you think?’

'Yes.' Jolly knew it was, but she also knew what her instincts were screaming at her. 'But how often do you uncover the bodies of a woman and child together?'

'But we don't know that for sure yet. It's unconfirmed. We can't just say to her, "Oh, by the way, someone's dog has just dug up two bodies that just might be your daughter and granddaughter", can we?'

'How you figure out that sort of problem is your job,' said Jolly, sweetly. 'I'm just passing on information that might be relevant to our enquiries.'

'I'll have to talk to Dave about this,' said Norman. 'In the meantime, you do not mention this possibility to Mrs Townley. You can tell her that if she really wants to see her daughter we can take her this afternoon, but make sure she understands the daughter she's going to see won't look much like the daughter she remembers.'

CHAPTER TEN

'So how did it go with Mrs Townley?' asked Slater when Norman returned to the incident room later that afternoon.

'How do you think?' asked Norman, sadly. 'I wish she hadn't insisted on going. She kept looking at that battered face and then looking at me. In the end, she wouldn't confirm it was her daughter. She said there's no way it could be her daughter because it looked nothing like her.'

'Oh shit,' said Slater. 'That must have been rough.'

'I take my hat off to Jane Jolly,' said Norman. 'I was in bits and no use at all, but she was just brilliant. She handled Mrs Townley like she does it all the time. I wonder why are women so much stronger than men, emotionally?'

'Oh that's an easy one,' replied Slater. 'They have to be because so many men are complete arseholes.'

Norman gave a small smile of approval at Slater's comment.

'Henry Cutter's pretty cute too,' said Norman. 'He was really quick off the mark when she suggested it couldn't be her daughter. Instead of arguing with her about the dental records being good enough, he actually told her he understood exactly what she meant. Then he suggested he could prove if she was right or wrong if she gave him a DNA sample to compare.'

'And she agreed?' asked Slater.

'Like a shot. She wants to know for sure if she's right or wrong.'

'Oh, clever stuff,' Slater said. 'So he got the sample without having to skirt around the real reason we want it.'

'He sure did,' Norman said, nodding. 'He also said to tell you they've excavated the skeletons and they're going to start working on them tonight. He reckons by this time tomorrow, or maybe even earlier, they'll know if the bodies are who we think they are. With any luck they might even know the cause of death as well.'

'That's great news,' said Slater. 'At least we're making progress when it comes to who the victims are.'

'Any news on the light aircraft theory yet?' asked Norman.

'Not so far.' Slater shook his head and sighed. 'Steve's got a list of small airfields to check through, but then on top of that there are hundreds of small landing strips that are privately owned. He's trying to find any record of a flight plan that includes passing over Tinton, but it's like trying to find a needle in a bloody haystack.'

'And I suppose there's nothing to stop someone with their own airstrip from making a flight without filing a flight plan,' said Norman.

'Exactly,' Slater said, nodding. 'He's been trying online and using the phone, but tomorrow he's going on the road. I've told him to start off within a twenty-mile radius, but I'm not exactly optimistic they'll find anything.'

'There you go being negative again,' Norman said, chidingly. 'I think you underestimate Steve's dogged persistence. If it's out there, he'll find it, I'm sure.'

'Yeah. You're probably right.' Slater smiled at his friend.

'I usually am,' said Norman, beaming back at him.

CHAPTER ELEVEN

It was nine thirty p.m. and Slater's phone was ringing.

'Go away, I need some rest,' he said to the phone as he picked it up.

He looked at the caller display. It was Norman. Norm was okay — he'd answer it.

'Norm?' he said into the phone. 'What's up?'

'We have a bit of a problem. I got a call from the duty sergeant half an hour ago. Apparently, this sweet little lady had come in insisting she had to speak to me urgently. So here I am, and so is Mrs Townley.'

'Mrs Townley?' Slater was confused 'What's she doing there at this time of night? And why didn't someone call me?'

'They didn't call you because she told them she doesn't want to speak to anyone else, only me,' Norman said. 'When they told her I was off duty she took a seat and insisted she was happy to wait for as long as it took.'

'But what does she want? I thought she'd seen her daughter earlier today?' asked Slater anxiously.

'Yeah, she did, but it seems she now knows we've found two more bodies in the woods. She's staying at some B & B that Jane Jolly found for her, and the owner, someone called Mrs Arnley, told her that two more bodies had been found.

She wants to know why we didn't tell her. She thinks it's her daughter and granddaughter.'

'Oh, bloody hell,' said Slater. 'That's awkward.'

'Awkward?' said Norman. 'You're telling me it's awkward. The lady wants some answers, and I think we owe her that much, don't you?'

'Okay, Norm, calm down.' Slater tried to soothe the clearly flustered Norman. 'Of course you're right. We do owe her some answers. I'll come right now. D'you want me to get Jolly Jane down there, too?'

'I don't think she needs the gentle touch right now,' said Norman. 'She's more pissed off with us not telling her than emotional about who we've found.'

'Alright, mate. I'm on my way.'

As he made his way back into Tinton, Slater felt annoyed at himself for not foreseeing this turn of events. Oh well, he thought, the best-laid plans and all that . . .

* * *

When Slater entered the room, he was relieved to see Mrs Townley didn't look as furious as he had feared.

'This is Detective Sergeant Slater,' Norman said. 'He's working with me on this case.'

Mrs Townley smiled, but looked uncertain, as Slater nodded and smiled at her.

'Good evening, Mrs Townley,' he began.

'Mr Norman has explained why you didn't mention the bodies in the woods earlier,' said Mrs Townley.

'Ah. Yes,' said Slater, feeling distinctly uncomfortable under her gaze. 'That was a very delicate situation, and at the time we didn't even know about your daughter and granddaughter being missing.'

'I do understand.' She smiled at him sadly. 'But now I know you've found the bodies, you must understand I have to know if it's them or not.'

'Of course, Mrs Townley,' agreed Slater. 'I understand completely. But I'm afraid it's not that simple. Whoever these two people were, all that's left now are two skeletons.'

'But you took a DNA sample from me earlier,' she said. 'Can't you do a comparison or whatever it is you do?'

'We will do that,' explained Norman. 'But it takes a while. It's not something you can do in five minutes.'

'Yes, I understand that,' she said, nodding her head. 'But isn't there something else I can be doing to help in the meantime?'

'Yes,' said Slater, feeling really sorry for her. 'There is something you can do, and if you're willing we can do it now.'

'If I go back to the guest house now,' she said, almost to herself, 'I'm not going to sleep, am I? I'll just be thinking about those two bodies and who they might be.'

She looked Slater right in the eye.

'Right, Sergeant Slater,' she said, decisively. 'What can I do to help?'

'Tell us about your daughter and granddaughter, and how they disappeared.'

'It was fifteen years ago,' she began. 'They were moving down to Tinton . . .'

* * *

It was almost midnight when Slater dropped Mrs Townley back at the guest house, after first promising her that him or Norman would call tomorrow as soon as they heard anything from the pathologist. As he headed for home, his head was filled with the story Mrs Townley had told them. Their first job tomorrow was going to be looking back through the records. According to the story she had just told them, her daughter's disappearance was reported at the time, and investigated, but apparently they found nothing to back up her assertion that something very nasty must have happened.

It should make interesting reading, he thought.

CHAPTER TWELVE

Norman looked down at the slim folder he had just been handed. It had taken hours to locate the paperwork from the original investigation, and he had expected a box full of files.

'Is this all of it?' he asked, in dismay.

'That's your lot,' said the surly records clerk. 'I can have another look, if you want to wait a few more hours, but I doubt I'll find any more.'

Norman looked at the name of the investigating officer.

'DS Nash,' he said. 'Is he still around?'

'I wouldn't know,' said the clerk. 'But if it's one of his investigations, you're lucky to have that much information. All the slimmest files we've got are his. Perhaps he had an aversion to writing.'

'Or doing his job properly,' added Norman. 'Oh well, if this is all we've got I'll just have to get on with it.'

'Yes,' agreed the clerk, sourly. 'You will, won't you?'

'Thanks for your help, Mr Surly,' said Norman as he headed for the exit. 'I hope it gets better soon.'

'What?' said the puzzled clerk. 'Hope what gets better soon?'

'Whatever it is that makes you find it so painful doing your job.'

* * *

'Do you realise,' Norman said to Slater later, 'we learnt more information about Sandra Bressler and her daughter's disappearance last night than in this case file from fifteen years ago. The guy who was supposed to have investigated this case can't have actually done anything that was even remotely connected to investigating. I mean, he didn't even take a statement from Mrs Townley.'

'I thought she said she spent ages down here talking to the police,' said Slater.

'She also said she didn't think they were taking much notice of her,' added Norman. 'Looking at this, I can see she was right. There's no mention of her anywhere in this file.'

'I hope this isn't going to turn into another bent copper investigation,' said Slater, wearily. 'Who's the investigating officer?'

'It's a DS Nash,' said Norman, reading from the cover of the file.

'DS?' asked Slater. 'Don't you mean DI?'

'Says DS here,' replied Norman. 'Why? D'you know him?'

'Of course. That was fifteen years ago, wasn't it?' asked Slater. 'That was before he was a DI. Yeah. I know him. He was my boss for a while. He should have been booted out years ago. He only got where he was because his old man was in charge back then. They're both behind bars now. As bent as nine bob notes, both of them.'

'Oh, wow,' said Norman, sarcastically. 'That's really encouraging to know. So should I ignore this report?'

'Does it tell us anything we don't know?' asked Slater.

'Don't think so,' said Norman, in disgust. 'Would it be worth going to see this Nash guy?'

'Personally I don't think he's worth the time of day,' said Slater. 'I suggest we leave him right out of the equation unless we get seriously desperate.'

'Looking at this, I think you're right.' Norman closed the file and tossed it to one side.

'What a waste of a morning,' he said, sighing.

'Come on.' Slater smiled at him. 'Let's go get some lunch. Maybe that'll cheer you up.'

'Are you buying?'

'Surely it's not my turn again?' asked Slater, sounding incredulous.

'I thought you wanted to cheer me up,' said Norman.

'Okay, okay,' Slater said, sighing. 'I'm buying.'

'See? It works.' Norman laughed. 'I feel better already.'

'It gets better.' Slater paused, as if for dramatic effect. 'We have to report to the mortuary at two o'clock. They've got some news for us.'

'Oh boy,' said Norman, a little less enthusiastically. 'Friday afternoon in the mortuary. I can't wait. You sure know how to give a guy a good time.'

* * *

Slater was glad they had already eaten by the time they turned up at the mortuary. Even though, on this occasion, there wouldn't be any 'dicing and slicing', as Norman called it, it still wasn't a pleasant place to visit.

Dr Henry Cutter greeted them when they arrived.

'Hi guys.' He smiled at them and shook their hands. 'I hope this is going to help you out. I'm going to take a back seat this afternoon and hand you over to my colleague.'

Slater was quite dazzled by the tiny Nadira and her brilliant smile, and he totally missed her surname, which seemed very long and complicated.

'You'll be relieved to know everyone has problems with Nadira's surname,' said Cutter, as if he could read Slater's mind. 'So, to make life easier for everyone, we refer to her as Dr Nadira.'

Nadira bowed her head in acknowledgement as she was introduced.

'Good afternoon, gentlemen,' she said. 'We will be working together closely for a while, I'm sure, so I will be happy for you to call me Nadira. We all know I'm a doctor so you don't need to keep reminding me.'

She gave them another one of her dazzling smiles. Slater glanced over at Norman and saw he was beaming back at her. She was a hit with both of them, then.

'That works for me,' said Norman. 'I'm Norman, or Norm for short.'

'And I'm Dave,' Slater said.

'That's good,' she said. 'Too much formality just gets in the way. Now come over here and I'll show you what we've got for you.'

The two detectives followed her through to a large area which had been cleared except for two stainless steel tables that stood side by side. Cutter followed along behind.

The two skeletons were laid out on the tables. One was so much smaller than the other it was obviously a child. Slater had never had to deal with the death of a child before, and the idea that he was almost certainly looking at a murdered one made his stomach lurch. He looked across at Norman, who looked equally unhappy at the sight of the tiny skeleton.

'The first thing we can say for sure,' began Nadira, 'is that they have been under the ground for somewhere in the region of fifteen years.'

'Right so far,' Norman said.

'The skeleton of the adult woman is a match for the DNA sample provided by Mrs Townley,' continued Nadira. 'I can confirm this is her daughter.'

'So this is Sandra Bressler,' said Slater.

'We can also confirm,' added Cutter, 'that the body you found in the field is also a match. This is the sister of your body.'

'The child,' continued Nadira, 'is Sandra's daughter.'

Slater heard Norman let out a breath beside him, and realised he, too, had been holding his.

'Jeez,' Norman said sadly. 'Two daughters and a granddaughter all found within a couple of hundred yards. It's difficult to think it's a coincidence, isn't it?'

'Can you tell us how they died?' asked Slater.

'Oh yes,' said Nadira. 'I can even tell you what weapon was used to kill them both.'

'So they were definitely murdered then? No way it could have been anything else?' asked Slater, knowing full well it had to be murder.

'I'm afraid not,' said Nadira, 'and I would imagine it was a very brutal and painful way to die.'

'Come on then,' Norman said, sighing heavily. 'Let's hear the gory details.'

Nadira leaned across the first table and lifted the right scapula free.

'If you look here,' she said, pointing to a deep gouge on the back of the bone, 'you can see where she was hit from behind with a heavy blade. Henry will show you what we're sure the weapon was.'

Cutter produced an axe head from under the table and showed how it was a good match for the wound to the scapula.

'She was hit from behind with an axe?' asked Slater in disbelief.

'Jesus!' Norman sounded shocked.

'I'm afraid so,' said Nadira. 'And not just once.'

She pointed to the broken right femur.

'You can see where she was hit here, breaking her leg.'

She pointed to the right arm.

'Also here, and here.'

The humerus was also broken, just above the elbow, and the hand had been smashed.

'And, finally, the back of her skull.'

She turned over the skull to reveal a huge split fracture. Again, the axe head appeared to be the perfect fit for the centre of the fracture.

Slater didn't know what he had been expecting — but it wasn't this. Judging by the look on Norman's face, he was just as shocked, too.

'So, what have we got?' asked Norman. 'A mad axeman?'

'Not necessarily a man,' said Nadira. 'A woman could easily have done this if she knew how to use an axe properly.'

'I don't think using an axe to chop people up is using it properly,' said Norman.

'No, of course not. But my point is simply that whoever did this knew how to use an axe.'

'Any idea how it might have happened?' Slater dreaded to think.

'My guess,' said Nadira, 'based on the damage to the skeleton, is that she was chased through the woods. Henry and I will demonstrate what we think might have happened. I will be the attacker, just to show that a woman could easily have done this.'

Cutter came across and stood in front of Nadira with his back to her.

'The first blow is struck as Sandra is running away,' began Nadira. 'It's from behind, to the right leg.'

She swung an imaginary axe from her right shoulder towards Cutter's right femur.

'That breaks her leg, stops her running, and she falls to the ground face down.'

Cutter indicated where the blow would have landed, and then dropped to the floor face down.

'Now she's down, the attacker approaches from behind,' continued Nadira, moving so she was astride Cutter's waist.

'Sandra then puts her hands over her head to try to protect herself.'

Cutter did likewise, and Nadira swung her imaginary axe again.

'The second blow smashes into the back of her right hand. Then the third blow is aimed at her arm. As you can see from the skeleton, the arm gets broken. Now her arm is useless and she cannot protect her head any more.'

Cutter moved his right arm down to his side, exposing the back of his head.

'Now the attacker has clear sight of the back of Sandra's head and delivers the fourth blow. This proves to be the final blow, smashing her skull and killing her.'

This final time she raised the imaginary axe above her head and swung it straight down.

'Shit,' said Norman quietly. 'What about the kid?'

'One blow, fracturing the skull,' said Nadira, moving back to the two tables to hold up the child's skull and show them the clear fracture at the back. 'This time, with the back of the axe.'

Cutter was back on his feet and now leaned over and lined up the back of the axe with the damaged skull.

'Do you think the kid would have been first or second?' asked Norman.

'If you mean did the child have to watch her mother being chased and slaughtered, I'm afraid I can't answer that,' said Nadira. 'I just hope the child was first to die.'

There was a deadly silence as the two detectives absorbed what Nadira had told them.

'So they were brought to the woods and then hunted by someone with an axe,' said Slater, struggling to make sense of the horror.

'That's my theory,' she said. 'It would be impossible to prove after all this time, but that's what I believe happened.'

'That's a particularly brutal way to kill someone, isn't it?' asked Slater.

'It's certainly not something we come across every day,' said Cutter. 'It takes a very special kind of cold person to do something like this.'

There were a few more moments of stunned silence as Slater tried to imagine the scenario. He knew Norman would be doing the same. It was Henry Cutter who finally broke the silence.

'Obviously we'll put this all together for you in our reports, and we'll let you know if anything else comes to light after that. But right now, guys, I think this might be a good time to break for a cup of tea and some fresh air, don't you?' he suggested. 'Nadira's found a nice little courtyard area just out the back with a couple of benches. A change of scenery and a change of topic usually works for me.'

He headed for the kettle.

'Nadira, take the guys outside while I rustle up some tea.'

* * *

It was gone four p.m. by the time Slater and Norman were ready to leave. Cutter had been right, there was a neat little courtyard just behind the mortuary. And, ably assisted by Nadira, he proved to be very good at leading Slater away from his morbid thoughts and lightening the mood. By the time they left, Slater was feeling more like himself, and Norman was becoming his usual chatty self.

'I think this calls for an urgent appointment with the boss, don't you?' Slater asked Norman, as they drove away.

'I can't think of any other way we're going to get reinforcements,' agreed Norman. 'And we certainly need them now it looks like we're going to be re-investigating something that should have been sorted out fifteen years ago.'

* * *

To Slater's surprise, Bob Murray was already ahead of the game. He'd obviously got wind of how their case was developing, ('I've known Henry Cutter for years,' he told them) and he was busy re-allocating his staff to create a bigger team.

'I've only got limited numbers, as you know,' he told them. 'So it's going to be hard work for everyone. But try and make it work or I'll have to go cap in hand for help from elsewhere. If that happens, we'll lose control of the whole case. We don't want that, do we.'

It was a rhetorical question and Slater and Norman stayed quiet.

'I'll expect you two to give your team a full briefing first thing in the morning,' warned Murray. 'I'll make sure everyone knows they have to be there for eight a.m., so make sure you're both there so I don't look like an idiot, alright?'

'Right, boss,' said Norman.

'Thank you, boss,' said Slater. 'We'll get on it right away.'

'Fine. That'll be all,' growled Murray, returning to his paperwork.

Norman and Slater knew that meant the meeting was over, so they stood and made their way over to the door. Just as Slater was turning the handle, Murray added a little footnote.

'Don't forget the other cases you have,' he said.

'Yes, but—' began Slater.

'You have a team, David,' Murray said, sighing. 'Do I need to tell you how to use it?'

'Don't worry, boss,' Norman butted in. 'We've got it covered.'

He hustled Slater out of the door before he could get another word in.

'How many pairs of bloody hands does he think we have?' asked Slater grumpily as Norman ushered him away from Murray's office. 'Aren't we under enough pressure as it is?'

'There you go again,' chided Norman. 'Mr Negative is back. Moan, moan, moan.'

'What?' said Slater, in dismay. 'What can you find about this that's positive?'

'Will you open your eyes just for once,' snapped Norman. 'Don't you think he's under pressure as well? He told you he's got limited numbers to work with. Or perhaps you think Detective Sergeant Slater is too important to have to dirty his hands with small cases?'

Slater was affronted at Norman's verbal attack.

'Of course I don't think I'm too bloody important,' said Slater. 'I'm a team player, you know that.'

'So start acting like a team player,' said Norman. 'Don't you think Murray's part of the team?'

'Well, yeah,' agreed Slater, not really following Norman's train of thought. 'I suppose he's the captain.'

'So, he's being a team player by rearranging things to give us more help, right?' asked Norman.

'I suppose so, yes,' agreed Slater reluctantly.

'Do you think that's going to make his life any easier?'

'Well, no. I suppose not.' Slater knew Norman was making sense.

'So don't you owe it to your captain to be a team player and repay his support?'

'Well, yeah. Of course I do.'

'So stop griping, and get on with it,' said Norman. 'We have a team of our own. Surely we can utilise one or two people here and there to keep their eyes and ears open, can't we? He didn't say "solve them tomorrow", he just said "don't forget them".'

Slater looked contrite. Of course Norman was right. Again.

'I think you need to teach me more about how this positive stuff works,' he said gloomily. 'I still don't understand how you always seem to find positives in just about everything.'

'It's simply because you focus on negatives and I don't.' Norman grinned at him. 'Let's go grab a coffee before we put this briefing together. We can talk better with coffee.'

* * *

Slater wrapped his hands round the warm mug as he listened to Norman.

'Here's some advice you can have for free,' Norman said, sipping his coffee. 'First of all, you take things too personally. That wasn't a bollocking from Murray, it was just a reminder. He knows damn well you won't forget, but he wouldn't be doing his job if he didn't say it. It's no different to you telling Steve Biddeford to restrict his airfield search. Steve should know to do that, and you know he probably would, but you still told him.'

'Okay. Point taken,' said Slater, slowly nodding his agreement.

'Another thing you need to learn is to stop and think before you react,' said Norman.

Slater started to protest, but Norman waved his hand.

'Yeah. I know you don't always do it,' he said. 'But this goes with my first point. It's when you take things personally that you jump in with both feet before you've thought about what's been said. Listen to the comment and then think before you answer. Ask yourself "is this comment really aimed at me, or am I just taking it too personally?".'

'Alright, smartarse,' said Slater, with grudging admiration. 'So tell me, what was positive in what Murray said earlier, because I obviously missed it.'

'Oh it was there alright,' Norman said, smiling. 'And yes you did miss it. And I'll tell you why you missed it. You missed it because you were too busy focusing on what you thought was a negative, by taking a comment personally that wasn't personal at all.'

'You can be a right arsehole sometimes, Norm,' said Slater. 'You're loving this, aren't you? So what was this great big positive I missed, then?'

'Murray paid you several compliments in there and you missed them all. One, he has confidence in you and me to lead this team. Two, he trusts us to brief the team. And three, and this is the one you took completely the wrong way, he trusts in your ability to solve more than one case at the same time. Don't you think that's all positive stuff?'

Slater was briefly lost for words. Norman was right. He had missed all those positives.

'So how come you saw that and I missed it?' he finally managed to ask.

'You need to ask yourself that question,' said Norman. 'You were in the same room as me, hearing the same words as me. Yet we have almost opposing views of what was said.'

'That's what I mean,' said Slater wearily. 'How does that happen?'

'It happens because I have a positive outlook and look for the best in a situation, while you have a negative outlook and expect the worst.'

Slater considered this. He'd heard Norman prattle on about this stuff before, and he had promised himself he would try to change, but then he'd got busy and forgotten all about it.

'So how do I change?' he asked.

'First you have to want to change. And then you just have to train yourself to stop and think.'

'So how come you're such an expert?'

'I'm not an expert,' said Norman. 'I just know this stuff changed my life. If I hadn't learnt it, I wouldn't still be here. I would have got so depressed I would have topped myself a long time ago.'

Slater's mouth plopped open in surprise. He just couldn't imagine Norman being anything but the happy-go-lucky guy he appeared to be. Never in his wildest dreams could he picture Norman being depressed.

'Anyway, we'd better go,' said Norman. 'We have a briefing to prepare.'

With that, he began marching off towards their incident room, leaving Slater, still gobsmacked, trailing in his wake.

CHAPTER THIRTEEN

'Good morning, people,' said Slater. 'We've decided the easiest way to do this is to go over everything we've got so far. I know it might be rather boring for those who've been here from the start, but it doesn't do any harm to go over things again. You've all got copies of the notes we're using for the briefing, but if anyone has any questions, feel free to ask. Remember, the only stupid question is the one you don't ask. Okay?'

There was a murmur of 'okays' from around the room. Slater had been a little disappointed to find there wasn't exactly an army of new faces to help, but then he knew the situation. Tinton was a very small town with a very small number of police officers — resources were limited. The original team of Slater, Norman, Biddeford, Flight and Jolly had been upgraded with the addition of two DCs, two PCs, and a sergeant who had apparently volunteered his services. Thus, the team had doubled in size overnight.

Slater knew Sergeant Toby Allen was adept at office management, which was going to be a huge bonus. While Jolly Jane was always happy to pitch in and do whatever was needed, her partner was clearly not enamoured with the idea of being tied to a desk or a phone. In fact, PC Phillipa Flight was becoming increasingly tetchy with every hour she was kept inside. Slater and Norman had agreed last night, the sooner they could get her out on the road, the happier the whole team would be.

'So this is what we have so far.' Norman moved across to the whiteboards, taking up a position alongside the first board, where he could easily point out what he was talking about.

'Our original body.' He pointed to the photo of Sarah Townley, as provided by her mother. 'Sarah Townley. She was found close to the Haunted Copse on Tuesday evening by an unfortunate dog walker. The body was a terrible mess and at first could not easily be identified. The pathologist believes the girl was drugged by her attacker, loaded into a small aircraft, taken up into the air, and pushed out.'

A hand shot up from Tony Ashton, one of the DCs.

'Yes, Tony?'

'Was the girl dead before she was put into the aeroplane?'

'Good question,' said Norman, approvingly. 'I'd like to be able to say yes, but the pathologist isn't sure. He believes there's a good chance she was still alive when she was pushed from the aircraft. She might even have been conscious. At this stage we just don't know.'

There was a brief hush as they absorbed this particular piece of news and its implications.

'Her mother tells us Sarah was here to try and find out what happened to her sister who disappeared from here fifteen years ago along with her daughter.'

Slater now moved alongside the second board.

'As DS Norman has already told you, this body was found by a dog walker. While we were investigating, the dog, which had run off, decided to come back. It came back carrying a human femur. A search the next morning revealed a shallow grave in the middle of the Haunted Copse. This grave contained the skeletal remains of Sandra Bressler and her five-year-old daughter.

'At that stage, we didn't know why Sarah had come to Tinton, so there was no immediate connection between the first body and these two. However, once we were told why Sarah had come to Tinton, it seemed an unlikely coincidence. DNA proved it was no coincidence. Sandra Bressler is the sister Sarah Townley was looking for.

'Fifteen years ago, Sandra, her husband, and daughter, moved down to Tinton from the Midlands. Sandra supervised the move because her husband was away at the time. He came home at the end of the first week to find the move had gone smoothly enough, but Sandra, her daughter, and all their belongings had disappeared.'

Slater took a sip of his coffee while he let everyone absorb this.

It was Tony Ashton who asked the question, again.

'Wasn't she reported missing at the time?'

'Yes, she was,' said Slater, slowly. 'Unfortunately it seems the investigation wasn't exactly the most thorough that's ever been carried out.'

'It was a joke.' Norman shook his head in disgust. 'I don't think they could have stopped the murder, but they might well have found the bodies if only they'd tried looking.'

There was a hubbub about the quality of some past investigations and the word Nash was mentioned more than once, but Slater could see they were getting off the point.

'Okay, everybody,' he said, raising his voice. 'We're getting off the point here.'

Tony Ashton had another question.

'How were the mother and daughter killed, sir?'

'This was another grisly murder,' said Norman. 'It looks as if the mother was chased into the woods and then hunted down by someone using an axe. They took three big swipes at her and then smashed the back of her head in. The kid was just bashed over the head with the axe.'

'And before you ask,' added Slater, 'we don't know if the child had to watch her mother being hunted before she was killed.'

'Jesus!' Ashton looked and sounded horrified. 'That's one cold bastard that could do that.'

He had spoken for all of them.

'They're both pretty cold murders if you ask me,' said Norman. 'But then I've never come across a murder yet that left me feeling all warm and fuzzy, you know?'

'What you just heard,' Slater spoke loudly and deliberately, 'stays in this room. The press will be told we've found, and identified, two bodies. They will not be told how they were killed, and no one outside this room is to know. I'm sure I don't need to tell you why.'

'Are we looking for one killer, or two?' asked the sergeant, Toby Allen.

'That's the sixty-four-thousand-dollar question,' said Slater. 'While the victims are definitely connected, there's fifteen years between their deaths, and the methods are totally different. Having said that, it seems the first victim, Sarah, had been looking for her sister or at least trying to find out what had happened to her, so it's quite possible she stumbled across the original killer who then killed again.'

'At the moment,' Norman said, 'we're trying to keep an open mind, and that's what we all need to do until we have some evidence to give us a pointer. The problem with speculating without any evidence is that it's just guessing, and I shouldn't need to tell anyone what a waste of time that is.'

There were more murmurs of agreement.

'Okay,' said Slater. 'That's about it for now. Make sure you read your notes and remember, if you have questions, for goodness' sake, ask. I don't want to find two weeks down the road that someone had an idea but chose to keep quiet in case they made a fool of themselves.

'DS Norman will give you your assignments for today. From now on we'll be having regular gatherings like this until we've solved this case, okay?'

He could hear the assorted groans and grumbles about early starts as the meeting began to break up. He could understand how they all felt, but it was part of the job, and they all knew it. He looked around for Steve Biddeford.

'Steve? Have you got a minute, please?'

'Sure,' said Biddeford, making his way across the room. 'What can I do for you?'

'Any luck with your hunt for a light aircraft?'

'Not a bloody thing so far,' he said, gloomily. 'I started twenty miles out, like you said, and I'm working my way back in. I've got just the one airfield left to visit, at Trapworth. It's about five miles away, but I'm not optimistic, to be honest. I did think it might be an idea to do a house to house within the area around the Haunted Copse. Maybe someone actually heard an aircraft that night. At least I'd know for sure that I was following the right trail.'

'Now that is a great idea.' Slater looked round the room. 'Take PC Flight with you. She keeps saying she'd rather be out and about.'

'You're telling me she does,' said Biddeford. 'She never stops going on about it. Grumpy cow.'

Slater was quite taken aback by Biddeford's tone. It wasn't like him to speak ill of any of his colleagues.

'Really that bad, is it?' asked Slater.

'Hell hath no fury like Phillipa Flight,' said Biddeford. 'Miss Fire and Brimstone they call her behind her back.'

'Any idea why she's so shitty?' Slater was curious.

'Not a clue,' said Biddeford. 'But I can try and find out while we're on the road, if you like?'

'I'd like to know,' said Slater, 'because when she's on the ball she's pretty good at her job. But I don't want her pissing the team off — we've got a crappy enough job as it is. Put your new skills to good use, but try to be a bit subtle. I don't want you coming back here minus your testicles because she snapped them off, okay?'

'I'll be careful, I promise,' said Biddeford, nodding.

* * *

'So how was Flighty when you told her she was going out in plain clothes with Steve Biddeford today?' Slater asked Norman when things began to quieten down.

‘She looked at me as if I’d handed her a slimy turd,’ said Norman.

‘What the hell’s the matter with her?’ said a frustrated Slater. ‘We try and keep her happy and she’s still complaining. What’s she got against Biddeford?’

‘Oh, I don’t think she’s got anything against him personally. Or against us, come to that. It seems to be life in general that’s the problem. Maybe she’s just not getting enough at home,’ said Norman, with a dirty wink. ‘You seem to have a way with the ladies. Perhaps you should include it in your duties, as team leader, to keep the female staff happy.’

‘Ha! I don’t think that’s ever going to happen,’ said Slater. ‘The last time I tried to make a joke about her and me she seemed to take offence, so I won’t be doing that again.’

CHAPTER FOURTEEN

'Look, I know it's none of my business,' began Biddeford from the passenger seat, feeling slightly nervous about the conversation he was embarking on.

'You're right. It's not,' said PC Flight, grimly, her eyes glued to the road ahead as she drove them out towards Trapworth airfield.

'You don't even know what I'm going to say yet,' Biddeford said, shaking his head.

'When someone starts a sentence with the words "I know it's none of my business",' snapped Flight, 'it nearly always means they're right. So, if you're going to ask anything about me in any way, shape, or form, it is none of your business. Alright?'

Biddeford sighed wearily.

'Okay, Constable,' he said. 'Turn the car round and let's go back.'

'What?' PC Flight turned to look at him, her voice full of surprise. 'Why?'

'I'll drop you back at the station and drive myself, thank you.'

'But you can't do that,' she said, still sounding shocked.

'It's alright,' said Biddeford. 'I'm sure when you explain to Dave Slater that I've refused to work with you, he'll be just fine about it.'

'But why don't you want to work with me?'

'Do you know what they call you back at the station, behind your back?' said Biddeford. 'Miss Hellfire and Brimstone.'

Flight kept her eyes on the road and said nothing.

'Have you listened to yourself lately?' Biddeford continued. 'You haven't got a good word to say about anyone, or anything. You've done nothing but bitch and moan about being stuck inside, and now you've been given what you want, and let out to play, you're still bitching and moaning.'

He realised then that PC Flight had pulled the car over to the side of the road, and was sitting there looking at him, her face bright red. He paused to give her the opportunity to speak, but his verbal attack seemed to have caught her completely off guard.

'I was actually looking forward to having someone different to work with,' he said, when it became obvious she had nothing to say. 'I thought it would be good to have someone different to talk to, and something different to talk about. I even hoped I might be able to have an intelligent conversation for a change. But, no. What I seem to have been lumbered with is a bear with a bloody sore head, and I'm sorry, but I'm not having it.'

'Look,' she said, eventually. 'I'm just having a rough time right now, and I don't want to talk about it.'

'I wasn't going to ask you to talk about it,' said Biddeford. 'I was just going to politely point out that you're getting a reputation for being a right miserable cow, that's all. And whatever your rough time might be, making life hell for everyone else won't solve it.'

'I'm sorry,' she said, and Biddeford thought she actually sounded it. 'I know you're right. I just don't know what's wrong with me lately, but please don't make me go back. I promise I'll try not to be grumpy.'

'You don't have to be all happy clappy, you know,' said Biddeford. 'Just be civil. We all have shit days, and we all sometimes have to do crappy jobs we'd rather not have to do, but acting like a snappy cow and making it a shit day for everyone else is not the answer.'

'Right. Yes. I'm sorry,' she said. Biddeford felt a bit sorry for her, sitting there, her face scarlet.

'Okay. Let's hope we don't need to mention your attitude again,' he said, once he thought she'd got the message. 'Now, shall we proceed?'

'Yes,' she said, her relief at not having to face Slater almost palpable. 'Of course.'

She eased back into the traffic and headed for Trapworth. Biddeford glanced at her out of the corner of his eye. He knew he had left her quite stunned by his outburst — he wasn't the kind of guy who usually spoke up about stuff like that. If he was honest, he was quite stunned too. When he'd been on a recent training course he'd been told he needed to have more confidence in himself. They told him he needed to assert himself and take control when the situation demanded it. Also, he should not be afraid to express his opinion a bit more often if he really wanted to get on.

This was the first time he'd actually put any of it into practice. He thought he'd taken control of this particular situation and really been assertive. It wasn't so hard after all, he thought. And it looked like it had worked. He already had the feeling PC Flight had a new respect for him now he'd offered her some sound advice about her attitude.

He sneaked a sideways glance at her again. He'd never taken much notice of her before, but then he'd only ever seen her in uniform. Now she was this close to him, in jeans, T-shirt and bomber jacket, he realised she was actually quite attractive. She had quite a pretty face when she stopped scowling, and he liked the way her short, dark hair was styled. She looked quite different without the usual hat.

But then he began to feel guilty. What was he thinking? She was married, for goodness' sake. And anyway, she was ten years older than he was.

He sneaked another quick little look. Married or not, she was certainly one fit looking lady. He began to blush slightly at the direction his thoughts were taking. He thought it was a good thing she was unaware he was eyeing her up like this.

'Do I have to call you sir?' she asked.

'I'm sorry?' he said.

'While we're working like this,' she said. 'Do I have to call you sir? Or detective constable? Or what?'

'Oh. Right,' said Biddeford. 'I see what you mean. I'm not sure, to be honest.'

He thought about it for a moment or two.

'Whenever I'm with Dave Slater, it's always first names unless we're dealing with the public, and then I call him boss, or guv, or sir. So while we're working together how about you call me Steve, or "boss"? I really don't want you to call me "sir". I mean, we're both constables, aren't we? So "sir" doesn't seem right somehow.'

'Okay, Steve. That's good enough for me. I'm Phillipa, Philly, or Phil.'

'Which do you prefer?' he asked.

'Phil is just fine, for work colleagues,' she said.

Then, after a pause she added, 'Of course, that will change when you get to know me better.'

Biddeford shifted uncomfortably, and wondered what exactly it was he was feeling. He thought back to what he had learnt on the training course. Be more confident, he told himself. Be assertive. I am in control here. We're just colleagues, and that's all we're ever going to be. We're never going to be anything more. You don't mix work and pleasure. And anyway, she's a married woman. Now pull yourself together, focus on the job in hand, and stop behaving like some lovesick schoolboy.

As if on cue, the entrance to Trapworth airfield appeared ahead. When he'd spoken to the guy who ran the airfield, Biddeford had been given the impression it was a bustling transport hub, but he could see straight away that he'd been subjected to a considerable degree of exaggeration. Compared with one or two of the other small airfields he'd visited, it was a bit of a stretch to even mention this one in the same breath.

Flight pulled in through the entrance and stopped the car while they got their bearings. The airfield was simply a field on top of a hill. It was surrounded by trees on all four sides, making it pretty well hidden from anyone living anywhere near, although Biddeford was pretty certain there were no houses within at least a quarter of a mile. The runway was a strip of well-mown grass running from east to west across the middle. At each end of the runway, the mown strip turned towards the far end of the field.

At that far end, in the right-hand corner, sat a vast, ancient, open-sided barn with a sagging tin roof. Biddeford thought this must be the hangar he'd been told to look out for. Two tatty, sad-looking aircraft squatted under the sagging roof, both presumably undergoing some form of restoration or repair.

There appeared to be somewhere between twenty and thirty small aircraft parked in two rows, in front of, and around, the old barn. Many were tethered with guy ropes, presumably to protect them from the wind, which could be a bit gusty up here on the brow of the hill. They were all exposed to whatever the weather could throw at them, relying on canvas covers to protect them. It was an assortment of old and modern, all pretty small and well within the size that Biddeford assumed would be called light aircraft.

A two-storey wooden pavilion was the only thing that seemed even vaguely modern. It had a balcony overlooking the field, and the upper storey wall facing the field appeared to be all glass. Biddeford figured this must be the operations centre and control tower he'd been told to look out for.

'Right, Phil,' Biddeford said. 'We're looking for a bloke called Captain Smithers. He said we'd find him either in the control room or the hangar. I'm guessing that means that pavilion over there or the barn that looks like it's just about to fall down.'

'Okay, Steve, you're the boss.' Flight smiled at him. 'I'll try not to make it too bumpy.'

On their side, the field had been ploughed, apart from a mown strip that served as the access road. Flight carefully made her way across, clearly trying to avoid as many bumps as she could.

'Thank God we didn't have to come out here in the winter,' she said. 'You'd need a Land Rover to cope with the mud.'

CHAPTER FIFTEEN

Rudy, or Rudolph, if you want to be formal, Bressler lived in an enormous house about a mile to the south of Tinton. As he and Norman stood on the front step, Slater looked around and admired the view across the surrounding fields and into the distance. He knew a view like this would cost a small fortune in this area, but then if the owner of this house could afford the dark blue Maserati parked in front of the double garage, money wasn't really a problem, was it?

A bright pink Mini Cooper was parked rather haphazardly next to the Maserati. Slater thought absently that abandoned might be a more appropriate word than parked. He was just picturing the stereotypical woman who would own the car, when the door opened behind him and interrupted his thoughts.

Some people would consider themselves over the brow of the hill and on the way down the other side at fifty-eight years of age, but Rudy Bressler was clearly in his prime. He stood six foot two inches tall, was well muscled, deeply suntanned, and had a good head of hair. As he shook their hands, Slater observed that the only thing that gave the man's age away was the fact that his hair was obviously dyed. It was always vanity that gave the game away in the end.

He stole a glance at Norman, standing beside him. Of course, no one would ever have the opportunity to accuse him of being vain. He seemed to have achieved his most crumpled appearance ever on this particular morning, and his waistline appeared to have finally won the ongoing battle with his trousers, which were no longer able to encircle him at this widest part of his body. However, if any of this concerned him, he made a very good job of hiding it.

Comparing the two in appearance, Slater thought Bressler could easily pass for a man ten years younger than he really was. On the other hand, Norman, who at fifty-three was five years younger than Bressler, could easily pass for a vagrant in his seventies if he wasn't so obviously well-fed. He thought it really was time his partner did something about his appearance. And his weight. Come to think of it, his colour was none too good either. Perhaps he should suggest that maybe it was time Norman had a health check.

'Please come in, gentlemen,' said Bressler, swinging the door invitingly open to reveal an immense hallway with a fabulous, very expensive-looking Persian rug, perfectly centred on the polished oak floor. Slater and Norman skirted round it — Slater knew neither of them wanted to risk stepping on it.

'I'll get the maid to bring some tea. Or would you prefer coffee?' asked Bressler pleasantly. He oozed charm, confidence and good looks, and certainly didn't appear to be the least bit concerned by their unannounced arrival.

'Let's go through to the library.' He indicated a doorway at the far end of the hall. 'We can talk in there.'

Before anyone could move, Slater heard a clattering of high heels on a wooden floor, and an attractive, leggy, large-busted blonde, dressed in a tight-fitting, white trouser suit, rushed breathlessly from another room. In her left hand, she clutched a handbag which looked in imminent danger of bursting, and in the other hand, she held aloft a set of car keys.

'Found them, darling.' She giggled at Bressler, then stopped suddenly as she saw the two detectives. 'Oh, sorry. I didn't realise you had company.'

'This is my girlfriend, Cindy Maine,' Bressler said.

Slater and Norman smiled a hello, and she smiled sweetly in return. Slater thought she was quite a good match for the stereotype he had been imagining, only better looking, and classier. He guessed she was about thirty years old. Not bad going, for a guy of nearly sixty, he thought. He thought she looked familiar somehow. Yes, that was it — she looked a lot like Sandra Bressler, the dead wife. Rudy Bressler obviously had a preferred type.

'These police officers have just come for a chat.' Bressler indicated the two officers.

'I'm sorry I can't stop,' she told them, flicking her long blonde hair over her shoulder. 'I'm running late for the hairdresser. Couldn't find my keys.' She was still holding the keys aloft and she jingled them to emphasise her point. She reached up to peck Bressler on the cheek, and with a final, breathy 'must dash', she was gone.

Slater felt as though a small whirlwind had just passed through.

'You must excuse Cindy,' Bressler said, laughing indulgently. 'She has the looks, but she's a bit disorganised. As a result, much of her life seems to happen at breakneck speed, trying to make up for lost time.'

He led them through to the library which turned out to be every bit as grand as it sounded. A long, rectangular room, three walls were lined from floor to ceiling with books. The fourth wall was one huge set of folding glass doors, giving a wonderful view down the length of an extensive, lawned garden.

Slater saw Norman head over to the bookcases. He looked like a kid in a sweetshop. 'Please, take a look,' Bressler said, noticing Norman's interest. 'If you know anything about books you'll see some classics there.'

'Oh, I'm no expert,' said Norman. 'I just love the look and smell of old books.'

Slater knew he was being modest — from conversations he and Norman had had before, it was clear he knew quite a lot about books, it was one of his areas of interest. Bressler picked up the phone and muttered something about tea in the library, then turned his full attention back to them.

'I assume you've come to ask me about Sandra?' he asked.

Slater and Norman exchanged a glance.

'Come now, gentlemen,' said Bressler. 'It doesn't take a rocket scientist to work it out, now does it? You've just unearthed her body for goodness' sake. Not to mention the fact that her younger sister turned up dead in more or less exactly the same spot. I'm just surprised it's taken you so long.'

'I'm equally surprised you didn't come forward,' said Norman.

'But why would I? Sandra left me, completely without warning. She took our daughter, emptied my safe, jumped into a taxi, and then just vanished into thin air while I was out of the country. You probably think I'm very cold, but I did my grieving fifteen years ago. I've moved on from there. And besides, with her mother around, I didn't need to come forward. I knew she'd be pointing the finger straight at me, and sure enough, here you are.'

'Taxi?' said Slater and Norman in unison.

'Did you say she jumped into a taxi?' asked Slater. 'There's no mention of a taxi in the original investigation.'

'Well, there should have been.' Bressler sounded genuinely surprised. 'I definitely told them about it.'

'This is news to me,' said Norman, suspiciously. 'I've been through that first report, and there's nothing about a taxi, anywhere. I've also spoken to Sandra's mother, and she didn't mention a taxi either.'

'Sandra's mother is somewhat sad and deluded where her daughter is concerned,' Bressler said, sighing. 'She's always insisted I murdered Sandra. She won't mention the taxi because if she admits Sandra and Rose drove away in it, it makes it more likely she did run away, just as I said. She's always sworn Sandra wouldn't have done that without telling her father first.'

'I think maybe we've got it wrong about what happened back then, Mr Bressler,' said Slater, instinctively stepping into 'good cop' mode. 'And, for the record, we have open minds about who might have killed Sandra. But we've also got two murders on our hands and we need some help.'

'Well, thank you for that, at least,' said Bressler. 'I'd like to believe it might actually be possible to find out what happened back then — not because I really care anymore, but just to prove to Sandra's mother that it wasn't me. So, how can I help?'

'I know you've probably done all this before, but would you mind if we start at the beginning?' asked Slater. 'Could you tell us about you and Sandra, your marriage, what happened leading up to the day she left, and what you think might have happened back then?'

'What? All of it?' asked Bressler.

'I'm sorry. But you've already told us about a taxi that seems to have been missed last time around. Maybe that's not all that was missed.'

'Okay.' Bressler sighed heavily again. 'I'll tell you what I can recall, but it was a long time ago.'

And so, for the next half hour, with very little prompting, Rudy Bressler told them his story.

* * *

He was thirty-three and working as a GP in a practice in Redditch when he had first met Sandra. She was just twenty-two and lived locally with her parents. The whole family were patients — that's how they first met. She was everything he could wish for — young, beautiful and full of life. In no time, they were dating and it soon became obvious to him that she was the girl of his dreams. Within a few short months, he had proposed, and they were married within two years of their first meeting.

Rudy's parents had died in a car accident when he was a teenager. He had been left a huge legacy in the form of property and investments which he had managed to grow into a sizable portfolio. Money was not going to be a problem for the newly-wed Mr and Mrs Bressler, and Sandra's father had approved of the marriage, seeing a secure future for his favourite daughter.

Sandra's mother, on the other hand, had never approved of Rudy and no matter how hard he had tried to meet her approval, he had always failed. When pressed on this matter he could offer no explanation, except that perhaps Mrs Townley disapproved of how he had come into his money.

Once married, Rudy left general practice and set up a small private practice. He restricted this practice to just a few clients — he didn't really need the money — and intended to spend most of his time with his new wife. They bought a big house a few miles from Redditch and, according to Rudy, for the next two years, they enjoyed a hassle-free, happy marriage.

Then it started to become necessary for him to look after his financial interests and he began to have to spend time away from home, something to which Sandra objected quite strongly. She claimed she was lonely when he was away, and they began to have problems as a result.

Naturally, Slater and Norman wanted to know more about these problems, but Bressler would only say they had arguments about the need for him to be away from home so much. He told them she suspected he was having an affair, but this wasn't the case. Rudy had never been one for checking up on his wife but, he told them, there were times when he was away that she couldn't be contacted, and he often wondered where she might be.

And then, three years into their marriage, she had announced she was pregnant. This had come as a big shock to Rudy as he had never wanted children. Sandra had been aware of this and had never previously shown any desire to become a mother. He had made no secret of his displeasure at this turn of events, but he didn't feel he could push the matter, and he had accepted the situation. He felt it would help solve her loneliness when he was away, and that he would actually enjoy being a father when it happened.

The situation with Sandra's mother had got no better since they had married, and he suspected Sandra had been telling her everything. This, of course, had only intensified her dislike of him. Once the child was born, Mrs Townley had seemed to be a permanent fixture in and around their house, and her open hostility towards him eventually caused him to stay away more and more.

Things slowly went downhill from there for the Bressler marriage and, Rudy reluctantly admitted, about a year before Sandra disappeared he had started an affair. He never knew for sure if Sandra had known — she had never said as much — but suddenly, out of the blue, she had suggested that if they were going to save their marriage and restore their happiness, they needed to move house. She had said they needed to be far enough away from her mother that it would be difficult for her to visit.

At this point, Slater had interrupted Bressler.

'Didn't this sudden about-turn seem a little strange?' he asked.

'Of course it did,' Bressler said. 'But I put it down to Sandra finally realising that her mother was the poison that was killing our marriage. That woman had effectively driven me out of my own home. I certainly would never have had an affair if I hadn't allowed that to happen. I saw this as a possible opportunity for us to get back to being happy again. You might find this hard to understand, Sergeant, but I loved my wife very much. I would have moved to the other side of the world if she'd asked me to.'

Slater thought he might have been a bit more suspicious about Sandra's motives had he been Bressler, but then again, he was trained to be suspicious about people's motives. He decided to let him continue with his narrative.

Bressler had jumped at the idea of escaping from Sandra's mother, and the idea of going back to how they used to be was something he had often dreamed about. He would have happily moved anywhere, but again Sandra surprised him by finding a house just a couple of miles outside

Tinton. Having been raised nearby, Bressler knew the area quite well and had no objection — it had seemed a perfect opportunity to start again.

Sandra had insisted Rudy was far too busy with his work, and had taken on the project of finding a house and organising the move. All he had to do was finance the whole thing, which he was more than happy to do. With his wife apparently prepared to do so much to try to rebuild their marriage, he had felt it only right that he should end the affair he had been conducting behind her back. So, now they could move to Tinton and start again with a completely clean sheet.

At the time of the move, Rudy had been at a medical conference. Although he had his investments and just a few private clients, he thought it only right and proper that he should keep informed and stay involved with the medical community. He could lose his wealth tomorrow, he told them, but as long as he kept his hand in, he could always go back to being a doctor full time. He had considered cancelling his trip, but Sandra had insisted it wasn't necessary — she could quite comfortably organise and supervise everything.

He had been in touch with her constantly that week, right up until the move. Then, typically, when she got to the new house she had discovered the landline had not been connected and the mobile phone signal for her service provider was non-existent at the house. She had had to travel into Tinton to contact him to tell him all this, but he would be home in just three days, so he had reluctantly accepted the fact that they just wouldn't be able to speak until then.

And so he had heard nothing more until he'd finally arrived home to find Sandra and Rose had vanished, along with all their clothes and belongings. All his spare cash was gone. When he told them this amounted to about ten thousand pounds, they were both quite startled. That was a lot of money to have just lying around.

He'd called in the police, but they seemed to think it was just a case of Sandra doing a runner. He'd found out for himself that a local taxi company had picked up Sandra and Rose and a lot of luggage and taken them up to Gatwick airport. When he relayed this on to the police, it seemed to be enough for them to conclude she had to have another guy somewhere. He had no idea they hadn't even bothered to speak to the taxi driver themselves.

Sandra's mother had done her best to convince one and all that Rudy had done away with his wife and daughter, but the police had checked his alibi and dismissed her claims.

'Although, you know yourselves she's still trying to pin the blame on me,' he had concluded.

'So what did you do after that?' asked Norman.

'Detective Sergeant Nash convinced me Sandra had planned the whole thing. When he put all the evidence to me, it certainly pointed that way. He suggested that the whole idea of moving house had been part of an elaborate plan to deceive me and her parents, and frankly I was so shocked by it all I believed him. There didn't seem to be any reason to suggest he was wrong.'

'That must have been hard,' said Norman.

'Finding your parents have been killed in a senseless accident, when you're just seventeen years old, is hard, Sergeant.' Bressler sighed. 'When you've been through something like that, and come out the other side, you develop a tough outer shell that can get through most things.'

Norman looked slightly uncomfortable, and Slater knew he was thinking of his own separation from his wife.

'Finding out my wife had betrayed me was very disappointing,' Bressler continued. 'And at first I found it hard to accept. But I'm not one for self-pity. Some people think I have no feelings, but, like I said, life has made me tough. And anyway, life has to go on, and within a week I had accepted the situation and it was business as usual.'

'You're certainly right about the self-pity,' Norman said, nodding. 'It solves nothing and just gets in the way.'

'Yes. Well,' said Bressler, 'talking of getting in the way, I have to make some overseas calls.'

'On a Saturday?' Norman raised an eyebrow.

'They never stop working in the Far East, so if you want to deal with them you have to be prepared to do the same.'

'Right. Yes, of course,' said Slater, catching the rather obvious hint. 'Thank you very much for your time, Mr Bressler, we really appreciate it.'

'That's okay,' said Bressler, getting to his feet. 'If there's anything else I can do, just let me know.'

'There is one thing that would help us, if you wouldn't mind.' Slater wondered how he would take the request.

'What's that?'

'Could we take a DNA sample?'

'Am I some sort of suspect?'

'Not at all. This would be more for elimination purposes.'

'I don't see how it will help,' said Bressler. 'I wasn't even there at the time. But, there again, I've got nothing to hide. Do you want to do it now?'

'It'll take just one minute,' said Slater, 'and then we'll get out of your way.'

* * *

As they got back into the car, Norman turned to look at Slater.

'You didn't mention anything about asking for a DNA sample when we were talking before we got to his house,' said Norman, before putting the key in the ignition and starting the car.

'It was a spur of the moment thing,' Slater said, truthfully.

'But we don't need it. We already know who the daughter is from the match with her mother's DNA.'

'I know, I know. I was just taking a leaf out of your book and being proactive. As you yourself would say, you never know when it might come in handy.'

'You got me there,' said Norman with a grin. 'It's good to hear you feel you can still learn something from an old codger like me.'

'I'll never stop learning from you, Norm,' Slater said, laughing. 'Being with you is one long educational experience.'

'That's what I'm here for.' Norman smiled, looking happy. 'Anyway, what did you make of all that?'

'You mean Bressler's story?' asked Slater. 'He seems quite candid. A lot of people wouldn't have admitted they were having an affair, would they? But I think if it had been me, I would have been a heck of a lot more suspicious about Sandra's sudden desire to move away from her mother.'

Norman took a quick sideways glance at Slater as he drove.

'But then you, my friend, have never really loved a woman, have you?' he said.

'What does that mean?' asked a puzzled Slater.

'Take it from me. When you really, really love a woman, you'll do anything to try and keep her happy, especially if you've been going through a rough patch. When you see an opportunity to get the train back on the rails you don't question it, you just grab it with both hands.'

'I think if I really, really loved a woman I wouldn't be having an affair behind her back,' Slater said, shrugging. 'The two seem incompatible to me.'

'In your "ideal world" view, maybe they are,' said Norman. 'But in the real world, that's how some people deal with loneliness and unhappiness. In fact, that's how a lot of people deal with it.'

'If he was that unhappy, why not just boot the mother-in-law out and tell her to stay away?' Slater asked.

'And risk pissing off his wife? The woman he would do anything to keep happy?'

'Yeah, but—' began Slater.

'Trust me,' interrupted Norman. 'You would rather allow yourself to be miserable, and find some way of making that bearable, than risk making her unhappy. That's where the affair comes in. It's a diversion that makes the misery bearable. It's why the guy can tell you he loved his wife, even though he was having an affair, and mean it. The affair was the diversion that helped him cope with the misery and loneliness.'

Slater sat back in his seat and looked across at Norman, not quite sure what to think. He was surprised at the depth of Norman's feelings, and his passion on the subject.

'Are you justifying people having affairs?' he asked.

'No, certainly not,' said Norman. 'I'm not justifying anything. I'm just suggesting there's a lot more to it than simple black and white moral standards. People and relationships are much more complex than that, and we need to be aware of it.'

Slater continued to stare at Norman's profile.

Norman glanced back at him.

'What?' he asked Slater.

'Are you sure you don't write an agony aunt column? Because you sure sound like one.'

'I've just been around longer than you, that's all,' Norman said. 'I've been married, and loved someone so much it hurts. I know about these things, alright?'

'Ah!' The realisation suddenly dawned on Slater. 'You mean your wife—'

'Who is not relevant to this inquiry and is not up for discussion anyway,' interrupted Norman, killing that particular conversation stone dead.

'Right,' said Slater. 'Point taken.'

Now he thought he understood exactly why Norman knew so much about this particular subject. He knew Norman's wife had refused to move from London to Northumberland a few years ago, when he'd been transferred up there. Now he figured he'd just discovered why he never seemed to have anything to do with her now he was in Hampshire, just an hour or so away from her up in London.

He sat in silence for a minute or two before he changed the subject.

'So, do we think Rudy Bressler's a suspect?' he asked.

'I think we'd be making a mistake to assume anything was done right in the first inquiry,' said Norman. 'So I think we have to regard everyone as a possible suspect right now.

My gut tells me he's not our man, and his alibi will probably prove to be genuine, but my head tells me he has the money to pay someone else to do the job for him.'

'We'll get Steve to do the business on him when we get back.' Slater agreed with Norman's appraisal of Rudy Bressler. 'He might not be our murderer, but I get the feeling there's something going on with him. He claims to be a part-time doctor with some investments. They must be bloody good investments to fund his lifestyle.'

'You're telling me,' Norman said, letting out a whistle. 'Some of those books are worth a fortune. I'm no expert, but I've been on a few forgery cases over the years and one of them was all about old books. I had to learn a bit back then and it's stayed with me.'

'Wow!' Slater grinned at him. 'Is there no end to your talents, Norm?'

CHAPTER SIXTEEN

Over at Trapworth airfield Steve Biddeford and his new pal Phil had found Captain Smithers in the control tower on the upper floor of the pavilion. Biddeford had been relieved at this — he didn't like the look of that wreck of a barn and really didn't fancy being under that sagging roof.

'Ah hello, old boy, do come in,' said Smithers, shaking Biddeford's hand. Then he turned his attention to Phillipa Flight, evidently finding her much more interesting.

'Well, hello,' he purred, taking Flight's hand and holding it for much longer than was necessary. 'Well, you certainly bring some sunshine to a dull day.'

Biddeford saw Flight smile sweetly at him, but immediately caught on to the frosty atmosphere emanating from her. This time, though, he could fully understand it. Captain Smithers was behaving as if he had just escaped from some sort of time warp where they all behaved as if they were in old *Carry On* films.

Surely he must be aware how obnoxious his behaviour is, thought Biddeford. He had the distinct feeling that if he couldn't keep the captain away from her, PC Flight would shortly be drawing his attention to it, probably with a swift kick in the goolies.

'Would it be alright if my colleague takes a look around while we talk?' he asked Smithers.

'Err, oh,' said Smithers, disappointment etched all over his face. Then his face brightened. 'Why don't I take her on a tour?' he suggested. 'It would be a pleasure.'

'Yes,' said Biddeford. 'I'm sure it would. But we're very pushed for time today, and it will be much quicker if she looks around while we talk.'

Flight was quick to understand that Biddeford was offering her an escape and didn't need asking twice.

'You're right, sir,' she said, looking at her watch. 'It'll be much quicker. I'll get started right away.'

With that, she turned on her heel and skipped away down the stairs, flashing a quick smile over her shoulder at Biddeford as she went.

* * *

'I thought we'd covered all you wanted to know when we spoke on the phone,' Smithers said to Biddeford.

'It's always good to come and see, don't you think?' said Biddeford. 'And there are one or two points I need to go over again.'

'Points? What points?'

'It's about the flight plans,' said Biddeford. 'And night flights.'

'I told you, old boy,' said Smithers. 'No one's allowed up in the air without first logging a flight plan, even if they're just going up in the air for a five-minute joyride. It's all a matter of safety. The flight plan gives destinations and estimated arrival times — if anyone goes missing, we know when to start worrying and where we should start looking.

'As for night flights, I already told you we don't do them here. No one, but no one, is allowed to take off from here within an hour of nightfall.'

He looked at Biddeford defiantly, as if he thought he was being impertinent by daring to question such an authority figure as himself. But Biddeford wasn't going to be intimidated. He had a job to do.

'I understand it's not allowed,' he said, patiently. 'But what's to stop someone filing a flight plan and then going somewhere else?'

'Preposterous!' spluttered Smithers. 'I'm here all the time, every day. It just couldn't happen. I don't know what class of people you're used to dealing with, young man, but they're obviously the wrong sort. The people who keep their aircraft here are gentlemen, and a gentleman's word is his bond.'

'In other words,' said Biddeford, 'there's nothing to stop it from happening. I suppose the same goes for night flying, does it? They're all good boys and do as you say, right?'

'It's forbidden—' began Smithers.

'Yes, yes,' said Biddeford. 'It's not allowed. You already said. But it is possible, isn't it?'

'Aha!' said Smithers, triumphantly. 'Now that's where you're wrong. No, it isn't possible. We don't have a licence to allow planes to take off and land after dark because we have no landing lights. We're just not equipped for it, you see. That's why we always close up at night. And our security is very good. The gates are double-locked. I see to it myself, every night. People can't just come in here any time it suits, you know.'

'Double-locked, eh? Right,' said Biddeford, doubtfully.

From what he'd seen and heard, he thought it wouldn't be too difficult to pull the wool over Captain Smithers' eyes. He reckoned anyone could come and go as they pleased. He would check the gate on the way out, but he found it difficult to believe the security here was going to be up to much.

'I can assure you you're barking up the wrong tree if you think there's anything happening here that shouldn't be,' said Smithers, sounding pompous again.

'Yes, I'm sure you're right.' Biddeford didn't think he was right at all. 'Well, thank you for your time, Captain Smithers. You've been very helpful,' he said, even though the captain had been nothing of the sort. 'I'll just go and find my colleague and we'll be on our way.'

* * *

He found Flight waiting for him just outside the pavilion entrance. They talked as they walked to their car.

'Thanks for getting me away from that dirty old pervert,' she said, smiling at him.

'I thought you were about ready to kick him in the balls,' explained Biddeford, with a broad grin. 'That would have made it pretty difficult to get much sense out of him, so I thought it best to make sure your feet were nowhere near his testicles.'

'He was asking for it,' she said, laughing.

'Oh, I wouldn't have blamed you if you had,' said Biddeford. 'But not this time. Maybe next time I'll let you loose on him. Did you find anything interesting?'

'There was a guy tinkering with one of those old wrecks in the barn. He thinks Captain Smithers is a complete arse. Apparently I'm not the first woman he's rubbed up the wrong way.'

'Now there's a surprise,' said Biddeford.

'Although normally he likes to literally rub them up, if you see what I mean.'

'That would have been worth seeing.'

'I'd break his bloody arm,' said Flight. 'And then kick his balls.'

Biddeford had no doubt she meant exactly what she said, and he winced at the idea.

'Anyway,' she continued, 'that's enough about the old sod's dirty habits. It was the other stuff this guy told me that really interested me. It seems the old boy claims to be here every hour of the day, but according to my source, he frequently disappears for hours at a time.'

'Captain Smithers is full of wind and piss,' said Biddeford. 'According to him, everyone who keeps an aircraft is as good as gold and wouldn't dream of breaking the rules. And not only does he claim to be here every hour of the day, he also claims to lock up an hour before dark every night.'

'That must be on the nights he's not so drunk he can't stand up,' Flight said, shaking her head. 'Apparently, the old goat likes a drink or ten. He lost his driving licence a few years ago. Now he often sleeps here at the airfield because he's too pissed to drive home or lock up.'

They were in the car now, heading back across the field towards the gates.

'So, basically, anyone could come and go at any time of the day or night, and the chances are that Smithers either won't be here, or he'll be in a drunken stupor,' said Biddeford.

'That's about the size of it,' Flight said, nodding as they neared the gates to the airfield.

'Pull up by those gates, can you, Phil?' asked Biddeford. 'Let's see how good the old duffer's security really is.'

She pulled up just outside the gates and followed Biddeford as he walked over to the nearest gate. An ancient, rusting padlock hung from a chain. On the opposite gate, they could see a similar padlock. Biddeford took the lock in his hand and studied it for a moment. He fiddled in his pocket and produced a pick. It took him all of ten seconds to unlock the padlock and lock it again. He dropped it in disgust and it clanged against the gate.

'A bloody ten-year-old could open that with a hairpin,' he said, sighing. 'Double-locked my arse.'

'If it ever is locked,' added Flight.

'Yes. Quite.' Biddeford looked at the padlock and shook his head. 'Come on, let's get out of here.'

They climbed back into the car.

'Where to, boss?' asked Flight.

Biddeford looked at his watch. It was ten thirty a.m.

'Right,' he explained. 'So far I've drawn a blank in my search for a light aircraft flying at night. I was beginning to wonder if I was wasting my time, but now we've been to Trapworth I'm beginning to think we might be on the right track. But if we could actually prove there was a plane flying over that night it would be a big help, don't you think?'

'Yeah. I suppose it would,' Flight said.

'So how do you fancy helping me with some house to house? Just those houses closest to the Haunted Copse. I know it's a long shot, but if you'll help me for a couple of hours I'll buy you lunch. Deal?'

'Sounds good to me.' Flight smiled at him.

'Let's go then, Batman,' Biddeford said, grinning back.

CHAPTER SEVENTEEN

As PC Flight drove Biddeford away from the airfield and in the general direction of the Haunted Copse, he explained his theory.

The Haunted Copse was in a pretty isolated spot and there were no houses in the immediate vicinity. The closest were gathered in a small cul-de-sac called Copse Close. They were probably a good way off by road, but Biddeford had studied the map and realised they were not much more than a quarter of a mile away as the crow flies. He figured sound travels in straight lines, just like the proverbial crow, so if a light aircraft had passed overhead on the night in question, as it must have if the girl had fallen from it, there was a possibility it could have been low enough to be heard from one of the houses in the close.

'Like I said before, it's a long shot,' he said.

'It makes perfect sense,' said Flight. 'The problem we might come up against, though, is it was at night. People tend to be shut away in front of their TVs at night. The sound of a TV set could easily drown out the sound of a small aircraft going over.'

'Yeah.' Biddeford sighed, gloomily. 'That is going to be a problem.'

'But,' said Flight, cheerily, 'we'll only find out if we ask, won't we?'

'It's only twelve houses, so it shouldn't take us long,' said Biddeford, immediately cheered, and encouraged, by his partner's attitude.

'That's six each,' Flight said. 'An hour tops. Then you're buying lunch, right?'

'That's the deal.'

'I could get to enjoy being with you,' said Flight, smiling at Biddeford.

Sitting happily alongside her, Steve Biddeford thought he could very easily get to enjoy being with Phillipa Flight.

* * *

It had taken much less time than Flight had estimated. But that was because no one seemed to have heard anything. Just as Flight had said, their light aircraft had been competing with the TV for attention that night. There was just one house left.

Biddeford strode up the path and rang the doorbell. A small boy, aged about ten, opened the door, stepped through and pulled it partly shut behind him. He stood looking up at Biddeford.

'Hello,' said Biddeford. 'Is your mum or dad in?'

'Who are you?' asked the boy.

'I'm from the police. Look, here's my warrant card.'

He opened his wallet and held it so the boy could see it. His eyes widened as he studied the card.

'Dad!' yelled the boy, without taking his eyes from the warrant card. 'It's the police!'

Then, he addressed Biddeford, in a much quieter voice.

'Has he been speeding again?'

'Not to my knowledge, no,' replied Biddeford. 'He's not done anything wrong. I'm just making enquiries from house to house.'

'What about?' asked the boy.

'Never you mind,' said the boy's father, pulling the door open. He took the boy gently by the shoulders and steered him back through the door.

'You go inside,' he said. 'I'll deal with this.'

He turned back to Biddeford.

'I'm sorry about that,' he said, smiling. 'He likes to stick his nose into everything.'

'That's okay.' Biddeford smiled back.

'What can I do for you?' asked the man.

'We're making enquiries about last Monday night,' Biddeford began.

'The night before that poor girl got found at the Haunted Copse?'

'That's right,' said Biddeford. 'Did you hear, or see, anything unusual that night?'

'No, I'm sorry. Is there anything in particular?'

'We believe a light aircraft may have passed over late that night.'

'Well, if it did,' said the man, 'I'm afraid I didn't hear it.'

'I did,' said the small boy from behind his father.

'I've told you about making these things up before.' The boy's father turned to his son.

'But I did, honest,' said the boy.

Biddeford felt a slight tingle. This could be it.

The man turned back to Biddeford.

'Sorry about this,' he said. 'He's got a vivid imagination. He's always saying he's heard light aircraft in the night, but we never hear them.'

'I'll prove it,' said the boy. 'It'll be in my diary.'

He rushed off and Biddeford could hear him running upstairs. His father looked distinctly embarrassed.

'I'm really sorry,' he began. 'Isn't there a law against wasting police time?'

'It's okay, really,' said Biddeford. 'I've got plenty of time. What's in his diary?'

'He records the movements of light aircraft he reckons he can hear going over at night. He sits up in his room listening for them when he's supposed to be asleep. He reckons there must be something suspicious going on because they're not allowed to fly at night. Like I said, he's got a vivid imagination.'

PC Flight had arrived behind Biddeford and he introduced her to the boy's father. They learnt that his name was Richard Spencer and his son was Thomas, but everyone called him Tommy.

'Tommy's got something to show us,' Biddeford explained to Flight.

The sound of a small boy running downstairs, not unlike thunder, thought Biddeford, announced his imminent arrival. He duly arrived clutching a small diary.

'I was right,' he said excitedly. 'One went over just after eleven, and it was pretty low too. Look, I wrote it in my diary.'

He thrust the diary at Biddeford. It was open at the page for Monday last. In his neat, rounded handwriting, he had noted: *23.10 — single engine, light aircraft (possible Lincoln Beaver). Flying low. Estimated height no more than 300 feet.*

Biddeford showed the diary to Flight and looked at the boy.

'You know a lot about these aircraft for a small boy, don't you?'

'It's just a hobby at the moment.' The little boy looked proud. 'One day I'm going to fly one, so if I learn about them now it's got to help me later. Don't you think?'

'Yes, I do think,' said Biddeford. 'Your dad was telling me you keep a record of night flights.'

'That's right,' said the boy. 'They're not supposed to fly from Trapworth at night, but they often do. Usually they're almost gliding on low power. It makes them difficult to hear, but that one last Monday wasn't gliding.'

'How do you know they're coming from Trapworth?' asked Biddeford.

'We're right under the flight path,' said the boy, sounding as though he thought everyone should know this fact.

'Oh, right. Of course,' said Biddeford, covering up for his ignorance.

He looked at the boy's father.

'Will it be alright if we come in and talk to Tommy for a bit, Mr Spencer,' he asked. 'You'll need to be with us too, of course.'

'Are you sure he's not wasting your time?' asked Spencer.

'I wouldn't want to talk to him if I thought it was going to be a waste of time,' Biddeford assured him.

'You'd better come in then,' said Spencer, leading the way inside.

CHAPTER EIGHTEEN

Biddeford thought he and PC Flight had had a very successful first day together. According to Tommy Spencer's diary, not only did an aircraft (probably a Lincoln Beaver, from the engine note) pass over last Monday night, but there was also a regular flight on the first Monday of every month, and random flights at other times. All appeared to be heading into Trapworth airfield. He had no idea what all these flights were about, but they were obviously highly suspicious.

Then, over lunch, he'd learnt that Phillipa's marriage was on the rocks. This had made him feel much more comfortable about the way he was beginning to feel about her. He couldn't be guilty of breaking up her marriage if it was already breaking up, now, could he?

In fact, he'd felt so much better that he'd agreed to meet her for a drink later that night. He told himself it was just two colleagues celebrating a successful day. He'd done it with Slater and Norman before now, so what was the difference? Well okay, so he didn't fancy the pants off Slater and Norman, but it wouldn't be a problem. They were mature adults. Nothing untoward was going to happen.

Biddeford was awakened from his thoughts about what wasn't going to happen later by PC Flight slapping his arm.

'What?' he said, startled.

'Come on, Steve, wake up,' she said. 'The radio. They're calling us. Are you going to answer it?'

'Oh. Yes. Of course,' he said reaching for the radio.

'Yoh!' he said into the radio.

'So you've finished your lunch have you, Oscar Tango One Four?'

'Err, yes. Sorry about that,' Biddeford mumbled, embarrassed.

'Yes. I'm sure you are. Now listen up. Everybody's favourite wanker has been in action in town yet again, only this time he's picked the wrong lady to wave at. She's had a go back, and now he's on the run. So be on the lookout for an old man in a Mickey Mouse mask, wearing a dark blue dressing gown, and white trainers with red soles. He should be easy enough to spot, but if there is more than one old guy out there who matches this description, you want to grab the one clutching his wedding tackle. He was last seen heading east along Enderby Road.'

'Oscar Tango One Four, got that. Out,' said Biddeford, as Flight flipped the switch that set the blue lights flashing and the siren blaring. She began to accelerate towards the town centre.

'Enderby Road's the long one that runs out this way, isn't it?' he said to her.

'I'm on it,' she said. 'There's plenty of places he could hide, but I'm feeling lucky today. Perhaps the old bugger will run right into our arms.'

A broad grin split Phillipa Flight's face as she roared along the road.

They were approaching the junction that would take them into Enderby Road at high speed. Biddeford thought they should be slowing down about now, but if anything, they were accelerating. He looked across at Flight, but she was totally engrossed in her driving. At the last minute, she swung on the steering wheel, putting the car into a controlled slide across the junction and right into Enderby Road.

Biddeford had visions of what was about to happen if there was anything coming along the road towards them. He closed his eyes and held his breath. But instead of the crash he expected to hear, all he heard was an almost maniacal laugh from his driver. He opened his mouth to order her to slow down, but before he could speak she was shouting to him.

'There's the old pervert,' she yelled. 'We've got the bugger!'

Up ahead, about fifty yards away, Mickey Mouse was hobbling in their direction. His dark blue dressing gown flapped open to reveal a scrawny white body and skinny white legs. His crown jewels would have been on display, but his clutching hands hid them from view. He skidded to a halt and headed back the way he had come as soon as he realised it was a police car that was heading in his direction.

Flight was homing in on him like a lion after its prey. Biddeford felt like a spectator as Flight skidded to a halt, jumped from the car and leapt onto Mickey Mouse's back, sending him crashing to the ground. It all happened in one seamless, fluid motion, almost as if it had been choreographed for a movie. It was over so quickly; Biddeford had hardly climbed from the car before Flight was hauling the villain to his feet and preparing to handcuff him.

'For God's sake, do up that dressing gown and cover him up before you handcuff him,' Biddeford said, trying not to get an eyeful.

Flight's face darkened as she tidied up her prisoner, handcuffed him, and then clumsily bundled him into the back of the car. She didn't say another word all the way back to the station. Biddeford could see she was brooding about something, but he was more concerned with the way she had approached the chase.

Driving at high speed is a skill that requires specialist training, and after her display earlier, he was pretty sure she'd never been on such a training course. To say her driving had been reckless would be an understatement. She had turned into some sort of maniacal risk-taker who could easily have killed an innocent bystander.

* * *

By the time they got back to the station and booked the old man in, they still hadn't spoken, but at least now they had the old guy in an interview room.

'What's your name?' Biddeford asked him.

'Mickey Mouse.'

'Yeah, but what about when you're not in costume?' said Biddeford patiently.

'Bollocks,' said the old man, defiantly.

Biddeford wrote down the word 'bollocks'.

'Is that Mister Bollocks?' he asked.

'Did you arrest that woman?' asked the old man. 'I mean, you were quick enough to grab and beat up an innocent old man walking up the road, minding his own business. So what about the woman who assaulted me on Tuesday? Did you arrest her?'

Biddeford sighed heavily.

'Innocent old man? Really?' he said. 'And where did this assault take place?'

'In the changing rooms.'

'And what were you doing in the changing rooms?'

'I was minding my own business.'

'According to the lady's statement,' said Biddeford, wearily, 'you were sticking your todger through a hole in the wall. It was poking into her cubicle. That's called indecent exposure.'

'I was just resting it. It gets tiring walking around with a stalk on all the time. When you've got one this big it gets heavy, you see.'

'Please,' said Biddeford. 'Spare me the details. I'm really not interested.'

'Yes, but—'

'No,' said Biddeford. 'Just shut up while I decide what to do with you.'

He thought that maybe the old man would be a bit more co-operative if he had to spend the night in a cell. Perhaps, then, he would stop pissing about and they could get on with something worthwhile. Besides, he needed to talk to Flight.

They had a date arranged tonight, and right now it seemed she didn't even want to talk to him.

While Biddeford was thinking about what to do next, the old man had turned his attention to PC Flight. 'Don't I know you from somewhere?'

Flight looked down her nose at him. She was already red-faced with anger, as she had been since the arrest.

'I don't think so, granddad,' she said in a snarl.

'I'm terrible with names but good with faces,' he said, staring at her. 'I'm sure I know you from somewhere.'

'No,' she said, very deliberately. 'You do not know my face.'

'Oh, I do,' he said. 'It'll come to me eventually.'

'Well,' said Biddeford, 'you'll have plenty of time to think about it. If you won't talk to us, I'm going to lock you up in one of our cold, draughty cells for the night.'

'What do you want to know?' asked the old man.

'Your name would be a start.'

'I can't tell you that.'

'You mean you won't tell me,' corrected Biddeford. 'So how about telling me why you feel the need to wave your donger at people.'

'It's the Viagra.'

'Viagra?' asked Biddeford.

'I'm addicted to it,' explained the old man. 'But, of course, that means I've got a permanent hard-on. It's been years since I could manage a couple of minutes. Now I've got one all the time, it seems a shame to waste it, you know?'

'And you seriously expect me to believe this?' asked Biddeford.

'I don't always wave it at people. Sometimes I just watch through their windows and, well, you know.'

'No. I don't know. Tell me,' Biddeford said, pretty sure he wasn't going to enjoy the answer.

'What he means is, he's a peeping Tom and he likes to wank himself stupid while he watches women undress,' snapped Flight.

'Oh yes,' sighed the old man, dreamily. 'I do enjoy that. Best of all though, is watching the doggers up at the Haunted Copse.'

He went into a silent reverie at the memory.

'Talking of which,' he said suddenly, turning to Biddeford. 'When are you lot going to finish up there? All the time you've got all those people up there, the doggers stay away.'

'You'll be pleased to know, we're moving out right this very afternoon,' said Biddeford. 'Not that you'll be going up there to watch again.'

'Oh, that is good news,' said the old man. 'They'll be up there tonight, then. You should try it some time. There's one blonde girl up there—'

'Yes. Well, we don't want to hear any more of your dirty talk today, you old pervert,' interrupted Flight, her voice a little shaky. 'My colleague's right. You need a night in the cells.'

Biddeford looked at Flight in surprise. Since when was she in charge here? At least the red face of rage had faded now. In fact, she looked a bit peaky. He hoped she wasn't going to call off their date.

'Could I have a word outside?' he asked her.

'You,' he said, turning back to the old man. 'Wait here. We'll be back in a minute.'

Flight climbed to her feet and followed Biddeford from the room.

'What's the matter with you?' asked Biddeford once they were out in the corridor.

'What's the matter with me?' she said, bristling. 'I'll tell you what's the matter with me. What happened to "well done, Phil, good catch"? What happened to being a team? I arrest the old fart while you're still sat on your arse in the car, and suddenly you start ordering me around like I'm some moron who doesn't know what they're doing.'

'You were driving recklessly, and you know it,' he replied. 'You could have killed someone.'

'Oh bullshit!' she snapped, turning her back on him and storming off.

'Wait a minute,' called Biddeford. 'You can't just walk off like that. Where d'you think you're going?' He began to follow her down the corridor and around the corner. Then he continued, up the stairs and into the locker room, where he finally cornered her.

'Phillipa, wait,' he said. 'You were happy enough earlier. What's really wrong? Come on, talk to me.'

And so she did, for half an hour.

* * *

It was five p.m. Down in the interview room, Danny Bradford wondered how much longer they were going to be. They'd been gone for nearly ten minutes already. He stood up and paced up and down. He pressed his ear to the door, but he couldn't hear anyone outside. He tried turning the door handle. To his great surprise, it opened.

Gently, quietly, he opened the door just enough to peer out. There was no one outside. He poked his head out and looked up and down the corridor. Not a soul in sight. He stood and listened. He couldn't hear a thing.

For a moment he thought about staying where he was, but then the thought of being cooped up in a cell all night reminded him why he had opened that door in the first place. He stepped into the corridor, quietly closed the door behind him, and headed off to the right. Eventually he came to a door with a small window, and looked carefully through it. He was looking out onto the main reception area. The desk was unmanned.

On the other side of the reception area, he could see the door that would lead him outside and to freedom. Surely, he thought, it couldn't be this easy, could it? He'd be a fool not to, wouldn't he? And anyway, what did he have to lose?

He turned the handle and pushed the door open, fearing it would squeak or make some noise that would bring someone running, but the door made no sound as he passed through and then gently closed it behind him. There was a raincoat hanging up just inside the outside door, and as he passed, Danny took the coat and slipped it on. It was a little on the large size but it would do to hide his dressing gown. He took a deep breath and pushed his way through the outside door. He was free and, as luck would have it, it had just started to drizzle.

Now, he thought, a man in a raincoat in drizzle was going to blend in just perfectly.

CHAPTER NINETEEN

In the end, Biddeford had sent Flight home. Much as he would have liked to spend the evening with her down the pub, he had decided she was just a bit too upset today. And that episode this afternoon when she had been driving like some sort of maniac had unsettled him. He now realised he knew virtually nothing about her, and what he had seen so far today was ringing alarm bells in his head. He could do without getting involved with an adrenaline junkie who just wanted to take risks all the time.

By the time he got back down to the interview room, he was happy he had done the right thing.

'Right,' he said as he entered the room. 'Sorry to keep you waiting so long.'

And then he stopped. The room was empty. He stepped back out into the corridor and checked the other rooms. They were all empty. So where was his prisoner? Maybe someone had put him in a cell for safekeeping. He made his way back to the duty sergeant.

'Have you seen my prisoner?' he asked.

'You mean the Phantom Flasher with the bent light sabre?'

'Yeah, that's him.'

'No. Not set eyes on him. I thought you were interviewing him.'

'Yes. I was. But I took a time out, and now he's gone,' said Biddeford, the colour draining from his face as he realised the enormity of what he'd done.

'Oh bloody hell,' said the sergeant, scrambling to his feet. 'Well don't just stand there. Help me search for the old bugger. He can't have got far, can he? We'll both be in the shit if he's escaped.'

As if stung by an electric shock, Biddeford suddenly sprang into life, but after ten minutes of frantic searching, they both knew it. Dick Waver, the Phantom Flasher, was on the loose.

* * *

It was approaching six p.m. Slater sat at his desk and looked around the empty incident room. As it was Saturday, he had stood everyone down, except for a lone PC up at the far end of the room, manning the phones. They were unlikely to achieve much more now it was this late into the day, so he didn't see any point in making everyone hang around for the sake of it. Better to give them the rest of the weekend off and have them all fresh for Monday morning.

Norman was just finishing off a report before heading off to try out a new takeaway place that had just opened. Slater was only waiting for Steve Biddeford and Phillipa Flight to report in and he would be able to head off home himself.

Apparently, the new partnership of Biddeford and Flight had morphed into the dynamic duo and they were having a blinding day. Not only had they made progress on the light aircraft inquiry, but, on top of that, they'd managed to catch the flasher on their way back earlier this afternoon. They were interviewing him right now.

There was a knock at the door and as Slater looked up from his desk it opened just enough for him to see Steve Biddeford peering inside.

'Don't just stand there. Come in, Steve,' he said.

Biddeford came slowly and nervously into the room, a desperate look on his face.

'I thought, from what you told me on the phone at lunchtime, you were having a good day,' said Slater. 'But I take it from the look on your face that's now changed.'

Biddeford stood in front of Slater's desk shifting nervously from one foot to the other. Slater watched him for a few seconds.

'Are you going to tell me what's wrong? Or are you demonstrating your Riverdance impression?'

'Err. Well. Yes. No, not Riverdance,' babbled Biddeford.

'Either talk some sense, or go away,' said Slater. 'Because I'm bloody tired and I want to go home. If you just stand there like that for much longer I'm going to get seriously pissed off.'

'Dick Waver's escaped,' said Biddeford.

There was a deathly hush as Slater digested what he had just said.

'What do you mean, he's escaped?' he asked, after what seemed like an age. 'Are you telling me he's some sort of ninja who fought his way through the station?'

'Err, not exactly no. He didn't actually have to fight his way out. We left him for a few minutes and he just sort of walked out.'

'He just "sort of walked out"?' echoed Slater, but with added sarcasm. 'Surely you had someone watching him. Wouldn't that be PC Flight's job?'

'It's not her fault,' said Biddeford, quietly. 'I take full responsibility.'

'But he couldn't have just walked out of the front door for God's sake. What about the duty sergeant?'

'He was away from his desk, making himself a cup of tea.'

'Where is Flight, anyway?' asked Slater.

'I sent her home,' explained Biddeford. 'I need to talk to you about her.'

'I don't bloody well believe this.' Slater was furious. 'He was an old man who'd been whacked in the goolies for God's sake. How could he be allowed to walk out? And where is everybody who might have stopped him? One of them's making a cup of bloody tea and the other one's been told to go home early. Oh, Bob Murray's gonna bloody love this. I can't wait to tell him.'

'I'm sorry, sir,' said Biddeford.

'You're sorry?' said Slater. 'We're all going to be bloody sorry when Murray finds out. He'll go ballistic.'

In the silence that followed Slater's outburst, Biddeford stood before Slater's desk, staring unhappily down at the floor. And then the silence was broken by the sound of giggling.

Slater looked in the direction of the giggles.

'I don't see anything remotely bloody funny about this, Norm,' he snapped.

'Oh, come on, you mentioned ninjas' said Norman. 'I just had this picture in my head of this old guy karate chopping his way through the assembled police force, fighting his way to freedom.'

'Yes. That's very bloody funny, I'm sure.'

'Oh, get a grip,' said Norman. 'It's not as if it's Jack the Ripper on the loose, is it? The guy's not going to rape or murder anyone, is he? At best, he's a public nuisance. The whole town thinks he's just a big joke. And now we know what he looks like, how hard's it gonna be to track him down?'

'The local press will have a bloody field day when they find out,' said Slater, sulkily.

'So let's see if we can find him before they find out,' said Norman.

'Once we put the word out that he's gone missing some bigmouth will let the cat out of the bag. You know it, I know it, we all know it.'

'So don't put the word out,' said Norman. 'At least, not yet. My guess is the duty sergeant won't be in any hurry to tell the world how he let a prisoner walk out the front door, so it should be easy enough to keep him quiet for a few hours.'

'But we don't know where to start looking,' said Slater.

'Actually we might,' said Biddeford. 'He was complaining about the Haunted Copse car park being closed and keeping the doggers away. I told him it would be open tonight.'

'We might just kill two birds with one stone,' said Slater, seeing a glimmer of hope. 'I'm supposed to take a team up there and put the wind up the doggers. Murray seems to think scaring them will keep them away. Maybe we should raid them tonight. We might just find our dirty old man up there as well.'

'It looks like it's gonna be a small team,' said Norman. 'I have a hot date with a new takeaway joint, so it's gonna be just the two of you.'

Slater looked at him with dismay.

'You take anyone else,' said Norman, 'and they might just let your little secret out of the bag.'

* * *

Biddeford was relieved he had been given a second chance to catch the Phantom Flasher. He had been dreading telling Slater what had happened, and although his boss had been furious, they at least had a plan in mind.

They had a good three hours to kill before they could launch their two-man raid on the doggers, but first, they cornered the duty sergeant to make sure he was on their side. They had no worries on that score. Being exposed as the doorkeeper who let Dick Waver go free wasn't something he was keen to do.

After that, it was just a question of waiting, but Biddeford's conscience was playing him up. He knew the old boy had escaped because he had been more interested in Phillipa Flight than in doing his job, and he wasn't the sort who could live with himself if he didn't confess.

'So, come on then, Steve,' said Slater. 'What's on your mind? You said you had sent Flight home earlier and that you need to talk to me about her, remember?'

For a moment Biddeford thought Slater had read his thoughts, then he realised he had said exactly that, earlier.

'So why did you send her home?' asked Slater.

'She'd been fine earlier in the day,' said Biddeford. 'In fact she'd been a pretty good partner to work with, and good company too. But then, when we got the call about the flasher, she went sort of crazy. She was driving like a mad thing. It's a wonder we didn't kill someone. And then her mood changed completely and she became aggressive and I just didn't know where I stood with her. I thought she was a bit unstable to be honest.'

'Has she got problems?' asked Slater.

'She told me her marriage is on the rocks. Maybe that's eating at her,' Biddeford said, shrugging.

'When did she tell you that?'

'Over lunch. She said I was a good listener,' said Biddeford.

'It's your life, Steve, but my advice would be not to get involved with her.'

'Oh, I'm not.' Biddeford blushed. He was actually quite annoyed that Slater felt he needed advice. Who did he think he was telling people who they should and shouldn't date?

'And another thing,' said Slater. 'She doesn't know it, but I know her husband. Now, she might tell you her marriage is on the rocks, and maybe she believes it is, but I can tell you for sure he doesn't know about it. It sounds to me like she's got you hooked and she's reeling you in, mate.'

'No,' said Biddeford. 'She's not like that.'

The more Slater said against her, the more defensive Biddeford felt himself becoming.

'Like I said — it's your life, Steve. I'm just warning you. She may be beautiful on the outside, but there's something not right with that girl on the inside.'

'You really think so?' asked Biddeford, finally deciding he'd had enough free advice for one evening. 'Because, to be honest, I really like her.'

'Well, I just hope you don't do anything you're going to regret. The problem with getting involved with a risk-taker is that they don't care who gets hurt. The only people they care about are themselves, and then only when they get caught.'

CHAPTER TWENTY

In the beam of their headlights, Slater could see there were several cars parked to one side of the car park. He stopped the car and used his mobile phone to photograph all the number plates, then parked his car in a space to one side. All the other cars were in darkness apart from a big SUV parked away from the others. This car seemed to be where it was all happening. A crowd of half a dozen men were gathered around it, peering in the windows. The interior lights were on to allow those on the outside to see what was happening on the inside.

One of the men was on his own at the front of the vehicle watching through the windscreen. He was wearing white trainers with red soles, and a big blue dressing gown. He was working hard, face contorted, as he stared into the interior of the car, his arm pumping furiously.

Slater switched off the lights and killed the engine.

'The guy at the front,' said Biddeford. 'That's—'

'That's him, is it?' interrupted Slater. 'Dick Waver, doing Darth Vader, right down to the light sabre. Now go and grab the wanker while he's distracted, and when you've got him, bring him back here and stay with him. Don't let him get away again. I'm going to spoil the night for the other dirty buggers.'

'Awww, you're kidding,' whined Biddeford. 'Do I really have to?'

'You let him go last time, so yes you bloody do,' snapped Slater.

'I'm putting gloves on before I touch him, then,' said Biddeford, looking disgusted.

'I don't care if you put a bloody wetsuit on,' said an exasperated Slater. 'Just get out there and grab him.'

As they approached the SUV, Biddeford moved stealthily away to creep up on Dick Waver. Slater made his way around to the driver's side where his arrival was greeted with a mumbled suggestion, from someone in the crowd of voyeurs, that he get to the back of the bloody queue.

'What do you mean, queue?' asked Slater.

'I mean queue, as in, "wait your bloody turn, I'm next",' said a big-mouthed man without taking his eyes from the action within the car. 'I've had to wait over a week to have a go with Blonde Bobby because of this friggin' police investigation closing the car park, so you can just sod off and wait your turn.'

'You mean, the Blonde Bobby?' asked Slater. 'As in, "the one and only"?' He didn't have a clue what he was talking about, but it seemed to be as good a response as any.

'Yeah, the one and only,' said the man. 'The reigning champion. Confirmed as the best shag in the county. And I'm next, just as soon as she's finished with this one. Got it?'

This was all news to Slater. He didn't even know there was such a championship. He peered over the heads of the other guys to see what all the fuss was about.

In the back of the big SUV, the back seats were all folded away and covered with some sort of mattress to make a more comfortable and spacious area. Within that comfortable, spacious area, an athletic looking blonde was enthusiastically grinding away astride a guy who appeared to be having an experience like no other. Slater couldn't tell if his face was screwed up in agony or ecstasy, but reasoned that, from the way she was working him over, it could well have been a mixture of the two.

As he moved around to the back window, he had to peer between the heads of two other spectators, but even so, he still got a full frontal view of Blonde Bobby. He couldn't see her face, which she kept turned down, and was also obscured by her long blonde hair, but he could see one thing for sure, she certainly wasn't a natural blonde. He wondered if she was wearing a wig, or perhaps her hair was bleached? He thought it was probably a wig — it made for an easier, and quicker, disguise.

At the front of the car, Slater could hear the sounds of a scuffle taking place between Steve Biddeford and Dick Waver, who seemed to think pointing his light sabre at Biddeford was really going to be enough to ward him off. It almost worked too, as Biddeford's first reaction was to recoil in horror in case it went off, but he quickly recovered, and a well-aimed kick soon quelled the uprising, so to speak.

Sadly, for the vanquished Dick, now lying in a crumpled heap on the ground clutching his rapidly deflating equipment for the second time that day, his waving days were over, at least for the immediate future.

Slater raised his hand and rapped his knuckles on the back window.

'Oi,' said the man with the big mouth, stepping towards Slater. 'What d'you think you're doin'? I told you I'm next, so why don't you fuck off before I make you?'

Slater whipped out his warrant card, shone his torch on it, and waved it in the guy's face.

'You really think that's going to be a good idea, do you?' He was right in the guy's face now, and his patience was beginning to wear very, very thin. 'Why don't you have a go, and we'll see if you're as hard as you think you are.'

Clearly driven by the possibility of perhaps missing out on his long-awaited go with Blonde Bobby, Big Mouth swung a huge haymaker at Slater's head. Slater saw it coming from so far away he was easily able to duck out of the way, and as the guy lost his balance, he brought his knee up hard. With a muffled noise that was a mixture of curse and agonised sigh, all the breath whooshed from Mighty Mouth and he sank to the ground in an untidy heap, clutching his wedding tackle.

The rest of the audience quickly lost their enthusiasm for voyeurism, as they realised there was trouble afoot, and began to flee the scene. Within seconds, cars were leaving the car park, roaring off into the night, quite unaware that their registration numbers had already been taken and they would soon be getting a warning visit from the local constabulary.

Unaware of the goings-on outside the car, Blonde Bobby, apparently the confirmed 'best shag in the county', appeared to have exhausted her partner, who was laying on his back, looking almost comatose, with his head close to the tailgate of the vehicle. She was climbing off, ready to kick him out to make room for the next one in the queue.

As if to save them all time, Slater reached down and popped the catch. The tailgate swung up with a quiet hiss. The man didn't move at first, but was suddenly shocked into life when Slater grabbed him by the arms and dragged him backwards, still stark naked, and dumped him on the ground.

'Whatthefuckin'ell'sgoin'on?' he gabbled.

'Police!' Slater bent over the man so he was right in his face.

The victim of his ire was struggling to get to his feet and cover his dignity with only two hands, but Slater was intent on making this as frightening an experience as possible, so he made it more difficult for the guy by aiming a kick at him. There was an untidy pile of men's clothes just inside the tailgate of the car. Slater grabbed them and threw them at the naked man.

'Here. Take your clothes and bugger off, now,' he said. 'And be aware we've got your registration number. We will be in touch very soon.'

The terrified man grabbed his clothes and scuttled off in the dark towards the only other car left in the car park. Now Slater turned his attention back to the girl in the SUV, who hadn't moved since he popped open the tailgate and announced his presence. She was still naked, having made no attempt to cover herself, and remained on her knees. Her head rested on her knees so he was looking along the graceful curves of her body from her shoulders, sweeping in to her waist and then curving out again to encompass her backside. He couldn't see her face, but he didn't need to. He already knew who she was.

The registration number had rung a bell in his head when he'd photographed it just a few minutes ago, but at that moment he'd been unable to recall why. However, his subconscious mind had obviously been working away at the problem as events had unfolded, and just as he'd dragged the unfortunate man out of the back of the car, he'd finally connected all the dots.

'Well, well, well,' he said. 'If it isn't the one and only Blonde Bobby. I suppose I should consider it an honour to meet the woman who's been confirmed as the best shag in the county. You must be so proud of your achievement.'

She didn't say a word, but let out a long, impatient sigh.

'It's lucky for you we're not arresting anyone tonight, don't you think?' he continued. 'I mean, that would have been a bit embarrassing for you, wouldn't it?'

Still she said nothing.

'If you're worried about showing me what you've got,' he said. 'It's a bit late. I got a good look at the full frontal along with all the other guys who were watching. Very nice, by the way. It's clever how you manage to keep your face hidden behind the blonde wig. It adds a bit of mystery. I always think that's such a nice touch. Does your husband know what you use his car for when he's out of town?'

'Is this going to take long?' she said, wearily. She shifted her position so she was now sitting back, her knees drawn up in front of her, facing him, defiantly staring at him.

'Oh sorry,' said Slater. 'Are you too busy to speak to me?' He looked around in mock surprise. 'Oh dear, the queue seems to have disappeared. Looks like it's me, or no one.'

'I suppose you'd better get in and take your turn then, if it'll keep you quiet,' she said. 'I know you've always fancied your chances. Now I'm giving you the opportunity to find out what you've been missing, and just why I'm the best.'

He reached forward angrily into the car, snatched hold of the wig and pulled. It came off without much difficulty, revealing the short, neatly styled, dark hair he recognised. He flung the wig in her face.

'Just so you know,' he said between gritted teeth, 'I never have "fancied my chances" with you. Yes, you've got a beautiful body, but you've also got an evil temper and a shite attitude. For that reason alone, I wouldn't waste my time. I also happen to know your husband, and I never cheat on my mates.'

'You know Alan?' she said in disbelief. 'But you've never said.'

'I've never felt the need to,' he replied. 'And do you really think I'm that desperate I would want to get it together with someone who enjoys being passed around like this? Being the best shag in the county must make you what? Top Dog? I can't think of a more appropriate title, can you? Except, perhaps, "cheap little slut".'

All the colour had drained from her face and with it, her confident attitude. Slater watched as she shivered and tears filled her eyes.

'What are you going to do?' she said, sobbing. 'I don't want to lose my job, or my home or anything.'

'Yeah,' he said. 'You've just realised how deep that pile of shit is that you're in, haven't you? It's funny how people suddenly realise what they're going to lose when they get caught.'

Slater kicked at the back bumper of the car in frustration.

'You're so bloody stupid.' He sighed. 'You can be bloody good at your job, when you put your mind to it. You could go a long way, and yet you're prepared to risk your future and everything you have, for what? A quick shag in a car park with these sad tossers? Even Dick Waver, the Phantom Flasher, was watching and wanking all over your car bonnet.

'That must be quite an achievement in itself. You arrested him this afternoon and had the chance to end his career as Tinton's biggest wanker, and now here you are, just a few hours later, fulfilling one of his wildest fantasies.'

He kicked the car again.

'And have you never heard of safe sex?'

'But what are you going to do?' Blonde Bobby wailed, tears running down her face.

'What am I going to do?' he echoed. 'What I'd like to do is arrest you and drag your sorry arse down to the station so all your colleagues could see what you do in your spare time. That's what I'd like to do. But my remit was just to come up here and frighten the crap out of everyone. I think I've done that, don't you?'

'But what about me?' She sounded desperate now. 'What will happen to me? Will you tell Alan? Will you tell everyone? Please don't. I'll do anything. Just say it, and I'll do it.'

He looked at her sadly and shook his head.

'I probably won't see Alan,' he said. 'And if I do, how do I tell him his wife's the best shag in the county? Right now, I don't know what I'm going to do, but I will tell you what you can do. You can go home and stay there while you consider whether you're a fit person to be a police officer.'

'Stay there?' she asked, looking confused.

'Phone in and tell them you've been exposed to something nasty. Looking at the sad bastards you mix with I'm sure you probably have. Take a few days off sick. That way you won't get in my way. And think, long and hard, about whether you should come back. Now get dressed and bugger off out of my sight.'

With that, he slammed the hatch down and stomped angrily back to his car, where a pissed-off Biddeford was waiting with an equally pissed-off Dick Waver, who was handcuffed to the roof rack.

'I couldn't put him inside,' explained Biddeford. 'You locked it.'

'Of course I bloody locked it,' said Slater. 'I didn't want that dirty bugger dribbling jungle juice all over my car seats. There's a plastic sheet in the boot. Put that on the back seat before you put him in there.'

Then Slater turned his attention to the prisoner.

'When we get back to Tinton, you're going to be locked in a cell for the night and then I'm going home,' he said. 'My colleague here will be back in the morning with another colleague, and then the three of you are going to have a nice, cosy, little chat.'

Biddeford manoeuvred the prisoner onto the plastic sheet.

'Hey. This is cold on my arse,' complained the flasher.

'Tough shit,' snapped Slater from the driver's seat. 'If you weren't walking around half undressed it wouldn't be a problem, would it?'

'It's bloody police brutality, that's what it is,' Dick Waver muttered from the back of the car. 'First I get kicked in the balls, for the second time today, and now you make me sit on a feckin' freezin' plastic sack.'

'Look,' shouted Slater, swinging round in his seat to face the prisoner. 'I've had a bloody gut full today. If you don't stop complaining, I'm going to drag you out of that bloody seat, and show you what real police brutality is all about. Right now, I'm in just the right mood to give a demonstration. All I need is a volunteer to beat up. One more peep out of you and you're that volunteer. Understand?'

The Phantom Flasher gulped loudly and nodded his head. Slater turned back to the steering wheel, breathing heavily. Out of the corner of his eye, he could see Steve Biddeford staring at him, puzzled. But he was in no mood to explain what had happened.

There was no further comment from anyone on the way back to the station.

CHAPTER TWENTY-ONE

When he finally struggled out of bed on Sunday morning, Slater felt pretty wretched. He had hardly slept last night, having spent most of it agonising over what he should do about Phillipa Flight. How could she be so bloody stupid? Doing it right on her own doorstep like that, she could have been caught at any time. But then he knew that just made it even more risky for her, and at the end of the day, it was the risk, rather than the sex, that made her come alive.

All in all, he had concluded it was a desperately sad situation, but one that she would have to sort out for herself. He knew which course of action he was going to follow. What happened after that was down to her.

To compound his crappy morning, he had just discovered there was nothing to eat. There was food, but only in the loosest sense. None of it was edible. He'd binned a loaf of bread that was so hard even mould wasn't growing on it, some distinctly green-looking bacon, and a carton of milk that appeared to have turned to yogurt, and smelt even worse than it looked. At least he had eggs, he'd thought, until he opened the box and found it was empty.

He tossed the box into the bin and realised he was just going to have to face up to it. It might be Sunday, and his first day off in ages, but he needed to go shopping.

* * *

As he pulled into the supermarket car park, it occurred to him that the need for this journey was symptomatic of his current situation. This never used to happen. He always used to be organised. He always used to manage to go shopping regularly. He even had a social life once. But over the last few months, his life seemed to have become all about work. It was all he seemed to do. The fact was, he'd lost control of his own life. He didn't even have time to go shopping, for God's sake.

It was still early enough to find plenty of parking spaces and he crawled slowly around the car park, lost in thoughts about his dismal life, until a pink Mini Cooper caught his attention. The colour would have caught his eye anyway, but it was the 'anywhere will do' style of parking that made him decide to park next to it. He promised himself it was just a coincidence and that he wasn't working, and he certainly wasn't going to interview her.

It didn't take him long to find her, but then there weren't that many well built, leggy blondes, in tight white jeans and T-shirt, tottering around on high heels in the supermarket this early on a Sunday morning. She was wandering along gazing into the frozen food cabinets when he spotted her, and he decided he would contrive a chance encounter and see what happened.

He approached her from the opposite direction, and coughed loudly just before he reached her. She swung round at the sound and looked straight at him. For a moment, he thought about changing his mind, but then she recognised him.

'Oh, hi,' she said brightly, smiling.

It was the sort of dazzling smile that made his stomach do somersaults. But just as it was obvious she had recognised him, it was equally obvious she had no idea where she knew him from.

'Hello, Miss Maine,' he said, to help her out. 'It's DS Slater. From yesterday. We came to speak to Mr Bressler.'

'Of course,' she said. 'I'm sorry. I can remember a face, but I'm not so good with names. But please call me Cindy. Miss Maine is far too formal. And surely you're not on duty today, are you?'

'Well, no,' he said laughing. 'I'm just out shopping. Even police officers have to eat.'

'And do police officers have names when they're off duty?' she asked.

'What? Oh, yes.' He blushed. 'It's Dave.'

Slater thought everything about her was attractive and she had an easy grace about her movements. Not for the first time in recent months, he found himself envying the sort of men who seem to have relationships with beautiful women like this. But what chance did a hard-up copper who was always at work have?

'Do I pass?' she asked, interrupting his thoughts.

'I'm sorry?' he said, his face turning red.

'You're looking at me as if you're weighing me up. I was just wondering, did I pass?'

'Errm, no. It's not that.' He flushed, embarrassed that his thought process was so obviously transparent. 'I was just, er. You see, the thing is, it would help if I could talk to you about Mr Bressler, but it's Sunday, and . . . No. I'm sorry. Forget I mentioned it. It's Sunday and I'm off duty and I shouldn't be bothering you.'

'Do I look bothered?' she asked, laughing. 'And what if it is Sunday? Rudy's away for a few days so I'm in no rush, and I was just thinking about coffee anyway. Why don't you join me? Unless you've got something better to do, of course.'

Her directness was totally disarming and, right at this moment, Slater couldn't imagine it would be possible to find anything better to do than have coffee with Cindy Maine.

She was looking straight into his eyes, and he hoped she couldn't read his thoughts.

'That's settled then,' she said. 'Come on. Mine's a cappuccino.'

Slater followed obediently in her wake, struggling to keep his eyes off her backside and his mind on the job as she swayed along ahead of him.

* * *

'So, what would you like to know?' she asked, placing her coffee cup carefully back on the saucer.

'I'd just like to confirm my opinion of Rudy, really. You'd know him better than anyone, so I'd like to hear what you think of him. Maybe he's spoken to you about what happened all those years ago.'

'If you're hoping I'm going to dish the dirt on Rudy and his business dealings you're going to be very disappointed. And if you're hoping I'm going to tell you he beats me up and treats me like a slave, or anything else like that, you're still going to be disappointed.'

'You make him sound like some sort of saint,' said Slater.

'Not at all,' she said. 'But he's never lied to me, he's treated me very well, and I've never had reason to doubt him about anything. As for his business, he doesn't tell me and I don't ask. That's how the deal works.'

'Deal?' asked Slater, his curiosity aroused. 'What deal?'

'You surely don't think this is a real, genuine relationship, do you?' she asked, sounding genuinely surprised.

The question totally threw Slater. His mouth opened and shut, but no words came out.

'Oh, you do, don't you?' She laughed, shaking her head. 'How old-fashioned of you.'

'I'm sorry,' said a baffled Slater. 'But you've lost me.'

'Hmm.' Cindy sighed, drumming her fingers on the table. 'I suppose I'd better explain what I mean, but goodness knows what you're going to think of me now.'

'Yes,' Slater said, still totally baffled. 'I think an explanation might be a good idea . . .'

* * *

'Isn't this Sunday supposed to be a day off?' Norman's voice came down Slater's mobile.

'Yeah. If you're busy it can wait.'

'Ha! If it could wait you wouldn't have called,' Norman said, and Slater smiled at his colleague's perception. 'It just so happens I'm not busy, as you well know, so how about I grab a takeaway and come over for lunch?'

'No.' Slater thought about the paunchy and pasty Norman standing next to the strapping Rudy Bressler. 'Forget the takeaway. You eat far too many takeaways. I've got a better idea. Be here in an hour. I'll cook lunch.'

'I'll be there, bearing a case of lager,' said Norman, sounding surprised at the offer. 'This I have to see. And eat.'

* * *

'So the deal is, she stays with him for five years, then he dumps her, and finds a younger replacement.' Slater was relaying the story Cindy Maine had told him about her relationship with Rudy Bressler.

'And they all have to fit the "attractive, blonde, big boobs and long legs" mould?' asked Norman.

'And be twenty-five years old,' said Slater.

'When we saw her the other day I thought she looked a lot like Sandra,' said Norman. 'Now I see it's no coincidence. It's like he's reliving those first five happy years he had with her.'

'That's exactly what the deal is. They fill her place for five years, then when they get to thirty they step aside and make way for the next twenty-five-year-old replacement.'

'Jeez. That's kinda weird, and rather unhealthy, don't you think?' asked Norman. 'That man needs help. He has to have some sort of psychological disorder.' He took a sip of lager. 'And these girls are happy with this arrangement?'

'They effectively sign a contract that means they exchange five years of their lives for a million pounds,' explained Slater. 'That's two hundred grand a year, tax free. And, according to Cindy, Bressler is the perfect gentlemen and never makes any unreasonable demands. They get treated well, and live a jet-set life with no expense spared. It's not a bad deal, and invested wisely they're getting a pretty good start in life.'

'And you think this proves what?' asked Norman.

'It could indicate that he really did love Sandra like he claims, and he's never been able to move on.'

'Or, like I said, it could prove he's nuts and needs professional help,' Norman said. 'And she volunteered this information? You don't think she was put up to it by Bressler?'

'I think she was for real. For one thing, she had no way of knowing she was going to meet me this morning. I didn't even know I was going to be there until I found I had no food in the house. And her deal's just about to come to an end. She's got a matter of days to go, but she doesn't seem remotely bitter about it. It all seems very matter of fact and business-like.'

'So how many of these girls has he gone through?'

'She's number three,' said Slater. 'Apparently number four will move in when Cindy moves out.'

'You mean to say you met up with that gorgeous woman, who will shortly be available, looking like that?' said Norman, grabbing another lager from the case he had brought with him.

'What's that supposed to mean?' asked Slater, slurping from his own can.

'Well, if you don't mind me saying, you're not exactly looking your best.' Norman looked at Slater scathingly. 'In fact, to be honest, you look like shit. Do I have to drink out of a can? Don't you have any glasses?'

'Drink from the can. Glasses have to be washed up,' said Slater. 'And have you looked in a mirror today?'

'Ah, yes,' Norman said, nodding. 'I take your point and accept your insult. But the thing is, I always look like this, whereas you normally look pretty good.'

'Look. I didn't know I was going to meet her, and I don't have any plans to include her in my future.'

'Just as well. Because, you'd have no chance looking like that. You haven't even shaved. I'm just telling you because it's a slippery slope. If you're not careful you'll end up looking like me.'

'Ha! No chance, mate.' Slater shook his head, laughing. 'I could never look that bad.'

Norman and Slater were good therapy for each other with their easy banter and good humour. Slater sometimes wondered how he used to cope before Norman came along. It seemed like that had been a very long time ago, but in fact it had been a matter of just a few short months.

They sipped lager in silence for a couple of minutes. It was Norman who broke the silence.

'This isn't just about meeting up with Cindy Maine, is it?'

Slater looked at him unhappily, but said nothing.

'You don't have to share if you don't want to,' said Norman. 'But at least talk to me about something or this is gonna be one hell of a dull afternoon.'

'I don't just look like shit,' said Slater, grimly. 'I feel like shit. My life is shit. Everything seems to be going to shit.'

'Let's just stop the bus for a minute, can we?' said Norman, sounding worried by Slater's little outburst. 'I understand you had a bad day yesterday, but that doesn't make everything bad, does it? I've told you before about this negative thinking of yours.'

'I know.' Slater sighed heavily. 'But right now, I'm finding it hard to feel positive about my life, when all I do is work and work and then do a bit more work. Take yesterday. We had a good morning and things were looking good, and then yesterday afternoon everything just seemed to go pear-shaped. It was all out of control and I couldn't do anything about it.'

'Why? Because the flasher escaped? Come on. That wasn't your fault. It was nothing to do with you. And you have to take your hat off to the old guy for having the audacity to just walk out. And anyway, didn't you say you caught him later? So what went wrong there? Didn't it all end alright?'

'It was a bloody nightmare, Norm. Sure, we caught the old flasher. That was easy. He was so busy wanking away all on his lonesome, he didn't see Steve creeping up on him. I made Steve wait with the old fart, to teach him a lesson, while I went off to put the wind up the others. They were all gathered around one car watching this girl shagging the brains out of some bloke.

'It was a right sad collection of perverts and dirty old men and they were lining up to take turns with this beautiful young woman. When I got there, they thought I was trying to jump the queue. They were like animals. I had to knee some bloke in the balls to stop him from punching my head in.

'Why on earth would a beautiful girl do that with blokes like them? It's not as if she does it for money. I just don't get it, Norm.'

He stopped talking and stared at the floor. He knew without even looking at his friend's face that Norman was probably confused by how much Slater was affected by this. They dealt with horrible stuff like this all the time, after all.

'Ahhh!' Norman said, suddenly. 'I think I see where this is going. You knew the girl, huh?'

Slater nodded his head.

'You know her too,' he said quietly.

'I do?' said Norman, looking startled.

Slater watched as Norman's face went through a range of machinations. He was clearly wracking his brains, rifling through all the young, attractive women he knew.

'You were talking to her yesterday morning,' said Slater. 'You said she looked at you as if you'd handed her a slimy turd.'

Slater saw the penny drop, and Norman's eyebrows shot up in surprise.

'What? You mean PC Flight?' Norman's voice had raised a whole octave.

'Apparently also known as Blonde Bobby, the best shag in the county,' said Slater sadly. 'What a friggin' waste. She could have been a bloody good copper if she'd wanted to be.'

'Holy shit,' said Norman. 'What did you do?'

'I wanted to knock some bloody sense into her,' said Slater, glumly. 'Instead I just gave her a lecture and suggested she take some time off while she considered her future.'

'Did Steve see her?'

'No. And that's another thing. Putting them together was a mistake. She seems to have been working her charms on him and got right under his skin. He seems to think she's the greatest thing since sliced bread.'

'Are you gonna tell him?'

'I'm rather hoping she's just going to fade quietly away and he won't have to know,' said Slater. 'But something tells me that's just wishful thinking on my part.'

'She's one strange piece of work,' Norman said, whistling. 'Somehow I don't see her as the "fading quietly away" type.'

This time they both studied the floor for a while.

'So, have you thought about what you're going to do about her?' asked Norman.

'I've been thinking about it all bloody night,' said Slater. 'That's why I look and feel like shit today. But I've decided I'm not going to do anything. It's difficult. I know her husband. She was using his car for God's sake.'

'Oh hell,' said Norman. 'So you got his registration number along with the others?'

'Yeah,' said Slater. 'But I have the list. When I hand it to Steve, there's going to be one missing.'

'Are you sure you're doing the right thing?' Norman was looking at Slater intensely now.

'No.' Slater smiled ruefully, looking up at Norman. 'But I'm giving her the chance to resign without anyone finding out what happened, not even her husband. It's a chance for her to sort herself out and start again. Maybe she needs to get some help. To my mind, giving her that chance is the right thing to do.'

'I hope that decision doesn't come back to bite your arse,' said Norman. 'But you're right about it being a shit situation.'

He took another swig from his lager and they sat in silence for a while.

'So, when's this lunch going to be ready?' Norman asked, clapping his hands together. 'I'm not used to eating lunch this late in the afternoon. I'm starving.'

CHAPTER TWENTY-TWO

Sharing a case of lager with Norman hadn't seemed such a bad idea on Sunday afternoon. Even when it started getting late and Norman conceded he would, yet again, have to sleep on Slater's settee because he was over the limit and unable to drive home, it had still seemed pretty cool. But then, at six o'clock this morning, when his alarm had gone off, Slater realised that maybe it hadn't been such a good idea after all.

Sunday afternoon had started off okay. Once they'd got past the thorny issue of PC Flight and her extra-curricular activities, they'd spent the next couple of hours trying to figure out why Slater thought his life was so shit. Norman had assumed his usual agony aunt persona and concluded Slater needed some interests other than work.

Not for the first time, he had suggested a good woman in his life would be a suitably positive step in the right direction, and reminded him that Jelena might just be that suitably good woman. He had also warned him that he'd never find out if he didn't ask her out again and actually talk to her this time.

From that point on, everything seemed to get a bit hazy, but Slater was pretty sure that between them, they'd come up with answers to almost all the world's problems, finally concluding that they should be running the world and that all politicians were arseholes who couldn't solve a problem if it came complete with a built-in answer.

This morning, to put it bluntly, Slater felt like shite, but at least this time it was a physical thing and not a mood thing. This made it okay to feel shite, because he knew it was his own fault, and besides, if he drank enough coffee he figured he would soon begin to feel human again. He looked enviously at Norman, shambling along beside him. His clothes looked as if they'd been stolen from a scarecrow, and Slater certainly didn't envy him that, but how come the bugger looked so bloody bright and cheerful? You'd never know he'd had a drink yesterday.

A low murmur of conversation filled the incident room as they entered and made their way to the front desk. Before either of them could say anything, Jane Jolly appeared.

'PC Flight's called in sick, sir,' she said.

'Yes. Right,' said Slater, uncomfortably.

Jolly looked at him strangely, and Slater knew his reaction had probably seemed a bit odd.

'Right,' he said, beginning the briefing. 'We've had some interesting developments and we've got one or two leads that probably should have meant something to the original inquiry, but don't appear to have been checked out. We believe they are worth pursuing, so listen up.'

Slater noticed Steve Biddeford wasn't in his usual place right at the front. Instead, he was right at the back, and he didn't appear to be paying a great deal of attention, which wasn't like him at all. It was as if he had something on his mind and he was brooding over it. He made a mental note to try to find time to ask him what was wrong.

* * *

Slater's observation that Biddeford wasn't paying much attention was correct. Hidden away at the back of the room, he wasn't listening to the briefing at all. He was pissed off.

He was pissed off with being used as a bloody clerk by Slater and Norman. Phillipa Flight had told him he was being used, and she was right. He was pissed off with Slater for another reason too. It was his fault Flight was off sick. She'd turned up at his house yesterday afternoon. The poor girl had been distraught, but she'd had no one else to turn to.

She had told him how Slater had been sexually harassing her for weeks and how things had come to a head Saturday night, and that she just couldn't take any more. From what she'd said, it sounded as though he'd almost raped her. Biddeford had told her she should make an official complaint, but she'd just asked what was the point? She thought no one would believe her word against Golden Boy Slater. She was going to resign instead.

But that just wasn't fair, was it? If Slater was some sort of sex pest, why should he get away with it? If Phillipa wouldn't make a complaint, then perhaps he should. He'd told her so this morning when they'd woken up. She had insisted he shouldn't, and he'd told her he wouldn't, but on the drive to work he'd realised he had to do what he believed was right. He was going to see Bob Murray later and do just that.

* * *

'So that's where we are,' Slater concluded. 'We've got progress on the light aircraft front, thanks to good work from DC Biddeford and PC Flight, and we've got the new leads. There's the telephone issue in the Bresslers' new home — was it working or not? And we've got the taxi. Did Sandra book it, and if so, where was she going? Did she even get in it?'

'We're making progress. Well done everyone. See DS Norman before you head off for breakfast and he'll give you your assignments for today.'

There was the sound of chairs scraping on the floor as people began to get to their feet and make their way to the front.

'One more thing I nearly forgot. While all that was going down on Saturday, we also caught Dick Waver, the

Phantom Flasher. Well done DC Biddeford and PC Flight, again.'

This announcement was accompanied by a small round of cheering, some ironic boos, and a lot of ribald comments. Slater stood back out of the way to allow everyone easy access to Norman, and took a big, long, slug of coffee. *When you step back and looked at it objectively, we are making progress. It's never quick enough, of course, but we are finding leads to follow, and that has to be progress.* He became aware PC Jolly was standing before him.

'Can I ask a question?'

'Sure,' said Slater. 'Fire away.'

'I may well be speaking out of turn,' she said. 'But I've got a problem with this inquiry.'

'I'm not sure I understand.'

'There's one victim who seems to be getting forgotten about,' she said. 'And being a mum with a little girl of my own, I'm becoming a bit uncomfortable about it.'

She pointed at the whiteboards. Slater's gaze followed where she indicated.

'We haven't even got the poor little thing's name on the bloody board,' she said, sadly. 'And that piddly little photo. Can't we get a decent sized one put up there? Perhaps then everyone might notice that she was a victim too.'

Slater knew she was right on the mark. He suddenly felt about an inch tall. His face was glowing red like a traffic light.

'Is this where I get chewed off for speaking out of turn?' Jolly said, nervously.

'Not at all,' said Slater. 'On the contrary, this is where I go and find a nice big stone to hide under. I'm ashamed to admit it, but you're right. We've focused so much on the adults, simply because we feel that's where our best leads will come from, but we should never forget there's a third victim. Can I ask you to get this sorted for me today?'

'I'd love to,' she said. 'Leave it with me.'

As she turned to go, he called her back.

'Thank you.'

'No problem.' She smiled, turning to Norman.

'Ah, PC Jolly Jane,' said Norman, sorting out a task sheet and handing it to her. 'It's your lucky day. Today you get to look for the needle in the haystack.'

'Come on, then,' she said, sighing. 'What do you want me to do?'

'Fifteen years ago, a taxi supposedly picked up Sandra Bressler from her house. To win today's star prize of a night out with yours truly, all you have to do is find out which taxi company.'

'Oh, you're so kind,' she said, laughing. 'I get all the easy jobs. Is there a booby prize if I fail?'

'Oh yes, you lucky girl. The prize for failure is a night *in* with me.'

'Now there's an incentive to succeed if ever there was one,' she said over her shoulder, as she bustled away.

'And the next lucky winner,' said Norman, to the remaining two detectives, 'is DC Tony Ashton, who gets not one, but two tasks.'

'Bring it on,' said Ashton, sounding keen as ever.

'Okay,' began Norman, handing him a task sheet. 'Task number one is to contact BT and find out the state of play with the telephone line to the Bressler's house back then. Was it connected before they moved in? Was it working? Was it reported as not working? Blah, blah, blah.

'Task number two is to look into Sandra Bressler's bank accounts. You know the drill — we're looking for anything that looks suspicious. We especially want to know if she was stashing money away, so check for savings accounts or large withdrawals of cash.'

'I'm on it,' said Ashton, and headed out of the room.

'And that just leaves our star performer.' Norman smiled at Biddeford.

Slater watched as Biddeford stared grumpily at Norman. What was going on with him today?

'Did you get out of bed on the wrong side today?' enquired Norman.

'Have you got anything special for me today, or not?' said Biddeford. 'Because if you haven't I'll get on my way. I've got an aeroplane to look for.'

'That'll keep for tomorrow,' said Norman. 'We want you to look into Bressler's background today.'

'Oh, terrific.' Biddeford sighed heavily. 'Another day stuck in front of a bloody computer.'

Slater had walked over to stand beside Norman; he wanted to speak to Biddeford when they finished. His mouth dropped open in surprise at this outburst, and he saw Norman's do the same.

'D'you have a problem with that, Detective Constable?' asked Norman, bristling with anger.

'What do you care if I have?' snapped Biddeford.

'Hey,' said Slater, shocked by Biddeford's venom. 'Just watch with the attitude, Steve.'

'Pick on Steve Biddeford day, is it?' Biddeford glared at Slater.

For a few brief seconds there was a stand-off, Slater and Norman one side of the table, and Biddeford the other. It was Slater who broke the ice.

'Let's start again, shall we? How did it go yesterday interviewing the flasher with Tony Ashton?'

Biddeford tossed the folder he was holding onto the desk in front of Slater.

'It's all in my report.'

Slater felt like Biddeford was trying to goad him, but he had absolutely no idea why. He had to bite his tongue not to retaliate. Perhaps something had happened outside of work to put Biddeford in a rotten mood.

'I've got those registration numbers from Saturday night,' said Slater, handing Biddeford a sheet of paper. 'Can you get someone to find out who the owners are and we can go pay them all a visit.'

Biddeford took the list and looked at it.

'You've missed one. I'm sure there were eight cars, but there's only seven numbers here.'

'Well, I only seem to have the seven,' said Slater, carefully. 'Perhaps you were mistaken.'

'I don't think I am, but if you say so, I suppose I must have been,' said Biddeford, sulkily.

That was it. Slater had had enough of the sulky little boy attitude.

'Look,' he said, sternly, 'I don't know what your problem is this morning, but whatever it is, you're no good to this team if you're going to behave like a little boy who's lost his favourite toy. I suggest you go and find yourself a better attitude before you start work, otherwise you might just as well sod off for the rest of the day.'

'Is that it?' said Biddeford. 'You finished?'

'Yes,' said Slater.

'Good,' said Biddeford. 'In that case I'll do what you said and sod off for the rest of the day. Alright?'

With that, he turned and slammed his way out of the room. Slater and Norman watched him go.

'What was that all about?' asked Norman.

'Buggered if I know,' said Slater, wearily.

'That's not because someone's been taking the piss over the flasher escaping, is it?'

'I don't see how. I don't think anyone really knows about it except me, you, him and the duty sergeant, and he's not going to take the piss without making himself look an idiot, is he?'

'This just isn't like him at all, is it?' said Norman, sounding worried. 'I wonder what's got into him?'

'No, it's not like him, but if he doesn't want to talk about it there's not much we can do, is there? Let's just give him some space. I'm sure he'll be alright later.'

CHAPTER TWENTY-THREE

Rustins Removals was the only real removals company in Tinton. There were a couple of one- or two-man operations, but Rustins went that bit further with a large factory unit that incorporated office space, a storage facility and garaging for several vehicles. They also employed enough staff to cope with the demand their service generated.

When Slater had phoned earlier to ask if anyone could help with their enquiries, he had been pleasantly surprised to find the foreman, Ted Pearce, who had supervised the Bressler's move, was still with the company. Although close to retirement, he now worked in the unit looking after the storage containers and doing whatever needed doing to keep things running smoothly.

'I read about them bodies being found in the newspaper,' he told Slater and Norman as he made three cups of tea. 'They said she'd moved here from the Midlands fifteen years ago. I remembered we'd done a job moving a lady and her daughter back then, and they'd disappeared not long after. I figured it couldn't be a coincidence, so I thought I'd have a look back through the records to see.'

He handed a worksheet to Slater.

'I thought you might want this. That's her signature at the bottom of the sheet,' he told them.

'You must have a very good filing system, Mr Pearce,' said Norman, sounding impressed.

'Certainly better than anything we've got,' admitted Slater, as he studied the worksheet.

'It never used to be,' said Pearce. 'But it gets a bit boring around here some days, so about a year ago I set myself the task of sorting it all out. Now I can put me finger on just about anything within five minutes. I didn't think I'd ever need to; it was just something to keep me occupied, you know?'

'You did a good job, Mr Pearce.' Slater smiled, beginning to feel human again now. 'You've probably saved us a lot of time. I know it was a long time ago now, but can you remember anything about the job that was unusual?'

'The fact that we went up there to move them down here was different,' said Pearce, scratching his balding head thoughtfully. 'Usually it was about us moving people from this area away to somewhere else. But other than that I honestly don't remember much.'

'What about Mrs Bressler?' asked Norman. 'Do you remember anything about her?'

'I remember she was a nice-looking girl,' Pearce said. 'Very nice. Set all the lads' pulses racing that day, she did. Mine too.'

'Good figure, huh?' Norman asked, encouragingly.

'Oh yes.' Pearce nodded wistfully. 'Lovely face, long blonde hair, long legs and—'

'Big boobs,' finished Norman.

'That's right,' Pearce said, nodding enthusiastically. 'She had the lot, and she was really nice with it, you know? Not stuck-up like some rich girls. She was happy to make us tea all day. She even made us breakfast when we got there because we'd had an early start. She was a good 'un. I couldn't believe it when I heard she'd run away a week later.'

'You thought that strange?' asked Slater.

'Well, you can't ever get to know someone well in a few hours, can you?' said Pearce. 'But she didn't seem like she was planning on leaving to me. She was more like someone who was coming home, for good.'

Norman fumbled in his jacket pocket and produced two photos. He laid the photo of Sandra Bressler on the table.

'Is this her?'

Pearce looked at the photo.

'It was fifteen years ago,' he said cautiously. 'It probably is, but I couldn't swear to it.'

'What about this one?' asked Norman, placing a photo of Cindy Maine on the table, next to Sandra Bressler's.

Ted Pearce frowned in concentration as he looked from photo to photo.

'I'm sorry,' he said. 'I don't want to let you down. But it was a long time ago, and these girls all look the same to me. Don't you agree? It's like they all come out the same mould or something.'

'Don't worry. It's okay,' Norman reassured him. 'That's kind of what I'm thinking. I have a theory that it's very hard to remember faces from many years ago. Like you say, when they have the same hair and figure, they do tend to all look the same.'

Pearce looked relieved.

'I do remember the little girl,' he said. 'She was a pretty little thing, just like a mini version of her mum. I seem to recall she was very shy, but the thing that really sticks in my mind and makes me remember her so well, is that she had very pale skin, with lots and lots of freckles. And she had lots of long ginger hair. It reached halfway down her back. Lovely little thing, she was.'

He had a faraway look on his face as he remembered the little girl from fifteen years ago.

'Well, thanks for sparing us your time, Mr Pearce,' said Slater, pushing his chair back and getting to his feet. 'We really appreciate it.'

'Can we keep this worksheet?' asked Norman.

'Of course you can,' Pearce said, smiling. 'And it's no trouble. If you need to ask any more questions I'll do my best to help.'

* * *

As they made their way back to the car, Slater's mobile phone began making weird noises. He stopped and dragged it from his pocket.

'Slater,' he said into the phone.

He listened for a few moments, said 'brilliant', and then listened a bit longer.

'Well done, Jane. Can you text it to me, please?'

'Sorry, no,' Slater continued. 'You can't go home early. But you can give Steve Biddeford a hand looking into Bressler's background.

'No, no, no,' he said finally. 'You only had to spend the night in with Norm if you failed. Yeah, I know, a fate worse than death. But I'll tell you what, you've done so well, we'll both take you out!'

He was smiling broadly as he ended the call.

'That was Jolly Jane,' he said, beaming. 'She's only managed to find the taxi driver who picked Sandra up that day! She's just going to text me his address. Apparently it's not far from here. We can call in on the way back.'

'Now that is good news,' agreed Norman. 'You know, I think that girl's far more resourceful than we give her credit for.'

They climbed into the car, both listening for Slater's phone to herald the arrival of the taxi driver's address.

'I have a complaint,' said Norman, as they waited.

'What?'

'Next time I offer Jolly Jane the chance to spend an evening with me as a reward for a job well done, do not suggest it's a fate worse than death, and do not try to gatecrash by inviting yourself. Okay?'

'She wouldn't spend an evening with either of us, you fool,' said Slater. They both knew Jane Jolly was devoted to her husband and kids.

'That's not the point,' said Norman. 'When someone is offered the chance of a lifetime, like that, they don't want to hear you're coming along too. You know you'll just spoil the whole thing for them, right?'

Slater looked at Norman, who was trying hard, but failing, to maintain a serious expression.

'Yeah, right, Norm. Whatever you say, mate.'

* * *

Slater's mood improved even further when he discovered it was going to take just ten minutes to drive to the home of Arthur Deadman, the taxi driver who had collected Sandra Bressler on the day she disappeared. However, it was a short-lived improvement, as it soon became clear Mr Deadman was not going to be anywhere near as helpful as Ted Pearce had been.

Arthur Deadman was eighty-three and was not a well man. He was deaf as a post, his eyesight was going, and his memory was so hazy he didn't even seem sure what day it was. Slater was pretty sure that if the old man's wife hadn't been there to look after him, he would have been unable to fend for himself and would have been in a care home.

Norman instinctively took the lead once Mrs Deadman had let them in, his natural patience and easy-going charm immediately putting her at ease. Slater was happy to take a back seat and look on admiringly as Norman worked his magic.

Luckily for them, Mrs Deadman proved to have a pretty good memory, and she could remember the time in question quite well. It turned out her husband had been keen to make a statement to the police at the time to make it clear that whatever might have happened, it was nothing to do with him.

'It was terrible,' she told them. 'Arthur was retired, really. He was only working that day to help out because they were short of staff. He was just doing his job, that's all. He went to the police station to make a statement and then suddenly they were asking all sorts of questions about where he'd taken them and what he'd done to Mrs Bressler and her daughter. By the time they'd finished, they made him feel as though they thought he'd done away with them.'

Slater felt a certain amount of pity for the Deadmans. He knew DS Nash, who had led the inquiry back then, and he knew just how unpleasant Nash could be when it suited him. His nickname had been 'Nasty Nash' and with good reason.

'Just to make sure we've got our facts right,' Norman said, patiently. 'Can you tell me where he took them that day?'

'To Gatwick airport,' Mrs Deadman said. 'Mrs Bressler, the little girl, and several suitcases. I remember him complaining about all the cases. He had to load them all onto a trolley and push them inside for her.'

'Did he say anything about Mrs Bressler? About her behaviour?'

'I remember he said she was quite unpleasant, and not at all grateful for his help with the cases. She didn't even give him a tip.'

Slater leaned forward involuntarily at this little snippet, and out of the corner of his eye he saw Norman do the same.

'I don't suppose there's any point in showing him a photo to check if he recognises her?' Norman asked.

'Sorry,' Mrs Deadman said, sighing. 'That would be a complete waste of time. I know he said she was very nice-looking. "Well bred" was the expression he used. I think that's why he was so upset by her being so unpleasant. He thought someone like that should know better.'

'Would this woman fit the bill?' asked Norman, producing the photo of Sandra Bressler.

'Oh yes. I'm sure that's the type,' she said, quite definitely. 'Is that her?'

'Yes. That's Sandra Bressler,' said Norman. 'Did your husband ever mention the little girl who was with Mrs Bressler?'

'Oh yes.' She smiled at the memory and clasped her hands together. It was almost as if she could see the conversation back then and listen in to it.

'He thought she was wonderful,' Mrs Deadman continued. 'A right little chatterbox, he said. Never stopped talking, even though her mother kept telling her to stop. She told him how they were going on holiday but she had to keep out of the sun, because she had pale skin and burned easily.'

'Do you know if she had red hair?' asked Norman.

'That's right,' she said, clapping her hands together. 'He told me she had red hair. Lots, and lots, of curly red hair.'

'Pale skin, and red hair,' said Norman carefully, clearly trying to coax as much detail as possible. 'So lots of freckles.'

'It's funny you should say that,' she began. 'Because I clearly remember him saying she didn't have any freckles at all. He thought that was odd, because pale skin and red hair usually means freckles, doesn't it?'

* * *

'So what do you make of what we've learnt this morning?' asked Slater when they got back in their car to head back to the station. 'Does it confirm your "second woman" theory?'

'What "second woman" theory?' asked Norman.

'Come on, Norm. Give me some credit here. I'm not an idiot. You showed Ted Pearce both photos because you figured he wouldn't be able to tell one gorgeous, leggy blonde, with big boobs and long hair, from another. Am I right?'

'It's just an idea I think might be worth looking into,' Norman said. 'Don't you?'

'I think it's an idea we have to look into,' Slater said, nodding. 'Especially as we've just had two people give us totally opposite personality descriptions. For both mother and daughter.'

CHAPTER TWENTY-FOUR

'I see PC Jolly's done as you asked,' said Norman, as they came back into the incident room. He nodded towards the new whiteboard that now stood alongside the others.

'Now that's more like it,' Slater said, following his gaze.

They both stopped in front of the board to admire Jolly's handiwork. In large block letters, the board was devoted to: *Victim Number Two — Rose Bressler, Age — five years.* A nice big photograph clearly showed the slightly anxious smile of a shy-looking but pretty five-year-old with lots of freckles and long ginger hair that cascaded down over her shoulders.

'Well, I suppose you could turn straight hair into curly hair easy enough,' said Norman. 'But there's no way you could hide those freckles. So, if this is Rose, who's the kid who got in the taxi?'

'And, even more important, who was the woman with her?' added Slater, tossing the removals worksheet onto his desk.

'We must try to keep open minds on this,' Norman said, still looking at the whiteboard. 'We've only got Mrs Deadman's word for it, and she wasn't even there.'

'I haven't forgotten that,' Slater said. 'But you have to agree it all adds up. Someone murders Sandra and Rose, and then impersonates them to make it look like they ran away. It works for me.'

'It takes Bressler out of the frame then.'

'Not if he had an accomplice who looked like Sandra,' argued Slater.

'What about the matching kid? That would be just a little too convenient, don't you think?'

'But that's just the point,' Slater said, smiling. 'It wasn't a matching kid, was it? If Mrs Deadman is right, it was close to being a match, but not quite close enough.'

'We need some way of confirming her story.' Norman sighed heavily. 'Maybe if we can find out which flight they got on at Gatwick we'll get lucky.'

'Didn't the original investigation say they never traced the flight?' asked Slater.

'Well, yeah,' said Norman. 'But how hard do you think they looked?'

'Good point,' agreed Slater. 'That's the sort of job Steve Biddeford's good at.'

As they were talking, Jane Jolly appeared.

'Nice work on the board.' Slater pointed at the picture of Rose.

'Thank you, sir,' she said, but she looked a bit uncertain.

'You didn't come in here seeking praise, did you?'

'I'm afraid not.' She shifted uncomfortably. 'It's the boss. Big Bob. He left a message saying he wants to see you, in his office, just as soon as you get back.'

'What? Both of us?' asked Norman.

'Uh, uh,' said Jolly, shaking her head. 'Just DS Slater.'

Slater began to get an ominous feeling. He'd been taken to task for speaking his mind before, but he was sure he hadn't spoken out of turn recently. Even so, this sounded suspiciously like he was going to get a bollocking for something.

'Did he say what I've done wrong?' he asked.

'No,' said Jolly. 'But he definitely didn't sound very happy. Not even a "please" or a "thank you".'

'Shit,' muttered Norman. 'Now that does sound bad.'

Bob Murray was renowned for his sometimes old-fashioned ways, which included good manners. He only ever forgot them when he was in a seriously bad mood.

'I'd better go face the music,' said Slater, grimly. He picked up the jacket he'd just taken off and turned to go.

'Good luck,' said Norman. 'While you're gone I'll see if I can track down Biddeford and get him going on the flight search. Maybe he'll be in a better mood now he's had time to cool down.'

* * *

Norman watched Slater make his way from the room, feeling slightly worried for his colleague and friend.

'Anyway,' he said to Jolly, keen to lift the mood, 'you seem to be the only person who knows what's going on around here, so where can I find Steve Biddeford?'

'Don't know,' she said. 'No one's seen him since his little outburst this morning.'

'Really?' asked Norman. 'That's so unlike him to play the spoilt kid. He's usually Mr Reliable. I wonder what's eating him today.'

Jolly was looking distinctly uncomfortable, and studiously trying to avoid Norman's gaze, but Norman was an old hand. He knew guilt when it was stood right in front of him.

'You know something about this, Jane, don't you?'

She looked even more uncomfortable.

'Don't make me pull rank, Jane. This is about holding the team together and keeping people happy. We'll never solve this thing if there's infighting going on, you know that. If you know something you need to tell me.'

'It might be nothing,' she said quietly.

'If it is, it'll go no further than me, I promise.'

'I feel like a gossip,' she said, unhappily.

'Look. I'm known for my ability to keep a secret.' Norman sighed, impatiently. 'If it turns out to be nothing,

I won't tell anyone and then no one will know you told me. Now come on, out with it.'

'Like I said, it might be nothing, but when Phillipa Flight phoned in sick this morning, she called from Steve Biddeford's home phone number. I think she must have slept with him last night.'

'Ahhh. I see,' said Norman, very slowly and thoughtfully. 'That could explain quite a lot.'

He could have said a whole load more, and Jolly looked as though she was expecting him to explain, but he figured she probably had no idea about Flight's night-time hobby, and now certainly wasn't the right time to tell her.

'Right,' he said decisively. 'You know nothing about this, okay? I'll speak to Dave when he comes back and we'll work out what to do for the best. In the meantime, you get back to your work. I'll speak to you later.'

'Okay. I know nothing,' said Jolly as she headed back to work.

Norman thought it would be great if he could say the same . . .

CHAPTER TWENTY-FIVE

'Come,' boomed Murray's voice from beyond the door, as Slater knocked.

Taking a deep breath, Slater opened the door and walked in. Murray had his head down reading something on the desk in front of him. He ignored Slater, leaving him feeling distinctly uncomfortable, until he'd finished reading, then he sat back in his seat.

'Ah. DS Slater. Thank you for coming to see me.'

Slater said nothing. Such formality from the boss was usually a bad sign, and there was an uncomfortable looking chair in front of Murray's desk. This was known amongst the staff as the 'chop chair'. Rumour had it that people were only ever invited to sit in this particular chair if they were about to get a serious bollocking.

Slater knew how uncomfortable that chair was — he'd been invited to sit in it on more than one occasion before, but he'd always known why. Usually it was because he'd said the wrong thing at the wrong time, and he accepted such bollockings as being fair enough, but right now he had no idea what he was guilty of.

'Is anything worrying you?' asked Murray. 'Only you look a little uncomfortable.'

'Well, to be honest, boss, I'm a bit concerned about the "chop chair" being set in front of your desk like that. I'm always prepared to accept a bollocking when I'm in the wrong, you know that, but right now I'm in the dark about why this one's coming my way.'

Murray let Slater stew for a few moments.

'That chair's not just for the benefit of those about to be chewed up.' He smiled at Slater. 'It's also for people who annoy me by insisting on seeing me when I'm busy. By making them sit on an uncomfortable chair, they tend to take less of my time than they otherwise would. It works very well. I recommend it for time-wasters.'

Slater breathed a sigh of relief. Perhaps this wasn't going to be so bad after all.

'Anyway, you already know just how uncomfortable that chair is, don't you?' asked Murray, easing his chair back and getting to his feet.

'I have had the pleasure once or twice, yes,' Slater said.

'But not today,' said Murray, pointing across the office to two easy chairs either side of a low table. 'This is a chat, not a bollocking.'

He led the way across the office, poured two cups of tea and invited Slater to settle into a chair.

'So how's this case going?' he asked. 'Give me a five-minute update.'

And so Slater did, bringing Murray right up to date with what they'd discovered this morning.

'And does Norman agree with this idea that there was a second woman impersonating Sandra Bressler?'

'He was already thinking it was a possibility before we spoke to Mrs Deadman,' Slater said. 'But we're also aware that even though it's a neat theory, Mrs Deadman's not a viable witness. We need to find some real proof.'

'It fits though, doesn't it?' said Murray, thoughtfully. 'I like the way you and Norman work together. I shouldn't really have two sergeants working together, but it seems to be proving to be very successful. What's young Biddeford working on today?'

'He's out looking for the light aircraft,' Slater said, lying. 'He's pretty sure he's got it narrowed down to the type of plane, and where it's based—'

'Stop right there!' Murray barked. 'I have to ask myself why you're lying to me. Are you trying to protect Biddeford, or yourself?'

Slater stopped talking, his face turning scarlet. His mouth opened and closed a couple of times, but nothing came out.

'Did you know Biddeford came to see me earlier today to ask for a transfer?' said Murray, quietly.

'What? Err, I mean, no, sir. No. I didn't know that,' said Slater.

'Did you know he is so unhappy he feels it's the only thing he can do?'

No point in lying to cover for him now, thought Slater.

'Up until this morning,' he said, 'Biddeford has given the impression that he's happy to be an important part of our team, and we've done our best to encourage him and help him develop.'

'And what happened this morning?' prompted Murray.

'He came in like a bear with a sore head, complaining that we give him all the shit jobs to do and saying he's had enough,' explained Slater. 'When Norman tried to give him his task for today, he got all arsey. I told him he was going to be no use to the team the way he was, and to either change his attitude or sod off home.'

'And he chose to go home,' finished Murray.

'I thought he'd go off and have some breakfast, think about things, calm down and get back to normal.' Slater sighed. 'I probably didn't handle it very well, but I wasn't going to have him bad-mouthing his superiors and upsetting the team.'

'Hmm,' said Murray. 'You probably could have chosen your words better, but you're right about his attitude. Like the rest of us, he has to respect the rank even if he doesn't like the person. I'm sure half the staff here hate my guts and probably with good reason, but I still expect them to respect my position.'

Murray gazed out of the window. Slater thought his boss was probably right about half the staff hating his guts, but he didn't think telling him so would be appropriate right now, so he kept quiet and let Murray think.

'And there's nothing personal between the two of you?' Murray asked, eventually.

'Not that I'm aware of,' said Slater, a bit puzzled by the question.

'And as far as you know the other men in the team are quite happy?'

'Yes, sir.'

'What about the female members of the team? Are they all happy?'

Slater couldn't see where Murray was going with these questions. What was he getting at? Am I being accused of something? Whatever it was, he wanted to know. He couldn't handle all this piddling around.

'Sir,' he said, 'if I'm being accused of something, I think I have a right to know what it is.'

'Of course,' said Murray. 'And, if you are accused of something, I'll tell you.'

Now Slater was confused and getting a tad steamed up.

'I'm sorry, sir, but that's not good enough. Your questions appear to suggest there may be a problem between me and the female members of the team. If that's what you're suggesting, I'd rather you came out and said as much.'

Murray let out a long sigh.

'So tell me about PC Flight,' he said.

'What about her?' asked Slater, warily.

'How do you get on with her?'

'Well, she's a bit fierce,' said Slater. 'She fancies herself as a bit of an action woman so she creates merry hell when she's asked to work inside. And I sometimes wonder if she has a sense of humour, but when she puts her mind to it she's a good copper.'

'Have you had a sexual relationship with her?'

'What?' Slater was shocked. 'No, I bloody haven't. Who says I have?'

'Calm down, calm down,' said Murray. 'No one is saying you have, I'm just trying to establish a few facts.'

'Why?' asked Slater. 'What the hell's going on?

'There's a possibility that PC Flight is going to file a complaint against you for sexual harassment.'

'She's bloody lying,' said Slater, aghast. 'Who's told you this? Is that what Biddeford told you?'

'Is she off sick today?' asked Murray, ignoring Slater's questions.

'Yes,' said Slater, trying desperately hard to keep his cool.

'Do you know why?'

'No,' Slater said, even though he knew full well.

'Get someone to find out,' said Murray. 'And I want to know the real reason, not some made-up bullshit.'

He turned to face Slater, who was looking somewhere between shell-shocked and homicidal.

'Now listen to me,' said Murray sternly, 'you are to speak to no one about this, do you understand? I know you want to go and murder someone right now, but you're to do nothing. Got it?'

'Are you really supposed to warn me this might be coming my way?' asked Slater.

'Of course not,' said Murray. 'And if I thought there was even the slightest possibility that it might be true, I wouldn't have told you anything about it.'

Well, at least I've got the old man on my side from the start.

'Now,' said Murray. 'I want you to go and take a walk around town so you can cool down and get yourself together. In the meantime, I intend to speak to Norman, and then I shall ask him to stick with you and make sure you don't do anything stupid. Stay away until Norman calls you. Got that?'

He began to get to his feet. The chat was over.

'Yes, boss,' said Slater, standing up.

'I mean it, David. If you do anything to make people think we've had this conversation, you'll be back out directing traffic.'

'Right, boss. I promise I'll behave.'

As Slater made his way to the door, Murray picked up the phone and spoke into it.

'Can you ask DS Norman to come up and see me.'

* * *

Slater was bloody furious. Why was Biddeford doing this to him? Hadn't he given the guy his chance? Hadn't he looked after him and encouraged him? They made a good team, so why had this happened now?

Of course — it was all about Phillipa Flight, wasn't it? Putting those two together really was a big mistake. Biddeford was pretty naive where women were concerned. He would have been putty in Flight's hands. *She's turned him against me.* But there was nothing he could do about it — he'd promised Bob Murray and there was no way in the world he was going to let the boss down.

He'd been walking and brooding on his situation for about twenty minutes when his phone began to ring. He looked at the incoming number, but it wasn't a number he knew. He hummed and hawed about answering it, then decided yes, he would. If it turned out to be someone trying to sell him something, he was in just the right mood . . .

'Hello?'

'Is that DS Dave Slater?' asked a pleasant female voice. He thought he should recognise the voice, but he couldn't quite place it.

'Speaking,' he said.

'Oh, hi. This is Cindy Maine. You said I could call if I wanted to talk to you.'

The day's beginning to look up.

'Miss Maine. This is a pleasant surprise.'

'Please call me Cindy. Miss Maine makes me sound like an old dear of about eighty.'

'I'm sorry, Cindy. Now what can I do for you? Do you have some information for me?'

'Not really, no. I just wanted someone to talk to. Do you mind?'

'What, about Rudy? Won't he mind you talking to me?'

'Oh don't worry about him. He's lost interest in me now my time's just about up. He's busy preparing the next one.'

'That sounds really clinical,' said Slater.

'Of course it's clinical. I told you before, it's just a business deal. There's nothing emotional about the relationship at all, I'm just there for show.'

'I'm not sure I really understand how that works,' said Slater, and he meant it.

'So why not buy a girl a drink and let her try to explain it to you?'

'Really?'

'Really. It would be wonderful to have a real conversation with a real person.'

'A real person?' asked Slater.

'I'll explain when I see you. I will see you, won't I?'

There was the merest of pauses, and then, for once, he forgot he was a policeman and let his first instinct think for him.

'Yes. Yes, you will see me,' he said, suddenly decisive. 'When?'

'Whenever suits you. I'm free just about all the time, but I guess you must get pretty busy.'

'In my job I never know what's going to happen, so it's always a bit difficult to arrange anything. How about tonight? How much notice do you need?'

'Ha!' She laughed down the line. 'Five minutes, if you'll take me as I am.'

'I think I can probably cope with that. How about I call you later when I know what time I'm going to be free?'

'I'll look forward to that, Dave. It's alright if I call you Dave, isn't it?'

'Yes. I think I'd like that.'

'Good. I'll wait for your call then. Bye.'

That last word was said in a breathy sigh, and Slater replayed the sound in his head several times while the memory was still clear.

What a weird day this is turning out to be. One minute I'm being told I'm a sex pest, and then half an hour later I'm being asked out on a date.

He was roused from his daydream by his phone ringing again. This time it was Norman.

'Norm,' he said into the phone, not quite sure how Norman was going to feel about him after speaking to Murray.

'You okay?' asked Norman.

'I've had better days.'

'Where are you? I'll come and pick you up.'

'High street. Bottom end.'

'I'll be there in two minutes. I shouldn't have to tell you this, but just so you know, I'm with Murray on this one. I think Biddeford's had his head turned.'

'Oh, for sure.' Slater was relieved Norman felt like that.

'We'll talk in a minute,' said Norman, ending the call.

A car horn tooted and Norman pulled up just ahead of Slater.

'What's this? Time travel?' asked Slater, as he climbed into the car.

'Yeah. I've been working on it for a few years now. It'll make me a fortune when I get it perfected.'

'So you were already out looking for me, huh?'

'I was worried I might have to arrest you for murder.'

'Look, I'm past the "feeling homicidal and looking for someone to kill" phase, and I'm okay. Really.'

'Look at me,' said Norman.

Slater turned towards Norman who studied his face.

'I have to say,' Norman said, turning back to the road and pulling away, 'you certainly look as though you're past that stage. In fact, you look rather pleased with yourself.'

Slater allowed a small smile to cross his face.

'Are you going to share?' asked Norman.

'Not this time, Norm. Sorry.'

'Aha, so that means you have a date. Am I right? Is it with Jelena?'

'I'm saying nothing, mate,' said Slater, sliding an imaginary zip across his lips.

'Okay,' Norman said, smiling. 'Whatever. At least it's put you in a good mood, and, considering the overall situation, that means I'm optimistic I'm not going to have to stop you committing murder.'

'It's cool.' Slater smiled, feeling slightly happier. 'And I'm cool. Okay?'

* * *

It was coming up to five p.m. by the time Norman dropped Slater off at the station. He was glad his colleague hadn't seemed as furious as he had feared.

'There's not much more we can do today,' said Norman, as they climbed from the car. 'So why don't you go home and make yourself all pretty for your date. I can tidy things up for tonight and get ready for tomorrow morning's briefing.'

'Are you sure? I don't want to take advantage of you, Norm.'

'Look. I've been telling you for months that you need to ask Jelena out. Am I really going to get in the way now you've finally done it?'

'If you're really sure you don't mind?'

'Just go before I change my mind. And make sure you relax and have a good time tonight. I'll see you bright and early in the morning.'

Norman watched Slater climb into his own car and set off for home, and then made his way slowly up the stairs to the incident room. He told the PC sat in front of the phones to have an early night — he would be here to answer them if they rang.

The door closed quietly behind the departing PC and Norman sank into his chair. He was beginning to feel increasingly weary just lately and he was glad to be able to sit and enjoy the silence for a few minutes. He'd just closed his eyes when that silence he so wanted to enjoy was rudely interrupted by the doors being flung open and someone marching noisily into the room.

'Where's Slater?' demanded Steve Biddeford, pacing up and down in front of the whiteboards at the far end of the room. He was furious and really wanted to have it out with Dave Slater.

'If you mean DS Slater, he's not here,' said Norman.

He got to his feet and moved across the room so Biddeford would have to pass him to leave.

'Has he gone home? Okay, I'll go and see him there.'

Biddeford made for the door, but Norman stepped in his way.

'Get out of my way,' snarled Biddeford.

'Or what?' said Norman. 'Are you going to go and tell Murray a pack of lies about me, too?'

'I'll take you on if I have to,' said Biddeford, but he could hear the uncertainty in his own voice.

'You will have to, if you're thinking you can leave this room before you hear me out,' said Norman.

Biddeford was a good three inches taller than Norman, and would probably win if they were to have a fight, but there was something about the shorter man's determined stance that made him stop and think.

'Have you ever heard the expression "to think with your dick"?' asked Norman. 'Because that's exactly what you seem to be doing. D'you seriously think you're gonna ruin Dave Slater's career with this crap you've told Murray? Well, think again, my friend. The only career you're damaging is your own. Flight's using you, can't you see that?'

'What do you mean she's using me? What do you know about any of this?' said Biddeford, indignantly.

'A lot more than you think,' said Norman.

'Oh yeah? D'you know why she's off sick today?'

'I do, as it happens,' said Norman.

'And you think it's alright that Slater should be allowed to carry on as if he's done nothing, do you?' said Biddeford, in disbelief. 'Well, I'm disappointed in you, Norman. I thought you were better than that.'

'Better than what?' asked Norman.

'He nearly raped her on Saturday night.' Biddeford was shouting now. 'You might think that's okay, but I don't.'

'You slept with her last night, didn't you?' asked Norman quietly.

'What's that got to do with anything?' said Biddeford, suddenly on the back foot.

'And you're not thinking with your dick?' Norman laughed. 'Oh boy, is she taking you for a big ride, or what?'

'You're talking shit, Norman. You know nothing about this.'

'We'll see who knows nothing about this,' Norman said, pointing to the nearest chair. 'Just sit down there, and listen, before you completely destroy the career you say you love so much.'

Biddeford started to protest, but Norman pushed him just hard enough to sit him back in the chair.

'You've had your say,' said Norman, very firmly. 'Now it's my turn. You say Flight claims Slater almost raped her on Saturday night.'

'That's right.' Biddeford nodded his head, feeling sick with anger at the thought of it.

'But weren't you and Slater out stirring up the doggers on Saturday night? Oh, and re-arresting the flasher you allowed to walk out of the station earlier that afternoon?'

'Yeah, but—'

'And what time did you finish? After midnight, wasn't it?' insisted Norman. 'So did this alleged rape take place on Saturday night, or Sunday morning? Flight's a trained police officer. She would know the difference.'

'You're splitting hairs,' said Biddeford, shaking his head. 'She was in shock. He could still have got to her after we finished.'

'That's a fact,' Norman said, shrugging. 'He would have had the time, but that's not what happened. Let's go back to earlier that night. When you got to the car park, how many cars were there?'

'Seven, according to Sergeant Fantastic Bloody Slater,' said Biddeford, sulkily.

'But you saw eight, didn't you?'

'I thought there were eight, yes,' Biddeford said, wondering what this had to do with anything.

'And you were actually correct,' said Norman. 'There were eight cars. Seven parked to one side and a large SUV parked on its own.'

This wasn't what Biddeford was expecting. He thought Norman was going to defend Slater, but now he seemed to be suggesting Slater was up to something.

'I suppose he knew the owner of one of them, did he?' sneered Biddeford.

'In a manner of speaking, yes.'

'Typical.' Biddeford shook his head in disbelief. 'He's covering up for his mates.'

'I think you'd better stop talking now, or I'm gonna punch your lights out,' said Norman, in a very matter-of-fact way. 'I can't believe you've worked with Dave Slater as long as you have and yet you seem to know absolutely nothing about him and the way he works. So let me help you out here.'

Biddeford opened his mouth to speak again, but Norman put a finger to his lips.

'No, no, no. You just hush your mouth and listen. You are so wrong about this, and I'm going to prove it, but if you so much as make one more peep about Slater, so help me, I really will punch your lights out.'

Biddeford had never seen Norman threaten anyone before, but it was done in such a cool and collected way, he was left in no doubt that he meant it.

'Okay,' said Norman. 'Let's go back to Saturday night again. The missing number plate is that of the large SUV. Yes, Dave Slater does know the owner. The owner is Phillipa Flight's husband.'

'And the dirty bugger was up there—' began Biddeford.

'No,' interrupted Norman. 'The "dirty bugger" was nowhere near that car park. He's abroad on business. He has been since last Thursday.'

Biddeford was puzzled. What did all this mean?

'Now,' continued Norman, 'who else do you think drives that car? Especially when her husband's away on business?'

Biddeford said nothing. He couldn't seem to understand what Norman was getting at. He thought it was probably all bullshit to save Slater's arse anyway.

'You think this is bullshit?' asked Norman, as if he could read Biddeford's mind. 'You know she drives the car. I'm sure she would have used it to get to your house yesterday.'

Biddeford's face reddened. Why did Norman keep on about that? What did it have to do with anything?

'Now here's a very easy question for you, but I bet you can't see the answer,' said Norman. 'If her husband was away, how do you think Flight's car got up to that car park on Saturday night?'

Biddeford wouldn't look at Norman. This couldn't be right.

'Someone must have stolen it,' he spat.

'Yeah, right,' said Norman derisively. 'And I suppose the nice thief brought it back in time for her to use it on Sunday?'

'Well, perhaps someone borrowed it, then. Yes, that'll be it. Someone borrowed it,' said Biddeford desperately. This couldn't be true.

'Oh, come on,' sighed Norman. 'Do you really believe that?'

Biddeford said nothing.

'Okay,' said Norman. 'Have it your own way. If you want to play dumb I can keep on going until the penny drops.'

He stepped back to give Biddeford some space, but kept himself in between him and the door.

'Now where was I,' he began again. 'Oh yes. The mystery of how that SUV got up to that car park. Now, correct me if I'm wrong, but as I understand it, Dave made you recapture the flasher while he went to stir up the others, right?'

Biddeford was staring hard at a spot on the floor. He said nothing, his thoughts roiling in his head.

'Just for the record, I would have done exactly the same thing,' he added. 'You let the guy escape, so you get the unpleasant job of re-capturing him. If he happened to be spraying jungle juice around, well, hard luck. If you hadn't let him get away . . . Well, you get my drift.'

Biddeford reddened a bit more, recalling how Dick Waver had escaped from the police station.

'Let's cut to the chase,' Norman said, clearly wanting to get this over with. 'When Slater got back to the car, would you say his mood had changed?'

'I suppose,' agreed Biddeford, moodily.

'Shall I tell you why?'

'You're going to anyway, so why not get on with it,' snapped Biddeford.

'He came back in a shitty mood because he had discovered one of his colleagues shagging away in the back of that SUV,' said Norman, raising his voice. 'He was in a shitty mood because he hates to see people with good prospects throwing their lives away. He was in a shitty mood because that colleague had offered to have sex with him, there and then in the back of that car, if he kept quiet about what he'd seen.'

There was a sudden silence in the room. Norman was breathing heavily. Biddeford looked down at the floor and shook his head in disbelief.

'No,' he said. 'That might be what he told you, but it wasn't like that. She's not like that. She wouldn't . . .'

'Listen to yourself,' said Norman. ''She's not like that'. Do you really believe that? She didn't take long to get you between the sheets, did she?'

'So why didn't he report her?' said Biddeford, becoming more and more desperate.

'Because he's a decent guy and not the arsehole you're trying to make him out to be. He told her to take a few days off sick and think about her future. He can't ignore what he saw, but he's torn between doing his duty and saving her from a whole lot of humiliation, so he's giving her a chance to resign without a scandal and sort herself out.

'Now, however, thanks to you, he will probably have to make an official report to prove he's innocent. He might even tell Murray how you let the flasher escape, too.'

Biddeford sank even lower in his seat at the mention of the flasher's escape.

'Yeah,' said Norman. 'That's something else he kept quiet about to save a colleague from humiliation. But of course, you're right, the man really is a complete arsehole.'

There was another long silence. Biddeford didn't know what to say. He felt sick to his stomach about the whole thing. Had he really been such a fool?

'D'you believe in karma?' asked Norman. 'You know, the idea that what goes around comes around? Because that's what's happening here, to you, right now. And this has to be the fastest it's ever happened. And all for an easy lay. Congratulations, you friggin' idiot.'

Biddeford felt wretched as he went over what Norman told him. Had he really been so gullible?

'I've been such a fool,' he said, eventually.

'You think so?' asked Norman, his voice loaded with sarcasm.

'I'll go and see Dave and apologise—'

'You will do no such thing,' said Norman. 'Your instructions, from Bob Murray, via me, are to keep away from DS Slater. As of now, you are under my command and you will do as I say. Understand?'

Biddeford looked unhappily at Norman, but he could see there was no point in arguing. He nodded his agreement.

'My orders are to make sure you keep as far away from Slater as possible. Anyway, do you really think he wants to hear your lame excuses right now? You will do the sensible thing and keep away from him and keep out of his way for a few days.'

'But, what about the murder inquiry?'

'You seem to have forgotten you walked off the job this morning,' said Norman. 'You're no longer a part of that inquiry. But I've got a nice little counterfeiting operation you can look into. It'll keep you busy until your transfer.'

'But I didn't mean anything by that. I'll withdraw the request.'

'I think you'll find it's too late for that,' said Norman. 'Bob Murray doesn't go much for people who act without thinking, and he doesn't like shit-stirrers. You qualify on both counts. The best thing you can do is make a good job of this counterfeit investigation and then maybe he won't give you a crappy reference.'

Biddeford now saw the enormity of what he'd done, and he knew it was all his own doing. Norman was right, he'd been thinking with his dick. He couldn't even blame Phillipa Flight, really. She had told him she didn't want him to make it official. If only she'd told him why. But then, how could she? And all those terrible things he'd said about Dave Slater. Oh God, what a mess. How could he have been so stupid?

He hung his head in despair, trying to stop himself from crying. He felt Norman pat him on the shoulder.

'Go home, son,' he said. 'Report to me in the morning at nine and I'll get you up to speed with the counterfeit case. You'll have to work on your own, I'm afraid. The rest of us are a bit busy right now.'

Biddeford shuffled sadly from the room, feeling utterly broken. He had no idea what his career had in store for him now. How could he have been so bloody stupid?

CHAPTER TWENTY-SIX

As Norman had done all the work preparing the briefing, Slater thought it only right he should take a back seat and let him lead it as well. As his colleague began to speak, Slater looked around the room at what was left of their rapidly diminishing team. With Flight and Biddeford both missing, they were all going to have to work a little harder and be a little more resourceful.

'We feel we had something of a breakthrough yesterday. We spoke to the guy who led the removals team, and also to the taxi driver who picked up Sandra and her daughter the day she disappeared. In both cases, it seems the woman fits the description of attractive, blonde, long legs, etc.

'However, the removals guy talks about a very nice, friendly lady who couldn't stop thanking them for all their help. The taxi driver remembers someone with a snotty attitude who didn't know how to say thank you. That's interesting, but if it was Sandra and she was running away, that could be a stressful enough situation to put her in a bad mood.

'But, when it comes to the little girl, it gets very interesting. One description says she's a shy little girl with loads of freckles and long, straight, ginger hair.' Norman pointed to the board showing Rose's photograph. 'That's a match for the Rose Bressler shown here. The other description from the taxi driver says she was a chatterbox who never stopped talking and had curly ginger hair and no freckles at all.'

Norman stopped for a sip of coffee, and there was silence around the room as Slater watched them all taking in this latest revelation.

'I hope you can see where this is leading. We're now beginning to think Sandra and Rose may have already been murdered by the time the taxi driver made that trip to Gatwick airport. We think he picked up a pair of lookalikes to make everyone think they'd run away.'

There was a small ripple of excitement around the room.

Norman looked across at Slater.

'Have you got anything you want to add?'

Slater nodded.

'You all have tasks to try and finish today, and I know you're all working hard to do that, but if you're waiting for someone to get back to you, don't. Get on to them and hassle them for all your worth. We made a big step forward yesterday, but we need more evidence to back up this theory. It is out there; we've just got to find it. We're getting close to giving Sandra's mother some answers. Let's make sure we do.'

* * *

'So, how did the date go last night?' asked Norman as they were tidying up after everyone had gone. He hoped that Jelena had managed to put a smile on Slater's face, after the day he had had.

'It wasn't a date,' said Slater.

'It wasn't?'

'Well, not exactly.'

'What's that supposed to mean? I thought Jelena was chasing after you, begging you to take her out.'

'It wasn't Jelena,' said Slater. 'It was Cindy Maine.'

Norman looked at Slater in disbelief.

'Are you nuts? You can't start dating her. She's involved in our murder case. Or had you forgotten that?'

'Just hang on a minute,' said Slater. 'Before you start accusing me of doing a Biddeford and thinking with my groin, let me explain.'

'I think you'd better.'

'When I bumped into her at the supermarket I gave her my card, just as I would have given it to anyone else who I thought might be able to give us information. Just as you would if you were in a similar situation.'

'Okay. That's fair enough,' Norman said. 'I can't argue with that.'

'She called me yesterday, not long before you picked me up,' Slater continued. 'She said she wanted to talk to me, and could we meet somewhere.'

'If she wanted to talk about the case you should have told me,' said Norman. 'You know the problems these one-to-one interviews can cause.'

'It wasn't an interview, Norm. And she didn't want to talk about the case. It was just two lonely people wanting someone to talk to.'

'Now it sounds like a date.' Norman sighed. 'I told you last time you met her you need to be careful. How do you know Bressler hasn't put her up to it?'

'The same way you know I'm not a rapist,' snapped Slater. 'For your information, I have explained to Cindy that I can't date her all the time she might be involved in this case, no matter how small that involvement might be.'

'You have?' asked Norman in surprise.

'Yes, I have. Do you really think I'd be that stupid after what happened yesterday?'

Norman considered this for a moment.

'No. You're right. Of course you wouldn't. I'm sorry,' said Norman, contritely. 'But I'm not trying to treat you like an idiot. I'm just looking out for you, watching your back.'

'And I appreciate that, Norm, really I do, but you don't have to worry about me and Cindy. Scout's honour.'

'Me and Cindy? What about you and Jelena?'

'There is no me and Jelena, and there isn't going to be. There's something inside me that says I should steer clear of her. I can't tell you why.'

'You don't have to tell me why. You have to listen to your gut instincts, right? If your gut says no, that's good enough for me.'

They carried on shuffling papers in silence, but Norman's curiosity was getting the better of him.

'So, you think you might date Cindy when this is over?' asked Norman.

'I think that could happen,' said Slater, shortly.

'You like her, then?' Norman was determined to tease the information out of him.

Slater gave him a dirty look.

'Look,' he said. 'I like Cindy. She's warm, she's funny, and, and . . . I just like her, okay?'

'Oh my,' said Norman, with a grin. 'She has that "indefinable quality". Now that's serious.'

'It's not serious,' said Slater irritably. 'I just like her, that's all.'

'Look,' said Norman, soothingly. 'I'm just teasing. If she makes you happy, Dave, then I think that's great. Just be careful. I know it's unlikely, but she could still be involved in this case.'

'I know that only too well, Norm. And she did offer a couple of snippets of information last night that might be useful.'

'Well, come on. What snippets?'

'First of all, she thinks Bressler's for real. According to her, he wouldn't hurt a fly, and he especially wouldn't have hurt Sandra.'

'Yeah,' said Norman. 'But then he would ask her to say that, wouldn't he?'

'Okay,' said Slater, patiently. 'So you think she's just doing as he says. Fine. We'll just have to agree to disagree on that one.'

'So what was the second point?' urged Norman, aware that he was probably annoying Slater, but also aware they couldn't afford to trust anyone right now.

'The second thing is that the first girlfriend he had after Sandra was around earlier than he told us. Cindy thinks she may even have been around before Sandra disappeared.'

'But he told us he ended his affair as soon as Sandra suggested starting over,' Norman said, confused.

'Yeah, that's right,' Slater said. 'But what if he was having more than one affair?'

'Perhaps we'd better go and ask him,' said Norman. 'But first I have to brief DC Dickhead Biddeford about the semi-literate counterfeit operation that's currently running in Tinton.'

'Okay,' said Slater. 'I'll be waiting here somewhere.'

* * *

As Norman left the room, Slater was thinking about Cindy, and especially about the last thing she'd said to him the night before.

As he'd escorted her to her car, she had told him her deal with Bressler was due to end in just a few days.

'It'll be strange,' she had said. 'I'm going to be at a loose end. I won't know what to do with myself. I suppose I'll have to find a real boyfriend.'

Then they had reached her car, and it was time to say goodbye. Like a nervous teenager on a first date, Slater had suddenly found himself in that awkward situation where he wasn't sure what he should do next, or even if he should do anything.

For a brief moment Cindy had seemed equally unsure of herself, but then she had rescued the situation, and made the decision for him, by leaning forward and gently planting her lips on his for just a couple of seconds. As she drew back from the kiss, she slipped a piece of paper into his pocket.

'My number,' she had said, patting the pocket. 'In case you ever want to buy me another drink. Please don't lose it.'

Then she had climbed into her car, blown him a kiss and driven off.

A smile spread across his face as he recalled that moment. There was no way he was going to lose that number. He'd had a great night and she had been wonderful company. He very much wanted to buy her another drink.

His thoughts were interrupted by a passing voice.

'Someone looks happy this morning,' said Jane Jolly. 'Did you win the lottery last night?'

'I think I might have, in a manner of speaking,' Slater said, beaming at her. Maybe things were looking up.

* * *

Truth be told, Norman was glad to have a little time out from the murder inquiry, even if it was just for half an hour to brief Biddeford. All these early starts and late finishes were beginning to wear him out, and all these stairs were a pain in the backside, he thought, as he puffed his way up one flight.

He was breathing quite heavily by the time he reached the top. Maybe they were right and he did need to do something about his diet. And perhaps he could do with a little more exercise — but if it made him feel like this, how could it be good for him?

'Okay,' he said wearily, as he slumped into his chair and slapped a small folder down on the desk. 'This is all the information on the case.'

'There's not much there,' observed Biddeford, unhappily.

Norman thought Biddeford looked awful this morning, like he hadn't slept for several nights. That was probably rich, coming from him. Norman had caught sight of his own reflection earlier as he passed a mirror, and had been shocked at the grey pallor of his skin. He was still out of breath from the stairs, too.

'Are you alright, Sarge?' Biddeford asked, looking concerned.

'Nothing a bacon sandwich and mug of coffee can't cure,' Norman said, hoping that was the case. 'I just haven't eaten yet.'

'Right,' said Biddeford, sounding unconvinced. 'So what have we got, then?' he asked, clearly making some effort to sound keen and upbeat.

'Apparently the local Trading Standards people have had some complaints about a woman selling counterfeit Gucci handbags,' Norman began.

'Isn't that their problem and not ours?' asked Biddeford.

'It seems the last time they had to speak to the suspected counterfeiter their man ended up in hospital, so now we're involved.'

'Okay,' said Biddeford. 'So who's the lucky lady?'

'The chief suspect is one Allison Beatty,' said Norman.

Biddeford let out a groan.

'You know her?' asked Norman.

'I've not actually had the full pleasure yet,' said Biddeford. 'But I know of her reputation. From what I've heard I'll need a bloody armed guard if I'm going up there.'

'Surely she can't be that bad,' said Norman.

'She's officially unstable, and unpredictable,' Biddeford said, sighing. 'It's no wonder the Trading Standards guy ended up in hospital. Assault is second nature to Allison. She regards it as a form of communication. She's put more than one innocent caller in hospital, and she hates any sort of authority, especially the police.'

'If she's dangerous, why isn't she locked away?' asked Norman.

'Care in the community,' said Biddeford. 'If we try to charge her with assault they always get some do-gooder down here to tell us how ill she is and why we should leave her alone. That would be frustrating enough, but we also have to contend with her husband, who's a one-man crime wave.'

'What does he get up to?'

'Oh, it's mostly petty stuff. Burglaries, shoplifting, that sort of thing. They call him Billy Bumble because he's supposed to be an idiot, but he's not that dumb. He knows how to play the system regards Allison. If we go near the house to arrest him, he shouts for help from her do-gooder friends and we get accused of harassing her again.'

'He sounds pretty cute to me.' Norman smiled, recognising the type. 'But this time you've got a search warrant to take with you, and a genuine reason for having it. Maybe you'll find some stuff to use against both of them. Take a couple of uniforms up there and see what you can find.'

'Is this my punishment?' asked Biddeford.

'You can call it that if you want,' Norman said. 'But, between you and me, you shouldn't complain. You probably would have drawn this particular short straw anyway.'

Biddeford smiled ruefully as he gathered up the folder.

'I'm not complaining,' he said. 'I can deal with it.'

'You wouldn't have been given it if we thought you couldn't deal with it,' said Norman. 'Let me know what happens.'

'I'll catch you later,' said Biddeford, closing the door behind him.

CHAPTER TWENTY-SEVEN

Slater had been relieved to find Cindy's car wasn't parked on Bressler's drive when they got to his house. At least he would avoid that particular embarrassing situation.

He and Norman were made about as welcome as the proverbial "turd in a swimming pool" when Bressler opened the front door, and his irritation with them didn't fade as Norman began to ask his questions.

'I thought I'd already told you,' said Bressler. 'I ended my affair as soon as I knew Sandra was serious about us moving away and starting over. And anyway, the girl I was having the affair with was short and dark-haired.'

'Women have been known to wear a wig,' Norman pointed out.

'Yes, that's true,' Bressler said. 'She could have changed her hair colour that way, but she could never have changed her voice to make her sound like an English woman.'

'Sorry?' said Norman.

'She was French,' said Bressler smugly. 'She spoke English with a very heavy accent. It was part of the attraction, you see.'

'Right,' said Norman, sounding irritated. 'So she was French. Does she have a name? Do you know where she lives now?'

Slater got the distinct impression Bressler wasn't telling them everything he knew, but he couldn't decide if it was because he had something to hide, or because he just liked the idea of messing them around.

'Her name is Michelle Laurent,' said Bressler, with a heavy sigh. 'Is this really necessary?'

'And her address?' Norman asked.

'I have no idea where she lives now, but back then she was a nurse working in the cardiology unit at Good Hope Hospital in the Midlands. That's how we met. Cardiology is my area of expertise.'

'Right. Thank you,' said Norman, pointedly, as he wrote this information in his notebook. 'Is there anyone else we should know about from that time? Any Sandra lookalikes you were seeing behind her back?'

'I'm not sure I like your attitude, Detective Sergeant Norman,' said Bressler.

'And I'm not sure I like the fact that you seem to think it's clever to withhold information,' said Norman.

'I can assure you I'm not withholding anything. The first "Sandra lookalike", as you put it, didn't come into my life until at least six months after Sandra disappeared.'

'Well, we know about Cindy, who's number three, and now we know about Michelle, so we can check her out,' said Norman. 'So how about you save us some time and give us the names of the first two lookalikes and then we can check them out too.'

'I really can't see why you need to go poking your nose into the affairs of people who didn't even know Sandra,' said Bressler, angrily. 'Why are you doing this? You're just wasting your time.'

'I don't have to tell you why I'm following a particular line of enquiry, sir,' explained Norman, quietly and patiently. 'And, as long as it's me choosing to waste my time, I won't have to charge anyone with wasting police time, will I?'

'Oh, you people,' hissed Bressler. 'Just wait a minute. I'll write them down for you.'

He went to his desk and found an address book. He noted the two names and addresses on a sheet of paper and handed it to Norman.

'Thank you, Mr Bressler,' said Norman, holding Bressler's gaze. 'Do you think this is some sort of game we're playing here? Is that it? Before I go, let me remind you this is a triple murder we're investigating.'

Bressler said nothing, and Slater watched as he and Norman had some sort of staring contest. Slater's money was on Norman, and right enough, it was Bressler who was first to look away.

'I hope we understand each other,' said Norman finally. 'We'll see ourselves out.'

* * *

Steve Biddeford arrived at the possible war zone that was Allison Beatty's house, unsure what he would find there. To his great surprise, it was the unpredictable side of Allison Beatty that greeted his arrival. He was armed with two PCs, dressed in heavy protective gear. Instead of the expected battle on her doorstep, she had been sweetness personified when Biddeford had presented her with the search warrant, inviting them all in and offering to make tea.

Biddeford could tell the two PCs were pretty uncomfortable — on the journey over, they had talked about previous run-ins they'd had with Allison Beatty, and they sat in her living room as if they were waiting for a bomb to go off.

Biddeford had informed Allison what they were there for, and why Trading Standards weren't dealing with the matter. Allison just smiled sweetly.

'Don't look so nervous,' she'd said. 'This new medication I'm on is good stuff. I'm in control.'

As if to demonstrate, she'd taken in one or two deep breaths.

'I'm not worried,' she told them. 'I know why you're here, and I know I ain't done anyfink wrong. Some people just don't have anyfink better to do with their time than try to spoil things for me just because I'm showing a little bit of enterprise. There's nuffink counterfeit about them bags.'

'But "Gucci" is a trademark,' explained Biddeford. 'You can't copy their name and use it on your own goods.'

'I know that, and I ain't using their name. I might be mad,' she said, and Biddeford was glad she had at least some level of self-awareness, 'but I ain't bloody stupid. Their name is spelt G-U-C-C-I. Mine is spelt G-U-C-H-I. How's that the same? An' anyway, my bags don't look nuffin' like Gucci bags. 'Ere, I'll show you.'

She pulled open a cupboard door and half a dozen handbags fell out. She handed one to Biddeford.

'Now tell me how that's a counterfeit bag.'

Biddeford could see her point. Looking at the obviously cheap handbag emblazoned with the name *Guchi*, he could see there had been no attempt to make it look even vaguely like a genuine Gucci bag.

It's not the counterfeiter who's illiterate, it's the stupid people who reported her. And Trading Standards should know better.

He was just about to call the whole thing off when one of the PCs popped his head around the back door.

'You'd better come and have a look in the garage, sir,' he said.

'What?' said Allison, sounding surprised. 'There's nuffink in there.'

Biddeford headed outside, Allison following. As they reached the garage, he peered inside. The whole interior was stacked high from floor to ceiling with cartons of cigarettes.

Biddeford braced himself and turned to Allison. Now the battle would surely start. But whatever fight was in her seemed to drain away at the sight of the cigarettes. She just cursed quietly and sagged wearily against the wall.

'Oh, Billy.' She sighed wearily. 'You're supposed to be going straight, you stupid git.'

'I'm sorry, Allison,' said Biddeford. 'But I'm going to have to ask you to go down to the station with these two.'

He indicated the two police officers, neither of whom looked convinced Allison was safe to be alone with.

'Yeah, I know,' she said, sighing. 'But I ain't going' to say anyfink. An' you'll have to notify an appropriate adult to sit in wiv me.'

'You know your rights, then?' asked Biddeford with a trace of admiration.

'When you're married to a bloody idiot like Billy Bumble, you 'ave to,' she said, smiling wanly.

'Okay, you two go and book her in.' Biddeford turned to the two PCs. 'I'll get a team up here to finish the search and collect all this stuff. There must be a lorry load here.'

CHAPTER TWENTY-EIGHT

All the way back to the station from Bressler's house, Norman kept on about how he must be hiding something. Even when they got out of the car and made their way up to their incident room, he was still going on about it.

'He's fast becoming my number one suspect,' he said, as they walked back into the room.'

'No. Really? Now there's a surprise.' Slater smiled at him, shaking his head. 'I would never have guessed. But don't we need to find some compelling evidence against him first?'

Before Norman could respond, the doors burst open and Tony Ashton walked in clutching some papers in his hand. He obviously had something to tell them.

'What have you got, Tony?' asked Slater. 'Anything on that phone line yet?'

'I've been onto BT. As it all took place so long ago, they said it would take time to give me any answers, but when I started to make a lot of fuss and told them I'd come down and look for myself, they changed their tune. Now they reckon someone will get back to me this afternoon.'

'What's that in your hand?' asked Norman.

'Aha,' he said, mysteriously. 'I think you're going to like this. I've been digging around in Sandra Bressler's bank account. I couldn't find any evidence of anything untoward before she disappeared. She certainly wasn't stashing any cash that I can see, and there were no big withdrawals or transfers.'

'Come on, Tony. Out with it.' Norman wasn't feeling particularly patient today. 'You said there was nothing untoward before she disappeared, so what happened after?'

'This is where it gets interesting,' said Ashton, placing the sheets of paper on the desk. 'There were three big cheques written and cashed after she disappeared. These are photocopies.'

Slater and Norman stepped up beside Ashton and studied the photocopies of the cheques.

'If Sandra signed these cheques,' said Slater, 'we can wave goodbye to our "lookalike called the taxi" theory.'

'The last one's dated nearly six months after she disappeared,' Norman said, looking closely at the cheques. 'Why the hell weren't these spotted fifteen years ago?'

'Because they'd stopped looking,' said Slater. 'This is the sort of thing Nash would have done to protect one of his mates.'

He turned to Ashton.

'Tony, take a look back through Nash's school years and compare it with Bressler's. They both grew up in this area so they could have gone to the same school.'

'Got it,' said Ashton, heading back to his desk.

Norman began sifting through their accumulated paperwork. He finally produced the worksheet from the removals company.

'Let's see if these signatures match,' he said, laying the worksheet next to the cheques.

They both leaned over the table and studied the documents.

'Hmm,' said Slater. 'It's close, but I'm not convinced it's close enough.'

'Yeah,' said Norman. 'I think I'd have to say I agree with you, but we need to get these to someone who can say for sure.'

'I'll get onto Becksy. This sort of stuff is more his area than ours.'

As he hurried off to phone Ian Becks, Norman saw Jane Jolly stand up and make her way over to him.

'I've been digging around into Bressler's background,' she said. 'He has some huge investments and quite a property portfolio, but I'm not sure it's really enough to pay for the lifestyle he has.'

'Are you suggesting he's up to something?' asked Norman.

'There's nothing I can point to for sure,' she said. 'And maybe I'm completely wrong. It just seems a bit too honest, if you know what I mean.'

'So Mr Squeaky Clean might just be a little too squeaky to be really clean, huh?' said Norman, wishing Jolly had found something concrete he could use against Bressler.

'I did find one thing that might interest you,' she added.

'If it gives me a reason to lean on the guy then yes, you're right, it does interest me,' he said, beaming. 'What have you got?'

She placed a photograph, and a list of names, on the table.

'This was taken at a conference Bressler attended four months before Sandra disappeared,' she said.

The photograph clearly showed Rudy Bressler dressed up to the nines in dinner jacket and bow tie, obviously attending a dinner of some sort.

'It was taken at a cardiology conference.' Jolly pointed to the list of names. 'This is a list of those who attended. Apparently this was taken at the grand dinner on the final evening.'

'So, who's the blonde?' asked Norman. On Bressler's arm in the photo was a stunning looking blonde, straight out of the 'Sandra lookalike' mould.

'According to the blurb,' said Jolly, reading her notes, 'her name is Lindy Fellows. She was one of the doctors attending the conference.'

'She was also Bressler's first girlfriend after Sandra disappeared,' Norman said, recognising the name. 'He says she didn't come into the picture until six months after Sandra left, but they look pretty cosy to me.'

Norman sensed someone peering over his shoulder, and turned to see Slater had returned.

'Yeah, but it doesn't necessarily mean there was anything going on,' Slater said.

'No, but I'd be willing to bet a whole lot of money I'm right,' said Norman. 'Jane, can you check out the conference Bressler was on when Sandra disappeared. See if you can find a list of attendees. Maybe Lindy Fellows attended that one too, and see if you can find anyone else who attended both. I'd like to speak to them and see if they can remember anything about Bressler and Fellows back then.'

'Okay,' said Jolly. 'Would you like me to look into Lindy Fellows while I'm at it?'

'Now you're thinking.' Slater smiled at Jolly. 'Well done, Jane.'

As she left, Tony Ashton came rushing back.

'Just had BT back on the phone.' He was grinning widely. 'According to their records, Sandra did report the line not working, but when they did a line test it was working just fine, so they didn't send an engineer out.'

'So why would Sandra report the phone not working if it was okay?' asked Slater, thoughtfully.

'What if someone had tampered with it?' Ashton said. 'Maybe they rigged the phone so it seemed like it wasn't working but still passed a line test?'

'I wonder if Ian Becks would know about that sort of thing,' said Slater. 'I'll go and pick his brains and see if he knows.'

* * *

When Slater found Ian Becks, he was interested to discover that Ashton's suggestion about rigging the phone was, in fact, possible.

'Anyone could do it if they had the right equipment,' Becks assured him. 'You'll also be pleased to know that it's not going to take long to get your signatures verified.'

'But I thought you said it would take at least a week,' said Slater.

'Normally it would,' Becks said, 'because I would have to send it away to be analysed. But it just so happens, it's your lucky day. Nadira, our tiny, travelling pathologist, also happens to be an expert at handwriting.'

'You're kidding me,' said Slater, hardly able to believe his luck.

'She'll let us know tomorrow, before they head back home.'

'They're going already?' asked Slater.

'They're very expensive to maintain, mate,' Becks said, shrugging. 'Unless you can come up with another body we can't afford to keep them here any longer.'

'That's okay,' said Slater. 'We'll pass on a fourth body. We already have too many for my liking.'

* * *

It was a pretty happy Dave Slater who made his way back to the incident room and across to where Jane Jolly was tapping away at her keyboard.

'Have you found anything else?' he asked.

'I've got the list of attendees for the second conference,' she said. 'Lindy Fellows was supposed to have been there but she dropped out the day before it started. Other than that, there were only two other people who attended both. I've highlighted their names on the list.'

'So,' said Slater. 'Only four people were booked to attend both conferences, and two of those happen to be Rudy Bressler and Lindy Fellows. That's a bit of a coincidence, don't you think?'

'It's a bit too much of a coincidence for me,' Jolly said, nodding.

'Can you find contact details for the other two—'

'Already done,' interrupted Jolly, with a grin.

She handed Slater another sheet of paper.

'I've confirmed the top one is still working at the same place, but I don't know about the second one.'

'That's very impressive work, Jane,' said Slater, impressed. 'I'll go and try the top one, maybe we won't even need both.'

'By the way,' said Jolly, 'I also found that same photo of Bressler and Lindy on her profile. She's not working as a doctor any more. Apparently she retired when she came into a lot of money about fifteen years ago.'

'Which would have been when she hooked up with Bressler,' said Slater thoughtfully, as he walked off to make his phone call. He looked down at the names on the sheet Jolly had handed him, and wondered if Dr John McCall would we able to remember anything about those conferences all those years ago.

CHAPTER TWENTY-NINE

Slater was huddled over his desk, preparing the next morning's briefing when Norman shuffled his way in. He looked quite pleased with himself, but there was obviously something bothering him too.

'You look like the cat who got the cream and then found it tasted sour,' said Slater.

'Ten out of ten for the analogy,' Norman said, smiling slightly. 'That's pretty much how I feel right now.'

'So what's the problem?'

'You know Allison Beatty, don't you?'

'Oh yes.' Slater repressed a shudder. 'Angry Allison. Has she been maiming people again?'

'On the contrary,' said Norman. 'Apparently she now has medication that actually works to keep her calm. Steve Biddeford went up there today with two PCs and she was as sweet as you like. And I owe her an apology for suggesting she was an illiterate counterfeiter.'

Slater listened with interest as Norman explained how they had no grounds for arresting her for counterfeiting. Then he told how they'd found a garage full of smuggled cigarettes and had to arrest her for that instead.

'What does she say about it?' asked Slater.

'She said absolutely nothing until her appropriate adult turned up,' said Norman. 'And now we've got some mental health guy here telling us we're persecuting her. Steve says she was genuinely shocked when she saw the garage stacked to the roof with cartons. You know her. Would she be involved in cigarette smuggling?'

'No,' said Slater with conviction. 'I don't think so. That's not the Allison I know. That's going to be Billy. Mind you, it's a step up for him. Nicking one packet out of someone's pocket is more his style. This sounds like big boy stuff.'

'You reckon I should get a search going for Billy?'

'No need,' said Slater. 'Just hold onto Allison overnight. She won't like it, and nor will the do-gooders, but when Billy gets home he'll be scared shitless if she's not there. He's like a headless chicken without her. He'll come down here to report her missing. And, if he finds out she's been dragged down here because of something he's done, he'll be down here like a shot to give himself up. He'd admit to murder if it meant getting her out of trouble.'

'Now that's true love,' said Norman.

'Oh, he worships her.' Slater said, thinking there was an odd sweetness to their relationship. 'He really would do anything for her.'

'And there's another thing you need to bear in mind,' he added, as the thought suddenly occurred to him. 'If you let her go now, and she gets to him before we do, she'll beat the crap out of him. She might even kill him if she gets carried away.'

'You're kidding me, right?' asked Norman, looking shocked.

'It'll be a good test for how effective that medication is,' said Slater grimly. 'I've always thought she'll snap one day. This could be the day. Do you want to risk it?'

Just then, the phone on the desk buzzed.

Slater picked it up and listened. 'Great, I'll be down in two ticks!' he replied.

'It's okay. You can send Allison home,' he said, turning to Norman. 'Billy's downstairs. He says he wants to talk to me.'

'Oh. Right,' said Norman, looking somewhat miffed. 'This is gonna get to be a mess if everyone's taking turns at doing the interviews.'

'It's okay, Norm. I don't want to interview him. I'll remind him he knows Steve. He'll be okay to talk with him. I'll just keep him busy while you and Steve get yourselves ready.'

'Should I tell Allison he's here?'

'Yeah, you'd better,' Slater said. 'Otherwise she'll be worrying about him. But first make sure she understands she can't see him and she has to go home. Get the mental health doctor guy to take responsibility for getting her home and getting her settled.'

* * *

It was almost an hour later when Norman and Biddeford finally sat down across a table in an interview room with Billy Beatty, aka Billy Bumble. Norman had told Biddeford to lead the interview. After all, it was his case — and he thought the young officer perhaps needed lifting a bit after what had happened the other day.

'Right, Billy. You understand why we had to arrest Allison earlier?' Biddeford began.

'Not really, no, Mr Biddeford,' mumbled Billy.

'It was because there was a garage full of cigarettes and she couldn't explain how they got there,' Biddeford said, slowly and deliberately.

'But that weren't nothin' to do with 'er,' said Billy.

'So how did they get there?'

'They're mine,' said Billy, looking and sounding immensely proud. 'I'm lookin' after 'em for a friend.'

They had made sure before they started that Billy understood his rights, but Norman felt now might be a good time to re-iterate the part about being represented at this interview. He didn't want anyone saying later that Billy had been denied his rights.

'You do understand you are entitled to have a solicitor here to represent you if you want one?' he asked.

'Yeah, I know that,' said Billy. 'But wha's the point? All you legal people are the same. Yer all out to stop people like me makin' a livin'.'

'We're only here to stop you making a living illegally,' said Biddeford. 'We'd be happy to help you get started making a living if it didn't involve breaking into people's houses and nicking stuff.'

'So why am I 'ere, then, Mr Biddeford? I didn't break into no one's house this time. I got a proper job now drivin' a truck. I'm jus' storin' some goods for a while.'

'I didn't know you could drive a truck, Billy,' said Biddeford, sounding dubious. 'Do you have a license? When did you pass your test?'

'I can't remember,' mumbled Billy.

Norman noticed he was very careful to avoid eye contact with both him and Biddeford.

'Okay, we'll worry about that later,' said Biddeford. 'Why don't you tell us about this "friend" of yours?'

As far as Norman knew from what Slater had told him, Billy didn't actually have any real friends. His known associates were all fellow petty criminals.

'I don't know his name. I only jus' started workin' for him. I only done two jobs before this one,' said Billy, looking even more shifty. Norman had the sense of a tower of lies being constructed around him, but he thought it probably wouldn't take much to bring them tumbling down.

Biddeford sighed heavily.

'Alright. How about telling us where this friend comes from?'

'Dunno,' mumbled Billy.

'Let me get this straight,' said Biddeford. 'You're working for a friend you don't know, who comes from somewhere you don't know. Presumably, they know just as much about you, and yet they are happy for you to look after thousands of pounds' worth of cigarettes. Have I got that right?'

'Tha's about right, yeah.'

Billy shifted, looking uncomfortable. Norman knew it was because of him, and he scowled to emphasise his point.

He knew very well that if they both just sat in silence now, eventually Billy would start talking. He would feel he had to. And, sure enough, after a few minutes, he did.

'I got this job, right? All I have to do is collect the truck, drive it up to Trapworth airfield, sit and wait while it's loaded up and then take it to where they tell me. Fing is, last time I got lost, so I took the stuff home and put it in me garage.'

'So where's the truck?' asked Biddeford.

'I dumped it down in Southampton, like I was told.'

'Where d'you get it from?'

'I picked it up from the M3 services at Fleet.'

'Who met you there?'

'I don't see no one,' said Billy. 'I get told the registration number and I have to find it. The keys are on top of the front wheel.'

Norman felt it was time he got one or two things clear.

'So someone steals a truck,' he said aloud, thinking it through. 'They leave it at the services where you collect it, then you drive it to Trapworth and get it loaded, then you drive it to where?'

'Instructions to where I'm goin' are always left on a piece of paper,' said Billy. 'It's 'idden under the passenger seat. I jus' take the truck to where it says, unlock the back, wait until someone comes along and empties it, then I drive it to where I have to leave it, put the keys on top of the wheel an' scarper. I swear I never sees no one, not even at the airfield.'

Norman was getting a deja-vu feeling about this. It was beginning to sound like an operation he'd come across when he worked up in London.

'I think we need to have a few words outside,' said Norman to Biddeford.

* * *

Biddeford looked surprised as Norman explained what he was thinking.

'Wow!' said Biddeford, when Norman had finished. 'You really think this could be a London gang?'

'As I recall,' said Norman, 'the truck would be stolen to order just a few hours before it was needed. Then, the number plates were switched, the job was done, and within a few hours the truck was dumped somewhere else. Sometimes it was all over before the truck had even been reported stolen.

'By using lots of different people, all recruited separately, each one doing just a tiny part of the job and then leaving, no one ever saw anyone else who was involved. So, if one got caught no one else could be easily incriminated.'

'It's interesting he should mention Trapworth airfield,' said Biddeford. 'When we were poking around up there, I was pretty sure there must have been something going on at night. The security's non-existent.'

'This is not good,' said Norman. 'The problem for Billy is that he's got himself involved with some serious criminals. Whoever's behind this is going to be looking for their missing loot. And they're not going to believe Billy got lost and decided to look after their goods until they reclaimed it.'

'Crap,' said Biddeford. 'What do we do now?'

'I think we need to explain to Billy just how deep the hole is that he's dug for himself.'

* * *

'Detective Sergeant Norman thinks you've really done it this time, Billy. You've managed to get yourself caught up with the big boys and pissed off some real hard men. When they find out you've stolen their cigarettes, you're in for a serious hiding,' Biddeford said, looking intently at him. 'These people won't be messing about. You might even be a dead man walking.'

'But what about Allison?' Billy asked, looking horrified. 'This has got nuffin' to do wiv 'er. They won't 'urt 'er, will they?'

'They will if they think she knows where the cigarettes are,' said Norman. 'But we can do something about that, if you'll help us.'

'But I don't know anyone else involved.' Billy sounded and looked desperate. 'I'd tell you if I did.'

'Alright,' said Biddeford. 'We understand you don't know anyone, but what about how the operation works. You mentioned Trapworth airfield. You can tell us things like, what happens up there? What time? How often?'

'I've only done it three times, and this is all I know,' said Billy, misery etched on his face. 'They always pick a night when they know it's going to be cloudy. They usually fly in between one and two in the morning. I park where they tell me. They load the truck and when I get the signal, I leave. That's it.'

'Does anyone see you back into your parking place?'

'Nah. They drive the aeroplane up to the back of the truck. It's only one of them little things, you know.'

'How regularly does it happen?'

'It's usually on a Monday night, but not every week.'

'When was the last time?'

'A week ago.'

And so they went on, asking short questions and getting short answers until finally they thought they'd probably got all they were going to get. Norman decided to try one more question before they called it a day.

'Can you remember anything about last Monday night? Was there anything different from usual?'

Billy creased his face up in concentration.

'Yeah,' he said finally. 'There was two of 'em.'

'What do you mean two?'

'Usually there's just the pilot. He's all dressed in a black one-piece suit thing, and he wears a balaclava so I never actually gets to see his face or anyfing, and he keeps far enough away so I can't see anyway. He bangs on the side of the truck when he's finished loadin' an' sticks his thumb in the air. I can just about see it in the wing mirror, like.'

'But this time there was someone else?' Biddeford asked, and Norman could tell he was getting a bit more excited. He was too.

'Yeah. I reckon it must have been his girlfriend.'

'A woman?'

'Was a bit small if it was a bloke,' said Billy. 'She only came up to his shoulder. She was definitely in charge though.'

'And you're sure it was a woman?'

'Yeah. They seemed to be in a big hurry and there was a bit more light than usual. I could see she had a nice figure coz she had a tight-fitting outfit, like one of them catsuit things. And she sounded like a woman.'

'You heard her voice?' asked Norman, almost climbing from his seat in surprise.

'I couldn't hear exactly what she said, but I know a woman's voice when I hear one,' Billy said.

'And you're sure you don't know what she said?'

'It was only a few words, and it were as if she was a bit foreign,' said Billy, screwing up his face. He was evidently trying his hardest to remember.

'A bit foreign?' asked Biddeford, looking puzzled. 'What do you mean "a bit foreign"?'

'Well, you know,' said Billy. 'It was English, like, but not spoke proper like what an English person would.'

'So not the Queen's English as spoken by you,' said Norman, but the irony was totally wasted on Billy.

'So how did she sound?' asked Biddeford.

'Like someone from Russia,' said Billy, shrugging. Then his face brightened. 'I'll tell you who she sounded like,' he said, his voice more certain now. 'You know that tea shop in town? The one that's run by that little foreign bird with the funny voice that all the fellas fancy? Well, that's just what she sounded like. They coulda been twins goin' by the voice.'

Norman knew exactly who Billy meant.

'And you're quite sure about this?' asked Biddeford.

'Oh yes, Mr B.' Billy smiled proudly. 'I often goes into that shop just to hear her talk. Lots of fellas do. It gives me the horn, listening to her—'

'Alright, Billy,' said Norman, wincing at the image Billy had just created in his head. 'We get the picture. Unfortunately.'

* * *

For his own protection, Norman decided to lock Billy up for the night. In the morning, they would make it obvious to any visitors that the police had raided Billy's house and put the word out that he'd been arrested along with his loot. That should make sure Allison didn't get any unwelcome visitors.

'Can you believe what he was saying about the girl sounding like Jelena?' asked Biddeford.

'Yeah, it seems a bit weird, but then he only said "sounded like",' said Norman. 'But she's from Serbia or somewhere like that. I reckon anyone from that part of Europe would sound similar. At this stage, I'd put my money on Albania. I thought I'd left all that East European gang stuff in London, but maybe it's followed me down here.'

'So what next?' asked Biddeford.

Norman looked at his watch. It was eleven p.m.

'Let's go home and sleep on it,' he said wearily. 'We'll plan our next move in the morning.'

CHAPTER THIRTY

Next morning Slater and Norman were killing time waiting for a call from Dr McCall before they set off for the home of Lindy Fellows. Slater was disappointed that he hadn't yet heard back from Dr McCall but McCall was a heart surgeon, and when he'd called yesterday afternoon he'd been told the doctor was in surgery and could expect to be there until late into the night. He was assured the surgeon would be informed when he came out of theatre, but Slater had been told not to expect a call back before this morning.

It would have been nice to have his suspicions about Bressler and Lindy Fellows confirmed before they spoke to her, but Slater knew well enough that heart surgeons often operated for many hours, and he could hardly expect the surgeon to set everything aside just to talk to him.

Norman had appeared to be rather preoccupied during this morning's briefing, and even though he'd taken the time to go off and talk to Steve Biddeford before they'd left, he still didn't look entirely happy.

'You're quiet this morning, Norm,' Slater said. 'Has it got anything to do with Alison and Billy Bumble. Do you want to talk about it?'

'I thought you didn't want to be involved,' said Norman, moodily.

'I don't recall saying anything like that,' said Slater. 'I'll admit I'm not exactly keen to work with Steve Biddeford right now, but if you want my help I'm not gonna refuse, am I? What's the problem?'

'The problem,' said Norman, with a heavy sigh, 'is that my itty bitty little counterfeit handbag case that never was, has the possibility of becoming one huge case that originates far away from Tinton and involves some seriously heavy crooks.'

'What? Are you trying to tell me Billy Bumble has suddenly become some sort of criminal mastermind?' Slater laughed, thinking how ridiculous it all sounded.

'This is no laughing matter,' said Norman.

'Seriously?' asked Slater, sceptically.

'Seriously,' said the unsmiling Norman. 'I'm not quite sure how Billy got involved with these people, but he's made a serious mistake helping himself to their hookey cigarettes.'

'Who are "these people", Norm?'

'I think they may be Albanians, or at least some sort of East European gang.'

Slater thought about this for a moment.

'What was Billy's explanation for the cigarettes ending up in his garage?' he finally asked.

'He says he got lost on his way to make the delivery so he took the stuff home and stashed it in his garage.' Norman sighed in exasperation.

'Yeah,' said Slater. 'That sounds like the sort of crap Billy would come out with. And he expected you to believe that?'

'Yes,' Norman said, nodding. 'He did.'

'And if the people in this gang find him that's what he'll tell them too.'

'The thing is, if they find him, they'll probably smash his kneecaps for fun, and then kill him. I've seen what these people are capable of,' said Norman, sounding genuinely concerned.

'So what have we got so far?' asked Slater.

'We know it's a sophisticated operation,' Norman said. 'There are lots of people involved, but no one ever gets to see anyone else, so no one knows who's who. Billy knows bugger all really, but he did tell us it all goes down on a Monday night and the stuff comes into Trapworth airfield.'

'Sarah dropped from an aeroplane on a Monday night.' Slater racked his brain. 'What if that's what she was on to? What if it somehow ties in with Sandra's murder?'

'I think you may be asking one too many "what ifs" there,' said Norman. 'I don't see how it's likely to tie in with Sandra. That would have been too long ago. But, there again, it would be one hell of a coincidence if there were two light aircraft flying that low over Tinton last Monday night, don't you think?'

'I don't believe in coincidences.' Slater was becoming more and more interested in what he was hearing. 'Does the timing work?'

'Billy reckons they usually fly in between one and two in the morning. But if they're flying out of Trapworth, picking up somewhere close to the coast in France, and then returning, I reckon they could well be flying out of Trapworth around eleven p.m.

'Steve says the kid who logs all the aircraft reckons he heard a plane at 11.10 p.m. last Monday. That's close enough for me. I've got him going through all that stuff again right now, and he's going to speak to the kid again and see if he's got any record of the return flights. A kid that age would probably be asleep at that time of the morning, but you never know.

'The thing is, if this turns out to be as big as I think it could be, Steve's going to need some help. He can't deal with something that big all on his own.'

'Have you told Bob Murray yet?' asked Slater.

'I was planning on seeing him when we get back,' said Norman. 'If that's okay with you?'

'Of course it's okay with me, Norm.' Slater smiled reassuringly at him. 'If there's a link to Sarah's murder, then we're all involved anyway.'

'Right,' said Norman, sounding uncertain. 'Fine.'

Slater could tell he had reservations about him being involved in a case with Steve Biddeford, after what had happened between them. But they were all adults, weren't they? And anyway, if Billy Bumble was linked to their murder investigation in any way, he had to be involved, regardless.

'Anyway, what makes you think they're Albanians?' he asked, suddenly.

'I don't know for sure,' said Norman, sounding tentative. 'It's just something Billy said.'

'Well, go on, tell me.' Slater was puzzled by Norman's evident reluctance to tell him. 'Don't keep me in suspense.'

'He says there's usually just one guy at the airfield. This time there was a second person. He reckons it was a woman.'

Slater was sure there must once have been a time when women were never involved in this sort of thing, but now they seemed to be involved in everything, even armed robbery. *But then that's equality for you*, he thought.

He realised Norman had stopped talking.

'So, just because there's a woman, that makes you think they must be Albanians?' asked Slater, confused. 'Since when did that become a reliable indicator of the nationality of a gang?'

'No. Of course it's not that,' said Norman. 'But the woman spoke. Billy says she had an Eastern European accent.'

'Billy wouldn't recognise an East European accent if it bit his arse,' Slater said, scoffing. 'He's having you on.'

'Sorry, but you're wrong.' Norman let out a heavy sigh. 'Billy knows exactly what that accent sounds like. It seems he's a big fan of Tinton's favourite tea shop, which just happens to be run by what he described as "that little foreign bird with the funny voice that all the fellas fancy". Does that ring any bells with you?'

'What? Jelena? You're kidding?' said Slater, in disbelief.

'According to Billy, he only heard a couple of words, but he says the voice was so similar they could have been twins.'

'Okay,' said Slater. 'So it sounds like her, but then so would any woman from that part of Europe. Wouldn't they?'

'No one's saying she's involved, and as far as I know there's nothing to suggest she's ever done anything illegal,' said Norman.

'It's a coincidence, that's all,' said Slater, and busied himself with his work. He didn't want to discuss it any further.

* * *

As Norman sat, watching his colleague engross himself in paperwork, he wondered if he should point out that, only a couple of minutes earlier, his partner had insisted he didn't believe in coincidences. No, probably not the right time for that. He also didn't feel it was the right time to mention that he'd asked Steve Biddeford to take a good look into Jelena's background when he had time.

Norman was well aware Slater thought Jelena was one seriously attractive young woman, and to be honest, he doubted there were many men in Tinton who would disagree. As far as Norman knew, though, they had never actually been on a date together. In fact, Slater had actually told him that his gut instinct had been to steer clear of her despite the physical attraction he felt for her.

Norman also knew for sure that she had asked Slater out on more than one occasion, and he'd always found an excuse not to go. Now Dave Slater was a good-looking guy and most women seemed to find him attractive, but how many would be happy to accept being rejected and then keep coming back for more?

Norman had wondered about her chasing after Slater before. It didn't make sense. She could charm the pants off any guy, so why keep going after him if he wasn't interested?

Perhaps he was being extra suspicious because he felt protective towards Slater, but it suddenly made a lot more sense if you accepted it had nothing to do with his good looks and was much more to do with what he might know in his position as a police officer.

* * *

Lindy Fellows lived in a small village about half an hour from Tinton — certainly close enough, in Slater's opinion, for her and Bressler to get together, if they ever felt the need. Her house was a good-sized cottage with a large garden and a paddock adjoining. The short drive ran alongside the paddock and up to the front of the house. Three horses lazily interrupted their grazing to watch their arrival, before returning contentedly to the grass. At the end of the paddock nearest the house, a small, but expensive-looking, stable block provided shelter should they need it.

'You don't get much change out of a million when you buy one of these.' Norman let out a low whistle as he surveyed the house.

'And they're not cheap to maintain, are they?' Slater gazed admiringly as he manoeuvred the car up the drive.

He parked the car on the drive in front of the house and he and Norman made their way to the front door. He rang the bell three times, but it was soon obvious they weren't going to get an answer any time soon.

'Can you hear something?' asked Norman.

'No,' said Slater, listening hard.

'There,' said Norman. 'Did you hear that?'

'I can't hear anything.' Slater strained his ears.

'It's not a constant noise,' Norman said, turning his head this way and that. 'It's every thirty seconds or so. It's coming from over there somewhere.'

He pointed to the stables and began to head that way. Slater followed, listening hard.

Thwock!

It was faint, but he definitely heard it that time. Norman was right, there was a sound, and it was coming from behind the stable block. They kept walking, following the path down the side of the house.

Thwock!

There it was again, much louder this time as they got closer. It was coming from a barn behind the stables.

Thwock!

This time he recognised the sound. Someone was chopping logs. They took the last couple of steps down the side of the barn and turned to their left. The barn was open-fronted and Slater could clearly see the source of the noise now.

Thwock!

The oak log split neatly in two, right down the middle. They could only see the back of the person wielding the axe, but they didn't need a degree in anatomy to see it was a woman.

'Miss Fellows?' called Slater.

Startled, she spun round at the sound of his voice, axe held ready to defend herself.

'I'm sorry.' He held up his hands in a calming gesture. 'I didn't mean to make you jump.'

He produced his warrant card and Norman followed suit.

'I'm Detective Sergeant Slater, and this is Detective Sergeant Norman. We're from Tinton CID. We'd like to ask you a few questions, if you could spare the time.'

Now she had turned around, her tight leggings and skimpy T-shirt made it easy for them to see she was a perfect fit for the Bressler mould. The passing years had done nothing to spoil her good looks, and her figure was still as good as it was in the photo from fifteen years ago that Slater had in his pocket.

'I didn't hear you coming,' she said, lowering the axe. 'A girl can't be too careful living out here on her own.'

'Do you always chop your own logs?' asked Norman. 'It's unusual to see a lady swing an axe like that.'

'I enjoy it,' she said. 'It helps keep me fit, and there's something very satisfying when the axe hits home with that lovely noise. My parents owned a farm when I was a child and we always chopped our own logs. My father taught me when I was about ten. I'm still using the same axe, as it happens. When you have good technique and a well-balanced axe, it's just like an extension of your arm.'

She lifted the axe and swung it smoothly. With another resounding *thwock*, she embedded the head in her chopping block.

'See?' she said. 'If your technique's right, it's no effort at all. I can split any log, any size. And I can keep going for hours.'

She walked past them, leading the way to the back of the house.

'I take it you'd like a cup of tea,' she said. 'Let's go into the kitchen, we can talk in there.'

* * *

'So what is it you want to ask me about,' she asked.

Slater looked round the lavish kitchen as she pottered about making a pot of tea. There was money here, all right.

'We're investigating a couple of murders in Tinton,' said Slater. 'One concerns Sarah Townley who was murdered just over a week ago. The other concerns the murder of her sister Sandra Bressler and her daughter fifteen years ago.'

'Murdered?' said Lindy, sounding surprised. 'I thought she'd just walked out and left. That's what Rudy told me.'

'So you do know Mr Bressler?' asked Norman.

'Well, of course I do. I was in a relationship with him for five years, as I'm sure you must already know.'

'Did you know Sandra?' asked Norman.

'Good heavens, no. I didn't meet Rudy until about six months after she disappeared.'

'Are you sure about that?' asked Slater.

'Are you calling me a liar?' she said, bristling with annoyance.

Slater produced the photograph and laid it down in front of her.

'This was taken several months before Sandra disappeared,' he said.

She looked guiltily at the photo.

'Ah, well,' she stammered, and her face reddened. 'When I say I didn't meet him until after Sandra disappeared, what I mean is I didn't become involved with him until then. We had met at one or two medical conferences. We shared the same area of expertise, you see?'

'You're a doctor too?' asked Norman.

'No, not anymore,' she said, smiling. 'I stopped practising when I came into some money.'

'When you moved in with Mr Bressler?' Slater asked.

'It was around that time, yes,' she said.

Slater could tell she was trying to remain tight-lipped.

'And you're quite sure you and Mr Bressler weren't in a relationship before you moved in with him?' he asked.

'I've already told you, no,' she snapped.

'It's just that it doesn't seem to have taken very long for you to decide to move in with him and quit being a doctor,' said Slater.

'There's no law against making your mind up quickly, is there? We hit it off right away and he asked me to move in and share his luxury lifestyle. What was there to think about?' she said, sulkily.

'So why did your relationship end?' asked Norman.

'They all end when the girl gets to thirty. I would have thought you knew that.'

'But you didn't know that before it started, did you?' said Norman.

Slater looked at him, surprised. He must be playing a hunch — it wasn't the first time in their career together that Norman had used his gut instinct, and to great effect.

There was just a flicker of petulance across Lindy Fellows' face before she answered.

'No. I admit I didn't know that. I was even stupid enough to think he might make me the next Mrs Bressler, but he was obsessed with Sandra and the life they had together even though she had left him. All he wanted to do was keep reliving it over and over. That's why we all get kicked out at thirty, so he can start it all over again from where she was twenty-five.'

They tried to get more information from her, but eventually Slater accepted that she had told them all she was going to.

'Well, thank you for your time, Miss Fellows,' said Slater. 'There's just one more thing you might be able to help us with. Do you know the address of the young lady who replaced you in Mr Bressler's life?'

'No one could ever replace me,' she said, arrogantly. 'I'll always be special to Rudy. But if you mean the girl who went to live with him after me, then yes, it's in my address book. I'll get it for you.'

'It's okay,' said Slater, tearing a sheet of paper from his notebook. 'Perhaps you could just write it down on here for me.'

She took the sheet of paper and left the room, returning shortly to hand him the neatly written address.

'Thank you,' said Slater, folding the paper carefully and putting it in his pocket. 'Now we'll get out of your way and you can get back to chopping your logs.'

* * *

'So what do we think?' Slater asked, interested to hear Norman's take on Lindy Fellows.

It was a nice day, so they'd elected to stop for tea at a roadside snack bar. There was no one else around so they were sat at a wooden picnic table enjoying the sun on their backs.

'I think a bacon and egg sandwich would be a good idea,' Norman said, grumbling.

'And I think you eat far too much fried food and bread,' said Slater. 'You need to start looking after yourself. From now on, I intend to stop you eating anything like that. I'm going to educate you about healthy food choices if it kills me.'

'Have you become my mother all of a sudden?' Norman glared at Slater. 'I like fried food.'

'So,' said Slater, 'it was alright for you to look out for me the other day, but it's not alright for me to look out for you. How does that work, then?'

'I just wanted to make sure you didn't kill Steve Biddeford,' Norman said.

'And I just want to make sure you don't kill yourself.' Slater glared back at him.

'I also wanted to make sure you don't get involved with a witness in this murder case,' Norman said, sniffing haughtily.

'Don't argue, and don't try to change the subject. You know you're unfit. You even have to stop for breath when you climb a flight of stairs.'

'So, I'm a little overweight. Is that so bad? Lots of people are.'

'Norm, you're not just "a little" overweight. You're a helluva lot overweight, and you know it. As your partner, I'm not asking you to lose it, I'm telling you. This job involves teamwork. That means if someone does a runner, we both have to chase. It does not mean I get to do all the chasing while you sit on your arse and watch.'

Norman brooded in silence for a couple of minutes. Slater knew his comments had hit home. Surely it wasn't a surprise to Norman that he was out of shape? He must look in the mirror from time to time.

Norman took a sip of his tea.

'Ugghh!' he said. 'I also think this tea tastes like shite. I reckon those tea bags they're using have been dried out and re-used. At least twice.'

'It's not good, is it?' Slater said, pulling a face as he tasted his, too. 'Perhaps we should have had coffee.'

'Anyway, what you really meant is, what do I think of Lindy Fellows, right?' asked Norman.

'Exactly,' Slater said, nodding.

'She's what we used to call drop-dead gorgeous when I was a teenager,' Norman said, smiling wistfully. 'I think kids today would say she was fit, and they'd be right. Yet she seems to have chosen to live alone. Maybe I'm a dinosaur, but that strikes me as odd. Yeah, I know there could be all sorts of reasons for that, but I still think it's odd.

'And then there's the way she swings that axe. Now, I'm definitely a city boy, and there isn't much call for splitting logs where I come from, but is it usual for a woman to be quite so handy with an axe?

'Also she's definitely lying about her and Bressler. I reckon they were an item before Sandra disappeared.'

'Me too.' Slater didn't think Lindy Fellows had been telling them the whole truth. 'Perhaps when Dr McCall calls me back he'll confirm that.'

He took another sip of his tea. Norm was right, it really did taste like shite.

'Here's something for you to think about.' He set his cup down, trying to get rid of the unpleasant taste in his mouth. 'Cindy and Lindy both confirm the fact that Bressler seems to live in some sort of personal time loop where he keeps reliving five years of him and Sandra. Now, we know he used to cheat on the real Sandra, so it figures he would cheat on a pretend Sandra too. According to Cindy, he definitely cheats on her. In fact, she says he never has sex with her. What if he never has sex with any of his girlfriends, but he cheats on them instead?'

'I'd say that was pretty weird,' said Norman. 'But then the one thing we know for sure is that Bressler is one weird guy.'

Slater waited for Norman to catch up with his train of thought.

'Oh. I see where you're going with this,' Norman said, suddenly. 'You think Lindy's the other woman, right?'

'She's conveniently close,' said Slater. 'And it would explain why there appears to be no man in her life.'

'But isn't she too old?' asked Norman.

'Maybe. But suppose she's the constant that makes the whole thing work for him?'

Norman leaned away from Slater, turned towards him and gave him a long appraising look.

'You have some very strange ideas, Dave Slater,' he said. 'I think you ought to see a psychologist.'

'There's nothing wrong with the way I think,' protested Slater. 'I'm very creative in my thinking.'

'I know you are,' Norman said. 'I'm saying I agree with you. I meant you need to see a psychologist to find out if your theory about Bressler makes sense. If you're right, we have a good motive for him to be the killer. And Lindy Fellows could easily be in the frame as his accomplice.'

'It adds up even more if he knew Sandra was going to leave him,' said Slater.

'Yeah, that's true.' Norman nodded. 'Just because we found the bodies here, it doesn't mean she never left, or that she wasn't going to leave. We need to find someone who knows. If she didn't tell her parents, maybe she told a friend.'

'I've got Jolly Jane working on finding her old friends,' said Slater. 'She'll find someone.'

In Norman's jacket pocket, his phone began to blast out a tinny version of Blondie's 'Call Me'. Slater cringed in embarrassment, glad there was no one else around to hear it.

Norman rummaged in his pocket for the phone.

'Yo! This is Norm,' he boomed into it.

* * *

Slater tried to listen to the conversation, but it was impossible to make sense of it from only Norman's responses.

'That was Steve Biddeford,' said Norman finally, slipping his phone into his pocket as they walked back to their car. 'He's been poking around at that airfield, finding out who keeps aircraft up there.'

'Anyone we know?' asked Slater.

'No one involved with this case,' replied Norman. 'But he says one name jumped out at him. Someone he met with you down at that sports centre, Leisure for Pleasure. He says the guy pissed you both off and that's why he remembered the name. Some guy called Rodney Rodgers. Ring a bell?'

'That tosser can fly a plane?' Slater was surprised Rodney Rodgers could even spell "aeroplane". 'It must be easier than I thought.'

'He made a good impression on you, then?' Norman asked, laughing.

'The guy's a tit,' Slater said, shaking his head. 'That's why I remember him.'

On the way back to the station, Norman called Bob Murray. From what Slater could glean from the conversation, Murray hadn't been best pleased to have his lunch interrupted. It seemed that he soon changed his tune when Norman told him why he needed to arrange a meeting so urgently, though, and Murray had agreed to see him when they got back to the station.

CHAPTER THIRTY-ONE

As Norman was puffing his way up to see the boss, Slater was wondering how all those sticky notes seemed to attach themselves to his desk when he was out. Was there some sort of conspiracy going on? Did people wait until he was out before they called? Or did someone save up all the messages until he went out?

His glanced at the four notes, decided they were too trivial to worry about, screwed them up and tossed them in the bin. Then his phone rang.

Dr McCall was what Slater would have described as old school, and from the sound of his voice, he was probably in his sixties. The doctor didn't like time-wasters, and he didn't like to be a time-waster, so the call was soon over, but by the time he put the phone down, Slater was happy enough.

'Oh yes,' the doctor had told him. 'I remember Dr Bressler, and Dr Fellows. They came to two or three of the conferences I arranged. It was an open secret that they were an item. They always had separate rooms, but she never slept in hers.

'It was damned embarrassing for everyone. We all knew what they were up to. It was even worse for me because I knew his wife. It made me very uncomfortable to tell the truth. It was like I was a part of their dirty little secret. It ended my friendship with Bressler.'

* * *

Next, it was the turn of Ian Becks.

'I understand you've been looking for me,' said Slater, when Becks answered.

'Why is it you're never around when I have something to tell you?'

'You could always call my mobile,' said Slater.

'Can't guarantee a decent signal,' said Becks. 'That's why you should be there in your office.'

'The reason I always seem to be out is because I'm so popular,' Slater said. 'I get to go out and meet all these interesting people. You, meanwhile, are stuck down there in your dungeon, where you belong, and where you can't frighten members of the public. You should think yourself lucky I'm prepared to share any of my precious time with you.'

'Yeah, right, oh lord and master,' said Becks. 'Thank you so much for sparing the time to call me back. Please accept my humble thanks. I wish you a short and painful life. And in case you're wondering, yes, I am waving two fingers at you.'

'Just as long as you know your place,' Slater said, laughing. 'So what have you got for me?'

'Your handwriting sample. It's definitely not Sandra Bressler's signature on those cheques.'

'I didn't really think it would be,' said Slater. 'Of course, now we've got to figure out who's it is.'

'Sorry, mate. Can't help you there,' said Becks. 'It's your job to find out who, and my job to do the clever stuff and confirm your findings using science.'

'Yeah,' said Slater ironically. 'Of course we're all idiots up here. But it just so happens, this idiot has another sample for your handwriting expert.'

'Well then, you'd better get it down here quick, before they go.'

'It's already on the way,' said Slater.

'Good,' said Becks. 'Now, do you intend to carry on wasting my time, or would you like to hear what else I've got for you?'

'What? What else have you got for me?' Slater was puzzled.

'That DNA sample of Bressler's.'

'Oh, that. I'd almost forgotten. We've got nothing for you to compare it with yet.'

'Ah, but you're wrong,' said Becks triumphantly.

'I am?'

'To be honest, it wouldn't have happened if it was down to me. I wouldn't have had the time to do it, unless you'd asked, of course.'

'You're losing me, Becksy,' said Slater. 'What are you on about?'

'If I was here on my own, as I usually am, I would have saved the sample and not processed it until you asked me to compare it with something else. Because, you see, normally I wouldn't have the time.'

'Right.' Slater was still baffled. 'So this means what exactly?'

'Nadira took the sample and processed it for me,' continued Becks. 'And just because she had the two samples, and she had the time, she compared Bressler's DNA with the sample from the little girl, Rose.'

Slater liked Ian Becks, but he had this annoying habit of going all around the houses before he got to the point. Sometimes it could get a bit tiresome.

'And?' asked Slater impatiently.

'And it doesn't match.'

'What?'

'It doesn't match,' repeated Becks. 'Bressler's not the girl's father.'

'Bloody hell.' Slater was surprised. 'I hadn't bargained on that.'

'I thought so,' said Becks, knowing that he had made an already complicated situation even more complex. 'That's why I was so keen to tell you.'

'You're sure about this?' asked Slater.

'Of course I'm bloody sure,' said Becks. 'Are you suggesting we don't know what we're doing down here?'

'Well, no. Of course not,' said Slater, still shocked by what Becks had just told him. 'I just wasn't expecting it, that's all. We hadn't even considered it.'

'Well perhaps you should have. Maybe you're right about being an idiot,' said Becks, cheerily. 'Life's full of little surprises.'

'It certainly is,' agreed Slater, ignoring the insult. 'Well thanks, Ian. I think.'

'My pleasure,' said Becks. 'Anytime you idiots want the water muddied, just let me know and I'll do my best to help.'

There was a click as Becks hung up the phone.

Slater thought about what Becks had told him. If Bressler wasn't the father, then who the hell was? Obviously Sandra Bressler wasn't quite the squeaky clean, innocent victim she first appeared to be.

'Is there anybody in there?'

Slater turned with a jolt, and saw PC Jolly standing beside him.

'Sorry,' he said. He had been totally lost in his thoughts. 'I was just thinking.'

'That can be dangerous,' she said. 'You never know what might happen if we all started doing that.'

She was hopping nervously up and down, notes in hand.

'Either you're going to ask me if you can go and use the loo, or you've got some information for me,' Slater said. 'You've never asked my permission to use the loo before, so you must have information. Am I right?'

'Yes, sir.'

'You see. My amazing deductive powers. It's almost uncanny, isn't it?'

'Frankly, I'm surprised any criminals are left on the streets.' Jolly's voice was heavy with sarcasm.

'Wouldn't it be great if we could suss everything out that easily?' Slater sighed. 'There wouldn't be an unsolved crime anywhere.'

'In a perfect world.'

Slater shook himself and gave her a beaming smile.

'Meanwhile, back in the real world,' he said, 'this case just seems to get more and more complicated. But something tells me you're going to solve it right now, PC Jolly.'

'I wish I could solve it, sir,' she said. 'But what I think I'm about to do is complicate things even further.'

'Oh, deep joy.' He wasn't sure how it could get any more complicated. Not after Ian Becks' revelation. 'Go on then, if you must.'

'Sandra Bressler,' she said. 'You asked me to see if I could find any of her old friends, so I called her mum. She was obviously struggling to remember, but she did come up with two names. One of them has moved out of the area and I haven't tracked her down yet, but I did manage to speak to the other one, Stella Grey.'

'Well done,' said Slater. 'Did she remember anything about Sandra wanting to run away from Bressler?'

'She says Sandra never mentioned anything like that to her. But she did tell me something else that will interest you.'

'Oh, really?' said Slater. 'Go on then, I'm listening.'

'According to Stella, Sandra had a secret.'

'Only it obviously wasn't quite as secret as she thought it was,' Slater pointed out.

'Exactly,' said Jolly, enthusiastically. 'Apparently Sandra was having an affair behind Bressler's back.'

'Oh, was she now?' Slater thought of the DNA test. 'Now that's an interesting twist. She's becoming less and less of an innocent victim by the minute.'

'It gets better. There's more,' said Jolly. 'It seems there was a suspicion that Bressler may not have been the father of Sandra's baby.'

'There's more than a suspicion, Jane,' said Slater. 'It's a fact. DNA tests have confirmed Rudy Bressler was definitely not the father of Rose Bressler.'

Slater pondered this new information for a moment.

'Of course, you realise you've opened the door to another potential suspect, don't you, Jane?' he asked. 'Does Stella know the name of Sandra's secret lover?'

'She didn't recall his name, but she remembered he worked at the local leisure centre. He ran the gym there. So I made some calls and did some checking.'

She looked immensely pleased with herself.

'Using your initiative. I like it,' Slater said, teasingly. 'And did you get his name?'

'I did.' She was beaming now. 'His name is Rodney Rodgers.'

There was a pause as Slater absorbed the name. He thought he'd come across it before, and racked his brains. Suddenly, he remembered. This name just kept on cropping up, but surely it couldn't be the same guy, could it?

'Is this guy still working there?' he asked, but he was already quite sure what the answer would be.

'No. He left years ago.'

'See if you can find out exactly when Mr Rodgers left that leisure centre.'

'I already have,' she said. 'According to my reckoning, it was roughly three months before Rose Bressler was born.'

'Do you know why he left?' asked Slater.

'They wouldn't say anything specific,' said Jolly. 'But I got the impression it wasn't a promotion.'

'A sideways move.' Slater thought for a moment. 'So he obviously did something to get a black mark. I would imagine getting a member pregnant wouldn't exactly win him any prizes, would it?'

'Especially if that member's husband made a lot of fuss,' added Jolly.

'Is he still with the same company?'

'Yes, he is,' said Jolly. 'It's called Leisure for Pleasure. And you'll never guess where he is now.'

'I hate to spoil your fun,' Slater said. 'But that's where you're wrong.'

'I'm sorry?' said Jolly, looking puzzled.

'He works at the leisure centre in town, doesn't he?' Slater smiled, enjoying her reaction.

'How did you know that?' Jolly said, looking crestfallen that he'd stolen her thunder.

'Don't look so disappointed, Jane. I met him last week when the flasher was terrorising the old ladies down there,' Slater said. 'He's obviously been given a chance to redeem himself, and then managed to work his way up the ladder. He manages the whole place now.'

'Oh, poo,' said Jolly. 'And there I was, thinking I'd done some brilliant detective work—'

'Ah, but you have, Jane. You have,' Slater interrupted, keen to recognise her good work. 'It's just luck on my part. And just this morning, we also discovered our new friend Rodney keeps a light aircraft up at Trapworth airfield. So that's twice his name has come up today.'

'Now that's what I call a coincidence,' said Jolly.

'Only if you believe in coincidences.' Slater didn't. 'With his connections to all our victims, this has to be more than a coincidence.'

'What's he look like, this Rodney Rodgers?'

'He looks, and behaves, like a prize tit,' said Slater. 'But if you mean, "does he have ginger hair?" Then, yes, he does.'

'My money's on him as the father, then,' Jolly said, smiling.

'And I think that's a pretty safe bet.'

'Did you say he keeps a plane up at Trapworth?'

'It seems his name's in the owners' register up there.' Slater remembered what Steve Biddeford had found out.

'So, what if Sarah Townley somehow found out Rodgers is Rose's father? Is he the type who would murder her and throw her out of an aeroplane?' asked Jolly.

'I'm not sure there is a "type" who murders.' Slater pondered for a moment. 'But it's definitely a possibility.'

He had an idea.

'Do you fancy a little run out in the morning, Jane? It'll only take half an hour.'

'What have you got in mind?' she asked.

'Take Sarah's photo down to the leisure centre. Show the photo to some of the staff, but keep it low key. You just want to know if anyone recognises her. Maybe she did go looking for our friend Mr Rodgers.'

'Okay,' she said. 'I can do that.'

CHAPTER THIRTY-TWO

On their way out to Bressler's house, Slater thought about how to approach the upcoming conversation. At the briefing earlier, he and Norman had decided they shouldn't wait any longer and they should start to lean on Bressler and Lindy Fellows. They were going to start by telling him about the DNA test results and how his daughter actually wasn't his.

'I'm sorry you're getting stuck with preparing all the briefings,' said Norman, looking guilty.

'It's not a problem,' said Slater. 'I realise you need to help Steve keep on top of that smuggling circle. It must be the first case like that he's had to deal with, so he's going to need some guidance. You are keeping on top of it, aren't you?'

'Oh yeah. On the one hand, we could do with some extra resources, but right now there isn't anyone to spare. On the other hand, because it's such a small operation we're not making lots of waves — which might work in our favour.

'Steve's been working on the flight log and fuel log, and there seems to be a pattern emerging. With any luck, we might even be able to say when the next flight's coming in and set up a welcome party. If we could just get this murder inquiry out of the way, we might be able to rustle up enough people to keep it in house.'

'As you're asking so nicely, I promise to try extra hard to catch the killer.' Slater smiled broadly. 'It just so happens I have a feeling today's going to be a good day.'

* * *

Slater was relieved to find there was no sign of Cindy's pink Mini Cooper. He hoped this meant she was out.

'If you're looking for Cindy, she's not here,' said Bressler, the moment he set eyes on Slater. 'She's out choosing decor for her new house. She's about to move out of here and needs to get everything ready, but then I'm sure you already know that.'

Slater was caught completely off guard and was totally lost for words. He felt his face turn a nice shade of pink to accentuate his embarrassment and his mouth flopped open in surprise.

'Don't be embarrassed, Sergeant,' said Bressler. 'I don't have a problem with you seeing Cindy. After all, I've just about finished with her.'

Slater's embarrassment quickly began to change to indignation. He wasn't going to let Bressler talk about Cindy like this. She wasn't some sort of used good.

A smug-looking smile crossed Bressler's face.

'That's okay,' said Norman, and Slater was slightly relieved he had stepped in to defuse the situation. He didn't think punching Rudy Bressler in his arrogant face would go down very well with the powers that be. 'We're not looking for Miss Maine. It's you we wanted to talk to.'

'Oh, for goodness' sake.' Bressler sighed, impatiently. 'Have you people got nothing better to do? What is it this time?'

'The sooner you let us in,' said Norman, with an icy smile, 'the sooner you'll find out.'

'We value our time, too,' said Slater, recovering his composure and trusting himself to speak now. 'That's why there's an offence called "wasting police time".'

Bressler didn't look impressed by Slater's veiled threat, but he stepped back and let them into his hallway. It was quite clear that was as far as they were going to be invited to go.

'I'm not sure I like your attitude,' he said to the two detectives.

'Yeah, you said before,' replied Slater. 'And I'm still not sure you understand the true nature of our investigation. So, once again, I'll remind you we're investigating the murder of two women and a child, all of whom were related to you.'

'I don't need some jumped-up little prick, who thinks a badge makes him God, to remind me my wife and daughter are dead, Detective Sergeant,' snarled Bressler, squaring up to Slater.

Slater felt himself getting angry again. Who did this guy think he was?

'Whoa, whoa, whoa,' said Norman, breaking the tense silence. 'Right now we're only thinking about charging you with wasting our time, Mr Bressler. If you prefer we can stop thinking about it and actually do it.'

Bressler looked from Slater to Norman. Finally, he relaxed and took a step back.

'You have to admit,' Norman said to Bressler, 'Sergeant Slater does have a point. You're not exactly busting your balls to help us, now are you? To be honest, getting information from you is like pulling teeth.

'And then we do get something out of you we find some of it just isn't the truth. That makes us think you don't want to help us. When people don't want to help us, it makes us suspicious, and then we start to think they probably have something to hide. It would make life a whole lot easier for you, and for us, if you were to tell us everything you know.'

'I've got nothing to hide, and I have told you everything,' cried Bressler, sounding exasperated.

'Oh, really?' said Norman. 'You might want us to believe that, but do we really look that stupid?'

Now Bressler was beginning to look uncomfortable, but he said nothing.

'I had a nice little chat with your friend Dr McCall yesterday,' began Slater. 'Or did I get that wrong? I mean you're not actually friends any more, are you?'

'I haven't seen him in years,' said Bressler. 'Sometimes friends just drift apart, you know that.'

'And sometimes friends get driven apart when one of them behaves in a way the other finds intolerable,' continued Slater. 'Which is why Dr McCall no longer regards you as a friend, isn't it?'

'McCall's an old fool,' said Bressler, dismissively.

'He didn't sound like an old fool to me,' said Slater. 'Old school, maybe. Old morals, definitely. Old fool? I don't think so. He didn't approve of you cheating on your wife, did he? And he especially didn't approve of you making him part of it by flaunting it in front of him.'

'I don't know what you're talking about,' snapped Bressler.

'Yes, you do,' said Norman. 'He's talking about you and Lindy Fellows. Dr McCall might have turned a blind eye when he couldn't prove your affair, but you made a big mistake sharing a hotel room with her at his conference. That made him part of your little conspiracy behind your wife's back, and that was a step too far for him.'

'He's mistaken,' said Bressler, calmly. 'We had separate rooms. I knew Lindy as a fellow doctor attending a conference. That's all there was to it.'

'Yeah, right,' said Norman. 'We know she was booked into her own room. The problem for Dr McCall is she never actually slept in that room. The biggest problem for us is it's getting hard to sift the truth from the fiction where you're concerned.'

'Why don't you ask her if you don't believe me?' Bressler's face was like thunder.

'Oh, we will,' said Norman. 'You can count on it.'

'You go away a lot on business, don't you?' Slater changed the subject, suddenly.

'Yes, two or three times a month. You already know that.'

'Where?' asked Slater. 'Where exactly do you go?'

'All over Europe, and South East Asia. Sometimes to the USA,' replied Bressler.

'Do you use commercial flights?'

'Of course.'

'Same airline, every time?'

'That depends on where I'm going.'

'I think this is more fiction,' Norman piped up.

'I don't have to put up with this,' said Bressler, angrily. 'This is just harassment. I think this interview is over.'

'I don't think so,' said Slater, calmly. 'You see, the problem Sergeant Norman is having here, is believing your suggestion that you leave the country two or three times a month. The thing is we can check facts like that quite easily. And we have.'

He let Bressler think about this for a moment before he continued.

'According to the very efficient constable who checked this out, you left the country just six times in the last twelve months, and we're pretty sure three of those trips were holidays, because Miss Maine was on the same flights.'

Slater could see Bressler was struggling to come up with a plausible answer.

'Of course,' continued Slater, 'it could be that you've somehow got lost in the system. Maybe your records have become corrupted somehow.'

'Yes,' Bressler clutched hopefully at the straw. 'That must be it. One little glitch and a whole record can be wiped clean.'

'But, of course,' said Norman with a smile, clearly enjoying Bressler's discomfort, 'if you show us your passport, we'll be able to see all those nice little stamps that prove where you've been.'

'Ah. Yes,' Bressler was evidently struggling again. 'The thing is—'

'Don't tell me. You've lost it,' said Norman, his voice thick with faux helpfulness.

'Since I came back from my last trip,' said Bressler, desperately, 'I can't seem to find it anywhere.'

'Oh dear, how inconvenient.' Slater was really piling on the sarcasm now. 'Well, I hope you find it soon, because if you can produce it and it proves our system doesn't work, and we're wrong to keep bothering you, you'll have grounds to make a real complaint about harassment. But if you can't produce it, we'll just have to carry on hassling you until you tell us the truth.'

He looked at Norman, and they began to move towards the front door as if they were about to leave.

'Oh. One more thing I nearly forgot,' said Slater, turning back to face Bressler. 'Remember that DNA sample you allowed me to take? Well, we finally got it analysed. And then we compared it to the DNA sample we have from Rose. She's not your daughter.'

Slater watched Bressler's face carefully. It seemed to crumple for a second, and a look of desperate sadness passed across his face. But then it was like he got a grip of himself, and his face returned to its usual, stony expression.

'You know she's not your daughter?' asked Slater.

'Of course I didn't know—'

'Oh, come on, Bressler,' Norman said, sighing. 'Quit messing around. We saw it on your face. Have you always known?'

Slater saw resignation pass across Bressler's face.

'I knew from the timing I was unlikely to be the father,' he began. 'I had been away more and more, and Sandra was unhappy about that. Then she started to be out of the house more and more whenever I called. She was having an affair with some fitness guy at the local gym.'

'You knew who he was?' asked Norman.

'It didn't take a lot of working out,' said Bressler. 'I made a complaint about him and he was transferred away somewhere else, but it was stupid of me really. The damage was already done, you see.'

'So how come you didn't kick Sandra out?' asked Slater. 'Or divorce her?'

'Have you never been in love, Sergeant?'

'Not like that, he hasn't,' said Norman. 'But I know what you mean. You just wanted to try and carry on because you couldn't see a life without her, right?'

Bressler nodded his agreement.

'But it was never the same after that,' he said. 'I tried to love that little girl, but I just couldn't. And that drove another wedge in between Sandra and me. Of course, Sandra's mother thought I was the father and couldn't understand why I didn't want to know her. Home became a sort of hell and I began to stay away longer so I didn't have to face all the dirty looks and snide comments. That's when I started my first affair.'

He fell silent. He looked genuinely distressed, and Slater almost felt sorry for the man. Then he reminded himself that they had just found yet another motive for Sandra's murder — and that Bressler was now their number one suspect.

'If it was so bad, how come you and Sandra moved here so you could make a fresh start?' Slater asked.

'I told you before. She suggested if we moved away and escaped her mother, we could try to wipe the slate clean and start again. I genuinely believed she meant it, but then she disappeared as soon as we got here, and then I didn't know what to believe any more.'

Slater said nothing, but he thought they had just chalked up yet another motive.

Bressler had gone quiet again. Slater exchanged a glance with Norman. It was time to go. He turned and opened the door.

'We'll leave you to it then, Mr Bressler,' he said. 'We're going to need to talk again, so please don't leave the country.'

'But then you can't, can you?' Norman said, smiling at his parting shot. 'Not without your passport.'

CHAPTER THIRTY-THREE

When they got back to the office, Slater and Norman set about planning their next move. The plan was to arrive at Lindy Fellows' house with a search warrant. Slater had suggested going in mob-handed to unsettle her, but in the end, he and Norman agreed to take just one female PC to keep an eye on Lindy while they conducted their search. Their chosen female PC was the increasingly impressive Jane Jolly.

While they were collecting the search warrant, Slater had a quiet word with Tony Ashton.

'You know Bressler's car,' said Slater. 'Just park up the road where you can see if he leaves the house. Take someone with you and stay out there for as long as it takes. I want you to call me the moment he gets in that car and I want you to follow him wherever he goes.'

'I'm on it,' said Ashton, gathering his things and heading for the door.

* * *

As Slater and Norman headed across the car park for their car, PC Jolly drove in.

'PC Jolly.' Slater smiled at her. 'Perfect timing. We have another little job for you. As a special reward, you get to accompany both myself and DS Norman.'

She parked her car and climbed into the back of their unmarked car, pushing piles of rubbish aside to make room for herself.

'Don't you ever clean this car?' she asked, sounding dismayed.

'We can't decide which one of us is the responsible driver,' said Norman from the driver's seat. 'And we're both the same rank so it's difficult to allocate such a menial task. If it worries you, we're quite happy to wait while you—'

'On your bike,' she interrupted him. 'You clean your own car. There's no way I'm cleaning up your mess. You can come up with an excuse for not doing anything, can't you?'

'It's a gift I seem to have been blessed with,' Norman said, clearly doing his best to look modest.

'So how did you get on this morning, Jane?' asked Slater, returning them to more official business.

'Two witnesses both claim to have recognised Sarah,' she said. 'They say she came in asking for Rodgers.'

'Aha,' said Slater. 'Now we're getting somewhere. He didn't see you, did he?'

'You picked the right day,' she said. 'It's his morning off.'

'Now that's gotta be a good sign,' Norman said, smiling. 'Maybe our luck's starting to change at last.'

'It gets better. They also say they saw him take her into his office.'

'Oh yeah.' Slater liked the way this was going. 'Better, and better still.'

He turned to Norman.

'If Steve can prove, from that fuel log, that Rodgers was flying the night Sarah was killed, he's got a lot of explaining to do, don't you think?'

'I sure do,' said Norman. 'You can expect us to be looking very closely at that just as soon as I get back.'

* * *

Lindy Fellows was remarkably calm when they arrived at her house. There was a trace of alarm when Norman waved the search warrant in her face, but it didn't seem to dent her calm facade for long. While Slater and Norman began their search, and PC Jolly made tea, Lindy Fellows sat quietly at the kitchen table, reading a newspaper.

Slater was pretty sure she had been expecting them. He was quite sure he could guess who had tipped her off, too.

'Just a bit too laid back, don't you think?' Norman asked him as they made their way through the lounge.

'She knew we were coming.'

'But she wasn't expecting the search warrant,' Norman said. 'I'm sure she will have been told to hide anything obvious, so I don't know what we can expect to find, but there's got to be some sort of clue here somewhere.'

'He'll have told her to hide things, for sure.' Slater sighed, irritated. 'You start down here, I'll take upstairs.'

Their search didn't take very long, and it didn't reveal anything seriously incriminating. But then, Slater didn't really think it would. However, there's only so much you can hide in a short time, and there was more than enough evidence on display to suggest Bressler was a regular visitor.

'Did you find what you were looking for?' asked Fellows, as Slater and Norman came back into the kitchen.

'I would have to know exactly what I was looking for to be able to answer that question,' replied Slater. 'But I can say it was quite a revealing search.'

'Find some items of interest in my underwear drawer, did you?' she asked. 'I hope you haven't helped yourself to anything.'

'There was nothing in there that would fit me.' Slater knew she was trying to goad him. 'But I did find some men's underwear in the drawer below. There were items of interest in your wardrobe, too. Like men's shirts, jackets and trousers. And, of course, there's all the shaving stuff in the bathroom.'

'I sometimes have men friends come to stay,' she explained.

'And would these friends all happen to be the same size, in their late fifties, about six feet two inches tall, and keeping themselves in good condition?'

'I like all my boyfriends to be in good condition,' she replied. 'Size is immaterial, and age is just a number. As long as they can do the business, that's all that matters to me.'

'They're Bressler's clothes, aren't they?' Norman asked.

'I've told you. I have men friends who come and stay.'

'So you'll be able to give me their names.' Slater produced a notebook and pencil, and made a big show of looking expectant.

'I'll do no such thing,' she snapped. 'My private life has nothing to do with you.'

'We could quite easily carry on this conversation down at the station if you prefer,' said Slater. 'You might want to think about that.'

'Look,' said Norman. 'We know you and Bressler were doing much more than just attending conferences together. Dr McCall told us how he fell out with Bressler over your affair.'

'Dr McCall is an—'

'Old fool,' interrupted Slater. 'Yeah, we know. That's exactly what Bressler said, and I bet that's what he told you to say.'

'I've told you before, and I'll tell you again.' Lindy Fellows looked furious now. 'I didn't start sleeping with Rudy Bressler until a few months after Sandra left him. I lived with him for five years and then we split up. You know about this stupid contract of his. That's all I was, just another Sandra substitute. I haven't seen Rudy in years.'

'But you speak to him regularly,' said Slater. 'We've seen his phone records.'

'He wants us to get back together,' she said, sighing wearily. 'He keeps calling me about it. Quite honestly, he's becoming a pest.'

'And you're not interested?' asked Norman.

'What? And become Sandra substitute number five, or whatever number he's on now? I don't think so.'

'Surely you'd be too old for that role now.'

Slater winced inwardly at Norman's remark. It had obviously been designed to get under her skin. He decided to step in before she could recover herself enough to reply.

'I see you have a pilot's licence,' he said.

'That's not illegal now, is it?' She grimaced, still looking daggers at Norman.

'Do you have a plane?'

'Good heavens, no,' she said, laughing. 'Now that would be an extravagance. If I get the urge to fly, I hire one from Trapworth airfield. So much more sensible. Anyway, what's my being able to fly got to do with anything?'

'One of our victims was pushed from a light aircraft,' said Norman. 'So having a pilot's licence has quite a lot to do with anything.'

'Oh, I see,' she said, sarcastically. 'Now I understand why you're poking your noses so far into my private life. You see me as a murder suspect. How exciting.'

She clapped her hands together.

'I'm really flattered to receive all this attention,' she said, sighing theatrically. 'But I'm afraid you're looking at the wrong girl. I haven't flown for at least three months.'

She frowned. 'In fact,' she said, 'it might be even longer than three months. I honestly can't remember. But I'm sure I'd remember if I had pushed someone from an aeroplane in flight, don't you think?'

The last few words were spat out, and Slater let the silence hang in the air for a few moments before speaking.

'Who's the nice-looking girl in the photo?' he asked, nodding towards a graduation photo on the kitchen dresser.

'That's my niece,' Lindy said. 'Please tell me you're not going to accuse her of murdering someone.'

'Pretty girl,' said Slater, ignoring the comment. 'When did she graduate?'

'Last year.'

'Was it a real degree, or one of those cop-out ones, like media studies, that aren't worth tuppence because there are so many of them?'

'Oh no,' said Lindy, proudly. 'Melanie's a very bright girl. She speaks six different languages.'

'Good university?' asked Slater.

'Doesn't get better than Cambridge, does it?' she said, smiling proudly.

* * *

'When we get back, Jane,' said Slater, turning to Jolly in the back of the car as they pulled away from Lindy Fellows' house, 'can you—'

'Check out the niece?' finished Jolly.

'Now why would I want you to do that?' Slater asked, teasingly.

'Because she has pale skin and ginger hair,' said Jolly. 'And if she's just graduated, she would have been about the same age as Rose Bressler.'

'You have a very suspicious mind, Mrs Jolly,' said Norman, sounding impressed. 'You'd make a great police officer.'

'Flattery won't get you anywhere, you know.' But she smiled, sweetly. 'I'm still not cleaning this mobile rubbish tip for you. Besides, I'm already a great police officer.'

'And so modest with it,' Norman said, grinning back at her.

'All joking aside,' Slater said, keen to continue the train of thought he had embarked on. 'If Bressler and Fellows murdered Sandra and Rose, they could easily have staged the runaway. Pack some bags, substitute Fellows and her niece for Sandra and Rose, then call a taxi company who won't know them from Adam.'

'As far as anyone knows,' Norman said, 'a mother and daughter, matching the descriptions of Sandra and Rose, took a taxi to Gatwick airport and then disappeared. Perfect.'

CHAPTER THIRTY-FOUR

As soon as they got back to the station, they split up. Norman hurried off to find out if Steve Biddeford had figured out a flight pattern yet.

Slater returned to the incident room. Something was bothering him, but he couldn't quite put his finger on what it was. He was hoping it would jump out at him once he got back to his desk. Jane Jolly said she was going to start searching for Lindy Fellows' niece.

It was gone five p.m. before Slater realised what was troubling him. Jolly was still working at her desk so he wandered across.

'Jane? Have you managed to track down the second "Sandra substitute" yet?'

'If you mean Terry Evans, I'm afraid not. Every search has turned up a blank so far. To be honest, you said she probably wouldn't have any relevant information, so she's not exactly been high priority. Do you want me to make it a priority now?'

'How are you doing on Lindy's niece?' asked Slater. 'I think she's more important right now.'

Jolly's face broke into a broad grin.

'You've found her already, haven't you?' He laughed, shaking his head. She really was proving to be an extremely efficient and useful member of the team.

'It wasn't hard, was it?' She smiled at him again. 'I already knew which university to start from, and there aren't that many Melanies, with ginger hair, who were studying languages and graduated with honours last year.'

'You're a genius, PC Jolly,' said Slater.

'I'm going to call her in a minute. Do you want me to arrange for someone to go and interview her?' she asked.

'Why don't you arrange to go and interview her yourself.' Slater thought she had more than proven herself capable of the task. 'It'll be good experience for you. If you want to, of course.'

'Are you sure I can handle it?' she asked.

'Of course you can handle it. It'll be a piece of cake for you, Jane,' he said to her as he headed out of the room. 'A piece of cake.'

Out in the corridor, he almost collided with Norman and Biddeford, who were clearly rushing off somewhere. Slater gave Biddeford a curt nod. The younger man nodded back, but looked as if he would rather have been anywhere else right at that moment.

'Where are you rushing off to?' he asked Norman.

'Time to drag your friend, Rodney Rodgers, in for a little chat,' Norman said. 'Steve's worked out his flight pattern to within a couple of days each time. We can't prove conclusively that he was in the air that night, but it's near enough for us to be asking some serious questions. We're going to ask him to come down and give us some answers.'

'Good work,' Slater said to Biddeford. It had been good work, but he still felt pretty bitter about the man's accusations about him to Bob Murray. He turned back to Norman.

'When you get back we need to talk. I've got a nasty feeling about something and I'd like your opinion.'

'I can bring Rodgers in, if you like,' said Biddeford. 'I'm sure I can find a uniform, or two, to take with me.'

'Now that sounds like a plan,' Norman said.

* * *

'So what's worrying you?' asked Norman, looking intently at Slater.

He and Slater were grabbing a quick meal in the canteen. It would be a while before Biddeford returned with Rodgers and readied him for an interview and Norman didn't fancy having the added background sound effects of his stomach rumbling away while they were asking questions.

'We haven't found Terry Evans yet,' said Slater. 'And that's beginning to worry me.'

Norman chewed thoughtfully on a mouthful of pasta.

'She hasn't come up in any of the searches?' he asked.

'Not so far,' said Slater.

'There could be any number of reasons for that. Maybe she doesn't want to be found,' Norman pointed out, spearing a piece of pasta with his fork.

'Or maybe she's just not out there to be found,' Slater said, shrugging.

'We have no reason to think that.'

'If Sandra was murdered, and Terry was a Sandra substitute, I think we have plenty of reason to think it's a possibility,' Slater said, sighing.

'But Lindy was replacement number one, and she didn't get murdered,' said Norman.

'But suppose Lindy was never a real substitute.' Slater leaned back in his chair. 'What if she was always the mistress and Bressler could never see her as anything else?'

'I'm not entirely sure I agree with you, but it is a possibility,' Norman said, through a mouthful of pasta. 'I guess we need to step up the search. It's a pity we don't have a few more bodies.'

They chewed in silence for a while, before Norman spoke again.

'So what do you think we really have here?' he asked.

'How d'you mean?' asked Slater.

'Well, we have three suspects, but we're not really sure who's done what, and who they've done it to.'

'I get what you're saying,' Slater said. 'But we know we have three dead bodies for sure, and a fourth person is so far unaccounted for. And we know our three suspects are all guilty of something. We suspect it's the murder of Sarah Townley, and Sandra and Rose Bressler. All we have to work out is who used the axe and who pushed someone out of an aeroplane. Simples.'

'Only it's not "simples", is it?' Norman sighed, obviously frustrated. 'Is there a link between all three? I can see how Bressler and Fellows could have set up Sandra and bumped her off. And I understand how Rose would have been collateral damage in that set up.

'And I can see why they would have needed to get rid of Sarah if she had turned up knowing their little secret. But I can't see where Rodgers fits in, can you?'

'Maybe there isn't a connection. Perhaps we've allowed ourselves to believe there can't be a coincidence when there actually is one.'

Slater chewed his pasta as he watched Norman take this in.

'So you're saying we built a box to think in,' he said. 'And now you're demonstrating how clever you are by thinking outside of it and coming up with a theory. I'm impressed.'

He grinned and nodded his approval.

'Okay, DS Clever Dick,' Norman said, smiling at Slater. 'Let's hear this theory of yours.'

'I think we're agreed on the first part,' Slater said. 'Bressler and Fellows murdered Sandra and Rose so they can get together. We've got motive, we've got opportunity. We've even got a suspect who's shown us she's very handy with an axe. That's the easy bit.'

He took a slurp of coffee before he continued.

'Now, the problem we've had is that we've always assumed Sarah had somehow worked out who killed Rose, and she'd come down here to confront them. QED, whoever killed Sandra also killed Sarah, right?'

Norman nodded his agreement.

'But what if our assumption was wrong? What if Sarah hadn't figured out who the murderer was but instead had sussed out Rose's real father was Rodgers? What if she came down here to confront him?'

'But would he murder her for that?' asked Norman. 'I mean it's not exactly a big deal in the grand scheme of things, is it? Fifty years ago it would have been a scandal, but now it happens all the time. And don't forget — Sarah was given that paralysing injection. Would an idiot like Rodgers know how to do that?'

'People know how to give injections,' Slater said. 'It's not that hard is it?'

'I disagree. Not everyone knows how to give an injection. But every doctor knows how to do it, and we have two to choose from.'

'Yeah, true.' Slater had to admit, Norman had a point. 'But then how did she come to drop from the sky?'

'You're forgetting Fellows has a pilot's licence,' said Norman.

'But the kid only heard one aeroplane that night, and we already have Rodgers down as the pilot. What are the chances of there being a second rogue pilot out at the same time, on the same night, from the same airfield, and he didn't hear it?'

'I think this is gonna be a long night.' Norman sighed and Slater thought he looked tired. 'There are so many ifs, buts and maybes concerning these murders.'

'But there is an added bonus,' added Slater. 'We also get the chance to learn why our friend Rod is so keen to break the rules and fly at night. Maybe we'll even get to find out who's behind it all.'

'Yeah. We need to figure out how we're gonna play this. Who's going to interview who?'

'I've been thinking about that,' said Slater. 'Here's what I suggest . . .'

* * *

Ten minutes later, meals finished, strategy agreed, they got up from their table and headed for the door. Slater was ready to roll. His mobile phone started to ring — it was Ian Becks.

'We're just getting prepared to start hauling people in and interviewing them,' said Slater.

'Well, this might be useful information, then. Depending on whom you're going to interview, of course.'

'Well, come on then, let's hear it.' Slater was impatient to get started. 'But make it the short version, because I haven't got a lot of time, right now.'

'I thought mates always had time for each other,' said Becks, obviously trying to sound hurt.

'Not when we've got the first suspect nearly ready and the clock's ticking,' said Slater. 'When this is all over I'll buy you a pint and you can talk to me all night, but not right now.'

'A pint?' Becks sounded indignant. 'I think you owe me a damned sight more than one. It's got to be at least half a dozen by my reckoning.'

'Becksy.' Slater sighed, impatiently. 'I'll keep you in beer for a whole night, alright. Now, either tell me what you know, or I hang up.'

'The signature on those cheques,' said Becks. 'Lindy Fellows isn't your forger.'

'Are you sure?'

'Why do you always ask me that?' said Becks, sounding irritated. 'Of course I'm bloody sure. It's my job. I wouldn't say it if I wasn't sure, you ungrateful sod.'

'Yeah, but—' It was too late. Becks had cut the connection. Slater looked gloomily at the now-dead phone in his hand.

'Lover's tiff?' asked Norman.

'Looks like I've pissed him off,' Slater said, putting his phone back in his pocket.

'He thinks you're questioning his judgement, right?' said Norman. 'Because you always ask him if he's sure.'

'Do I really?' asked Slater. 'I don't mean to. It's just that—'

'Maybe you need to choose your words a little more carefully when he doesn't come up with the answers you want. It would piss me off if you kept asking me if I was sure.'

The only reply Slater could think of was to make a 'hmmph' sound.

'So what was the call about anyway?' asked Norman.

'It wasn't Lindy Fellows who forged Sandra's signature on those cheques.'

'Really?' said Norman, sounding surprised. 'Are you sure?'

'Of course I'm s—' started Slater irritably, then he saw the huge grin on Norman's face. He'd been caught out . . . again.

CHAPTER THIRTY-FIVE

It was past nine p.m., and Slater was dog-tired. He would have loved to have gone home, but Jolly had just delivered the bad news that Lindy's niece, Melanie, was away on holiday and she was having trouble contacting her. This was a blow — Slater was convinced she could be key to their inquiry.

Now he was hoping Ashton was going to call at some stage, with some good news. He had settled into a chair in the observation room where he could watch, through a two-way mirror, as Rodgers was interviewed. They had decided over their earlier dinner that, as Biddeford had done all the work on this case, he should lead the interview, accompanied by Norman.

Through the mirror Slater was watching a very uncomfortable Rodney Rodgers fidgeting restlessly as he waited to be interviewed. It was almost as if Rodgers had the word 'guilty' tattooed on his forehead; but Slater wondered what exactly they were going to be able to prove he was guilty of.

* * *

'I want to make a complaint,' said Rodgers, even before Biddeford had managed to sit down.

'Oh, really?' said Biddeford, unimpressed. 'I'm sorry to hear that. Has someone upset you? We did explain down at the leisure centre why we were bringing you in.'

'Smuggling?' Rodgers looked incredulous. 'It's just ridiculous. And you marched me out in front of all those people.'

'Yes,' Biddeford said, nodding. 'That was a bit embarrassing, wasn't it? Maybe you would have preferred us to arrest you on suspicion of murder. That would have been something to be proud of, wouldn't it?'

'Murder?' Rodgers' voice rose to a shriek. 'You can't be serious. This is a nightmare.'

'Afraid not.' Biddeford smiled brightly at him. 'You wake up in the morning and a nightmare's gone. When you wake up tomorrow morning, we'll still be here.'

'That's if you can sleep at all, in one of our cells,' Norman pitched in, with a smile.

'So, what was it you wanted to complain about?' Biddeford asked.

'Someone has been poking their nose into my affairs without my consent.'

'Oh dear,' said Biddeford. 'That's not good, is it? But that's what happens when we investigate crimes.'

'But what about the data protection act?' Rodgers' face was red with anger.

'Yes?' Biddeford smiled again, more icily this time. 'What about it? I've got a better idea, Mr Rodgers. What about you stop wasting our time, and start answering some questions?'

'I understand you own a Lincoln Beaver aircraft,' said Norman, studying a sheet of paper on the table in front of him.

'That's right,' Rodgers said.

'Not a very fuel-efficient engine is it?'

Rodgers looked rather puzzled by this line of questioning, but he answered quickly enough.

'Actually it's very economical to run,' he said. 'One of the best around.'

'Oh really?' said Norman, sounding surprised. 'What sort of figure does it return?'

'In car terms I guess a Beaver does about twenty miles to the gallon,' Rodgers said.

'Something wrong with yours, is there?' Biddeford took the lead again.

'I'm sorry?' said Rodgers, looking even more confused.

'The thing is,' Biddeford said, forcing himself to be patient, 'I've been looking at the fuel log at Trapworth, and the flight log. According to the flights you've logged and the fuel you've used, I estimate you're getting less than five miles to the gallon. Why do you think that is?'

'I had a fuel leak,' said Rodgers, but Biddeford wasn't fooled at all. 'It must have been worse than I thought.'

'Or perhaps you've forgotten to log all your flights?' Biddeford asked, setting a trap. He wondered if Rodgers would spring it.

'Yes,' said Rodgers. 'That must be it. I've forgotten to log a couple of flights.'

'Now, I understand.' Biddeford smiled at him. 'No wonder my maths is up the creek. Perhaps you could fill me in with these missing flights.'

'Err, yes. Alright,' said Rodgers. Biddeford could tell he was becoming desperate.

'Let's start with the night flights you make.' Biddeford crossed his arms and looked at Rodgers intently.

'What?'

'The night flights you make,' repeated Biddeford. 'We've even got the dates you made them here somewhere.'

He nodded to Norman, who began looking through the documents on the table in front of him. He handed a sheet of paper to Biddeford, who glanced at it and then placed it on the table before Rodgers.

'Here we are,' he said. 'A regular little fly-by-night, you might say.'

Rodgers looked at the list, and his face turned to horror.

'But I don't fly at night. We're not allowed to,' he said, mumbling. 'It's against the rules. There's no safety certificate.'

'Yes, that's right,' Biddeford said, nodding. 'The thing is, we tend to find criminals aren't the sort of people who worry about rules, or safety certificates.'

'But I'm not a criminal,' said Rodgers.

'Oh, I think you'll find you are,' said Biddeford. 'But that's another thing about criminals. They tend to be in denial all the time.'

'And they tell lies,' added Norman.

Biddeford had to repress a smile at Norman's cheery demeanour.

He knew Slater was in the observation room, watching the interview. He hoped that seeing him in action, using the skills that Slater had helped him hone, perhaps made up, just a little, for how Biddeford had treated him. But he had to stay focused on the interview now. He felt like he was getting somewhere.

'We'll come back to the matter of your night flights a bit later, shall we?' Biddeford asked. 'It'll give you a chance to think about whether denying you've made them is really a good idea.'

Rodgers didn't know what to say to this so he chose to say nothing.

'So, what shall we talk about now,' continued Biddeford, thoughtfully. 'I know. Why don't you tell us about Sarah Townley?'

'Who?' said Rodgers.

'This girl.' Norman slid a photograph across the table in front of Rodgers. 'Now, do you know her?'

Rodgers stared down at the pretty face in the photo.

'I've never seen this girl before in my life,' he said, but Biddeford was unconvinced.

'You know her double though, don't you?' he asked.

'Double?' asked Rodgers, looking puzzled again. 'What double?'

'It's like this,' Biddeford said, taking the photo back. 'This girl, or her double, has been identified by staff at your leisure centre. They say she came asking for you.'

'Well, that may well be the case,' said Rodgers. 'She may well have come looking for me, but that doesn't mean to say—'

'The witnesses also say they saw you taking her into your office,' interrupted Biddeford. 'So was it her? Or does she have a double going around impersonating her?'

'Alright.' Rodgers sighed. 'Yes she did come looking for me, but that's not the name she used. She told me her name was Anne Hunter.'

'Anne Hunter?' said Norman, sounding as doubtful as Biddeford felt. 'Right. Okay, so why was Anne Hunter looking for Rodney Rodgers?'

'She wanted to hire a pilot with a light aircraft.'

'And why would she want to do that?'

'Because I occasionally make flights to France for people to collect stuff and bring it back here.'

'Oh, do you?' said Biddeford, surprised by this admission. 'And who would these people be?'

'Actually there's only one person,' Rodgers said, and Biddeford could tell he was reluctant to give any more information about this individual.

'And we're talking dodgy stuff, are we? Stolen goods, drugs, that sort of thing?' suggested Biddeford.

'No!' said Rodgers, looking dismayed. 'We're talking legitimate stuff like antiques, paintings, old books, stuff like that. And it's all above board, with the proper documents. The only thing that's dodgy is the fact that I get paid cash and don't declare it to the taxman.'

Rodgers actually managed to look slightly embarrassed by his last admission. Biddeford studied his face. He looked pretty miserable, but he also looked, and sounded, pretty convincing.

'So, if it's all legit,' asked Biddeford, 'why do you make these flights at night?'

'I d-don't,' Rodgers said, stuttering over his words. 'I've told you. We're not allowed to fly at night. I don't even make the flights very often. The last one was about two months ago. I don't recall the exact date, but it was a Wednesday, my day off. If you check my flight log, or the airfield log, you'll see when it was.'

They had a copy of both logs, and Norman quickly began checking back. After a few seconds, he indicated an entry to Biddeford. He read the entry, and was amazed to find that Rodgers appeared to be telling the truth. This was completely unexpected.

'Does this person you work for have a name?' he asked, recovering his composure. 'Maybe he can save us some time and verify your story.'

Rodgers seemed to realise he had little choice.

'Yes.' He sighed. 'He's called Rudolph Bressler.'

Norman's jaw dropped open in surprise at this news. Biddeford was sure Slater's would be doing the same in the observation room. He paused for a moment, thinking of how to handle this unexpected revelation.

'It puzzles me, that the man, whose wife you got pregnant, should then employ you,' said Biddeford.

Rodgers said nothing.

'Doesn't it seem odd?' asked Biddeford. 'If he'd wanted revenge and perhaps murdered you, I could understand that, but to employ you seems odd. Why do you think he did that?'

'It wasn't like that,' said Rodgers.

'So what was it like?' Norman piped up.

'You make it sound like I was on the payroll, full time,' began Rodgers. 'It was just an occasional thing. Sometimes I didn't hear from him for months, and then other times he'd need me two weeks running.'

'How long has it been going on?' Norman was like a dog with a bone, now, and Biddeford was content to let him follow this particular avenue for the time being.

'It started about a year or so after I got moved down here to Tinton. He just turned up one day and asked me to fly for him.'

'Didn't that seem a bit strange?' asked Norman. 'Him just turning up, like that?'

'Are you kidding?' said Rodgers. 'Of course it was bloody strange. I thought he'd come to hound me out of another job. But then he told me he understood how he'd been wrong to pin all the blame on me. He said he and Sandra were as much to blame as I was and he felt bad about forcing me to have to leave home and move all the way down here.'

'And you believed him?' asked Biddeford.

'I didn't know what to believe at first,' said Rodgers. 'But he seemed sincere enough. Then he offered me a grand to fly to France, collect a couple of paintings and fly back. I was short of money and this seemed easy enough, so I said yes.'

'So, you're mates now then, you and him?' Norman looked disbelieving.

'Don't be ridiculous,' said Rodgers. 'It's just a business deal. How could I be mates with him? I'd be forever expecting a knife in the back, or something.'

'Has he ever asked you to do anything else?' asked Biddeford.

'No,' said Rodgers firmly. 'Never.'

'Are you sure about that?' Biddeford wondered if he was telling the truth.

'What is it you think he might have asked me to do? You must have something in mind,' said Rodgers, warily.

'D'you ever chop logs?' asked Norman. 'Or dig? You look like you could handle an axe and a shovel.'

Rodgers seemed to consider the question for a few moments.

'I have never done anything for him except fly,' he said, finally.

There was a tense silence in the room that seemed to last for a long, long time.

'Alright,' said Biddeford, eventually. 'So what did Anne Hunter want you to fly in for her?'

'She had this crazy idea that I was the sort of guy who would be prepared to fly over to France one night, and bring back a load of knocked-off wine.'

'But you're not that sort of guy, are you?' Biddeford asked.

'Of course not,' said Rodgers, indignantly.

'No, of course not.' Biddeford sat back in his chair. 'Wine's much too heavy. You need something that doesn't weigh too much in a piddly little aircraft like yours. Knocked-off cigarettes is more up your street, isn't it?'

'I don't know what you're talking about.' Rodgers' eyes darted wildly about the room.

'Yeah, right.' Norman sighed, wearily. 'Of course you don't.'

'But why you?' persisted Biddeford. 'Why d'you think Anne Hunter would be prepared to come all the way down here to ask you if you'd be willing to do something like that for her? You'd think there would be plenty of pilots where she lived, wouldn't you? Why travel nearly one hundred and fifty miles specifically to find you? It makes no sense to us, don't you agree, Mr Rodgers?'

'I don't know,' said Rodgers. 'I didn't know where she'd come from. She never said.'

'Anne Hunter, or to use her real name, Sarah Townley, came from the Birmingham area, Mr Rodgers,' continued Biddeford. 'A little to the south actually, not far from Redditch. She had a sister who lived in Redditch. That was about twenty years ago. You know Redditch, don't you, Mr Rodgers?'

'Yes,' answered Rodgers, sullenly.

'Because that's where you used to work, and that's where Sandra Bressler lived. You remember Sandra — she used to come to your gym, didn't she?'

'Yes, alright,' said Rodgers. 'I thought we'd already done this bit.'

'You got moved sideways because you had an affair with her, didn't you?' Norman leaned across the table towards him.

'Look.' Rodgers looked wild with desperation now. 'You know the story, so why keep asking me these questions? Yes, I had an affair with Sandra Bressler. Yes, she got pregnant, and yes, I was told to move to a different location or lose my job. That's how I came to be here in Tinton, alright?'

The outburst was followed by a sudden silence.

'Got a bit of a temper, haven't you?' Norman said, quietly.

'Of course I have,' said Rodgers. 'So would you have if you'd been dragged in here accused of smuggling and then been asked all these questions that have no relevance to anything.'

'You're sure they have no relevance, are you?' asked Biddeford.

'What possible connection could there be between a mistake I made in my personal life twenty years ago, a girl who came looking for me, and this night flying smuggling thing you seem to think I'm involved in?'

'Just bear with me a moment and I'll tell you.' Biddeford smiled, in control again. 'Let's just go back a little way and make sure I've got this right. So you were moved to Tinton twenty years ago, because you got Sandra Bressler pregnant, yes?'

'Yes. I was moved out of the way to prevent a scandal,' said Rodgers.

'But what about fifteen years ago, when the Bresslers moved here? I understand your company provide transferable memberships. So, as she was still a member, it would make sense for Sandra to transfer her membership to Tinton, right? But I'm guessing if she did that it would have made things a bit awkward for you. Am I right again?'

Rodgers sighed heavily.

'Yes,' he said, finally. 'It would have been very awkward, but it never happened.'

'Why not?' asked Biddeford, fully expecting Rodgers to say that she had disappeared before it got that far.

'I don't know,' Rodgers said, sighing again. 'She came into the leisure centre about a month before they were due to move.

She was checking out the schools, doctor surgeries, things like that, and she came to see where the gym was and what it was like. She was as surprised as I was when she walked in the door.

'She told me she was going to become a member when she moved to Tinton, and she hoped we could be friends. The company even notified us they were transferring her membership, but then she never came to the gym and I never saw her again.'

'Did you know what happened to her?' asked Biddeford.

'I read in the local newspaper about her disappearing.'

'And you know nothing about that?'

'Nothing.'

Biddeford stared at Rodgers.

'Hmmm,' he said, doubtfully. 'And that's it, is it?'

'What else do you want me to say?' said Rodgers. 'That I know where she ran off to and I helped her get there?'

Biddeford studied Rodgers in silence for a few moments before he spoke again.

'You asked me earlier how this was all connected,' he began. 'So let me tell you why we believe it's all connected and how we think it all goes together. Twenty years ago, you lost a job you love because you got a member pregnant. As a result, you ended up in a backwater called Tinton because her husband had enough clout to see to it that you were punished.

'Then, five years later, that same woman turned up in Tinton and wanted to transfer her membership to your club. We think it's possible you didn't like that idea, so you saw to it that she didn't ever show her face here.'

He stopped for a moment to draw breath and to allow Rodgers a chance to speak, but Rodgers looked too horrified to say anything.

'Then, a few weeks ago,' continued Biddeford, 'a young woman, who you say called herself Anne Hunter, turned up looking for you. Her real name was actually Sarah Townley. She was Sandra Bressler's younger sister and she was looking for Sandra's killer. She believed it was you. So now you needed to get rid of her, too.

'It just so happens you make regular, illegal night flights. So you drugged Sarah, dragged her into your aeroplane and then booted her out at five hundred feet.'

Again, Biddeford paused to allow Rodgers to speak, but he just sat there, looking stunned.

'You read the local newspaper, Mr Rodgers. So you know as well as we do that Sandra and her daughter didn't run anywhere, don't you? But we think you didn't need a local paper to find that out. We think you knew fifteen years ago.'

Biddeford was fast becoming convinced Rodgers knew plenty, but he was actually too scared to tell them anything. But who was he scared of? Bressler?

'I think you know plenty, but for some reason you don't want to tell us,' said Biddeford. 'I should remind you that you are in a whole lot of trouble here. You have motive to kill Sandra, and Sarah. You also had plenty of opportunity, and we even know the exact method you used to kill them both. You'll be put away for life, no question. And, worst of all, you killed an innocent child. No one likes a child-killer, and they definitely don't like child-killers in prison.'

Rodgers had been listening slack-jawed as Biddeford explained his situation, but his jaw was working fine now.

'This is crazy.' Tears began streaming down his face. 'I'm not a murderer. I need a break. I can't think straight. And I want to see a solicitor.'

'I think you probably do need a break,' said Norman. 'We'll suspend this interview now, and you can spend the night in one of our guest rooms. It'll give you time to think about how big a hole you're in. And you're definitely going to need a solicitor. There's one on duty somewhere. I'll ask someone to find him for you.'

Rodgers slumped forward on the table, sobbing, as the two detectives left the room.

* * *

It was approaching eleven p.m. when Slater finally got the call he was expecting from Tony Ashton.

'Hi, Tony,' he said. 'What's going on?'

'About five minutes ago, Bressler carried a flight bag and a case out to his car,' said Ashton. 'It looks like he's making a move.'

'Is he still there?' asked Slater.

Ashton began relaying Bressler's movements, his voice getting more and more excited.

'I can see him in the binoculars. He's out front of the house talking to that blonde bird of his. Now he's heading towards the car. He's getting in. He's driving off. Should I stop him, boss? He's not supposed to leave the country, is he?'

'It's alright, Tony. Keep calm. I don't think he's going to try to leave the country. The suitcase is supposed to make Cindy Maine think he's going abroad. He doesn't know it, but he's not fooling her, and he's not fooling us either.'

'He isn't?' asked Ashton, sounding doubtful.

'You just follow him at a safe distance. I think I know exactly where he's going. When he gets there, he'll turn off the road along a driveway. You just sit outside and let me know. I'll arrange for a car to sit outside and watch overnight. We'll pick them up in the morning.'

'We will?' said Ashton, his voice sounding unsure. 'Okay. Right. Whatever you say, boss.'

'Good lad,' said Slater. 'I'll speak to you in about fifteen minutes.'

Sure enough, almost exactly fifteen minutes later, Ashton was on the phone again, confirming Bressler had driven to a private house and appeared to be staying.

'Excellent,' said Slater. 'You just hang on until your replacement arrives and then you get off home, Tony. I'll see you back here at five thirty tomorrow morning. We'll pick up Bressler at six.'

'You're the boss,' said Ashton. 'I'll be there.'

It didn't take long for Slater to arrange for two cars and four uniforms to be there to accompany him in the morning, and then he set off for home. He wasn't going to get a lot of sleep, but if could manage four or five hours it would be better than none.

CHAPTER THIRTY-SIX

Slater told the uniforms to wait further down the road until they were called, then he jumped into Ashton's car.

'Right, Tony,' he said. 'Let's go get 'em.'

Lindy Fellows' face was a picture when she opened the door to find Slater and Ashton facing her. In panic, she tried to slam the door, but Slater had anticipated something like that happening, and his foot was already in the way. She had a second attempt, much harder this time. It made him swear, but by then Ashton was already charging into the door and she was knocked back as his shoulder slammed into it.

Alerted by the commotion, Bressler came rushing down the stairs.

'What the hell's going on?' he shouted.

'Ah, Mr Bressler,' said Slater. 'What a surprise. Fancy us finding you here.'

'You!' said Bressler, looking furious. 'What are you doing here? How did you find me?'

'DS Norman did explain to you yesterday that we weren't totally stupid.' Slater was taking pleasure in this. 'He also warned you that the next time we spoke it would be down at the station. He was right.'

Ashton was already radioing for the uniforms to join them.

'You even get chauffeur driven,' Slater said, smiling. 'Nice drivers in nice uniforms. Shall we go into the kitchen to wait?'

Bressler was the first to be taken away. This time there was no bluster about him. It seemed the wind had been well and truly taken from his sails.

Before Lindy was led away to the other car, Slater pointed to the dresser.

'Where's the photo gone?' he asked. 'The one of Melanie graduating?'

'I hide it when I know he's coming,' she said. 'She would just remind him of Rose.'

'Oh, right. I see,' said Slater. 'That would be a bit painful for him, would it?'

'Of course it would,' she said, bitterly. 'Anyone who lost a daughter they loved would feel the same.'

'Yes. Of course they would.' Slater remembered what Bressler had told him yesterday, about never being able to love Rose.

'Take her away,' he said to the two uniformed PCs. 'DS Norman's waiting at the station. I'll catch you later, Lindy.'

'How did you know he was coming here?' asked Ashton, after the others were gone. 'He packed a suitcase. I was sure he was going to the airport.'

'That's what everyone is supposed to think,' Slater said. 'Let's go and have a look in his car.'

The car was unlocked. Slater popped the boot open.

'Lift that case,' he said to Ashton.

Ashton reached in for the case and then turned, surprised, to Slater. He had been right, then — it was empty.

'See? It's all subterfuge,' Slater said, peering inside the empty case.

Ashton still looked rather doubtful.

'It'll all become clear later,' said Slater. 'You'll see.'

* * *

Slater eyed Bressler across the table in the interview room. He was eager to hear what the man had to say for himself.

'Okay, Mr Bressler,' began Norman, once the formalities were out of the way. 'You understand you're here to help us with our enquiries, right?'

'Yes.' Bressler sounded impatient. 'Will you just get on with it, please?'

'We have another interview going on,' Slater said. 'The person we're questioning claims you employ him on an occasional basis to fly to and from France. I just need you to confirm or deny it.'

'Is that all you want to know?' Bressler looked incredulous. 'You drag me out of bed at six a.m. and bring me all the way here just to ask me that?'

'That's all we want to know in connection with that particular investigation, yes,' said Slater, doing his best to remain ambiguous.

'So who's the person?' asked Bressler.

'Rodney Rodgers,' said Slater. 'Is he telling the truth?'

Bressler leaned back in his seat. If he was surprised to find they were interviewing Rodgers, he didn't show it.

'What on earth are you interviewing him for?' asked Bressler. 'What's he done wrong?'

'You know we can't tell you that,' said Norman. 'Is he for real?'

'Yes.' Bressler heaved a sigh. 'I've used him on and off for years now.'

'And you pay him?' asked Norman.

'Very handsomely. But that's because he appreciates the value of the things I ask him to transport and he looks after them. That's why I use him.'

'When was the last time you used him?'

'It must have been a couple of months ago now. I can't tell you the exact date, but it was probably a Wednesday. It's his regular day off, I think. He collected a couple of very old books I'd bought in an auction.'

'Employing him seems a bit strange to me,' said Slater. 'It's almost like rewarding him for sleeping with Sandra.'

'I wouldn't expect you to understand, Sergeant,' Bressler said, sniffing snootily. 'When all that happened I made so much fuss I nearly cost the man his job. He had to move away from all his friends and family, all because I couldn't appreciate the fault wasn't all his. It takes two to tango, and I must have driven Sandra to seek comfort elsewhere, so there were really three of us to blame. But at the time, I blamed only him. Later I felt guilty about that, so I looked him up and offered him the chance to make a bit of cash on the side.'

'You expect us to believe that?' Slater thought the whole thing sounded very unlikely.

'I don't care if you believe it or not,' said Bressler. 'It's the truth, so it's all you're going to get. Now, can I get out of here?'

'Not so fast, Mr Bressler, we've got plenty more questions yet,' said Norman.

'But you said—' began Bressler, indignantly, turning to Slater.

'I said that's all we wanted to know about that particular inquiry,' interrupted Slater. 'And I thank you for answering that question. Now I'd like to ask you some questions about another inquiry. This one relates to the death of your wife and daughter, so I'd like to think you'd be prepared to help us if you can.'

Bressler looked as though he was about to blow, but Slater stared impassively back at him.

'You would like to know what really happened, wouldn't you, Mr Bressler?' asked Norman.

'Well, yes. Of course I would,' said Bressler, staring back at them.

'Good.' Slater smiled, broadly. 'So why don't you start by telling us how often you stay at Lindy Fellows' house.'

'I don't know what you mean,' said Bressler. 'I've never stayed at her house before. This was a one-off visit.'

'We know you were there all night,' said Norman. 'We know only one bed was slept in. That, and one or two other things we've discovered, gives us reason to believe you're a regular visitor. We believe that near enough every time you go "away on business", you just drive over to Lindy's and share her bed for a few days.'

'That's rubbish. I was just calling in to see how she was.'

'Or making sure you've got the story straight and you're both singing from the same hymn sheet.' Norman raised an eyebrow.

'What story? There is no story.' Bressler's face was turning puce.

'So why go through the pretence of packing a suitcase and telling Cindy Maine you were going on business?' Slater watched as Bressler's expression turned to shock. He probably thought Cindy had turned on him.

'She didn't volunteer that information,' Slater said. 'I got someone to phone and ask to speak to you. She said you were away on business. Now we know why you only made six flights in the last year. You don't need to fly to get to Lindy's, do you? So it looks like Cindy's an innocent victim of your cheating too. Just like Sandra was.'

Bressler looked daggers at Slater, but he said nothing.

'Does that make the whole "living in the past" thing seem more real for you?' asked Slater. 'I couldn't quite figure out why you didn't have a younger mistress like you did back then, but I asked someone who knows about these things and she told me, it would work for you if it was still the same mistress, regardless of her age. It's all about continuity. Age range, or person, it doesn't matter, as long as it creates continuity.'

'My lifestyle and my affairs might offend your moral sensibilities, Sergeant,' snarled Bressler, 'but they're not against the law.'

'No.' Norman spoke up now. 'They're not. But murder is.'

'How many times do I have to tell you — I didn't murder Sandra and Rose.'

'Alright,' said Slater. 'We can come back to that later. How about we go back in time? You'll like that, won't you, Mr Bressler.'

He slid a photo across the table.

'We've been through this.' Bressler looked at the photo of him and Lindy at Dr McCall's conference all those years ago. 'We were just friends.'

'Yeah,' said Slater. 'I remember. But what about the conference you attended when Sandra was moving house? Was Lindy there too?'

'I presume you already know she wasn't, or you wouldn't be asking me,' said Bressler.

'Yes, you're right,' Slater said, nodding. 'But we don't know why she wasn't there. Do you?'

'That was a long time ago,' said Bressler.

'But it's a time you must remember quite well,' Norman said, steadily. 'I'm sure you can recall why your lover didn't turn up.'

'She was no longer my lover by then,' Bressler said, shrugging. 'I had told her it was all over once Sandra found a house for us to buy. That's when I thought she was for real and we were going to start over. Lindy didn't come to the conference because I was going. She wanted to avoid me. What's this got to do with anything anyway?'

'We think it's got a lot to do with Sandra's murder,' said Slater. 'We think you and Lindy conspired to kill her. You had an alibi being at that conference, but you knew all the details about the move. You could quite easily have told Lindy and she could quite easily have killed Sandra and Rose.'

'This is absurd.' Bressler's face went red again. 'I'm not saying another word. I want my solicitor.'

'Okay,' said Slater. 'I think you probably need one now. We'll adjourn this interview while that's arranged. Let's see what your friend Lindy has to say.'

* * *

Lindy Fellows had obviously been stewing for some time as she sat in the bare room, with only a solitary, wordless PC for company.

As Slater entered the room, Norman just behind him, she stood up from the table, looking furious.

'This is bloody outrageous.' She banged her fists on the table. 'How dare you keep me here like this? I demand you let me go right now.'

Slater ignored her outburst and sat down, Norman doing likewise. Slater took an excessively long time to get himself sorted, shuffling his papers.

'So tell me,' he began, eventually, 'how often does Rudy Bressler come and stay with you?'

'He doesn't,' she snapped.

'But he was there today when we called.'

'That was a one-off. I had no idea he was coming. He said he wanted to talk about us.'

'I bet he did,' Norman said.

'So why hide the picture if you didn't know he was coming?' asked Slater.

There was silence.

'Come on, Lindy,' said Slater. 'We know he's a regular visitor, you said as much at your house earlier.'

'I did no such thing,' she cried, indignantly.

'Don't you remember what you told me about the photograph of your niece? "I always hide the picture when he's coming", you said.'

Her face told Slater what he and Norman wanted to know. They had caught her in a trap of her own making.

'I demand you let me out of here.' Her voice was loud and shrill. 'You're making a terrible mistake. I've done nothing wrong.'

She let out a piercing scream, which seemed to echo in the confines of the small room. She banged her fists on the table again. The detectives stared impassively at her but said nothing. She stared defiantly back at them.

'Oh my,' said Norman, quietly. 'That's some temper you have there.'

'Finished shouting now?' asked Slater.

'I've been waiting hours,' she said.

'I'm afraid that can happen when we're busy,' said Norman, jovially. 'We had someone here for almost a whole day once, before we got round to interviewing him. But he was like you, you see. He kept on lying to us. If he'd just told the truth in the first place, he would never have been dragged in here.'

'This isn't bloody funny.'

'Murder never is,' said Slater, quietly.

Lindy glared in his direction.

'What are you talking about? You think I murdered someone?'

'Not one,' he said firmly. 'But two. Possibly even three — one of whom was just a little girl of five.'

'And you can prove this, can you?' She laughed, shaking her head. 'You must be out of your mind.'

'Me out of my mind?' said Slater. 'You're the one who's laughing about a double murder, not me.'

'This is ridiculous. You can't prove anything.'

'Did it ever occur to you that maybe Sandra hadn't run away?' asked Norman.

'What do you mean?' she said.

'I'll spell it out, shall I?' he said. 'Did it ever occur to you that she might have been murdered?'

'Yes. I mean, no. I mean . . . Well, I guess it did occur to me, but I suppose I just chose to ignore that idea. He seemed so genuinely upset about her leaving.'

'You mean Bressler? But why would he murder them?' Slater asked. 'Why go to all that trouble when he could simply have divorced Sandra?'

'How could he do that?' Lindy looked at Slater as if he was stupid. 'She would never have let him get away with it. They had a child. She would have taken him to the cleaners to provide for that child.'

'On the contrary,' said Slater. 'The child would have been his grounds for divorce. She wasn't his daughter. Sandra had an affair of her own and she got pregnant.'

'No,' said Lindy. 'That can't be right. You're lying. He would have told me. And he would never have accepted that.'

'DNA tests don't lie, Lindy,' Slater said, sighing. 'And when we asked him, he admitted he'd known all along.'

'No,' she said. 'No way would he have accepted such a betrayal, even from her.'

'But he did accept it,' said Norman. 'You see, whatever line he might have spun you at the time, it was Sandra he really wanted, not you. He didn't love you, he loved her. In fact, I think she's the only woman he's ever really loved. You were just his "bit on the side" which, of course, you still are.'

'Of course he loved me.' Lindy glared at them, her face crimson. 'He's always loved me. That's why he still carries on seeing me.'

'So why aren't you the one sharing his house?' asked Slater. 'Why hasn't he married you? Why does he keep you out in the country hidden away from everyone?'

'If he loved her, why did he kill her?' she shouted, and Slater saw she was getting hysterical now.

'Oh,' said Slater. 'So now you know he killed her. And how did he do that?'

'He attacked them with an axe,' she screamed.

There was a sudden silence.

'Really?' Slater spoke quietly.

'Okay. Let's have it your way,' said Norman. 'Maybe Bressler did kill them, even though he had no motive for doing so. But you know what? I think you were in on it right from the start. You conspired with him to murder Sandra and Rose.'

'I didn't.' She spat the words out. 'It was him.'

'You look tired. I think you need to spend some time in one of our guest rooms,' Slater said, clapping his hands together. 'It'll give you time to decide which story you're going to run with.'

'You can't do this.'

'Oh, he can,' Norman assured her. 'And so can I. But don't think you're special; it's an invitation we usually extend to all our murder suspects.'

'I haven't murdered anyone. I'm innocent.'

'Yeah. That's what they all say,' said Norman.

'I want a solicitor.'

'The duty solicitor's really busy right now. But we'll see if we can find another one for you. In the meantime, you can go and cool down.'

'It'll be a chance for you to get used to the conditions,' said Slater. 'I'm afraid the view's crap, unless you're about eight feet tall, and the food's not up to much.'

'And, believe me, the tea's like shite,' Norman said, grimacing. 'And, thinking about it, the mattresses aren't up to much either. And you won't find any spare pillows or blankets. But the company can be really entertaining, especially if you're here overnight and we get a lot of drunks in.'

'You're enjoying this, aren't you?' Lindy was shouting now, glowering at Norman.

'If you mean "am I enjoying locking up a murderer", then yes, I am,' Norman said, cheerfully. 'It's always better when you enjoy your job, don't you think?'

'You fat bastard.' Her words were loaded with venom.

'That's an evil temper you have, Lindy,' said Slater, opening the door. 'We'll add it your murderer's CV.'

He called in the PC who had been waiting outside.

'Get some help and take this woman away,' he said.

'Yes, sir,' she said.

CHAPTER THIRTY-SEVEN

It was almost two p.m. before Bressler's solicitor finally told Norman he and his client were ready to resume the interview.

A small, wiry man, Trevor Bastion was well known to the Tinton police as a fierce, but fair, defender of his clients. He didn't go out of his way to be awkward, but he was a stickler for the rules, and would speak up any time he thought the police were overstepping the mark. Norman knew he and Slater would have to tread carefully to stay on the right side of him, so he intended to offer him the respect he was due.

They had barely sat down and finished the introductions before there was a knock on the door. Norman couldn't believe it. He'd specifically said no interruptions. There was another knock. Whoever it was obviously didn't intend to go away.

'I'm sorry about this,' Slater said, looking embarrassed.

Norman climbed to his feet and opened the door just enough to stick his head through. A nervous young PC was hopping up and down outside.

'This had better be damned good,' hissed Norman. 'We're trying to interview a murder suspect.'

'Yes, sir. Sorry, sir. But the duty sergeant insisted it was very important,' mumbled the PC. He thrust a sheet of paper at Norman, and then stepped back hastily, almost as if he expected Norman to suddenly bite him.

Norman looked at the sheet of paper. He read it, and then read it again. He reached out and patted the PC on the arm.

'Okay, son,' he said to the PC. 'The duty sergeant was right. Thank you for bringing this down. I'm sorry I snapped your head off.'

'Oh. Right,' said the PC, now visibly more relaxed.

'You get along. I'll deal with this now,' said Norman, backing into the room and closing the door. He passed the sheet of paper to Slater, and then addressed Bastion and Bressler.

'Err, something really important has come up, Mr Bastion, Mr Bressler,' he said. 'I'm afraid we're going to have to suspend this interview for a while.'

Bressler's face showed a small sign of relief at being given a reprieve.

'I hope the need for this delay is relevant to this inquiry,' said Bastion, addressing Slater. The implied threat was that he would be raising merry hell if it wasn't.

'It certainly is, Mr Bastion,' said Slater. 'I think you know us well enough to know we don't mess you about. I just have to take a phone call and I'll be right back. Fifteen minutes, tops. I'll see you get tea while you're waiting.'

Bastion made a big deal out of displaying his wristwatch.

'I agree to a fifteen-minute break,' he said. 'But the clock's ticking already.'

* * *

Slater ran up the stairs to the incident room. He could hear Norman puffing behind him.

'What the hell is Jolly doing at Gatwick?' he asked.

'Showing some initiative?' Norman could barely speak, and when Slater turned back, he saw Norman had stopped. He was about to stop and wait for him, when Norman waved a hand.

'I'll . . . catch . . . you . . . up,' Norman panted.

Slater rushed on, charging through the doors into the incident room. A small light flashed at his phone to indicate a call waiting.

'Hello?' He snatched up the phone, excitedly.

'Hello, sir,' said Jane Jolly.

'What are you doing at Gatwick?' asked Slater. 'Why aren't you here?'

'I managed to track down Lindy's niece,' she said.

'I thought she was away on holiday.'

'She flies out any minute now.' Slater could hear the airport tannoy in the background. 'She's been staying with friends for a couple of days and they're all flying out today. So I used my initiative, and arranged to speak to her before she flies out. So here I am.'

Just as Norman had said, thought Slater.

'Has anyone told you you're amazing, PC Jane Jolly?' he said.

'That's what my husband says when I—' she began, then stopped suddenly. 'But you don't want to know about that.'

'No, you're right. You'll make me blush,' Slater said, smiling.

'Anyway it was worth the journey,' she said, changing the subject. 'Do you want to hear it?'

'I'd better,' said Slater. 'We were just going to start interviewing Bressler again. Trevor Bastion's not amused that we've been interrupted already.'

'Then I'm just in time,' said Jolly. 'You're going to love this . . .'

* * *

Almost exactly fifteen minutes after they had stopped the interview, Slater and Norman re-entered the room. Slater knew he was looking particularly smug, and Bressler looked a bit concerned.

'Have you ever met Lindy Fellows' niece?' asked Slater, once they were ready to resume.

'I didn't even know she had a niece,' said Bressler. 'I've certainly never met her and she never talks about her.'

'Melanie,' continued Slater. 'She graduated from Cambridge last year. Languages. First class degree with honours. Lindy has a photo of her on graduation day.'

'Clever girl,' said Bressler, admiringly. 'But I don't see what that's got to do with me.'

'She's pretty, too,' said Norman. 'With beautiful, curly, ginger hair. She's about the same age Rose would have been, if she was still alive.'

'I still don't see what any of this has to do with me,' said Bressler, clearly getting annoyed.

'Sergeant,' said Trevor Bastion, menacingly, 'I thought you wanted to ask questions about a possible murder.'

'There's no possible,' clarified Norman. 'It's definitely a murder.'

Bastion looked at Norman in distaste.

'Let's not split hairs,' he said. 'I fail to see why you're asking my client about someone's niece. Either get to the point, or we're out of here.'

'Okay,' said Slater. 'It's like this. On the day Sandra and Rose disappeared, a taxi driver collected a young woman, a little girl, and some suitcases from your house, Mr Bressler, and took them to Gatwick airport. The assumption made by everyone at the time was that this was Sandra and Rose.'

'Yes, yes,' said Bastion, impatiently. 'We know all that. They were heading off into the sunset.'

'That's what we were all supposed to think back then.' Slater nodded. 'But that was before we found their bodies buried in a shallow grave at the Haunted Copse. Now we've found the bodies and made some proper enquiries, we're beginning to see things a little differently. You see, we got to thinking it would be a bit strange for a murderer to let them fly away, kill them, and bring them back here to bury. It makes no sense.'

He let Norman take up the story.

'Then we thought, suppose they never actually left. Suppose they were murdered here, and then someone else who looked like Sandra, with a little girl who looked like Rose, called a taxi to make everyone think they'd run away. All you'd need is a nice-looking blonde, say like Lindy Fellows, and a pretty little ginger-haired girl, aged about five, like Lindy's niece.

'Sandra and Rose had only just moved to the area, so the taxi driver wouldn't know them well enough to give a good description. But as long as he was asked if he remembered a nice-looking blonde, and a little girl with ginger hair, that's going to be good enough for the purpose of our murderer. And sure enough, that's what the original inquiry asked him.'

'No. This can't be true,' Bressler began.

'Say nothing,' Bastion snapped.

Slater smiled at Bastion, seeing he was cottoning on to what their end game was. What else could he advise Bressler to do?

'The thing is,' Slater continued, 'we now know the blonde and the little girl that got in that taxi weren't Sandra and Rose. We know that from the little details we managed to get from the removals company and the taxi driver.

'Yes, the two women looked alike, but one was nice and friendly, the other was anything but. One little girl was very shy, hardly said a word, and had long straight hair. The other was a real live chatterbox with a mass of ginger curls.'

'It was a long time ago,' said Bressler. 'They could easily be mistaken.'

'That's right,' said Norman. 'They could easily be mistaken. But then we spotted the photograph at Lindy's house.'

'What photograph?'

'The one of her niece. Her graduation photo.'

'I still don't know this photograph you keep on about,' said Bressler.

Slater placed the photo, complete with frame, on the table. Bressler looked at it, and then looked up at them in surprise. It was obvious from the look on his face that he had genuinely never seen it before.

'I promise you I've never seen this before in my life.'

'You're absolutely sure?' asked Slater.

'Sergeant,' warned Bastion, 'my client has already said, more than once, that he is unaware of the existence of this girl, and that he's never seen this photograph before. If you're not going to believe anything he says, there's no point in going on with this interview.'

'I'm sorry to keep on, Mr Bastion,' Slater said. 'But I'm sure you'll understand why when I tell you this girl recalls spending a day with her Aunt Lindy at a big house near Tinton.

'She remembers how Lindy had lots of bags packed. She clearly remembers how a taxi came to collect them and take them to Gatwick airport. She remembers it vividly because she thought she was going to fly away on holiday. That's what her Aunt Lindy had promised. But, in fact, they spent about twenty minutes wandering around the airport, changed their clothes, and then went back outside to get a different taxi back to Aunt Lindy's house.'

'This can't be true,' said Bressler, looking horrified. 'You're mistaken. These people have got it wrong. Lindy wouldn't have done that to me.'

'But didn't you dump her to go back to Sandra?' said Norman. 'Remember, hell hath no fury like a woman scorned.'

Bastion's eyes narrowed. Slater thought he was probably about to call for a timeout for his client.

'Melanie says she remembers it so well because she's never been so disappointed in her life,' Slater said quickly, before the solicitor could speak.

He looked at Bressler, waiting for him to say something.

'What do you say to that, Mr Bressler?' prompted Norman.

'He's saying nothing,' said Bastion. 'And I'd like some time with my client now, in private.'

'I think we're okay with that,' said Slater, looking at Norman, who nodded his assent. 'We could do with a break anyway. I'll get some tea sent down.'

* * *

Norman breathed in deeply. The smell of bacon sandwiches and hot coffee filled the canteen. He, Slater, Biddeford and Ashton had gathered to discuss the progress so far, and their strategy for the upcoming, resumed interviews.

They had already decided to allow Biddeford to continue interviewing Rodgers, but with Ashton as support. It was a compliment to the way Biddeford had conducted the interview so far.

Norman could see Slater's resentment for Biddeford appeared to be fading, but he couldn't be sure if this was a genuine softening of attitude, or if it was simply the case that Slater was being very professional. He knew Biddeford hoped it was the former.

'So where exactly are you with Rodgers and his smuggling?' Slater asked Biddeford.

'To be honest,' said Biddeford. 'We've hardly mentioned the smuggling. That's almost become a side issue. We sort of focused on the murders, didn't we?'

He looked across the table to Norman, who nodded his agreement.

'Yeah.' Norman swallowed a mouthful of coffee. 'He's protesting his innocence, of course, but even he can see there's plenty of reason for the finger of suspicion to be pointing his way.'

'But something doesn't add up.' Biddeford looked slightly puzzled. 'He admits Sandra came to his gym before she moved down here, and he admits her membership was transferred to Tinton, but then he says he never saw her again. He claims all he knows is what he read in the paper when she disappeared.'

'How's he coming across?' asked Slater. 'Still the big I am?'

'He was quite confident when we were talking about fifteen years ago,' said Biddeford. 'But when we got to Sarah and recent events he sort of fell apart. I think he's terrified of something, and he knows flexing those big muscles isn't going to get him out of whatever mess he's in.'

'Have you found anything to link him with Bressler or Fellows?' asked Slater.

'Not a sausage.' Norman shook his head sadly. 'Apart from the admission he flies odd jobs collecting antiques.'

'And Bressler's confirmed that,' said Slater, thoughtfully. 'I'll get Jolly to check that out later, but they're so open about it that part must be true.'

'Has Rodgers seen the solicitor yet?' asked Norman.

'First thing this afternoon,' said Biddeford. 'It'll be interesting to see how he has advised his new client.'

'So how do you want to play it today, Steve?' asked Slater.

'A change of tack might be interesting,' Biddeford said. 'We focused his attention onto the murders last night, and that'll be on his mind now. But I'm sure whatever he's scared of is related to more recent events.

'If we change the line of questioning back to the smuggling he won't be expecting it. He could slip up and tie himself in knots. Then we can go back to the murders later, and see if he can remember all the lies he told us yesterday.'

Slater nodded. Norman could see he was impressed. Norman was impressed, too.

'What do you think, Norm?' Slater asked.

'Sounds like a plan to me,' Norman said, smiling. 'I'd be quite pleased with myself if it was mine.'

'Yeah, me too.' Slater grinned back at him. 'Looks like Biddeford and Ashton might just prove to be a formidable force.'

'I don't know if we got anything that might help you yesterday,' he continued, addressing Biddeford and Ashton. 'Bressler's still adamant he has nothing to do with Sandra's death, and he says he didn't even know Sarah was in the area. We can't decide if he's really the brains behind all this, or if he's totally innocent.

'He says he split with Lindy as soon as Sandra suggested starting over. Lindy says it wasn't quite like that. She says he told her to pose as Sandra and take a taxi to Gatwick.'

'We're having a lot of trouble deciding what's truth and what's fiction,' said Norman, taking over now. 'We definitely know Lindy's involved because of what her niece has told us. And she knows about the axe. That's not been made public yet, so that's pretty damning. She must be involved to know about it. But she says it was Bressler who was the killer and she had no choice but to go along with it.

'Personally, I think she's Sandra's killer. But if I'm right, we need to figure out did she do it on her own or was Bressler part of it all along? I have to say, I find it hard to believe Bressler would have killed the wife he loved, and obnoxious as he is, I don't see him as a child-killer.'

He stopped for breath, and a mouthful of coffee, so Slater took over again.

'And then we come to Sarah's murder,' he said. 'We know she fell from an aeroplane, and we know Lindy has a pilot's licence, but we're also pretty sure Rod was in the sky that night. It would be quite a stretch to think there were two light aircraft in the same airspace at the same time.

'So we've got to try and find out if there was ever any contact between Sarah and Lindy, or Sarah and Bressler. And where does Rodgers come into it?'

'He did admit he met her,' said Biddeford. 'But the reason he gave for it was a load of old cobblers. I reckon she had him sussed as the real father of Sandra's baby, but I don't know how we can prove it.'

'We need to keep in contact while we're doing these interviews. If Rodgers gives you anything that seems relevant to us, or if we learn anything relevant to you, we let each other know, okay?'

'Right,' echoed Biddeford and Ashton.

'We're going to tell Lindy what her niece remembers about that day fifteen years ago,' said Slater. 'Now that's going to be an interesting conversation.'

'We're nearly there, I'm sure.' He drained the rest of his cup. 'We've just got to put the final pieces in place and then we'll see the whole picture. So good luck, boys. Let's go.'

CHAPTER THIRTY-EIGHT

Jerry Brannon, the duty solicitor, was young and ambitious, and Biddeford could see he was incredibly keen to be dealing with a possible triple killer. But, once he'd spoken to Rodgers, Biddeford saw some of his confidence drain away. He wondered what the muscly pilot had told his solicitor. Brannon disappeared from the room to make a phone call and then returned, looking slightly more confident again.

'My client would like to make a statement,' he told Biddeford and Ashton as soon as the interview started, and before they could ask a single question.

'Oh!' said Biddeford in surprise. 'Is it a confession?'

He looked at Rodgers, who gave the appearance of a man about to face the gallows. He still looked terrified, but now he also looked haunted and haggard.

'It is,' said Brannon. 'But it's not a confession to three murders, and he wants a guarantee of protection before we start.'

'Protection?' said Biddeford and Ashton, in unison.

'Protection from what?' asked Biddeford.

'He'll tell you that once he knows he's protected,' said Brannon.

'This is all a bit chicken and egg,' said Biddeford, in exasperation. 'How can we offer him protection if we don't even know what we're supposed to be protecting him from?'

'That's the deal.' Brannon shrugged.

'You're new to this, aren't you?' asked Biddeford. 'Perhaps you've been watching too many TV dramas. This isn't how it works, and anyway I don't have the authority to grant that sort of thing. You should know that much at least.'

'You can speak to your boss,' said Brannon.

'He'll laugh in your face with what we've got so far.' Biddeford smiled, shaking his head. 'I would at least need to offer him some sort of clue.'

'A smuggling gang,' said Rodgers desperately. 'I've not murdered anyone, but I have got involved with these people. If I tell you what I know and you don't protect me I'm as good as dead. I know how ruthless they are. I've seen it for myself.'

'I think that's a big enough clue for now,' interrupted Brannon, putting his hand on Rodgers' arm to indicate he should stop talking.

'Well, I can ask the boss,' said Biddeford. 'But I'm making no promises.'

'No protection, no statement,' said Brannon, firmly.

'They killed that girl,' blurted Rodgers, panic written all over his face. 'The one you found in the field. They drugged her. I thought we were just going to take her to France and leave her there. But they pushed her out of my aeroplane as soon as we took off.'

'I think you should stop now,' said Brannon.

'I can't live with this any longer,' said Rodgers, tears of desperation streaming down his face. 'She haunts me. I see her face every time I close my eyes. It's all my fault. If only I had talked to her she wouldn't have followed me up there, and they wouldn't have seen her, and, and, oh God, it was awful . . .'

At this point, he dissolved into floods of tears and great, wracking sobs shook his body.

'I think we'd better take fifteen minutes so you can compose yourself, Rod,' said Biddeford, reeling from the sudden flood of information. 'Then I think we'd better start at the beginning, don't you?'

'Yeah,' Rodgers said, sniffing. 'That would be good. I just need a few minutes and I'll be alright.'

'I'll fetch some tea,' said Ashton.

This had all happened so quickly, Slater and Norman were still up in the incident room, preparing for their interviews with Rudy Bressler and Lindy Fellows, when Biddeford found them.

'You did say we should let you know if we hear anything that might be relevant to your investigation,' said Biddeford. 'Well, Rodgers says he knows what happened to Sarah Townley, and he wants to make a statement.'

Slater looked at Norman.

'What do you think, Norm? Can we afford to make them wait while we watch Rodgers make his statement?'

'Well, we're gonna charge Lindy, so that won't take long, and technically we can hold Bressler until the morning if we need to. His solicitor won't be too happy having to hang around waiting for us, but if we tell him it's in his client's interest to wait an hour or two, I don't see he's got much choice, do you?'

'Okay,' agreed Slater. 'Let's do it.'

'Rodgers also says he's going to need protection,' said Biddeford.

'From what?' asked Norman.

'He claims he can put us onto a smuggling gang, but if he does, his life will be in danger,' explained Biddeford.

'That sort of thing can't be arranged in five minutes,' said Slater.

'I know that, and you know that,' said Biddeford. 'But we're dealing with a keen young solicitor who seems to have watched way too many TV shows.'

'Let me talk to him,' said Norman. 'I'll explain how it really works, and how if he doesn't back down his client is going to be charged with murder. That should help to clarify the situation for him.'

* * *

'It began about two years ago,' said Rodgers, when they finally got started. He seemed calmer now, and Biddeford eagerly awaited his every word. 'I was approached to collect some stuff from France. I wasn't looking for anyone else to work for, but I had a job to do for Bressler and I thought I could do the two together. I was going anyway, so I thought it wouldn't hurt to get paid twice. It never occurred to me that I was walking into a trap. I was greedy, and I've paid for it ever since.

'The thing is, I didn't realise they had people with cameras all over the place. I was photographed in France, handing over an envelope and collecting a package. I didn't know I was doing a deal with a well-known drug dealer, until they showed me the photos. The next thing I know, I'm being told if I don't fly for them they would send the photos to my boss, and to the police.

'Then a few weeks later they showed me a photo of a dead body, and told me if I didn't fly at night that was how I would end up.'

'So they frightened you into carrying drugs for them?' asked Biddeford.

'And cigarettes,' said Rodgers. 'And anything else small enough to fit into my aeroplane. I've even brought passengers over on two or three occasions.'

'What sort of passengers?'

'Men. The sort of characters you wouldn't want to meet on a dark night.'

'You mean illegal immigrants?'

'Gangsters, more like,' said Rodgers.

'What nationality?'

'I don't know,' said Rodgers. 'I was always told not to speak to any of them, and none of them ever said anything to me. There was one girl, but mostly it was men.'

'Okay, Rod. You're doing well here, mate,' encouraged Biddeford. 'This is all very important, and we will come back to it later, but earlier you mentioned you knew what had happened to the girl we found in the field. Can you tell us about that?'

Rodgers took a long gulp of water. Biddeford sensed they were getting to the real crux of the matter now.

'She came to see me at work,' he began. 'There was no warning; she just suddenly turned up one day. She told me she knew I was the father of Rose Bressler, and she wanted to know if I had killed Sandra and Rose.

'I hadn't thought about Sandra for years. I didn't even know she was dead. I genuinely believed she'd run away and taken Rose with her. And now, fifteen years later, here I was being accused of murdering them.'

'So what did you do?' asked Biddeford.

'I told her it wasn't true, of course,' said Rodgers. 'I told her to go away and leave me alone.'

'And did she?'

'I thought she had,' said Rodgers. 'But I was wrong. She started following me. That's how she came to be up at the airfield that night. She followed me up there, only she chose the wrong night.

'Normally I go on my own, but every now and then the boss flies with me. I think she comes along just to make sure I'm still scared enough to keep quiet.'

'She?' said Ashton, sounding surprised. 'Did you say "she"?'

'Yeah, she.' Rodgers nodded. 'She's not the big boss behind it all, but she's the boss at this end, that's for sure. She's a nasty piece of work. I'm sure she'd kill me as soon as look at me.'

'So what happened to Sarah, that night?' Biddeford was desperate to know.

'She was creeping about up at the airfield while I was getting the plane ready to fly. But she didn't know that this girl boss was also creeping about. The watcher was being watched. The first thing I knew about it was when I was called by the boss. I went over to where she was, and there was Sarah, lying unconscious on the ground. The next thing I knew there was a gun pointing at me and I'm told to carry the girl and put her in the aeroplane.

'I honestly thought we were going to fly her over to France and leave her there, or something, but once we got airborne she just pushed the poor girl out. We were at about four hundred feet. She would have had no chance. It was horrible.'

Once again, Rodgers became a sobbing mess as he relived the events of that night.

'I think we'd better take another twenty-minute break now,' said Biddeford, sympathetically. 'We'll talk some more about this gang and the girl boss when we resume.'

'Yes, thank you.' Rodgers looked grateful underneath the tears streaming down his face.

* * *

Slater watched from behind the one-way mirror, fascinated.

'What do you make of that?' Norman asked.

'We need to know a lot more about this gang, and especially the girl he says pushed Sarah from the plane,' said Slater. 'But if it's true, it clears Bressler and Lindy from any involvement.'

'Yeah. I agree,' said Norman. 'Let's proceed with them in the frame for Sandra and Rose. If Rodgers turns out to be telling us a load of bullshit we can always backtrack.'

'Do you think he is bullshitting?' asked Slater.

'No, I don't,' said Norman. 'Like you say, we need to know more about the gang and the girl, but it all sounds weirdly plausible to me. These gangs do trap people into working for them, and then use fear to keep them quiet. I've seen it before.'

'Let's get Steve to concentrate on learning more about the gang,' said Slater. 'Meanwhile I think we need to charge Lindy and have another go at Bressler.'

CHAPTER THIRTY-NINE

'What do you mean you're charging me with murder?' Lindy Fellows looked utterly incredulous. 'You've got no proof I was even there.'

'We can prove you arranged for a taxi to pick you and your niece up from the Bressler's home on the day Sandra supposedly ran away,' Norman said, smiling.

'Absolute rubbish,' sneered Lindy. 'I was nowhere near the place.'

'Your niece confirms you were there with her. You booked a taxi, went to Gatwick airport with a load of luggage, changed your clothes, and then got another taxi home.'

'She's lying,' said Lindy, sounding uncertain for the first time. 'That's just some sort of childhood fantasy. I bet you suggested it to her.'

'It's actually a vivid recollection,' said Slater. 'She was so disappointed not to be flying away, like you promised, that she's never forgiven you for it. Kids remember things like that, as if it happened yesterday. She didn't need any prompting.'

'It was all his idea,' she yelled. 'He told us to get the taxi.'

'That would be Mr Bressler?' asked Norman.

'Yes. He told us what to do.'

'Your niece says she's never met Mr Bressler,' said Slater. 'So how did he manage to tell her what to do.

'Me,' she said. 'He told me. It was after Sandra had run away—'

'Oh, she ran away,' said Slater. 'Didn't you tell us earlier that Bressler had chopped them up with an axe?'

She barely faltered at his words, seemingly not hearing them, or perhaps just choosing to ignore them.

'Don't forget he was obsessed with her,' she continued. 'He wanted me to re-enact the runaway so he could achieve some sort of closure. He said if I did it I could move in and take her place.'

'If you don't mind me saying,' Slater said, smiling at her, 'this is all beginning to sound a bit desperate now, don't you think? First Sandra was murdered and then she ran away. Now your niece is lying, or it's a childhood fantasy, then it's our fault, and now it's Rudy's fault. I think it's actually all your fault.'

'It was always me he wanted really,' she said, pleadingly. 'He said he'd made a mistake going back to Sandra and believing things were going to change. He told me all I had to do was make this journey to the airport and everyone would believe she'd left him.'

'So he really had dumped you, then?' asked Slater.

'No, of course he hadn't. Not really. I always knew he would come back. It was always me he really wanted, not her,' she said. 'But as soon as that stupid bitch Sandra mentioned starting over, he was off like a bloody shot. I told him it wouldn't work out, but would he listen?'

'So let me get this right,' said Norman. 'You're saying he dumped you and went back to Sandra. Then, he realised he'd made a mistake, asked you to act out the decoy runaway, waited six months and then moved you into the house in her place.'

'Yes,' she said.

'Didn't you think it was a bit weird, asking you to act out the runaway. I mean if she'd already gone, why do it again?' asked Norman.

'I don't know,' she said. 'I assumed it was something to do with this bizarre Sandra obsession of his.'

'I'll tell you what happened, shall I?' asked Norman. 'You were jealous of Sandra because she was Mrs Bressler, and you were just his bit on the side. You knew that when the Bresslers moved down here to Tinton you'd never see him again. He told you as much, didn't he?

'But he also told you about the moving arrangements. Instead of going to a medical conference, you went to Tinton. You kidnapped Sandra and Rose, took them out to the Haunted Copse and killed them.

'Then you staged the runaway with your niece so everyone would think Sandra had run out on Bressler and taken Rose with her. All you had to do then was wait a few weeks, start to sympathise with Bressler, and you'd find your way back in with him.'

Lindy's face told them they had got it right, more or less. Norman looked across at Slater.

'Shall I? Or would you like the pleasure?' he asked.

'I think you deserve this one,' Slater said, leaning back in his chair.

'Lindy Fellows,' began Norman, 'I'm charging you with the murder of Sandra Bressler and Rose Bressler . . .'

* * *

'So what have you got on Bressler?' asked Bob Murray. 'Is there actually any hard evidence to tie him to the murder?'

'Err, no, not really,' Slater said reluctantly into the phone. 'And Bastion's insisting we have to let him go.'

'Frankly, Bastion's right to do so if you've no hard evidence.' Murray sighed. 'You even said yourself that you think the Fellows woman's lying about him being involved.'

Slater could hear Murray breathing as he considered the situation.

'No. I'm sorry, David, he might be guilty of some suspicious behaviour but that's not enough on its own. You can't hold him on suspicion alone. You're going to have to let him go, and if Bastion's creating, you'd better make it soon.'

'Okay, Boss.' Slater pulled a face. 'I'll do it now.'

'While I'm on the phone,' said Murray. 'What's happening with this smuggling thing? Is Norman there?'

'He knows more about that case than me,' said Slater. 'I'll hand you over to him.'

He quietly placed his hand over the handset.

'Bugger!' he said. Then he passed the phone over to Norman.

* * *

'We've got to let Bressler go, right?' asked Norman when he'd finished talking to Murray. 'But you knew that anyway. You can't charge a guy with murder just because you don't like him.'

'It's not just that, Norm, and you know it,' said Slater, angrily. 'We still haven't found Terry Evans. It's as if she suddenly vanished into thin air once her deal with Bressler ended. What if he's bumped her off too? That really would be reliving his life with Sandra, wouldn't it?'

'But no one has ever reported her missing,' said Norman.

'That's because there seems to be no family or friends to report her missing,' explained Slater.

'But we have no proof she's been murdered. Even if she has, why couldn't it be Lindy who killed her? That's who I'd be focusing on. Why does Bressler have to be involved?'

'His attitude doesn't work for me,' continued Slater, ignoring Norman's question. 'When we first told him about Lindy and her niece taking the taxi ride he couldn't believe Lindy could do such a thing to him. Now, just a few hours later, he seems quite happy to accept she's guilty as charged.'

'Let's be honest here,' said Norman calmly. 'You just don't like the guy because he thinks different to you and he knows how to get under your skin. I might even be so bold as to suggest there's a certain amount of jealousy over Cindy.'

'That's bollocks. I'm not jealous,' said Slater, indignantly. 'I just don't like the way he talks about her like she's a used car, or something.'

'That's where he thinks different to you,' explained Norman. 'I'm not saying he's right, but whether you like it or not, to him she is just like a used car, and he's just about to trade her in for a newer model.'

* * *

'We've still not been able to find Terry Evans, Mr Bressler,' said Slater, as he led him to the duty sergeant to collect his things.

'Perhaps you're looking in the wrong place,' said Bressler.

Slater hated that smug, clever dick smile that was all over his face once again.

'If you know where she is, what harm would it do to tell us?' asked Slater.

'If I knew where she was, I would tell you,' said Bressler. 'I've not seen or heard from her since our contract ended. Has it occurred to you that perhaps she doesn't want to be found? Has anyone reported her missing?'

'There is no one to report her missing, is there?' said Slater. 'You must know she has no family.'

'Yes. Of course I know that,' said Bressler, signing for his possessions. 'Anyway, I'd love to continue this fascinating conversation with you, but I really would like to get home.'

He offered Slater his hand to shake.

'No hard feelings, eh?' Bressler smiled at him.

But Slater just glared back. There was no way he was shaking Bressler's hand.

'Not going to shake my hand?' asked Bressler. 'I do hate a sore loser. Never mind. Perhaps you'll have better luck next time.'

He turned to go, but then paused and turned back to Slater.

'Did you know Cindy also has no family? So if she disappeared, no one would report her missing, either.'

With that, he turned and was gone. Slater really wanted to chase after him, and punch that smug face, but a cold fear was suddenly spreading through his guts. What did Bressler mean 'if Cindy disappeared'? He realised he hadn't spoken to her or seen her for days. Where was his mobile phone? He turned and sprinted for the stairs.

* * *

Back in the incident room, Norman was listening to Biddeford telling him what Rodgers had said. Apparently, the gang was Eastern European. Rodgers thought they could be Albanian, as Norman had suspected, but they could also be Serbians. All Rodgers could tell them was that the big boss was called Tony something, and the local boss was his daughter.

'It all seems to tie in with what Billy Bumble told us,' explained Biddeford. 'Even down to the woman being there last time. And that's where it gets really interesting.

'Apparently everyone wears black, and they all wear masks, and no one ever speaks. It's all done by gesture. But one night the boss's daughter got a bit careless and let her mask slip just for a second or two. She didn't realise it but Rodgers saw her face.

'Then one day he was in Tinton and he saw her again. He says she runs the tea shop, Sophia's.'

Norman couldn't quite believe what he was hearing and at first he said nothing.

'Isn't that the place you and Dave Slater go?' asked Biddeford. 'Isn't she the girl that's always asking him to take her out?'

'Holy crap,' said Norman. 'Jelena?'

'That's her,' agreed Biddeford.

'Billy Bumble said it sounded like Jelena, too,' said Norman.

Slater came rushing through the door just as Norman called out Jelena's name. He was in a panic, and the name only just registered with him.

'What about Jelena?' he asked, as he rushed to his desk.

'I think you need to sit down before we tell you,' suggested Norman.

'Just let me make this call,' said Slater, snatching up his mobile phone and searching for Cindy's number. 'It's really important!' He pressed the button and heard it ringing.

'Come on, come on,' he said, impatiently. He turned away from the other two and walked to the end of the room so they couldn't hear him.

'Hello,' Cindy's voice said. 'Fancy you calling now. I was just thinking about you.'

A tidal wave of relief seemed to sweep right through him.

'I can't tell you how pleased I am to hear your voice,' he said.

'Gosh, Detective Sergeant Slater,' she said, laughing. 'How very forward of you, and we've only just met.'

'Where are you?' he asked her.

'At my house,' she said. 'I've been decorating the bedrooms, but I've finished now and I'm hungry. I was just wondering if someone would like to come and join me for dinner.'

'That sounds like a great idea,' he said, really meaning it. 'But I'm not sure if I can get away yet.'

'I can wait,' she sighed. 'As long as I don't have to wait too long.'

There was a noise in the background. He thought it sounded like a doorbell.

'What's that?' he asked.

'The doorbell,' she said. 'I wonder who it can be. Let me have a look out of this bedroom window. Oh. It's Rudy. What's he doing here?'

'Don't let him in,' said Slater sternly.

'Don't be silly,' she said. 'That would be so rude. All the lights are on and my car's outside, so he knows I'm here. Of course I'm going to let him in. I'll call you back in a little while.'

'No. Listen to me, Cindy,' said Slater into the phone, but it was too late. She'd hung up.

Norman was watching him and could see he'd finished his call.

'I think you need to hear this,' he said to Slater.

'Not right now, Norm. I have to go. I think Cindy's in trouble.'

He grabbed his car keys and sprinted for the door.

Norman watched, perplexed, as Slater rushed out of the room.

'What's all that about?' asked Biddeford.

'Your guess is as good as mine,' said Norman.

He was wondering what the hell was going on. Why was Slater rushing off to see Cindy? Why would she be in trouble? He thought perhaps Biddeford wasn't the only one around here who thought with his dick. He hoped it wasn't catching.

'Between you, me and the gatepost,' confided Norman, 'I think DS Slater has a problem with Bressler. He wants him for murder and he's just a tad disappointed he's been released. And then there's the small matter of a young lady called Cindy, who he seems to be rather smitten with.'

'Ah, I see.' Biddeford smiled as he realised what Norman was telling him. 'So, you're saying he's thinking with his dick.'

'I didn't say that,' Norman said, grinning back.

'No, of course not,' agreed Biddeford. 'But he wants to be careful. That sort of thinking can get you into all sorts of trouble.'

'You think?' asked Norman.

'Trust me. I know,' said Biddeford, sadly.

'Anyway, whatever that was about doesn't matter,' said Norman, finally. 'Murray's arranging a search warrant. He wants us to take some uniforms and pick up Jelena, now.'

* * *

Norman felt excited as they drove from the police station. This was sure to be dramatic.

'Apparently there's some sort of commotion going on in town,' said Biddeford beside him. 'Must be a fire, or something.'

'Let's hope it's not in the centre where we want to go,' said Norman.

It was only a short drive to get to their destination in town, but it became immediately obvious that whatever the problem was it was going to impede their progress.

'Crap,' said Norman. 'It'll be just as bad if we go around the other way. Let's try blue lights and sirens, maybe that might help. I'll see if I can find out what's going on.'

Biddeford switched on the siren and blue lights. Norman didn't think it was going to help much because the traffic in front of them was trapped with nowhere to go, but it couldn't do any harm, could it?

'Heap of rubbish,' said Norman a few seconds later. 'The damned radio doesn't work in this car. Why hasn't it been reported and fixed?'

In exasperation, he fumbled his mobile phone from his pocket and chose a number.

'Yo, it's Norman,' he said.

'I'm on the phone because the radio doesn't work in this damned car,' he said, after a pause. 'I want to know why we're stuck in a traffic jam on the way into town.'

He paused again for an answer.

'A fire. Yeah.' Norman sighed heavily. 'We guessed that much. Where is it?'

Another pause.

'You're kidding me,' said Norman. 'All of it?'

He cut the call in disgust.

'Where is the fire?' asked Biddeford.

'Sophia's tea shop,' said Norman.

'But that's where we're going, isn't it?' asked Biddeford.

'Yeah.' Norman shook his head. 'Apparently the whole lots gone up, even the flats above. I think someone must have known we were coming.'

'That's a bit drastic, isn't it?' said Biddeford.

‘That’s the thing with these gangsters,’ said Norman. ‘They’re not afraid to take drastic action if they think it’s necessary. But at least, because of that, we can be pretty sure we know who murdered Sarah Townley.’

‘I guess that means our bird’s flown then,’ Biddeford said.

‘Vanished into thin air, no doubt,’ agreed Norman. ‘We’ll do all the “wanted for murder” stuff all over Europe, and we’ll get zilch in return.’

‘So near to a good result,’ said Biddeford. ‘But we end up with sod all. Shite!’

‘Shite is right,’ agreed Norman.

CHAPTER FORTY

Slater was driving as fast as he could. He was in his own car, so he had no blue lights or siren to help him, but fortunately, there was little traffic about at this time of night. But would he get there in time?

He cursed as he heard the sound of sirens and the almost blinding blue flashes of emergency vehicle lights heading his way, and he was forced to waste time pulling over as two fire engines roared down the road towards town. Then he was accelerating away again.

Bressler had said 'better luck next time', and he had also pointed out there was no one to report Cindy missing if she disappeared. He knew Bressler was up to no good but would anyone else listen? What if he couldn't get to Cindy in time? Was Bressler planning to take her up to the Haunted Copse so he could murder her too?

At last, he reached the small estate where Cindy lived. Now he slowed down and drove cautiously. Hers was the end house on the left. He could see her car parked outside, but there was no sign of Bressler's car. Was he too late? Had Bressler already carried her off?

He killed his lights, switched off the engine, and climbed slowly and quietly from his car. In the house opposite the curtained windows glowed warm and inviting. His stomach lurched as he realised Cindy's front door stood open. He became aware there was a sort of hush all around him.

He crept up to the front door and peered inside. The hall light was on dimly, and everything appeared normal, except for the almost deathly quiet. Surely if Cindy was here there would be some noise, wouldn't there? A TV maybe, or some music.

Although the lights were off in the rooms at the front of the house, he could see a low light seeping from around the door that led into the lounge. The door was slightly ajar. He crept up to it as quietly as he could, scarcely daring to breathe. He stood outside the door and listened. He could just about make out something. Then he realised. It was someone quietly sobbing. All senses alert, he pushed the door open, not knowing what he might find in that room.

* * *

She was kneeling on the floor before a low table, a bouquet of flowers laid out on the floor next to her. In the centre of the table, a vase awaited the flowers. Her head was bowed over the flowers, and as Slater looked, a small sob shook her shoulders.

'Cindy?' he called softly. 'Are you alright?'

She swung around, startled at first, but then she gave a small smile of recognition.

'Hello,' she said, hastily wiping her eyes. 'I didn't hear you arrive. How did you get in?'

'The front door was open,' he said. 'Why are you crying? Has Bressler—'

'He brought me flowers,' she said, sadly. 'Just to say goodbye, and good luck. Isn't that sweet?'

'Flowers?' said Slater. 'But I thought—'

'You see,' she interrupted him. 'I told you Rudy was a nice man. He's always been good to me. I know he got them from the late-night supermarket but it was very thoughtful of him. I'll miss that. Look, he even added a card.'

Slater was still not quite able to make sense of what he was seeing. He had expected an abduction, or worse, a murder. But flowers? And a card?

She reached forward and handed him the card.

To the one who got away, it read. *Thank you and good luck for the future. Rudy.*

EPILOGUE

It was nearly time to go home. As they stood outside Bob Murray's office, Slater and Norman looked out onto a cold, dark, November night. Slater knocked on the door, and waited patiently. Standing alongside him, Norman had made the effort to look smart for this meeting. Slater thought he'd failed, as usual, but at least he'd made the effort.

'Come,' boomed the familiar, deep voice from the other side of the door.

Norman looked at Slater.

'Who goes first?' he whispered.

Slater stepped aside and indicated for Norman to lead the way.

'Age before beauty.' He smiled at Norman, knowing there was no time for a retort.

As they entered the room, Murray rose from behind his desk to meet them, shaking each warmly by the hand. Then he led them across to three easy chairs well away from the formality imposed by his desk, and settled them down with tea and biscuits.

'I thought we should meet so we all know what's going on and why,' he explained. 'I'm coming under a great deal of pressure to save money and that could mean making some tough decisions. As senior members of my team, I'd welcome your views on one or two things.'

Slater nodded his appreciation of Murray's desire to make them feel included, but he also knew the old man well enough to know they were extremely unlikely to be able to change his mind if he'd already made it up.

'Right,' Murray began. 'First thing to tell you is that PC Flight has finally chosen to resign. I can't say I'm disappointed she's going, but I can say I'm glad I didn't have to sack her.'

Slater had mixed feelings about this news. On the one hand, he knew she had to go, but he also thought it was a pity someone with so much potential had got herself into such a mess and caused so much trouble. He knew she had been referred for psychiatric help, and he hoped it helped sort her out.

'You'll be pleased to know DC Biddeford has returned from leave, but he won't be returning to duty here.'

'But boss,' interrupted Slater. 'You can't just push him out like that. He made a mistake. We've all done it.'

Slater and Norman had both lobbied on behalf of Biddeford being given a second chance. He had apologised to all of them, and there was no doubt he was genuinely sorry and not just paying lip service to save his job.

'He made a grave error of judgement,' said Murray, firmly. 'It was far more than a mistake.'

He let them absorb his opinion before he went on.

'However, if you'll just let me finish,' he continued, 'I can tell you that after listening to what you two had to say in his defence it was very easy to see how highly you both regard him. I suggested he take some leave so he could think about his situation. We've had two meetings during that time, and we've come up with a solution that I think will work for everyone.'

He sat back and sipped at his tea. Slater waited, slightly irritated at the way Murray always liked to keep people in suspense.

'He's an ambitious young man,' he finally continued. 'There's a limit to how far he can go in a place like Tinton, so he's going to have to move on eventually. In the meantime, I'm doing what I can to help him by sending him away for some further training. It's not forever, and he will be back.'

Slater and Norman shared a sigh of relief.

'That sounds like a good solution,' said Norman. 'He's definitely a bright kid. It'll be a shame to see him go, but you're right, he's going to need something more challenging than this to fulfil his full potential.'

'He'll be a big miss if he goes for good,' agreed Slater.

'And now we come to you two,' said Murray.

'Us?' said Slater. 'What about us?'

'I'm under a lot of pressure to split you two up,' answered Murray. 'It seems it doesn't matter how successful you are as a team, it's more important how my head count appears on a spreadsheet. Having such limited numbers, I'm not supposed to put two detective sergeants together.'

'But we don't work together all the time,' argued Slater.

'Yeah,' agreed Norman. 'It's only when we get a big case, and you have to admit we've been pretty successful as a team.'

'Oh, I agree with you completely.' Murray sighed, wearily. 'But the people above me can't see beyond their budgets and spreadsheets, and that seems to be all that matters these days.'

Slater thought his boss sounded thoroughly sick and tired of the continual battle he seemed to be fighting against cost cuts forced on him from above. He certainly looked tired.

'Talking of big cases,' said Murray. 'Where are we with this missing murder suspect?'

'Still no sign,' said Norman, looking glum. 'She seems to have vanished into thin air. We've had all the borders under scrutiny, we've got Interpol on it, and we've even had the Serbian police looking out for her, but she's not turned up anywhere.'

'What about the fire?' asked Murray.

'Definitely deliberate,' said Norman. 'They found traces of accelerant all over the place. According to the experts, this fire was set to destroy all traces of everything. It was designed to raze the building to the ground, and it did exactly that.'

'I'm still not convinced she's murdered anyone,' Slater chipped in. 'And as for being an arsonist . . . And the two witness statements we have are so unreliable. They wouldn't stand up in court.'

'You're not totally impartial though, are you?' asked Murray.

'It's not just me,' said Slater. 'Her aunt doesn't believe it, and nor does her aunt's boyfriend. They know her better than anyone.'

'Maybe they didn't know her as well as they think,' said Norman. 'According to the Serbian police, this Slick Tony guy definitely has a daughter who matches her description and is the right age.'

'There are lots of nice-looking, dark-haired, Serbian girls who would be the right age,' argued Slater. 'I still think you should be considering the possibility she was kidnapped or murdered.'

'Alright,' snapped Murray. 'Let me stop you right there. The fact is we have two statements that suggest she was involved and one of those also suggests she pushed a victim from an aeroplane. Taken at face value, and right now that's all we can do, she becomes murder suspect number one.

'It appears she also set fire to her own home to destroy any evidence we might have found there and then she fled. The problem is, it's been a month now and we're still no further forward than we were on day one. As from today, this inquiry is going to be scaled down. By the end of the week it's going to be shelved as unsolved.'

Slater was appalled at the idea. He glanced at Norman, who looked annoyed, but nowhere near as shocked as Slater felt. But Norman had been around a lot longer, he reasoned. This probably wasn't the first time this had happened to

Norman, after all. But to Slater, it was a new experience — and he didn't like it one bit.

'I know you don't like it,' said Murray to Slater. 'I'm not mad about it myself, but we can't afford to have our people tied up on this any longer. We're getting nowhere, and meanwhile we're building up a whole collection of smaller crimes that are going unsolved. The spreadsheet says we have to stop, like it or not.'

'But what do I tell her family here?' asked Slater.

'Tell them the truth,' said Murray.

'But they won't give up on her, I can guarantee that,' said Slater, hugely disappointed.

'And if they come to us with any credible information I'll be happy to re-open the case,' said Murray. 'But for now it's closed.'

For a while, they sipped their tea in gloomy silence, until Murray spoke again.

'Look, David,' he said. 'In the space of a couple of weeks you and your team solved a fifteen-year-old murder, and stopped a smuggling ring in its tracks. You should be proud of yourself.'

'He's right,' added Norman. 'Okay, there's another murder that hasn't been solved, but the world still keeps turning. Some cases never get solved, no matter how much we want to find out what really happened. That's just the way it is.'

'I suppose you're right.' Slater sighed, resignedly.

'Come on,' said Norman. 'I think the boss has finished with us for now.' He looked across at Murray who nodded his agreement.

'I think maybe we could do with a couple of beers and a takeaway to celebrate,' continued Norman.

'Celebrate what?' asked Slater.

'The boss forgot to mention it.' Norman beamed at him. 'But I haven't forgotten how you also captured Dick Waver, the notorious Phantom Flasher.'

'Oh, yeah!' said Slater, a smile threatening to break out on his face. 'My best collar ever.'

'Let's go.' Norman grinned, as they stood ready to leave. 'You know I'm right. I always am.'

'I guess I can drink to that.' Slater grinned back, feeling immensely grateful for Norman's positivity.

THE END

THE JOFFE BOOKS STORY

We began in 2014 when Jasper agreed to publish his mum's much-rejected romance novel and it became a bestseller.

Since then we've grown into the largest independent publisher in the UK. We're extremely proud to publish some of the very best writers in the world, including Joy Ellis, Faith Martin, Caro Ramsay, Helen Forrester, Simon Brett and Robert Goddard. Everyone at Joffe Books loves reading and we never forget that it all begins with the magic of an author telling a story.

We are proud to publish talented first-time authors, as well as established writers whose books we love introducing to a new generation of readers.

We won Trade Publisher of the Year at the Independent Publishing Awards in 2023. We have been shortlisted for Independent Publisher of the Year at the British Book Awards for the last four years, and were shortlisted for the Diversity and Inclusivity Award at the 2022 Independent Publishing Awards. In 2023 we were shortlisted for Publisher of the Year at the RNA Industry Awards.

We built this company with your help, and we love to hear from you, so please email us about absolutely anything bookish at feedback@joffebooks.com

If you want to receive free books every Friday and hear about all our new releases, join our mailing list: www.joffebooks.com/contact

And when you tell your friends about us, just remember: it's pronounced Joffe as in coffee or toffee!

ALSO BY P.F. FORD

SLATER AND NORMAN MYSTERIES

Book 1: DEATH BY CARPET
Book 2: DEATH BY PLANE

THE WEST WALES MURDER MYSTERIES

Prequel: A DATE WITH DEATH
Book 1: A BODY ON THE BEACH
Book 2: A BODY OUT AT SEA
Book 3: A BODY DOWN THE LANE
Book 4: A BODY AT THE FARMHOUSE
Book 5: A BODY IN THE COTTAGE

Printed in Great Britain
by Amazon

49244354R10179